Balas de carmín

ALFREDO GARCÍA FRANCÉS

Balas de carmín

EDITORIAL OVEJA NEGRA
QUINTERO EDITORES

1ª edición: noviembre de 2007

©   **Alfredo García Francés, 2007**
argafran@yahoo.com

©   **Editorial La Oveja Negra Ltda., 2007**
editovejanegra@yahoo.es
Cra. 14 Nº 79 - 17 Bogotá, Colombia

©   **Quintero Editores Ltda., 2007**
quinteroeditores@hotmail.com
Cra. 4 Nº 66 - 84 Bogotá, Colombia

ISBN: **958-06-1100-4**

Fotografía contraportada: Paula Villar

Corrección y diagramación: José Gabriel Ortiz A.

Impreso por Stilo Impresores Ltda.

Impreso en Colombia - Printed in Colombia

"Un beso es siempre casto, la palabra
que describe el beso es siempre impúdica".
Sándor Márai. *La amante de Bolzano*.

"Estar sólo es cargar eternamente el doloroso
recuerdo de quién ha fallecido".
Alfredo Bryce Echenique. *Entre la soledad y el amor*.

"Mi interior está tranquilo, gracias a Dios,
me acostumbro al golpe terrible".
Stendhal. *Rojo y negro*.

AGRADECIMIENTOS

Para mis editores colombianos, quienes desde el primer momento, creyeron que mi protagonista, Lany, tenía una historia y que yo supe contarla. Gracias por tantos consejos sabios.

Para el Sr. Presidente Uribe, el Sr. Vicepresidente Santos, el Sr. Vicecanciller Reyes, la Sra. Embajadora Sanín y la Sra. Claudia Sinning, del Ministerio de Relaciones Exteriores, que me acaban de otorgar la nacionalidad colombiana. Siempre mi gratitud.

Para María Ángela Sánchez-Ortega, mi gran amiga *Colombia 1*, directora de *Tres Gatos*, volcada en ayudar y aconsejarme con su lucidez de productora. Para sus hijas, Manuela y Camila que, siempre sonrientes, aportaron tanto a mi 'colombiañol'.

Para Karol Cifuentes, amiga entrañable, excelente periodista, que, olvidándose de sus preocupaciones, me ayudó con su infinita paciencia y su carcajada limpia.

Para Pilar Lozano, corresponsal del diario *El País*, en Bogotá, mi guía en tantas cosas. Eres un sol y espero que vuelvas pronto a Madrid para cenar unas crujientes y doradas tortillitas de camarones.

Para Francisco Celis Albán, Editor del Diario *El Tiempo* de Bogotá, autor del excelente *Diccionario de colombiano actual*, mi tabla de salvación y del que he usado y abusado para este libro.

Para mis queridos amigos bogotanos, los doctores Carmen Barraquer, Ángela María Gutiérrez, Federico Serrano, Eduardo Arenas, María Elba Ortiz y Gerardo Díaz, por agasajarnos generosamente de manera tan inmerecida.

Para Zulima, que me orientó sobre el mundo *des femmes* y sus expresiones más colombianas. A Fernanda y Sandra con quienes tanto he charlado, reído y hasta bailado intentando acercarme al ambiente *les* bogotano.

Para Miguel Chamorro, jefe del departamento español de INTERPOL, en Lyon, que estuvo a mi lado en los peores momento de mi vida y, cariñosamente, sigue estándolo ahora.

Para el portal Match.com y para su directora en España Sonia Fernández, que me brindó su ayuda y su confianza. Para Ana Díaz que me apoyó, *in ausentia*.

Para mis amigas Greta, Doc, Maywaywoman, Indiscreta, Lys y Silver de Lyon, divertidas y cómplices anfitrionas del foro *Lesbianas con faldas* del portal Chueca.com.

Para Antonio López, psicólogo y para Elisa Sánchez Delgado, psicóloga, por su enorme cariño.

Para el Dr. Acosta Romero, psiquiatra, que, sin perder la sonrisa, tanto ha peleado por traerme a la frontera real desde el *lado oscuro*. Un millón de gracias y, por favor, ¡no me falte nunca, doctor!

Para mi sobrino Fernando García Aramendi quien, pese a sus muchas ocupaciones, siempre encuentra un rato para cuidar mi página Web. Gracias, guapo.

Para mi suegra Maite Urrutia, ejemplo de vasca luchadora, a la que no asustaron ni exilios, ni enfermedades. Deseando infinitamente que te cures pronto, potxola.

Y, como siempre, para Maite Iradier, mi queridísima esposa, a la que me une tanto dolor y tanto amor. Gracias, mi vida, por compartir nuestro tiempo con los libros.

Contenido

COLOMBIA

PANAMÁ - MIAMI

MADRID

Colombia

Capítulo 1

*E*l paso del tiempo hace que los recuerdos se difuminen, de igual manera que se desvanece la sierra bajo la espesa neblina grisácea que la sepulta. Mientras aguardo, intento recordar y, en lo más hondo de mi alma, rebobino la verdadera película de mi vida. Según parece, igual les ocurre a quienes se encuentran en trance de muerte.

Me llamo Melania Bejarano, aunque todos me llaman Lany, tengo 23 años y me secuestraron al salir de la Universidad de los Andes en Bogotá un día igual a todos, en el que nada hacía suponer comenzaría el terrible infierno que estoy viviendo.

Llevo casi dos años secuestrada en estos montes y de Lany, la despreocupada muchacha raptada y vendida por una banda de delincuencia común a los guerrilleros de las Farc (Fuerzas Armadas Revolucionarias de Colombia), desdichadamente para mí, ya apenas queda nada.

Amanece, la humedad, el frío y el miedo me hacen tiritar y me estremezco rechinando mis dientes; no he dormido un minuto en toda la noche pensando si voy a estar a la altura de lo que me toca vivir. En el campo flota un olor a tierra mojada, al café que prepara el *ranchero* (cocinero de campaña), a la madera quemada de las fogatas y al aceite que impregna el revólver Colt Anaconda de 8 pulgadas que sostengo en las manos; muy pronto, a la hora de la verdad, vendrá un *hijueputa* (hijoputa) que introducirá en el *barrilete* (tambor del revólver) una bala calibre 44 Mágnum.

Los dos kilos y medio que pesa esta arma tiran de mis manos hacia el suelo con más fuerza que una *tractomula* (camión de gran tonelaje). Sólo sus rugosas cachas de goma antideslizante impiden que se resbale de mis entumecidos dedos hasta el suelo. Mi torturador ha elegido esta arma porque sabe que su peso y la exagerada longitud de su cañón hace imposible que, por sorpresa, la pueda *voltear* (girar, darle vuelta) para *hacerle tragar* (pegarle) un tiro; así que este armatoste estúpido sólo sirve para lo que tengo que hacer, disparar una bala, mientras el propietario del arma permanece seguro a mis espaldas.

Un negro muy joven con uniforme de la guerrilla, sin hablar y con los ojos bajos, pone en mis manos una taza metálica de *tinto* (café); sostengo el revólver entre las rodillas y alcanzo a darle un sorbo antes de que con una *manotada* (manotazo), el comandante Molina, envíe el *pocillo* (taza) a volar por los aires. Mientras empuño el arma de nuevo, me queda en la boca el sabor abrasador del café con ron y un regusto a metal que hace tiempo identifico con el odio.

Nunca antes odié, pero a Rubén Molina, no voy a parar hasta rellenarle el cuerpo de bala. Y él, que lo sabe, se cuida aunque, por maldad, no puede detenerse y necesita seguir jodiéndome.

Uno de los muchachos sale de una choza, *jalando* (tirando) de un hombre atado al que otro camuflado aviva hundiéndole la punta de su AK-47 en los riñones; el tipo, va de civil, sucio y roto y con las manos llagadas atadas con alambre de púas.

—¡Hágale, hágale! ¡Muévase, muévase! —grita el *camuflado*—, ¡camine...! Venga acá, venga acá...

Prácticamente lo arrastran de la soga, mientras el tipo sin zapatos sólo mira donde poner los pies sin lastimarse; el *compa* (compañero) que *lo jala* (tira de él) lo deja caer sentado sobre sus talones, de espaldas a nosotros.

—No me maten —murmura el hombre casi sin voz—, ¡por favor, no me maten!

—Nadie lo va a matar —intenta calmarlo el guerrillero.

El hombre, del miedo tan *tenaz* (inmenso, exagerado) que tiene, comienza a gemir cuando ve que el muchacho se hace a un lado con prudencia.

—¿Quién dijo que no lo matamos? —ríe Molina dirigiéndose a los guerrilleros concentrados para ver el espectáculo—. ¡Hoy toca *barrer* (hacer limpieza de enemigos) y barremos! Lo dicen las órdenes del secretariado de las Farc, ¡este *man* (hombre, tipo) *perdió el año* (la jodió)! Y hoy nos deja...

—Por Dios, ¡no me maten! —solloza el preso esperando lo *rafagueen* (ametrallen) en cualquier momento—. Por favor, ¡no me hagan daño, muchachos...!

—*Quihubo* (qué hay, qué tal), doctor Bejarano, ¿cómo vamos de ánimo...? —me acerca Molina al preso empujándome por la espalda–. ¡Aquí, le traigo una sorpresita, para endulzarle la partida! Bueno, *mona* (chica, tía), aliste el arma...

–¿Una muchacha...? –exclama el civil ahora con voz orgullosa–. ¿Es que en las Farc no hay hombres con *güevas* (cojones, pelotas)...? ¡Tienen que traer una *vieja* para matarme...? ¡Pues *pilas* (atenta, alerta), muchacha, si la obligan a *bajarme* (matarme), por Dios, hágalo ya...! Usted sabe, si me van a matar... ¡acabemos!

–¡*Hágale*!–alienta Molina metiendo la bala en el tambor del arma–. No pierdan más tiempo... ¡*Píquelo* (mátelo), Lany...!

–¡Por Dios Bendito! –se agita tembloroso el condenado–. ¡No puede ser...!

–Me temo que sí, Bejarano –ríe Molina–. ¡A usted, Doctor, lo va a *bajar* (matar) su propia hijita querida...! ¡No se me *voltié* (no se vuelva), hombre...! Que aquí la *mona* se me impresiona, ¡no se lo ponga *tan p`arriba* (tan difícil, tan cuesta arriba)...!

–¿Lany...? –hundió los hombros el doctor Bejarano–. ¿Eres tú, nena...?

–Sí, papá, soy yo... –avancé dos pasos hacia él levantando el arma–. *Hasta que me encontraste* (te costó mucho encontrarme)...

–¡Lany, perdóname! –gimió destrozado mi padre–. Yo hice lo que pude para encontrarla... Pero, ¡*hágale*, *mijita* (hija mía), a lo que vinimos...! Debe hacerlo si la obligan... usted es inteligente, ¡tiene que seguir adelante, siempre adelante! ¡Máteme, sálvese y rece por mí...!

–¿Qué cree que he estado haciendo desde que supe esto?– respondí *pasito* (bajito)–. Todos nacemos para morir, papá... Es su vida o la mía y usted, como Judas, ya me negó tres veces. ¡Hace dos años que me mató negándose a pagar mi rescate! Por favor, ¡la bendición, papá!

–¡Perdóname si puedes, perdóname, hija mía! –se irguió mi padre–. Que Dios la bendiga, nena...

Ahí, en ese momento, se me enfrió la sangre para siempre; me di cuenta de que si vivía tras matarlo, nunca más sería yo misma. Aun así, sujeté el revólver con ambas manos, apunté a su nuca y suavemente tiré del gatillo. Después del estruendo del tiro y el brutal retroceso que casi me arranca el arma, me estremecí. Será la humedad, pensé, sintiendo arder el metal del revólver.

Yo, hoy lo entiendo, fui peligrosa siempre. Peligrosa para mí

17

porque era imposible obviar los antecedentes familiares que impulsaban a la autodestrucción y al suicidio a mis más próximos allegados. Pero, sobre todo, desde niña era peligrosa para aquellos a los que yo catalogaba como enemigos. Por supuesto, después de que me negara, tantas o más veces que San Pedro a Jesucristo, me fue fácil eliminar a mi papá de mi lista de amigos. Así, cuando tuve que elegir entre su vida y la mía, dar el siguiente paso no fue dificultoso. La opción era evidente y lo maté.

A lo mío lo llaman reacción sicótica maníaca esquizoafectiva. Días después pensé mucho en Edipo, propietario del *copyright* (derechos de autor) del más famoso complejo mundial; incluso adapté una versión del mismo a mi sexualidad ya que, si Edipo mató a su padre y se acostó con su madre, yo, lesbiana, al matar a mi papá, no sería más que una *Edipa*, deseosa de *tirar* (joder, hacer el amor) con mamá. Mentiras de los putos loqueros que cada uno opina una cosa diferente. Simplemente, ya no quería a mi padre, me vi en la necesidad, tuve que elegir y salvé mi culo.

Mi papá quedó meado, sin media cabeza y con un revoltijo de sesos, sangre y huesos desperdigados delante de él. Mientras contemplaba la escena, oí la risa de Molina y, dejando caer el arma, me acerqué, lo miré a los ojos sonriendo y me alejé despacio.

CAPÍTULO 2

Nací en Bogotá y durante mi infancia fui la niña consentida de papá y mamá. En ese tiempo, aún teníamos una posición cómoda, una casa bonita en Chapinero y éramos una familia unida y feliz. Mi infancia fue alegre, la de una niña querida, aunque, pronto aparecieron las primeras nubes negras en el cielo.

Mi bisabuelo fue un malagueño que, orgulloso como hidalgo pobre, repetía a quién le preguntara por sus orígenes que, él, venía de Antequera, el cruce de caminos en el corazón de Andalucía.

Según las leyendas familiares, a los niños nos contaban que el pobre bisabuelo, pese a vivir cerca del mar, nunca lo vio por ser Antequera ciudad interior, apartada de la costa por la sierra del Torcal; así, cuando su desaprensivo socio lo arruinó, por primera vez se acercó a las playas y, sin que se sepa porqué, eligió América para rehacer su vida.

Me gusta pensar que llegó pobre y humillado a Bolivia, huyendo de la vergüenza y para cuidar allí su dignidad herida; el porqué eligió la cordillera de los Andes, también era un misterio que nadie en la familia supo desvelar. De niña, me contaron que se aposentó en La Paz, pero la dureza del clima y la enorme altitud de la ciudad lo incomodaban mucho; pronto metió de nuevo sus pocas cosas en un baúl y abandonó La Paz para, un 6 de agosto, día de la Independencia de Bolivia, llegar a Santa Cruz de la Sierra, entonces, una mera aldea que vivía un eterno verano el año entero.

Decía la tradición familiar que buscaba en aquella ciudad y en las enormes extensiones de selva, *manigua* (espesura) y praderas que la rodeaban, un clima más parecido al de su querida Andalucía; supimos, que allí se casó con la bella hija de unos ricos hacendados a la que, enamorada hasta la médula del español, no le importó que mi bisabuelo, maletín en mano, ganara su vida intentando vender por las calles enlodadas artículos de tocador, jabones y cremas para las manos. Ella debía tener 17 años y él cerca de 38, se amaban con locura y mi bisabuelo, por pasión, acabó de criarla y *malcriarla* tras casarse con ella a las tres semanas de conocerla.

Mi joven bisabuela, pasó de un hogar repleto de sirvientes, donde cada una de las hermanas tenía su propia niñera, a ser una modestísima ama de casa en dos destartaladas habitaciones de alquiler; sin embargo, no perdió y llegó a inculcarle a su marido, el amor por la poesía, la música clásica y la lectura, sin dejarse influir por su familia de la que orgullosos siempre rechazaron ayuda alguna. Un fonógrafo y sus discos fue el único regalo de bodas que aceptó la joven desposada.

Sus papás nunca perdonaron al hambriento español, ladrón de una hija a la que mantenía en la miseria y que tenían destinada para esposa de otro español, rico hacendado y viejo amigo de la casa.

Pasó algún tiempo y, sin dejar nunca de preparar el almuerzo de su marido en un brasero de carbón, entre melodías de Chopin y Mozart, la penuria y la presión de su familia de oligarcas les hizo emigrar.

Tampoco se supo nunca qué los llevó a Colombia, despreciando la riqueza de unos padres desesperados que, antes de perderla, intentaron varias veces matar a mi bisabuelo; en Colombia, más enamorados que nunca, la dulce niña que era ella y el enamorado andaluz, establecieron casa en Bogotá tras descartar, sin que supiéramos porqué, hacerlo en Cartagena de Indias.

De niños, cuando mis padres querían darnos ejemplo de austeridad, nos contaban cómo, entonces, por la escasez de recursos que sufrían, mi bisabuela con azúcar quemado, uvas pasas y alcohol rebajadísimo en agua, preparaba a su esposo un bebedizo que en algo le recordara los vinos de Andalucía. Y mi bisabuelo, Don José Bejarano, por cautivarla, le decía que ni los más ricos olorosos, finos, ni el Moscatel ni el Pedro Ximénez, ni ningún otro vino generoso tenía tan delicioso sabor en España como el que ella le preparaba.

Siguió vendiendo sus productos de tocador y, no tardando mucho, dejó de hacerlo por la calle y alquiló un local con vivienda encima. Debió ser la primera pueblerina perfumería de Bogotá y, de aquellos días nos contaban luego a los niños, como los bisabuelos fabricaban en la tina del baño un *enjuague* (elixir) bucal de mucha aceptación en la ciudad. Tal éxito tuvo el producto llamado Yecorincol que, durante años, mi bisabuelo Don José Bejarano viajó por todos los rincones colombianos vendiendo su producto estrella; con el tiempo, venida la prosperidad, sería su hijo Alfredo quién llevaría la venta de ese producto a lomos de mula, en ferrocarril o caminando. Incluso, continuó haciéndolo, cuando entró en la Academia Militar donde se forjó como hombre de armas.

Para entonces, la tienda de Bogotá era ya un floreciente comercio y una legión de proveedores *patoneaban* (pateaban, recorrían) Colombia vendiendo el elixir bucal Yecorincol y haciendo aumentar la prosperidad de mis ya entonces ancianos bisabuelos; mientras, mi abuelo, finalizado el curso se presentaba con sus calificaciones ante el bisabuelo a recibir, inevitablemente, las órdenes para sus vacaciones.

–Bien, *mijo*, no hizo usted más de lo que debía –lo miraba cálidamente con aquellos ojos de miel y uva que yo heredé muchos años después–. Hijito, la vida no es un lecho de rosas, hay que afanarse muy duro para vivir decorosamente y yo persigo que usted no lo olvide nunca. Así, pues Alfredito, ayude a sus papás, ¡coja sus maletas y, durante sus vacaciones, *vaya a viajar Yecorincol sobre vagón!*

Esa frase se repitió todos lo veranos, año tras año, de manera que para siempre quedó entre los dichos familiares, y, a través de generaciones, la seguimos empleando cuando queremos quitarnos a alguien de encima.

–Por favor–decimos desdeñosamente los Bejarano ante el asombro del interpelado–, ¡váyase usted a viajar Yecorincol sobre vagón!

Mi abuelo Alfredo, único varón entre dos niñas de las que una falleció al nacer, heredó de su mamá el amor por la lectura, la música y la belleza, cosa chocante en su ambiente de militares rudos y más aficionados al trago y el puterío que a lánguidos sonetos y nocturnos de Chopin.

Con el tiempo, los prósperos negocios quedarían en manos de Doña Isabelita, mi tía-abuela, que, solterona y sin nada mejor que hacer, los acrecentó vertiginosamente al invertir con acierto una importante herencia recibida de nuestra familia boliviana; pues, hacía mucho tiempo, que sus papás renunciaron a desheredar a mi bisabuela, aquella hija rebelde matrimoniada con un pobretón español. *Estamos orgullosos de ser blanquitos, de buena estirpe española y acaudalados*, decían siempre nuestros familiares bolivianos. Según comentaba mi abuelo Alfredo, *los suegros del bisabuelo, eran de un extremo racismo con la indiada.*

Siendo mi abuelo Don Alfredo Bejarano distinguido cadete en los ambientes de la alta sociedad bogotana, conoció a una joven española, granadina, recién llegada a América con su viudo padre, embajador de España en Colombia. Esa fue doña Amalia, mi abuela, la que amplió el mestizaje familiar con un inestimable chorro de sangre azul. Referente a lo rancio de sus blasones circulaba entre mi familia la divertida historia de cuando mi abuelo la acompañó a visitar Granada en su luna de miel por Europa; ella misma nos narró mil veces la cara de asombro que puso mi abuelo, el militar, cuando tras la misa mayor en la Catedral, ella lo arrastró a rezar un rosario ante la tumba de los Reyes Católicos.

Fascinación que aumentó cuando, sin inmutarse, mi abuelita le explicó que era vieja costumbre familiar rezar ante la sepultura de sus reales antepasados difuntos, a los que desde generaciones, campechanamente, apellidaban Tita Isabel y Tito Fernando.

El viejo militar era el señor de la casa, pero hubo en su vida un pasado de violencia del que nunca se habló; la abuela, tan cuidadosa en todo lo que afectara a su esposo, contaba vagamente algunos incidentes de su vida militar, tan ligeramente, como quien habla de ir a pasar un día al campo. Nos relató que ya desde muy niño participó activamente en la Guerra de los Mil Días, tomando parte decididamente del lado conservador; qué como todos los colombianos, vivió como un tremendo trauma la separación de Panamá y, en 1928, participó en los choques del ejército contra los trabajadores de la United Fruits, de los que, al poco, surgirían los movimientos sindicalistas.

En 1932 su unidad combatió intensamente contra el ejército peruano para recuperar la franja amazónica invadida, alcanzando en esos combates las más altas distinciones militares que siempre lució con orgullo. Se retiró con la llegada al poder de los liberales, aunque, con la nueva entrada en el Gobierno de los conservadores, volvería temporalmente al ejército en 1946, durante la barbarie civil que en ciudades y campos se conoció como el período de *La Violencia*. Tras estas luchas salvajes, aparecieron las primeras guerrillas y mi abuelito abandonó definitivamente el ejército.

El viejito fue un verdadero caballero, de gustos finos, racista a morir, muy orgulloso de su apellido y de su aristocrática y beata esposa. Ya *pensionado* (jubilado) del ejército, después de la siesta, todos los días a la misma hora, se sentaba en su butaca a leer mientras, ella, rodeada del servicio de la casa, rezaba el rosario; eran tan distinguidos que, si el tiempo era desapacible, con licencia del obispo, ¡el cura de la parroquia venía a traer la comunión para mi abuelita!

En aquella casa era imposible no escuchar ópera; se escuchaba en todo el barrio porque mi abuelo la oía con el volumen más alto. Nunca nadie los vio pelearse, ni cuando los más espectaculares escándalos y despilfarros del abuelo y su amante eran la comidilla de Bogotá. Nadie lo cree, pero, llegó a contratar una compañía de ópera italiana para que viniese a Colombia el día del cumpleaños de la abuela; los italianos dieron dos representaciones con el aforo del teatro comprado en su totalidad por mi abuelo para invitar a sus amigos, conocidos, compromisos sociales y, en definitiva, la crema y nata de Bogotá.

La primera representación, elegantísima, para mi abuela y los matrimonios amigos fue exquisita en etiqueta y con deliciosas *delicatessen* (exquisiteces) traídas desde Paris y servidas en el ambigú durante el entreacto por una legión de uniformados camareros; al día siguiente, otra actuación para la amante del abuelo, la señorita *Churretes*, a la que asistieron los mismos hombres del día anterior pero, esta vez, dejando en casa a las esposas y llenando el teatro con sus queridas, amantes y putas.

Debió ser tal la orgía de trago y *tiradera* (jodienda) en los palcos, que los artistas interrumpieron la representación, aunque, a plomazo limpio, fueron convenientemente persuadidos y debieron seguir cantando durante toda la noche que duró aquella borrachera.

Aunque toda Colombia se enteró por los diarios, nunca riñeron por este asunto; creo que ellos regañaban discretamente a puertas cerradas. Un día me atreví a preguntar que obras interpretaron aquellos italianos y la abuela me respondió que, elegidas por ella, para las señoras fue una ópera decente, *La flauta mágica* de Mozart, y, para las amigas de la señorita *Churretes*, una de zorras, la *Carmen* de Bizet.

Luego, pasara lo que pasara, todos los Días de la Madre eran especiales en aquella casa; mi abuelo era extraordinariamente espléndido en sus regalos y nunca dejó de llegar con hermosísimas joyas, flores, perfumes y, lo más dulce, los dátiles que buscaba hasta debajo de la tierra y que, en carísimos transportes, mandaba traer de todas partes del mundo por ser los preferidos de su esposa; esto se repitió en todos los Días de la Madre y por supuesto, en cumpleaños, aniversarios, Navidades y en otras ocasiones cuando el abuelo tenía alguna fechoría que hacerse perdonar.

Nunca supimos porque mi abuelita apodaba despectivamente a la querida del abuelo, la señorita *Churretes*; los buenos de corazón decían que porque siempre iba excesiva, aunque torpemente maquillada y, los más chismosos, comentaban que la conoció en un barrio indígena muy pobre, peinada de *colitas* (trenzas) y, tan niña, que aún le colgaban los mocos.

En cualquier caso, todos coincidían en que esa india era de una belleza incomparable; tanta como su codicia que por poco no arruina al abuelo antes de abandonarlo por un afortunado negro brasileño, que pasó de andar descalzo a importar de Londres los zapatos hechos a medida y cosidos a mano. La fortuna dilapidada en los casinos y los más exquisitos hoteles que siempre recorrió acompañado de una legión de amigachos, mayordomos y rodeado por las putas más caras de Europa, aún dio para que el abuelo y la abuela, atemperadas las pasiones por la edad, vivieran sobriamente, pero juntos y felices los últimos años de sus vidas.

Como mi abuelo, mi papá don José Luis Bejarano, doctor en Derecho, título académico que consiguió recorriendo las más benévolas universidades de medio mundo, fue un ejemplo de cómo terminar de derrochar absurdamente los restos de una fortuna tirándola por la ventana.

Intentó licenciarse en Derecho en España, y sólo sacó en limpio perder algunos años en Salamanca y renovar las relaciones con la familia del bisabuelo, en aquellos momentos repartida entre Granada y Cádiz. Como es de imaginar, estos serios militares,

24

quedaron espantados ante el derroche de mi papá y no quisieron relacionarse excesivamente con tan excéntrico familiar; sin embargo, esto nos sirvió a mi hermanos y a mí para pasar algunos veranos en España con los que llamábamos primos. Y, a mi papá, para adoptar un aire de señorito andaluz que utilizaba con resultados infalibles en sus conquistas bogotanas.

En cuanto mi padre puso la mano en los dólares y acciones que quedaron tras la muerte de mis abuelos y en las pocas tierras que no pudieron arañar la señorita Churretes y el negro de los zapatos ingleses, comenzó una autentica orgía de irracionalidad, porque, si algo caracterizó a mi papá, fue su espíritu de autodestrucción.

Recuerdo que en nuestra casa de Chapinero, entre decenas de sirvientes había, algo absurdo entonces en cualquier mansión de Bogota, dos cocineros; uno francés y otro vasco, porque mi papá vestía hasta la ropa interior en Europa, sólo comía y bebía lo mejor y se hacía traer el *foie* (hígado de ganso) de Francia, los discos de canciones napolitanas desde Italia y hasta hubo ocasiones en que, por glotonería, en avión llegaron las angulas de una ciudad española llamada Bilbao. Cuando mi mamá le reprochaba rezongando tanto derroche y tanto gasto innecesario, el siempre respondía lo mismo, *déjalo, mi amor, sólo es dinero y nos lo merecemos.*

Por supuesto él, era aun más racista que todos sus ancestros juntos, y, ese racismo desmesurado, heredado de generación en generación, hizo que, mientras se lo pudo permitir, nunca entrara en su casa mayordomo, administrador o camarero que fuera indígena o negro, salvo los sirvientes de menos rango y los que trabajaban en el campo o cuidando de sus caballos. Y, curiosamente, al igual que el abuelo, sólo olvidaban su racismo para las amantes que eligieron entre las indias más puras de Colombia. Los dos coincidieron en preferir para sus amores indias guajiras, de la costa del Atlántico, ambas tan exóticas como avariciosas en su afán de arrancarles hasta el último centavo antes de abandonarlos.

Mi papá ubicó en la ciudad el más lujoso bufete de abogados que se conoció nunca en Suramérica y, desde el principio, su despacho se distinguió siempre por dos cosas; la primera, por lo exclusivo de sus clientes y, la segunda, porque en los tribunales perdía todos los pleitos. Ocurría que dictada la sentencia, sus empleados arreglaban los asuntos de sus hacendados clientes con tremendos sobornos y, en el peor de los casos, a punta de pistola; así, finalmente, ley y clientes, todos tan contentos. Menos los damnificados, generalmente gente pobre a la que se expoliaban derechos y tierras, cuando no la vida. Dijo Cicerón, *nada más injusto que la excesiva justicia* y, quizá por eso, los sicarios de mi papá la aplicaban a *pepazos* (a tiros). Observando, aprendí que la justicia anestesia a los pobres y que los ricos, ellos, nunca la exigían porque utilizaban otros calmantes.

Mi padre era un señor muy orgulloso de sus apellidos, *porque ustedes son Bejarano* decía, y, entonces, llamarse Bejarano era mucha cosa en Colombia; según la vieja tradición familiar, los Bejarano descendíamos directamente de los herederos de don Alonso Diego López de Zúñiga y Sotomayor, duque de Béjar, quienes bajo el nombre genérico de *Los Bejaranos* pasaron a Las Indias mediado el siglo XVI, dónde, finalmente, acabaron tomando el gentilicio por apellido.

Éramos los Bejarano descendientes de un viejo linaje muy respetado en Castilla y, yo, lo sabía bien por haberlo constatado durante mis estudios de literatura; el propio Miguel de Cervantes y Saavedra, dedicó al duque de Béjar, su benefactor, el gran libro Don Quijote de la Mancha y, también Góngora, en su dedicatoria de Las soledades, demandaba el favor de tan importante mecenas.

Ricos, militares, ganaderos, ennoblecidos por la sangre azul española y aún con campos y gente trabajando para nosotros, mi familia estuvo siempre muy orgullosa de su estirpe aunque, hoy, Bejarano sea un apellido muy común en Colombia; y él, mi papá, además, todo un señor abogado, ¡imagínense, Doctor Bejarano por aquí, Doctorcito, por allá!

Pronto estuvo alcoholizado y recuerdo que al levantarse, con bata de seda italiana, recibía en su habitación de manos de *la de adentro* (camarera, empleada del hogar), con delantal y cofia almidonados, el diario y su desayuno en bandeja de plata; mientras ojeaba el periódico, la empleada le preparaba un limón exprimido en un vaso alto, que terminaba de llenar con un enorme chorro de ginebra inglesa y unas gotas de agua. Ese era su desayuno, aunque de mayor me enteré, que a veces se metía también un *pericazo* (esnifar una raya, dósis de coca).

Y mientras desayunaba, no paraban de sonar aquellas viejas canciones napolitanas de Guiseppe Di Stefano, que seguirían oyéndose mientras durasen su desayuno y su *toilette* (aseo personal) a los que, aproximadamente, dedicaba cada mañana dos horas y media. La ceremonia terminaba cuando, avisado de que le esperaba el *carro* (coche, automóvil) en la calle, encarado a la puerta de salida, daba un beso a mi mamá y estiraba hacia atrás los brazos para que el mayordomo introdujera en ellos las mangas y le pusiera el abrigo. Tras él, quedaba flotando en el aire, un olor fresco a polvos de talco y colonia Álvarez Gómez.

Muchos días, antes de acudir al despacho, acudía a presenciar el entrenamiento de sus caballos de carreras. Aquellas cuadras de magníficos ejemplares de pura sangre inglesa, que, tratados mejor que las tres cuartas partes de la población colombiana, sin embargo, jamás, en ningún continente, ganaron una sola carrera.

Para entonces, además de alcohólico ya era adicto y, en sus fiestas y reuniones, la cocaína y el caviar ruso se servían indistintamente en fuentes de porcelana china de las que los invitados se servían a cucharadas. Su amante india encanalló pronto sus relaciones que cada día eran menos *chic* (elegantes) y más delincuenciales; pronto, sus amigos y los clientes de su bufete serían únicamente los chulos de sus putas, narcotraficantes, tratantes de blancas y las mafias del lavado de dinero. Así, hasta que arruinado en lo físico, en lo moral y en lo financiero, cerró el despacho, nos desatendió y huyó de nuestras vidas. En ese momento comencé a odiarlo.

Poco después, viviendo ya con cierta estrechez en un apartamento de Sindamanoy que hubiera sido un lujo para cualquiera pero que, a nosotras, se nos antojaba diminuto, sin perros, ni criados, ni extensos jardines, mi hermana querida, Ana María, enfermó de cáncer y murió en menos de un año; por supuesto, mi papá no apareció ni en el hospital, ni en el entierro y eso me hizo aborrecerlo mucho más.

Aquella tarde que volvimos enlutados del cementerio con mamá, mi hermano Pablo, se voló la tapa de los sesos jugando a la ruleta rusa con un amigo que vino a dar el pésame. Esta vez, tampoco vino al entierro y, al dolor lacerante de haber perdido dos hermanos en tres días, tuve que añadir, con infinita angustia, el tremendo desasosiego de saber que tampoco tenía padre. Fue entonces cuando decidí que era mejor no tener papá que tener un padre hijueputa y, aquel día, lo maldije con toda mi alma.

CAPÍTULO 3

Mientras duraron los antiguos esplendores y no se marchó mi papá, fui una muchacha feliz. Después de aquello, sin que ninguna supiéramos porqué, entre mi mamá, mi hermana Muñe y yo la distancia se hizo inmensa. Quizá fue culpa de mi corazón, que, a merced de aquel desgarro, se negó a recibir más dolor y, para evitarlo, no encontró mejor sistema que dejar de querer.

Si había aceptado vivir sin padre, pensé que tal vez podría evitarme más dolor si hacía lo mismo con el resto de la familia. No lo sé, pero el distanciamiento con mi mamá y mi hermana tal vez no fue sólo culpa mía.

Pero los recuerdos de la época anterior fueron buenos; para cuidar niños, se olvidaba el racismo y por la casa pasaron un montón de mujeres muy humildes, pero con corazón de oro que, de tanto en tanto, nos siguieron visitando durante años y que antes de ser despedidas nos criaron a cambio de unos centavos.

Mi niñera debió ser una más entre aquellas indígenas que nos cuidaron y que se desvivían por nosotros. María, Rosa y Etelvina, no sé porqué todas eran indias U`wa, sureñas de Nariño; las recuerdo como buenas personas que utilizaron para todas el apelativo que mi mamá reservaba a mi hermana mayor. Muñe, de muñequita. Mi mamá sólo lo utilizaba para ella, quedándonos las demás, sin apelativo cariñoso alguno. Así que las niñeras, para evitar celos y conflictos y, más o menos hasta los doce años, amorosamente a todas las niñas nos decían Muñe.

El recuerdo más divertido de mi niñez, además de las tardes navideñas pasadas jugando a la lotería con mis padres, tuvo que ver con mi precoz feminidad; tenía yo unos cuatro añitos y salía de misa de la mano de mi mamá cuando, al pasar delante de una *vitrina* (escaparate), quedé prendada de un blanco *brasier* (sujetador) exhibido en un busto; aquella era la prenda más elegante, más coqueta y femenina que pudiera soñar mujer alguna, con miles de encajes en círculo desde la base del seno hasta cubrir el área del pezón.

¡Oh, Dios Misericordioso, cómo me enamoré de aquel sostén! Sin darme cuenta de que aún era una niña, le rogué y supliqué a mi mamá que me lo comprara, sin entender que a mis cuatro años no podía lucir algo así. Mi madre, quiso darme el gusto de que estrenara feminidad y compró en una tienda la tela adecuada para que yo pudiera lucir semejante belleza de prenda; así que, llegó a casa y, bajo su supervisión, puso de inmediato a nuestra costurera, una negrita del Chocó, a trabajar para hacerme un sostén a medida idéntico al del maniquí.

Cuando estuvo acabado, me llamó muy seria y me dijo que había que hacer pruebas, me puso el sujetador y encima, para que se apreciara, una blusa blanca transparente arreglada de una de las suyas. ¡Oh, Dios mío, qué felicidad! Con que orgullo corrí, mostrándome ante las personas de la casa y recogiendo piropos de todos, hasta llegar donde mi papá, al que con todas mis fuerzas grité, *¡por favor, papi, míreme!* Entonces, ¡Ohhhh, Dios, que desilusión y que vergüenza! A mi padre le dio un ataque de risa, se reía a carcajadas de mí, burlándose de mis ocurrencias, mi feminidad y de mis inexistentes senos. ¡Qué recuerdo...! Durante muchos años en un cajón quedaron guardados y mojados por mis lágrimas mis aires de mujer grande. Hoy, esta evocación me permite proclamar que fui coqueta y femenina, prácticamente, desde el mismo día que nací.

También recuerdo un verano en España en que, para viajar libres por Europa, mamá y papá nos dejaron el verano con la familia de Cádiz; yo era muy niña y entre mis hermanos y mis seis primos andaluces, formábamos una maravillosa pandilla de diablos capaces de todas las travesuras. Los tíos eran militares y vivían en la Cortadura, junto a la Escuela Militar de Aplicación y Tiro; la playa estaba tan cerca que a la hora de comer bastaba un repique de la campana de bronce, para que la criada, respondiendo con un pañuelo blanco desde la playa, arrease con toda la recua de niños hacia la casa. Escuchábamos la campana y, sin discusiones ni excusas, se abandonaba el baño para con ardor militar iniciar un zafarrancho de combate, en el que los mayores ayudaban a los pequeños a recoger y marchar hacia la casa, pastoreados todos por la impagable tata Josefa. Nadie supo decirme porque llamaban *Virtu*, de Virtudes, a quien se llamaba Josefa, pero lo gracioso es que sólo respondía si se la llamaba por su apodo.

Luego del almuerzo venían las interminables horas de siesta; los niños separados en habitaciones alejadas para evitar *la bulla* que decían mis tíos. No recuerdo que hacía mi hermano, pero a nosotras nos recluían con la *Virtu* en una habitación amplísima con enormes armarios de madera oscura hasta el techo en los que nos encantaba curiosear, envueltas en olores de libros en las estanterías, de ropa limpia guardada en alcanfor y el aroma de los jazmines que subía del jardín.

Para evitar alborotos, la *Virtu* se acostaba con las dos pequeñas en la enorme cama de matrimonio, dejando la suya para *Muñe*, la mayor de mis hermanas. Una vez que se calmaba el alboroto que armábamos por el rechazo a tanta inactividad, en aquella fresca y oscura habitación, aun tan niña, tuve mis primeras sensaciones de emoción femenina. Mi hermana Ana María y yo dormíamos juntas y, aguardábamos el sueño, acariciándonos suave y lentamente la espalda bajo el camisón. ¡Qué nostalgia me produce recordarlo ahora, tanto tiempo después de su muerte! Qué dulce sensación sentir sus deditos fríos, recorriendo mi espalda por la columna vertebral hasta la nuca y, que goce para mi, rozar luego la piel fresca de sus hombros. Creo que esas inocentes caricias infantiles fueron mis primeras emociones de sensualidad femenina que, entonces, recelosa de que se malinterpretaran, y, tras el fallecimiento de Ana María, por demasiado íntimas y tiernas, jamás compartí con alguien.

A veces, si tardábamos en dormir, la *Virtu*, nos repetía el cien veces contado cuento de la *Princesa Gordilinda* y la *bruja Flacafea*, que pese a sabernos de memoria escuchábamos embelesadas en silencio hasta adormecernos; si no dormíamos, nos divertía pellizcarle a la tata sus senos, porque, viéndola en camisón, siempre nos llamaban la atención por lo enormes; ella, rezongaba un poco, hasta que lograba aquietar los violentos pellizcos y, metiendo nuestras manos bajo su ropa, nos permitía explorarlos suavemente; luego, teniendo tendida una niña a cada uno de sus costados, si nos aburríamos del juego, sacaba sus enormes tetas fuera de la camisa y, con las suyas, guiaba nuestras manos en las caricias.

Nos conducía para palparlas o rozar sus aureolas con nuestros deditos y, dulcemente, cuando estábamos medio dormidas, acercaba nuestras caritas a sus enormes pezones tiesos para pedirnos susurrando que fuéramos buenas, no nos portáramos mal y se los chupáramos; a veces, si aquella tarde estábamos complacientes y se los mamábamos como hacen los bebés, la *Virtu* gemía calladamente y abría y apretaba los muslos empujando suavemente con las caderas. Descubrirlas y tocar sus tetas, quitándole aquellos horrorosos sujetadores de tela, era para nosotras un juego del que no nos sentíamos culpables y, que además, nos producía un delicado placer que desconocíamos.

Era un secreto entre nosotras que nunca compartimos con nuestra hermana mayor Muñe y del que jamás hablamos claramente hasta que mi hermana enfermó. Reconocimos entonces que nos gustaba explorar aquel diminuto y tetudo cuerpo femenino adulto y nunca supimos porqué ocultamos todo a Muñe, a mamá y a nuestros tíos.

Desde luego, lo entendimos de mayores; a *Virtu* el juego le gustaba, le producían placer aquellos manoseos y lametones; quizás ella nos dijo de no contarlo, asociando aquellas caricias con el alboroto que no se toleraba en aquellas horas, es decir, con portarnos mal durante la siesta. No lo recuerdo, pero, ya grandes, ¡cómo nos reíamos evocando los orgasmos que, aquella pobre mujer solitaria, robó delicadamente de nuestras manos y labios infantiles! Nunca pudimos sentir rencor porque abusara de nuestra inocencia, y, ya mujeres, al recordarlo, sentíamos por ella una tremenda pena.

Pero la mayor parte de nuestras vacaciones transcurría en la maravillosa finca, que con tanto amor compró y cuidó doña Isabelita, la hermana de mi abuelo, reuniendo en una sola propiedad las distintas posesiones de mi bisabuelo y el patrimonio heredado de nuestra familia de Bolivia; después de dos generaciones de despilfarrar *plata* (dinero, pasta), esta era la joya de la corona de nuestras propiedades. Poco tiempo después, sería vendida por mi padre, harto del trabajo y atenciones que precisaba.

La finca era un lugar de ensueño para mí y mis hermanos, además de la treintena de primos lejanos y amiguitos del colegio invitados a pasar las vacaciones allí cuando terminaba el curso escolar o en el asueto de mitad de año; era una inmensa y magnífica construcción colonial de dos pisos y una enorme buhardilla; con sus porches y barandas desde los que anfitriones y huéspedes disfrutaban de la vista de la piscina, laguna, montañas, flores y plantas en el jardín. En un rincón del patio había un altar de mármol frente al cual, los domingos, los peones ponían sillas y butacas de madera para que diera misa el sacerdote del pueblo vecino. Y, salvo los empleados ocupados, ninguno de los habitantes de la finca estaba autorizado a faltar a la ceremonia.

La casa principal, donde vivían los mayores de la familia, tenía dos alas para invitados, una la de los niños y otra para los adultos; además, en la casa grande estaban el despacho, la biblioteca, multitud de salones, incluido uno de baile con una capacidad asombrosa, comedores de fiesta y de diario; arriba, nuestras habitaciones, cada una con su cuarto de baño y las de los mayores, además, con un vestidor y salita con chimenea encendida cada mañana; por todas partes, elegantes muebles traídos de Francia y España, antigüedades, cuadros y esculturas, objetos de arte y de colección. En un edificio adjunto, en la parte trasera, almacenes, bodega y cocinas para la casa.

Algo alejados de ella y en la parte trasera, después de las cocinas, había un auténtico pueblo donde destacaban las casas del administrador y el capataz, y a su alrededor, por riguroso orden jerárquico, en círculos cada vez mayores, las casas de los hombres y mujeres empleados de la familia, después los cuidadores de los caballos y, por último, vaqueros, pastores y peones. Además, en la entrada y en cuatro puntos clave de la finca, estaban las casas de los *cuidanderos* (guardeses) que servían para el descanso de las rondas de hombres armados encargados de proteger la finca, a sus dueños y evitar el *abigeato* (robo de ganado).

Por las mañanas, los empleados nos sacaban de la cama para acercarnos a los establos, junto a los corrales, y beber la leche recién ordeñada; eso era el paraíso, todos riéndonos unos de los otros por los bigotes blancos que nos quedaban en la cara y que, gesticulando, relamíamos una y otra vez.

Apenas bebida la leche, corríamos hacia las cuadras y, aunque nosotros teníamos los nuestros, eran de ver las peleas entre los chicos por ganar los mejores y más bonitos caballos; la consigna para todos, salvo los verdaderamente pequeños que jugaban con ponis ayudados por mozos de cuadra, era que nadie montara si no sabía ensillar y poner el bocado a su caballo. Después, por edades, unos permanecían en los corrales aprendiendo a cabalgar y, otros más avanzados, a saltar en el área de obstáculos del picadero frente a la casa; mientras, los mayores, salíamos en busca de los vaqueros que arreaban de unos prados a otros los hatos para ejercitarnos enlazando becerros criollos. Evidentemente, yo, en mi yegua *trochadora* (raza de caballos colombiana), marchaba junto a todos sin participar de aquellas labores tan poco femeninas.

A la vuelta, supervisados por los cuidadores, nadie dejaba un caballo en la cuadra sin antes haberlo bañado, secado, preparado su cama con paja limpia y, en los casos de caballos enteros, inquietos y bravos, meterle su oveja en la pesebrera, pues, estos animales, como algunos perritos, gustan de compartir cama con los caballos y con su compañía los tranquilizan. Allí, como en la huerta, en ese entonces siempre tenía a mis primos y amigos detrás de mi, ofreciéndose para ocuparse de mi montura y recibiendo de sus manos las mejores frutas; yo, ante los celos de las demás chicas, siempre esperaba que me atendieran y recompensaba con una sonrisa y una mirada lánguida al muchacho que lo hacía.

Tras el almuerzo de los niños, servido a la sombra de los gigantescos árboles del jardín, se reposaba un rato en hamacas o mantas extendidas en la hierba, y, después, cuando nos autorizaban, corríamos a bañarnos en el embarcadero de la laguna vigilados por algunos peones en barcas. ¡Oh, Dios, era maravilloso! Disfrutar del agua, y sentir como los muchachos torpemente, con la excusa del juego, intentaban abrazarnos y acercarnos a sus cuerpos. Las niñas, incluidas mis primas y hermanas, estaban siempre celosas porque, entonces, yo ya era una jovencita muy femenina y tan deseada que recibía papelitos con declaraciones de amor a cada rato. Mi hermana Muñe llegó a quejarse a mi mamá sin darse cuenta de que el interés de los chicos en mi era porque, al contrario de ella, yo no me peleaba, ni me subía a los árboles para competir con los niños.

Yo era una jovencita delicada, con clase y entendí muy pronto que para lograr algo de los hombres no hay que pelear intentando arrebatárselo, sino poner los medios suficientes para conseguir que ellos se afanen ofreciéndotelo. A mis enamorados distinguidos en su dedicación por servirme los recompensaba por las noches, cuando, ni el miedo a las víboras, nos hacía desistir de nuestros juegos a las *escondidas* (al escondite); en la oscuridad un ligero roce de mis labios sobre su boca, un calculado tropezón de mi cuerpo contra el suyo, bastaban para enardecerlos, hacerlos felices y tenerlos ansiosos por servir.

Y, si alguno se peleaba por ser mi pareja en los juegos, yo, poco amante de los malos modales, le hacía notar mi disgusto ignorándole durante unos días. Ellas, mis hermanas y primas, podían ser mayores, pero aun no tenían desarrollada la feminidad que luego, siendo ya mujeres hechas y derechas, mi hermana Muñe envidiaría en mí. Entonces, a mis once años y con una maliciosa mezcla de sensualidad, erotismo y picardía, yo era la reina y protagonista en los juegos con los excitados muchachos.

Un día, sobre mis doce años, supimos que ya no quedaba ni una vaca y mamá nos anunció que papá había vendido la finca y los caballos. Sin vacaciones en la hacienda, todo cambió. Y, además, como es comprensible, esto no hizo que aumentara mi cariño hacia él.

Igual que se acabaron los días en el campo y pasamos a ser fauna urbana, también mi cuerpo cambió; dejé de pronto de ser una niña, y apareció en su lugar una linda jovencita, con un proyecto de bellos senos, con la llegada de la menstruación, y, arrastrando una mochila de colegio en la que, junto a los libros, abundaban cepillos, espejos, y cualquier cosa útil que sirviera para embellecerse a la salida del colegio. Recuerdo que utilizaba los sobres de un refresco en polvo para *pintar* mis labios de rojo, aplicando después una capa de vaselina encima.

Siempre fui buena estudiante y, en aquellos años, mi única preocupación era ser una excelente alumna y acabar mis cursos con las máximas calificaciones para conseguir pronto el acceso a la Universidad de los Andes. Quería estudiar Literatura, mi pasión desde niña. Sólo después de aprender mis lecciones, acudía al club de tenis del Country y procuraba mantener un guardarropa a la última o que, al menos, no desentonase en ningún lugar. Ésas, y en ese orden, eran mis preocupaciones. También, diplomáticamente, evitaba las insinuaciones de algunos papás, excesivamente afectuosos con las compañeras de sus hijas, y siempre dispuestos para acercarme a casa en sus autos. Un discreto rehusar, *sin querer, pero queriendo*, manteniendo coquetamente las formas y una mundana compostura porque, ya sabía entonces que aquellos acaudalados papás serían mis empleadores mañana. Con alguna audaz mirada, les hacía entrever que era una adolescente distinta.

Con los muchachos de mi edad era diferente, la conquista no era un problema; recuerdo que por nuestra casa comenzaron a desfilar docenas de pretendientes empeñados en acompañarme a clase y llevar mi mochila, cosa a la que sólo accedía si el chico era atento, tierno y me gustaba. Luego, si después de meses de servicios e invitaciones a helados, cines y regalos, el encendido enamorado de turno pretendía una caricia, buscaba excitarle para que se propasase en el manoseo y de esa manera reprenderle y enviarlo de vuelta a su casa avergonzado. Darles un ligero beso en los labios y dejarme tocar suavemente el busto por encima de la blusa era todo lo que estaba dispuesta a permitirles a aquellos chicos.

Me enamoré de mi profesor de Español cumplidos mis quince años, él era un hombre de unos treinta, *churrísimo* (guapísimo) y muy tímido, soltero y elegante; tenía un cuerpo armonioso, esbelto, se movía con elegancia, me parecía sexy, atractivo, interesante y cargaba un maletín marrón que, pese a su juventud, le hacía parecer más serio aún. Me atraía mucho su apariencia intelectual, cosa que me sucedió luego con algunos hombres aunque tuvieran mierda en el cerebro.

Empecé a sentarme en la primera fila y sabiendo que tenía unas preciosas piernas decidí utilizarlas como arma de seducción; daba cinco vueltas a la cinturilla de mi falda para acortarla tratando de lucir más pierna, con lo que al sentarme enseñaba los muslos tan arriba que se vislumbraban los *calzones* (bragas). Además, como no paraba de jugar moviendo las caderas, cruzando las piernas y tonteando con esos truquitos de tirar el bolígrafo y agacharme bien abierta para recogerlo, ponía al profesor muy incómodo. No cesaba de coquetearle contemplando con descaro sus ojos azules, fingiendo atender sus explicaciones cuando más bien lo devoraba, lo desnudaba con la mirada y lo comprometía; lo puse tan al borde, que tratando de ser distante y frío, acabó por pedirme que me sentara en las filas de atrás, donde las malas estudiantes. Entonces me di cuenta de que la broma podía costarme caro si, como parecía, el muy tonto planeaba hacerme repetir el año. Pero, este juego, se había convertido en una necesidad para mí y ya no podía pararlo.

Con la excusa de tratar sobre la materia, una tarde, al acabar las clases, le pedí pasar a su despacho y en pie, ante su escritorio, mirándole a los ojos le imploré cambiara su mala opinión de mí; dije ser buena estudiante y merecer aprobar, pedí que me guiara sobre cómo hacerlo y aseguré que yo me pondría obediente en sus manos para mejorar. Esto lo desbordó, más, cuando vio que lentamente comenzaban a caer de mis ojos unas tremendas lágrimas mientras le explicaba que quizás estuviese influida por las malas compañías de algunos muchachos.

Cuando percibió que no pretendía violarlo como temía y me vio tan suplicante y arrepentida, se creció y se dejó llevar por el deseo reprimido que sufrían sus entrañas; se acercó, secó mis lagrimas con su pañuelo y me dio un paternal abrazo, quizás, algo más largo y estrecho de lo conveniente. Mientras secaba mis ojos con los puñitos cerrados, entre hipidos compungidos, tuve buen cuidado de rozar el bulto que se agrandaba entre sus piernas.

Mi primera experiencia auténticamente sexual, no fue la penetración. Aquel día, por mucho que me suplicó que le besara la boca y el miembro que sacó de su pantalón, yo me negué tajante, nada de besos ni chupadas, dije, sólo, si lo deseaba, le autorizaba a lamerme entre las piernas como había oído que les hacían sus enamorados a las mayores. Para mi sorpresa aceptó de inmediato y, tras otro intento de arrimar su pene a mi boca, tras su escritorio me quitó mis *cucos* (bragas) de algodón, abrió de par en par mis piernas y, agarrándome de las nalgas con ambas manos, me estuvo lamiendo enérgicamente durante unos minutos.

Sabía que en caso de sorprendernos alguien, bastaría con llorar y señalarle, para que el castigo recayera sobre él. El tipo no me desagradaba, me gustaba de verdad, pero, cuando me vi en el suelo y medio despelotada, pensé que por lo excitado que estaba no iba a ser tan obediente como los muchachos que habitualmente yo manipulaba.

Me asustó su pene y supuse que, en cuanto se aburriera de chuparme entre las piernas, me lo iba a meter en la boca, en la *cuca* (coño, vagina) o en el culo sin que me librase de ello ni la caridad del cielo. Tuve miedo de perder mi virginidad y, aunque me gustaba sentir allí abajo su lengua húmeda, la caricia era demasiado brusca para gozarla. Pensé que si con la lengua era tan bruto, que daño no me haría con aquel miembro tieso que había visto mientras me lo arrimaba a la boca y me bajaba los *calzones*.

–Déjeme, profesor –supliqué–, ¡ya basta! Me está haciendo daño...

–¡No tenga miedo, *chiquis* (chiquilla, chiquitina)! –jadeaba queriendo besarme–. Ábrase de piernas y deje que le meta sólo la puntica, ¡verá qué rico...!

–¡No, ni hablar de eso, profesor! –intentaba apartarme de él–. ¡Ya, sea bueno y no me asuste...!

–Pero, niña, ¡mire que grande está! –gemía mostrándola en su mano–. Ahora no puede parar porque me haría mucho daño... Si no quiere que se la meta, ¡venga y dele una chupadita...! Dele al menos unos besitos...

–Pero, ¡usted dijo que me iba a ayudar en los estudios! –me alejé de él arrastrando la *cola* (culo) por el suelo–. ¡Guarde esa cosa...! ¡Me está asustando y voy a gritar...!

–¡No, Lany, por Dios, ni se te ocurra! –gimió mientras aceleraba el manejo de su miembro–. Aguarda, ya casi estoy listo.... Espera, ¡ya me viene...! ¡Ay, yaaaa....! ¡Ay, criatura, que lástima derramar esta leche tan rica que deberías tener en la boca...!

–¡Ha sido usted muy malo, profesor! –me estremecí–. Creí que me iba a hacer algo desagradable... Pero, ¿con qué me ha mojado las piernas...? ¿No me hará esto nunca más, verdad? Aunque, algún otro día, necesite volver a pedirle sus consejos...

–¡No temas, Lany! –se tapó tras limpiarnos ambos con su pañuelo–. Otro día, será usted quién me suplique... quizá, ¡cuando venga a casa a estudiar conmigo!

Abandonamos el colegio sin que nadie sospechara lo sucedido entre el profesor y yo; en aquella primera experiencia con un hombre, evité ser penetrada por temor al dolor físico del que hablaban las mayores y porque estaba segura de no querer ser desvirgada como una perra en el suelo de mi clase. Creo que, de milagro, me libré de una buena *tirada* (buen polvazo). Ese año, superado los malentendidos, conseguí las mejores calificaciones y le agradecí a mi profesor. En un aparte, después, le dije que siempre guardaría nuestro secreto.

Tendría entre quince y dieciséis, cuando uno de los chicos mayores, Alemán de apellido, robó en su casa una novela erótica y esa bobería por arte de mi participación, se convirtió en la historia del año; en cuanto me enteré, a cambio de unos besitos, unas zalamerías y mil promesas, lo convencí para que me la prestara. Luego, me faltó tiempo para hacer saber a los chicos de mi grupo, los de mi edad, que todos los días haría lecturas de ella en el parque detrás del colegio. A mis atentos oyentes, les cobraba el equivalente a una entrada para el cine.

Pese al alto precio estuvieron super interesados y no dudaban en emplear sus ahorros en las audiciones, ya que la historia parecía gustarles mucho; la novela se llamaba *La amante de Satanás* y era la historia de una granjerita estadounidense que abandonó su casa para ir a vivir a New York tras el sueño de la fama. Allí, la ingenua pueblerina terminó prostituyéndose y especializándose en las relaciones sadomasoquistas; yo me convertí en la lectora erótica oficial, sentada encima de una mesa y enseñándoles bien los *cucos*, mientras ganaba dinero, leía para que escucharan y se pusieran bien calientes.

Alemán se lo contó a los mayores, sus compañeros de diecisiete y dieciocho años, la historia tomó otras dimensiones y tuve que ampliar el negocio; hice otro grupo que después de *comer* (cenar) llegaba a mi casa sobre las siete de la noche, nos sentábamos en los jardines de la rotonda, yo sacaba el libro, leía y los muchachos escuchaban ávidamente el relato. Al ser la tarifa doble para los mayores, me esmeraba y asumía el personaje, me metía en el papel como una actriz, leía con la voz más sensual de que era capaz, gesticulaba soezmente y, para acompañar los pasajes más excitantes del libro, enseñaba las tetas como una puta callejera. Intentaba, con toda mi pasión, trasmitirles a ellos todo el erotismo de la novela. Además, en la ida y la venida, me encantaba andar enseñándoles el trasero con la minifalda; resumiendo, desde muy jovencita, fui una *calienta huevos* (calientapollas).

Aquellas lecturas eróticas me descubrieron un mundo de nuevas sensaciones. Sentía mucha curiosidad por saber hasta dónde podía llegar en el dominio sobre los chicos y me gustaba el juego de calentarlos, el poder de excitarlos. Lo disfrutaba más porque, mientras yo contaba tranquilamente la *plata*, sabía que ellos se iban *arrechos* (cachondos, calientes) a su casa y que correrían a su habitación para *hacerse la paja* (meneársela, masturbarse).

Este negocio me aportó una precoz intuición en cuanto al sexo; ahora, con los años, entiendo que era mi naturaleza, me encantaba ponérsela tiesa a los hombres y, luego, evitar que me la metieran.

Otro día, utilizando al mayor del equipo de *básquetbol* (baloncesto) como guardaespaldas, organicé una sesión de bailes eróticos en el gimnasio; la llamé, *Función de bailes exóticos en beneficio de los huérfanos desplazados por la violencia.* En realidad, fue un burdo y lascivo striptease del que pude zafarme íntegra gracias a los tremendos puñetazos que repartió mi cuidador. En cuanto mostré los senos, mis compañeros de estudios se abalanzaron a sobármelos y, de no ser por la prudencia de hacerme guardar, allí mismo me violan aquellos *hijueputicas*. Mi acompañante, buen negociante, mientras contábamos la plata en su carro, me exigió más salario por el riesgo corrido y, para calmarlo y pagarle, le suplí la *plata* con una buena paja. Salió ganando porque tengo ese don, siempre fui muy buena haciendo pajas.

Pero quizá detallo estas anécdotas porque siempre quise olvidar algo que, ahora, he pasado por alto. Cuando una chica cumplía los quince siempre se celebraba una gran fiesta, era el salto vertiginoso de la niñez a la adolescencia, con misa, invitados, vestido largo, damas de honor y decoración color rosado; se suponía que, a partir de entonces, empezaban los primeros amores y todas las chicas lo esperaban como el día más importante de sus vidas hasta que, para las más afortunadas, llegara un príncipe azul.

A mí no me interesaban los primeros amores y además tenía rota el alma, así que, de acuerdo con mis padres, no di la fiesta; mi adorada hermana Ana María estaba enferma, muy enferma con cáncer y, entonces, por aquellos días de mi cumpleaños, recibía tratamiento de quimioterapia. Hacía un año que la habían operado y siempre me dijeron que lo superó, que no había de qué preocuparse, que era joven, sana y estaba atendida por excelentes especialistas; pero, yo la veía cada día peor. Sin saber qué era la muerte, sentía que mi hermana estaba muriéndose. Había días, tras la quimio, en que no podía moverse, ni casi hablar y yo la veía sufrir, aunque, disimulara el dolor tras su maravillosa y cálida sonrisa.

El día de mi cumpleaños contra todos quiso levantarse y, casi arrastrándose, salió para comprar mi regalo. No pudo ir muy lejos, apenas dio una vuelta a la *cuadra* (manzana) y, aún así, volvió agotada, pero, en sus ojos y en sus labios, brillaba la dicha de su amor por mí. Venía feliz y me traía jabones Heno de Pravia en una cajita rosa. Poco después, estando inconsciente y muriéndose en la cama de la clínica, mientras acariciaba aquella carita enflaquecida cuyos ojos ya no me veían, le acercaba las pastillas de jabón esperando que su aroma le hiciera saber que era yo quién la besaba. Cuando murió, guardé aquella caja y, hasta hoy, nunca se separó de mí. Miento, hubo un largo período tras el que no regresé a casa y mis jabones quedaron allí guardados, perfumando mi ropa, aguardando mi regreso.

Volvimos del cementerio destrozadas, enlutadas y muy tristes por la inexplicable ausencia de mi papá en el entierro. Aún no sabíamos que la *hijueputa* muerte nos aguardaba de nuevo en aquel apartamento, como un mastín, dispuesto a arrancarnos otro trozo de alma a dentelladas; al llegar del cementerio descansamos unos minutos y, mientras mi hermano Pablo se retiraba a su habitación con un amigo, las mujeres preparamos un refrigerio para la familia y los conocidos que nos acompañaban en el duelo.

Entre el ruido de platos, vasos y pésames, de pronto, oímos un estampido que nadie identificó. Un militar amigo desenfundó su arma y corrió abriendo puertas; al llegar a la habitación de mi hermano, oímos gritos y luego llantos; mi mamá se lanzó hacia la habitación, pero ya, el militar salía del cuarto para contenerla. Se acercaron más mujeres y un par de hombres y trajeron a mamá que gritaba y se arrojó llorando en los brazos de Muñe. También acompañaban a un chico atónito que sollozaba con los ojos abiertos como platos y al que, mientras frotaban la sangre de su camisa blanca con una servilleta, sus papás apartaron en otra sala. No me dejaban acercar, dijeron que había ocurrido un accidente, pero de un empujón aparté a los desconcertados invitados y me escurrí sin que nadie me lo impidiera.

Mi hermano Pablo estaba en el suelo, boca arriba y con mucha sangre en la alfombra bajo su cabeza; olía a pólvora, al aceite de unas balas tiradas por el suelo y, en su mano, sujetaba un revólver.

41

Salvo el de mi hermana, no había visto más cadáveres, pero, supe con certeza que estaba muerto; nadie vivo queda tirado de esa forma en el *piso* (suelo), caído sobre sus piernas y descalzo de un pie. Me acerqué y, de rodillas junto a él, bajé sus párpados abiertos antes de que irrumpiera el militar en la habitación.

—Melania, ¡por Dios bendito, salga de aquí! —puso sus manos en mis hombros—. Pablo está muerto...

—Ya lo sé, señor—respondí inclinándome adelante para librarme de sus manos—, ya lo sé, ¡no soy estúpida...! Si mi papá hubiera venido, él no estaría muerto...

—Pues, entonces, ¡salga de aquí, *mija*!—replicó el militar—. Está llegando la policía y no conviene alterar el escenario para la investigación...

—Le entiendo, señor—lo miré mientras me separaba de él—. Pero yo a mi hermano, le pongo bien sus piernitas y le calzo su zapato que no quiero que mi mamá lo vea así...

Sin percibir que me empapaba en la sangre derramada, las tomé de debajo de su cuerpo donde quedaron dobladas en el momento del disparo, las estiré, le puse el zapato en su pie y le cubrí la cara con mi propia blusa. Luego, ante la mirada atónita de todos, aparecí en *brasier*, manchada de sangre y me aproximé hacia las mujeres que atendían a mi mamá y a Muñe. Silenciosamente se apartaron a mi paso los invitados, mi mamá levantó los ojos, me vio y durante un largo minuto lanzó el más desesperado alarido de dolor.

—¿Está muerto su hermano, Lany? —preguntó susurrando después del grito—. ¿Por qué está manchada de sangre...? ¿Por qué ha matado a su hermanito?

—No, mamá, ¡yo no lo maté! —gemí cayendo de rodillas ante ella—. ¡Fue cosa de los muchachos...! Yo nada tuve que ver... Si hubiera estado papá...

—¡Eres una mala puta, Lany! ¡Quítese de en medio! —se levantó y abrazada a Muñe pasó junto a mí sin mirarme—. ¡Virgen Santísima! ¿Qué le ha hecho a mi hijo...?

Sus amigas impidieron a mi mamá y a Muñe acercarse y las retiraron al comedor donde no me vieran; yo quedé sola, de rodillas, semidesnuda, manchada de sangre y llorando hasta que llegó la policía. Entonces, un uniformado me cubrió con una bata, me ayudó a levantar y me sentó en un sillón; desde allí, entre gritos, conversaciones, timbrazos del teléfono y ruido de pasos apresurados oí aquellas palabras.

–Señor, según declara el muchacho que acompañaba al muerto –decía un uniformado a un policía de civil–, metieron una bala en el *barrilete* del revólver y jugaban a la ruleta rusa. El muerto disparó primero, el otro está aterrado, ni llegó a tocar el arma... El revólver era del papá; por lo visto, lo olvidó en la casa antes de abandonarlos y estaba en un cajón del escritorio... Sí, fue la hermana pequeña la que movió el cuerpo y le ocultó el rostro... Ella fue la única de la familia que tuvo el valor para hacerlo... No, nada que ver, el vivo dice que estaban solos... y hay testigos de que la muchacha estaba lejos cuando sonó el disparo... ¡Son cosas de la madre que está aturdida!

Algo muy sutil se quebró allí, entonces. Nada fue igual desde que volvimos de enterrar a Pablo, algo distinto se instaló entre nosotras cuando, nuevamente enlutadas, entramos en la casa de vuelta del cementerio. Toda ternura desapareció para mí, nunca me culparon ni fui maltratada, pero fue como si la desconfianza levantara un frío muro de cristal entre mi mamá, Muñe y yo. Ellas se entregaron la una a la otra. No tenían fuerzas para querer a nadie más, el cuidarse una a la otra las agotaba. Nunca más me regalaron un beso ni una caricia, ni un gesto de afecto que, sin duda, precisaban para ellas tras la muerte de mis dos hermanos y la fuga de mi papá. Nos veíamos, hablábamos educadamente, pero, en medio de una soledad heladora, yo quedé olvidada, prácticamente invisible. Con el alma rota de pena lloraba cada vez que, al entrar o salir de la casa, me encontraba en la puerta con las rosas rojas que seguían depositando allí los amigos de mis hermanos muertos.

Busqué el afecto cerca de un muchacho que siempre estuvo tras de mí, silencioso, esperando una oportunidad para demostrarme su cariño; para mí llegó entonces una etapa algo más serena y, durante meses, le permití que me acompañara. De visita al amigo de mi hermano que sobrevivió y que quedó medio desequilibrado en un sanatorio, a la puerta del colegio, al cine, a los bailes juveniles, al club de tenis o a mi casa para ayudarme con las tareas del colegio; prácticamente, se sentía mi novio, aunque ni pidió ni yo hubiera consentido contacto físico alguno entre nosotros, porque, para mí, él era como una mezcla de hermano, chofer y secretario.

Hacía años que me masturbaba de la manera tradicional, aquella, en la que todo el mundo piensa cuando se habla de estas cosas; pero lo mío fue rarito, porque si me daba placer hacerlo así, no descubrí toda mi capacidad para gozar hasta el día que ocurrió aquello. Un día tras el almuerzo, mi mamá y mi hermana Muñe hacían en el salón un de sus apartes de los que habitualmente me excluían; aburrida, me tumbé en el sofá, alejada de ellas que cuchicheaban entre sí; estaba tendida boca arriba, tenía las piernas cruzadas y las manos en la nuca, bajo la cabeza. Sonaban bajitas las eternas canciones napolitanas que acompañaron mi niñez hasta donde llegaban mis recuerdos; eran las canciones de mi padre, aquellas cantadas por Guiseppe di Stefano. Mi preferida fue siempre *O sole mío* pero, adoraba todas las demás, *Catarí, Mare Ciare, Santa Lucía, Parlami d'amore, Torna a Surriento*; las asociaba con retazos de imágenes de mi papá, antes de vestirse, recién salido de la ducha y palmeteándose la cara con la loción aftershave.

Estaba furiosa y me dolí la manera en que me apartaban de ellas. Medio adormilada, la rabia me hacía cerrar los muslos y apretar las piernas, y, tanto apreté, que, desde lo más profundo del vientre, sentí subir una sensación extraña que nunca había experimentado. Notaba en mi vagina un hormigueo tan agradable que no deseaba descruzar las piernas; quería que durase aquella deliciosa sensación y contraje, aún más fuerte, todos los músculos de mis muslos y vagina. Al poco, asfixiándome, subía hacia mi garganta un intenso placer que, finalmente, estalló en un orgasmo agudísimo y tan prolongado y hondo como jamás había sentido tocándome.

Miré hacia ellas para ver si habían notado algo. No, ¡seguían a lo suyo! Fue tremendo, raro, pero maravillosamente increíble y, desde entonces, mientras seguía escuchado la voz maravillosa de Guiseppe di Stefano cantando *O sole mio*, supe que tenía el don de *venirme* (correrme, tener un orgasmo) cuándo y dónde quisiera... ¡Sin tocarme!

Che bella cosa na jurnata 'e sole,
n'aria serena doppo na tempesta!

Un día, los papás de mi enamorado abandonaron Colombia

durante unos meses y él debió partir con ellos; antes, me pidió compromiso y que le guardara ausencia y yo, ajena a estos problemas de amoríos y por no discutir, acepté; ahora, se ve ridículo, pero entonces era normal que mientras un novio estaba ausente, dejara encargada la custodia de su amada a un amigo de su confianza. Formalmente, el día antes de partir, me presentó a su amigo, el que sería mi protector. Dios mío, no suelo impresionarme demasiado por los muchachos, pero este, me *movió el piso* (me atrajo mucho, me encantó). Era un *hembro* (bellezón, guaperas), así que, divertida por la situación e interesada por mi guardián, acepté para que se fuera tranquilo, tras mil promesas suyas de escribirme todos los días y telefonearme día sí y otro también. Le dije que no se molestara tanto, que no era necesaria tan intensa correspondencia, que yo estaría bien atendida.

Así, que de un día a otro cambié de ir acompañada de un muchacho parecido a Woody Allen cuando tenía 18 años, a salir, cuidada por un atractivo joven, alto, fuerte, bronceado y con unos preciosos ojos verdes; el clásico muchacho de película norteamericana que roba la virginidad de la protagonista tras el baile de graduación. Desde luego, pensé admirada, mi Woody Allen o era el joven más seguro de sí mismo del mundo, o, era un imbécil total dejando su hembrita al cuidado de aquella joya de hombre, de aquel *papacito* (guapo, atractivo), de aquel tremendo *bizcocho* (buenorro, apetecible); porque, en verdad, era *un sexo* (pedazo) de hombre, impresionante, un galán de telenovela. Y, ¡su mejor amigo le dejaba encargada la difícil tarea de cuidarme! De cuidar a la presunta novia. ¿Cómo se puede ser tan tonto?

–Usted es mi mejor amigo –imaginaba yo el diálogo– , por favor, ¡mientras esté yo fuera, cuídeme bien a Lany!

–¡Vaya tranquilo, *parcero* (amiguísimo, amigo)! –respondería el protector relamiéndose–. ¡No se preocupe que ningún extraño se acercará a Lany!

Poco tardó el protector en enamorarse de mí y, efectivamente, cumplió bien su promesa de no dejar que nadie se me aproximara; ocupó todo el espacio a mi alrededor y, con amenazas y desafíos, logró apartar a los *chulos* (moscones, buitres) que me rondaban, sólo, para lanzarse él a la conquista de la presa guardada con tanta devoción y camaradería. Evidentemente, sin que él lo descubriera, yo provocaba sus maniobras de cortejo porque, el pobre, era tan bello como bobo y necesitaba un empujoncito; por fin, reunió las agallas suficientes y, al volver de una fiesta juvenil organizada por el Presidente de la Nación para recaudar fondos para las víctimas del terrorismo en el club El Nogal, una noche, en el sillón del salón de mi casa, ni permiso pidió y me robó el primer beso.

Por entonces, yo debía tener diecisiete años y ese año el colegio, no sé porqué, organizó la fiesta de graduación en el Gun Club; aquella fiesta fue tan aburrida como los socios del club, todos adultos, en general, políticos y hombres de negocios muy, pero que muy tradicionales.

Con mis ahorros, conseguí que me hicieran un espectacular peinado en una famosa peluquería y, sobre unos tacones altísimos, envuelta en mi largo vestido blanco de finísimo encaje y chal al cuello, luciendo a mi galán, más atractivo que nunca en su traje de etiqueta, aquella noche parecía salida de un cuento de hadas. Desde luego, éramos los más lindos del baile, aunque mi sonrisa fuese tan hermética como la de la Mona Lisa debido al aparato puesto por el ortodoncista. Mis brackets eran bastante estéticos, no metálicos sino cerámicos, pero aun así, no sonreí en toda la noche.

No había terminado la fiesta cuando le insinué a mi acompañante que me aburría aquel ambiente y me gustaría que regresaramos a casa; yo sabía que si llegábamos pronto, mi mamá y mi hermana, aún seguirían en la fiesta y, algo debió intuir él, porque no protestó ni pidió despedirse o tomar el último trago; fue dicho y hecho, y, pocos segundos después, tomados de la mano, abandonábamos el Club.

El recorrido debió ser un calvario para aquel pobre, porque, apenas abandonado el Club, me lancé sobre él aún a riesgo de estrellarnos. Quería ponerlo a mil, calentarlo como nunca hubiera estado en su vida; sería quizá por la copa de champaña del brindis, quizá por la excitación de vernos como personajes de una novela romántica. No supe cómo logró llegar hasta el *parqueadero* (aparcamiento) del apartamento, pero, una vez allí, me abalancé sobre él besándolo como nunca había besado a nadie y, mientras él sorprendido se dejaba, las caricias iban subiendo de tono.

El deseo de hacerle sentir algo inolvidable me carcomía el cerebro, afilaba mis sentidos y mi intuición y, así, entre una varahada de perfume, dejé que sacara mi senos del *brasier* y se volviera loco acariciándolos y mordiéndolos; entonces, decidí que, afortunado mortal, le regalaría a él la primera chupada de mi vida. Mientras le abría la bragueta buscando su miembro para llevármelo a la boca, gozaba pensando que debía debatirse entre el deseo de que se la mamara y el pánico de que se la arrancara con mis bracktes.

Corté de tajo (frené, detuve radicalmente) sus deseos de explorar nerviosamente entre mis muslos con sus manos inexpertas y temblorosas, lo tumbé hacia atrás, saqué su miembro tieso del boxer y, no sé si con la mejor técnica, pero, sí con el mayor esmero, le hice la mejor mamada que pudo haber soñado en sus noches más calientes.

¡Pero no fue sexo! Fueron sólo caricias, él estaba en éxtasis total y fue una noche inolvidable. No dejé que él me acariciara, porque, no me gustan los niños. Luego, después de bañarme, en mi cama y algo excitada, me masturbé hasta *venirme* dos veces. Creo que mi guardián, aún hoy, seguirá recordando aquella chupada.

La primera vez que hice el amor, ¡qué asco! Había decidido perder la virginidad y pasó a ser prioritario para mí encontrar alguien que me desvirgara, así que no perdía de vista a ninguno de los chicos que aparecían en mi campo visual. Con la misma velocidad con que se presentaban, los descartaba; ninguno me parecía adecuado para dar ese paso, pero harta ya de hacer pajas y chupadas, a mis veintiún años, quería comprobar si tener sexo era tan bueno como decían; pero, ni entre los compañeros de estudios, ni los hermanos de mis amigas, ni en los clubes que frecuentábamos, en ninguna parte, encontraba al ser destinado a llevarse por delante mi virginidad. A ninguno (me entregaba), pero ya estaba harta de insatisfactorios encuentros sexuales, es decir, los días martes, jueves, sábados de 7 a 9 pm y los domingos de 4 a 8 pm. El horario de asueto sexual estudiantil.

Hasta que, una abrasadora mañana de verano, me decidí; fue, muy cerca de la casa, en la piscina de un hotel bellísimo que usábamos para nadar cuando no teníamos ganas o tiempo de acercarnos al Country Club.

Reparé en él porque sus ojos quemaban al mirar y, ese calor sentido sobre mi cuerpo, hizo que me girara para averiguar quién, desde lejos, me deseaba con tanta intensidad. Al descubrír quién me miraba quedé, no sólo desencantada, sino aterrada también; era un jodido viejo. Y, ¡si un anciano se permitía mirarme así, algo no estaba bien! Quizá había aguardado demasiado para perder la virginidad y, aquel ochentón, ya me encontraba adecuada para su edad.

Observé con desagrado que pese a su buena figura, los pechos le colgaban y los músculos de brazos y abdomen se desplomaban flácidos por la fuerza de la gravedad; sin embargo, se movía con elegancia en sus gestos, incluso al introducirse en el agua cuidando no resbalar. Tenía largos cabellos blanquísimos que hacían resaltar su cara bronceado por el sol y unos ojos azules que me desnudaban cada vez que los posaba en mi; porque, cada mirada suya, era como si me arrancara a mordiscos el bikini.

Pero el hambre que traslucía su mirada me hizo olvidar los prejuicios y, halagada por su deseo y por calentarlo aún más, cometí el sacrilegio de sonreírle. Le faltó tiempo para aproximarse, pedir permiso para acompañarme y, mientras ordenaba al camarero una botella de champaña francesa, demostrar que era un seductor y educado hombre de mundo. Atendí entretenida sus mil y una historias, bebiendo una copa de un helado Moët&Chamdom mientras decidía si, por fin, se lo iba a *dar*. Yo era muy joven, bueno no tan joven, porque mis amigas estaban desvirgadas hace ya mucho y algunas hasta casadas, pero él, en aquel momento, me pareció una buena elección, era diferente, fascinador, exquisito... ¡Un excitante hombre maduro!

Hoy hubiera pensado que era un tacaño por querer deslumbrar a una belleza como yo con una botella de un vulgar Moët&Chamdom que ni siquiera era un Premier Cru; no digo que hubiera ordenado un Cristal de 100.000 dólares la botella, pero, el muy avaro, ni siquiera intentó ofrecerme un Cuvée Dom Pérignon del 85.

Pero, la experiencia es un grado y, entonces me pareció un detallazo muy cosmopolita que un refinado caballero deseara compartir conmigo una botella de champaña francesa, en lugar de un ron con *gaseosa* (refresco, cola). Eso, me hizo sentir mujer, adulta, y, entonces, era lo que deseaba desesperadamente. Confesó coquetamente sesenta años, pero creo que hacía mucho de aquel cumpleaños, aunque, una vez decidida, dejó de preocuparme el asunto de la edad. Me deleitó su educada forma de expresarse, con el juego de sus manos dibujando adjetivos en el aire; también que era un gran lector, un hombre culto e inteligente como demostraban sus apreciaciones sobre la realidad por la que atravesaba Colombia; finalmente y, eso me encantó, era periodista, escribía para un gran diario de su país, Argentina. Al fin, había encontrado mi alma gemela, un auténtico intelectual que hizo brillantes comentarios sobre la política, forma de gobierno y cultura de mi país. ¡Qué pobres e insulsos me parecían mis amigos mientras escuchaba su conversación!

Pronto desplegó ante mí sus armas de seductor y charlando me contó que sus ascendientes eran de Nápoles y que su canción preferida era *Catarí*; aquello, me decidió. Le revelé el dilema sobre mi virginidad y, le dije que acababa de resolverlo, si se encontraba dispuesto y deseaba ser quién se ocupara de solucionar tan delicado asunto.

Intentó ocultar su alegría permaneciendo impasible, pero el temblor de la mano que sostenía la copa de champaña le traicionó y un ligero estremecimiento, un tic en realidad, recorrió la piel morena y arrugada de su cara. Me aseguró que era un honor para él contribuir a solucionar mi problema, que se desempeñaría de la mejor de las maneras, con toda la ternura y delicadeza que merecía una bella joven como yo, pero, también, con la pasión que necesitaba para hacer de aquel un día inolvidable; en cualquier caso, si en algún momento dudaba, sería yo quien decidiese continuar o dejarlo en ese instante. Y, finalmente, juró que siempre decidiría yo y que, fuera cual fuera la decisión, la aceptaría porque, desde hacía una hora larga, yo era el gran amor de su vida.

Me propuso iniciarme al día siguiente, pero, entre zambullida y zambullida en la piscina, me negué porque, una vez decidida, quería consumar de inmediato para no arrepentirme; eso también lo alteró, aunque tampoco quiso traslucir el gesto de ansiedad que apareció en la comisura de sus labios. Este *cucho* (abuelo, vejete) debía ser un valiente, con la autoestima muy alta o, en algún lugar, escondía un pocotón de viagras.

Decidí gozar mi plan y sólo quedarme con las partes positivas de la situación, porque, fuera como fuere, estaba decidida a guardar un buen recuerdo de aquel momento; además, cuando uno desea algo, no ve errores, no ve defectos. Por eso, me forcé en amarle un poquito, para evitar que el mínimo defecto o tropiezo de su parte, me pareciera una gran falla.

Acabamos la botella de champaña y lo envié a su habitación para ordenar el escenario; esperaba no encontrar medias (calcetines) tiradas por el suelo, periódicos deshojados sobre el sofá o pantalones sin colgar en el clóset. Le di media hora de ventaja y, tras pasarme un cepillo por el pelo, subí tras él; no tendría tiempo de bañarme (baño, ducha), así que hice como una amiga que preparaba sus citas dejando una gota de perfume en sus lóbulos, otra en el escote y otra entre sus muslos... mientras repetía una especie de mantra sexual, ¡esta por si me besa, esta por si me abraza y esta, ¡por si se pasa...!

Al abrir la puerta de la pequeña suite, quiso besarme, pero lo rechacé empujándolo hacia el interior del cuarto; no me apetecía que me vieran en el corredor con un anciano que se me abalanzaba sediento de besos. La estancia era linda con flores y bonitas cortinas, la cama estaba abierta y mi amante en levantadora (bata, albornoz) blanca que destacaba lo moreno de su rostro; hablando sin parar, seguramente para calmar mi supuesta ansiedad, me tendió otra copa de champaña mientras yo, tras dejar mis cosas en el sofá, dándome tiempo para pensar, cambié de idea y me dirigí a la ducha.

No tardó en reunirse conmigo bajo el agua, y mientras yo cerraba los ojos para no ver tan cercano aquel culo flojo y aquella piel flácida, él, sin duda pensando que entrecerraba mis párpados entusiasmada, comenzó a besarme, ahora sí, con menos ansia y más sabiduría; era agradable sentir su lengua en mi boca y sus manos en mis senos y entre mis piernas, pero, sólo era un momento encantador que el agua tibia, las caricias suaves y mis ojos cerrados volvían más placentero.

Debió encontrarme excesivamente pasiva y, buscando mi colaboración, acercó su pene a mi mano con ánimo de excitarme; fue decepcionante sentir aquella especie de plastilina blanda entre mis dedos. Esperaba que mi presencia, los besos y las caricias, se lo hubieran puesto tan duro como un bate de béisbol, pero, desgraciadamente era evidente que, tal como estaba, aquello no bastaría para desflorarme.

Abandoné la ducha desilusionada y, sin decir palabra, aún desnuda, me serví otra copa de champaña mientras él bajaba las luces; las vibrantes notas del *O sole mio* y la voz de Guiseppe di Stefano inundaron la estancia, y, entonces, supe que el viejito era un maestro, que, pese a todo, había hecho una buena elección porque, sólo aquella música, podía remediar mi tremendo desencanto.

Me volví sonriendo hacia él que me examinaba complacido, me acerqué, me arrodillé y metí su pene en mi boca dispuesta a no sacarlo de allí hasta dejarlo tan duro como cuándo su dueño tenía 40 años menos; no me importó lo blanducho de aquel pedazo de carne, iba a dejarlo listo para penetrarme. Ahora me tocaba a mí y, en chupadas, tenía gran experiencia.

Lo sentí engordar lentamente en mi boca mientras, suave y cuidosamente, lamía su miembro que se desperezaba entre mis labios; pronto, aún sin estar para impresionar, aquello quedó listo para intentar el asalto. Arrullada por el Catarí y con los ojos semicerrados, nos acercamos a la cama y allí, tendidos, se la meneé suavemente para mantenerla tiesa, mientras su lengua me dejaba húmeda y resbalosa. Muy despacio, sudando y como pudo, me la metió. Todo fue muy relajado, no sentí potencia alguna dentro de mí, le oía murmurar palabras tiernas en mi oído, mientras, empujando intentaba introducírmela más adentro. Yo confundía sus murmullos amorosos con las dulces canciones napolitanas.

Parlami d'amore Mariú
Tutta la mia vita sei tu
Gli occhi tuoi belli brillano
Fiamme di sogno scintillano

Dimmi che illusione non é
Dimmi che sei tutta per me
Qui sul tuo cuor non soffro piú
Parlami d'amore Mariú

La penetración fue suave, blandita y las caricias agradables, envueltas en su recargado perfume francés; pensando que aquella fragancia y su sudor, me sofocaban, me sorprendió sentir como algo se rompía en mi interior. Entonces, olvidándome de su olor, pensé, por fin pasó, ¡ya no soy virgen! Luego, me dije, ¿esto es todo? Pero no debía serlo porque, entre gemidos, aumentaba sus empujones hasta llegar a un ritmo frenético y desordenado; luego, sentí que algo tibio me mojaba por dentro y que él, sudoroso por el esfuerzo, se derrumbaba encima de mi entre suspiros y lamentos. Rápido lo eché a un lado, pensando, ¡Mierda! Y, ¿si el viejito se me muere encima?

Luego, vino lo que hubiera querido evitar a toda costa, el pátetico melodrama gaucho; justo cuando salía de la ducha, envuelta en una toalla, me declaró su amor eterno llorando y con la mano encima de la biblia del hotel; sollozaba porque debía partir para Argentina al día siguiente y me imploraba que huyera con él. La separación fue una tragicomedia y no calló, hasta que, sonriendo amablemente, le dije que nunca huiría con alguien que *no me había movido el piso*. Porque, mucha experiencia, mucho *savoir faire* (sabiduría, estilo) y champaña francésa helado, pero yo, ¡ni me había *venido*!

Cuando me alejaba por el pasillo, desde la puerta de la habitación y aún con su orgullo herido, me gritaba que volvería para reunirse conmigo y dar juntos el último suspiro de nuestras vidas.

—¡Escuche, viejo! —me giré y lentamente lo miré de arriba abajo—. ¡Ni lo intente! ¡Cada uno tuvimos lo que queríamos! No conoce a mi papá. ¡Vuelva a asomarse por aquí y le volarán *las huevas* (los cojones, las pelotas) de un plomazo! Ah, y, cuando quiera morir junto a alguien, ¡buscaré uno que la tenga más dura que usted!

Apagado el fuego, la primera vez, es ceniza que no se lleva el viento, dicen en Colombia. Ahí, acabó mi adolescencia y me hice mujer, pero todavía, pasaría tiempo antes de aprender que para mí, hacer el amor, era algo muy distinto.

Más de una vez volví a ese hotel con alguno de mis amantes y recordé aquel encuentro, aquel viejito al que regalé mi virginidad y, estoy segura, que el muy imbécil, ni debió creer que fuera virgen de tan experimentada que me encontró. Me daba igual. Había que pasar aquel mal rato. Y no fue tan malo. Sólo un rato.

Capítulo 4

*D*urante los primeros años de la Universidad fui muy promiscua sexualmente. Siempre busqué amantes especiales, raros, y, con todos ellos, *tiré* (follé, hice el amor) sin medida; en cualquier caso, los hombres, incluso los más interesantes, eran demasiado parecidos entre sí. Por eso, terminaron por aburrirme y me hastié pronto de aquel mete y saca que tanto hacía gozar a mis amigas.

Estaba algo confusa, sobre la cuestión del sexo; me encantaba la placidez del orgasmo, pero ninguna vez encontraba un tipo que me satisficiera; mis compañeras decían que era porque nunca me enamoraba y que, para acostarse con un hombre y gozarlo, lo mejor era estar locamente embelesada. Difícil me lo ponían porque, por cómo transcurría mi vida, no estaba demasiado predispuesta a enamoramientos románticos. Para no seguir sufriendo, dejé de querer en mi casa y fuera de ella. Así, educadamente y manteniendo la cortesía, no amaba a nadie, ni familia ni amantes; algo demasiado drástico, quizá, pero, al menos, tampoco nadie me jodía la paciencia.

También, con el tiempo, llegué a la conclusión de que no es necesario desarrollar una actividad sexual frenética y, aunque dispuesta al sexo, entendí que no era necesario practicarlo continuamente; salvo, conmigo misma, a solas. Me convertí en una ferviente defensora de la masturbación femenina. Desde entonces mi vida fue reposada y tranquila alejada de tipos molestos, ególatras y, en general, pésimos amantes. Mantenía en el cajón de mi mesilla un discreto juguete con el que me entretenía; se llamaba *Rampant Rabbit* y, hubo días, en que pensé si no le fundiría las pilas. Se lo recomendé a todas mis amigas, aunque algunas hipócritas se escandalizaban de mi sinceridad cuando hablaba con tanto apego de mi *novio cajonero* (vibrador guardado en un cajón).

Desde que la discreta Charlotte le dedicara tantos elogios en la serie de televisión, *Sex in New York*, *Rampant Rabbit* se convirtió en mi más apreciado pasatiempo; a diferencia de la actriz, que en la serie arruinaba su vida social al negarse a salir de casa por seguir jugando con él, yo sólo le dedicaba un ratito los sábados y domingos por la mañana. Bueno, y quizá también, ¡algún contacto esporádico entre semana! Me lo trajo Gabriela, una medio prima *cabinera* (azafata) que trabajaba en las líneas aéreas bolivianas; fueron los 50 dólares mejor gastados de mi vida y soy una más, de los millones de mujeres, a las que este instrumento ha hecho felices. Con mi vida sexual resuelta, mi adicción se centraba en los zapatos de tacón y los bolsos exquisitos, aunque, comenzaba a sentir una preocupante atracción por los *vitrinas* (escaparates) de las joyerías hiper lujosas, desde donde parecían deslumbrarme los centelleos de diamantes y perlas. Las esmeraldas, sobre todo las grandototas, siempre me habían parecido muy *palustres* (de albañil), muy *guisas* (ordinarias, horteras). Y, cómo no, mi mayor placer eran las canciones napolitanas de Giuseppe Di Stefano, sonando siempre en la penumbra de mi habitación mientras me *tocaba* (me pajeaba, me acariciaba).

La voz de ese hombre invariablemente me excitaba; no cuando era el tenor favorito de María Callas, sino, cuando cantaba las canciones populares de Nápoles, apasionadas, melancólicas, ardientes y siempre, siempre, muy melodramáticas. Lo único que me quedó de mi papá fueron los viejos discos de Di Stefano, más tarde, busqué por todo el mundo y compré las nuevas versiones digitalizadas; en el amor a esta música me parecía a mi papá, al que hacía un siglo que ya no veía. Esperaba que el parecido fuera únicamente en ésto porque, en todo lo demás, mi viejo, era una perfecto *hijueputa*.

No obstante, intentaba ampliar mis gustos musicales, hacerme con otro oído distinto, que no se limitara a las canciones napolitanas y, así, últimamente investigaba entre los boleros clásicos cuyas letras, a veces, me recordaban las de las *canzonettas* italianas. Mi prima Gabriela, la *cabinera*, era mi proveedora de novedades o antigüedades, y me estaba surtiendo de una amplia selección de discos de variopinta procedencia.

En su última remesa trajo un disco especial; se trataba de una cantante italiana con cara de travesti, un corazón tatuado en el bíceps, delgada, fibrosa y con estética roquera. Algo masculina, pero, al mismo tiempo, sensual y, muy, muy hembra. Lo roquero no era sólo un look, ya que, aplicaba ese estilo a las clásicas *tarantellas* napolitanas de una manera descarada, transgresora y rebelde. Gritaba y susurraba sus canciones, una fusión apasionada de las músicas napolitanas, árabes y gitanas del mediterráneo. Esa misma pasión la hacía sentir hasta llorar, gritar o desnudarse en el escenario, cantándolas con su voz ronca de borracha fumadora, profunda como la sima del deseo, pero, voluptuosa y acariciante como ninguna.

Se llamaba Pietra Montecorvino, antes fue actriz y, a veces, cuando miraba sus fotos me recordaba a Anna Magnani cantando, *O' surdato innamorato*, la bella canción napolitana que narraba la tristeza de un enamorado marchando a la guerra tras decirle a su amada que ella fue su primer y último amor.

Alta y flaca, boca inmensa de labios esponjosos, brazos delgados y larguísimos rematados por unas manos grandes y fuertes con las uñas mal arregladas, una larga melena de loca escapada del manicomio, una nariz poderosa y con dos profundas arrugas hasta la comisura de los labios, un lunar entre las cejas pobladas y sus ojos de carbón. Estaba entre los cuarenta y cincuenta años y, en su rebeldía, era hermosa, bella como un diamante e igual de dura; tenía un magnetismo poderoso, algo de *malafemmena* (mala mujer, en dialecto napolitano), que seducía, que cautivaba.

El día que puse su disco por primera vez, era sábado por la mañana y estaba acostada, *haciendo pereza* (remoloneando) y alargando la mañana hasta la hora de acudir al *Gym* (gimnasio) para mi tanda de aeróbicos, las series de abdominales, mi hora de *trote* (carrera) y la sesión de *kick boxing* (mezcla de boxeo y artes marciales) con mi *personal trainer* (entrenador personal); quería estar fuerte, preparada para defenderme del ataque de cualquier alucinado de los que desgraciadamente abundan por mi ciudad embrutecidos por la *pega* (pegamento) o el *bazuco* (cocaína fumada). Además, así quemaba las calorías de la buena mesa y los helados, definía los músculos y conseguía la estupenda silueta que los hombres admiraban cuando salía a *rumbear* (divertirme, de juerga) por la ciudad con mis amigas. Así era yo entonces, linda, alta, de piernas inacabables, media melena castaña, con ojos de miel y uva, maquillada, un cuerpazo perfecto, ropa bonita bien ceñida y con tacones. ¡Puro morbo para los hombres!

Medio dormida, puse en el equipo *Napoli Mediterránea*, el último CD de la Montecorvino, y escuché la mezcolanza de melodías, fusión de instrumentos árabes y cíngaros que, más que *canzonettas*, parecían temas para bailar la danza del vientre; distinguí algunas versiones conocidísimas, como *Anda, chiquillo* de Gloria Lasso o la famosa *Maruzella* de Renato Carosone, que, además de las clásicas napolitanas, fueron de las preferidas por mi papá allá por los años cincuenta.

Escuchaba sólo a medias aquellas viejas y hoy absurdas canciones, cuando, su voz de puta portuaria, susurrante y desgarrada, me hizo despertar como si hubiera recibido una patada en el bajo vientre.

Me revolví inquieta en la cama; aquella voz, me llegaba tan adentro que enloquecía de placer al oírla; aumenté el volumen sintiendo oleadas de *alboroto* (excitación, calentura) que recorrían mi cuerpo desde los dedos de los pies hasta mis falsas uñas de porcelana. Escuchándola, no acababa de creer lo que ocurría; estaba tan caliente que al tocarme me sentí empapada, completamente mojada.

Mi cuerpo rígido pedía a gritos un orgasmo liberador que, aplacada la tensión nerviosa, me trajera de nuevo la relajación. Sin tratar de impedirlo, separaba y cerraba las piernas, apretaba los muslos y, mis caderas, acompañaban la música girando y moviéndose acompasadamente. Y entonces, como un hierro candente, abrasándome las entrañas, aquella voz me penetró hasta lo más profundo y unos gruesos lagrimones comenzaron a resbalar de mis ojos cerrados; sonaba un barriobajero *O sole mio*, tan desgarrado y sexual que parecía cantado con el coño. Diríase que alguien penetraba a la intérprete que desfallecida, temblando y con un hálito de voz, se comía las sílabas porque el placer le impedía terminar las palabras. Yo me aproximaba al climax, cuando, sacando fuerzas del desmayo, ella, finalizó la canción con la última estrofa.

> *Ma n'atu sole*
> *cchiu' bello, oi ne'*
> *'o sole mio*
> *sta 'nfronte a te!*

Entonces mientras repetía tres veces susurrando el *sta ´nfronte a te* tuve el mayor, más largo y más salvaje orgasmo de mi vida. Trémula, asombrada, sudando y con los muslos apretados, sintiendo aún el placer de mil gatos arañándome las tripas, comprendí el misterio. Era, siempre fui, lesbiana.

Capítulo 5

*A*quella mañana finalicé con éxito mis exámenes de pregrado en la Facultad de Humanidades y Literatura de la Universidad de los Andes en Bogotá. Salía de clase feliz por las buenas calificaciones y pensando qué vestido me pondría para la fiesta de graduación; faltaba una semana para la Navidad y decidí aprovechar para regalarme algo bonito que lucir para graduarme.

Atravesé las verdes laderas donde mis compañeros estaban tendidos en el pasto conversando. Paseé por sus muchas escaleras y laberintos hasta llegar a la capillita en la que me detuve a rezar una oración en acción de gracias por el resultado de mis exámenes. Luego atravesando el antiguo manicomio y *el campito* tomé mi *carro* y, entre silbidos de admiración, abandoné el parking de estudiantes camino de la casa, sin hacer caso alumno que, aunque bello, mascullaba tontamente a mi lado, *¡Huy, Oye mujer, estás rebella! ¡Qué ojos los tuyos!*

Era muy joven, con una figura espectacular que preocupaba cuidar y resaltar con todo mi esfuerzo, así que, silbidos y piropos, sólo eran un merecido reconocimiento a mi trabajo académico, deportivo y a la excelente herencia genética recibida de los Bejarano.

Ya en la ruta, conecté la radio del *carro* para apagarla rápidamente cuando comenzaron los boletines con las noticias de siempre, asesinatos, narcos, corrupción política; *que se ocupen los de la Casa de Nariño*, pensé, *que pare eso dicen que el presidente se levanta a las 4:30 de la mañana.* Encajé en el reproductor un CD deseando que nadie me amargara la mañana, mientras pensaba en el rico almuerzo que tendrían dispuesto en casa para festejar el cumpleaños de mi mamá; cada año, su almuerzo de aniversario era el anticipo de las especialidades navideñas.

Al reconocer que me gustaban las chicas se abrió ante mi un mundo lleno de ilusiones y novedades; deseaba renovarme en todo y, si ya miraba a las mujeres como los hombres nos miran a nosotras, también quería rejuvenecer algunos de mis otros hábitos, entre ellos, la música. Tenía decidido ampliar mis horizontes, dejar para momentos especiales mis queridas canciones napolitanas, para los especialísimos las de Pietra Montecorvino y abrirme al mundo, para mí desconocido, de la música que se escucha en toda Colombia.

Asesorada por mi hermana mayor Muñe, decidí ponerme al día; ella me habló de una telenovela que hacía furor en ese momento, se llamaba *Los Reyes* y, según Muñe, era el nuevo éxito que había superado con mucho a las famosísimas *Betty, la fea* y *Pasión de gavilanes.* Para evitarme una clase magistral sobre estas telenovelas de las que desconozco todo, me compré un CD con la música de *Los Reyes* y, explorando esos nuevos mundos, descubrí algo llamado *Reaggetón.* Venía a ser una especie de hip-hop anglosajón en versión latina, en caliente. Según decía Muñe, *Los Reyes*, estaba tan adaptada a nuestra idiosincrasia que toda Colombia repetía frases como *la bailata* y *la gozata*; parecía divertida y, por primera vez en la televisión colombiana, aparecía entre los personajes una bellísima travesti, Endry Cardeño. La verdad, es que un día intenté ver la serie y me resultó un cliché, una caricatura, pero la gente andaba enloquecida con la telenovela; en fin, mucho humor y algo de crítica, venía muy bien para animar un país que, según leí ayer en el diario, contaba con más de tres mil secuestrados. El único país del mundo en el que existía un programa de radio, *Las voces del secuestro*, en el que durante horas los familiares enviaban mensajes a sus seres queridos retenidos por los secuestradores. Acabados mis estudios, otra de las novedades fue comenzar a leer la prensa y a descubrir cosas que ignoraba, si bien, la verdad es que, generalmente, comenzaba por la sección ofertas de trabajo.

El reaggetón sonando altísimo por los altavoces del *carro*, me hacía brincar en el asiento; me molestaba el ruido absurdo de ese *sabor* hecho para divertirse bailando a un ritmo machaconamente repetitivo; odiaba sus incoherentes letras hablando del sexo de manera agresiva y calificando despectivamente a la mujer como tragadora y recipiente de semen, juguete con agujeros para rellenar durante un rato. Me daba bastante asco, por machista.

Pero, si uno se abstraía, era divertido. Servía para aturdirse bailando, lo llamaban *perreo* y era muy, pero, que muy sexy;

alguien dijo que *perrear* era como hacer el amor con ropa. Seguí adelante, considerándome una afortunada al no coincidir mis clases en la Universidad con las horas *pico* (horas punta). Siempre circulaba fuera de los desesperantes y habituales *trancones* (atascos, embotellamientos), *carro tras carro* y un único conductor en cada automóvil. Aun escapando del *trancón*, debía *manejar* (conducir) con cien ojos porque, en mi ciudad, si te libras del embotellamiento, no te libras de quienes *conducen al piso* (a toda hostia, a toda velocidad), de los conductores borrachos a media mañana, ni de los que se han metido *bazuco* o han fumado *varillo* (porro o canuto de marihuana); además, en esa peligrosa fauna, están los irrespetuosos con las normas y también algunos enloquecidos chóferes de buses y *busetas* (minibuses). Y, entre todos, una enorme cantidad de muchachos *enfierrados* (armados) con los que es mejor evitar cualquier discusión de tráfico. Porque, agotada rápidamente la dialéctica, suelen terminarla de un balazo.

Finalmente como una gladiadora urbana, conseguí abandonar el centro no sin que, en el último semáforo, *una gallada* (cuadrilla, pandilla) de muchachos en un colectivo estacionada a mi lado me silbaron *echándome los perros* (tirándome los tejos, ligándome).

–*¿Y yo qué, mamacita? ¿Soy pescao?* (¿Porqué me deja fuera, guapa? ¿No le gusto?) –me interpeló el conductor riendo–. Por favor, no sea *subida* (creída) y lléveme con usted en su carrazo *convertible full bacano* (descapotable cojonudo)... Así, gozamos juntos de esa música *arrecha* (de puta madre, excelente) que usted lleva...

–Pórtense bien, muchachos, no tengamos un accidente –les respondí sonriendo mientras observaba a unos *gamines* (niños de la calle) chupando *pegante* (cola, pegamento)–. ¡Que hoy está malo el tráfico...!

–Huy, muchachos, ¡vean como *garla* (larga, habla) esta belleza! –rió el conductor entre las carcajadas de sus amigos–. ¡Qué *estilacho* (estilazo), *manes* (tíos, hombres)! ¡Pobres ángeles que se les ha caído la Virgen del cielo...!

–¡Cuídense, muchachos! –respondí mientras arrancaba al cambiar las luces–. Conduzcan con prudencia... ¡que parece *tomaron caldo de mico* (están muy acelerados)! Bye, bye...

Aceleré, dejando atrás otros vehículos mientras reparaba en que la furgoneta me seguía; pensé que aquellos jóvenes serían empleados en las urbanizaciones de los cerros, mientras, dejando atrás el caos de la ciudad, *manejaba* por la carrera Séptima hasta la carretera *Central del Norte*; tres kilómetros después de La Caro, tomé el desvío a Sindamanoy, y, entonces, un colectivo, adelantando de forma peligrosa hizo que frenara bruscamente para no empotrarme en su parte trasera.

Pensé si serían los muchachos del semáforo, pero era de otro color y, a pesar de que obstruían mi marcha, me olvidé de ellos cuándo, tras de mi, apareció el colectivo de los chicos chocando contra mi auto. Frené y descendí furiosa del *carro* para observar la trasera golpeada. Ellos descendieron también, mientras, marcha atrás, la furgoneta que me adelantó encajonaba mi carro entre los dos vehículos.

—Muchachos, ¿qué les ocurre? ¿Están locos? —les interpelé sin notar que mi auto estaba encerrado entre los dos vehículos causantes del accidente—. Pero, ¿qué manera de *manejar* es esa? Podían haberme matado...

—¡Pero, miren! ¡Si es la muchacha del convertible! —dijo mientras se apeaba del vehículo el conductor con el que había bromeado—. Pero, ¿qué le ocurre, *mija*? Sólo ha sido un golpecito...¡No es para que usted *se ponga como un tití* (ponerse de mala hostia, de muy mal genio)!

—¡Qué golpecito, ni qué golpecito, locos de mierda! —grité mientras uno de los que estaban a mi espalda se introducía en mi carro y otro abría las puertas del colectivo—. ¡Me jodieron el *carro, malparidos* (hijoputas, malnacidos)...!

—Pero, joven, ¿qué manera de hablar es esa para una licenciada en pregrado de Literatura? —dijo señalándome mientras se acercaban los pasajeros de ambos vehículos—. ¿Se llama usted Melania Bejarano? ¿Lany?

—¡Si, *pendejos* (gilipollas), soy Lany!—respondí pensando que, pese al especto delincuencial de los jóvenes, sería una broma de mis compañeros de Facultad—. Y díganme, ¿a quién diablos se le ocurrió esta estúpida broma...? ¡Podíamos haber muerto alguno..!

—¡Atienda Lany, escuche bien! Esté segura de que no deseamos matarla —dijo el conductor sacando del cinturón una pistola y apuntándome a la cara con ella—. Sólo queremos venderla a la guerrilla. Así que se viene con nosotros o la *quiñamos* (matamos) aquí mismo.

–Podemos hacer las cosas sin que usted sufra –sonrió el muchacho mientras tomándome del brazo me arrastraba encañonada hacia la furgoneta–. O, si lo prefiere, *le meto bala* (le disparo). Aquí y ahora. Elija, *mamita* (tía buena, guapísima).

–Voy con ustedes, ¡pero no me hagan daño, muchachos! –dije entrando con ellos en su vehículo. Vi como abandonaban la furgoneta que me cerró el paso mientras, uno de ellos, tras acercar mis libros y bolsa de deportes, se llevaba mi carro por el desvío a los estacionamientos de la Universidad Jorge Tadeo Lozano.

–Lany, ¡míreme a los ojos! –dijo el jefe sonriente mientras me esposaba y amordazaba con cinta de embalar –. ¡Usted no llora, pero está cagada de miedo y *berraca* (de mala leche, enfurecida)...! Le hemos *hecho inteligencia* (hemos espiado) y sabemos de sus *pataditas de peliar* (pelear, defensa personal). Mejor se olvida de toda esa mierda y piense que, si esto se tuerce, la despacho para el cementerio. Ahora, se me tumba en el *piso* y se me queda tranquilita, ¿ok? ¿Entiende?

El miedo no es falta de valor, cualidad por otra parte excesivamente sobrevalorada, sino el resultado del esfuerzo de adaptación necesario y suficiente para sobrevivir a una situación potencialmente letal.

Se dice facilito, pero aquel día, de pronto, tuve miedo de morir. O, peor, de quedar inválida. A cerrar los ojos y que me reventaran la cabeza y me clavaran a *pepazos* las espaldas contra el suelo del *carro*. A no poder abrirlos de nuevo, a revolcarme herida de muerte y que ya nunca nada fuera igual. Entonces, sudando frío, pensé en que si me mataban aquellos *malparidos* no podría asistir a mi fiesta y que había puesto demasiada ilusión en ese día para que me lo jodiera ninguna *gonorrea* (mierda, basura). Así que tocaba vivir. Como fuera, a cualquier precio, porque comprendí que aquella vez la violencia me había alcanzado de verdad; no le estaba sucediendo a otro, no era una película de *mafios* (mafiosos), era yo la que estaba a punto de ser asesinada.

Aquellos no eran milicianos, eran obreros del crimen y, para ellos, sólo tenía valor si me mantenían viva y podían venderme a la guerrilla. Ésta, pediría rescate, mis papás lo pagarían y, en unos días, estaría de nuevo en casa.

La frialdad de los tipos me recordó que vivía en Colombia y

que, en mi país, lo raro es morir en la cama y lo natural es hacerlo en un atentado de los narcos, un asalto terrorista o una matanza indiscriminada durante una celebración familiar. La ventaja es que luego te hacen una película basada en hechos reales: Satanás. Recordé haber leído como el auténtico multiasesino protagonista del film, tras matar a 20 personas en el restaurante Pozzetto de Bogotá, se sentó a comerse unos espaguetis rodeado de cadáveres.

Todos podemos morir violentamente en mi patria, incluidos mis secuestradores, si, por casualidad, caíamos en un retén policial. Pensar así me tranquilizó. Continuaba teniendo miedo a morir, sobre todo, a la forma de morir y, por primera vez en mi vida era consciente de mi fragilidad, de mi extrema vulnerabilidad, pero incluídos policías, médicos, secuestradores, paramilitares y sacerdotes, en mi país, todo el mundo vivía con el mismo temor. Así que mejor tranquilizarse. Entonces, decidí ser obediente y callar para salvar la vida. De momento.

Durante un par de horas intenté alejar mi cabeza de los cañones de unas armas envueltas en lonas y tiradas en el piso, por si acaso, con algún *hijueputa hueco* (hijoputa bache, socavón), se disparaban y me volaban la cabeza. También, intentaba no marearme porque, si vomitaba, tenía la boca sellada con cinta aislante y temía que los milicianos dejaran que me ahogase.

No sé lo que duró aquel viaje tendida en el mugriento *piso* de la furgoneta y con los delincuentes pisándome el culo; tampoco recuerdo cuando fui consciente de ser una más entre la multitud de más de tres mil secuestrados en las montañas del país. Pero, me dio pánico saber que me habían investigado sin haberme dado cuenta nunca.

Rodamos durante horas, con frecuentes desvíos y giros; desde el suelo del vehículo veía como iba cayendo la oscuridad. Seis o siete horas después de mi secuestro, finalmente, nos detuvimos y los hombres descendieron. Yo quedé olvidada en el *piso*. Oía que hablaban pero, estaba fatigada, aturdida y casi no entendía lo que decían. Solo deseaba salir de allí, estirarme y poder mear, que me quitaran las esposas y respirar algo de aire sin olor a gasóleo diésel.

Poco después otro vehículo se detuvo junto a nosotros, portazos, palmadas en las espaldas y rumor de conversaciones; al poco, se abrió la puerta junto a mi cabeza, alguien me *jaló* por debajo de los brazos *haciéndome parar* (levantándome, poniéndome en pie) junto al vehículo. El que llamaba *el conductor* se acercó a mí, me arrancó la cinta de la boca y abrió los grilletes; era de noche cerrada y, a nuestro alrededor, la oscuridad era absoluta en aquella pista de campo.

–¡Oiga, niña! *Si se pone difícil, toca acostarla* (si se resiste, la mato) –ordenó–. Póngase la ropa de deporte que lleva en la bolsa, eso será más adecuado en adelante; tiene diez minutos para cambiarse y hacer sus necesidades; nosotros ya hemos cobrado lo nuestro y, ahora, la dejamos en manos de los muchachos, continuará con ellos.

–Pero, ¿porqué me secuestran si no tenemos *plata*? –le pregunté a *el conductor*–. ¿Quién dio esa orden? Tiene que ser un error... ¿Me van a matar?

–Mire, *mona*, está usted confundida –sonrió con tristeza–. Ellos nunca *jalan un gatillo* sin que los comandantes lo ordenen.

–Pero, ¿dónde me llevan? –pregunté al borde de las lágrimas–. Por favor, ¡díganme que va a ser de mí...!

–Lany, ¡yo eso no lo sé ni me importa! Resígnese, *mija*, porque si no obedece a usted la matan –respondió–. Cada minuto que está perdiendo no lo recuperará y, cuando digan nos vamos, si no está ya vestida y en la camioneta, la llevaran a rastras y desnuda. Así que, ¡pilas, niña, pilas! Adiós, Lany.

Me tiró mi bolsa con la ropa y se marcharon. Una guerrillera armada me acompañó tras unos arbustos; mientras meaba estuvo a medio metro de mí y nunca dejó de encañonarme. Rápidamente me cambié, recogí todo en mi bolsa y volvimos junto a la Toyota de caja descubierta donde parecía que íbamos a continuar viaje. En la *pickup*, dos guerrilleros en civil, me ataron con una soga de trabar caballerías, cuello con cuello, a un hombre joven. Me sentí muy mal, como si fuera un bestia. Luego, sin hablar palabra, nos hicieron sentar y ellos, pistola en mano, también lo hicieron.

Durante horas rodamos a buena velocidad por una vereda, hasta que amaneciendo la abandonámos; escondieron la Toyota con ramas y uno de ellos quedó custodiándola. Mientras, el resto, caminamos otra hora por una trocha hasta una casita medio derruida en un monte bien retirado.

Nos metieron en un cuarto sin techo, amarraron las cuerdas al grueso tronco de un árbol que crecía en medio de la habitación y dejaron un guerrillero con nosotros; nadie nos hablaba y relevaban el guardián cada rato.

–¡Por favor!–me dirigí al nuevo vigilante–. ¿No podrían aflojarnos la cuerda del cuello? Es que aprieta mucho...

–Mire, muchacha, ¡escúcheme! –respondió en voz baja sin mirarme–. Está secuestrada y sólo recuerde una cosa, las órdenes que yo traigo es que si usted *se pone difícil, toca acostarla.*

–Pero, ¡dígame, por favor! –insistí– ¿Donde me llevan?

–¡Usted es tonta, muchacha! –respondió despectivamente como quién esta harto de que le hagan una y otra vez la misma pregunta–. La llevamos a ver a *Tirofijo* y al *Mono Jojoy.* Estará en las montañas hasta que su familia *nos cumpla* (nos pague).

–Pero, ¿dónde vamos? –pregunté acongojada–. Yo tengo que volver a mi casa... ¡Me esperan allí...!

–¡Volverá, cuando su familia *contribuya* (pague el rescate)! –zanjó la cuestión–. Éste en cambio, por *sapo* (delator), no tendrá tanta suerte...

–Ustedes, ¡cállense! –gritaron desde fuera–. Y el *pelado* (crío, chaval), ¡que deje de hablar con los prisioneros si no desea una sanción!

Desataron las cuerdas de *mecate* (fibra) para que meáramos, después, nos ataron los pies bien apretados con cadena y candado y, siempre vigilados, dormimos tirados en el *piso* sin saber que sería de nosotros; nadie nos habló ni nos dieron nada de comer. Agua, si. Una botella que, inmediatamente, nos bebimos entre los dos. Mi compañero, sollozaba en sueños y decía que lo iban a matar. Entre la cadena, el pánico y el secuestrado que no paraba de gemir, no pude dormir y fue la noche más larga de mi vida. Por primera vez en años, volví a rezar.

Antes de amanecer, aún de noche cerrada, pude orinar de nuevo, me dieron algo de comida y, tras quitarme las cadenas me ataron de nuevo al árbol; a mi compañero se las aflojaron lo justo para que *echara pata* (pudieran andar) y le ataron la cuerda al cuello. Entre dos hombres lo levantaron del suelo *jalando* de la cuerda y, cuando se lo llevaban, se giró, me miró y dijo adiós casi en un susurro.

–Bueno, *marica*, usted me va a decir quién le envía, ¿verdad? –oí cómo lo interrogaban fuera de la casa–. ¿Quién le dijo de venir para *hacernos inteligencia?*

–Créame, comandante, se lo juro, ¡yo sólo busco trabajo en alguna de éstas fincas! –respondía el joven–. ¡Nadie me envía!

–No sea estúpido, *güevón*, ¡suelte la verdad! – seguía preguntando el jefe–. ¡Usted finquero...! ¿Con esas manos? Vamos, ¡métale ese cuento a otros! ¡Salve su pellejo! ¿Lo envía el gobierno, el ejército, los paracos...? ¡Mire, no me joda la paciencia que lo mato a machete!

–¡Por Dios, créame...! –suplicaba el muchacho aterrado–. ¡Soy un hombre sin trabajjjjj...!

No dijo más; sonó un tiro y escuché caer su cuerpo al suelo. Entraron a buscarme y creyendo que iban a matarme también, intenté resistir gritando y dando patadas. Entre dos me soltaron las cuerdas, llegó el comandante y, mientras me ponían el lazo al cuello, me dio dos trompadas en la cara; salí de la casa y, aguantando las náuseas, salté sobre los sesos del muchacho que acababan de asesinar y sobre el que ya zumbaban las moscas. Subimos a la camioneta que acercaron hasta la casa, retomamos la vereda y continuamos. Había amanecido.

Ese día *comimos monte* (marchamos) sin parar y a buena velocidad, desviándonos por trochas cada vez más difíciles y con la vegetación más cerrada sobre nuestras cabezas; al atardecer, comencé a ver, en algún cruce de senderos, guerrilleros en camuflado que nos saludaban al pasar mientras hablaban por radio. Me pareció que nos aguardaban y comunicaban nuestra llegada. Un par de horas después, el Toyota se detuvo en un cruce señalado con una tela blanca clavada en un palo; era monte cerrado y tenía pocos metros de visión en derredor. Descendimos del vehículo y permanecimos a la espera. Poco después, por delante y por detrás, aparecieron entre la espesura los guerrilleros uniformados y armados con fusiles. Hubo saludos, fumaron y se intercambiaron algunos bultos, yo entre ellos. Los civiles volvieron a montar en el auto para regresar sobre sus pasos y yo comencé a andar hacia donde *jalaban* de mí.

Caminamos de noche como dos horas, hasta llegar a un pequeño campamento junto a un arroyo ancho y de aguas *correntosas* (caudalosas) en el que aguardaban varios camuflados más; me pusieron el candado y la cadena y me ataron bien fuerte los pies. Una guerrillera ató a mi cuello un cordel de unos tres metros de largo que también sujetó a su mano; así, sentiría si *me paraba* (me levantaba). Nadie me dio nada de comer ni me dirigió la palabra. A mi lado dejaron una botella. Bebí, mezclando el agua con mis lágrimas.

Esa vez también dormí en el puro suelo y sin nada con que taparme; no sentí frío, dormí sin interrupciones y me repuse del agotamiento que traía. Me vino muy bien porque, aún de noche, comenzaron a preparar la partida; sin saber qué *carajo* (qué coño) era, devoré una ración de comida militar y, después, muy temprano, comenzamos la marcha. Por trochas cada vez más empinadas caminamos como unas seis horas; dos de marcha, media hora de descanso y vuelta a empezar, en un monte espeso y cada vez más alto y cerrado. A principio de la tarde nos detuvimos junto a un río, me dieron una barrita energética y todos nos lavamos algo. Después, otro rato de caminata hasta encontrar un pequeño claro en el que instalarnos a pasar la noche.

La segunda jornada fue igual, salvo que encendieron fuego para hacer *tinto* y comer caliente, tomamos arroz con fríjoles; llegamos al campamento al anochecer del tercer día de marcha.

Por la *música decembrina* (música navideña, villancicos) de una radio y por cierta vaga alegría que flotaba entre vapores de ron, recordé que era Navidad; esa noche, mientras los guerrilleros celebraban, me dormí atada a una estaca clavada en el suelo, pensando en los míos y llorando de miedo.

Tiempo después supe que ese campamento grande era, como si dijéramos, un centro de distribución de secuestrados en función de la inmediatez con que la guerrilla pensaba cobrar su rescate; es decir, cuanto antes pensaban recaudar, menos dentro del monte ibas. Era el primer escalón del secuestro, en aquel lugar, estaban los que volverían pronto a casa. Allí permanecí un par de meses encadenada a una señora de unos cincuenta años; dormíamos atadas y todo lo hacíamos juntas, era como tener una hermana siamesa. Sólo nos soltaban después del desayuno para que hiciéramos nuestras necesidades entre los árboles y nos aseáramos en el río junto al campamento; la señora era bella y distinguida pese a lo arruinado de su aspecto. Me dijo ser abogada y la esposa de un acaudalado ganadero de la región, que la levantaron hacía cuatro meses en una *pesca milagrosa* (controles al azar para secuestros) y que esperaba volver a casa en cuánto su marido pagara. Por las noches lloraba en silencio y rezaba constantemente pidiéndole a Dios poder abrazar de nuevo a sus hijos; alguna vez me rogó que la acompañara en sus rezos y lo hice con gusto. Ella me ánimaba diciendo que los míos pagarían y que pronto podría abandonar el monte; yo, sin decirlo, pensaba quién sería exactamente mi familia para los secuestradores. Porque, si era mi mamá, ella no tenía plata y, si era mi papá, entonces, estaba jodida porque la poca que debía quedarle seguro que la guardaba para sus vicios. Hacía años que no sabía nada de él, ni una llamada, ni una carta, nada.

–Bueno, Doctora Isaza–llegó una mañana el comandante–. ¡Hoy traigo buenas noticias para usted! Según recibí por radio, parece ser que su esposo la ama de verdad. Reunió algo de *plata* y unas manadas de reses, un buen *vacaje* (buena manada de vacas) que ya se pasó del Cesár a Venezuela. ¡Nos deja usted! En nombre de las Farc, espero declare a quien le pregunte que ha sido bien tratada y protegida por nuestros combatientes revolucionarios.

–Comandante, ¡me gustaría poder decir eso que usted quiere! –respondió altiva–. Pero, si me preguntan, diré la verdad, ¡que fui presa de secuestradores dedicados al *abigeato*!

–Usted sabrá lo que le conviene, Doña –respondió riendo el comandante–. ¡Es *maluco* (chungo, malo) decirlo de esa manera! ¡La veo *muy chinche* (molesta, tocahuevos) teniendo familia a la que podemos invitar a visitarnos!

La Doctora Isaza me dejó sus cosas antes de abandonarme con un beso y unas palabras de ánimo; no habían pasado cinco horas cuando me ataron a un chico como de unos quince años. Mi próxima pareja durante las semanas siguientes, casi cuatro meses más.

El muchacho, secuestrado hacía una semana, era hijo de un alcalde de la zona; los guerrilleros creían al funcionario enemigo de las Farc y suponían colaboraba con *los paras* (paramilitares) que les disputaban el territorio. Si la doña, aunque valiente, combatía el miedo rezando y con una actitud gallarda, aquel niño, con menos recursos emocionales, sencillamente estaba *chocado* (en estado de shock). Aterrado de que cualquier comentario, cualquier error o sencillamente caer enfermo pudiese llevarle a la tortura o la muerte. Cada noche era un infierno de pesadillas y cada día un río de lágrimas recordando su casa, su familia y cómo para secuestrarlo mataron en tremenda *balacera* a los dos guardaespaldas que lo acompañaban. Aun llevaba la sudadera empapada con la sangre seca del acompañante que le cayó muerto encima.

–¡Que hubo, chico!–le dije mientras nuestros guardias nos ataban–. ¿Tienes novia?

–No, aún no, sólo amistades –me respondió–. ¿Por qué lo pregunta?

–¡Mejor, amiguito! –le acaricié la cara–. Porque, si la tuvieras, se pondría celosa sabiendo que vas a permanecer día y noche atado a una chica tan bonita como yo.

–¿Me tocará estar siempre junto a usted? –preguntó–. Sería rico, ¡usted es amable!

–Gracias por el piropo, muchacho. Me llamo Lany –sonreí–. Espero que nos dejen juntos, a mi también me agradaría. Y, por favor, no te *apenes*; cuando quieras llorar, llora, y cuando quieras rezar, hazlo, ¡poco más se puede hacer aquí!

–Yo soy Eduardo –sonrió–. Espero ser su amigo, Lany, usted está experta en esto, ¡le haré caso en todo lo que me diga!

–Ruega al cielo para que tu papá reúna rápido la *plata* –observé melancólica, mirando a los nuevos guardianes, un chico y una chica muy jóvenes–. Y, mientras tanto, obedece sin vacilar, ¡sólo así podrás salir vivo de aquí! Pero, no estés triste, ¡tu familia te sacará rápido de este agujero!

Las noches de Eduardo estaban pobladas de terror que sólo se calmaba cuando, acercándomelo, lo abrazaba. El calor de mi cuerpo servía para alejar su miedo y que durmiese sosegadamente; también, fue un bálsamo para mí olvidar el temor teniendo alguien más desvalido de quien ocuparme.

De vez en cuando, veíamos cómo alguno se iba feliz y llegaba otro desorientado, espantado. Los días, salvo el rato para ir a las letrinas y al río para asearnos, eran inacabables para los veinte prisioneros que mantenían los guerrilleros en aquel campamento; inventábamos cualquier ocupación para entretenernos hasta la hora en que nos soltaban y los rancheros nos daban unas escudillas metálicas *de changua* (caldo preparado con cebolla, cilantro, leche y sal), un arroz aguado con algún trozo de plátano flotando en él. Luego debíamos lavar los platos y, volver a nuestra *caleta* (zulo, agujero, escondite) a que nos ataran de nuevo por parejas.

Para evitar el aburrimiento, Eduardo y yo nos ocupamos en mejorar nuestro inglés, practicándolo y corrigiéndonos el uno al otro; además de aprender, nos reíamos con los errores de pronunciación y con las palabras medio inventadas que utilizábamos cuando no encontrábamos la adecuada.

Casi todos los guerrilleros eran negros, indios y, muchos entre ellos, analfabetos; nuestros guardianes, un muchacho y una muchacha muy jóvenes que diariamente nos vigilaban y dormían en una *caleta* junto a la nuestra, pronto nos rogaron que les iniciáramos en el inglés. Al verles interesados, accedimos a enseñarles algunas palabras. Cualquier ocupación era buena si entretenía el día y nos congraciaba con aquellos de quienes dependía nuestro mayor o menor bienestar. Nadie, sentado cómodamente en su casa, puede imaginar lo que es estar secuestrado en el monte con sus madrugadas oscuras cubiertas por un manto de niebla baja; se puede pasar casi sin comer o comiendo siempre lo mismo, pero, la felicidad la dan el jabón, la crema dental y unas buenas *medias* secas o, al menos, el permiso para lavar las sucias y dejarlas secar. Y la llave de esos tesoros la tiene el que le vigila; si él lo quiere, podrá ir al río y lavarse, si él decide que no, se joderá y seguirá sucio y con la ropa húmeda y maloliente. Así, que mucho del poco bienestar que puede lograrse allí, está en las manos de los vigilantes, con los que se convive día y noche; si se tiene suerte y son buenas personas, aguantará mejor, si son unos *hijueputas*, querrá colgarse de un árbol. Y, con nuestros guardianes, empezamos mal.

–¡Ustedes dos, escuchen! –nos dijo el *camuflado* (guerrillero con uniforme de camuflaje) el primer día que les asignaron nuestra custodia–. Los han traído aquí porque son millonarios y las Farc quieren recuperar la *plata* que ustedes robaron al pueblo.

–Nosotros estamos entrenados para cuidar millonarios –continuó–. Podemos mantenerlos aquí o trasladarlos, sin que se lesionen ni se hieran, para que cuando ustedes nos *colaboren* (paguen) puedan volver sanos con sus familias.

–También les digo –siguió su regañina–, que si buscan huir o el ejército intenta su liberación, *los pongo fríos* (los mato); un tiro cada uno y otro de remate. Esas son mis órdenes. Están avisados.

–¡Calma, *compa* (compañero), calma! –le interrumpió la muchacha–. No les jodas más, ésta gente está *achantada* (asustada) y, millonarios o pobres, es triste ver así a las personas.

Al de pocos días, entre charla y charla y con algunas partidas de naipes y ajedrez jugadas, comenzamos a conversar más relajadamente.

–¡Es que ustedes no nos entienden a los pobres! –decía el guerrillero–. Hasta jugando al naipe nos ganan; ustedes lo tienen todo y los pobres nada...

–Bueno, no hay que enojarse –dijo Eduardo–, son cosas del juego...

–¡Todo les pertenece! –insistía el guardián–. El Estado que se olvidó de los pobres, el ejército que nos mata, las tierras, las empresas, los cargos públicos... ¡todo es de los ricos!

–¡Eso es cierto! –terció la muchacha–. El *compita* tiene razón, nunca se vio que el Gobierno ayude a los campesinos a cultivar los campos ni trabajar para que los *gamines* dejen el *sacol* (cola, pegamento)... ¡Sólo defienden a los millonarios...!

–Por eso las Farc robamos a los ricos–cortó el camuflado muy alterado–, para repartir ese dinero ayudando a los pobres, y, ¡seguiremos haciéndolo hasta que venga el ejército y nos mate!

–Bueno, muchachos –dije silenciando con la mirada a Eduardo que se disponía a replicar–, me gusta que me expliquen. Así vemos otros puntos de vista y aprendemos de ustedes cosas que desconocíamos...

–Tienen mucho que aprender, ciertamente –replicó el guerrillero algo más calmado–. Pero no se preocupen que tienen tiempo y están en la mejor universidad popular. ¡La universidad de las Farc, facultad del monte!

–¡Seguro que es bueno para nosotros! –continué callando al asombrado Eduardo con la mirada–. Y si ustedes lo desean, también podemos enseñarles lo que esté en nuestra mano. Espero que entre todos, algún día, hagamos una Colombia con más justicia, menos corrupción y sin drogas, secuestros ni violencia.

–¡Dependerá de que ustedes los ricos repartan! –rió el uniformado–. ¡Y eso es tan difícil como que yo vaya al cielo!

–No lo crean muchachos –dije sonriendo a Eduardo–. No crean que les doy consejos pero ustedes, igual que nosotros, deben pensar que desean hacer con sus vidas.

–Nosotros sabemos bien lo que hacemos –dijo la joven–. Piénsenlo ustedes, *pirobos* (pijos, niños bien).

–No le quepa duda, compañera –respondí mirándola a los ojos–. Los que hemos pasado por esto, estoy segura de que trabajaremos en el futuro para que haya más justicia y más oportunidades para todos.

–Ustedes y gente dialogante como ustedes –les sonreí–, habrán conseguido ese milagro, que todos nos comprendamos mejor en este querido país nuestro, porqué así, *a bala* (a tiros), ¡esto no se acaba nunca!

–¡Dejen de acosarnos! –replicaron suspicaces–. Dejen de matarnos y verán como nos entendemos...

–En esa línea debemos trabajar todos –respondí alentándoles–. Ustedes, por su parte, piensen si no deberían *desvincularse* (entregar las armas) porque la sociedad colombiana está acogiendo generosamente a quienes *se devuelven* (abandonan, piden amnistía) del monte.

–¡Bueno, bueno...! –dijo la guerrillera sonriendo–. Usted nos está haciendo agitación y propaganda... ¡Me gusta que sea tan *arrecha*, muchacha! Y, una preguntita, licenciada... ¿ustedes podrían, aquí al *compita* y a mí, enseñarnos algo de inglés...?

Comenzaron algunas semanas de calma en las que nuestra calidad de vida se vio muy mejorada. Disponíamos de un rato para ir a bañarnos y podíamos lavar nuestra ropa con jabón conseguido por nuestros guardianes; cuando nos ataban o encadenaban cuidaban de no hacernos daño y dejar unos metros más de cadena para que ampliáramos el radio de nuestro movimiento. A cambio, dedicábamos las tardes, después del descanso, a enseñarles un inglés elemental a marchas forzadas. Ellos lo agradecían y para nosotros fue un período de relativa tranquilidad. Durante aquellos días, vimos marchar a varios secuestrados de los aproximadamente veinte que éramos en aquel grupo; reparamos en sus sonrisas esperanzadas y también contemplamos los rostros abatidos de dos viejitos que trajeron nuevos. Uno era *topocho* (gordo, pasado de kilos) y el otro flaco. Pensé apenada como esos pobres ancianos habrían superado la caminata hasta el campamento.

Una mañana nuestros guardias comenzaron de pronto a dar señales de nerviosismo, dejaron de hablarnos, no quisieron dar sus lecciones de inglés y rehuían nuestras miradas hasta que entrada la noche se apartaron y otros *camuflados* vinieron por Eduardo.

—Tú eres Eduardo, ¿verdad, muchacho? —le preguntaron—. ¿El hijo del alcalde amigo de los *paracos* (paramilitares)!

—Muchachos, ¡es un *chino* (crío, chaval)! —intervine intuyendo que algo iba mal—. ¿Qué les pasa a ustedes...? Déjenlo tranquilo...

—¡Usted se calla la boca! —ladró el más próximo a mí amenazándome con la culata de su rifle—. Conteste, Eduardo, ¿también usted es *parcerito* (amigo, amigo íntimo) de los paramilitares?

—¡No soy amigo de nadie! —sollozó Eduardo—. ¿Qué ocurre? ¡No he hecho nada!

—Pues, por si acaso, ¡ahora usted se viene con nosotros, *gomelo* (pijo, niño bien)! —le respondió otro *jalando* de la cuerda que el muchacho tenía al cuello—. Vamos, ¡pilas!

—Pero, ¿por qué se lo llevan? —pregunté sabiendo que aquello era raro—. ¿Para dónde van tan de noche?

—¡Le dije que se callara, *lambona* (chismosa)! —respondió dándome un culatazo en un hombro—. *¡No complique, no joda!*

—Pues, ¡yo voy también!—grité mientras Eduardo lloraba aterrado—. ¡Llévenme con él!

—*¡Ni de vainas! ¡Ni puel putas* se viene usted! (no, ni para el coño de su madre, de ninguna manera) —respondió otro apuntándome a la cara con un pistolón—. Nos llevamos al *pirobo* (pijo, niño bien) éste y usted se queda aquí bien tranquilita... Ah, pues, ¡ahora si se ha puesto *cansona* (hinchapelotas, molesta) con esa necedad que tiene!

—¡Dispáreme, si tiene huevos! —respondí abrazándome al muchacho—. Y, piense, compañero, ¡que *el buey manso también embiste...* (si se abusa de alguien, éste puede revolverse)!

—¡La jodiste, bien jodida! —se me echó encima a puñados y patadas—. ¡*El niño que es gritón y la mamá que lo pellizca...* (situación tensa que alguien empeora)!

—*Andá, ¡dele las doce* (hóstiela, dele su merecido) —gritaban enloquecidos mientras arrancaban a Eduardo de mi lado, me ataban las manos y pasando la cuerda por una rama me dejaban colgando mientras me azotaba con los correajes–. ¡Dele *palo* duro (macháquelo, sacúdala fuerte)!

–¡Eduardo, huye! –chillé mientras recibía los últimos golpes y se llevaban al chico entre los árboles–. ¡No vayas, muchacho! ¡Corre!

–¡No vayas con ellos, Eduardito, *mijo!* –sollocé colgada del árbol–. ¡No vayas que esos *manes* te van a matar...!

Al rato, los guardias de siempre soltaron las ligaduras de mis manos y la cadena de mi cuello para bajarme del árbol; llamaron a la enfermera que lavó las heridas con desinfectante, me dio un comprimido de paracetamol y algunos puntos de sutura en un brazo. Esa noche los milicianos que me guardaban me dejaron dormir sin atarme. Así, me sequé mejor las lágrimas.

Durante días estuve *psicosiada;* vivía ausente de la realidad, resguardándome de la certeza del asesinato de Eduardo y centrada únicamente en los dolores que sufría por las patadas, puñetazos y latigazos que me dieron aquellos asesinos. Encerrada en mi interior y alimentando mi odio.

–¡Sólo voy a preguntarles una cosa, milicianos! –me enfrenté un día a mis guardianes–. Eduardito, el muchacho que les enseñaba inglés, no fue liberado, ¿verdad? Sí o no.

–Si usted pregunta, se le responde que las Farc no tienen nada que ocultar –dijo altivamente el guardián–. ¡No, no fue liberado!

–¡Mataron al chico! –dije con tristeza–. ¡Qué orgullosos deben sentirse! ¡Sin duda era un tremendo enemigo que ponía en peligro su mierda de revolución!

–Vamos, Lany, ¡No joda! –respondió la joven–. *¡Usted está buscando lo que no se le ha perdido* (metiéndose en lo que no le importa)!

–Bueno, tranquilos –murmuré amargamente–. *¡En juego largo siempre hay desquite* (ya vendrá la revancha)!

–Mire, Lany, ¡nosotros no sabíamos lo que pasaba! –intervino la chica–. ¡Aquí se viene a obedecer y si algo le disgusta a uno, pues, se aguanta! ¿Cree que para nosotros no es duro? Somos de las milicias bolivarianas de las Farc y, para estar aquí, se pasa por encima de la familia y de uno mismo si es necesario...

–¿Y a mí que me cuenta esa mierda...? –pregunté agresiva–.

73

¡Ustedes pretenden que además les felicite...? ¿Es que no saben hacer las cosas de otra forma, a lo bien...? ¡Ustedes *alcahuetean* (manejan, son responsables) esta *vaina* (mierda, jodienda)!

–¿Sabe que edad tenía cuando ingresé en la guerrilla? –preguntó la joven–. Diez años. ¿Sabe cuántos tengo ahora? Dieciséis. ¡Si le digo cuántos *manes* he matado, no lo creería! *Acosté* (maté) gente con pistola, a puro machete, con minas *quiebrapatas* ensuciadas con mierda, con las Claymor americanas que lanzan bolas de acero, con *cilindros de gas* rellenados de dinamita y clavos, rafagueándolos con AK-47.

–¿Y sabe porqué? –lloraba la muchacha–. Por que en mi casa siempre fuimos de *bajos recursos* (pobres), tuvimos que dejar todo *botado* (tirado, abandonado) y huir por la guerra entre las Farc y los *paracos*; yo *estaba pequeña* (era pequeña) entonces, mis padres eran *desplazados* (refugiados), no tenían cómo ganarlo y me tocó irme a rodar.

–Me recogió mi hermano en su casa –continuó la guerrillera–. Él se metía *perica* (cocaína), era *drogo* (drogota, drogadicto). La misma noche que llegué ya quiso abusar de mí. Me fui a la mañana siguiente.

–Alguien me dijo que me *volara* (huyera) con la guerrilla – prosiguió llorando–. ¡Que ellos me ayudarían! Nada más llegar me violaron entre dos, luego, me dieron de comer y dijeron que me matarían si se lo decía a alguien. Me hicieron prometer que no lo contaría a los comandantes. Comí, prometí, callé y sobreviví.

–Bien, ¡ya estamos con la basura marxista! –la sermoneé vigorosamente–. Cuando tomaron la Corte Suprema en el Palacio de Justicia y dejaron detrás cien congresistas muertos... Cuándo alguno de ustedes tiró un *cilindro de gas* (bomba casera) contra una iglesia del Chocó asesinando a ciento diecisiete civiles, entre ellos, cincuenta niños... de verdad, dígame, ¿estaban salvando Colombia de los opresores capitalistas?

–¡Ahora es mi turno! –corté su ademán de interrumpirme–. Los años de secuestro de la senadora Ingrid Betancourt, elegida con la mejor votación del país, ¿sirven para limpiar la dignidad de Colombia? Y cuando mataron en Soacha a Luis Carlos Galán, el único candidato honrado que ha habido en muchos años, ¿también defendían Colombia al impedir la extradición de los *narcos* (narcotraficantes)?

–¡Perdone! Sí, ¡yo nací en los barrios del Norte de Bogotá! ¡Claro que siempre fui una privilegiada! –terminé–. Pero, a mí y a muchos compañeros de la Universidad, nos educaron en el convencimiento de que, por ser acomodados, teníamos una deuda con Colombia y que debíamos pagarla estudiando y siendo honrados. Que lograríamos una Colombia mejor buscando una solución a cada problema, ¡nunca *echándonos bala* (tiroteándonos, disparándonos) encima!

–Es inútil. ¡No pretendemos su comprensión, sino su dinero para las Farc! –intervino el joven enfadado– ¡Sí, claro que sí! Mataron al muchacho porque antes habían matado al papá que, en lugar de contribuir, fue a *sapearnos* (delatarnos) donde las Auc (Autodefensas Unidas de Colombia, paramilitares). Muerto el alcalde, no quedó quién pagara por el chico y acabaron *picándolo* (asesinándolo) por la estupidez del papá –concluyó fríamente el muchacho–. ¡Nosotros luchamos por el pueblo, contra los oligarcas y hacendados, contra la CIA y el imperialismo yanqui! Sí, no se ría, ¡morimos para que los ricos no exploten a los pobres! ¡Para ser todos iguales en Colombia, como hace el comandante Fidel en Cuba! Porque en Colombia la universidad es sólo para los que tienen cómo y los demás a comer mierda...

–Miren, ¡no tengo más ganas de reír hoy! –sonreí con tristeza–. Pero, si piensan que pueden arreglar Colombia a machetazos, si creen que el marxismo-leninismo del Ché Guevara y Jacobo Arenas son la solución... ¡adelante! Dejen en manos de Marulanda y del Mono Jojoy el proceso de cambio de nuestro país, y, en las de Castro y de Chávez, la expansión del movimiento bolivariano en el continente. Y, disfrútenlo, ¡mientras puedan!

–Pero antes, reflexionen. Olviden el adoctrinamiento político, ¡intenten pensar por ustedes que ya son grandes! –concluí alejándome.

Después de esto, me envolví en un saco y me volví de espaldas a ellos. Pocas horas después me ataron junto a un oftalmólogo de Duitama que recién acababan de traer; esta vez ya no estaba dispuesta a sufrir de nuevo, no más encariñarse con gente que podía morir mañana. Como hice un día con mi mamá y mi hermana, guardé mi corazón de la *balacera*. Lo saludé con pocas y frías palabras, no quería que me mataran otro amigo.

Por lo que oí al doctor contar a nuestros guardianes, era una clásica historia de secuestro urbano; un profesional reputado con clínica en Bogotá, montada a base de esfuerzo y trabajo, el suyo y el de su esposa, también doctora. Años de estudio y de sacrificio, de asistir a los más importantes congresos mundiales de oftalmología para aprender las técnicas más avanzadas y traerlas a Colombia para beneficio de sus paisanos. Implantando solidariamente un horario especial para que los pacientes de *bajos recursos* pudieran favorecerse de sus conocimiento. Con hijos ejemplares, dispuestos a seguir la labor de sus papás, estudiando medicina en los Estados Unidos a punta de becas conseguidas con las mejores calificaciones.

Nada sirve; alguien lo denuncia como *millonario* (ricachón) y aquí estaba, en la sierra, aterrado. Secuestrado en nombre del pueblo, sin que importen las operaciones que quedaron sin realizar ahora que, las manos atadas del cirujano, no podrán hacer el milagro de devolver la vista al que la perdió. Manos ahora inútiles, maniatadas en nombre de los pobres, esas mismas gentes del pueblo que perderán la visión por el secuestro del doctor.

Pero, aún es poco, había que hacer más daño. Necesitaban llevar más lejos la vileza. Los captores conocían su punto débil y se divertían hurgando en la herida; el hombre, el doctor que devolvía la luz a los que quedaron en tinieblas, tenía miedo a morir. Y, por ello, era presa fácil de sus torturadores. Secuestrado por delincuentes comunes que, tras introducir fríamente el pánico en su cerebro, lo vendieron a las Farc; aislado de todo lo conocido, el médico, sólo ansiaba un trago que le hiciera olvidar el peligro. Entonces, para los asesinos que lo custodiaban, comenzó el juego del gato y el ratón.

Amanecía y, el comandante despertó al medroso doctor con efusivas palabras cargadas de optimistas; según dijo, lo suyo estaba arreglado. Su esposa preparaba una importante cantidad de dólares con que hacer efectivo el rescate. Antes del *tinto* ya le obligaban a *tomar* (beber) ron para celebrar su pronta marcha, decían los guardianes. Exultante y ebrio, confraternizaba con sus carceleros revelando información sobre los posibles bienes y acciones que manejaba su esposa. El miedo, la gana de que finalice el secuestro, obnubilaba cualquier cerebro. Durante días lo mantuvieron borracho, hasta que exprimido como un limón, sin un sólo dato más que soltar, lo dejaron caer como un muñeco roto. Ya sabían números de cuentas bancarias, teléfonos, claves, ¡todo!

Después lo incomunicaron, durante días lo dejaron solo, sin nadie que le riera las gracias ni le diera *trago* (bebida) y, más tarde, le sugirieron que su esposa lo abandonaba, que no deseaba entregar tanto dinero, que empezaba a desinteresarse de la suerte que él pudiera correr, que en su casa comenzaban a olvidarlo. Por supuesto, luego supe, que, al mismo tiempo, enviaban a su casa falsos datos, intoxicaban, cruzaban informaciones obtenidas del preso y hacían llegar a la esposa nuevas exigencias de exorbitantes cantidades en dólares. Este escenario de pesadilla, maceraba al secuestrado y a su familia. Los asesinos, no tenían prisa.

Cuando conseguí hablarle, estando sobrio el secuestrado, descubrí asombrada que no había sido raptado recientemente. Al contrario, venía de la zona de los Llanos donde llevaba más de diez meses retenido con otros prisioneros en manos del Frente 46 de la Farc; la guerrilla lo iba a entregar ya, pero, el retraso, estaba cruelmente planificado para incrementar el monto del rescate en algunas decenas de miles de dólares más. En el último instante, humillación y más crueldad con el indefenso. Sin contar la comida de carne y los tragos a los que, salvando los *retenes* (controles militares o policiales) del ejército, deberían invitar los familiares a los secuestradores al entregar el rescate. Así hubieran pagado lo indecible, exigían se les agradeciera que devolvieran vivo al que se llevaron. Se trataba de exprimir hasta el último centavo, en moneda y en dignidad.

Por fin, una mañana se acercó el comandante a nuestra *caleta*. Soltaron nuestras ataduras y palmearon las espaldas del médico que comprendió que iba a ser liberado; en su rostro, la sonrisa amarga del que sabe que ha pagado un alto precio por la libertad y en sus ojos, la chispa de felicidad del que dejaba atrás el miedo. Mientras recogía sus pocos enseres sabía que tras unos días de marchas y penalidades estaría de nuevo en casa. Eso, si accidentalmente no encontraban una operación de rescate del ejército y los guerrilleros, para desprestigiar a los soldados, decidían eliminar a los secuestrados de un tiro en la nuca. No sería el primero en ser asesinado de forma tan estúpida después de pagar religiosamente.

Una vez que el doctor se alejó con su morral, el comandante, paternalmente me pasó un brazo por los hombros; así, nos alejamos unos pasos de la caleta y de mis guardianes.

–Para usted, Lany –me miró serio el comandante poniendo ambas manos en mis hombros–, las noticias no son buenas. Su mamá dice vivir de la asignación que recibe de su papá y no disponer de liquidez ninguna; su papá, asegura que le llega justo para pagar la pensión de ustedes, su querida, sus putas y su droga y que, de momento, no puede contribuir. El secretariado de las Farc ha concedido un plazo.

–Mientras él ahorra –sonrió el *hijueputa* del comandante–, usted, muchacha, nos deja y se va más adentro del monte. ¡No se me desanime! Piense que está de vacaciones, haciendo, ¿cómo lo llaman ustedes los jóvenes a esa *vaina*? Bueno, no sé, ¡deporte de riesgo!

–Lo que usted quiera, Lany –endureció las facciones–, pero me recoge sus *chécheres* (cosas, trastos) y en una hora está usted lista para el *trasteo*, ¿Ok? Se me viste de verde para que la confundan con nosotros y se lleve usted sus tiritos si hay *balacera* (tiroteo) con los *chulos* (soldados del ejército regular).

–Y no se me *arreche* (cabreé, enfade) –prosiguió el comandante–, que usted, Lany, ya lleva con nosotros muchos meses, ¡ya *entró al surco* (aceptó la situación) y sabe qué le conviene!

Mi guardián aceptó llevarme al río para que pudiera lavarme antes de empezar el viaje; mientras, la guerrillera quedaba *alistando* mis cosas en una mochila del ejército. Caminé hasta el río con mi uniforme verde en la mano para cambiarme después del lavado. Pero ni tiempo tuve, nada más salir del campamento, entre matorrales cerca del río, mi guardián me ordenó detenerme y dejar las cosas en el suelo.

–Ponga las manos atrás, Lany –ordenó el guerrillero.

–¿Ocurre algo...? –pregunté en voz baja obedeciendo por reflejo–. ¿Oyó usted algún helicóptero...?

–No lo sé aún, muchacha –dijo mientras me maniataba y amordazaba–, pero, por si acaso, ¡le voy a tapar la boca con el pañuelo! ¡*Bótese al piso* (tírese al suelo) ya!

–Y ahora, con su permiso, niñita burguesa–dijo aplastándome contra el suelo con una de sus rodillas–, ¡va usted a comprobar lo que es ser pasado por las armas del pueblo!

–Y si quiere chillar, chille, que me gusta que se resista –continuó mientras abría la cintura de mi pantalón–. Pero, si no me colabora, le meto un tiro y digo luego que *se volaba* (se fugaba). Así que, ¡usted verá! Mejor se queda calladita y mueve bien el culo para que acabemos enseguida.

Siempre supe que, antes o después, tenía que llegar esto, sólo me extrañó que tardara tanto; desde que me secuestraron sabía que era cuestión de tiempo, el encontrar algún guerrillero más loco o más *hijueputa* que aprovechara la ocasión de vengar en mi vagina las ofensas recibidas de la burguesía. Y ahora, tocaba, enfrentarse al dilema que millones de mujeres han tenido que afrontar alguna vez. Morir o ser penetradas contra su voluntad. Mentalmente estaba preparada y, por mi parte, ese tipo iba a tardar muy poco en *venirse* dentro de mí. Pero, luego, por Dios que lo mataría.

No se tomó la molestia de quitarme los pantalones, cortó con su cuchillo la cintura de mis pantalones y, con *harta* (mogollón, mucha) ansia, me penetró por detrás; en lugar de intentar evitarlo prolongando su placer y el mal rato, empujé hacia atrás para lograr una penetración más profunda, al mismo tiempo que mecía con mis caderas su brutal embestida. Si tanta colaboración lo desconcertó, el que comenzara a gemir lo convenció de que yo estaba gozando y lo deseaba tanto como él. En un minuto *se vino* (se corrió, tuvo un orgasmo) y se retiró de mí suspirando de placer.

–Bueno, ¡qué rica *cuquita* (coñito, vagina) que tiene, Lany! –murmuró mientras se subía el pantalón–. Si usted me dice antes que tenía tantas ganas, yo la hubiera satisfecho hace meses...

–¡Mire que tímida, mi universitaria linda! –dijo mientras me quitaba la mordaza y desataba mis manos–. ¡Lástima que hayamos perdido tanto tiempo!

–¡Usted, *güevon* (gilipollas), que no se dio cuenta! –fingí coqueteando–. ¡Tanta politiquería y no veía lo caliente que me tenía!

–¡Y me lo dice usted hoy! –recogió sonriendo su fusil y me tendió la ropa–. Vamos, apúrese para lavarse y volvamos al campamento que, desgraciadamente, tiene que irse hoy mismo. Lany, esto ha sido *chévere* (cojonudo, excelente), y, ¿usted la pasó rico conmigo?

–Ay, sí, mi amor, ¡disfruté como una loca! –mentí mientras

empelotada (en pelotas, desnuda) me lavaba a conciencia en el río–. Tiene un *trozo* (polla, pene) enorme y delicioso, *papito* (guapetón), ¡usted es un semental!

Luego, bromeando, subimos hacia el campamento y nos dirigimos hasta nuestra caleta para recoger mis efectos personales que la muchacha tenía empacados para mí.

–Bueno, chica, lamento haberla conocido en estas circunstancias –dije tendiéndole la mano mientras se acercaba el comandante–. Usted ha sido buena persona, pero, antes de partir, desearía preguntarle algo ante sus compañeros.

–Gracias Lany, yo le agradezco el tiempo que dedicó a enseñarnos inglés y le deseo suerte –respondió sonriente la guerrillera–. Usted dirá que quiere saber.

–Bueno, Lany, ya llegó la hora de partir –dijo el comandante entre las sonrisas de todos los presentes–. Espero que nos eche de menos.

–Seguro, comandante, ¡seguro que me acordaré de todos! –sonreí volviendo la mirada a mis dos guardianes–. Especialmente de mi guardiana, por lo buena gente. Y, por lo cabrón, ¡también me acordaré del maldito *hijueputa* que acaba de violarme en el río!

–No le quepa duda que lo recordaré, comandante –endurecí el gesto ante la mirada de asombro de los presentes–. Y, desde mi nuevo destino, haré saber al secretariado de las Farc como los heroicos combatientes de este frente violan a las secuestradas, sin respeto por la línea *fariana* de pensamiento.

–Pero, ¿qué dice usted, muchacha? –gritó el comandante–. Es usted una *mamacita* (tía buena, mujer bella) pero, precisamente por eso, le puse una guardia femenina que velara por usted.

–Desgraciadamente, ¡no lo hizo hoy en el río! –respondí serenamente señalando con el dedo a mi lívido guardián– . ¡Acabo de ser violada por esta *gonorrea* (hijoputa, basura)...!

–¡Eso no es cierto, mi comandante! ¡Esta puta oligarca miente! –gritó retrocediendo el muchacho–. ¡Yo no la violé...!

–¡Ella me pidió que la tomase... dijo que estaba caliente conmigo...! –vociferaba aterrado tirando el arma y alejándose de espaldas–. ¡Ella consintió siempre! ¡Y bien que *culiaba* (movía el culo)...!

—Sí, comandante, ¡yo lo busqué y lo provoqué! —respondí mostrando mis pantalones desgarrados por el cuchillo y las marcas de las cuerdas en mis muñecas—. Claro. ¡Estoy como una perra deseando que me joda el primero en llegar! Por eso tuvo necesidad de atarme las manos a la espalda, de cortarme la ropa con su *puñaleta* y de amordazarme con el pañuelo rojo que lleva en el bolsillo derecho...

—¡Sucio, cabrón! —gritó la guerrillera precipitándose fusil en mano contra su compañero—. Y decía que no le gustaba, que era una cerda capitalista, que me amaba por ser su compañera de armas... Y, ni la enamora siquiera, ¡tiene que forzarla...! Usted no es hombre, ¡no es macho! ¡Usted es basura!

—¡Detengan a ese compañero! —ordenó el comandante.

—Pero, mi comandante, ¡ella consintió! —se defendía sujeto entre dos hombres—. ¡Soy un buen miliciano, ustedes lo saben...! ¡Dijo que callaría, que lo gozó, que no lo diría!

—Lany y usted, compañera, retírense hacia los árboles —nos ordenó el comandante tomando el pañuelo y el cuchillo del guerrillero—. Hombre, este puñal tiene aun hilos del *bluyín* (pantalón vaquero, bluejean) de Lany y el pañuelo está mojado de saliva... Vamos, *compa*, háganoslo fácil, confiese y le prometo que será menos doloroso.

—Pero, comandante, ¡yo no lo hice! —sollozaba el guerrillero—. ¡Yo no la forcé!

—¡Muchacho, se va a morir! Ahora, para usted, ¡lo importante es cómo! —le puso el puñal ante los ojos—. Si dice la verdad será rápido, si continua mintiendo, ¡yo mismo le *despreso* (descuartizo) con su puñal! ¿Recuerda como gritaban aquellos *paras* que me vio *despresar*?

—Comandante, desde que llegó, ¡ella me provocó para hacerlo! —el jefe miró a mi guardiana que negó con un gesto—. ¡Esa puta loca, hace tiempo que lo estaba pidiendo a gritos! ¡Y bien que gozaba, la muy perra, mientras *me la comía* (me la tiraba, la jodía).

—¡Amárrenlo a ese árbol! Traiga acá eso, miliciano —ordenó el comandante mientras arrebataba un AK-47 de manos de un joven—. Muchacho, ha sido condenado a muerte por incumplir sus deberes revolucionarios y manchar el nombre de las Farc. Va a ser fusilado.

—¡Sólo si la ofendida lo pide se salva, cabrón! —me miró el comandante empuñando el arma—. Lany, ¡usted decide!

—Pero, piénselo antes, Lany, porque no le saldrá gratis —sonrió malévolo el comandante—. Si decide que muera, ¡usted le dará el tiro de gracia!

—Comandante, ¡lo haré con mucho gusto! —le devolví la sonrisa—. Denme un arma.

—¡Pues ahí lo tiene, muchacha! Aprendan todos, como mueren los traidores a la revolución —exclamó disparando tres tiros al estómago de mi violador y volviéndose a mí para entregarme un revólver—. Espero que tenga *güevas*, porque lo va a matar usted, no yo. ¡Sólo *le metí bala* (le disparé) en las tripas y, aunque hace sufrir, eso no mata rápido!

—¡Será un placer evitarle sufrimiento a ese *hijueputa*, comandante! ¡*Vamos a desocupar el amarradero* (hacer sitio, mandar alguno al carajo)! —contesté tomando el arma y dirigiéndome al herido que aullaba de dolor sujeto al árbol—. ¡Le salió cara la *tiradita* (el polvito, el revolcón), *parcero*!

Y, a quemarropa, le metí el balazo en el oído.

—Gracias por la justicia, comandante —sonreí devolviéndole el arma—. Si no manda nada más, estoy lista para marchar.

—¡Usted está loca, Lany —evitó mi mirada el jefe—. ¡No es gente normal! Vamos, muchachos, ¡llévensela de aquí!

— Deben salir ya —dijo mi guardiana abrazándome tímidamente y empujándome a la camioneta que me aguardaba—. ¡Apúrese Lany, que se avecina tormenta!

—Si, muchacha, ¡que tenga suerte y no la maten! —dije mirando los nubarrones del cielo—. Huele a tormenta. Espero que la lluvia acabe de limpiarme. *¡Va a caer un palo de agua tenaz* (un fuerte aguacero)!

Y me senté, sintiendo fuego en las entrañas.

Capítulo 6

En la cabina del *campero* (vehículo de campo, todoterreno) montaron el conductor y dos guerrilleros más, en el *platón* (plataforma) otros tres y dos secuestrados, yo y el electo propietario de *una curul* (escaño) por el partido Liberal. Todos de *camuflado* (uniforme de camuflaje). Para que, si *la vaina se jodía* (se jodía el invento, si algo salía mal) y estallaba *la plomacera* (tiroteo) en un rescate, corriéramos todos la misma suerte.

Los traslados con las Farc eran como hacer *ecoturismo* (turismo rural), pero sin derecho a reclamaciones; costaba mucho más caro, se estaba comiendo peor y el guía te apuntaba constantemente con una pistola. Durante dos días, bajamos una montaña para subir otra que a mi me pareció idéntica a la que abandonábamos. Rodábamos día y noche entre trochas pedregosas, de vegetación muy cerrada, casi sin comer ni dormir y sólo deteniéndonos para llenar el deposito de combustible con unas *canecas* (bidones) que transportaban en la trasera.

Por fin, abandonamos el campero, para comenzar la marcha; mi asistencia al *gym* y los meses que llevaba en el monte me permitían llevar el paso de mis secuestradores cuando se metían por quebradas entre la maleza; pero el digno representante de la soberanía popular tenía el culo acostumbrado a *la curul*, era fumador empedernido y, desde que fue elegido para el Congreso, no había dado un puto paso fuera del *carro* oficial.

Yo caminaba al ritmo de ellos, sin rezagarme, pero, el pobre tipo, se quedaba y le tocaba trotar para alcanzarnos mientras le gritaban *déle, déle, déle,* empujándolo con las culatas de los fusiles. Cuando era incapaz de seguirles el paso lo tomaba un guerrillero de cada brazo y lo llevaban casi a rastras, medio en volandas. No sé como aquel haragán tan poco habituado al ejercicio pudo resistir tan tremenda marcha, trotando casi y parando un ratico cada dos horas. Descanso durante el que no cesaba de vomitar.

Finalmente, descendiendo una montaña por la otra vertiente, entre caños, arroyos y riachuelos que sólo verlos refrescaban, la trocha desembocó en un monte salpicado de caseríos; allí, quedó el campero, nos dieron un poco de arroz maloliente, *botas pantaneras de caucho* (botas de goma de media caña) y caballos. Nunca agradecí tanto el haber montado desde niña. Ciertamente, una educación súper elitista ayuda a superar todo en la vida; sin las clases de equitación de mi buen amigo Wichi Washington, felizmente casado con la actriz española Miriam Díaz Aroca, además de agotada, hubiera terminado con el culo tan desollado como el del señor congresista.

Porque, tres días a caballo, con jornadas de más ocho horas por caminos de mulas, entre quebradas y con constantes aguaceros que caían sobre nosotros como si todos los ángeles nos mearan encima, agotaban a cualquiera; los guerrilleros únicamente nos daban un respiro para comer y dormir. Para mi compañero de secuestro era una tortura bajar y subir del caballo, casi no podía descansar del dolor y apenas tragaba algo; para mí la tortura era sentir encima la ropa constantemente empapada, porque, entre la lluvia, la neblina y la humedad, era imposible que nada se secara y todos olíamos a rata mojada. Los *guerrillos*, riendo, nos espolvorearon veneno para cucarachas cuando vieron que las garrapatas nos comían brazos, piernas y genitales.

El último día estuve a punto de morir, lo que prueba que, incluso sin la intervención del ejército, los desplazamientos con las Farc eran más peligrosos que los paseos de un marine borracho perdido en Bagdad. Atravesando una zona pantanosa el estúpido jamelgo que montaba se enterró hasta el cuello en el fango; sin dudarlo, saqué los pies de los estribos y, a punta de patada, intenté impulsarlo para salir de aquella trampa; pero, el muy *hijueputa* no podía y se hundía cada vez más en el fétido lodo.

Entretanto, los guerrilleros, al ver cómo se hundía en el pantano un rescate de un millón de dólares, enlazaron el cuello del animal y lanzaron sus ramales sobre mí como si fuera una becerra. Mientras, el caballo se hundía cada vez más, así que *me paré* sobre su lomo sin hacer caso de sus desesperados relinchos y até los lazos a mi cintura. Pedí al Divino Niño que jalaran fuerte de mí. Me disgustaba embarrarme el pelo.

Salimos vivos de milagro. Me arrastraron sobre el lodo como si estuviera practicando esquí acuático; me alegré de no perder la compostura y, ciertamente, el diputado chilló con más pánico que yo que era quien se ahogaba. El caballo acabó agotado, retemblando sobre las patas y medio muerto; tuvimos que aguardar un buen rato para que se calmara y dejara de cagarse.

Poco después dejamos atrás los pantanos y, entre una hermosísima nube de mariposas amarillas, enfilamos un sendero intransitable en plena selva; continuamos cercados por la tupida maleza, en una sombría penumbra con la luz del sol filtrada entre la exuberante vegetación. Una oscuridad tan densa que me recordó las imágenes de la televisión cuando los iraquíes quemaron los pozos de petróleo durante la invasión de Kuwait y, bajo las inmensas nubes negras, en el desierto se hizo la noche durante el día. Avanzábamos casi en tinieblas, y, sólo mirando hacia las copas de los árboles, se avistaba algo de luz como al final de un túnel.

Un par de horas después comenzamos a ver guerrilleros adolescentes hasta que, en un claro, pusimos pie a tierra y *unos camuflados* que salieron de la espesura se llevaron los caballos al área mulera; al desmontar, nuestros guardias dijeron que respiráramos tranquilos, que aquello era territorio controlado por las Farc. Ellos disponían quién no entraba y, sobre todo, los comandantes decidían quienes salían. Dejando atrás el olor a estiércol, sorteando raíces, tallos y ramas de una espesísima vegetación que había que abrir a machete, una larga caminata por una trocha nos condujo a nuestro destino final. Fatal para algunos en ciertos casos.

Llegamos al campamento que me pareció bastante más grande que cualquiera de los que había conocido, aunque, pasaría mucho tiempo antes de que pudiera recorrerlo en su totalidad; de inmediato, nuestros guardias nos llevaron a la presencia del comandante Rubén Molina. El tipo al que, muy pronto, más odiaría del mundo.

El comandante era un hombre de unos cuarenta años, sucio y con un brillo extraño en la mirada; bajo la gorra verde oliva un pelo largo tan aceitoso como una ensalada española. Era más bien corpulento, tosco, con un *camuflado* raído y sucio, un brazalete con el logotipo Farc-Ep, el *tricolor colombiano* y unas *pantaneras*. Enseguida adiviné que su rara mirada era únicamente el reflejo de la pura maldad. La que iba a volcar en mí, durante mucho tiempo.

Nos recibió en su área de alojamiento, una caseta construida con tablas, troncos de madera y hule; primero al congresista, mientras yo aguardaba fuera. Media hora después, dos camuflados se lo llevaron a otra estancia cerrada; no lo volví a ver hasta que, tras varias semanas de aislamiento, lo distinguí entre otros prisioneros que, por su edad y aspecto, supuse eran militares.

Me introdujeron en su estancia de *piso* de tierra y paredes y techo de madera; un auténtico lujo para lo que hasta entonces había conocido en el monte. Una cama de campaña, una mesa plegable con una vieja máquina de escribir, ante ella un par de sillas de plástico y, en un rincón, algunas otras apiladas. Chincheteado en una pared distinguí un mapa de Colombia y otros, más detallados, de algunas zonas del país. En un rincón funcionaba la radio, el centro de comunicaciones del campamento, alimentado por una planta eléctrica para recargar baterías.

—Bueno, así que usted es... ¿Melania Bejarano? —consultó un papel y me miró—. Pues tengo algo que decirle que será de su interés. Verá, muchacha, la primera es que, ¡usted ya está muerta! ¿Me entiende? Sólo puede resucitar si su familia aporta rápido un millón de dólares.

—Así, que ya sabe —continuó sin dejarme replicar—. Deberá ayudarnos a convencer a sus papás de que tienen que contribuir si desean verla viva, y, ligero, ¡que alojarla aquí nos cuesta hombres y recursos! ¡Cállese!

—La segunda cuestión —dijo mientras cortaba mi deseo de hablar con un gesto de su mano—, es que sabemos que usted *fue avión* (fue lista) allá en su primer campamento. Calentó a un *pelado*, el *pendejo* la violó y, la bromita, nos costó la vida de un hombre. No me gustan las mujeres que van *prendiendo* (poniendo cachondos, calentando) a los muchachos. ¡Cuídese aquí!

—Resumo. Si quiere vivir —acabó la charla—, ayúdenos a convencer a su papá para que envíe pronto la *plata*. Mis muchachos de *inteligencia* (espionaje, información) le dirán cómo; cartas, teléfonos y todo lo demás. Y recuerde, ¡no sea puta y deje a los milicianos tranquilos!

—No quiero aburrirle, comandante, ¡seré breve! —respondí bajando la voz—. Mi mamá no tiene *plata*, mi papá es un alcohólico y drogadicto que despilfarró la suya hace más de diez años, antes de abandonarnos. La inteligencia de las Farc no se desempeñó bien porque, aunque él tuviera una fortuna, su familia le importa un *carajo*, incluida yo. Y puta, lo que se dice una auténtica zorra, ¡era la señora mamá del que me violó!

—¿No tienen plata? —gimoteó Molina burlándose y enrostrándome recibos, facturas, recortes de prensa y extractos de banco—. ¿Entonces porqué su mamá y su hermana juegan golf en el Country Club? ¿Porqué su papá gasta como millonario?

— Melania, ¡déjese de *maricadas* (mentiras, estupideces) y no me haga perder tiempo! — silabeó el comandante—. Usted escribirá a su familia que revisen las cuentas corrientes, y, ¡rece para que encuentren el saldo que esperamos!

—Melania, la llaman Lany, ¿verdad? —elevó la voz excitado—. Entienda, de una vez... *plata*, ¡queremos *plata*! Si no la tienen, ¡convénzalos para que la pidan o la roben! Y ahora, ¡lárguese y trabaje con mis hombres para salvar su vida!

Durante siete días, fui interrogada por expertos de las Farc; mil y una veces me preguntaron por cuentas corrientes, acciones de Bolsa, depósitos bancarios y fondos de inversión sin que pudiera darles respuesta; nosotras vivíamos de una pensión que nos ingresaba nuestro padre en el banco, justa para estudiar becadas y vivir sin despilfarros. De lo demás, no sabía nada.

Repetí invariablemente esto durante los dos meses siguientes, escribí las cartas que me pidieron y les facilité de nuevo números telefónicos de toda la familia, incluidos los parientes más lejanos. Por entonces, llevaba casi diez meses secuestrada y, hacía dos, que aquella basura me violó.

Pero, todas las respuestas que recibían a sus mensajes eran idénticas; la familia pedía que registraran todas las cuentas bancarias. En ninguna, había dinero. Hubo cruces de informaciones, intercambio de correo, incluso, después de revisada por ellos, recibí una carta para mí. En ella mi mamá y mi hermana, me pedían que fuera fuerte, que rezara mucho y que hacían lo imposible por localizar a mi papá y hacerle comprender la situación. Después supe que, escondidas en la hacienda de unos amigos, mantuvieron contactos con mis secuestradores porque me enviaron alguna ropa y unas medicinas.

Cuando me ordenaron escribir reclamando el dinero del secuestro, también, había pedido vitaminas porque me dijeron que, en ocasiones, los secuestradores permitían recibir cosas ligeras; me creí anémica, sentía un cansancio *tenaz* y había tenido algún problema gástrico y de náuseas que atribuí al cansancio, los mosquitos, la mala alimentación y al agua que bebíamos. No tuve ganas, ni oportunidad de pararme a pensar más. Cuando vino la primera *falla* (falta del período) y unas ganas muy frecuentes de orinar, lo achaqué a las constantes mojaduras, la humedad de los campamentos y la tensión por lo que estaba viviendo. Hubiera creído cualquier cosa antes de aceptar que aquel *hijueputa* violador me había embarazado. Pero tantas naúseas y vómitos, no engañaban. A la segunda *falla*, no dudé. El difunto, se vengó preñándome.

Tuve un momento de pánico y luego me volví mierda por un asco gigantesco y el miedo a lo desconocido; era nauseabundo. Fui forzada por mi enemigo y, además, me aterraba pensar que los cambios físicos podían matarme en aquella selva. De pronto, volví a sentirme asquerosamente sucia. Mi único consuelo era haber desparramado los sesos de aquel *malparido*. Cuando sufra por la barriga, pensé, ¡recordaré el miedo del violador cuando me vio arrimar el arma a su cabeza!

Ahora entendía porqué mis senos estaban tan sensibles y habían aumentado de tamaño; incluso mi barriga estaba menos plana de lo habitual, me sentía hinchada, como cuando tenía la regla, pero con el vientre duro. Al principio lo achaqué a la mala alimentación ya que, salvo raras excepciones, durante mi cautiverio prácticamente no comí más que arroz y pasta. Pedí a mis guardias que me llevasen a consulta con la enfermera; tras unas pocas preguntas y un reconocimiento elemental, lo confirmó. El muertito debió tener buen semen, porque me embarazó de una tacada. La sanitaria informó al comandante Molina.

—¡Felicidades, Lany! —visitó mi *cambuche* (chozo, chamizo) para humillarme con su enhorabuena—. Le deseo que lleve bien su embarazo y, desde hoy, queda exenta de cualquier trabajo, ¡hay que cuidar ese futuro combatiente revolucionario, *mija*!

—¡Pónganle guardia sólo de mujeres! —dijo a su segundo—. Denle un buen plástico para cubrir ese techo y un colchón con paja seca... ¡hay que *consentir* (mimar) a ese hijo del pueblo!

—Comandante, ¿no debería verme un médico...? —pregunté preocupada—. Quizás no ahora, pero más adelante...

—¡Huy, *mija*, un médico! —me interrumpió secamente antes de marcharse—. Nuestras combatientes paren solitas cuando se preñan. Una visita al médico más cercano cuesta seis mil pesos, ¿tiene usted *plata* para pagarla? Un euro, un dólar... ¿algo? Porque en las Farc, ¡somos pobres y debemos ahorrar recursos! Y además, su familia parece no tener prisa ninguna, los contactos siguen sin producir resultados... así, creo que, ¡usted va a parir aquí entre nosotros!

Allí quedé, aterrada por el futuro. Esperando parir a la intemperie si llovía, en aquel chozo levantado con cuatro ramas cortadas y sujetas con cuerdas a los árboles; con un techo de paja y palma y con los mosquitos, zancudos, tábanos y todos los demás jodidos bichos de aquella selva devorándome viva. Días después me dieron paja seca y un gran trozo de plástico que llegaba a cubrir el techo y tres laterales de mi casucha; aquel cambio fue como si me convidaran a la mejor suite de un superhotel en Miami. Desgraciadamente, la humedad nunca se marchaba de la ropa y el calor sofocaba. Y yo, ¡seguía preñada!

Siguiendo el consejo de la enfermera, solucioné las naúseas comiendo algo sólido antes de *pararme* (levantarme) por la mañana; luego, comprobé que reaparecían en cuánto tenía el estomago vacío. Para evitarlas, emprendí *el rebusque* (el trapicheo) para tener siempre a mano algún alimento. Había comprendido que con comer era suficiente. Ahora, necesitaba buscarme la vida.

Nuevamente el inglés fue mi salvación porque, extrañamente, toda aquella jauría de antiimperialistas adoraba hablar el idioma del aborrecible enemigo y, paradójicamente, en muchos casos, manifestaba un enorme interés por acabar viviendo en los Estados Unidos. Añadí a mis tareas el desempeñarme escribiendo cartas de amor y familiares a *la guerrillerada* (guerrilleros) porque, desgraciadamente, mi querida Colombia produce más terroristas que alfabetizados.

También me propuse seducir a una de las guardias en la que advertí un extraño interés en palparme la pancita, en ayudarme a lavar y en cepillarme el pelo. Aquella muchacha era linda, de hermosa cara y, aunque no demasiado alta, de espectacular cuerpo; siempre limpio y peinado su pelo *trigueño* (castaño), con un ligero toque de *colorete* (carmín) en sus labios y algo de *rubor* (colorete). Mi guardiana era, además, muy, pero que muy, lesbiana. Desde entonces, ella fue mi protectora, mi despensera, mi confidente para los desahogos y mi fuente de información sobre lo que ocurría en el campamento.

Avanzaba mi preñez y Leonor Montoya, que así se llamaba mi dulce enamorada, extremaba sus cuidados para conmigo, pese a que aún no la había admitido en mi cama; en todo me regalaba, en todo *me consentía* y vivía dedicada a intentar hacerme algo feliz. Yo, *hablándole muy contemplado* (diciéndole palabras románticas), la seguía el juego de las risitas y los coqueteos acaramelados. Así, siempre la tenía con ganitas y bien contenta.

Mi enamorada se escandalizaba cuando yo maldecía al bebé y a su padre. Le expliqué a Leonor que, pese a sentirlo moverse dentro de mí, no amaba ese niño, que lo aborrecía desde que dio señales de existir. Ella trataba de calmarme y bajo el plástico de la caseta me acariciaba el pelo, me secaba el sudor de la cara, me mimaba y me susurraba que no temiera, que estaría siempre conmigo; pero la guerrillera no imaginaba el asco tan profundo que me daba mi tripa, no comprendía las ganas que tenía de parir esa *gonorrea* para *botarlo* al río y evitar que siguiera chupándome la vida.

Justo un año después de mi secuestro llegué a mi cuarto mes de embarazo, en el que los cambios ya eran muy evidentes; seguí odiando al bebé y temiendo el momento del parto. Recordaba cuándo nos decían en misa aquello de parirás a tus hijos con dolor; además, menuda *güevonada*, me horrorizaba que mi ombligo saliera hacia fuera estropeando mi bella tripita. Pero lo más terrible era ver cómo lentamente perdía mi figura, aunque, según decía mi enamorada Leonor, cada día estaba más hermosa y más bonita.

Para calmar las molestias Leonor me masajeaba el pecho con gran cuidado y, si siempre lo he tenido generoso, entonces estaba espectacularmente grande; parecía que, me hubieran implantado la talla más voluminosa de supertetas, como si fuera candidata a *reina* (miss, reina de concurso de belleza). Tuve que aprender a vivir con mis *teteros* (senos), aunque eso aprendí a manejarlo, quizá, porque me hacía gracia notar el placer con que babeaba sobre ellas la guerrillera. Afortunadamente, no me desfiguré del todo, sólo engordé de ahí, senos y pancita, unos cinco kilos de basura en total. Y, aunque los besos y las caricias de Leonor en mi barriga me excitaban, me aguantaba porque quería tener el control y, además, al pensar en el sapo que llevaba dentro se me pasaba el calentón; mientras, mi pobre enamorada disimulaba porque me creía hetero y, entre una cosa y otra, la tenía caliente como una perra.

Un día, mientras caminaba para hacer ejercicio siguiendo los consejos de Leonor, me crucé con unos guerrilleros que ingresaban sudorosos en el campamento; la presencia de elementos ajenos no era infrecuente, pero me llamó la atención que traían una mujer encadenada del cuello. Los dos *manes* que precedían al grupo se acercaron con la prisionera hasta la caseta del comandante, mientras, el resto se reagrupaba bajo los árboles. Para entrar al *cambuche*, dejaron la cadena en manos de Leonor; me acerqué y mientras la miraba, aquella mujer flaca y demacrada, me sonrió; le ofrecí una cantimplora, bebió con ansia y de nuevo asomó en su rostro una sonrisa desalentada.

–¡Gracias por el agua! –me miró intensamente a los ojos–. ¿Cuánto tiempo llevás aquí...?

–¡Más de un año! –respondí–. Pero, Díos mío, ¿usted es la congresista...? ¿Usted es... Ingrid Betancourt?

–¡Mejor no sepan que me ha reconocido! –sonrió tristemente mientras señalaba mi barriga–. Entonces, ¿eso es...?

–Estoy encinta de cuatro meses. ¡Me violó un guerrillero en otro campamento! –masculló–. Ya lo pagó... ¡lo fusilaron!

–¡Tenemos poco tiempo! –se apresuró ella–. ¿Sabe usted si liberaron a Clarita Rojas...? Hace mucho que nos separaron... estoy con la gente de Wilmer, los antiguos del Mocho César. Puedo llevar noticia de usted, dígame, ¿cómo se llama y de dónde es, muchacha?

–¡Gracias, Ingrid! Pero no sé nada de Clara Rojas... Se comentó que su hermano quiso cambiarse por ella, se fue andando al monte y los guerrilleros lo devolvieron... –le dije mientras ella tiernamente me acariciaba la cara–. Soy Melania Bejarano, de Bogotá y todos me llaman Lany...

–¿Eres Bejarano...? Conozco a tus papás... –respondió abrazándome emocionada–. Y ahora, Lany, mejor separémonos, ¡que Dios la proteja...! Si la liberan, dígales que cada día me llevan de un lado para otro, que incluso creo que a veces me sacan de Colombia. Que nunca estoy más de cuarenta y ocho horas en el mismo sitio, que aguanto y que estoy bien y, por favor, déles un beso a mis hijos y dígales que los amo, ¿me lo jura?

—Lany, váyase al *cambuche*, ¡no puede hablar más con esta persona! —me dijo inquieta Leonor—. ¡Hágame caso...!

—Adiós, Ingrid, ¡ánimo! —me despedí alejándome—. Haré lo que me pide, y, ¡recuerde que Colombia la adora! ¡Que tengamos suerte las dos...!

—¡Que el Divino Niño nos proteja, criatura! —murmuró Ingrid Betancourt.

Desde la entrada de mi barraca vi regresar a Leonor tras entregar la cadena a los guerrilleros; sin esperarla me introduje bajo el techado y tumbándome en el jergón, me volví de espaldas a ella.

—¿Qué pasa, Lany, esta *brava* (cabreada, enfadada) conmigo? —se me acercó acariciándome el pelo—. ¿No se da cuenta de que Medina y los del secretariado llevan eso muy en secreto? Esa señora lleva aquí más de cinco años y ésta es la tercera vez que la veo; dicen que el video del año 2003 lo filmaron cerca de San Cristóbal, en Venezuela, y que la esconden en la selva de ese país desde hace más de dos años. Otros cuentan que la guardan en Ecuador, en la zona del río Putumayo, del lado ecuatoriano de la frontera, y, también, he oído que la han visto cautiva en las sierras del Pico Neblina en Brasil. No debería haberle dejado hablar con ella. Nena, escúcheme, si quiere vivir, ¡no diga a nadie que la reconoció!

—¡Déjeme tranquila, carcelera! —rechacé su caricia de un manotazo—. ¿Qué hemos hecho para que nos tengan atadas como perros...?

—Vamos, muchacha —intentó acercarse dulcemente—, ¡no tengo la culpa de esto!

—¿No? ¿No tiene culpa de nada? —pregunté musitando las palabras—. Entonces, ¿porqué sujeta las cadenas que otras mujeres llevan al cuello?

—Pero, Lany, ¡criatura! —respondió entristecida—.¿Acaso no la trato bien...? Recuerde que soy miliciana...

—Pues eso, ¡usted es de los suyos y yo soy de los míos! —repliqué apasionada–. Usted empuña la cadena y la pistola, mientras las presas, ¡ni siquiera un abrazo podemos darnos! ¿Quiénes estamos jodidas?

–Lany, no sea chiquilla, ¡escúcheme! –me sacudió por los hombros–. Yo la quiero y la cuido bien, pero, estoy en las Farc y aquí se viene de por vida, para quedarse. Así que entiéndame, por su propio interés, ¡evite comprometerme...!

–Déjeme, Leonor, ¡lárguese con su gente! –respondí sollozando–. A mí, sólo me queda mi apellido, ¡por él me reconoció la Congresista! Eso me queda y un abrazo furtivo a la mujer que hubiera salvado Colombia de no impedirlo ustedes...

–Lany, ¡no diga más *pendejadas!* –replicó enfadada Leonor–. ¡Déjese de nombres, abolengos y salvapatrias! Usted que tiene estudios, ¡piense cómo sobrevivir! O, es que, ¿quiere quedarse aquí, *cargando tierra en el pecho* (criando malvas)?

Esa noche no me trajo la cena y comprendí que estaba *bien brava*; esperé despierta por si, más tarde, se acercaba para darme un beso y ver cómo me encontraba.

En la madrugada, sentí ruido en la puerta y cuando desperté ya habían entrado dos ayudantes de Molina y me *jalaban* de los brazos hacia fuera. En volandas me llevaron hasta el *cambuche* del Comandante Rubén Molina, tocaron y me empujaron dentro.

–¡Lany, Lany, Lany! Le tengo una noticia pero que muy perra... –me sonrió desagradablemente desde el centro de la diminuta habitación–. Mire que yo intento hacer su vida aquí más agradable y, usted, no deja de complicarme y complicársela a usted misma.

–¿Porqué tuvo usted que *embarrarla* (joderla, cagarla) saludando a quien no debía? –preguntó con una mirada siniestra en sus ojillos–. ¡Cada día es más difícil que usted salga de aquí! Otra vez *se montó en el bus que no debía* (se equivocó), ¿sabe? Entre su papá que la ignora y no nos *colabora*, su mamá que se esconde de nosotros y usted que curiosea lo que no debe, esto, cada día está peor. Usted no entiende, ¡son negocios! Todo depende de cuánto aguante usted viva y de lo que su papá y, sobre todo, su billetera resista cerrada. Compréndame, muchacha, en este momento, ¡debería matarla!

–Convendría. Pero, no debo hacerlo, Lany. Esto es un negocio –me recorrió con la mirada–. Está preñada y eso, de momento, es sagrado; quiero negociar con usted. Mi propuesta es bien fácil, ¿desea morir ahora? Piénselo porque podemos hacerlo rápido y en silencio. Calladamente, ¡a punta de machete! Y, después, la *desaparecemos* en la selva...

—No le gusta la idea, ¿verdad? Usted, se está preguntando, ¿cuál es la otra alternativa? —se mojó la lengua con los labios y golpeó la pared—. Pues, bien fácil, *mija*. Ya se la imagina. Yo le tengo gana y ¡usted va a ser mía! *Tiramos* (jodemos, follamos) y usted vive. Pero, sin *pendejadas* para que no me ocurra como al *pelao* (chaval, muchacho) que fusilaron por su culpa.

—Vivir es mejor, ¿verdad? ¡Vamos a festejar juntos su elección! —dijo destapando ron y mirando a los dos milicianos que entraban—. Luego, contaremos a todos que hubo trago y usted andaba tan caliente que se *nos comió* (nos folló) a los tres. Y, ahora decida, ¡apúrese!

—Si no nos colabora, ¡le destapo los sesos a machete! —concluyó—. Si consiente, desde mañana, usted será sólo para mí, ¡mi amante! Pero, hoy, ¡le toca *joder de a fila* (joder en cola)...!

—¡*Estoy hecha* (estoy jodida, perdida)! ¡Hasta Dios me dejó! —me sobresalté cuando uno de los camuflados prendió la casetera—. ¡Revolucionarios de mierda...! Y, ¿estos abusos? ¿Esto es lo que nos espera si triunfa su apestosa revolución? Espero que maten a la basura de las Farc que llevo dentro... ¡*Ni de vainas* me atropellan! ¡Váyase para la mierda, Molina!

—Muchachos, ¡sujétenla y *bótenla al piso!* —se *emberracó duro* (se encabronó) Molina—. Usted me la sujeta y le abre la boquita y le pone un palo entre los dientes y así, bien quietita, ¡yo le voy dando trago de a poquitos! No lo *bote*, Lany, ¡que se va a tragar una botella entera! Y, por favor, no me *hable golpeao* (no me grite) que se atragantará. ¡Denle con los cinturones, muchachos!

—¡Déjenme, malparidos! ¡No más trago, por favor! ¡No, no me azoten, gonorreas! —*no les pares bolas* (olvídalos, no les hagas caso), pensé mientras me ahogaba con el licor y me golpeaban el cuerpo con los cinturones—. ¡Ya les colaboro...! ¡Métanmela, *vénganse* pronto y no me maten!

—¡Dele más trago, mi comandante! —dijo el que me sujetaba en el suelo apretándose contra mi—. Esta hembra necesita calmarse... Carne fresca, ¡venga para acá, venga para acá...! Estése quieta que se va a divertir...

–Mire, *mija*, ¡aquí estamos y no vamos a desaparecer! –habló sudando a chorros el que metió un palo en mi boca–. Colabórenos y todo acabará rápido... ¡Si usted se resiste le va a ir muy mal...! ¡Tome más trago, Lany!

–Y, ahora sí, ¡ya déjese de *güevonadas!* –chilló Molina *cacheteándome* (hostiándome, abofeteándome) y sacando el miembro tieso por la braqueta–. *Párenla* y dénle la vuelta, así se la meto más rico agachadita contra esas sillas... ¡Bájenle los *calzones!*

Parada, semiagachada y sujeta por los dos milicianos, Molina me penetró gruñendo como un cerdo; sentí dolor al principio, luego, estaba más preocupada por las arcadas del ron que habían vaciado en mi garganta que por su polla, que me pareció más pequeña de lo normal.

Mareada por el licor, el olor a sudor y asfixiada por las náuseas y los mocos mezclados con mis lágrimas, noté cómo *se venía* dentro de mi; después, un desorden mientras uno de mis guardianes tomaba su lugar y me penetraba salvajemente aplastándome contra el montón de sillas. Chillé, vomité y me agité hasta que un puñetazo brutal en la espalda me dejó sin respiración y casi muerta; sentí que me la sacaba y, otra vez, era penetrada por el tercero. Ya no oía los insultos, ni la estúpida música de Daddy Yankee, ni los gruñidos de lujuria de aquellas bestias que me la metían con brutales empujones; llovía y sólo escuchaba el sonido del aguacero. Tenía en la boca el sabor de las lágrimas mezclado con la acidez del vómito y cuando, por fin, me dejaron caer al suelo, descansé.

Uno de ellos, me abrió de nuevo la boca con el palo y, encajando el gollete entre mis labios, vació dentro de mí el resto de la botella.

–Así, ¡rico, Lany! –dijo Molina–. Bien regada... ¡por la boca y por la *chocha* (coño, vagina)! Y, no lo olvide, muchacha, los tres juraremos que gozó libremente con nosotros. ¡Contaremos a los campamentados que usted nos buscó! Y recuerde bien, cuando se le pase el susto, estará a la orden para cuando a mí me vengan las ganas, ¡sin rechistar! Porque, si dice una palabra de más, *¡la despreso!*

–Les quedé conociendo, hijueputas de mierda, ¡a todos ustedes! –me incorporé sujetándome los pantalones–. Recuerden que en Colombia hay más sicarios que café y ustedes nunca sabrán cuándo conseguí la plata para pagar al que *los quiebre* (los mate). Alguien me la dará. ¡Mi papá me la dará para que maten a los que abusaron de su hija! ¡Nunca sabrán cuándo *están rezadas las balas* (bendecir las balas es costumbre de los sicarios antes de matar) que los maten, *hijueputas*!

—¿Su papá? Sálganse de aquí, muchachos... —me miró a los ojos acercando su cara a la mía–. ¡Por culpa de él la violamos, Lany! Él, no la quiere. No va a pagar por salvarle a usted el culo. ¡No le interesa su hijita! Es un *drogo* y sólo piensa en él. Pero le diré un secreto. Mi hermana es la puta de su papá; él la envenenó y ahora está enloquecida de meterse *perica* (cocaína), bazuco y ¡de las palizas que su querido papito le propina *a la loca!*

—Pero, ¡no se preocupe! –me pateó Molina–. Usted y yo, casi somos familia y, ahora, de amantes, la iré poniendo al día cada vez que venga a chupármela. Lárguese ya, ¡que es bien *aburridor* (es un coñazo, aburrido) verla llorar tanto!

—Me voy, pero, después de éste abuso *tenaz*, ¡ténganme miedo y no me vayan a olvidar! –me *paré* con las rodillas flojas–. Créanme, *hijueputas* de su madre, ¡mejor me hubieran matado...!

Salí del *cambuche* haciendo un esfuerzo sobrehumano, andando como borracha; me enredé los pies con mi ropa, caí de rodillas, vomité otra vez y subiéndome el pantalón me dirigí al arroyo para lavarme; me desvestí como pude y me introduje en el agua. Luego, de lavarme mucho rato, desnuda, crucé el campamento hasta mi jergón. No tuve fuerzas ni para matarme, pero, supliqué al cielo que me hiciera perder lo que llevaba dentro. No sé cuánto tiempo estuve *encaletada*, muda y llorando. Hasta que llegó Leonor.

CAPÍTULO 7

¡*Quiubo, mija*? (Qué tal, hija mía) –entró Leonor bajo el plástico–. Ya regresamos de *hacer mercado* (aprovisionarse, comprar comida). Me *fui de afán* (rápidamente) para este operativo.... ¡pero me libré de partir para otro que se prevé de varios meses! ¿Me echó de menos estos tres días, nena...?

–¿No me diga que aun está brava conmigo? –se sentó a mis espaldas y apoyó su mano en mi pierna–. ¿Por eso no me *saluda de beso* (no me da un beso)? ¿No le alegra que me quede con usted mientras todos se van...? ¿Por qué me da la espalda? ¿Está *maluca*?

–¡Pero, aquí apesta! –levantó el plástico por un lateral para que entrara aire–. Ay, Lany, que entre aire... ¡Mire lo que le traigo!

–No, ¡baje eso! –sollocé–. Y mejor aún, ¡cállese, váyase y no me joda más!

–De acuerdo, *mija* –se entristeció su voz–, pero no merece la pena que esté disgustada conmigo... yo ni recuerdo porque reñimos... Pero, ¡diga, *hable alguna mierda* (coño, diga algo), conteste!

–¿No ve que no puedo? Me violaron tres tipos… –y rompiendo en lágrimas le conté el *redoblón* (violación colectiva)–. Y no ha terminado aún... ¡Molina promete seguir a su antojo! Me tendrá cuando guste, ¡él es aquí el *mandacallar* (el puto amo)! ¡Siento mi tripa como una *caneca* de basura!

–Todavía no puedo moverme de tan severa *muenda* (brutal noche de sexo) que me dieron esos *remalparidos* (requetehijoputas, doblemente malparidos) –gemí sintiendo en la cabeza lo duro de la brusca despertada–. Tres me la metieron y, ni aún así aborté la inmundicia que arrastro conmigo... Y los demás muchachos se me burlan, se acercan *parados* (con el rabo, miembro duro) preguntándome si quiero *tirar* también con ellos...

–*No le pare bolas* (ni puto caso), Lany –me interrumpió–. Ya no hay remedio. Desgraciadamente, ¡lo que tenía que suceder, ocurrió...! ¡Agradezca al Divino Niño, que no la hayan *bajado* (matado). Pero, le juro, que nunca volverá a suceder. Ahora yo me quedo con usted y mataré a cualquiera que lo intente. ¡Le voy a ser muy sincera, porque es *maluco* lo que secretean sobre su situación!

—Lany, los milicianos apuntan que usted, ¡ni para *canje* sirve ahora! —explicó tristemente—. Su familia se desentendió, a usted la violaron, está preñada... ¿cómo soltarla? ¿Qué dirá cuando le pregunten los periodistas cómo la trataron en el monte?

—Es imposible..., ¡nunca dejarán que se vaya...! —dijo con desaliento—. Con su caso se jodió el prestigio de las Farc en cuanto al respeto de las rehenes... Nadie pagará si se abusa de sus familiares y se los entregan *vueltos mierda* (descojonados, destrozados física o moralmente)...

—Pero, la que me preocupa es usted, no las Farc. ¡Esto va a ser el despelote! —continuó con amargura—. Todos querrán *agarrar* (follar, joder) con usted y este campamento se le convertirá en una continua *tiradera* (jodienda) hasta que la revienten... y, entonces, simplemente, la rematarán. Desaparecerá.

—Pero, hay que mirar adelantes, Lany, ¡busquemos lo bueno...! —sonrió—. Dios aprieta, pero no ahoga y, usted, debe luchar; yo sé que Molina y los muchachos deben salir *con todo* (al completo) para unirse a la columna móvil Teófilo Forero. Otros frentes preparan un gran operativo de las Farc para ganarle terreno a los *paracos*. Lo bueno, es que yo y los muchachos de mi escuadra nos quedamos para controlar a los prisioneros.

—Ellos me respetan todos, así que, durante un tiempo, acabará la *sufridera* (sufrimiento constante) para usted —me miró entornando los ojos—. Será larga la campaña, incluso puede que dure lo necesario para que pueda parir y, si tenemos suerte, quizás algún *paraco baje* a Molina y sus amigos antes de que vuelvan.

—Y, ahora, si me promete mirar adelante, ¡llegó el momento de sincerarse, *mija*! —sonrió tomándome las manos entre las suyas—. Usted y yo conocemos de qué vá esta *vaina*... Usted sabe que soy *arepera* (bollera, tortillera, lesbiana). Y, yo sé que a usted, ¡eso no le disgusta...!

—Y, usted, ¿dice ser mi amiga? —retiré las manos furiosa—. ¿No ve la *berriadera* (llantina, llanto inconsolable) que traigo? Le expliqué la tremenda violación a la que me han sometido, cómo fui *cueriada* (azotada con el cinturón) y, ¿usted me habla de *hacer arepas* (bollos, tortillas, sexo entre chicas)? ¡Usted es peor que los hombres...!

—¡No me entendió, nena! —sonrió divertida—. No estoy *echándole los perros*... ¡Me estoy declarando muy románticamente, Lany! Y, tratando de que entienda, que, cuándo llegue el momento, la ayudo a que se *saque el clavo* (se desquite) y, luego, ¡nos *volamos* (fugamos) juntas de aquí!

Tras el *aguacero incisivo* (fuerte aguacero) de la mañana, fuera, entre la neblina, pintaba lluvioso y, de pronto, cayeron sobre nosotros miles de moscos devorándonos; bajo el plástico el bochorno era espantoso y el sudor comenzó a resbalar por nuestras caras empapándonos la ropa.

Leonor era *entradora* (seductora, conquistadora), sonriente, bella, con unas caderas de guitarra española, buen *rabo* (culo) y un cuerpo que, ni siquiera, su *camuflado* raído y desteñido por la humedad y el sudor podía ocultar. Miraba dulcemente y en sus ojos no había maldad. Únicamente un reflejo de amor.

Sin dejar de observarme y con una enorme sonrisa en su preciosa boca buscó en el morral de campaña del ejército que había dejado junto a ella; sacó un paquete envuelto en papel de periódico y lo puso en mis manos.

—¿Es para mí...? —pregunté agradecida—. ¿Es un regalo?

—Si, para usted —murmura tímida—. Espero acertar y, si me jura guardar silencio, ¡le diré que envié a su mamá una nota en su nombre dándoles *saludes* (saludando)! Justo para que sepan se encuentra bien...

—¡Leonor, ¡cómo no voy a quererla! —la abracé con cariño al escuchar la noticia y emocionada al ver el enorme *brasier* que saqué del paquete—. ¡Qué el Señor la bendiga siempre! ¿Está *braviando* (desafiando) a estos *maricas* (tontos) por mí? ¿Arriesgó su vida sólo por hacerme feliz? Es usted única, ¡mi amor...!

—Bueno, ¡sólo ordené que enviaran un *pelado* con dos letritas para su mamá diciéndole que está bien de salud! —me estrechó contra ella besándome la frente con ternura—. Sabe, Lany, soy miliciana pero también tuve mamá... y, ¡sé cuánto sufrirá la suya! Bueno, este regalito es para que sujete esas enormes *puchecas* que tiene ahora, porque, los otros *sostenedores* (sujetadores) se le quedaron chicos... ¡Así estará más cómoda, *viejota* (tía buena, mujer muy atractiva)! ¡Con algo tenemos que sujetar tan *severas pechugas* (delantera cojonuda)...!

–No dé tanto mérito a estas bobaditas porque, aunque me reten, ¡Molina y sus *pendejos* me temen! –sonrió despectiva–. ¡Si yo hubiera estado aquí, no se hubieran atrevido a *darle clavo* (encarnizarse sexualmente)...!

–!Pero, aún esta *paniquiada* (acojonada, presa del pánico), *mamita* (mujer bella y deseable)! –me estrechó con más fuerza ante mis sollozos–. No tema, esos tipos ya se están marchando. Molina debe unir su *compañía* (en las Farc son 64 hombres y mujeres más sus mandos) a la de otro comandante cercano; esa *columna* (dos compañías), tiene que reagruparse con las otras de nuestro *Frente* (varias columnas, dependiendo el número según la zona) antes de iniciar el operativo.

–Tenemos tranquilidad para varios meses–me mantuvo contra ella calmándome–. Aquí queda una guerrilla de 25 hombres a mi mando, son muchachos de mi hermano, de Medellín y, nadie, ninguno, ¡la tocará! Mientras, usted se repone y yo espero que por ahí me hagan un favor que he pedido...

–¿Qué favor, Leonor? ¡Cuénteme! –me separé para mirarla a los ojos–. ¡Usted sabe que *cargo mucha bronca* (tengo mucho deseo de vengarme)!

–Mire, *mija*, voy a contarle todo, ¡mi hermano es un *duro* (persona poderosa, narcotraficante, quién destaca en alguna actividad) de Medellín! –ensombreció el semblante–. Él nunca quiso que yo estuviera aquí pero se me metió en la cabeza hacerlo y ni modo. Me vine al monte porque *los pelados* se le quejaban de que yo les *ponía cachos* (ponía cuernos) con sus novias. *Mi sangre* (mi hermano) tiene negocios con las Farc y, como me adora, le he mandado preguntar si puedo *legalizar* (asesinar en el monte y darlo de baja como muerto en combate) a Molina.

–¡No es sólo por usted, *nena* (mujer)! –endureció el gesto–. También se rió de mí, diciendo delante de todos que conmigo no *tiraría* porque era *arepera*. Eso a mi hermano no le gustó, a mí menos y, ahí estoy, ¡aguardándole! A pocos les cae bien Molina, es demasiado *jodón* (cabronazo, molesto), Lany, y creo que muchos se alegrarán cuando *lo acueste* (lo mate).

–Molina sabe que debe tener cuidado conmigo, no puede matarme por mi hermano y evita llevarme en sus operativos por si lo *rafagueo* (le meto una ráfaga, le ametrallo) el culo –hizo gesto de ametrallar–. Estaremos tranquilas mientras no vuelva, que ojalá, sea nunca... En cuánto marchen todos, los prisioneros podrán moverse libremente por el campamento entendiendo que, *al que quiera volarse*, se le mata a *machetadas* (machetazos).

–En cuanto salga Molina con la compañía seremos libres y podrá moverse a su antojo –concluyó Leonor riendo a carcajadas–. Y cuándo mi hermano me diga qué hacer, *yo le hago cuarto y nos volamos* (le ayudo y nos largamos).

–Leonor, ¡no sé cómo agradecerle! –lloré de impotencia y alegría–. Usted sabe que tengo tremenda *berraquera* (cabreo, cólera) encima y que *al perro no lo capan dos veces* (no me la vuelven a meter). Quiero pedirle un favorcito. Sin que nadie lo sepa, por favor se lo pido, déjeme algún arma con qué defenderme.

–Pero, no me ha entendido, Lany –me explicó pacientemente–. Usted ahora será libre de ir y venir. Además, uno de los *chinos*, la acompañará siempre con un AK-47 y, por las noches, estaremos juntas; no quiero que la vean armada, pero, no tema, la cuidaremos. Y, para más adelante, cuando se hayan idos los *compitas* ya le tengo conseguida una linda *metra* (subametralladora de reducido tamaño) Ingram MAC-10 de 9 mm Parabellum.

–Hace tiempo recuperamos varias armas a miembros de los grupos especiales del ejército –se extendió Leonor en su secreto–. Tengo *encaletadas* (escondidas en un zulo o caleta), un par de mini UZIS, unas cuantas MP-5 y algún otro juguete que escondí de la rapiña de Molina. Sabía que necesitaría tremenda potencia de fuego *para volarme* con los muchachos, y todo esto, ya lo pensaba hacer, mucho antes de conocerla.

–Leonor, yo le quiero agradecer –dije viendo que se levantaba para irse y acompañándola al exterior–. Usted es muy buena conmigo y arriesga mucho, pero, como me llamo Melania que antes de irnos, a Molina y los otros dos, *les hago la vuelta* (los mato). Los *fumigo* (ametrallo) con la metra que usted dice.

–Para eso faltan meses, Lany –me interrumpió viendo que se acercaba Molina–. Y, para entonces, quizás este cabrón haya bajado al infierno.

–Hola, muchachas, vengo a despedirme de ustedes –llegó Molina junto a nosotras–. Ya nos *vamos a peliar el territorio* (defender el área de influencia) y tardaremos un tiempo en *devolvernos* (regresar). Lany, escuche, aquí le dejo a Leonor para que me la cuide. Estése atenta porque ésta vieja es bien *arrecha* (dura, valiente). Y usted, Lany, recuerde que es mi amante y *ni pu`el putas* se deje *maniculitetiar* (toquitear sexualmente) por nadie.

–Sobre todo, ¡no le deje a ésta *bandida* (zorrita, putón) de Leonor *darle dedo* (meterle el dedo) –rió retrocediendo para marchar–. Y, por favor, Lany, ¡no me *mire tan rayado* (tan desafiante) que me asusta! Pronto vuelvo a *partirle el bizcocho* (follar, joder), ya sé que va a echar de menos mi *porrudo* (picha, pene)...

–Comandante, sea *bacáno* (majo, bueno) –le respondió sonriendo irónica Leonor–. *Dénos recreo un tantico* (déjenos en paz un rato), ¿sí...?

–¡Intente volver, Molina! –elevé la voz para que me oyera mientras se retiraba haciéndonos un gesto obsceno–. ¡No deje que lo mate el enemigo, comandante! ¡Lo estaré esperando ansiosa, *malparido! Usted se cree el putas* (se cree la hostia), *cachón* (cabrón, cornudo), ¡pero yo lo voy a matar! ¡Recuérdelo, *comemierda* (gilipollas), no se me *haga el marica* (no se haga el bobo, tonto)!

–¡Olvíde al tipo, Lany! –sonrió Leonor–. Es muy posible que no lo volvamos a ver...

–¡Dios quiera salvarle de las balas de los paramilitares! –me santigüe mientras *la compañía* abandonaba el campamento–. Porque, ¡yo no me voy de aquí hasta matar a este *hijueputa*...! A ese *malpajorro* (engendro) le tengo que meter unos cuántos *pepazos* (tiros) en los huevos...

–¡Por fin, Melania! –me abrazó la guerrillera–. Ahora tenemos un tiempito para vivir tranquilas... ¡hasta que nos den el Ok y *nos regresemos* a *Metrallo* (Medellín) con los *duros*! ¡Ay, *mami* (mujer bonita y deseable), pronto nos *desvinculamos* de esta mierda!

–¡Venga, nena, regáleme un beso! –dije acercándole la boca–. Estoy bien jodida, casi en mi séptimo mes de embarazo y catorce de secuestrada, pero, al menos, se fueron esos *hijueputas* y, para festejarlo, ¡esta noche usted y yo le *ponemos cachos* (cuernos) a Molina!

–¡Ay, sí, mamita, por favor, por favor! –saltó de alegría Leonor–. ¡Hace mucho que quiero *pedírselo* (propuesta sexual de carácter casi formal)! Y, por favor, ¡que sea rico, con *tremenda chupalina* (larga sesión de besos apasionados)!

–No se preocupe, *viejota*, ¡que esta noche *se lo presto* (me entrego a usted)! –le susurré mientras nos abrazábamos de nuevo–. Tanta abstinencia me tiene ardiendo y necesito una *cosota tan divina* y *tremenda* (mujer exuberante, adorable, cachonda, ardiente, fogosa) como usted. ¡Bien femenina, mejor que mil hombres *parados*... (empalmados, en erección)!

–¡Ay, *mija*, qué *rico*! ¡Vino al mejor sitio, Lany! –respondió contenta la guerrillera restregando sus caderas contra las mías–. No hay cama tan sabrosa y apasionada cómo la que comparten dos *viejotas trozudas* (voluptuosas)...

–Pero bueno, Leonor, ¡no me caliente más con tanto toqueteo! –la besé en el cuello, apartándola un poco–. A usted yo voy a *tenerla caminando finito* (tenerla encoñada, enamorada), pero, dejemos tanto restregón, porque *haciéndose la güevona* (como quién pasa de todo) me está provocando un *severo* calentón.

Esa tarde, antes de anochecer, pude bajar sola al río para bañarme, lavé mi pelo con una pastilla de jabón que Leonor sacó no sé de dónde; disfruté del agua y el jabón reparando en el *chino* que sin prestar atención a mi desnudez, sentado en un tronco caído, movía el cuerpo escuchando vallenatos en un transistor. Todo, sin dejar de la mano el AK-47. Leonor, cumplía su palabra, aquel niño era mi guardaespaldas.

103

Capítulo 8

Mientras volvía despacio al campamento, oía tras de mí la música que escuchaba el chiquillo del fusil ametrallador; sintiéndome segura, hice lentamente el camino para dar tiempo a que se secara mi pelo. Ordené lo mejor que pude mi *cambuche*, traje paja seca para el jergón, flores aromáticas del bosque y prendí fuego con hierba verde para alejar a los *zancudos*; luego me puse ropa limpia, una camiseta verde del ejército, un pantalón camuflado y, descalza, me senté a esperar que anocheciera. Enferma de deseo, aguardé que llegara Leonor.

Ella surgió de entre los árboles y se acercó hasta mí sacudiendo de su melena brillante las gotas de rocío robadas a la empapada neblina nocturna. Mientras la miraba venir entre las sombras, estallaron los cantos de los pájaros de la noche y los aromas de las frutas del bosque; llegaba descalza como yo, despojada de fusil, pistolón y *sin camuflado* y su mirada dulce revelaba la promesa de una tiernísima amante. Una flor roja en su pelo, una camiseta de tal blancura que iluminaba la noche, un short ciñendo sus caderas de yegua y una tímida y enorme, deliciosa sonrisa en su boca.

En la entrada del *cambuche* besé por primera vez la boca que esa noche me hizo feliz y que, muchas otras, fue mi salvación cuando aterrada me hundía en la desesperación; fue un beso deseado, contenido durante meses y tantas veces aplazado sin otro motivo que el miedo y la desconfianza. Leonor enlazó con sus brazos mi cintura para acercarse a mi levantando la cara; ese abrazo hizo que, brotando de su pelo y de su cuello, me llegara un rico y fresco olor a limón; sin duda, coqueta incluso en la selva, se perfumó aplastando las hojas que guardaban ese delicioso aroma.

Con la cara alzada y los labios entreabiertos se apretó contra mí, dejando oír un tierno gemido cuando sus pechos me rozaron. Metí mis dedos entre los rizos de su melena y la atraje contra mi cuerpo, abriendo las piernas para encajarla entre ellas. Busqué su boca, dibujando sus labios con mis dedos y, entonces, enmudecieron

105

todos los sonidos de la selva y sólo se escuchó el salvaje latir de nuestros corazones desbocados.

Rocé sus labios con los míos y, suspirando con urgencia, ella los separó para recibir mi lengua; fue lento al principio, mientras ambas descubríamos que aquella era nuestra boca soñada; luego, la premura y el fajarse de los cuerpos, hizo el beso cada vez más ansioso, más profundo y más apasionado. Pronto, sofocadas y gimiendo, deseamos desnudarnos; entramos al *cambuche* y, mientras sujetaba a Leonor que desmayaba, la despojé de su camiseta para gozar viendo sus hermosísimos senos ondulantes.

Lánguidamente sentada sobre sus talones, gimió de placer cuando sostuve sus pechos para llevármelos a la boca y besarlos, lamerlos, morderlos y restregarlos contra mis labios y mi lengua; con una mano engullía sus tetas entre chupetones, mientras, le desabotonaba el pantaloncito buscando su sexo. No llevaba *calzones* y mis dedos urgidos resbalaron entre su vello para hundirse en la tibia humedad de aquellos labios inflamados y palpitantes; Leonor, empapada y con un suspiro escapado de sus entrañas, abrió las piernas para recibir mi dedo en su clítoris. Luego, meciendo suavemente las caderas, con insólita quietud *se vino* en mi mano entre hondísimos quejidos de placer.

La dejé resbalar hasta acostarla, extendí sus piernas y terminé de desnudarla; mientras en la noche sólo se oían sus ronroneos de placer, le abrí las piernas y, enterrando mi cara entre aquellos muslos rotundos, acerqué mi boca a su vello olfateando el aroma de hembra en celo. Y, el sabor de su orificio más íntimo, estalló en mi lengua con gran dulzura.

Sollozó, chilló y arqueó su cuerpo mientras separaba sus muslos, le acariciaba con mi lengua, labios y dientes y, a bocados ansiosos, devoraba su sexo entero; incapaz de soportarlo más, sus manos se enredaron en mi pelo y aplastando labios contra labios, rasgó la noche con el más hondo chillido escuchado jamás en aquella selva.

Anhelante, respirando con agitación, reposé mi cara húmeda sobre sus pechos palpitantes mientras me llenaba del olor fragante de la paja, de nuestras pieles sudorosa y de su sexo saciado; sintiendo mi gana, Leonor, traveseando, me desnudó perezosamente. Recorrió mis pies con sus labios y los acarició con sus senos, luego, abandonando un beso en cada poro, fue lamiendo mis piernas, mis muslos, mi barriga gorda hasta llegar a mis tetas hinchadas y, de nuevo, a mi boca deseosa.

Moría de ansia con sus caricias, pero, Leonor no estaba urgida y deseaba alargar mi placer; así, me besó los ojos, lamió mis orejas y acarició con sus labios los pulsos de mi cuello y mi garganta. Mientras, buscó abrir mi sexo separando los labios para rozarme con la yema de su dedo que, cada vez más osado, acabó introduciéndome muy lentamente. Ávida, amenacé y supliqué, acabara aquella tortura y llegara el placer que exigía para no morirme; Leonor, desatendiendo mis lamentos y alargando sus caricias, se deslizó hacia el hueco de mis piernas abiertas de par en par.

Los rizos de su melena rozaban cosquilleantes mi piel, erizándome el vello como las púas de un puercoespín; separó los labios de mi vulva y con su lengua fresca rozó mi clítoris inflamado y, mientras un rayo de placer atravesaba mi cuerpo curvándolo de manera inverosímil, apreté su cara entre mis muslos. Ella, asió mis caderas con firmeza, separó mis muslos y siguió chupando mi *cuca* con enérgicos lengüetazos que recorrían los labios y el clítoris; viéndome retorcer desesperada, se apiadó y atendió mis lastimeros jadeos de queja. Sabiamente, aceleró su caricia hasta hacer que me *viniera* entre los gritos de un delirante orgasmo que despertó de nuevo a los animales de la selva.

Caí de espaldas entre convulsiones, mientras sentía su lengua golosa rebañar los últimos restos de placer en mi vagina. Quería abrazarla y besarla gozando aquel momento pero, ella, en vez de detenerse, aceleró de nuevo el ritmo de su lengua sobre mi sexo. Casi seguido, jadeando y sacudiendo la cabeza, me *vine* de nuevo y, entre alaridos, tuve otro interminable orgasmo en sus labios glotones. Electrizada y dichosa, rendida, quise estrecharla en mis brazos.

—¡Venga, mi potranca, venga a mis brazos, abráceme fuerte! —le tendí las manos respirando hondo—. ¡Qué felicidad gozar tanto...! Venga, *mamita*, arrímese, ¡dígame que es toda mía y que yo soy de usted!

—Ay, niña Lany, déjeme descansar, que aún me estoy *viniendo* de tanto hacerla gozar a usted —se estrechó contra mí— ¡Huy, qué rico, ¡después de tanta *pedidera* (solicitud sexual reiterada)...!

—Cierto, Leonor —respondí riendo y abrazándola—, ¡muy cierto...! ¡*Usted me dio mucha lora* (dio mucho el coñazo) con la *pedidera* y con su *abejorreo* (manoseo, toqueteo)!

–Pero, ¿cómo no voy *cantaletearle* (reñirle)? –me pellizcó las caderas–. La culpa es suya, ¡que andaba calentísima conmigo y no se decidía a *trapearme* (comérmelo, sexo oral)!

–Bueno, ¡es que soy tímida! –respondí besándole los ojos–. Pero no más le quité la camiseta y pude llevarme esas *piruchas* (tetas, peras, senos) a la boca, ¡ya sólo ansiaba comerle *lo de adentro de los pelos* (coño, sexo de la mujer)!

–¿Cómo así? ¿Tímida usted, *jailosa* (pija, niña bien)? ¡*Barájemela más despacio* (explíquemelo despacito), por favor! –replicó fingiéndose enojada Leonor–. ¿Porqué retrasó esta ricura con tanta *alegadera* (tanto rollo)? ¡Qué raro es el *blancaje* (los blancos ricos)...! Y qué *buen catre* y *qué lengüita* (experiencia en la cama y con la lengua) usan ustedes las *gomelas* (pijas, niñas bien) del *Norte* (barrios ricos de Bogotá).

–¡Ay, mija, *deje la cansadera* (deje de dar el coñazo)! –la imité en su enfado–. No creo ser tan buena *tiradora* (folladora, jodedora) como dice, pero, sí me lo hizo pasar bien rico esta noche y fue delicioso *calentarle el pan* (ponerla cachonda, calentarla). De todos modos, *cosita* (chiquitina, mujer deseable), ¡para mí es *usted una nota de persona* (alguien muy querido, amiga del alma)!

–¡Bueno, me hará llorar con tanta *babosada* (tontería)! –se emocionó Leonor–. ¡Me ha hecho muy feliz esta noche...! Aunque *se demoró más que arreglo de mujer en primera cita* (tardó mucho) para darme su *chimbita* (coñito) con ese *gallito* (pipa, clítoris) que guarda *encaletado* (escondido) en ella.

–Como ve, Lany, ¡*aquí no se gana, pero se goza...* (no pagan pero es una juerga)! –se incorporó poniéndose la camiseta, embutiéndose en los shorts y dejándome un ligero beso en la boca–. *Mamita*, voy a calmar a los muchachos que estarán *pelándose el cable* (pajeándose, matándose a pajas) como enloquecidos con tanto gritito. Le dejo al *patojo* (crío, chaval) que me la cuide y *chequeo* (inspecciono) los *retenes* (guerrilleros, paramilitares), no sea que vengan los *hijueputas paracos* y nos den *candela* (acribillen) a la *panadería* (el culo) mientras andamos como locas de *tiradera*.

–Bueno, Leonor, ¡cuídese y vuelva pronto! –me arrebujé en la manta mientras pensaba que nadie me hizo nunca el amor, con el ardor y la delicadeza que tuvo Leonor conmigo; en su besos y en sus ojos entornados encontré ternura y pasión. Esa clase de calor que surge, tras meses anhelándolo, cuando una mujer ama a otra.

Fue delicioso mirar su cara y pensar que continuaríamos enamorándonos, porque, la vi feliz y mi alma estaba dichosa. Antes de que abandonara el *cambuche* contemplé los abundantísimos cabellos crespos que enmarcaban sus ojos y sus labios.

Miré aquellos senos opulentos y vibrantes, sus piernas fuertes de correr los montes, me fijé que tan lindos eran sus pies descalzos mientras caminaba cimbreando la *cola* y mi mirada resbaló en su piel dorada que evocaba al sol bañándose en el río al atardecer. Todos mis sentidos se agudizaron y casi olí la dulzura escondida entre sus muslos rotundos, cuando, al alejarse, quedó flotando tras ella su aroma de limón. Rompieron a chillar los animales de la selva y el muchacho prendió el radio. O, quizá, nunca cesaron esos sonidos y era yo quién no los oía. ¡Qué rico su querer con acento *paisa* (del Departamento de Antioquia, capital Medellín)!

Dormí toda la noche, oyendo a medias los vallenatos del *guachimán* (guardia, watchman). Desperté abrazada a Leonor, vuelta en silencio a tumbarse a mi lado; durante días casi no hablamos, sólo, hacíamos el amor y nos mirábamos. Salvo los ratos en que Leonor se ocupaba de controlar a los muchachos, la pasábamos *cancaneando* (haciendo el amor) sin parar, porque, habíamos perdido demasiado tiempo y traíamos mucha gana atrasada.

Fueron las mejores semanas de mi secuestro. Casi ni me acordaba de mi barriga y de la rata que llevaba dentro, ni de que hacía meses no probaba un huevo, ni carne, ni leche, ni verduras; me dejaban bañar cada mañana y pedí a Leonor que los otros secuestrados pudieran hacer lo mismo. Invariablemente, seguíamos comiendo la misma pasta y el mismo arroz. En eso no podía ayudar a los militares presos, pero, la falta de crueldad de los nuevos guardianes hacía más llevadera la prisión.

Leonor me mantenía alejada de los secuestrados, pero, de lejos, vi que podían ejercitarse, pasear en un trozo del claro y bañarse vigilados por los guerrilleros.

Una tarde, antes de *comer*, Leonor entró sudando en el cambuche. Venía de inspeccionar los sistemas defensivos del campamento y cargaba una mochila del ejército.

–¡Hola, Lany, mi amor! –saludó cariñosa arrodillándose para besarme–. Usted y yo tenemos que hablar seriamente. No todo va a ser *culiar* (joder, hacer el amor) y decir *carajadas* (chorradas) románticas, ¿verdad, nena?

–Mire lo que traigo –dijo riendo mientras sacaba de la mochila un objeto envuelto en plástico–. Aquí, en el monte, hay que andar muy listo para vivir. Recuerde, ¡*acueste* a todos antes que morir! Usted ya va conociendo, pero, aún no sabe defenderse.

–¡*Al que no sabe de ganao hasta la boñiga lo embiste* (no saber es como no ver)! –abrió el envoltorio mostrando una subametralladora–. Desde ahora, ¡yo seré su maestra! Aquí tiene usted su arma. Una Ingram de 9 mm Parabellum, con dos cargadores de treinta y dos cartuchos y un *silencio* (silenciador) para que la controle mejor; es un regalo *de ataque* (cojonudo, de puta madre) que le hace la policía, Lany. ¡No crea que estos *fierros* (hierros, esta ferretería) se compran en los *almacenes agáchese* (los manteros, venta ambulante)!

–¡Así, queda feota! –me explicó Leonor ajustando el grueso silenciador al arma–. Pero, al practicar con el *aparato* (el arma) controlará mejor las ráfagas y no le volará el culo a nadie. ¡Pilas, no olvide que esta *metra* (tartamuda) escupe *cualquier cantidad* (una cantidad acojonante) de bala! Ahora, ya *está mancada* (porta un arma oculta), espero que se sienta más segura.

–Pero y esta cosa fea, ¿cómo se usa...? –pregunté tomando el arma en mis manos.

–¡No se *afane*! –me la quitó Leonor–. Primero tendrá que aprender a montarla y desmontarla y, eso lo hará aquí, en su *caleta*. Sin que nadie la vea. Es fácil. Son sólo cinco piezas y, hasta que usted no las monte y desmonte con los ojos cerrados, no comenzá a disparar.

–Por si necesitara usarla –dijo mostrándome el manejo–, le explico cómo; llene los cargadores de bala, tire de esta palanca para montar el arma, quite el seguro y, cuando apriete el gatillo, no deje nada vivo por delante de usted. Y escúcheme bien, si cree que debe disparar, mate todo. Hombres, mujeres y niños.

–¡No lo olvide, mate! Si el instinto se lo dice, ¡dispare y mate sin piedad! –me miró la guerrillera a los ojos–. No repare si es *traqueto* (sicario, camello), *tombo* (madero, policía), *chulo*, *guerrillo*, *paraco* o un *gamín*. Da igual, es la misma cosa. Pero, sobre todo, no dude.

Cuando sienta en peligro su vida, *acueste* a quién tenga delante. Porque, si no lo mata, usted se muere.

–Aquí, cualquier niño porta un arma y, ¡es para usarla! –continuó gravemente–. El *chino* que la protege, con apenas trece años, *lleva bajados diez manes*. Todos disparamos contra todos, nosotros contra ellos, ellos contra los otros y contra nosotros, y, los de allí, contra los de acá. Así que, si se ve en peligro, mate sin dudar, porque la vida es barata y, a lo último, es mejor no ser uno el *muñeco* (muerto).

–¡Salvo de mí y mis *parceros*, no se fíe de nadie! –sonrió tristemente–. Sólo de su *metra* y de su instinto; nunca vacile, porque, en Colombia la plata cambia lealtades y, *por dinero, baila hasta el muerto* (todo por la pasta).

–Y, ahora, ¡tenemos otras cosas de que hablar! –suavizó el tono de su voz–. Aún faltan más de dos meses y debemos planear todo; usted tiene que parir, después amamantar un mes al bebé, luego matar a Molina y, por último, marcharnos las dos a *Medallo* (Medellín)...

–¡Un momento, Leonor, un momento! –interrumpí sus palabras impulsivamente–. Parir no me queda más remedio, matar a Molina y fugarnos es muy buena idea, pero, ¿porqué debo amamantar ninguna *gonorrea*? ¿Quién ha dicho que yo quiero alimentar a ese bastardo? No deseo ver a esa rata y ¡menos aún pienso atenderlo!

–Lo imaginaba, Lany, y, ¡no se lo discuto! –intentó calmarme Leonor –. Pero, parir tiene que parir y, cuando le suba la leche, hay que sacarla o le infectará el pecho; aprendí a ordeñar a mis hermanas cuando no querían amamantar. Si no se hace, el pecho duele y se pone maluco... Usted nunca ha parido, ¡no sabe de esto...!

–No, nunca he parido, ¡ni volveré a hacerlo! –corté tajante–. Si hay que sacar la leche ordéñeme como una vaca, pero, ¡esa basura no se colgará de mis tetas!

–Usted sabe sobrevivir en el monte –la tomé las manos–, defenderse, matar y, también, ordeñar mujeres; de acuerdo, ¡yo le hago caso en todo! Pero, ¡ese bebé no quiero ni verlo! Y, entiéndalo, ¡no pienso llevarlo conmigo cuando *nos volemos*.

–Pero, y, ¿si soy yo quién lo acarrea? –intentó sondearme–.

Podría ocuparme y, tal vez, luego usted quiera...

—Parece que no entendió, Leonor —susurré con frialdad—. ¡No deseo verlo! ¡Si quiere algo conmigo, olvide ese jodido niño! Olvídelo. Esa inmundicia es un regalo de las Farc y, ¡se lo pueden devolver de mi parte a Tirofijo y al Mono Jojoy!

—Ok, Lany, ya conversaremos del parto y, ¡me quedó clarito que es usted una auténtica madraza! Si le parece será Juliana Esmeral quién lo adopte, ella no puede tener bebés y éste la hará feliz —respondió serenamente Leonor—. Platiquemos ahora de Molina; mi hermano nos autoriza para *darle de baja* (matarlo), pero asegura que el secretariado de las Farc nunca admitirá ante sus milicianos que lo aprobó. Dejan que lo matemos porque el *man* es perjudicial para la imagen de las Farc y están hartos de él. A cambio, ése es su pago, ellos le pedirán a usted que *enfríe un sapo* (mate un soplón).

—Cuando liquidemos a Molina —continuó—, aunque el secretariado no ponga empeño en capturarnos, la guerrilla nos acosará y cada guerrillero querrá *despresarnos* para vengar a sus camaradas. Ése es nuestro riesgo y ya conoce el precio, ¡usted decide si aceptamos!

—¡Claro que acepto! —respondí mirándola a los ojos—. Pero no puedo obligarla a que lo hagan usted y sus muchachos...

—¡Ay, Lany, *mija*, no sea *cansona* (coñazo, molesta)! —me cortó Leonor decidida—. Mis chicos de Medellín ingresaron muy pronto en la guerrilla y ya *tienen tremenda jartera* (están hasta las pelotas) de monte, quieren salirse y que vengan otros. Desean ser *traquetos* en Medellín y ganar su buena plata. No se me *haga la güevona*, Lany, ¡usted sabe que mis muchachos protegen aquí intereses de los *duros*! Toda esta *vaina* (cabronada) de mierda, es puro *perico* (cocaína)!

Asentí y nos abrazamos mirándonos a los ojos. Todo estaba decidido a la espera de cruzar nuestro Rubicón. Reímos entre besos y nuestras carcajadas caldearon la neblina que se arrastraba monte abajo.

Durante un tiempo no hablamos del tema. Pasé horas con el *chino*, despiezando la *metra* y volviéndola a montar; pronto lo hice mecánicamente, incluso con los ojos vendados; entonces, pasamos a las prácticas de tiro. Era primordial evitar que la Ingram se elevara durante el tiro en ráfaga. Siendo inexperta, para no fallar debería disparar de forma instintiva, con ráfagas largas, lo que podía descontrolar el arma. Leonor se empleó a fondo para enseñarme a disparar con el culatín extendido; me mostró como apretar el arma contra el cuerpo, sujetándola de la correa delantera para impedirla elevarse y que las balas acabaran agujereando el culo de San Pedro. Me ordenó usarla siempre con el silenciador puesto, no por el ruido, sino para estabilizarla mejor.

Con la práctica adquirí soltura para disparar, destreza en el realimentado del arma y eficacia en hacer blanco. Un día, tras comprobar mis progresos en los ejercicios de tiro, Leonor decidió que ya era suficientemente buena con la *metra* y que no necesitaba continuar el adiestramiento. Después de tan *tenaces plomeras* (intensos tiroteos), aquello de disparar como que me quedó gustando.

Pese a mi barrigota Leonor no descuidaba mantenerme en forma y, todos los días, me enviaba de *patrullada* (de patrulla) varios kilómetros para ejercitar las piernas; decía que las necesitaría potentes cuando los perros se lanzasen en nuestra persecución. Esas caminatas cargada con arma y equipo hicieron que me sintiera ágil y fuerte durante las últimas semanas de mi embarazo.

Luego de las marchas solía ir a bañarme con Leonor, pues aquellos días recibieron jabón, desodorante y talco y, todos, *guerrillos* y secuestrados bajaban al río a lavarse. Nosotras íbamos cuando ya no había nadie para bañarnos desnudas. Nuestro ángel guardián de trece años seguía más interesado en jugar con su AK-47 que en mirarnos las *pituchas* (tetas, senos) y el *peluche* (la pelambrera, sexo femenino).

Una tarde bajé sin esperarla porque estaba molesta, notaba un dolor sordo en la zona lumbar que atribuí a un exceso de caminatas; preocupada, sentí además una molesta presión sobre el pubis y una rara sensación de vacío en la zona profunda de la vagina. Al desnudarme, vi mi ropa manchada por un flujo sanguinolento que aumentó mi preocupación y mi deseo de lavarme. Entré al río para jabonarme en una *tina* (bañera) natural formada por grandes piedras; lavé mis *calzones* y permanecí sentada en el agua fresca ensimismada, oliendo el jabón, escuchando los pájaros, el rumor de la corriente y los vallenatos en la radio de mi guardaespaldas.

El agua fresca y el jabón se llevaron río abajo mis molestias y mi sensación de suciedad. Me dispuse a levantarme para acercarme a la orilla y fue aterrador, pareció salir de mi, cómo si la hubiera parido. Al incorporarme, una enorme serpiente se escurrió lamiendo la piel de mi vientre y mis piernas.

Asustada por el movimiento se deslizó sobre mi tripa, enredándose en mis rodillas, una serpiente larga y tan gorda como mis tobillos; creo que entonces, no grité. Sólo me incorporé de golpe, sintiendo cómo el bicho se escurría serpenteando entre mis pantorrillas. Cuando, después de una angustia infinita, la ví alejarse río abajo, al fin, pude gritar y, mi alarido, hizo volar, entre aleteos y chillidos, a todos los pájaros de la selva. Respiré hondo y desapareció la parálisis que me mantenía inmóvil. Corrí hacia la orilla gritando al *chino*. No bien di tres pasos chapoteando en el agua, resbalé y me desplomé sobre las piedras que formaban la *tina*; fue un tropezón bien fuerte y caí de bruces al agua sintiendo que me lastimaba las rodillas. Pero, del miedo tan *berraco* (acojonante, aterrador), sólo pensé en levantarme y seguir huyendo.

Dos segundos después *el chino*, con el agua en la cintura y el fusil en alto, *jalaba* de mi mano arrastrándome hacia la orilla. Jadeando, aún aterrada, comencé a respirar profundamente mientras él examinaba las heridas de mis rodillas. Al ver que eran sólo rasponazos, discretamente, se alejó de nuevo dejándome sola; enjugándome el pelo con una toalla esperaba que el aire acabara de secarme cuando sentí un chorro que caía al suelo de entre mis piernas. Creí morir de la vergüenza al pensar que el muchacho viera que estaba meandome cómo las vacas; pero, era incontrolable y me hacía pis sin poder evitarlo.

–¿Qué me ocurre? –pensé notando el líquido caliente resbalar por mis piernas–. Ni siquiera puedo retener la orina, ¿qué mierda es ésta? Si me meo encima viendo una culebra, ¿qué voy a hacer cuándo me disparen?

Pero, corría tal cantidad de líquido por mi piernas que, pronto comprendí, que nadie acumula tanta orina sin explotar. El líquido era oscuro y sanguinolento. Aterrada y temblorosa, me percaté de que, por la caída entre las piedras, había roto aguas antes de lo previsto.

Había llegado el momento de parir; deseé mucho que llegara ese instante para librarme del bicho que me comía por dentro pero,

114

ahora, me aterró el dolor que se anunciaba con intensas punzadas y tuve pánico de parir como un animal, allí, en el monte. Recordé, temblando como una hoja, la maldición bíblica, aquel *parirás a tus hijos con dolor*. Un miedo pavoroso al sufrimiento se adueñó de mí, mientras crecían en mis entrañas aquellos penetrantes latigazos.

Aún lúcida, odiaba al hijueputa que me preñó, a las Farc, a Molina y sus violadores, al baboso bebé que me estaba desgarrando viva y a mí misma por no haberme suicidado. Grité al *chino* que avisara a Leonor que ya estaba pariendo. Pero, mientras me arrastraba hasta mi *cambuche*, al que más odié fue a mi padre, responsable de todos mis sufrimientos por no pagar mi rescate. Esperaba que las Farc lo encontraran, lo subieran al monte y lo mataran por mí.

La bolsa se había roto en mi topetazo con las piedras, precipitando el parto según avisaban los dolores de la dilatación; así me lo comunicó tras examinarme, Juliana Esmeral, la primera en llegar alarmada por mi alarido. La guerrillera era experta en mantenimiento del parque de munición y, según aseguraba, también mañosa para los partos. Ella, con conocimiento de Leonor, cuidaría después al bebé y se quedaría con él, me aseguraba para tranquilizarme.

Llegó Leonor corriendo entre los curiosos y, entre las dos, me pusieron medio en cuclillas; entre tanto, mandaban hervir camisetas del ejército con las que hacer trapos y *alistar* agua caliente con qué limpiarme. Y así, *paniqueada*, aguardé siete horas, controlando las contracciones hasta que la dilatación estuvo completa.

Nadie lo esperaba tan pronto porque, según decía Leonor limpiándome el sudor de la frente, las primerizas solían ser lentas para dilatar y tardonas para parir, pero, me animaba diciéndome que yo todo lo hacía en tiempo récord.

Y, con esas palabras tranquilizadoras como toda anestesia, me dispuse a empujar; según decían mis cuidadoras los gritos se oían hasta en Bogotá y, bromeaban con que sería fácil que, alertados por ellos, nos cayeran encima los *chulos* enviándonos *bala corrida* (lluvia de plomo). Me asusté y durante un rato procuré gritar menos pero, finalmente, tan sudorosa que parecía salida del baño, no pude evitar aullar de dolor.

Leonor siguió con sus bromitas diciendo que, por el sudor, mi cabello liso se rizaba, se me ponía como de negra; yo la maldecía y gritaba. Pensé morir varias veces y deseé hacerlo otras tantas, supliqué morfina, cualquier droga que me aliviara y me alejara del infierno de parir aquel *hijueputa*; recordé amargamente las quejas de mis amigas, lamentándose de sus trances, tras parir con anestesia epidural, rodeadas de ginecólogos y en la mejor clínica de Bogotá. Cuándo ya no podía más y no aguantaba el dolor y la presión ahí abajo, las guerrilleras, como animadoras de un equipo de *basketball*, comenzaron a gritar que empujara con todas mis fuerzas. ¡Ahora!, decían las hijas de la gran puta, ¡empuje fuerte, ahora! Pero era imposible soportar dolores tan salvajes y me desmayaba.

—¡Ahora! ¡Empuje fuerte que está asomando! —me decía Leonor zarandeándome la cara y mirándome a los ojos—. ¡Empuje, que ya tiene la cabeza fuera!

Y yo empujaba lo que podía, pero, los dolores eran tan terribles que ya no daba más; mientras, sentía movimientos a mi alrededor, prisas, carreras y nervios que me aterraron y me hicieron pensar en que algo iba mal.

—Lany, mi amor, *viejota* linda —me susurró al oído Leonor—, por la *Virgen de Sabaneta* se lo pido, ya sale la cabeza. ¡Empuje con todas sus fuerzas! ¡Ahora!

—¡Empuje! ¡Empuje fuerte! ¡Empuje con todo! —me repetía una y otra vez a gritos.

Y de pronto cesé de gritar, desaparecieron los dolores y me desplomé aliviada sobre la paja, mientras, Juliana ponía sobre mi pecho al causante de tanto dolor.

—¡Es un varoncito, Lany! —anunció la guerrillera extasiada por los vagidos del bebé.

—¡Quítenme esa basura de encima! —chillé empapada en sudor y llena de odio.

—¡Llévenselo lejos de mí, no quiero verlo!—grité una vez más, sollozando—. Juliana, si desea guardarlo, hágalo. Pero, por Dios, ¡no me muestre nunca esa criatura!

—Así, lo haré, Lany —respondió Juliana espantada, pero feliz—. No tema. ¡Yo me ocupo!

Abrazado contra su pecho, Juliana se lo llevó para limpiarlo y, con ojo de guerrillera acostumbrada a empacar munición, dijo que pesaba

116

más de dos kilos y medio; continuaba agotada, pero, la esperanza de ser yo de nuevo, me dio valor para soportar el dolor y el miedo a desangrarme allí, al sol, entre las moscas. Saqué fuerzas de donde pude porque quería olvidar la garrapata que me había chupado la existencia y comenzar a vivir mi vida. Sólo la mía, la de Lany, Melania Bejarano.

Media hora después, comenzaron de nuevo los dolores, expulsé la placenta y Leonor me rogó que mirara al bebé, ya limpio y envuelto en ropa blanca.

—¡No quiero verlo, Leonor! Si Juliana no se ocupa, por mí, ¡pueden tirar al río esa inmundicia! —dije y caí agotada.

Dormí casi veinticuatro horas. Desperté porque me dolían los senos. Leonor, estaba sentada a mi lado, me había cambiado, lavado y puesto una camiseta nueva y unos calzones limpios; olía a a polvos de talco y a esa fragancia de limones que Leonor conseguía estrujando hojas. Estaba ligera, me sentía bien, salvo por aquella dolorosa hinchazón, una molesta sensación de plenitud en los pechos.

—¿Cómo se encuentra, mi amor? —me preguntó con ojos brillantes de cariño—. Ya pasó todo, ¡fue muy valiente, mi *peladita* (chica, novia)! ¿Le *provoca* (le apetece) un poco de agüita? Debe reponer líquidos...

—¡Gracias, por estar conmigo, *lora parlanchina!* —tomé su mano con ternura—. Usted no sabe el miedo tan *berraco* que pasé... ¡Qué *machera* (cojonudo, maravilloso) que ya acabó todo...!

—¿Ahora me da las gracias...? —sonrió—. Pues ayer, por un dolorcito de nada, ¡bien que me *madreaba* (con el peor insulto)!

—¡*No invente* (no exagere), Leonor! —la regañé riendo—. Del dolor ya ni me acuerdo, pero tengo una *maluquera*... Es dolor en las *pechugas* (peras, senos), como si estuvieran a punto de explotar...

—Bueno, *mija*, eso es que ya le subió la leche —aseguró despreocupada—. No se inquiete, porque ahora, tendrá que ser paciente y dejarse hacer. Estará así como un mes y tendré que sacársela dos o tres veces todos los días.

—¿Está *mamando gallo* (de broma), Leonor? —pregunté sorprendida.

—Nada de eso, Lany —replicó sin perder la sonrisa—. ¡Es la naturaleza que trabaja...! Deberé ordeñarla hasta que se le retire la leche. Pero no se preocupe, con la práctica me volví muy eficiente en sacarla. Sé hacerlo a pura mano y, si me colabora, se sentirá muy aliviada pronto... Si deja la leche, ¡tendrá infección y dolor en las tetas!

117

–¡Y, para terminar pronto, vamos a comenzar cuanto antes! –se levantó animosa para salir del *cambuche*–. Voy a prepararla...

Todo debía estar previsto porque no tardó en volver con trapos calientes, envueltos en grandes hojas de palma; me hizo sentar, apoyada contra el lateral de la *caleta* y me quitó la camiseta, dejando al aire mis senos hinchados como calabazas de Halloween.

–Bueno, ¡no ponga esa cara! –rió al ver mi pasmo–. Esta es la parte divertida; seguro que le gusta. Y, palabra de lesbiana, garantizo suavidad, ¡nada de tirones ni dolores!

Con delicadeza aplicó las tollas húmedas y caliente sobre mis pechos, masajeándolos suavemente desde la base hacia la aureola.

–Ok, ¡usted *manda en la parada* (dirige el asunto)! –me estremecí por el calor de las toallas.

–Gracias, *mamita*. ¡Chino, tráigame el pocillo que hierve en la olla! –gritó riendo al muchacho que estaba fuera–. Y, si lo hace rapidito, ¡le permito mirar las más enormes tetas que habrá visto jamás!

Entró el muchacho sujetando el recipiente con un trapo y, mientras observaba mis *teteros* sin demasiado interés, Leonor me acomodaba bien inclinada hacia delante. Después se sentó frente a mi con el pocillo entre las piernas y, con unos muy suaves movimientos de sus manos, comenzó a caer la leche al recipiente sin perderse ni una gota. Empujaba hacia atrás comprimiendo el pecho con sus dedos y luego, suave, pero con firmeza, movía las manos hacia delante haciendo brotar chorritos de leche de mis pezones. No dolía, ni estiraba, simplemente, me ordeñaba como a una vaca.

Después supe que, Leonor y Juliana, estuvieron pendientes aquel mes de cuando hociqueaba el niño; de cuándo quería mamar y buscaba el pezón con la boca, para, con paciencia, mojar un dedo en mi leche, rozarle el labio inferior y, cuando abría la boca, dejar que chupase la leche de sus dedos.

Todo lo supe más tarde pero, entonces, oyendo mi leche caer en la vasija, comencé a llorar. Amargamente.

Capítulo 9

*L*os guerrilleros aún tardaron un mes en regresar al campamento. No *se devolvieron* todos. Solamente Molina y sus dos *parceros* violadores, con otro secuestrado que *encaletaron* sin mostrarlo y un miliciano negro que dejaron guardando al nuevo; llegaron, malolientes, muy rotos y cansados, acompañados por uno de los muchachos de Medellín que les cargaba la radio; tras comer, se echaron a descansar un rato.

Leonor, horas antes de su llegada, sabía quienes y cuántos se aproximaban y me envió a Juliana para coordinar los planes preparados para la vuelta de Molina.

Cuando despertaron los recién llegados el comandante reprochó a Leonor tener que ingresar acompañado por un guía del *retén*, ya que al llegar le advirtieron de cambios en los campos minados que protegían el campamento. Preguntó Molina quién autorizó esos cambios y Leonor, desafiante, dijo haber asumido ella la decisión. Trataba, según afirmó, de acobardar a los prisioneros que pensaban *volarse* aprovechando los pocos guerrilleros que quedaron para vigilarles. Aseguró que, por miedo a *las quiebrapatas*, ninguno, ni secuestrados, ni prisioneros, puso un pie fuera de la zona autorizada.

–Bien, ya hablaremos luego –le espetó furioso Molina–. Espero que haya levantado planos bien señalizado para que no entren en los campos minados los que vienen tras nosotros.

–No se apure, comandante. Se les informará por la radio –replicó con la lección aprendida–. Cambié de lugar los *retenes* para que nadie llegue sin que podamos avisarle del peligro.

–Entréigueme esos planos *de afán*, rapidito, ¡que ya hizo usted demasiados cambios!– gritó Molina nervioso.

–No se alarme, Molina, aquí los tiene –dijo Leonor sacando unos croquis marcados con *resaltador* (rotulador) rojo y verde–. Las sendas rojas están minadas y las verdes limpias, no hay problema. *¿Qué le ve...*(algún problema)?

–Demasiada iniciativa, ¡está usted muy *pilosa* (nerviosa, activa)– la miró Molina receloso–. Repórteme lo ocurrido desde mi marcha.

Leonor hizo un breve relato de las actividades del campamento. Describió mejoras como la excavación de nuevas *trojas* (huecos para dormir) más amplias para el personal, construcción de una despensa de madera y hule, mejora del camuflaje contra la observación aérea, un nuevo fuego habilitado en la *rancha* (cocina de campaña) y la impermeabilización de la caseta del comandante para mayor protección de la estación de radio.

Respecto al personal combatiente dijo Leonor haber seguido la pauta habitual de entreno de los hombres tendente a mejorar sus condiciones físicas, su capacidad ofensiva, el sentido de la orientación y sus destrezas para desplazarse en terrenos difíciles. También se facilitó a los prisioneros, civiles y militares, material contra la humedad, como madera y plásticos para mejora de su barracón.

Comunicó no haber novedades entre éstos, ni bajas, ni enfermos, salvo el parto adelantado de Melania Bejarano; el recién nacido se encontraba cuidado por una de las muchachas y en buen estado; no así la madre, afirmó, a la que se le habían infectado pechos y vagina y sufría de fiebre alta.

Mientras, en mi caleta, Juliana me hacía tomar cocimientos que me harían sudar y subir la temperatura y se empleaba en embadurnarme vagina, boca y senos con una sanguinolenta baba obtenida de aplastar tripas de rana.

–El *carajito* (crío, chaval) me importa una mierda, muchacha –sonrió Molina despectivo–. ¡Es para la mamá para quién tengo planes! El primero, es que me traiga usted a esa *brincona* (puta, zorrón) que ahora mismo la *enhebro* (meter, joder), porque después de tantos días de *candela*, ¡estoy cómo un *papayo* (muy salido, caliente)! Y, si eso la disgusta, traigo un encarguito del Secretariado que, ¡aún le gustara menos...!

–Huy, comandante, ¡eso sí que no se lo aconsejo! –respondió Leonor riendo–. En su caso, ¡antes me iría a *burriar* (tener sexo con burras) por los *potreros* (fincas, descampados)! ¡Ni se imagina qué tremenda infección que tiene esa *casquifloja* (calentorra, cachonda)! ¿Y, dígame, que le manda decir el Secretariado a esa *comemierda*?

–¡Mandan que *acueste* un *man* este amanecer! Es una *transa* (bisnes, de *business*, trato) si desea seguir viva; ya que su papá no nos paga, hay que sacarle partido a ella. Pero, hágale, tráigamela *sin dar más lora*, Leonor –cortó Molina cáustico riendo a carcajadas–. Y que venga con la basurita que parió, que yo vea... ¡si se me parece en algo!

–¡Chévere, comandante! –respondió la guerrillera alejándose de dónde Molina y sus hombres preparaban las sillas y la mesa para sentarse a *tomar* al fresco.

En unos segundos Leonor, Juliana, el *chinazo* (amigote) y yo estudiábamos en mi *cambuche* la estrategia para adelantar nuestros planes de fuga.

–Bueno, Lany, llegó el momento –dijo Leonor–. No hay *afán*, ¡todo está dispuesto! Como suponíamos, el *hijueputa* quiere *tirar* con usted esta noche. Además, esta madrugada deberá eliminar un tipo. ¡Es la condición del Secretariado para dejarla viva...!

–El Secretariado cambia la libertad de usted por la muerte de Molina, si, además, *deja como un riel* (frío, tieso, muerto) un *man* que trajeron –explicaba Leonor–. ¿Porqué lo hacen? Así se congracian con los *duros* que exigen *nos dejen bajar* a Molina. Usted venga su afrenta, las Farc se quitan el problema de Molina y dejándola escapar, parece que dijeran *hagámonos pasito* (en paz, pacto de no agresión).

–Pero, mi amor, ¡yo soy muy lista en esto! –continuó mi amante–. Cuando haga *el primer mandado* (contrato para matar), la tienen atrapada. Le pedirán que lo haga de nuevo. ¿*Cuántos mancitos* (tipejos) *tendrá que acostar* para comprar su libertad? Al menos, serán uno o dos más. No tema, si a usted *le da jartera* yo *le colaboro* (le ayudo) y lo zanjamos rápido. Pero, si no quiere hacerlo, *nos volamos* de este *cagadero* (basurero). Porque en esas *vainas*, también puede resultar que alguien me la mate.

–Escuche, Leonor –exclamé decidida–. Yo *ni de vainas* quiero que me violen de nuevo. Deseo ser libre, abandonar este mugriento monte y volver a la civilización. ¿Quién me ayudó para salir de aquí...?

–¿Mi familia...? ¡No! Mi mamá y mi hermana corrieron a esconderse en una finca entre los *paracos*! –desgrané amargamente–. ¿Me auxilió mi papá con su plata...? ¡Tampoco! ¡Prefirió abandonarme y despilfarrarla en coca y putas! ¿Vinieron por mí el ejército y los políticos...? ¡Ni pu'el putas! ¡Prefieren continuar cediendo terreno para que la guerrilla tenga más territorio donde seguir acumulando secuestrados!

–Entonces, dígame, ¿a quién le debo algo? –los miré uno por uno–. A ustedes, cierto. Y, también, ¡a mí! ¿Qué tiene de malo? Si para vivir libre debo marcar calavera (peligrar, correr el riesgo de ser herido o morir) y acostar tres tipos, pues, ¡nada de nervios (tranquila), los pelo y ya!

–¡No hay de otra (no hay otra opción), la pelea es peleando (las tortillas se hacen rompiendo huevos)! –continué–. Aquí, si estás avispado matas, pero si te duermes, mueres. Yo quiero vivir y no le como nada a nadie (no temo a nadie).

–Así, que con su ayuda, ¡pa'antier es tarde (cagando leches, ahora mismo)! Vamos a ver a ese catrehijueputa (superhijoputa) –anuncié decidida a todo–. Juliana les lleva esa gonorrea para que rían, yo les muestro la cuca y las tetas para quitarle las ganas de pichar (empujar, meter) al puerco ése de Molina.

–Mañana acuesto a ese man –continué animada– . Y, cuando, piensen que está solucionado, Leonor y el chino disparan a los parceros del comandante, Juliana me pasa la metra y yo me encargo de arreglar a Molina. Mientras, los pelaos de Medellín controlan que nadie se revuelva.

–¡Qué berraquera (qué de puta madre, excelente), Lany! –aprobó Leonor–. Después los sapeamos (delatamos) por radio para que el ejército organice un operativo de rescate que entorpezca la persecución de los milicianos. Y nos salimos en pura (a toda pastilla).

–Cambié los emplazamientos de las quiebrapatas y las claymores (minas antipersona)–dijo Leonor sonriendo–. Cuando algún guerrillo salte por el aire, entenderán que los planos son falsos. Para perseguirnos tendrán que desminar el perímetro. Demasiada pérdida de tiempo, para entonces tendrán los helicópteros del ejército encima. Tardarán mucho en organizar la persecución y nosotros les llevaremos suficiente ventaja.

–Entonces, queda así –resumí–. Juliana trae el niño para que se entretengan con el bastardo. Leonor me arrastra para enseñarles la mechuda (pelambrera, sexo femenino); al verme infectada, olvidarán la diversión. De madrugada, cumplo con las Farc y *acuesto al man* como ordena el Secretariado. Entonces, el Chino y Juliana liquidan a los *parceritos* de Molina. Leonor me pasa la metra y yo me encargo del comandante, mientras ustedes tres, con los de Medellín, controlan que nadie desobedezca. Especialmente, el negro de la radio. ¿Ok? ¿Todo claro...?

–Pues, *háganle* –dije–. A *lo bien* (legal, correctamente).

Leonor y el chino me condujeron hasta Molina, mientras Juliana iba a recoger el niño a su *caleta*; sentados en la mesa, entre restos de comida y vasos de ron, mis tres violadores me miraban lascivamente. Los dos guerrilleros ya se sentían excluidos del banquete, salvo que algún día, Molina decidiera nuevamente regalarles algunas migajas. El comandante, *tirando* conmigo, se cobraba las afrentas que mi padre hacía a su hermana. Y, por lo turbio de su mirada, aun tenía mucho que vengar.

–Bueno, Lany, ya tardaron en llegar –sonrió Molina–. No ha corrido a echarse en mis brazos. Esta muy sudorosa y tiene heridas en los labios, ¿le ocurre algo?

–Parí antes de tiempo y tengo mucha fiebre –respondí débilmente–. Tuve una infección que no se termina de curar... Tengo heridas en la boca y en...

–¿Infección? Pero está joven y fuerte, Lany, ¡seguro que podrá *tirar* un rato conmigo! –rió Molina entre las carcajadas de sus dos matones–. ¿Tan delicada es usted, *mija*?

–De momento, ¡se me despelota *a las patadas* (echando hostias) ladró Molina–. Que veamos ese cuerpo rico, por si *me provoca tirar* con usted.

Con torpeza me quité el pantalón y la camiseta, quedando en *calzones* y *sostenedores*; aquella pasta, en mis pechos y mi vagina, traspasaba la tela como una mancha sanguinolenta que nada tenía de atrayente. Advertí que la cara de Molina palidecía, mientras sus esbirros reían a carcajadas.

–¿Pero que es eso? ¿Usted ya estaba infectada cuando se la metimos? – preguntó temeroso del contagio.

–No, Molina, yo estaba bien, quizá fue alguno de ustedes, cerdos inmundos, el que me contagió cuando me violaron –respondí.

–¡No es nada de eso! No es enfermedad venérea –intervino Leonor riendo–. He visto muchas mujeres así tras parir; supuran pus y están infectadas durante un tiempo; hay que evitar tocarlas porque, si uno lo hace, se infecta los ojos y la boca. Y no digamos, ¡si lo que se contagia es la verga, comandante!

—¡Ah, carajo! Muéstreme, ¡quítese los *calzones*! —ordenó abatido el comandante—. Bájese ya esa ropa...

A Molina le costaba renunciar a lo que rozaba con la punta de los dedos, pero el temor al contagio era mayor que su deseo y frenaba sus ansias; sin embargo, estaba segura, no renunciaría al placer de humillarme ante todos. Mientras, hizo efecto la tisana y aumentó mi sudoración de forma espectacular. Desabroché el *brasier* y la repugnante masa semilíquida pareció brotar de mis pezones enrojecidos; *haciendo caras* (haciendo muecas) simulé despegarla de mi pecho, cuidadosamente, como si fueran *carachas* (costras, postillas). Al bajarme *los cachuchos* (bragas), aquella mucosidad que manchaba la tela, aparecía igualmente pegajosa entre el vello de mi vulva. Para aumentar la sensación de asco, doblé las rodillas y me introduje dos dedos sacando un pegote viscoso que previamente había introducido en mi vagina.

Si, tras aquel repugnante espectáculo, alguien tenía deseos de metérmela, era necesariamente un perturbado; aun así, como entendía que Molina no era un dechado de equilibrio y sensatez, continué fingiendo extraer más de aquella viscosidad. Leonor, dio el toque maestro al juego del engaño.

—¡Ah, *carachas*! —exclamó la guerrillera tapándose la nariz—. ¡*Guácala* (joder, que asco)! ¡Cómo apesta!

—Vístase *al soco* (ahora mismo), ¡cubra esa mierda! —rugió Molina—. ¡Y tráiganme aquí al bastardo que quiero verlo...! Además, hay que bautizar a ese *hijueputa*, y, ¡celebrar por su llegada a este jodido mundo...!

—Comandante —rogó uno de los fieles de Molina—, la vieja está *más fea que un carro por debajo* (un aborto, feísima), pero, ¡todavía se puede usar! ¡Déjenos esta *bandida* si usted no la quiere...!

—¡A *tu charca, babilla* (largo, meticón)! —le cortó Molina *ardido* (cabreado)—. Ustedes ya tuvieron lo suyo y, este pastelillo, nunca más lo volverán a paladear... ¡Ese fue el trato! ¡Así de sencillo!

—Y, usted, Juliana, ¿trae ese *malparido* bastardo de una vez? —tronó el comandante.

Me vestí despacio, manteniéndome ligeramente al margen, sin llamar de nuevo la atención de Molina y los suyos. Mientras, Juliana *atortolada* (nerviosa) corría hacia donde estábamos con el bebé en brazos y los dos secuaces de Molina, furiosos, se levantaron quedando detrás del comandante apoyados en la caseta. Leonor y el chino estaban a mi lado, algo separados.

Entre los trapos que le servían de pañales, el recién nacido, berreaba sin parar cuando Juliana lo depositó sobre la mesa; sirviéndose un vaso de ron, Molina sacó de su mochila una estola que se puso en torno al cuello.

—Esto me lo prestó el padre Montoya porque ya no lo necesita –afirmó dirigiéndose a los que no habían participado del operativo–. Estábamos con el Frente Aurelio Rodríguez, cuando el jodido cura se metió sin autorización en tierra de las Farc el día de la Inmaculada, dizque para dar misa.

—Allí pensaron más bien que era para informar al ejército –Molina se persignó sonriendo al hacer el gesto de disparar–, y fue ejecutado y enterrado. Ahora, los *hijueputas* de curas piden el cuerpo, pero, por seguridad, se les está negando.

—Vaya, este lindo varoncito, es tu hijo Lany –sonrió siniestramente ante el total silencio de los presentes–. Va a tener la suerte de ser bautizado por el comandante Molina, con *chirrinche* (matarratas, mal licor) guerrillero y ornamento sagrado.

El silencio era total, hasta las fieras del monte estaban calladas y tampoco volaban las mariposas; varios guerrilleros se acercaron para presenciar el acontecimiento, todos formábamos un amplio círculo en torno a la mesa. Molina, mis otros dos violadores y Juliana ocupada con el crío.

Sin más, comenzó el aquelarre; imitando gestos sacerdotales y haciendo grandes cruces en el aire, Molina vació una *caneca* de ron en la cabeza del niño. Sin duda, el licor entró en los ojos del recién nacido porque se puso a llorar desesperado. Molina lo tomó en sus manos y, haciendo gracias para apaciguarlo, lo elevó varias veces en el aire sin lograr calmarlo.

—Lany, usted que es la mamá, ¡dígale al bastardo que se calle! –me ordenó el comandante.

—Molina, usted lo dijo, eso es un hijo de la Revolución –respondí sonriendo–. ¡A usted como superior le obedecerá mejor...!

–¡Me desobedecen lo dos! –chilló histérico Molina–. ¿Me está usted *cogiendo el culo* (se me está subiendo a la chepa) para que le haga de nana? ¿Cree que Juliana y yo somos su *coima* (chacha, empleada de hogar)...?

–*Con el debido respeto, ¡cómo no!* Ustedes lo hicieron, ustedes lo cuidan... ¡es suyo! –amplié más la sonrisa.

–¡Loca *conchuda* (sinvergüenza) y *cotorra* (parlanchina), *¿aún cree que los santos sudan y tienen pecueca* (todavía sigue siendo tan estúpida)? –me miró desconcertado dejando el niño sobre la mesa.

–No, ¡no es *necia*! Simplemente, incluso con *la panocha* (potorro, sexo femenino) apestando, *¿usted se cree el putas del blancaje* (se cree la mejor entre los blancos adinerados)! *¡El putas de guacas...* (la más dura entre los duros)! –farfulló Molina.

–Acérquese que le explique como voy a *desencartarme*. O, ¿es que cree que los *muchachos* están aquí para cuidar de su bastardo? –miraba frenético cómo me acercaba hasta la mesa junto a él.

–¡*Échele cabeza*! ¿Cree usted que exagero? ¡Pues, no! Tengo un trabajo para usted... ¡si no ya estaría muerta! Es algo sencillo, *bajar un tipo*. Pero debe hacerlo esta misma madrugada si quiere conservar la vida. En las Farc se mata o se muere, ¿qué prefiere usted? –preguntó Molina con ojos de loco.

–De verdad, comandante, ¿cree que necesito pensarlo? Dígame a quién mato... –respondí desafiante a dos palmos de él.

–Cuando amanezca espero que disfrute de ese *encarrete* (asunto). Me quedo con ganas de matarla, pero, por ahora... –dijo acercando la hoja de su cuchillo a mi garganta, mientras yo seguía el acero con los ojos.

Una torsión de su muñeca mientras elevaba el brazo y yo extendía los míos para protegerme y, entonces, quebró la cintura y, un segundo después, el puñal atravesó el cuerpo del bebé clavándolo contra la mesa.

–Ya ve, Lany, ¡se acabaron las discusiones sobre quién cuida esta basura! Ya no hay bebé que cuidar. ¡Se quedó sin su hijito! –me miró mientras arrancaba el cuchillo y lo limpiaba en las ropas del niño casi partido en dos por el machete.

–Cierto, comandante, se acabó la disputa. ¡Usted cortó por lo sano! –sonreí heladamente mientras Juliana caía de rodillas vomitando.

–Gracias, Lany, celebro que comprenda la servidumbre del mando. ¡Nunca se puede contentar a todos! –dijo entristeciendo el gesto–. Pero, tengo más noticias. Mañana debe usted *quebrar* (liquidar) a su querido papá. Sí, al doctor Don José Bejarano. Que, por cierto, no mostró mucho interés en *contribuir* para liberarla. Creí que le gustaría saberlo.

–Ha palidecido, ¿ya no sonríe tanto? –me preguntó gritando mientras se retiraba hacia la caseta con sus *llaves* (amigos)–. Juliana, ¡deje de llorar y llévese de aquí el *muñeco*! Y, usted Lany, ¿huele la sangre de su sangre? Que pase buena noche. ¡Si consigue dormir, maldita zorra!

Antes de que Molina entrara en la barraca comencé a reír quedamente. Estallé en carcajadas cada vez más fuertes, mientras él, sin girarse, se detenía en el umbral; seguramente, yo intentaba que recordase para siempre mi risa enloquecida. O quizá, tanto odio me impedía protegerme de ninguna otra manera.

El *chino* tomó el cadáver entre sus manos y, con dos lágrimas resbalando por su cara, se lo entregó a Juliana que seguía sollozando arrodillada. Los testigos se *devolvían* mudos a sus caletas.

–No se apure, vieja; si usted lo desea, todo sigue igual –musitó Leonor abrazándome.

El *cachifo* que tenía trece muertos en el alma, me tomó de la mano, mientras Leonor, sujetándome por la cintura, me conducía hacia nuestro techado.

Seguíamos mudos, con la mirada perdida en el vacío y sentados en la entrada del *cambuche*, cuando sonó un tiro. El *chino* palideció, se levantó despacio y caminó hacia el río. Minutos después, volvió y explicó que Juliana había enterrado el cadáver del bebé; luego se sentó junto al hoyo, se descalzó y, con el dedo gordo del pie, apretó el gatillo de su fusil. Tenía el cañón metido en la boca.

–¡Pobre, Juliana! –musitó Leonor–. Quería a ese bebé como si fuera suyo. Tú, *chino*, si Lany decide seguir adelante, con el AK, pam-pam, de dos tiros *bajas* a los dos *parceros* de Molina. Yo controlo al comandante y le paso la *metra* a Lany. Ahora, *mi chino*, toma algunos de los muchachos y entierra a Juliana; luego, vete a dormir. Lany, decidirá.

–*Mija*, ¡todo esto cambia la *situa*! –me habló dulcemente Leonor cuando marchó el Chino–. Podemos adelantar los planes.

Esta noche dejamos frío a Molina y nos *volamos*... Usted no tiene porqué matar a su...

—No, gracias, Leonor, ¡mejor dejarlo como estaba! Es trabajo... ¡da igual quién sea el muerto! Aquí hay que estar tan dispuesto a morir como a matar. Yo necesito vivir... y, ¡mi papá es el responsable de que deba hacerlo a punta de *fierro*! Todo sigue igual. Continuamos con el plan, mi amor —murmuré distraída.

—Piénselo, Lany, ¡piénselo esta noche! ¡Será *peludo* (muy jodido, difícil)! Luego me dice, pero, el *patojito* y yo, ¡*estamos pa'las que quiera* (a tope, incondicionalmente)! —se retiró Leonor bajo el plástico.

—Gracias, Leonor, demasiada *pensadera*. Mañana, *le hago la vuelta* al Secretariado *sonando* (disparando) al *metelón* (drogota) de mi papá. Me libero del asunto y, después, *pelo* a esa *gonorrea hijueputa* de Molina. *Hecho el transe* (terminado el bisnis), lo que usted decida estará bien para mi —respondí con la mirada perdida en el vacío.

128

Capítulo 10

Esperar que a uno lo maten debe ser terrible. Pensé que también lo sería aguardar el momento de asesinar a un semejante. Hasta que empuñé el arma no supe si podría hacerlo, sin llorar, sin romperme por dentro. Ahora, la mitad del trabajo estaba hecho. Y no pasaba nada. Por lo visto, yo era de esa clase de asesinos, con cerebro pero sin alma.

A mi espalda quedó el cadáver de mi papá. Un muerto más. Sonriendo dejé atrás al desconcertado Molina. Aquel malnacido nunca imaginó que metiera un *pepazo* en la cabeza del autor de mis días. Eligió mal la víctima. Quizá no hubiera podido matar a un inocente desconocido. Pero, olvidó que odiaba a mi padre; al maldito cabrón causante de mi desdicha. Seguí temblando. No sabía si era por la noche pasada en vela, por la humedad y el miedo o del *pericazo* que me *metí* antes de matar a mi papá. Una tembladera tenaz me sacudió el cuerpo mientras aguardaba la señal. Por detrás, sentía a Leonor muy cerca, casi pegada a mi.

—¡*Péguele, patojo, pélelos* (venga, chaval, mátalos)! —gritó Leonor junto a mi oído.

Restallaron dos tiros. Molina, aturdido, dejó de mirarme y, volteándose, vio caer a sus dos *llavitas* muertos. El *chino* le apuntaba al pecho con el AK.

—Ya van quince, comandante. ¡Quince *manes* grandes! —murmuró *el chino* mientras Molina levantaba las manos.

Los de Medellín, bien situados, mantenían al resto de guerrilleros bajo la mira de sus armas. Leonor me alargó la *metra*, sin dejar de cubrirme con su Mini-Uzi.

—Está *tiro a tiro*, Lany —dijo la guerrillera.

—Gracias, *viejota* —repliqué avanzando hacia Molina y disparando en su rodilla.

—Bueno, Molina, *ya ve que nos alzamos la bata* (pasamos de todo) —dije sonriendo—. ¿*Duele verdad...?* Pues, *si no le gusta así, póngala como quiera...* (si no le gusta, jódase)!

129

–¡Ay...! ¡Maldita basura! –gritó el comandante–. ¡No me *apriete* (amenace), Lany! ¡Usted asesinó a su padre, *hijueputa*! Es peor que yo... ¡Ya es un cadáver...! –gimió Molina lleno de dolor y odio.

–¡Se está *arrechando* (cabreando, encabronando) demasiado, Molina! –disparé a su otra rodilla arrancándole nuevos aullidos de dolor–. Recuerde, siempre se dijo, *al caído, caerle* (hacer leña del árbol caído) y, usted, comandante, ¡bien caído está!

–¡*Pilas*, Leonor, que nadie se mueva! –ordené–. *Cachifo*, ¡traiga una *chuspa* (bolsa de plástico)!

–¡Chille, Molina, chille, que si está *puto* (de mala hostia), yo también *cargo buena bronca* (deseo de venganza) –observé sus gestos y gritos de dolor.

–¡Atienda, comandante, le explico! –susurré en su cara mientras empuñaba el cuchillo ante sus ojos–. Primero, le coloco la *chuspa* en la cabeza para que no se me impresione cuando lo cape; luego, nos volamos con los *mays* (amigos) *de Medallo* (Medellín) dejando a su gente sin planos del campo de minas.

–¡*Chito*, Molina! No grite como *vieja*... –continué–. Sus presos y secuestrados tomarán las armas de ustedes y una carga explosiva les abrirá un paso entre las minas. Luego, según salgan, lo cerrarán de nuevo con más explosivos.

–Usted y sus guerrilleros quedarán cercados dentro del campamento–expliqué–. Mientras, por la UHF (emisora de radio), *sapearemos* el emplazamiento para que el ejército inicie un operativo de rescate.

–Para entonces, ¡usted ya no vivirá, comandante! –aseguré–. Advierta ahora a sus hombres que, si intentan evadirse, reventarán con las *quiebrapatas*. Y, si alguno, escapa vivo, fuera, los secuestrados les darán *chumbimba* (tirotearan).

–Y, ahora, Molina, ¡usted y yo! –le avisé–. *Chino*, la bolsa en la cabeza, ¡no sea que la sangre lo impresione! No tema, no voy a *chuzoniarle* (apuñalarle)...

–¡*Hijueputa*! ¡La voy a matar...! –gritó retorciéndose de dolor con las rodillas rotas.

–Aún no lo entendió, Molina, ¡está *echando carreta* (diciendo gilipolleces) y usted se va a morir, *güevón*! Mejor dicho, ¡usted ya se murió sólo que su esquela aún no apareció en los diarios! –aseguré desatando su cinturón y golpeando sus piernas heridas con la culata del *tubo* (arma)–. Chino, ¡átelo! Así, ¡quietito! ¡Deje la *jodedera*... (incordiar)! No me *madree* más... –forcejeé bajándole los pantalones sin atender a sus súplicas.

–¡Veamos qué tan *berraco* es usted, Molina! ¡Apriete los dientes, comandante, que voy a calentar el cuchillo en su sangre! –agarré su *mondá* (chorra, pene) y sus testículos y, mientras él aullaba desesperadamente, se los corté de raíz.

–¡Ya está! ¡Listo! *Chino*, ¡fuera la *chuspa*! ¡Míresela, Molina! –dije tirando el sangriento pingajo sobre su pecho–. Ahora, ¡usted mismo puede hacerse las *mamadas*! Aunque, ¡no creo que le queden tiempo, ni ganitas...! –dije elevando la voz sobre sus alaridos de agonía.

–¡*Chaíto*, comandante! No se desangre tan pronto, ¡resista vivo aunque sean cinco minutitos más! Molina, excúseme, pero ahora debo dejarle. Es una *lejura* (en tomar por culo, muy lejos) donde vamos y hay que coger montaña, pero, ¿qué le estoy contando? Yo aquí molestándolo con mis tonterías, y, usted, preocupado con sus problemas. ¿Ya nada de esto le importa, verdad? –me despedí evitando *rebotarme* (sentir náuseas) ante todos. Cargué mis armas, mi mochila y Leonor me guió hacia la salida; mientras, los de Medellín desarmaron a los milicianos, dejando un único AK en manos de un militar preso; nos acompañaban tres soldados gubernamentales como rehenes hasta que franqueáramos el campo minado. Luego, volverían con más armas para mostrar el lugar por donde podían escapar el resto de los presos y secuestrados dejando cercados a los guerrilleros.

Cuando me iba, me crucé con el congresista con quien llegué secuestrada y al que no había vuelto a ver en el campamento; estaba flaco, demacrado, con una larga barba blanca y, al encontrarnos, me miró ofensivamente, con extrema reconvención.

–¡Adiós, señor congresista, buena suerte!–me despedí–. Pero, ¿qué le ocurre? ¡Parece que *siempre me falta un centavo para el peso* (nunca me sale nada bien)! Con el debido respeto, le doy la libertad a usted y a esos militares, entrego una partida de guerrilleros al ejército y, usted, ¡aún se atreve a *mirarme rayado*!

–¿No pretenderá *cantaletearme* (abroncarme), verdad? No soy yo la culpable de ésta *vaina* –endurecí el gesto y la mirada–. Porque, los responsables de que Colombia sea una *vacaloca* (casa de putas, manicomio) que vende su alma al diablo blanco de los narcos, esos, amigo mío, ¡son ustedes los políticos! Ustedes y sus gobiernos corruptos han jodido este país, lo han empujado hasta el borde del abismo, mientras, la gente honrada, vive sin esperanza intentando no ensuciarse el alma con tanta mierda.

—Sí, amigo, ¡no me mire con asombro! —gesticulé airada—. Ustedes cobran del pueblo para resolver problemas y, hasta ahora, el único que han resuelto es el de su comodidad y bienestar personales. Es imposible acabar esto a bala, más, ¡con un ejército desmoralizado por órdenes y contraórdenes! Paracos, guerrilleros, políticos, narcos... ¡todos la misma basura! Pero, ¡dueños de media Colombia!

—Ustedes cobran de este país, pero son incapaces de concluir un enfrentamiento entre hermanos, ni de mejorar las condiciones para los campesinos ni para el ciudadano —continué contundente—. Han hundido a la clase media, la espina dorsal de la nación, arruinado Colombia con una fuga de cerebros que está desangrando el país. Harto de vivir en el filo de la navaja cualquier ingeniero prefiere ser *mesero* (camarero) en la calle Ocho de Miami y, cualquier abogado, es feliz repartiendo pizzas a domicilio en Madrid. Muertos de nostalgia, sí, pero vivos, peleando para no ser derrotados por tanta ferocidad.

—Amigo congresista, sin poder evitarlo he seguido la ley del monte —le miré desafiante—. Una ley salvaje con la que ustedes permiten que guerrilla, narcos y paramilitares, rijan nuestra nación a punta de asesinatos y secuestros. La ley es muy sencilla, o matas o te matan. Yo no quiero morir y ya tomé mi decisión. Vivo y si es preciso, ¡mato! Sin embargo, como ustedes son incapaces de finalizar esta *plomera* (lluvia de plomo), tengo que abandonar mi país, o, acabar en prisión. Dígaselo así a los periodistas. Explíque que les he salvado el culo, dígaselo si tiene *güevas*, doctor.

—¡No se queje! ¡Usted sale bien librado! Será un héroe ante los reporteros y ante el pueblo que se resiste a ser vencido y lucha por vivir dignamente —me burlé dándole la espalda—. En definitiva, no le fue tan mal; usted aquí sólo *deja las llantitas* (pierde los michelines). De veras, ¡no proteste! Y, cuando esté repanchingado en *la curul*, piense que muchos miles de colombianos han perdido más que usted. Unos la vida, otros su dignidad. Entonces, si es hombre, ¡no se atreva a juzgar nada de lo que hice en el monte!

Porque, ustedes no me ayudaron, y, para salir viva de este infierno, cargo mi alma remendada de cicatrices.

Dejé atrás al político asombrado al comprobar que una joven universitaria y de clase alta, sin remordimiento alguno, fuera capaz de tanta insolencia y tanta crueldad; estupefacto debió pensar porqué, en pocos meses, había pasado de ser una estudiante ejemplar a convertirme en el verdugo de mi padre, y, cuchillo en mano y sin melindre alguno, destrozar a tiros las rodillas y arrancarle los huevos y el *tolete* (rabo, pene) a un comandante de las Farc.

Se acabó. Había que concentrase en sobrevivir. En *volarnos* de allí *buscando escondederos a peso* (buscando refugio en las duras). Dejamos un AK en manos de un militar para mantener a raya a los milicianos y cubrir nuestra retirada hasta los límites del campamento. Desde allí, enviamos a tres soldados con las armas de los guerrilleros para los prisioneros, advirtiéndoles que no intentaran abandonar el recinto hasta escuchar una explosión en el perímetro. Cuando estallase podrían salir y poner nuevas minas para evitar la fuga de los milicianos. Luego, permanecerían rodeando el lugar hasta la llegada del ejército. Seguramente nadie intentaría huir porque la mayoría estaba harta de guerra y sólo pensaban en entregar las armas y *desvincularse*.

Tomamos el sendero desminado y atravesamos sin percances el contorno del campamento. Instalamos la carga para que reventara en dos hora, desminando así un sendero para la salida de los secuestrados. Y, durante esas dos horas, corrimos monte abajo hasta que muy lejos oímos la explosión. Paramos a descansar y lanzamos avisos por radio en la banda del ejército. Tardarían. Costaba mucho mover la maquinaria militar y, además, temerían caer en un emboscada; llegarían lentamente barriendo las veredas con los detectores de minas y las patrullas de asalto. Mientras, era muy importante alejarnos rápido de allí. Veinte minutos después, tras separarnos en cuatro grupos, nos citamos en Medellín y continuamos corriendo.

Mi grupo lo formábamos Leonor Montoya, un muchacho de los *mafios* de Medellín, el *chino* con su inseparable AK y yo. Nos alejamos de los demás sabiendo que no todos llegaríamos a la ciudad; entre sus calles y nosotros había demasiada gente armada y demasiada distancia. También, demasiado odio.

De pronto nos cayó encima el desánimo de saber que enseguida nos perseguirían los *guerrillos* para *darnos de baja*, aunque, era *bacano* saber que nos *volábamos* con *parceros* de toda confianza. También temíamos al ejército y a los *paracos*. Además, evitábamos a los campesinos que *sapean* la presencia en su zona de cualquier grupo armado a un bando o al otro. Y por supuesto, también nos tocaba sortear las fincas de la coca donde había peligro de tropezar con los *financieros* (narcos que compran la cosecha de coca) y sus escoltas. No convenía *dar papaya* (dar el cante) a nadie. Pero, ya habíamos *metido las patas* (comenzado) y ahora tocaba *irse de afán* (a todo taco) porque ignorábamos cuanto tardaría el Secretariado de las Farc en avisar de que algo raro ocurría en aquel campamento. Cuando eso ocurriera, comenzaría la caza. Y, nosotros, éramos las pieza a cobrar.

Los dos primeros días corrimos sin descanso. Nada más paramos para refrescarnos un ratito y ya. Incluso de noche, seguíamos andando, hambrientos y cargados de munición; era monte y monte, pura montaña, corriendo y corriendo sin cesar, sudando, empapados y doloridos. Leonor conocía todos esos terrenos por lo que no discutí sus órdenes, y, ella, casi sin palabras, dirigió la marcha del grupo; cuando creímos llevar suficiente ventaja, de día nos ocultábamos y corríamos desde el atardecer hasta el amanecer. Siempre corriendo, subiendo y bajando montes, chorreando de sudor, jadeando, boqueando el aire. Con la luz nos *encaletábamos* (nos escondíamos en un agujero) para dormir, camuflados con ramas y hojas grandes, y, *prestábamos* el turno de guardia por sorteo. Seguíamos muertos de hambre, sin comer, por no hacer fuego. En la tensión de la fuga, los nervios crujían en un amasijo crispado; todo eran sonidos amenazadores y, una noche, creí escuchar el roce del cuchillo con el que me iban a degollar.

Mientras atravesábamos un río con el agua a la cintura, vimos unos *píldoros* (plátanos maduros) corriente abajo; nos lanzamos a cogerlos, nos alimentamos y aún sobraron para más tarde. Esa fue nuestra primera comida en varios días. Después de comer, a lo lejos, oímos ladrar los perros del campamento de una columna de las Farc. Mis compañeros sabían que estaba allí y nos tocó dar un enorme rodeo porque no queríamos dar con sus *retenes* por casualidad. Sólo cuando estuvimos seguros de haberlos dejado atrás, retomamos de nuevo la dirección que llevábamos. En la distancia escuché la *música decembrina* en el campamento, y recordé que otra vez era Navidad. Llevaba dos putos años secuestrada. Y, mientras los *guerrillos* se aprestaban a celebrar, yo corría por el monte como una alimaña.

De ninguna de las maneras queríamos tropezarnos con los retenes de las Farc por si ya sabían de nosotros; los retenes de *los chulos* eran menos peligrosos, más previsibles y fáciles de esquivar. Respecto a la policía, alguna vez, Leonor descubrió con prismáticos sus posiciones y para no dar rodeos agotadores, cruzamos con ellos unos pocos tiros, pero, como advirtiendo, cuidado que estamos aquí, no jodan, *no nos paren bolas* y les dejamos tranquilos. Casi siempre, miraban para otro lado cuando pasábamos junto a ellos. La mayoría de las veces, si no les disparábamos, nos dejaban tranquilos del puro miedo tan grande que tenían.

Una tarde, mientras la lluvia se descolgaba a través de la niebla, al comenzar a correr, descrestamos una loma y nos topamos con cinco *camuflados* que subían hacia nosotros; de pronto, no supimos si eran *guerrillos* o *chulos*, hasta que comenzaron a *mandarnos bala* y por el ruido de los *Galil* supimos que eran fusiles del ejército. Mis *parceros* respiraron con alivio porque sabían que los soldados eran más miedosos y menos diestros que ellos en el monte. Sobretodo, de noche.

Leonor, supuso que eran exploradores de una compañía del ejército y nos ordenó atravesar entre ellos *rafagueando*. Bajamos, corriendo agachados, rabiosos y gritando como locos, con las balas zumbando a nuestro alrededor y sin disparar hasta que estuvimos tan cerca que vimos sus caras de pánico antes de que salieran huyendo. Matamos a dos y, por la distancia a la que *los quebramos*, pienso que fueron el chino con su AK y el otro del M-16 quienes acertaron. A los *morracos* (muertos) les tomamos la munición y las raciones de combate que cargaban. Destrozamos la radio que portaban por si los supervivientes volvían para intentar avisar a su compañía. Luego, Leonor, mandó dar un gran rodeo a la derecha para evitar a los que vendrían detrás. Nos dispararon y los matamos, sin pensar que, pocos días atrás, aquellos muchachos hubieran podido liberarme. Pero no había tiempo de pensar en esta locura y, de nuevo, continuamos corriendo.

Antes de amanecer nos detuvimos. Era tanta la fatiga que nos sentamos a descansar sin importarnos que de nuevo comenzaba a lloviznar. Mientras rompía a llover nos derrumbamos sobre el *piso enlodado* de una torrentera, incapaces de continuar y cubriéndonos la cara con las toallas empapadas de sudor. Hasta el que prestaba guardia debió dormirse porque se nos vino encima una crecida del arroyo que nos encharcó. Despertamos helados de frío, con toda la ropa y el equipo mojados. Leonor *cantaleteó* duro al *man de Medallo* porque afirmó que, mientras él dormía, podían habernos cortado el cuello a todos. Sonriendo advirtió que, en adelante, si encontraba algún centinela durmiendo durante la guardia, ella misma lo descabezaba.

Luego, ordenó repartir las raciones de campaña que llevaban los soldados muertos; portaban dos bolsas cada uno y, mientras comía, leí escrito en ellas, con laconismo militar, que eran para el consumo del combatiente allá donde por razones tácticas no se pudiera cocinar. Que acarrearan dos bolsas cada uno nos hizo pensar que aquella patrulla debía caminar un par de jornadas por delante de la compañía; eso, si los soldados no habían *botado* comida para cargar un equipo menos pesado. Supusimos que el ejército intentaba asaltar por sorpresa el campamento de las Farc que acabábamos de rodear.

Repartimos las raciones de manera que todos tuviéramos algo que comer al día siguiente; guardé la mitad de la tocineta y de las salchichas y engullí el resto. Me supo a gloria la *nouvelle cuisine* (nueva cocina, moderna) del ejército colombiano. Cargamos de nuevo el equipo y comenzamos un trote más suave que los días anteriores, aunque continuamos sudando a chorros, resbalando entre el barro y tropezando con las raíces. Por momentos, cuando el terreno se volvía imposible, caminábamos a paso de marcha. Así, alternábamos una hora de carrera, una hora andando rápido y veinte minutos de descanso. Leonor era muy prudente y quería evitar otro enfrentamiento con el ejército. Luego, decidió cambiar el orden de marcha; caminábamos de día para ganar distancia y evitar emboscadas y, al oscurecer, dormíamos camuflados y *encaletados*.

Esa noche vimos las luces de un pueblito y, pese a estar hambrientos, decidimos evitarlo. Por si el enemigo nos caía encima, para pernoctar, nos separamos unos de otros; Leonor advirtió que si alguien se dormía durante la guardia *lo bajaba* sin despertarlo. Al amanecer, comimos el resto de las raciones y nos situamos *encortinados* (emboscados) junto a la carretera para ver si podíamos conseguir comida. El *chino* que marchaba el primero, rígido de pronto, avisó que aquella cuneta estaba minada. Se veía la tierra removida en los hoyos excavados para enterrar los artefactos explosivos. Leonor ordenó que nadie se moviera y que observáramos bien alrededor antes de hacer movimiento alguno. Estábamos bloqueados en aquella profunda cuneta, inmóviles, sin atrevernos a dar un paso y pensando la suerte que teníamos al no haber saltado ya por los aires. Estábamos tan quietos que los pájaros comenzaron a cantar de nuevo en el bosque y, momentos después, por la carretera aparecieron dos indios.

Nos vieron demasiado tarde para retroceder, cuando ya estaban a pocos metros de nosotros y era imposible evitarnos. Gritaron que no nos moviéramos, que el pueblo y todas las cunetas estaban minadas por las Farc y que, cómo así, no lo sabíamos nosotros. Respondió Leonor que éramos avanzadilla de una columna que venía a unirse con la que operaba en el pueblo y que necesitábamos su ayuda para salir de la cuneta sin reventar con las *quiebrapatas*; nos rogaron asustados que aguardáramos a que ellos se retiraran, antes de intentar salir de la zanja. Mirándose añadieron que, si no volábamos en pedazos, descansáramos allí hasta que ellos nos trajeran de comer.

Era absurdo, estábamos paralizados, agazapados en una cuneta, rodeados de minas y en cualquier momento podían llegar los guerrilleros. Leonor decidió que todo el mundo era nuestro enemigo y, apuntando a los indios, los obligó a lanzarnos sus morrales, dejar caer los machetes y entrar en la zanja con nosotros. Ordenó que estudiáramos cuidadosamente el terreno para tratar de descubrir dónde estaban enterradas las *yuquitas* (minas), antes de retroceder pisando sobre nuestras propias huellas. Para movernos, ordenó que empujáramos delante de nosotros a aquellos dos *sapos* de las Auc. Junto a mi, mientras empujaba al campesino con el AK, escuché al *chino* rezar implorante, *Señor Dios mío, ayúdame a salir de acá*. Largo rato después conseguimos abandonar la cuneta, empapados de un sudor helado y pisando tras aquellos campesinos que escudriñaban el suelo y, sólo después de mucho escrutar, avanzaban con un paso tan grácil y liviano como el de las bailarina del Bolshoi. Llegamos a los árboles y, mientras nos reponíamos del susto, intentaron alejarse muy despacio, repitiendo muy sonrientes que aguardáramos, que volverían con comida.

Leonor, disgustada porque nos tomaran por *pendejos*, les ordenó que se sentaran en el suelo. Uno de los campesinos, sacó un arma de la cintura y disparó. Nuestro *compita* de *Metrallo* le soltó dos *pepazos* en el pecho. Lo mató, pero el indio le metió un tiro explosivo en el ojo, que le dejó un huecote y media *cabeza destapada* (pérdida de masa encefálica). El otro campesino intentó sacar una granada, pero se le trabó en la ropa y le explotó en la barriga.

Afortunadamente estábamos separados, pero, tan severo bombazo, nos sacudió y dejó al indio con las tripas al aire. Demasiado olor a sangre. Concluimos que aquel pueblo nos daba mala suerte y decidimos *volarnos* de allí entre los chillidos de las aves asustadas y con el regusto del explosivo en la boca. Cubrimos a los indios y al pobre *Araña*, con hojas y ramas. Supe que llamaban así al *man* de Medellín por un tatuaje que vi en su pecho cuando escondíamos el cadáver.

De aquel pueblo sólo conseguimos tremendo susto, casi volar con las minas, matar a dos Auc, que nos *enfriaran* al Araña y unos miserables plátanos maduros que traían los muertos en sus costales. Detrás de nosotros dejamos un fuerte olor a sangre y miedo.

Por si los tiros y la granada habían alarmado a los amigos de los muertos, Leonor, sin decir palabra, comenzó a correr de nuevo. Estábamos embrutecidos por el cansancio, muertos de hambre y *atortolados* por la explosión y la muerte del Araña. Cada dos horas descansábamos para seguir corriendo otras dos. Era imposible pensar, sólo sudar entre la cortina verde de boscaje y correr en la dirección que marcaba Leonor. Mucho después, emboscados durante una parada, observamos algo insólito monte adentro. Un grupo de adolescentes lindas y llamativamente pintadas caminaban por una vereda arregladas como si fueran de fiesta; *culifaldas* (minifaldas muy cortas), blusas transparentes, escotadísimas camisetas *ombligueras* (enseñando la barriga) y *descaderados* (pantalones de talle bajo) bien ceñidos. Llevaban los zapatos colgados de los bolsos y unos tenis para caminar por el sendero entre la vegetación. Ese grupito de niñas tan arregladas y alegres saliendo del bosque sólo podía significar una cosa; las muchachas, con plata abundante en los bolsillos, o eran putas camino del trabajo o dejaban atrás el laboratorio donde *cocinaban* (trabajaban elaborando coca) para ir a divertirse.

Leonor, siempre práctica, apuntó que donde había hembritas había hombres, coca, armas y trago y que, los comandantes, no podían estar muy lejos. Rodeamos la maleza para adelantarlas y Leonor envió al *chino* para sonsacarles y averiguar el nombre del pueblo. El *patojo* las esperó desarmado en una curva del camino y les *entró* (entabló conversación) con aspecto desvalido; ellas se sentaron un ratito con él y, como el muchacho *tenía su carreta*, bromeando, cantaron hasta misa. Trabajaban en un laboratorio procesando droga y bajaban al pueblo a divertirse; en la aldea, *mafios y narcos* compraban coca a los procesadores, mientras las Farc, cobraban su impuesto a cada una de las partes. Y luego todos festejaban con trago abundante, muchachas y vallenato.

No dudaron en contárselo porque, por su *camuflado*, pensaron que el *chino* formaba parte de la columna guerrillera que vigilaba el pueblo y los cultivos. Lo invitaron a ir con ellas pero, el muchacho, no se atrevió a marchar sin consultarnos; pero, sí averiguó que los compradores eran de Medellín y que en el pueblo vendían comida y ropa de civil. Una de las muchachas, tan joven como nuestro *compita*, dijo a las otras que se quedaba con el *patojo* a *echar carreta* un ratito; explicó su *jartera* de que todos los *manes* del pueblo quisieran *darle trago* (hacerla beber, emborracharla) para *martillarla* (seducirla), *maniculitetiarla* (meterle mano) y *medirle el aceite* (tirársela).

Las chicas marcharon riendo y el *chino*, conversando, se ganó la confianza de la que permaneció a su lado y hasta le explicó que andaba *volándose* de la guerrilla; muy seriamente dijo que, aunque todavía no fuera su *pelada*, quería saber si estaba dispuesta a *colaborarle* para salir vivo de allí.

—Me llamo Milena —respondió la niña—, soy de Medellín, de Santo Domingo el Sabio, de la comuna Uno. Escapé con mi familia de la ciudad para el monte cuando llegaron los *paracos*, luego lo mataron a mi papá, nos quemaron la casa y yo estuve desplazada por la guerra. Usted me gusta. Le ayudo, si se *devuelve* conmigo a la ciudad. Tengo *tres millones de pesos* (más o menos 1.000 euros) que me han pagado hoy y también quiero *volarme* de aquí, porque los hombres *toman* mucho y molestan a las muchachas.

—Yo también voy a Medellín —respondió el joven *guerrillo*—.

Puede llamarme Chino, todos me llaman así. Soy de Bogotá, del sur, de Betania para arriba. Pero no estoy sólo. Somos tres los que nos *volamos* juntos.

–No me importa si usted está conmigo, Chino –rió la muchacha–. Tengo *plata* para todos...

Sin dudarlo, pensando que nos sería útil, el *Chino* la metió en la espesura buscándonos. Cuando la tuvimos delante y nuestro *compita* nos repitió la conversación y la muchacha mencionó en nombre del lugar, Leonor me miró y dijo que Milena era el ángel que Dios nos enviaba para salir de allí.

–Bueno, *mija*, ¡se viene con nosotros! –sonrió Leonor acariciándola–. Pero, antes, tendrá que ir al pueblo y comprarnos ropa de civil; tenis, *bluyines*, unas camisetas, una bolsa grande y algo de comer que parezca capricho suyo. Chocolates o algo así. Todo, con mucho disimulo y sin dar explicaciones a ninguna de sus amigas, ¿ok?

–Luego, cuidando que nadie sospeche, vuelve acá para que nos cambiemos –continuó mirándola a los ojos–. Tendrá que hacerles *inteligencia*, pero, si se delata y sospechan, *usted se muere hoy* (la matan). Busque a los civiles de Medellín que estén custodiando los vehículos, sólo a ellos, y pregúnteles si Montoya los acompaña. Si le averiguan, dígales que el tipo le quedó gustando de otra vez y que debe entregarle un recado de parte de su hermana.

–Si está por el pueblo –explicó describiéndole minuciosamente–, pídales que lo envíen a buscar; cuando aparezca, le dice reservadamente que Leonor y tres amigos aguardan escondidos en el monte. Él sabrá que hacer, usted le obedece. Si no está él, pregunte quién es el jefe. Dígale que aunque chiquita quedó enamorada de Montoya y que enseguida vuelve con una cartita para él. Se *devuelve* aquí, cuidando no *banderearnos* (delatarnos sin intención) y, entonces, veremos.

–Solo piense, Milena, que todos los frentes nos buscan y que, si usted se equivoca, el *cucho* Marulanda nos *acaba* –aseguró–. ¡Y no será de manera agradable! Ahora, vaya y sea buena niña.

La muchachita asintió, nos miró a las mujeres y, sonriendo, se acercó tímida al *Chino* para darle un ligero pico en los labios. Luego, sin aceptar nuestro dinero, nos dijo que aguardáramos, que no demoraba y se alejó. Le creímos, pero nos internamos monte adentro para evitar que nos encontraran fácil si seguían a la niña. Allí, nos escalonamos para no ser un blanco fácil y que alguno pudiera intentar la huída si nos localizaban. Yo sabía que si nos encontraban, nadie correría y moriríamos defendiéndonos juntos. Pasamos varias horas inmóviles y en silencio, sudando, abrasados por los mosquitos y temiendo que en cualquier momento nos descubrieran, hasta que, entre los ruidos del bosque, oímos muy lejos el petardeo de una moto. Montamos las armas pensando que venían buscándonos, pero, durante mucho rato, hubo silencio de nuevo; más tarde, vimos a Milena aproximarse por la vereda con una enorme bolsa de lona. Sin mostrarnos, dejamos que pasara ante nosotros y, cuando vimos que no la seguían, corrimos por el bosque hasta alcanzarla.

—Pero, ¿dónde estaban...? —nos reprochó—. Llevo un buen rato buscándolos, caminaba despacito para que me vieran...

—¡Traigo buenas noticias! —dijo mientras la retirábamos hacia la vegetación—. Todo fue como usted dijo...

—Espera niña, ¿traes algo de comer? —preguntó Leonor.

—Algo traigo, no quise llamar la atención cargando mucha comida —respondió Milena mientras abría la bolsa y sacaba varias *chuspas* de plástico.

—También compré la ropa y los tenis que pidieron —siguió explicando mientras devorábamos aquel tesoro, chocolatinas Jumbo Jet con avellanas, con arroz crujiente y con galletas. Además había maní cubiertos de chocolate, otros salados con almendras y avellanas y, también, dos botellas grandes de agua y media docena de latas de atún en aceite.

—Gracias, Milena, ¡está perfecto! —dije agradeciéndole muy especialmente que se hubiera acordado de la crema dental, el jabón y el desodorante, mientras, Leonor le pedía detalles del resto de la visita al pueblo.

—Bueno, los muchachos que usted dijo, estaban con los 4x4 justo a la entrada del pueblo —comenzó a relatar—. Resultó fácil llegar y preguntarles por Montoya. Uno de ellos, lo fue a buscar y cuando regresó con él, lo vi preocupado, me apartó y me dijo qué quién era yo, que le explicara de qué conocía a su hermana. Le conté cómo usted me dijo que hiciera.

—Entonces Montoya, *churrísimo* (guapísimo), me mandó

aguardar allí, como si estuviera *gallinaceando* (coqueteando) con los muchachos –siguió mientras devorábamos las provisiones–. Envió a buscar un chico con una moto y me entregó este *celular* (móvil); dijo que esperaran, que llamaría cada hora hasta comunicar y que, entonces, sólo hablaría si quién respondía contestaba correctamente a la pregunta, ¿qué deseaba ser su hermana cuando era niña?

–Para hacer más rápido ordenó al de la moto que me acercase donde yo le dijera –prosiguió contando la niña–. Le hice detenerse en el camino, mucho antes de ustedes, y esperé hasta ver cómo se *devolvía* al pueblo; luego cogí vereda y hasta que me encontraron.

Mientras, sin interrumpirla, nosotros dábamos buena cuenta de todo. Pringándonos los dedos, saboreamos como una exquisita golosina aquellas chocolatinas, fundiéndolas antes de masticarlas y reconociendo sabores olvidados hacía años; luego, guardamos los envoltorios y las latas vacías en una *chuspa* y con los cuchillos cavamos un agujero para enterrarla disimulándolo con hojas. Estábamos comprobando la ropa, *los lápices labiales y la pestañina* (cosméticos) cuando sonó el *celular*. Leonor miró la pantalla y vio que la llamada era de un número oculto.

–¡Vamos allá! Espero que se acuerde bien... –apretó el botón de respuesta y dijo–. ¡Cabinera!

–¡Sí, *brother*, soy yo! ¡Tu querida hermanita Leonor...! –sonreía al hablar–. Aquí me tienes, mi amor... pero, ¡por favor, no me *cantaletees* más! Ok, Ok, ¡no te *doy lora*, me callo y te escucho...!

–Sí, la nena también se viene con nosotros... ¡ella nos ayudó! Como usted diga... –continuó respondiendo–. ¿En total? ¡Somos dos *cachifos* y dos *viejotas alentadas* (voluptuosas)! Sí, entiendo que usted no es una agencia de viajes ni un tur operador para turistas... ¡pero ésta es mi gente y usted mi hermano! Sí, ¡somos todos muy flaquitos...!

–¡Ya sé que es peligroso, carajo! ¿Cree que venimos de Disneylandia...? –se enfadó Leonor–. Si, me calmo, me calmo, hermanito, perdóneme... Dígame, le escucho atentamente... Gracias, Omar. Sós un *bacán*, hermanito, sabía que no me ibas a *calcetiar* (dejar tirada)!

–¡Les dije que usted era *un carroloco* (complaciente)! Ok, nos vemos, *chaíto* –desconectó Leonor riendo–. Espero su llamada, mi amor...

–Bueno, ¡ya vamos a salir de esta mierda de selva! –dijo alegre

Leonor–. Sólo tenemos que caminar algo más y, *listo, Medellín, cabina ocho* (todo a punto)... ¡muy pronto estaremos bajo la protección de los *duros*...!

–¡Escuchen! –continuó explicándonos–. Debemos internarnos en el bosque y marchar en dirección contraria al pueblo durante veinte kilómetros; allí, el camino se acerca al río y, detrás de la curva en que se tocan, se ven unas cascadas muy lindas...

–Cierto, ¡yo sé ir a ese lugar! –interrumpió Milena excitada–. Sólo que deberemos rodear el laboratorio... ¡Pero, no se alarmen...! Sé cómo hacerlo sin que los *raspachines* (obreros de la coca) nos vean pasar...

–Milena, ¡eres nuestro angelito de la guarda! –dije estampándole un beso.

–Bueno, Milena, sin ofenderla y con permiso de su novio – sonrió Leonor–, ¡usted se me va a cambiar esas ropitas que parece *Sor Rita* (zorrita) camino del *putiadero* (burdel)...! Camiseta, tenis, *bluyines* y a mover el *jopo* (culo) hasta el río...

Nosotros decidimos no cambiarnos hasta llegar al punto de encuentro y, aguardándola junto al *chino*, nos embelesamos viendo desvestirse aquella ninfa. Tenía una carita preciosa, un cuerpo redondo de niña que ya es mujer, pechos duros y picudos y nalgas prietas sobre unas piernas de reina colombiana.

–¡No me mire, Chino, que soy *penosa* (vergonzosa, tímida)! –dijo Milena, escondiéndose tras de nosotras mientras el *patojo* le daba la espalda pudoroso–. Ellas no importa que son mujeres...

En cuanto estuvo vestida, repasamos los equipos y salimos *a la lata* (a carajo sacado) camino de la cita; aunque Milena era fuerte, pronto debimos rebajar nuestro ritmo para adaptarnos al suyo y, tras algunas paradas, conseguimos alcanzar en pocas horas el lugar del encuentro. Con Milena delante para avisarnos de cualquier peligro, atravesamos el camino para quedar del lado por el que ellos vendrían; allí, nos adentramos en la vegetación para observar sin ser vistos.

Que delicia bañarnos en el río, quitarnos el sudor de tantos días mientras el *chino* vigilaba la carretera y Milena, con una pistola en la cintura, lavaba nuestra ropa interior y cuidaba de nosotras. Era rico enjabonarse con los atronadores chorros de agua cayendo sobre nuestras cabezas. Después de secarnos al sol, nos aplicamos desodorante, nos lavamos los dientes y, cuando se secaron *brasieres* y *cucos*, ¡qué sensación de placer vestirnos con ropa limpia y con olor a nueva! Por fin, ¡sin *camuflados* podridos por la humedad y el sudor! Con aquellas camisetas blancas y unos *bluyines* nos sentíamos extrañas, pero muy ligeras y delicadas.

Con una pistola en la cintura y las *metras* a mano, guardamos munición y *proveedores* en la bolsa de lona. Las botas, gorras, *camuflados* y el resto del equipo lo enterramos en un hoyo cavado con los puñales. Luego, vigilamos mientras el *chino* se bañaba bajo la mirada apreciativa de Milena. Después, aguardamos atentos entre la vegetación esperando la llegada de los narcos. Omar avisó que se detendría fingiendo cambiar una llanta y que, si todo estaba en orden, sentado en *el bómper* (parachoques) haría sonar música en el radio. Una vez asegurado el perímetro por sus hombres, llamaría a nuestro celular para que, sin responder, abandonásemos el bosque y montáramos rápidamente en la caravana. Cómo en las películas del Oeste, aguardábamos angustiadas la llegada de la caballería. Y, de pronto, aparecieron al rescate.

Sólo en nuestra Colombia y con el método Pastrana podía darse este fenómeno, pensé al verlos presentarse. Desde nuestro escondite, en alto sobre el camino, observamos la llegada de la formidable caravana formada por una *campera* con tres hombres armados en la cabina y, otro, con una ametralladora M60 emplazada en un trípode ligero; detrás, una pick-up 4x4 con un conductor, un acompañante y con la plataforma cargada y oculta con una *carpa* (lona) bajo la que asomaban dos AK-47; luego, un Toyota Land Cruiser con el conductor y otros dos hombres, siguiéndoles, un Grand Cherokee con el conductor y el hermano de Leonor, después, una espaciosa buseta Carnival con seis hombres armados y, finalmente, otra *campera* con tres hombres en la cabina y uno con otra ametralladora punto 50 instalada en un afuste de columna sobre la plataforma. Total, contándonos a nosotros cuatro, algunos hombres menos que una compañía del ejército, pero, seguramente, ¡con mayor potencia de fuego!

Un impresionante despliegue de casi 30 hombres armados hasta los dientes, vehículos equipados con ametralladoras pesadas y, seguramente, con varios cientos de kilos de coca ocultos bajo la carpa. Todo, circulando a plena luz del día, en un territorio de cuarenta y dos mil kilómetros, cinco municipios del sur de Colombia, donde no existía presencia del ejército, ni del Estado; era la famosa zona de despeje controlada por las Farc. Paró la caravana y, aun no se había detenido del todo, cuando hombres armados ya habían tomado tomado posiciones defensivas en los cuatro puntos cardinales. Otros dos sacaron una rueda de repuesto y se acercaron a la trasera de la buseta, simulando atarearse en cambiarla; mientras uno, al que Leonor señaló como su hermano, controlaba que todo se hiciera correctamente. Luego, el hermano de Leonor, se sentó en la defensa de su carro, hizo un gesto al conductor y comenzó a sonar un vallenato a toda potencia. Sentado en la delantera del vehículo, esperó unos minutos, sacó un celular y, acto seguido, el nuestro comenzó a sonar; Leonor hizo un gesto de avanzar a los chicos, luego me empujó y ella cerró la marcha.

La aparente calma se convirtió inmediatamente en actividad frenética. Mientras sus hombres comenzaban lentamente a replegarse ordenadamente hacia los vehículos, el hombre del celular dirigió a Milena y al *chino* hacia el Toyota. Luego, mientras se fundía en un abrazo con su hermana, se volvió para indicarme la trasera del Grand Cherokee. En unos instantes estábamos todos en los vehículos y la caravana, con precisión militar, arrancó levantando una polvareda en el camino de tierra.

–Lany, ¡éste es mi hermano Omar! –me presentó besándolo mientras, desde el asiento delantero, él se giraba para mirarme con una sonrisa deslumbrante de dientes blancos–. ¡Te dije que era un *bacán*...! ¡Dios te lo pague, hermanito...!

–Gracias, Omar, ¡gracias por su ayuda! –me acerqué a besarle mientras intentaba identificar su intenso perfume–. Nos ha salvado la vida, gracias, ¡nunca lo olvidaremos! ¿Verdad, Leonor?

–¡Ay, no, muchachas! Nada de Dios, lo pagarán ustedes, ¡claro que lo pagarán! Vamos a aclarar las cosas desde el principio, no me crean tan *pendejo* –respondió sonriendo mientras sus ojos iban de una a otra, deteniéndose finalmente en mí–. O, ¿piensan que este transporte es gratis? Lany, ¿no creerá usted que el Secretariado de las Farc, en lugar de matarle a usted y descansar, le deja *acabar* al comandante Rubén Molina y *volarse*, así, sin más...?

–¡Son ustedes bien ingenuas para su edad, muchachas! –continuó mientras un vendaval escondido tras sus párpados agitaba sus largas y tupidas pestañas–. El Secretariado se quitó el problema de Molina y se libró de usted Lany, pero, yo quedé debiéndoles un favor a mis jefes y otro a los *guerrillos*; ustedes pagarán por mí.

–Usted, hermanita, devolverá el favor a mis jefes y, Lany, cumplirá con las Farc –muy serio nos apuntó con el dedo–. Leonor lo suyo es sencillo. Mis jefes quieren *que acueste* (mate) a un *paraco* de Cali, que ha abierto *oficina* (organización o lugar de contratación de sicarios) en Medellín. Los *paracos* pretenden hacerse con todo el *negocio del frío* (el sicariato) y a mis patrones no les gusta ese descaro. ¡Fácil, *a qué horas* se lo vamos a permitir!

–Usted, Lany, ¡hará un encarguito para sus amigos *guerrillos*! –me miró directamente ahora–. Aún no sé en que consiste. Lo dirán en su momento; pero, debe ser algo especial, quizá, ¡un político, un militar, un periodista...! Alguno al que usted pueda *accesar* (acceder) con su *estilacho* y matarlo limpiamente, sólo a él, sin daños colaterales. No están los tiempos para carros bomba, ni para ametrallar a diez por *bajar* uno.

–Mientras, a ustedes y a sus *compitas* adoptados, los esconderemos un tiempito hasta que amaine la tormenta –volvió a mirar al frente por entre el polvo del camino–. Quedan bajo nuestra protección y, acabado el contrato, serán libres. Aunque yo de ustedes, no me quedaría cerca. Tienen demasiados enemigos.

–Y, ahora, aclarado su futuro, tenemos muchas horas por delante y ustedes están agotadas, ¡duerman y no *den lora*! –concluyó.

Posamos las *metras* en el piso del *carro*, sacamos las pistolas de la cintura y dejándolas sobre el cuero de los asientos, nos abrazamos y tras un breve beso en los labios nos acomodamos para dormir. Antes de cerrar los ojos, vi por el retrovisor cómo Omar nos miraba sonriente. Luego, mientras caía en un sueño profundo, el tan añorado frío del aire acondicionado me hizo abrigarme aún más entre los brazos de Leonor. Hundiéndome en el sopor recordé un aviso comercial de TV en el que aparecía una caja roja y el frasco negro de un perfume de Chanel; el eslogan decía, *Antaeus, fuerte como un Dios*. Entre aromas con acentos de cuero, madera y lavanda, identifiqué aquel olor, era el de Omar. Los *duros* nos protegían. Podíamos dormir tranquilas.

CAPÍTULO 11

Dormimos durante horas despertándonos sólo para beber agua de las botellas que nos pasaba Omar, luego, volvíamos a caer rendidas; nos despertamos extrañadas por el confort de la marcha, al abandonar las pistas de tierra y comenzar a rodar por suelo asfaltado, hasta encontrarnos al anochecer en una carretera; más tarde en la noche paramos junto a un llano y Omar se bajó del coche seguido de su gente que, se desplegó a lo largo de una explanada entre los árboles prendiendo bengalas. Omar tomó el *celular* y, minutos después de su llamada, una avioneta bimotor volaba rasante sobre las copas del bosque y aterrizaba en la corta y abrupta pista.

Todos descendimos de los *carros*, ellos para proteger lo que bajaba del cielo y nosotras para admirar aquella maniobra realizada con la exactitud de un piloto de acrobacias. Los dos tripulantes bajaron del avión y abrieron un compartimento ventral situado bajo la cabina de pasajeros; la gente de Omar comenzó a introducir allí los fardos cuadrados que habían viajado bajo la lona.

–¡*Háganle, háganle*, muchachos, rápido!–gritaba Omar a su gente mientras se acercaba a los recién llegados para abrazarlos y cambiar unas palabras con ellos–. ¡Vamos no se duerman, *carajo*! ¡Acaben ya con esta *vaina, maricas*!

–¡En ese pajarito vuelan casi mil kilos de *perico*!–exclamó viendo cómo se cerraban las puertas del avión y éste giraba para enfilar de nuevo la pista–. ¡Rico, *viejotas*! ¡Vámonos, gente, a los *carros* que ése vuela solo! *Parceros, ¡coronamos la vuelta* (salimos bien del bisnes)! ¡Gracias, *San Judas* (abogado de los imposibles y patrón de los narcos de Medellín)!

La operación demoró menos de diez minutos, incluido el tiempo que emplearon los hombres en volver a abordar los *carros* y Omar en dar un telefonazo con otro *celular*. Debieron felicitarle porque estaba exultante, feliz de haber concluido la misión sin inconvenientes.

–¡Ya, *listo*, *viejas!* –sonreía mirándonos mientras la caravana arrancaba en perfecto orden tras desmontar las ametralladoras de sus soportes–. Ahora la avioneta se lleva *la blanca* (cocaína) y volverá cargada de insumos, porque, con hojas de coca, pero sin acetona, éter y permanganato es imposible *periquearse* (esnifar coca).

–¡Un par de saltos volando sobre los árboles del Amazonas para evitar los radares, descansos en las pistas clandestinas de Brasil y Venezuela y esos chicos la entregan en Surinam, hermanita! –nos explicaba Omar–. De allí, en barcos cargueros, hasta la nariz de los ejecutivos y top models europeas. No quiero *dar lora*, pero debe aprender el negocio, hermanita.

–Porque esto, ya no es tan fácil como antes –se lamentó Omar–. Colombia sólo tiene cinco radares militares, pero, ante nuestra invasión constante del espacio aéreo, ha firmado un acuerdo con los Estados Unidos para usar sus aviones radar Awacs. Y, los gringos saben que la mayoría de los vuelos ilegales en Colombia, provienen de Surinam y entran por Brasil con insumos y dinero.

–Nuestros competidores prefieren Venezuela y sus bancos, para lavar y enviar la droga hacia los Estados Unidos, otros lo hacen desde Brasil –continuó hablando el hermano de Leonor–. Procuramos no interferirnos porque los tiempos han cambiado. Los *grandes* (capos, narcotraficantes) de ahora no son como Escobar; no les gusta aparecer en público, no quieren guerras entre carteles. Ahora hay que ser discretos. Nada de compadreo con políticos, militares, abogados, ni periodistas.

–Se acabaron las fiestas en haciendas repletas de toreros, putas y artistas –evocaba Omar–. Hoy se vería ridículo el zoológico que mantenía Don Pablo (Pablo Escobar) para asombrar a los invitados a su finca, que, por cierto, aterrizaban en la misma pista desde la que despegaban sus envíos de cocaína; igual de estúpido que exhibir en su propiedad una enorme plaza de toros y un monumento con la avioneta en la que envió su primer cargamento de coca a los Estados Unidos. Todo eso es el pasado.

–Todo era desmesurado entonces –recordaba el traficante–. Tiempos de rumbas (juergas) de varios días, durante los que desembarcaban en las haciendas tropeles de muchachitas con cuerpos espectaculares dignos de reinas de la belleza. A veces, sobraban tantas mujeres que eran cedidas a los escoltas y los peones.

–Pero, ese *manejo* (esa forma de hacer) está enterrado hoy –endureció la sonrisa–. Nos va *chévere* (de puta madre) con nuestras Cessna Skymaster y las Turbo Comander, pero, si hay que dar chumbimba o, si algún comemierda necesita un *corte de franela* (amputación de cabeza y brazos) o uno *de corbata* (degollar sacando la lengua por el tajo del cuello), pues, ya, ¡se hace si más *maricadas*! Pero, eso sí, ¡se encarga fuera! Se externaliza.

–Así es ahora el *bussines* (negocio), hermanita –concluyó Omar–. Limpio y discreto. Se lo cuento para que no hagan nada *a lo cerdo* (chapuceramente); eso, ya no agrada a *los grandes*, ¡así de sencillo*! Olviden que vienen de la guerra; aquí, *los señores* (capos, narcotraficantes) quieren que todo se haga atinadamente, sin *matazón* (escabechinas) . Sin daños colaterales.

–¡Okey, *brother*! –dijo Leonor seriamente–. No te preocupes, todo se hará como tú quieres, ¡a *lo bien*! No tendrás queja.

–¡Sabes? Lany y yo, pensamos largarnos al acabar nuestros compromisos –aseguró dubitativa–. Queremos recoger algo de dinero y después *volarnos* donde nadie nos quiera mal. ¿Cree que, además de *cumplirles* (quedar en paz) a ustedes, podremos *porfueriar* (trabajar por libre)? Sólo lo preciso para no ir *ruanetas* (pobres) en caso de *salir de afán* (salir perdiendo el culo)...

–Pero, ¡siempre con respeto, Omar! –intervine en la conversación–. Respeto a usted y a *los duros*. Les estamos agradecidas y obligadas por todo lo que han hecho por nosotras. ¡Nunca le diremos a usted que *vaya a quejarse al mono de la pila* (quejarse al maestro armero)! Siempre nos tendrá de su lado *con vientos o maletines* (en las duras y en las maduras).

–Ay, *nenerío*, ¡qué *volera con ustedes* (qué jodienda)! –rió Omar satisfecho–. Todo eso, ¡*queda en veremos* (queda pendiente)! No deben de preocuparse de la *plata*, sólo cumplan bien su trabajo. Y, ¿*qué más*?

–¡Compréndanos, hermanito! –rió también Leonor–. Es mejor *palabriarlo* (apalabrarlo) todo. Estamos *perdidas en los manglares* (desubicadas) y no queremos pendejiar y después tener que *patrasiarnos* (arrepentirnos, dar marcha atrás).

–Sobre todo, muchachas –sermoneó paternal–, recuerden que nunca deben *pasar por la galleta* (desobedecer). Más les vale no *meterse* (no consumir drogas), no *picárselas* (no presumir, jactarse), ser humildes y no olvidar que en Medallo la *manguala* (grupos reunidos para delinquir, carteles) es *más peligrosa que caldo de anzuelos* (peligroso de cojones, peligrosísimo). Y, ante todo, nenas, no olviden encomendarse diariamente a la *Virgen de Sabaneta* (María Auxiliadora, patrona de los sicarios).

—Y, para comenzar con buen pie, devuélvanme el celular que les di —dijo pisoteando el suyo y el nuestro tras sacar las tarjetas y quemarlas con un encendedor—. A Don Pablo lo jodieron usando una técnica de rastreo electrónico basada en un sistema de triangulación de las señales emitidas durante las conversaciones telefónicas. Majestic Eagle llamaron a esa jodida telemetría. Los celulares, usar y tirar, recuerden que nunca les duren en los bolsillos.

—No te inquietes, brother —dijo zalamera Leonor—, que nosotras *prontico* (desde ya) *le ponemos julepe* (nos lanzamos) a todo lo que ordene; no somos *sobradoras* (petulantes, engreídas) y conocemos *la situa* (la movida).

—Yo también se lo prometo, Omar —asentí respetuosa—. Queremos *cumplirles* (acabar lo pactado) a ustedes y luego vivir, recuperar el tiempo perdido porque, el futuro, es algo que quizá nunca llegue. Sin *cañazos* (trolas, pirulas), ¡sólo cumplirles y a gozar!

—Por cierto, Omar, mi amor —preguntó la exguerrillera—. ¿Viste tan linda novia que me conseguí, hermanito? Seguro que usted, el *papazote* (tiazo) más *churro* (guapo) de Metrallo, ¡no tiene una que se le iguale! Y, no piense, ¡además de *buenona* (buenorra), tiene estudios...!

—¡Menuda jartera con ustedes! —rió Omar—. Vamos donde podrán *arruncharse* (meterse mano bajo las mantas) cuánto gusten, pero, por favor, no se me *tongoneen* (contoneen) delante de los muchachos. Tendríamos problemas, ¡si después alguno les propone un *tripichín* (un trío sexual)! Ya verán a mi novia, también está buenona. ¡Espero que no me la quiten!

—Y, ahora, ¡vuelvan a dormir... hasta llegar a destino! —suplicó Omar.

—¡Qué ganas tengo de llegar, mi amor! —se me abrazó Leonor reposando su cabeza en mis senos—. ¡Ay *mamita*, vamos a armar una *tiradera tenaz* (jodienda a tope)!

Viajamos durante toda la noche, y sólo recuerdo el sonido ronroneante del potente motor del *carro* y el olor de la piel de

Leonor, mezclado al del cuero de los asientos. Cuando se acomodó mejor, adormecida, sentí o soñé sus labios que besaban mi boca. En cualquier caso, aquella caricia, imaginada o no, arrancó de mí un suspiro de placer.

Llegamos bien entrada la mañana a un lugar que después de tantas privaciones me pareció el paraíso; era un grupo de tres edificios de estilo colonial, en adobe, teja de barro y con una tapia pisada rodeando el conjunto. Omar nos indicó que en el edificio pequeño, el más próximo a la casa principal, vivían los *cuidanderos*, encargados del servicio y mantenimiento de la finca. Nosotros usaríamos la casa principal y los muchachos, ocuparían la tercera vivienda. El empleado nos abrió la gruesa puerta de madera y sólo el Cherokee ingresó en el patio, rodeando una fuente de piedra, para detenerse ante la entrada de la casa; el conductor, que hasta el momento no había hablado, saltó él primero del *carro* y abrió las puertas para que bajáramos.

–¡Bienvenidas a la Finca Buenos Aires! –saludó y la blancura de su boca hizo que me fijara en sus bellos rasgos indígenas–. Por favor, Omar, ocúpese de su familia, yo me encargo de que los muchachos se acomoden y estén donde tengan que estar.

–Okey, Édgar, gracias, *¡hágale!* –sonrió Omar palmeando la espalda de su lugarteniente–. Y, por favor, envíenos a los *patojos* aquí dentro.

–No se ocupen de su bolsa, chicas, *la de adentro* la llevará a la casa –dijo señalando a la uniformada esposa del hombre que abrió la puerta–. Pueden contar con ellos dos para lo que necesiten... además, ella es *la guisa* (cocinera), ¡verán que rico cocina!

–Pero, Omar, hermanito, *¡qué estilacho!* –exclamó admirada Leonor–. *¡Eres el putas de guacas!* ¿No me diga que ésta casa es suya...?

–No, hermanita, no es mía –respondió halagado–. *El dueño del balón* (el puto amo), sabe que estamos aquí. Si me guarda el secreto, le cuento que yo vivo en el Parque Lleras, en el barrio de El Poblado, en Medellín. Es un sitio chévere y les gustará cuando vayamos. Pero allí, sólo voy de vacaciones, mis vecinos creen que viajo constantemente por Europa.

–Omar, gracias por todo, ¡es preciosa! –respondí para soslayar la indiscreción de Leonor–. Es divina, ¡debe tener por lo menos doscientos años!

—Ay, Lany, ¡eso no lo sé, *mija!* –sonrió Omar–. Pero es linda, cómoda y aquí descansarán seguras. Vengan, les muestro.

Guiadas por Omar y seguidos de Milena y el *chino* recorrimos los corredores y las habitaciones de la casa. Estaba amueblada con un gusto confortable, mezcla de colonial y muebles más ligeros, que conseguían una ambiente acogedor y fresco. Nada que recordara el mal gusto y el habitual lujo extravagante de los narcos, conocidos por su derroche y ostentación. Recordé sonriendo la famosa invitación de un capo a sus amigos, cuando dijo, *vengan a cenar a casa que mataremos caviar.*

En mis buenos tiempos, yo había conocido haciendas que dejaban a ésta en mantillas, pero Leonor, Milena y el *chino*, no habían visto nada parecido ni siquiera en el cine. Recorrimos las habitaciones de la casa y Omar nos fue distribuyendo, mientras ejercía de anfitrión y nos mostraba la piscina y sus *asoleadoras* (tumbonas), *estaderos* (rincones tranquilos), kiosco, sala, comedor, cocina gigantesca, salón de billar y mesas de juego, bar con una formidable pantalla de plasma, equipo de música y tres modernos computadores; bajo tierra, sótano, bodega y despensa que nos dio pereza visitar.

—¡La suite presidencial, será para mi hermanita y para Lany! ¡Para que disfruten de su noviazgo! –exclamó mientras nos mostraba una amplísima habitación con su baño incorporado–. Junto a ellos, pondremos al *chino* y la niña Milena, y Édgar y yo usaremos las otras dos alcobas. La más próxima a la escalera será para los *guachimanes* que estarán con nosotros en la casa. Es sólo una precaución, molesta, pero necesaria.

—Ahora, refrésquense, guarden sus armas en el *clóset* (armario) y vamos todos almorzar enseguida –dispuso Omar–. Seguro que hace muchos meses que no prueban una deliciosa comida casera. Cuando estén listas, bajen, he ordenado que nos preparen la mesa.

Un beso apasionado, una ducha rápida, alguna caricias robadas y, mientras Leonor se extasiaba jugando con los mandos de la ducha, bajé las escaleras atraída por el delicioso olor que salía de la cocina. En el mirador, una mesa preparada para seis personas. Mientras aguardaba me fijé que en las tapias, en cada esquina, había una garita con un hombre armado. Los *campaneros* (vigilantes). La puerta de acceso estaba abierta, pero, dos *camperos pick-up* (4x4 con plataforma) con las ametralladoras montadas en los soportes la bloqueaban.

En el patio otro hombre con un AK, discretamente distanciado, protegía nuestro almuerzo desde la sombra del muro.

–Hola, Lany, ¡debe estar hambrienta! –saludó Édgar apareciendo silenciosamente a mis espaldas–. *¿Le provoca una agria* (le apetece una cerveza) bien helada?

–Hola, Omar, ya está la gente en sus puestos –saludó Édgar al jefe llegado tras de mí–. Los que *camellaron* (curraron) descansan y los de aquí están de guardia; ya saben que hacer y tienen los turnos establecidos.

–¡*Chévere, parcero!* –respondió sonriente Omar–. No hay peligro, pero *pilas*, no conviene *boletearse* (exponerse demasiado). Y, ¿dónde está Leonor? Recuerdo que es *buena muela* (tragona)...

–Ya vienen todos, Omar. Gracias, Édgar–aunque nunca me gustó la cerveza acepté sólo por el placer de sentir el cristal helado en la mano.

–Ustedes dos allí, muchachas; aquí, los *cachifos* y nosotros donde siempre, Édgar–distribuyó Omar a los que llegaban.

Una vez sentados el empleado de la finca y su esposa, pusieron ante cada uno de nosotros una olorosa *bandeja paisa*, que nos deslumbró por lo apetitosa. Después de tanta hambre en el monte casi había olvidado que era un plato completísimo compuesto por fríjoles y carne *molida* (picada) con arroz blanco, ají, chicharrón, morcilla, chorizo, patacones de plátano verde, tajadas de plátano maduro, huevo frito, trozos de aguacate y arepa; delicioso, pero tan abundante que ni Robinson Crusoe se atrevería con ella al volver de su isla desierta. Ante la diversión de Omar, Édgar y Milena, nosotros, los tres del monte, nos miramos con los ojos brillando, empuñamos los cubiertos y hambrientos comenzamos a devorar. El *chino* mudo por la emoción, entre bocado y bocado, se secaba las lágrimas. Nadie habló hasta que Leonor y el *chino* acabaron de abrillantar sus platos; yo, comí con tal ansia que no pude terminar ni la mitad.

Omar, felicitó a la *guisa* mientras sacaba dos cigarros puros de una petaca de cuero que ofreció a Édgar.

–Estos son los nuevos Robusto de tripa larga que hace Gordelias en Barichara –le ofreció uno–. Son una joya, Edgar. ¡Pura artesanía colombiana! Semillas importadas pero plantas crecidas aquí. Espero que no se los acaben llevando a *gringolandia*.

153

–Gracias, Omar, ¡huelen rico! –respondió Édgar llevándoselo a la nariz–. Mañana, si está usted de acuerdo, montaremos la *rumba* para los *chachos* (muchachos); ya tengo pedido un *cojonal* (un huevo) de ron y la *chiva* (autobús rural, multicolor y con escalera al techo) para los músicos y el *chocherío* (los chochos, las mendas), con perdón de las señoritas.

–¡*Costeño* (tienen fama de desenfadados), *tenía que ser!* Bien hace en pedir perdón, *conchudo* –recriminó Leonor haciendo reír a todos–. Esas no son maneras de presentar a sus invitadas; usted debiera *colocarse colorado* (avergonzarse, ponerse colorado), Édgar.

–Bueno, vamos a hablar de cosas serias, muchachas –nos miró Omar detrás del humo de su cigarro–. ¿Qué ocurre con los *patojos?*

–Omar, con su permiso, quisiera decir algo–intervine yo acariciando levemente la mano de Leonor–. Estos chicos son muy importantes para mí, se han jugado la vida para salvarme; si ellos lo desean y usted lo autoriza, me gustaría que se quedaran con nosotras.

–No, no digan que sí, ¡así sin saber de qué se trata! –continué tras observar la aprobación de Omar y cortar la alegría de los chicos–. Les tengo mucho cariño y quiero devolverles algo de lo que ustedes me regalaron. Pero les advierto que será duro, tenemos que especializarnos todos. Aprenderán a leer y escribir correctamente en inglés y en español, a usar Internet y los diferentes programas de las computadoras. Todo sobre comunicaciones con celulares y su acceso a Internet, wakitokis y radios.

–También, le pediré a Omar –continué– que nos proporcione alguien capaz de entrenarnos concienzudamente en el tiro con pistola, manejo de explosivos para atentados, robo de vehículos y conducción evasiva tanto en moto como en *carro* y muchas más cosas. Si vamos a estar en esta casa un tiempo, mejor aprovecharlo y formarse. ¿Qué me dicen...? Eso o, ¿prefieren *corretiar* otra vez las calles de *Medallo* hasta que los maten?

–Ya lo ve, Omar, ¡todos queremos aprender! –señalé a los patojos y a Leonor que aplaudían encantados–. Nos ponemos en sus manos. Y, pagaremos todos los gastos en cuanto podamos ganar algo de dinero...

–Lany, Lany, ¡es usted de ataque! –reían Omar y Édgar ante la emoción de mi enamorada–. Leonor, ¡me encanta su novia! Se les instruirá en lo que podamos. Y, por favor, no me vuelva a hablar de dinero, ¡no hay nada que pagar! Pero, antes deben descansar. Mañana, piscina, asado y luego tendremos una fiesta. ¡Después se la *dedicamos* a ustedes, cuñada!

Mientras el servicio retiraba la mesa, hubo algún bostezo y un breve momento de silencio.

–Y ahora, recuperen fuerzas –dijo amable Omar–. Descansen, que mañana tenemos una gran fiesta para celebrar que todo salió bien. Pasado mañana, comenzaremos su training.

El hermano de Leonor y su lugarteniente salieron en la Cherokke, acompañados del *chino* y de Milena que rogaron conocer la finca; nosotras, tras encargar a la esposa del *mayordomo* (guardés) que lavara nuestras ropas, decidimos *echar un motoso* (siesta) para reposar la comida.

La habitación era clara y fresca, con luz tamizada por los visillos y las persianas medio cerradas; la enorme cama estaba abierta y sus sábanas blancas de hilo y sus muchos almohadones eran una tentación para abandonarse al sueño.

–Supongo que deberíamos quitarnos la ropa. ¿Imagina qué debe sentirse durmiendo en una cama?–dije mientras me desnudaba despacio dejando mi ropa en el suelo fuera de la habitación–. ¿Quiere dormir en mis brazos, *cuatrera* (pícara)?

–Ay, *cosota* mía, ¿usted cree que puedo dormir estando así de *mojada* (excitada)? –respondió Leonor poniendo fuera su ropa y cerrando la puerta.

–Bueno, yo tengo mucho sueño –respondí sonriendo–, si no quiere dormir, podemos *echar carreta* mientras nos viene el sueño...

–Ay, *carajo*, ¡usted me quiere *dar contentillo* (distraer para no cumplir)! –gesticuló Leonor cómicamente–. Yo también tengo sueño, pero nos vendrían bien unos besos ricos y, aunque sólo sea, *darnos dedo*. Usted ya se ha *echado con las petacas* (incumplir por pereza), ¿no me va a hacer el amor...?

–*Después*, mi amor, ¿sí? –respondí sonriendo oculta por la almohada–. Primero dormimos algo, ¿sí?

–Cuando dijo *eche pa' la pieza* (tira para el catre) –dijo apenada–, creí que nos *empelotábamos* para echar un polvo... ¡Pensé que duraríamos toda la tarde en ese *encarrete*!

–¿Pensó que era para *tirar?* –seguí provocándola– . ¿Ahora? ¿Con la barriga llena de frijoles, la carne molida, la arepa...?

–Cierto, pero, ¡este *huevo quiere sal!* (el cuerpo me pide fiesta) –respondió acercándose a mí cariñosa–. Pero, mírese, ¡si *está como un lulo* (cachonda, salida), toda *arrozuda* (con piel de gallina)!

–¿Usted cree, Leonor? –sonreí coqueta volteándome hacia ella y separando las piernas sensualmente–. Bueno, ahora que lo menciona... ¡Puede ser que sí! Es curioso, sí, ¡estoy *como un papayo!* Y, usted, ¿considera que podría hacer algo para remediarlo...?

–Ay, mi niña, ¡seguro! –dijo Leonor acercándose y abrazándome– . Es que ustedes, la gente de estudios, no son tan *descomplicados* (sencillos) como nosotros los del pueblo llano... Mire, primero le voy a besar esa *bocota* (bocaza) hasta que le ardan los labios y, luego, le doy una lamidita a esa *chochita* (chochito) tan rica...

–Ay, *chévere, mamita* –suspiré ante sus caricias–. Y luego, si *le provoca,* yo le chupo *el gallito* hasta que *se venga,* ¿sí..?

–Ay, mija, ¡pues deje de decírmelo y póngase a *jalar* (empujar, follar)! –dijo Leonor enlazando sus piernas con las mías–. Que ustedes los *jailosos* (de la alta sociedad) hablan demasiado... ¡Ay, Lany, *me tiene matada* (encoñada, seducida), *mamacita!*

–Sí, *nena,* ¡venga rápido con esa *lengüita sabia* que estoy muy *mojada!* –la urgí–. Ah, sí, *rico...* qué *severa tiradora es usted* (qué gran folladora)...

–¡Mi *viejota!* Lany, ¡eres *tremenda!* –jadeó Leonor entre besos y lametones–. ¿Quiere que se lo *trapee* (se lo coma) un poquito...?

–¡No, aún *no se lo doy, aguante* (pare, detengase)? –gemí–. Pero, por favor, ¡no me *deje iniciada*...(continúe)! Siga haciéndomelo con esos deditos tan ricos... Y así, en el silencio y el frescor de nuestra habitación, sentí sus labios golosos recorrer mil veces mi cara, besando mis sienes, cerrando mis ojos, lamiendo mi boca y mi cuello, justo en ese lugar donde palpitan las venas; luego, sus dientes en mis pezones, mordisqueándolos con la suficiente energía para hacerme gritar de dolor, de placer o de ambas cosas a la vez.

¡Con cuánta glotonería engullía mis senos con su boca! Con qué codicia Leonor lamía, besaba, estrujaba mis pechos haciéndome estremecer de placer, mientras yo, empujando con las caderas, restregaba mi sexo contra sus muslos empapándoselos con mis jugos. Luego, agarró mi *cola* con las manos, me lamió el vientre en lentas espirales para acabar en el ombligo, en mi pelvis y en el nacimiento de los muslos, y, dejando atrás mi *cuca* (coño), seguir acariciando con la lengua mis piernas y rodillas hasta los pies.

Cuando no pude aguantar más aquel tormento, metí mis dedos entre su pelo y tiré delicadamente de su cabeza hacia mi sexo; pero, Leonor era experta en retrasar el orgasmo. Su boca acarició los labios de mi *crica* (chocho), y, sin rozar el clítoris, cuando estaba a punto de volverme loca, enterró su lengua en el interior de mi vagina. Sentí que de entre mis piernas abiertas surgía un manantial de agua hirviente y que el sudor brotaba a chorros de todos los poros de mi cuerpo. Me revolví desesperada entre las sábanas empapadas queriendo escapar de aquella interminable caricia que me mataba de placer, pero, era inútil; su lengua me acosaba impidiéndome huir de aquel suplicio que me acercaba al éxtasis, sin dejarme gozar de él.

En la habitación se escuchaban un conjunto de húmedos sonidos, frenéticos jadeos, gemidos delirantes y hondísimos suspiros. Abrí los ojos para mirarla, su mirada se cruzó con la mía y fue tal el placer de verla entre mis piernas, chupándome, que la habitación me dio vueltas y tuve que cerrarlos de nuevo. Abrí la boca para suplicarle que acabara, que me estaba matando y, entre mis labios abiertos, se deslizó garganta abajo un salado río de sudor. Olía a perras en celo.

De pronto, su lengua cambió de rumbo, buscó lo que había evitado y con unas lamidas en el clítoris, *me vine* en su boca, tan rápida como un relámpago. Mi alarido de placer brotó desde mis entrañas tan desgarradamente que seguro se oyó en Miami. Qué alivio, pensé, mientras me venía una y otra vez sin que ella cesara su cada vez más lenta caricia; de pronto, mis nervios se relajaron y mi cuerpo dejó de estremecerse y convulsionarse y me desplomé palpitante en la cama. La atraje hasta mí para besar su boca inundada de mis jugos, de mi sabor, mientras, suavemente hundía mis dedos muy hondo dentro de ella.

Blandamente, entre rezongos de placer, se resistía diciendo que había gozado dos veces mientras me acariciaba; pero, yo deseaba hacerla *venirse*, besándola y mirando sus ojos entrecerrados de pasión.

Sin hacer caso de sus quejas, mordisqueé sus labios y devoré sus pezones mientras mis dedos humedecidos seguían acariciándola;

Leonor, gimiendo infinitamente, desmadejada y sin fuerzas, acompañaba la caricia con un leve balanceo de su pubis atrás y adelante. Sólo aceleró su vaivén cuando, uno de mis dedos, rozó su ano dilatándolo antes de penetrar en él; mientras la besaba, mis dedos, seguían acariciándo sus honduras, al mismo tiempo que, murmurando en su oído, le rogaba que me regalase el orgasmo retenido en sus entrañas.

Aquello la desquició y dejando escapar un delicioso e interminable quejido, se *vino* mansamente, entregándose con tan tierna lentitud que hizo casi eterno su orgasmo. Aún no se habían diluido los suspiros y gemidos en la habitación, húmeda de nuestros sudores, cuando, desde el patio y con una potencia inimaginable, taladró nuestros oídos el atronador sonido de un éxito de *Los 50 de Joselito*. Música tropical, parrandera y vallenata.

Aquello, nos hizo mirarnos. Sin palabras, saltamos de la cama y desnudas y cantando comenzamos a bailar aquella absurda canción; hablaba de un tipo y su gorrita *bacana* que parecía no caer nunca de su cabeza. Saltando sin cesar reíamos, brincando, abrazándonos felices al ritmo del absurdo estribillo repetido machaconamente.

> Y *la gorra no se me cae...*
> *y la gorra no se me cae...*

Agotadas nos desplomamos sobre la cama, nos besamos dulcemente y, pese al alboroto, escuchando las románticas notas del acordeón acompañando un vallenato caímos en un sueño profundísimo del que despertamos horas más tarde. Durante toda la siesta soñé al son del vallenato, de su aire lento y reposado; durmiendo, murmuraba sus letras satíricas, lúdicas, amorosas, eróticas. Me sentía colombiana y enamorada, hasta dormida. Fue Milena quien nos despertó bastante rato después; nos traía la ropa limpia y planchada y unos regalos del hermano de Leonor para nosotras. Nos dijo que habían ido a un pueblo distante hora y media a comprarlos y que Omar y Édgar se habían llevado al *chino* con los hombres. Eran unos vestidos de lycra y unas sandalias compradas en la tienda del pueblo que surtía a las abundantes prostitutas del pueblo de bluyines, cosméticos y perfumes, *pocholas* (cervezas), licores y cabinas telefónicas.

Ropa escogida por la *pelada*, sin duda, asesorada por Omar y Edgar. Ese regalo y los jabones y champús que encontramos en el baño, nos hicieron sentir mujeres de nuevo. Milena nos acompañó mientras nos duchábamos y arreglábamos y, como hermanas mayores bien responsables, aprovechamos para aconsejarla sobre sus relaciones con el *chino* y las precauciones que debía tomar si dormían juntos. Contó que aún no habían hecho nada, pero que no nos preocupáramos porque guardaba sin estrenar una cajita de condones que compró cuando le quedó gustando uno de los *raspachines* del laboratorio. La misma tarde que los compró, un borracho apuñaló a su elegido. Murió tirado en la calle, así que ella guardó los preservativos para mejor ocasión. Ahora con el *chino*, al fin, iba a romper el precinto de la cajita.

Bañadas, el pelo suelto y limpio, con aquellos vestidos minifalderos un poco demasiado sexys y ceñidas y escotadas como putas, bajamos y nos sentamos en los *corredores*. De rojo yo, Leonor de negro, bien *trozudas*. Milena avisó que enviarían por nosotras para cenar con los *manes* de la casa y sus empleados. Era una gloria estar sentadas allí, sin *afán*, viendo apagarse la tarde y oliendo la fragancia del jardín colmado de magnolias, lirios, damas de la noche y jazmines. Los últimos colibríes, sujetos en el aire con el susurro de su vuelo, apuraban el néctar de las flores aún abiertas. Al fondo, fuera del patio, cedros y nogales recortaban su ramaje contra el cielo enrojecido. Y nosotras, por primera vez en mucho tiempo, felices de ser mujeres. Charlando, desarmadas y sin miedo.

Era ya de noche cuando el autobús con el *puterío* y los músicos surgió de la oscuridad. Se detuvo en el cobertizo grande, junto a las viviendas de los hombres, como si hubiera llegado hasta allí atraído por el olor de las *asadoras* (parrillas). O, tal vez, por los efluvios de testosterona aventados de tanta bragueta masculina. Poco después comenzó a sonar un vallenato y el aire nos acercó el olor de brasas de carbón y de carne a la parrilla. El *chino* vino por nosotras y, a través del portón de la finca, nos guió hasta lo zona que no habíamos visitado; dejamos a un lado las viviendas y accedimos al gran almacén donde discretamente se celebraba la *parranda* (juerga). En la puerta, dos hombres pistola al cinto, vigilaban que nadie entrara *enfierrado*; a un lado, junto a las parrillas inmensas, unos tipos equipados de largos tenedores atendían los asados. Dentro, un estrado y un grupo vallenato animando la fiesta. Un mostrador atendido por dos *coperas* (camareras de cantina), unas *piscas* (putitas) bien *desparpajadas* (descaradas), *enculifaldadas* y con tremendos escotes; delante del bar, cinco largas mesas donde sentarse más de cincuenta personas.

Nosotros cuatro, Omar y su lugarteniente, los muchachos y las casi treinta putas que habían desembarcado dispuestas a hacer inolvidable la fiesta de los *traquetos* (sicarios, narcos de bajo nivel); estaban enloquecidas por agradar, llevarse algunos regalos y, la que tuviera suerte, quizá, hasta un *enamorado* (novio). En una noche de *tiradera*, ganaban la misma *plata* que un padre de familia en tres meses de *camellar a sol y sombra* (trabajar como un burro, de sol a sol).

Los *meseros* (camareros) comenzaron a traer desde las parrillas bandejas con pollo, cabrito, chorizos, morcillas, carne bien untada con pimienta, ajo triturado, aceite y, todo, acompañado de yuca y papas chorreadas con salsa de cebolla, queso, tomate y ají bogotano.

Mientras comía, sin dejar de tontear con Leonor, pensé en algo que me chocaba desde que llegué a la casa; tanto Omar, sentado a mi lado con su chica, como Édgar, no daban el tipo de los *traquetos* habituales y, curiosamente, sus *manes* tampoco. Eran educados, discretos en sus ropas, en sus oros casi inexistentes y formales hasta en la *rumba* que siguió a la comida (cena). Hubo alegría, brindis, carcajadas pero, todo ello, sensato, sin perder los nervios ni el control, sin siquiera propasarse con las putas.

–¿Está asombrada, Lany? –preguntó Omar sutilmente–. Veo que le gusta observar, dígame, ¿qué llama su atención?

–¡*No joda*, Omar! ¡Usted es un *duro* (poderoso) y esto, más que la fiesta de un cartel, parece una *comida* de universitarios! –repliqué sonriendo y mirándole directamente a los ojos–. Todo es mucho más inocente de lo que pensaba; imaginaba violaciones de putas, peleas de borrachos, tiros al aire y la gente metiendo la nariz en enormes montañas de coca.

–¡No, mujer! Usted tiene una idea equivocada de nosotros, *parcera* –replicó murmurando algo al oído de su chica que se levantó de inmediato–. ¡Mentiras! Eso que usted cuenta es el pasado y, aquí, ¡está viendo el presente!

–¿Ve esa mujer, Lany?–me preguntó mirándola alejarse–. En una ciudad de bellezas como Medellín, ¡es una de las más lindas!

Es *prepago* (estudiantes, modelos, pijas que se prostituyen a tiempo parcial). Brillante universitaria, modelo, *reina*, deliciosa piel dorada, supertetas, piernas inacabables dignas de un *comercial* (anuncio de TV, spot) y con una preciosa *cola* trabajada en el *gym*. Me enseña cosas que yo no sé y, cuando necesito una compañía adecuada, frecuento con ella a los *jailosos* como usted.

–Ya no somos los traquetos de antes, siempre con la Mini Uzi (subametralladora fetiche de los sicarios) bajo la camisa y una granada en el bolsillo –sonrió enseñándome las palmas de las manos– . *Saboreamos la carne más fina* (nos tiramos lo mejor), leemos, vemos alguna exposición, no cargamos cadenas de oro, y, fuera del trabajo, en casa, mantenemos la seguridad pero evitando la evidencia; no nos gusta llamar la atención. Los que mandan, lo llaman bajo perfil.

–¡*Carajo*, Omar, discretos! Pero, ¡si salimos de aquel pueblo como el 5º Regimiento de Caballería de los Estados Unidos! –reí a carcajadas–. Sus hombres cargaban tanta potencia de fuego como una compañía de operaciones especiales...

–Cierto. En aquel momento, éramos dos ejércitos negociando –explicó borrando la sonrisa–. Tan fuera de la ley nosotros, como las Farc. Y, ya se sabe, donde hay armas pueden surgir sorpresas y, a menudo, el socio de ayer puede convertirse hoy en tu enemigo. Pero, acabada la operación, normalidad total y, en casa, una discreta vigilancia como mantiene todo quien la necesita en Colombia.

–Se acabaron los tiempos del *Avianca HK1803* (avión abatido por los narcos. Murieron 107 personas) –miró al techo entrecerrando los ojos–. Terminó la época del *Patrón* (Pablo Escobar). Ya no se hacen así las cosas.

–Ahora los *duros* inteligentes son muy discretos –continuó conversando mientras me miraba de nuevo–. Casas sin ostentación en buenos barrios, excelentes colegios para los hijos, negocios transparentes y mucha prudencia a la hora de *bajar manes*. Para eso, usamos las oficinas de D. Berna, el jefe de las *autodefensas* (paramilitares). Ellos *dan de baja* a quien se les pida, barato y sin hacer preguntas.

–Nosotros protegemos nuestra mercancía, impidiendo que un comandante avaricioso decida, de pronto, que desea quedarse dinero y coca –sonrió de nuevo–. Pero, eso cada vez es menos habitual, porque las Farc y nosotros nos necesitamos. Nadie quiere *vueltas* complicadas.

—La hacienda donde estamos está dedicada al *agroturismo* (turismo rural) y explotada por una empresa legal que la alquila a visitantes extranjeros o a sociedades colombianas —me palmeó la mano sonriendo de nuevo—. Nosotros, al marchar, pagaremos la correspondiente factura con sus impuestos. Todo limpio, regular. Nada de fajos de dólares para repartir.

—Es decir que Omar pagará religiosamente la estancia y los gastos que realicemos en esta casa —intervino Édgar que había seguido atento las explicaciones—. Son cosas de los tesoreros. Pagamos con dinero de nuestro jefe a una de nuestras empresas. ¿Usted lo entiende...? Pues, ¡yo tampoco!

—Cuando su hermana me habló de ustedes, Omar —interrumpí a Édgar señalando a Leonor que nos miraba en silencio—, ¡yo les imaginaba con *muchas prendas* (joyas de oro), con *vestidos* (trajes) de Armani, coches caros, con putas *peliteñidas* y *siliconadas*...! Y me encuentro con amables universitarios, discretos, austeros, sin drogas ni armas...

—Le ocurre como a Édgar, que aún conserva la imagen de los duros de vieja escuela, Lany —rió divertido Omar—. Los hombres, *ni oler* (no consumen drogas), están elegidos entre los buenos, pero, si alguno es tan *zafado* (imprudente, gilipollas), tan *yegua* (imbécil) de intentarlo... Bueno, listo, adiosito, chao...

—Yo sé, Omar, usted es un *sol naciente* (joven narcotraficante de éxito) pero, ¡yo no entiendo bien estos tiempos! —soportó Édgar sonriente las palmadas en la espalda.

—No hace falta, Édgar, esto es como los *chulos* en el ejército —respondió Omar pasándole un brazo por la espalda—. El general manda y, los capitanes, unos organizan y otros se ocupan de la disciplina; usted es *abeja* (listo, trabajador) para la disciplina. Yo, para organizar. Cada uno lo suyo.

—Gracias, Omar, pero fui soldado profesional y sé cual es mi lugar en el escalafón —le abrazó Édgar—. Usted es el capitán y un *duro* en el mando. Y, aunque usted *no se las da* (no presume), los que tienen que saberlo, saben.

—¡*Dejá la jodeteria* (no jodas) con el escalafón, Édgar! —sonrió Omar—. Antes que nada, ¡usted es mi *parcero*!

–Bueno, muchachos, ya dejemos de hablar de trabajo, ¿sí? –les rogué sonriendo mientras acogía en mis brazos a Milena que me hablaba al oído con zalamería–. ¡Leonor, vengase para acá, deje a los *duros*, que Milena tiene algo importante que contarnos!

–Bueno, *mijita*, cuéntele a su tía Leonor –dijo sentándose junto a nosotras.

–¡Es que me *apena* (me avergüenza) que se rían! –respondió Milena ruborizándose–. Bueno, pues, les cuento. ¡El *chino* me pidió que fuera su *pelada*! Y, me prometió que con los dos primeros millones de pesos que gane *acostando* un par de manes, me pondrá unas lindas *piruchas* (tetazas) bien grandes. Cuestan unos dos millones, así que quiere bajar rápido un par de *manes* a millón por cabeza.

Leonor y yo nos miramos, sonreímos a la *pelada*, le dimos unos abrazos y quedamos pensativas; *nos dio piedra* (nos cabreó) la simplicidad con que señaló que *pelar mancitos* servía para comprarse cosas.

Nosotras, pensábamos, no haríamos como los sicarios que piensan que la *plata* ganada matando es del diablo y, por eso, se *afanan* a despilfarrarla, sabiendo que les será fácil conseguir más para continuar derrochando. La plata es sólo *plata* pero, Leonor y yo, la usaríamos para comprar libertad.

Dejamos de pensar en el dinero para contemplar a Omar y a su novia bailando vallenato cerca de nosotras. Lo hacían perfecto. La sensualidad brincaba de uno a otro en sus miradas y movimientos, el eterno sin querer pero queriendo, la perpetua entrega y esquiva del baile latino. Pura erotismo dibujado al compás de pies, rodillas, caderas y hombros. Eran bellos, su manera de bailar excitaba y comenté con Leonor que, sobre seguro, en la cama harían el amor como los dioses.

Hubo brindis, los abrazos iban y venían, invitaciones de una mesa a otra y grupos que cantaban desafinando al ritmo de los músicos. La *parranda* proseguía, todos tomaban güisqui y ron abrazados con las putas, bailaban y comenzaban a verse parejas que desaparecían hacia la oscuridad. También, volvían a la fiesta los más urgidos, los que salieron con la primera hembrita que encontraron. Era *full pago* (gratis total) y, sin ofender a quiénes preferían una sola pareja, podían cambiar de muchacha cuántas veces desearan y su potencia resistiera. Era divertido observar y comentar con Leonor. Milena, volvió enfurruñada porque el *chino* no quería subirse a una mesa para bailar con ella.

–¡Usted baila como *español amañado* (mal, como los españoles encariñados con el país), *Chino!* –nos contó que le dijo–. Ay, mi amor, ¡cuándo aprenda a bailar hablamos! Y me fui, dejándole allí con su *juguito* (zumito) de toronja.

Nos reímos como locas con la primera discusión de los *patojos*, pero, ya veíamos quién llevaba las riendas en aquella parejita. Leonor, aburrida de la *cantaleta*, amablemente la envió a *ver si la puerca puso* (al carajo). Estábamos de nuevo solas, cuándo, dos de las putas se aproximaron.

–Aquí nos envían los muchachos, ¡para ponerle picante a la noche! –dijeron dos bellas caleñas sentándose en nuestras rodillas y señalando a un grupo que nos sonreían levantando las copas–. Aprovechen la noche. ¡Esto no lo van a ver dos veces!

Por *no sacarles la piedra*, agradecimos desde lejos a los muchachos, nos levantamos y bailamos un rato con las *viejas* hasta que *la vaina nos comenzó a jartar*. Tanto insistían ellas en invitarnos para salir a lo oscuro, que aburrían hasta a la mamá que las parió; bailando, devolvimos a las puticas donde los muchachos que las abuchearon por no haber sabido seducirnos. A nosotras nos aplaudieron a rabiar. Parecía que a los *traquetos* les gustaban las lesbianas enamoradas. Quizá celebraban que no les robábamos sus putas y, así, tocaban a más.

Mientras, todos seguían la *rumba* incansables. Omar se despidió de Édgar y aprovechamos para marcharnos con él y su *superwoman*, mientras los *patojos* seguían discutiendo en un rincón. Con tanto trago y baileto era de nuevo la hora del amor. Para nosotras, de una urgencia *tenaz*.

–Mamacita, ¿nos vamos para la cama ya? –pregunté a Leonor–. ¿Sí? Por favor, *bizcocho*, ¡necesito besarla esa boquita rica!

Tras unos besos de despedida a Omar y su novia, entramos *de afán* en la habitación, medio desnudas ya desde el pasillo. Y, si Leonor primero suspiraba dulcemente, luego gemía y chillaba urgida y, por último, sollozaba feliz, la novia de Omar nos mantuvo toda la noche en una continua *gritadera* de gata caliente.

Capítulo 12

*D*ormimos toda la mañana y nos despertó el aroma de las flores atravesando las celosías verdes de las ventanas. Desayunamos en el *corredor* (porche), entre macetas de plantas, en una mesa de madera oscura y tapa de cristal sobre el suelo de baldosas de barro recién fregado. Aunque Omar estaba levantado hacia un par de horas, él y Édgar desayunaron con nosotras mientras los *patojos* continuaban durmiendo. Aquella mañana, trazamos el plan de entrenamiento. Édgar sería nuestro *personal trainer* (entrenador personal) en lo referente al combate y las armas y, por mi parte, enseñaría a Leonor y los críos cuánto debían conocer de inglés y de Internet.

De inmediato, comenzamos unas semanas de extenuante actividad. Para los entrenamientos de tiro viajábamos hasta un poblado, junto a una cantera abandonada, alejada varios kilómetros de la casa en el interior de la finca; allí, lejos de miradas indiscretas, recibimos instrucción para manejo y fabricación de artefactos explosivos y, sobre todo, técnica de tiro con arma corta y subametralladora en zona urbana. Ataque y defensa personal con arma blanca, control y neutralización de enemigos, conducción ofensiva y de evasión con motos de gran cilindrada y todo tipo de *carros*, técnicas de autoprotección y operaciones de inteligencia y electrónicas; en fin, suficiente instrucción como para volarle los huevos al tipo más *berraco* y, después, escapar *a lo bien*.

En pocos días quedó claro que los *cachifos* (críos, chavales) no estaban interesados en aprender nada más especializado que el brutal rafagazo del AK-47 preferido por el *chino*; libremente, eligieron quedarse en la piscina mientras, Leonor y yo, aprendíamos de Edgar y sus expertos. Únicamente asimilaron algunas frases de inglés y aprendieron a manejar la Internet lo suficiente como para navegar y utilizar los correos electrónicos. Así que, mientras nosotras sudábamos sangre aprendiendo a desenfundar, empuñar, apuntar y acertar en el blanco con cada disparo instintivo, ellos, se bronceaban en las *asoleadoras* (tumbonas) esperando la hora del almuerzo.

Elegido el calibre 9 mm. Parabellum por su poder de parada en las distancias cortas, Édgar nos hizo probar distintas armas hasta encontrar la más adecuada a cada una de nosotras; yo, obtuve los mejores resultados en rapidez y precisión, con la pequeñísima Glock 26 de catorce tiros. La potente pistola *BabyGlock* parecía hecha para mi mano y, por su tamaño, era la preferida por muchas mujeres de los grupos de operaciones especiales.

Pero no sólo se trataba de rapidez y precisión, sino de abatir al objetivo con seguridad, sin soportar su fuego y garantizando la huida; es decir, una vez decididas a matar, hacerlo disparando en zonas vitales, exponiéndonos lo mínimo, evitando actuar en situaciones de riesgo y fortaleciendo al máximo el afán de supervivencia. A veces bastarían dos tiros en la cabeza, a veces sería mejor soltar un chorro de balas que desangraran en tres minutos al *paciente* (víctima). Y digo dos balas, porque Edgar me enseñaba a disparar en secuencias de dos tiros; era el modo que él llamaba *Doble-Tap*, un disparo al pecho y otro al vientre, o, según la distancia, uno en la cara y otro al pecho; también, modificó mi arma, de manera que pudiera usarse, tiro a tiro, o, en una única ráfaga que agotaba las 14 balas del cargador.

Leonor, por los muchos vicios adquiridos con el uso de las *metras*, tuvo más dificultad para encontrar su arma ideal; su técnica en el monte era *rafaguear* confiando más en la potencia de tiro y el pánico del adversario que en la precisión de los disparos. Tras muchas pruebas con el material de que disponía, Édgar la instruyó en el manejo de la Beretta 93 R, de 9 mm. Esta pistola era capaz de disparar tiro a tiro o soltar, en ráfagas de tres tiros, los 20 cartuchos del *proveedor* extralargo; debajo del cañón mantenía plegada una empuñadura abatible que aseguraba la estabilidad al disparar en ráfaga. Era lo más parecido a una *metra*, pero, en tamaño reducido. Y, tres tiros en el pecho o el vientre de un tipo, incluso sin alcanzar zonas vitales, anulaban cualquier objetivo. Pero, decía Édgar, no se confíe, hay mucho *hijueputa* ansioso por vivir, así que, una vez abatido, conviene rematarlo. Si es posible, con un tiro en la cabeza.

—Tan importante es disparar, como reponer la munición, muchachas —repetía incansablemente Édgar—. Nunca esperen hasta agotar las balas. Dejen caer el *proveedor* cuando aún tenga munición y encajen otro lleno. Evitarán volver a montar el arma y ganarán tiempo de encare.

–Recuerden, disparen siempre con ambos ojos abiertos – machacaba nuestro instructor–. Tengan presente que para un buen sicario son más importantes las neuronas que las balas. Una sicaria debe ser como una buena puta, debe dejar satisfechos a todos sus clientes. No se trata de morir matando, sino de matar y *devolverse* a dormir a casa. Eso sólo se consigue entrenando duro.

–Los *cachifos* morirán jóvenes –dijo en una ocasión–. No intentan aprender. No quieren esforzarse. Todo lo confían a la puntería, a los *tres escapularios* y a las *supersticiones*.

–¿Escapularios, Édgar? –pregunté interesada–. Pero, ¿de qué *carajo* hablan ustedes? Es la tercera vez que me cuentan ese cuento de vírgenes y escapularios, pero no sé de qué hablan...

–Si, Lany, muchacha –me respondió Leonor–. Habla de María Auxiliadora, la Virgen de los Sicarios. Está en Sabaneta, en las afueras de Medellín, y, en esa parroquia, se bendicen los escapularios que llevan los sicarios; uno en la muñeca para afinar la puntería, otro en el tobillo para proteger la huída y el tercero en el pecho para detener las balas que envíen los enemigos.

–¿No lo sabía...? Sí, Lany, cielo mío –continuó explicando–. ¡Es un espectáculo! Aquella Iglesia está *full* de *mancitos enfierrados* (llena de muchachos con pistola) ofreciendo *plata* a la Patrona y al Divino Niño; si lo desea nos acercamos cuando volvamos a *Metrallo*, ¿sí...?

–Esos chicos son carne de cañón –intervino Edgar–. En este negocio, los más *abejas* viven matando y, los flojos, apenas sirven para morir. Sus amigos son *tercos de cabeza* (cabezotas, duros de mollera), no vivirán demasiado. Creen saberlo todo porque han *bajado* unos cuántos *manes* en el monte –murmuró entristecido–. Pero, la ciudad no es el monte, ¡es mucho peor! En la ciudad, uno está contra todos. Sin compitas. Y, estando solo, hay que aprender a esquivar el odio.

–Pero, bueno, *viejota*, ¡cuando vayamos no lo vas a creer! –continuó Leonor obviando el comentario de Édgar sobre el *chino*–. Tiene que ver aquello. Cientos de muchachos lavando sus balas en agua bendita antes de disparárselas a alguien en la cabeza; dicen que con *balas rezadas*, hervidas o lavadas en agua bendita mientras se reza a la Patrona, aseguran el *trabajo* y la víctima no sufre –sonreía Leonor con displicencia ante aquellas supersticiones–. Otros sicarios, además de en la Patrona, confían en recursos más terrenales. Los hay que perforan la punta de la bala con una broca y, con una aguja hipodérmica, dejan en el hueco una gota de cianuro. Lo tapan con cera y dicen que es letal aunque el tiro sólo te roce. Otros tipos usan balas con la punta rayada en cruz; ésas, se fragmentan al impactar en el cuerpo. Se trata de que al reventar produzca grandes destrozos –se ensombreció su mirada–. De punta hueca o dum-dum, explosivas, envenenadas, expansivas... todo esa mierda que mutila y causa un terrible sufrimiento a la víctima. ¡Yo nunca usaré esa munición!

–Pero no crea que esto sólo ocurre en Medellín, Lany –intervino Édgar–. Le voy a contar, ya que le interesa. *Páreme bolas* (atiéndame). Los que vivimos en peligro somos devotos de muchas más vírgenes y patronos. En el noroeste de México, en la zona con la que comercian nuestros colegas de Cali, rinden culto a Nuestra Señora de la Santísima Muerte. Tiene parroquias en México D.F., en Cali y hasta en Los Ángeles, porque su culto se ha extendido hasta los Estados Unidos –continuó Omar–. La Santa Niña, La Bonita, La Flaca, La Señora, que así la llaman, es un esqueleto vestido con tanto lujo como la Virgen de Guadalupe –aseguró muy serio Omar–. Los sicarios, narcotraficantes y *coyotes* que llevan inmigrantes ilegales a Norteamérica, así como militares y policías, todos le prenden *veladoras* (velas), le hacen regalos y le piden que bendiga sus balas y sus viajes por la ruta de la coca. Pero, ¡hay más! –se alargó–. Jesús Malverde, santo patrono de los narcos mexicanos, tiene su capilla en Culiacán (en Sinaloa, México) y, como Nuestra Señora de la Santísima Muerte, ha extendido su culto hasta Colombia y gringolandia –sonrió–. Cuando un grupo de *narcocorridos* (mariachis que cantan corridos sobre las aventuras de los narcos) pasa dos días cantando en la capilla de Culiacán, todo el mundo sabe que alguien *coronó*; es decir, que un cargamento de coca pasó la frontera y el remitente agradece así al santo. Y, no se olviden de nuestro querido patrón, San Judas Tadeo.

–Ustedes invoquen a vírgenes o patronos, lleven escapularios si lo desean, pero la única manera de evitar las balas –cortó Édgar ante nuestra cara de asombro–, es que nunca, y digo nunca, salgan para una *vuelta* sin chaleco antibalas. Ya sé que es incómodo, que afea la figura y que a ustedes las *viejas* eso les preocupa. Pero, a la mala, nunca lo olviden, es lo único que puede salvarles la vida.

Nunca olvidaría el consejo. Las prácticas con explosivos fueron muy interesantes porque demostraban lo fácil y barato que es preparar un artefacto casero con potencia suficiente para matar un hombre, devastar un apartamento o volar un automóvil. Con *loncheras* (fiambreras de plástico), en tarros de cristal, en tuberías de plomo o en botes de refresco y activados por mechas, por presión, por detonadores o *celulares* se preparaban artefactos cargados de clavos viejos y oxidados. O, de cristales, si se deseaba metralla invisible en las radiografías. Las amas de casa se asombrarían si supieran que, con elementos de los utilizados para la limpieza y gasolina de alta calidad, podían obtener un gel de napalm de altísimo poder achicharrante.

Pero si no había elementos en casa, tampoco era problema, dijo Édgar; en los polvorines de canteras, en farmacias, laboratorios de escuela, tiendas de armas, fábricas de pirotecnia, ferreterías y tiendas de deportes, se podían encontrar los ingredientes necesarios para fabricar una excelente bomba. Luego, siguiendo las indicaciones de Internet, cualquier estudiante de química conseguía preparar fácilmente en casa explosivos de Alto-Orden, es decir, no de los que deflagran sino de los que detonan, como el *nitrato de amonio* (ácido nítrico y amoníaco) o el *RDX* (nitrato de amonio y examina) . Y, si el alumno era aplicado, perfeccionaría el nitrato de amonio añadiéndole gasolina para obtener una perfecta *ANFO* (Ammonium Nitrate Fuel Oil Solution) lista para detonar con una descarga eléctrica.

El explosivo plástico, indicaba Édgar, se prepara con clorato potásico, cera, vaselina y algo de gasolina de buen octanaje. Una vez bien mezclado y evaporada la gasolina, se moldea en bloques con forma de ladrillo, éstos se sumergen en cera fundida y listo para usar un explosivo de altísima velocidad de detonación.

Si resultaba imposible adquirir detonadores, prosiguió Edgar, en las mismas o parecidas tiendas se encontraban los elemento necesarios para confeccionarlos y hacer estallar estos explosivos. Switch de mercurio, detonadores por radio-control, temporizadores, se preparaban de manera sencilla aprovechando el contenido de un termómetro que se vende en las farmacias, un coche de control remoto a la venta en las jugueterías y cualquier despertador comprado en unos grandes almacenes.

Con paciencia, ingenio y un bajísimo costo, afirmó Édgar, estos explosivos podían utilizarse en forma de *lámpara* (bombilla) explosiva accionada al encender la luz de una habitación; como cartas y libros-bomba que al abrirse explotaban por presión o por acción fotovoltaíca y en teléfonos que reventaban en el oído accionados por la propia víctima al activar el detonador tras descolgar el aparato.

— Clorato potásico, azufre, aluminio en polvo, azucares, pilas de petaca de 4,5 V, bombillas de linterna de 3,5 V y 3 A, más un manual de explosivos que las organizaciónes terroristas difunden entre sus militantes y ya estába uno listo para arrasar un *apartamento* y a sus ocupantes. Y si no se tenían contactos y no se hallaba el librito de instrucciones para fabricar explosivos, sonrió nuestro instructor, no debíamos preocuparnos; bastaba una radio y el cantante nicaragüense Carlos Mejía Godoy, en su canción *Los explosivos*, ofrecía toda la información que usó el Frente Sandinista de Liberación Nacional para derrocar a la dictadura en Nicaragua. Así, no pudimos evitar que Édgar, sonriendo despectivamente, nos hiciera aprendernos aquella canción durante nuestra instrucción con explosivos.

Para vencer al tirano y su guardia nacional
hay que meterse al rodeo y no retroceder jamás;
hay que conocer, amigos,
la receta musical de todos los explosivos
en la lucha popular.

Cuáles son los ingredientes
del detonante casero?
Está el nitrato de amonio
y está el aluminio negro.
El perclorato de nitrato
y el clorato de potasio
y otros muchos materiales
como asfalto, goma o caucho.

Cuando se acerque el momento
de la ofensiva final,
a la calle todo el pueblo
a poner su grano de maíz.
Queremos ver en tu casa
para las bombas construir
carbón vegetal y grasa
azúcar y aserrín.

Sí el tal nitrato de amonio
te cuesta mucho encontrar,
en las fábricas de abono
lo podes recuperar.
Si es el aluminio negro,
lo consigo por quintales
en las fábricas y centros
de pinturas comerciales.

Hablemos de un explosivo
eficaz como ninguno,
me refiero al conocido por fórmula R 1.
Lleva en nitrato de amonio 85 por ciento
un diez de aserrín le pongo
y un cinco de aluminio negro.

Para que el R2 se sienta
este porcentaje pongo,
nitrato amonio sesenta
y un 11 de asfalto de polvo.
De perclorato e' potasio
un 20 le agrego yo y
aluminio del negrito
un nueve de proporción.

Para seguir la tarea
entramos al R3,
Nitrato de amonio 80
asfalto sólido diez.

Para llegar al final
de este explosivo tremendo
le meto al nacatamal
aluminio diez por ciento.

Yo era feliz aprendiendo, aunque Leonor se quejaba de lo pesado del trabajo y repetía que hacía tiempo dominaba de aquellas asignaturas. Édgar, la mandaba callar y continuar el entrenamiento, diciendo que así lo ordenaba Omar. Entonces, Leonor, por respeto a su hermano, volvía a esforzarse de nuevo.

Quienes, de pronto, se convirtieron en un problema fueron los *pelados*; *jartos* de *solearse* (tomar el sol) en la piscina, de comer y de dormir, sin informarnos previamente, pidieron autorización a Omar para marchar a Medellín y vivir la vida. Esto sentó mal a Édgar y, aún peor, al hermano de Leonor que montó en cólera y vino a reprendernos a nosotras que ignorábamos todo. Preguntamos a Milena y, la muchacha, nos confirmó que el *chino* no quería aprender más nada, que sólo deseaba volver a *Medallo* y ganar dinero, contratarse en una *oficina* (organización sicarial) y olvidar el inglés y las computadoras. Le dije a Milena que yo lo persuadiría de que el aprendizaje les sería provechoso más adelante, pero, la muchacha me respondió que ni lo intentara, que ella lo había tanteado y el muchacho se negaba a continuar más tiempo allí. Es *testaduro* (testarudo) como hombre, añadió para finalizar. Sonreí al recordar cómo una vieja gloria de Hollywood, la viuda de Tirone Power comentó en un reality show que su difunto marido siempre le resultó muy *testarugo* (testarudo).

–No pierda el tiempo riñendo con él, Lany. El *chino*, ¡está vacío por dentro! –se resignó Milena–. Es como conversar con un martillo. Piensa menos que un congresista, ¡sólo quiere *amangualarse* (enpandillarse, asociarse con fines delictivos) y ganar *plata!*

–A ver, niña, ¡no es tan fácil! –cortó secamente Leonor–. Voy a intentar hablar con mi hermano, pero, desde ahora le digo, que están muy enojados con ustedes y detestan a los *alzados* (altaneros, buscapleitos). Esa decisión suya es complicada, no sé... ¡pueden ustedes *caerse con los duros* (joderla con los jefes)! Mi hermano va a *arrecharse* mucho con ustedes...

–Pero, Leonor, ¡usted no me entiende! –replicó la muchacha–. Yo eso lo sé... ¡Sé que van a *arrevolverarse* (encabronarse mucho)

172

y que puede ser peligroso, no soy tonta! Pero, ¿qué hago? El *pelado* no se deja persuadir y no puedo dejarle solo porque le quiero... Él dice que nos larguémos, ¡que no precisamos de los *duros!* –continuó Milena preocupada–. Dice que aquí está *aplanchado* (deprimido), que no quiere *arrancharse* (apalancarse) y estar *atenido* (comiendo la sopa boba). Asegura que en la ciudad *camellando duro* (currando como loco), yo manejando la *moto* (modo de actuar de los sicarios, uno conduce y el pasajero dispara) y él con el *fierro*, nos lloverá la *plata acostando manes* –lloraba Milena desesperada–. Dice que debemos *aventarnos* (jugárnosla) para no deberle nada a nadie.

–Ay, *mija*, ¡sí que la entiendo! –la consoló Leonor–. Pero no sé si Omar va a dejarles que marchen sin su permiso; sé que mi hermano está furioso, pero, aún no sé que ha decidido. ¡Ustedes son muy *buñuelos* (pardillos) para *Metrallo* por muchos tipos que haya *bajado* el *chino!* Eso, fue en el monte, no en las calles...

–Pero usted, Leonor, por favor, ¡dígale a don Omar que nosotros la ayudamos a salir del monte! –rogó Milena–. ¡Ayúdeme usted, Lany, dígale! Yo sé que don Omar, no nos va a dejar marchar, *así como así*; díganle que le agradecemos y que haremos lo que ordene pero, por favor, que nos deje partir.

–Ustedes, ¡van a *cagarla!* –murmuró Leonor–. ¿No pueden esperar a que nos vayamos todos...?

–¡Ay, *carajo!* –intervine contrariada–. ¡Esto no va a ser fácil de *capotiar* (vender la moto), Milena! Yo, le aconsejo al *chino* que se sincere con Omar, de hombre a hombre. Que le pida su opinión y su ayuda, siempre, con mucho respeto. Y, luego, depende de la suerte. ¡Es un *carisellazo* (cara o cruz)! ¿No se da cuenta de que este asunto está *marcando calavera?*

Leonor habló después en privado con Omar y con Édgar para interceder por los *cachifos*; no me contó los detalles, sólo que la conversación fue muy tensa, que la vida de los muchachos corrió peligro y que, tras mucho rogar, su hermano consintió en enviarlos a Medellín y recomendarlos como sicarios. Édgar protestó. Dijo que en *Medallo* sobraban sicarios, que sería mejor *enfriarlos* y olvidar el problema pero Omar, enternecido por las lágrimas de Leonor, consintió en hablarles.

¿Quieren *abrir trocha aparte* (ir a su aire)? les dijo Omar. Ok. Confío en ustedes y los voy a enviar de vuelta a *Medallo* pero, si

173

hablan de lo que han visto, *se van a morir*. Añadió que se fueran sin *boletear*, sin *encochinar* (enmerdar) a nadie y que, si le fallaban, la orden de *limpiarlos* estaba dada. *Les dijo hasta de que se iban a morir* (abroncó), que no *se metiesen* (se drogasen), y que no *la embarraran* porque una llamáda suya bastaba para que *les hicieran la vuelta*. Por un millón de pesos estaba listo *el mandado* (contrato de ejecución) para cerrarles la boca.

Tras eso, agradeció que ayudaran a su hermana allá en el monte y los mandó a su habitación; esa noche, mientras todos dormíamos, vinieron por ellos y, sin darles oportunidad de despedirse, se los llevaron. Por la mañana Omar nos dijo que iban camino de Medellín, que mejor los olvidáramos. Para Leonor fue muy triste no tener más a nuestros *brothercitos* (hermanitos) con nosotras; qué preocupación tuvo al saberlos entre *los malosos* (los malos) de la ciudad de la eterna *balacera*, decía deformando el popular eslogan, *Medellín, la ciudad de la eterna primavera*. Lloró tanto que, consolándola, yo iba por la casa tras ella enjugando sus lágrimas con el *trapero* (fregona). Omar dijo riendo que aquella llantina fue de *alquilar balcón* (algo digno de verse).

Los *patojitos*, tan queridos, demostraron escasa inteligencia; tuvieron su oportunidad y, por *frescos* (huevazos, despreocupados), la *botaron* por la ventana. Estaba de acuerdo con Omar y Édgar. Las calles no eran los campamentos de *La Macarena*, ni la república independiente del Cagúan (territorio cedido por el presidente Pastrana a las Farc), donde la divisa entre los *compitas* era todos para uno. En Medellín, iban a estar solos. No tenían la menor oportunidad, eran perdedores y pronto morirían.

Seguimos nuestro entrenamiento, arrimando mucho el hombro y, de descanso, *¡pocón, pocón!* Sabía que en adelante iba a vivir matando y aproveché el adiestramiento para doctorarme en asesinato. Puse todo mi empeño en aprender, el trabajo no me pesaba y, al contrario de Leonor, nunca me quejé. Prefería morir antes que desairar a Omar desaprovechando la oportunidad que me ofrecía.

Una noche, mientras Édgar desinfectaba nuestros cortes tras las prácticas de ataque y defensa con cuchillo, mirábamos el noticiero de la Tv sin apenas prestarle atención. De pronto, allí estaban *los patojos*. El *chino*, acribillado a tiros, se desangraba

174

sentado en el suelo apoyado contra un *carro*. Milena, empapada en sangre, yacía despatarrada encima de una moto caída. Estaban muriendo, arañando el suelo de dolor, pero no llegaba ni policía ni médico alguno; sólo un par de hombres armados los miraban con curiosidad después alejar de una patada sus *fierros* caídos en el suelo. El camarógrafo de la Tv, feliz de haber llegado el primero a la escena del crimen, se deleitaba tomando primeros plano de sus caras crispadas por el dolor. Aún se estremecían sus cuerpos rotos de los que se escapaba la vida a chorros. Todavía, como los toros mal estoqueados, agitaban los miembros intentando incorporarse y estuvieron *jeteando* (dando bocanadas de agonizante) hasta que cortaron la emisión.

–¡Pobres criaturas! Aún vivían... ¿por qué los dejaban sufrir así...? ¿Por qué no los remataron esos *pandilleros?* –exclamé rabiosa–. Tenía usted razón, Édgar, ¡no duraron demasiado!

–¡Dios mío, mis pobres *peladitos!* –lloraba Leonor haciendo la señal de la cruz–. ¿Por qué los dejé marchar...? Ay, Virgencita, ¡qué *dolor tan tenaz...!*

–Pido a Dios–rogué en voz baja–, que, cuándo esté de malas y quiera llevarme con Él, lo haga rapidito, sin contemplaciones. De golpe, ¡en un momento, zás! ¡No quiero morir arrastrándome por el asfalto!

–¿Vieron eso? Los *sonaron* entre varios –dijo pensativo Edgar–. Los pelados no sabían que el *man* estaba rodeado de hombres armados; nos enteraremos, pero el que pagó la *vuelta* los engañó. Quizá, por ahorrar algo de *plata* , los envió a matarlo diciéndoles que el *man* no andaba protegido. Y los jodidos *patojos sobradores* (pasotas) no se molestaron en comprobar si llevaba escolta. Estoy seguro. ¡Aprendan, *viejas!*

Pocos días después, los *duros* obtuvieron noticias que Édgar se apresuró a comunicarnos; según dijo, un comerciante *atortolado* por las *culebras* (deudas) contrató a los muchachos para que *acostasen* al abogado que amenazaba con desalojarlo de su casa. El picapleitos acreedor, sabiéndose amenazado, se hacía acompañar de dos hombres armados, circunstancia que el comerciante deudor omitió comentar al intermediario de *la oficina* abaratando así el coste de la *vuelta*. Total que, por ahorrarse una *plata* de la que andaba escaso, el comerciante envió a los *patojos* a la muerte.

Édgar contó que el *duro* de la *oficina*, sintiéndose faltado al respeto, había ordenado *un corte de corbata* para el comerciante mentiroso y, como advertencia, para cualquier *hijueputa* que pretendiera *cogerle el culo* en el futuro.

—Además —comentó sonriendo con amargura—, el abogado acreedor, sintiéndose agredido, seguramente pagaría para que *bajaran* al *duro*, y ¡así va Colombia, un día sí y otro también...! Finalmente, ¡la deuda sin cobrar y, no quedaremos ninguno para contarlo!

Pese al dolor por la muerte de los muchachos, continuamos ejercitándonos durante meses. Incluso, cuando Omar y Édgar se ausentaban por negocios, nos dejaban artefactos para montar o desactivar y un programa de prácticas de tiro controladas por alguno de sus hombres. También sobre maniobras de *manejo* evasivo, control del *carro* ante bloqueos y huída en asaltos; ejercicios de instalación de bombas en vehículos y viviendas y sobre las maneras de burlar estas trampas. Disparamos contra los vehículos utilizados en los ejercicios de conducción y explosivos aprovechándolos para practicar el manejo del lanzagranadas RPG. Perfeccionamos técnicas de contravigilancia y autoprotección para eludir o enfrentar con éxito a un posible perseguidor. Estudiamos a fondo diversos procedimientos de comunicación usando radios, walkie-tokies, teléfonos y nuevas tecnologías; trabajamos a fondo en los robos de vehículos y sistemas para burlar la seguridad de viviendas por puertas y ventanas. Finalmente, adquirimos nociones para el manejo de emergencias médicas, incluyendo control de hemorragias por heridas de bala y tratamiento de conmociones por golpes y explosiones. Y, de pronto, un día Édgar gritó ¡listo el *pollo* (terminado)! Ya podíamos descansar. Nos ordenó que nos relajáramos y disfrutáramos del sol y la piscina. Omar vendría a decirnos.

Supuse que ya éramos asesinas perfectas y decidí que merecíamos divertirnos. Aquellas fueron nuestras vacaciones y, aunque al principio Leonor estaba triste por la muerte de los pelados, pronto la distraje descubriéndole un mundo desconocido para ella. Internet, cómo enviar y recibir correo y, sobre todo, cómo buscar información sobre los temas que le interesaban a una. Es decir, los foros y chats de lesbianas.

Eso sí era divertido y un mundo nuevo para explorar. Conseguimos unas webcam y, en pocos días, nuestros nicks Guerrillera y Evadida eran famosos entre las *areperas* chateadoras de todo el mundo de habla hispana. Tras unas cuántas intervenciones nuestras, entrábamos en los chats y se armaba el revuelo. Un *jurgo* (montón) de *viejas* nos caía encima desde Madrid, Buenos Aires o Caracas, proponiéndonos citas, viajes, amores y, sobre todo, chats *privados*, casi siempre, para practicar cibersexo.

Todos los foros eran curiosos para quienes veníamos de la guerra en el monte. Algunos, tan poéticos y románticos que nos hacían saltar las lágrimas y, otros, tan descarados y divertidos que nos mataban de risa. Muchos foros, para nosotras fugitivas del infierno de las Farc, eran tan insoportablemente intelectuales y doctrinarios que los problemas, preocupaciones y dudas existenciales de aquellas mujeres del primer mundo nos parecían insufribles por triviales y patéticos.

Nuestro preferido era un portal español de gran renombre entre la comunidad gay. Se llamaba Chueca.com y, entre sus muchos foros de lesbianismo, nosotras elegimos el que más nos atrajo, *Lesbianas con faldas*. Lo escogimos porque nos llamó la atención el nombre, ya que estábamos hartas del *camuflado* y ansiosas por redescubrir faldas, blusas y tacones. Acertamos, porque era un promiscuo grupo de *veteranas* (mujeres atractivas de más de 30 años) que, con enorme ironía, defendían la feminización de las *areperas* y exaltaban la prohibición mundial de las camisas a cuadros, el pelo corto y los pantalones cargo para el vestuario de las lesbianas. En el foro nos trataron con cariño y, a sus asiduas, les hacían gracia nuestras expresiones colombianas y la ingenuidad de nuestras preguntas. Pero, lo que de verdad agradecían, era que las calentábamos.

Nos divertía excitarlas. Por eso, inventábamos *cuentos* y les decíamos que éramos las amantes de unos narcos celosísimos que nos impedían salir solas y cómo, cuándo hartos de nosotras nos enviaban de compras para que los dejásemos tranquilos, salíamos a la calle rodeadas de guardaespaldas armados; les explicamos que, mientras nuestros *traquetos* nadaban en coca y hacían negocios en la planta baja, nosotras nos hacíamos el amor en el ático. Estas mentiras y nuestra dulce manera de hablar alteraban

177

enormemente sus hormonas. En resumen, entre lo exóticas y el morbo delincuencial, las teníamos calientes como perras.

Recuerdo que en aquellos días y, más tarde, cuando he entrado de nuevo en sus foros, inevitablemente, me encontraba dos temas de debate entre las mujeres; uno, las que defendían su derecho al lesbianismo desde una postura erótica y estética de acuerdo con el patrón falda tubo, medias de y zapatos con tacón de aguja y, sus rivales ideológicas, militantes del pelo corto, la camisa de cuadros y el pantalón cargo *camuflado* con sus bolsillos de parche. Es decir, *les femmes* o *lipstick lesbians* (las lesbianas de estética más femenina) *versus the butch* o *bull dykes* (las lesbianas con indumentaria y aspecto más masculino). Una noche, en una disco de Madrid, quiso seducirme una tipa que llevaba un top, ropa interior y pantalones cargo, todo, en estampado de *camuflaje*. La pobre muchacha nunca adivinó porqué rechacé su look tan fashion en Europa, pero, al verla, me entraron ganas de vomitar y creí morir acordándome del monte.

Debo decir que nosotras entonces no comprendíamos los matices de esas discusiones, ni las expresiones para designar los diferentes tipos de chicas; no sabíamos que llamaban *camioneras* a las lesbianas de marcado aspecto masculino y generalmente poco atractivas, ni que una *chulaza* era una mujer seductora, fuese más o menos femenina y, por supuesto, desconocíamos el significado del *coming out*, el famoso salir del armario; en aquellos años, nosotras creíamos que éramos lesbianas, sin más, sin adjetivos. Unas más hermosas que otras, cierto, pero las colombianas siempre nos esmerábamos en cuidarnos y, lesbianas o no, según las posibilidades y el gusto personal todas vigilábamos nuestra estética. Esta regla era universal en Colombia, donde, hasta las guerrilleras de las Farc aparecían en los noticieros con sus trenzas bien peinadas y su poquito de *pintalabios* y *pestañina* (volumen en las pestañas). Así me enamoró mi Leonor.

El otro tema de discusión frecuente en los foros era la creación o no de cuartos oscuros en los bares de *ambiente les* (bares de lesbianas) y, también, cómo no, sobre si debían existir locales de saunas para lesbianas. Aquí la discusión se perdía casi entre insultos y pataletas entre las partidarias del lesbianismo tolerante y respetuoso y las enrabietadas de la ortodoxia lésbica. A nosotras nos parecía increíble que en Madrid existiera un barrio gay con restaurantes, tiendas, librerías y decenas de bares para chicas. El paraíso.

Era otro mundo y, después de todo lo sufrido con mi familia, con la guerrilla y con Leonor, no podría quedarme en Bogotá. Así que, recordando mi infancia en Cádiz, me propuse abandonar Colombia y acabar algún día en España. Un país donde las lesbianas no eran expertas en asesinatos, en armas o explosivos. Según explicaban en Internet lo más peligroso que hacían era ser profesionales, trabajar mucho, manejar sus computadoras y seducirse unas a otras. A España y sus *femmes* sólo les faltaba la alegre *parranda vallenata* para ser perfectas.

Pero, antes de cruzar el Océano y refugiarme en la madre Patria, necesitaba un pasaporte distinto al de mi país demasiado marcado por el narcotráfico y la guerrilla. Para conseguirlo, Internet también me proporcionó la herramienta; el mayor portal para conseguir marido y, con él, otra nacionalidad. Maridos a medida, a la carta, elegidos a dedo entre los miles y miles de esperanzados y acomodados europeos y estadounidenses a la búsqueda de una mujer capaz de darles un poco de afecto y calor. Hombres de todas las edades y todas las nacionalidades ofreciéndose en un hipermercado de desesperados solitarios. Esa joya de lugar se llamaba, Match.com.

CAPÍTULO 13

Sí, Match.com. Un millón de usuarios, de los cuales un tercio eran hombres. Así que, al menos, 300.000 varones del mundo entero buscando novia se exponían ante mi atónita mirada. De todos ellos, 75% deseaban encontrar formalmente la persona que cambiara sus vidas. Descontando de esos 225.000 potenciales candidatos al matrimonio, 10% de locos, 30% de obsesos sexuales y 10% más de maníacos de todo tipo, quedaban 125.000 tipos desesperados por encontrar una hembra que aliviara sus soledades. Y, entre éstos, supongamos que únicamente 10 % de tipos con la edad y la fortuna suficiente para desear casarse sin hacer demasiadas preguntas con una mujer bella y educada como yo. De esos 12.500 candidatos, muchos, por su edad madura más predispuestos a una relación de compañía y amistad que a vivir tórridos romances. Ésos eran mi *target* (público objetivo). Aquellos que me dejaran hacer mi vida en paz.

Estudiaba seriamente esta idea para que Leonor y yo huyéramos de Colombia hacia Costa Rica o Panamá, desde donde nos lanzaríamos a la conquista del corazón de algún hombre solitario, cuándo, Omar nos llamó. Llegó el momento de pagar la factura. De saldar las deudas con trabajo. Asesinando.

Era para lo que me había preparado y para lo que estaba segura de servir. Matar. Con valentía y sin remordimientos. El hermano de Leonor llegó tenso a la casa y, sin sonreír, dijo que muy pronto viajaríamos a Bogotá; allí, por separado, cada una viviría y trabajaría por su cuenta, hasta que, concluida la vuelta volviéramos a la finca siempre sin establecer contacto la una con la otra. Trajeron ron con *gaseosa*, y, ante la mirada preocupada de Édgar, comenzó el reparto de tareas. Leonor debía abatir a un *sicario* rebelde en Medellín y, luego, matar a un cura lujurioso que ofendía con sus requerimientos a la joven hija de un personaje importante del norte de Bogotá. Para mí, otros dos *a enfriar*.

Una periodista entrometida y un juez que dictó una sentencia de catorce años contra un *duro*. Éste sólo permaneció una semana en prisión, pero exigía que *bajaran* al magistrado y, además, que fuera de 14 *pepazos*. Uno por cada año de condena. Para ejemplarizar.

Acabada *la vuelta* y recomendados por Omar, conseguiríamos pasaportes falsos matando al amante y a la esposa de un falsificador al que *cachoneaban* (hacían cornudo) públicamente. Además, Omar, pagada nuestra deuda y recobrada la libertad, regalaba a su hermana dinero suficiente para que nos instaláramos cómodamente en otro país. Pensó que no nos quería trabajando con él. Estaba convencido de que yo era una buena pareja para su hermana y prefería que marcháramos al extranjero y viviéramos rectamente. Sin riesgos.

Así se decidió, partiríamos en breve y por separado, no nos veríamos hasta que nos reencontráramos en la hacienda tras acabar cada una con *su vuelta*; luego, para ganarnos nuestros pasaportes, liquidaríamos a los confiados amantes, recogeríamos nuestros documentos donde el falsificador cornudo y *listo*. A partir de entonces, viviríamos honradamente, siempre protegidas por Omar, pero fuera de el país.

Esa noche no hicimos el amor; hablamos durante horas de porqué yo renunciaba a mi familia y deseaba abandonar Colombia. Pero, no había discusión posible, ya era tema viejo y decidido. Pasamos la noche abrazadas, besándonos, acariciándonos con la mirada, intentando conservar en el alma antes de separarnos el olor y la cara de la otra, el tacto de su piel, el sonido de su risa, el sabor de sus labios y, al mismo tiempo, soñando y haciendo planes para nuestro futuro.

Nos veíamos casadas con dos gringos viejitos, ricos y muy comprensivos. Consiguiendo la nacionalidad estadounidense y residiendo, al sol, en La Florida. Tras el tiempo necesario, si para entonces no habían muerto aterrados, los saquearíamos con un buen divorcio y nos instalaríamos en la madre patria, en Madrid. Mientras llegaba ese momento, cada una conviviría discretamente con su flamante esposo, sin escándalos, mientras organizábamos una nueva vida en Europa. Y, entre tanto, si Omar lo permitía, acaso hiciéramos algún trabajo con el que ahorrar para nuestro futuro. Además, nos haríamos el amor a escondidas, tras las frágiles espaldas de nuestros maridos. Todo el tiempo. Libres en Miami, por fin.

Lloramos antes de separarnos, pero, acabado el llanto, nos separamos con la firme decisión de zanjar pronto los encargos, reunirnos y comenzar una nueva página olvidando el pasado. Así que preparamos *todos nuestros juguetes* (ferretería, armas) y nos alejamos tras un estrechísimo abrazo, más lágrimas y tiernas palabras de amor; en *carros* distintos y por rutas diferentes, nos condujeron hasta los contactos que facilitarían la infraestructura de vivienda, dinero y todo lo necesario para nuestro cometido.

Desde ese momento, olvidé a Leonor y cualquier distracción que me apartara del propósito final, acabar *la vuelta* pronto y bien. Me instalaron en Bogotá en un buen barrio. El exclusivo distrito de Santa Bárbara, patrona de quienes utilizan explosivos y trabajan con el fuego; artilleros, artificieros y mineros, bomberos, y, desde aquel día, también de terroristas. Estaba predestinada. En caso de ser devota, lo hubiera tomado por un aviso divino.

Mi primer objetivo, era una periodista de la televisión que había *molestado* a alguien con sus preguntas, declaraciones o su columna diaria en la prensa. Pero, a mí, el motivo me daba igual. Venía a matarla, no a hacerle una entrevista. Estaba preocupada por cosas prácticas. Como adquirir un vestuario que no desentonase en el vecindario y transformar al máximo mi aspecto para comenzar la labor de *inteligencia* necesaria que decidiría el cómo, cuándo y dónde. Así, con peluca rubia de pelo corto y lentes de contacto que alteraban el color de mis ojos, traje sastre de ejecutiva y maquillaje y perfume discretos, comencé a buscar el acercamiento.

Pedí que me instalaran en su mismo edificio y me alquilaron un apartamento amueblado, dos plantas por encima del suyo; desde allí, pronto establecí sus horarios de entrada y salida. Era una cincuentona aburrida que, según abandonaba el estudio de la televisión después del almuerzo, viajaba escoltada y haciendo siempre el mismo recorrido hasta su domicilio; el *carro* se detenía en la puerta y dos hombres descendían de él para acompañarla. Uno de los *gorilas* (guardaespaldas) permanecía en el portal y el otro subía en el ascensor acompañándola hasta la puerta de la vivienda. Era sobre la media tarde. Según averigüé por indiscreciones de porteros y empleadas, a esa hora escribía su leidísima columna que, un par de horas después, recogía un mensajero del periódico en el que publicaba su cotidiano azote social. Su puto artículo era una presuntuosa gota de honradez en el mar de calumnias, latrocinios y crímenes que todos, salvo ella, parecían perpetrar en Colombia y, su lema, ¡no dejes que la verdad te joda buen un titular! Después tomaba algunos güisquis antes de *comer*, en una bandeja ante la Tv, lo que su empleada dejaba preparado para calentar en el microondas.

Media botella de vino más tarde, según la criada había explicado a todo el edificio, la periodista se arrastraba hasta la cama para desplomarse dormida; examiné su bolsa de basura y, por la manera de desprender de dos en dos las cápsulas de un envoltorio de benzodiazepina deduje que, tras el vino y las píldoras, caería en la cama como una losa. Y entonces decidí cómo matarla.

Según sus enemigos, envidiosos periodistas de otros medios, la tipa era de una egolatría enfermiza. Para conocer sus preferencias busqué en Google todas las entrevistas publicadas en los últimos años sobre ella, su vida y su trabajo. Supe de sus autores preferidos, sus comidas favoritas y los lugares que visitaba en sus vacaciones. Con esto información de base, una vez hecho el contacto, improvisaría sobre la marcha. Diariamente leí y subrayé con *marcador* (rotulador) fluorescente aquellas de sus frases que me parecieron más brillantes e ingeniosas. Me aburrí bastante, pero logré memorizar algunas de sus más ácidas diatribas. Observé cómo su escolta subía a buscarla y la esperaba en el rellano a la hora en que abandonaba su apartamento; entonces, yo bajaba las escaleras leyendo el diario. Durante dos días cambiamos un saludo indiferente al cruzarnos frente a la puerta de los ascensores; al tercer día, ya acostumbrados a mi presencia, me permití el abordaje. Un traspiés sobre los tacones y caí en los brazos de la periodista mientras el escolta recuperaba mi portafolios del suelo.

—¡Disculpe, lo siento! Perdone mi torpeza, ¡soy demasiado tonta para hacer dos cosas al mismo tiempo! No debería bajar las escaleras leyendo... —exclamé mientras levantando la mirada procurando parecer avergonzada y admirada al mismo tiempo—. ¡Pero, usted es la doctora Torres-Montero! ¡Es usted mi periodista favorita...! Le parecerá increíble, ¡pero ha sido usted la responsable de mi caída! Todos los días bajo la escalera leyendo su columna... —sonreí amablemente mientras mostraba el diario subrayado en color—. Si no molesto, bajaré en el elevador con ustedes...

–Por Dios, chiquilla, ¡cómo va a importunarme una de mis lectoras! –comentó halagada–. ¿Le duele el tobillo? Parece que no apoya bien el pie...

–Con la emoción de conocerla, aún no lo sé –mentí mientras se detenía el elevador en el hall–, pero, sí, ¡me molesta al apoyarlo en el suelo...! Tendré que tomar un taxi en lugar de caminar hasta la oficina...

–¡Ni hablar de eso, muchacha! Déjeme a mí. Usted, joven, ¡ayúdela hasta el *carro*! La llevaremos nosotros –dispuso enérgicamente–. ¿Hacia dónde se dirige, jovencita?

–¡Bueno, no deseo molestar, la verdad, no quiero entorpecer su... –mentí dirigiéndole una mirada que inspiraba lástima y simpatía–. Trabajo a diez cuadras de aquí –sonreía indicando la dirección de un enorme edifico de oficinas situado en su recorrido diario–. Pero, de verdad, no deseo que se retrase por mi culpa...

–No se preocupe, ¡viene conmigo! –zanjó la cuestión mientras los escoltas me ayudaban a llegar al *carro* y abrían las puertas–. Sobra uno. Usted, muchacho, tome un taxi y diríjase a la televisión... Llegaremos enseguida, en cuanto dejemos a esta joven.

–Pero, doctora, usted no debería... –intentó argumentar el indicado–. Tal vez fuera mejor...

–Amigo, ¡no es usted quien para decirme lo que debo hacer! –resolvió la cuestión–. ¡Tome un taxi y váyase! –ordenó mientras me miraba sonriente– . Por Dios, que obsesión con la seguridad, ¡ni que me dejara en las manos del Mono Jojoy!

–Bueno, muchas gracias, acepto agradecida porque a estas horas es difícil encontrar taxi –dije sentándome atrás junto a ella–. Será un privilegio viajar junto a usted... ¡mis amigas, no van a creerlo! Sé que está escribiendo una nueva novela, espero leerla pronto... Las anteriores, las he devorado y siempre he tenido la ilusión de que me dedique un libro. Desgraciadamente, no ha habido ocasión. Ahora que nos conocemos me encantaría que me firme su próxima novela...

–Pero, muchacha, no es necesario aguardar tanto –me interrumpió halagada–. Pásese cualquier tarde por mi casa, a partir de las 20:00 horas que ya tengo entregada mi columna, se toma un trago conmigo y le firmo los libros que tenga...

–¿De verdad? ¿Será tan amable? –respondí preparándome para

descender ante el edificio de oficinas–. Me encantaría charlar unos minutos y contarle todo lo que he aprendido en sus libros... Se lo agradezco infinito, será maravilloso para mí...

–Será un placer compartir con usted... pero, ¿dígame cuál es su nombre..? –preguntó mientras yo me apeaba ayudada por un escolta–. ¿Quiere que este hombre la ayude hasta el elevador?

–No se moleste, creo que ya estoy mejor para caminar... –respondí sonriendo, mirándola a los ojos y dando el nombre que utilizaba como cobertura–. Disculpe, qué estúpida soy, me llamo Inés Elvira Arciniegas, soy abogada... y trabajo aqui... –señalé vagamente el edifico de oficinas y un hotel a mis espaldas–. Gracias, doctora, que tenga un buen día... y hasta muy pronto, espero...

Respondí sonriendo al saludo de mi objetivo que se alejaba; luego, me dirigí a la cafetería del edificio para, mientras tomaba un *tinto*, comprobar que nadie me seguía. Por asegurarme más, subí a un gran bufete de abogados, pregunté unas tonterías a la recepcionista, pedí cita para otro día y me fui a encargar lo necesario para preparar una bomba.

En el centro de negocios del hotel contiguo, conseguí un computador que un cliente dejó prendido sin agotar su tiempo de conexión y, desde él, envié un mail; en el *lobby*, dije ser la secretaria de uno de sus huéspedes, di mi falso nombre al conserje y le señalé donde aguardaría una llamada que esperaba. Minutos después se acercó un botones diciendo que la señorita Inés Elvira Arciniegas tenía una llamada en la cabina cuatro. Tras la contraseña de seguridad, hice un conciso pedido a mi enlace en Bogotá. Sin inmutarse ni hacer pregunta alguna, mi comunicante me rogó que a medio día de la mañana siguiente saliese de mi casa y tomase un bus hacia el centro; tras comprobar que nadie me seguía, me harían llegar un discreto *maletín* (bolsa). En él encontraría lo solicitado, convenientemente preparado según mis instrucciones y sin montar para que el transporte no supusiera un peligro.

Cuarenta y ocho horas más tarde, preparé mi artefacto favorito sobre la mesa de la cocina en mi apartamento. Una cañería de plomo de veinte centímetros de largo y seis de diámetro, cerrado por sus extremos con dos tapas roscadas, perfectamente ajustadas y taladradas en el sitio adecuado; una pastilla de explosivo plástico suficiente para volar el apartamento y un recipiente del tamaño de un bote de cerveza de napalm casero. Además, todos los elementos para montar el mecanismo que lo haría detonar. Cera para retacar el explosivo, cien bolitas de acero como garbanzos, cables eléctricos, dos pilas de 6 V, alambres gordos cortados a la medida, unas gotas de mercurio y una jeringuilla desechable. Cinta aislante y de *empacar* (embalar).

Embutí el explosivo plástico taponando los extremos con cera, conecté las pilas en serie al bote de napalm y al tubo de plomo; cuando la presión ejercida sobre el émbolo de la jeringuilla dejase caer una gota de mercurio sobre los dos polos, se cerraría el circuito inflamando el napalm que, a su vez, haría estallar el explosivo. Conseguiría un poder calorífico enorme y, en microsegundos, una explosión brutal, convirtiendo en metralla asesina las bolitas de acero sujetas al tubo con cinta de *empacar*.

Un artefacto al alcance de cualquier muchacho con nociones de química, si era suficientemente cuidadoso para no volarse por los aires durante la elaboración de los materiales o la confección del artefacto y su traslado. Todo preparado en casa, sin posibilidad de ser detectado y con elementos comprados en cualquier comercio especializado. Para el napalm, agua, jabón al baño maría y gasolina hasta convertir la mezcla en algo untuoso como la miel; evidentemente, no era recomendable fumar mientras se elaboraba. Para el explosivo plástico, igualmente sencillo. Clorato potásico, cera, vaselina y gasolina. Cinco partes de vaselina disueltas con cinco de cera, luego, esta mezcla disuelta en gasolina hasta dejarla del espesor de la leche condensada; después, se añadía a 90 partes de clorato de potasio, dejando evaporar la gasolina. El resultado vertido en moldes del tamaño de una tableta de turrón, se protegía introduciéndolo en cera fundida. Si no estallaba y se manejaba adecuadamente, era un explosivo que garantizaba la más alta velocidad de detonación. Como yo era cuidadosa y tenía buen adiestramiento, preparé un sólido paquete que introduje en un gran bolso de mano. Aparte, entre algodones, una jeringuilla con mercurio que, por presión, liberaría la gota que precipitaría la explosión. Con todo preparado, dejé pasar un par de días, en los que saludé amablemente a mi vecina cada vez que coincidía con ella.

Cuando me invitó por segunda vez, acepté y le dije que esa misma tarde pasaría por su casa; retrasé mi llegada lo suficiente como para que llevase unos cuantos *tragos* de delantera. Esperaba que el alcohol ralentizara sus movimientos y le impidiera corretear detrás de mí por el apartamento. Efectivamente, ya estaba un poco *tomada* cuando llegué. Procuré acelerar el ritmo de los *tragos*, mientras charlábamos de banalidades y la adulaba sin rubor alguno. Un rato más tarde, saqué del bolso gigante un par de sus libros recién comprados en la librería Lerner y le rogué que me prestara el baño de su suite mientras ella los firmaba; antes de ir llené su vaso hasta el borde, y, excusándome, le mostré una caja de Tampax para que no se alarmase si me demoraba.

Entré en su habitación y supuse que dormiría del lado de la cama donde se encontraba la mesita de noche con el teléfono, gafas, medicinas y libros; dos segundos después, con medio cuerpo bajo su colchón, el artefacto y el armazón con la jeringuilla estaba puesto justo bajo el lateral donde se sentaría para acostarse. Tuve un momento de pánico al ver que la cama era demasiado alta y que el hundimiento del colchón no bastaría para accionar el émbolo de la jeringuilla hasta el fondo; sin sacar la cabeza de debajo de la cama, atraje con el pie una gruesa guía telefónica que me sirvió de alza. Perfecto. Una presión de medio centímetro y la jodida periodista saltaría por los aires.

Con algo de taquicardia, volví cuando intentaba levantarse para buscar más hielo. Se lo acerqué y le preparé un vaso, con hielo y un chorro de licor; leí y agradecí mucho las dedicatorias y me despedí asegurando que no deseaba molestar más rato a alguien tan importante. Ella farfulló algo sobre que enseguida pensaba acostarse; le recordé que primero debía ver las noticias y, luego, bromeando, lavarse los dientes. Esta broma de borrachos, la hizo morir de risa, dijo que era una excelente amiga para *tomar* y que me despreocupara, que se lavaría los dientes para que, al día siguiente, nadie en la televisión descubriera su pecadillo con las copas. Me acompañó hasta la puerta entre besos y despedidas y yo subí a mi apartamento; desde allí, comprobé una vez más que sólo dejaba huellas y pistas falsas, miré la nota y abandoné el edificio por la escalera de incendios.

La nota era para una prostituta que sería mi relevo como inquilina de aquella vivienda. Si era interrogada por la policía sólo podría decir que allí había vivido otra puta manejada también por su chulo y que, cuando llegó ella, la anterior ya se había mudado. Que por los cabellos que dejó en el lavabo, debía ser era una rubia de pelo corto y, por el tamaño de unos zapatos olvidados bajo la cama, parecía una persona de baja estatura; dejé una nota llena de faltas de ortografía diciéndo que la deseaba suerte y explicando que me enviaban a trabajar a Cartagena de Indias. El chulo existía y sabía que, si deseaba continuar vivo, tendría que autentificar estas pistas falsas en caso de ser interrogado. Aún no me había alejado, con mi pelo natural, sin lentillas de color y en *bluyins*, cuando dos *cuadras* (manzanas) atrás, oí el estruendo de una explosión. Mi artefacto había funcionado. Me quedaba 50% menos de trabajo.

Deseaba reunirme pronto con Leonor, así que decidí no demorarme y, tras instalarme en otro barrio, adopté el papel de estudiante de abogacía para acercarme al juez que vivía rodeado de un impenetrable círculo de seguridad. Inicié su seguimiento y me procuré una toga con la que deambular por los pasillos del juzgado. Y como los hombres, incluidos los jueces del alto Tribunal, son idiotas en su inmensa mayoría, por su manera de mirar cuando se cruzaba con una *viejota*, supe pronto qué cebo poner en mi anzuelo.

Comencé a saludarlo, al cruzarme con él y su escolta por los pasillos del edificio. Vestida de toga, pero, dejándola lo suficientemente abierta como para enseñar unas preciosas piernas, una minifalda minúscula y un escote espectacular. El tercer día, después de saludarlo con una sonrisa deslumbrante bajo mis gafas de sol negras, le mostré una acreditación de estudiante de maestría en la Facultad de Derecho de la Universidad de los Andes; falsificada en la computadora de un cibercafé, por supuesto. Tras el saludo, le pedí que me recibiera para una consulta profesional, ya que me resultaba más fácil verlo allí que en la Universidad. Accedió encantado y me citó para media hora después, baboseando al pensar que iba a tenerme encerrada en su despacho.

No sabía de cuántos minutos dispondría, así que, pasé esa media hora potenciando el impacto visual con el que pretendía deslumbrarle. En los baños de señoras ondulé los rizos de mi falsa peluca pelirroja, me coloqué unas lentillas azul cielo que me hacían unos ojos deslumbrantes, retoqué el atrevido lunar negro que había dibujado en la comisura de mis labios brillantes y recién pintados, comprobé los rellenos para modificar pómulos y carrillos y añadí al disfraz unas gafas sin graduar; finalmente, me quité el *brasier* para que mis pechos se movieran libres bajo la chaqueta del sastre y con la toga sobre los hombros, me dirigí a la cita. Iba segura de mí, parecía un *buenona* tonta y *buen catre* (buena folladora). El resto era cosa de él, pero, era fácil predecirlo. Nunca necesité cursillos para calentar a los hombres.

El escolta estaba en el antedespacho sentado a la mesa del secretario y, ambos, pendientes de la radio que emitía en directo desde un lugar en la selva donde alguien había masacrado unos campesinos. El secretario debía estar advertido porque, casi sin mirarme, levantó el teléfono y preguntó si pasaba la visita. El escolta sometió a un rápido y superficial cacheo mi bolso de mano. Ninguno de los dos podría describirme adecuadamente después, estaba segura. Entré tímidamente y el juez se levantó galante para venir a mi encuentro; al estrechar su mano, hice resbalar la toga que cayó al suelo. El resto fue de película porno.

Nos agachamos, teniendo yo buen cuidado de que pudiera echar una buena ojeada a mis tetas sueltas bajo la chaqueta; al mismo tiempo, la minifalda se me subió hasta casi mostrar *la tanga* mientras mis rizos le rozaban la cara y mi perfume lo envolvía. Prolongué unos instante esa postura mientras, intentando mantener el equilibrio, apoyaba una mano bien arriba en su muslo. Después, al levantarme lentamente, fingí sonrojarme y suspiré muy profundamente. *Parados*, quedamos excesivamente cerca, pero no hice nada por evitarlo y, bajando la mirada, aproveché para rozar otra vez mi pelo con su cara. Él estrechó mi mano y después, en un gesto excesivo, se la llevó lentamente a sus labios. El beso fue demasiado húmedo, exageradamente más largo y más intenso de lo que correspondía a las buenas maneras. Pero, no hice ademán de retirar mi mano, sino, más bien, dejé que otro suspiro escapara de mi pecho. Sin soltar mi mano y, mientras mis dedos temblaban entre los suyos, sosteniéndome por el codo me condujo hasta las butacas dispuestas frente a su escritorio.

Me ayudó a sentar y rodeó la mesa buscando su sillón de trabajo; pero, una vez allí, debió pensar que me desaprovechaba tan lejos y, de nuevo, rodeó la mesa para sentarse en la butaca junto a la mía; efectivamente, sus ojos brillaron satisfechos cuando, al girarlas para enfrentarnos, nuestras rodillas se tocaron. Entonces, dueña del terreno, comencé a jugar. Y dejé que los sollozos estremecieran mis hombros.

Para una mujer es imposible llorar cerca de un hombre sin que éste sienta de inmediato la necesidad de abrazarla ofreciéndole consuelo. Y para una mujer decidida, el lloriqueo es una magnífica oportunidad para excitar a un hombre. Sobre todo si era un perro mujeriego como mi juez. Al principio, lloré con la cabeza baja y retorciendo mis dedos sobre los muslos que la minifalda dejaba bien al descubierto; pronto, los sollozos aumentaron en intensidad y el juez, preocupado, tomó mis manos; me aferré a ellas mientras inclinaba mi cuerpo hacia adelante, buscando reclinar mi cabeza en su pecho, pero, como la distancia era inadecuada, sólo puede descansarla en sus rodillas. Soltó mis manos y, excitado por el calor de mi cara, mi aliento y mis lágrimas en sus piernas, intentó consolarme acariciando mi cuello y mi espalda. Al sentir mis manos libres, me arrodillé, agarré su cintura y mi cara fue a sepultarse en su bragueta, lo que no ayudó a calmarlo precisamente.

—Vamos, vamos, muchacha, tranquilícese, por favor —me rogó rojo por la excitación mientras me levantaba la cabeza—. ¡Venga que aquí no esta cómoda...! ¡Siéntese conmigo en el diván! Pero, no llore más, por favor se lo pido...

—Discúlpeme. Pero es que su señoría, ¡no sabe lo que sufro! —musité lamiendo con mi lengua las lágrimas mientras me dejaba rodear por sus brazos—. Es tanta la vergüenza, que no me atrevo... —gimoteé arrimándome bien a él—. ¡Ni a mi familia puedo contarle tanta deshonra! ¡Sólo a usted puedo decirle...! Y, porque lo respeto como a un padre. Siempre lo he admirado por sus clases en la Universidad...

—Bueno, *mijita*, no se apure que, sea lo que sea, yo la ayudaré en la medida de mis posibilidades —dijo levantándome la cara y secando mis lágrimas, primero con los dedos y luego con un par de besos—. Debe usted serenarse y contármelo todo, nenita...

—¡Ay, gracias, doctorcito! Sabía que un caballero como usted me ayudaría con sus consejos... —musité estrechándome contra él, levantando la cara, cerrando los ojos y dejando mi boca entreabierta a su alcance—. ¡Le admiro a usted tantísimmm...! —interrumpió mi parlamento metiendo su lengua en mi boca—. Pero, doctor, ¿ve usted mi drama? No puedo resistirme a los hombres brillantes...

¡ese es mi problema! –susurré besándolo enloquecidamente y rozando con mi mano su bragueta–. Pero no, por Dios, ¡aquí no...! Haga de mí lo que quiera, pero, sea un caballero, lléveme, ¡donde no pierda la dignidad! Abuse de mí, ya que no puedo evitarlo. Pero, por favor, ¡hágalo donde nadie vea vea lo ninfómana que soy! Una pervertida siempre en celo...

–Bueno, niña hermosa, no se preocupe–acarició mis senos bajo la tela del sastre–. Yo la llevo a un sitio, para que allí, tranquilamente me cuente usted su problema, pero, ahora no puedo...

–¡Ay, que vergüenza más grande! ¿Qué va usted a pensar de mí...? –me separé de golpe levantándome y sacando una tarjeta del bolso–. Sea bueno, doctor, por mi honra, ¡no se lo cuente a nadie! Yo aguardaré impaciente su llamada para acudir donde usted desee... Aquí tiene mi número de *celular*... –dije recomponiendo mi ropa y mi cabello y retocando mis labios–. Discúlpeme ahora. Estoy avergonzada y deseo irme. Pero, por favor, ¡llámeme pronto!

–Adiós, señorita –me despidió en la puerta del despacho mientras yo salía con la toga colgada del brazo y dedicándole un último meneo de culo–. No dude que estaremos en contacto... Ha sido un placer saludarla...

–Adiós, doctor, ¡gracias por todo, su señoría! –me despedí pasando ante el secretario y el escolta.

Según bajaba las escaleras, pensé, este hijueputa se va a morir. Ya está muerto, pero, aún no lo han contado los *noticieros* (telediarios).

Esa misma noche llamó para rogarme que tomara un taxi y acudiera a su despacho, que tomaríamos su carro y que tendría mucho gusto en platicar conmigo de lo que tanto me preocupaba. Que no debía temer nada, que sus escoltas cuidarían de nosotros si *parqueábamos* (aparcábamos) en alguna zona oscura del parque.

–Dios mío, me encantaría correr y arrojarme en sus brazos y abrir mi corazón para usted...–respondí con voz de *gomela* (pija, niña bien) puta–. Pero, Doctor, ¡no puedo ser la comidilla de la ciudad exhibiéndome delante de sus guardaespaldas! Y menos en un parque... ¿No puede usted zafarse de su escolta y llevarme a un motel discreto?

–Bien que me gustaría, muchacha –respondió apenado y caliente–, pero me espera mi esposa en la casa con invitados; además, después del asesinato de la periodista Torres-Montero mis escoltas tienen órdenes severísimas del Ministerio. Es una lástima porque puedo abandonar el despacho y ahora tengo un ratito libre para escucharla...

—¿Así que está usted en su despacho, doctor..? —pregunté con voz de teleoperadora de línea caliente—. Podría adelantarle un regalito, si promete venir mañana por el resto. Pero, ¡sólo si se ofrece para llevarme mañana a un sitio discreto! Nada de *desnucaderos* (moteles) baratos. No quiero un *chochal* (una polvera) *de la calle de los locos*... Qué vergüenza ir a esa calle de moteles de quinta por donde los conductores pasan hablando solos en los automóviles, con las parejas escondidas, agachadas para que no nadie las vea.

—No se preocupe, criatura, mañana me libro de los policías, tomo un taxi y la llevo a un motel agradable y discreto donde nadie la verá entrar —aseguró con voz ronca—. Tendrá que ser a la hora del almuerzo; fingiré que tengo una reunión de trabajo y abandonaré el restaurante por la puerta trasera; luego de platicar con usted volveré, entraré de nuevo por atrás y saldré por la puerta principal sin que mis escoltas sospechen —me dio la hora y la dirección de un motel discreto—. Usted me esperará una cuadra antes del motel... sólo tendré una horita. ¿Qué me dice, preciosa...?

—¡Ay , doctorcito mío! ¡Estaré ansiosa aguardándole en esa esquina! —prometí sofocando mi alegría—. Pero, por favor, recuerde que no hago esto sólo por sexo, no crea que soy una de esas *alegronas* (guarras, salidas). De verdad, necesito de su experiencia de hombre de mundo; pero, también le digo, que usted me calienta y aun tengo el sabor de su lengua en mi boca... —continué excitándolo—. Pero, dígame, antes que regrese mi mamá... ¿Usted me ha pensado...? Yo, me acordé de usted todo el tiempo. Recuerdo bien el apretón de sus brazos tan fuertes... ¿Está solo en el despacho...? Dígame, ¿que hará mañana... con mi *arepita* (coñito)? Por favor, doctor, déme el capricho, ¡ábrase la bragueta, sáquese la verga y tóquese mientras me acaricio...! Quiero que me dé toda su leche, ahora, mientras meto los dedos en mi cosita empapada...

—Sí, *casquisuelta* (putita) mía, rico, ¡ya la tengo en la mano y bien *parada!* —rugió con voz entrecortada—. Se la voy a meter en el *chiquito* (culo, ano) y por todos los orificios de ese cuerpito

193

carnudo (macizo)... ¡Ay, que gusto saber que usted se está tocando ese *chochonón* (chochazo).

—Sí, me lo estoy abriendo bien para que usted me lo atraviese con esa cosa suya —simulé unos jadeos— . No me hará daño, verdad, doctor...? ¿Me *apechichará* (me mimará mucho) *rico*...? ¡Me excita usted tanto...! Pero, menéesela fuerte, que yo le oiga... ¡Me gustaría tanto hacerle una mamadita...!

—Sí, por favor, ¡dígalo, repítalo para que *me venga* en su boca...! —jadeaba el magistrado entrecortadamente acelerando el vaivén de su mano.

—¡Huy, que susto, doctor...! Está entrando mi mamá, lo siento, doctorcito, no puedo seguir...! Listo —fingí sorpresa y susto para interrumpirle— . ¡Qué *arrechera* (calentón) tan grande! Estoy ardiendo y toda mojada, pero ya regresó mi mamá... Mañana lo espero junto al restaurante Pajares Salinas, en la carrera 10. ¡Guarde esa lechecita que la quiero para mí...! Recuerde, estaré en la esquina, ¡sin *cachuchitos* (braguitas)! Ahora me tengo que ir, *chao*... bye...

Lo dejé *prendido* (cachondo). Tan caliente como estaba no podría detenerse y esa paja lo dejaría *emberracado* y con ganitas de más. Y, al día siguiente, le aguardaría una sorpresa. Por desear *abrocharme* (metérmela), el juez se iba a morir.

Al día siguiente, recogí una Glock de la cesta de basura inmediata al lugar de la cita, la guardé en mi bolso y me dispuse a esperar; sentía que quién la dejó allí para mí, disimulada en una caja de bombones, vigilaba mis movimientos. El juez me recogió manejando él mismo su carro. Me condujo a un motel de los que se paga automático, con tarjeta de crédito, sin ver a los empleados ni entrar en recepción. El carro quedó en una plaza de garaje individual y cerrada, desde la que accedimos directamente a la habitación. Durante el trayecto casi no habló, aunque respiraba agitadamente y, varias veces, se humedeció con la lengua los labios resecos. Su perfume para *cachonear* (hacer cornuda) a su esposa apestaba. Era muy *charro* (hortera).

Mientras se cerraba tras nosotros la puerta del garaje, ávido, me metió la lengua reseca de ansiedad en la boca. Sonriendo, con mis manos enguantadas tomé la suya y la introduje entre mis piernas abiertas para que sintiera el vello de mi pubis en sus dedos. Gimió a punto de *venirse*.

194

La habitación era espaciosa y confortable. Ideal para lo que habíamos venido a hacer.

–Bueno, *bandida*, ¡ya estamos aquí! –dijo cerrando la puerta a nuestras espaldas–. ¡Me excitó mucho cuando tomó mi mano con las suyas y metió mis dedos en su *chimbita* (coñito)!

–¡*Full bacano* (guay, estupendo), doctorcito! Me alegra que lo disfrute... ¡No tengo costumbre de hacer esto y estoy muy nerviosa! –dije fríamente sentada en el brazo del sillón con el bolso entre mis manos enguantadas–. Cuénteme, doctor. Explíqueme todo lo que va a hacerme... ¡*póngame la pepita ocupada* (póngame cachonda), por favor!

–Sí, lo voy a hacer... –farfulló ansioso y algo desconcertado–. ¡Todo lo que usted quiera! ¡Le hago lo que usted desee...! Está muy sensual con los *tacos* (tacones) tan altos y, ¡esos guantes tan sexys! Véngase para la cama, *gatamansa* (un zorrón que parece estrecha) –dijo sentándose en los pies del lecho y prendiendo un cigarrillo–. Me excita tanto así vestida, ¡parece viudita *culicagada* (pollita)!

–Sólo, mire esto primero, doctor –sonreí heladamente y le tendí un papel mientras abría la caja de bombones empuñando la BabyGlock–. ¡Fume su cigarrito, señor juez! Gracias por el requiebro, pero la viudita *culicagada* es más bien *catana* (mujer experta sobre los 40)! *Fresco* (tranquilo), doctor ¡usted fume! ¿Ya leyó el encarguito...? ¿Recuerda...?

Vi el pánico en su cara al intuir que iba a morir y, antes de que aullara de pavor, le disparé al pecho una ráfaga con los catorce tiros del *proveedor*. Rebotó hacia atrás y quedó tumbado en la cama con el tórax destrozado. Las *vainillas* (casquillos) cayeron silenciosas en la moqueta. No me molesté en recogerlas. Entre los labios del juez, humeaba el cigarrillo encendido y, en su mano estremecida, temblaba el mensaje escrito con letras recortadas de periódicos. Maté al juez, con catorce disparos, tal como me habían encargado. La nota decía, ¡A bala por año, señor magistrado!

Finalmente, era libre. Había pagado y no debía nada a nadie. Ni a las Farc, ni a los narcotraficantes.

Abandoné el edificio por la entrada de *carros*, tras comprobar que no dejaba huellas; en la calle desierta, dos jóvenes en una motocicleta arrancaron tras de mí. Eran mis custodios. Me acerqué al bordillo para facilitarles el trabajo y, acelerando, pasaron junto a mí arrebatándome la caja de bombones. Con ellos marchaba la Glock, limpia, sin una huella. Sabían qué hacer. Me quité los guantes, los tiré en una papelera y, serena pero feliz, me perdí entre la gente.

Me refugié donde me señalaron, *encaletada*, esperando órdenes como estaba convenido; un radio informaba del revuelo que había causado la muerte del juez, descubierto, medio abrasado, por los empleados alertados por el humo de la ropa incendiada con su cigarrillo. El asesinato del magistrado fue una conmoción a sumar a la otra, tan reciente, de la famosa periodista; el país entero gritó una vez más que no había derecho, que el Gobierno era incapaz de asegurar la vida de las personas honradas. Allí hubo para todos, para los políticos, para los periodistas y para la *yusti* (la madera, la policía). La viuda lloró y se desmayó en el entierro. Al día siguiente nadie se acordaba del muerto, salvo su enlutada familia y algunos presos enviados por el juez a *Bella Vista* (trena, cárcel de Bogotá). Ellos, sí festejaron un par de días más. Alguien, especialmente regocijado, envió un marichi de lujo a dar serenata en el domicilio del finado; cuando *la tomba* (bofia, la policía) detuvo a los músicos, sólo pudieron decir que ellos no sabían nada de asesinatos, que los habían contratado por teléfono, enviando los honorarios por sus servicios en un sobre con un mensajero. Entre la indignación de unos y la rechifla de otros en unas horas soltaron a los cinco músicos.

Matar me daba un placer *hasta raro* (muy especial). No tanto ejecutar la acción, que me dejaba impasible, sino, el gusto de organizar meticulosamente los pormenores de la operación. La satisfacción del trabajo bien hecho. Desde luego, había nacido para asesinar. Me gustaba la subida de adrenalina y me era indiferente hombre o mujer, culpable o inocente; mientras alguien costease *la vuelta*, nunca viviría escasa de *plata*.

Pocos días después, por la mañana, vino un muchacho con instrucciones para trasladarme a otro lugar. Me dijo de empacar mis ropas y no dejar huellas; aunque ya lo había hecho antes, limpié hasta la saciedad. Recogí en un pequeño *morral* (mochila) mis cosas y él empaquetó la bolsa de basura mientras me vestía el traje de cuero y el casco de motorista que había traído para mí. Abandonamos Bogotá, en una moto de gran cilindraje. Lejos del escondite tiró la basura en un contenedor y durante horas circulamos a gran velocidad deteniéndonos sólo para repostar.

Llegué agotada a una hacienda donde me metí en la cama y dormí doce horas seguidas; desayuné vorazmente, servida por un matrimonio silencioso con los que no creucé palabra. Luego, un muchacho con una pistola en el cinturón, me condujo en un *campero* hasta una pista de aterrizaje donde aguardaba una avioneta. Tras horas de viaje y de sobrevolar playas casi vírgenes, aterrizamos en un pueblito de pescadores al oriente de Santa Marta, Bahía Taganga, la entrada natural al parque Nacional Tairona; el piloto, con pocas palabras, me indicó que preguntase por el El Bergantín Maldito. No entendí nada; pronto supe que era la cabaña que Omar Montoya poseía entre las palmeras de la playa. Debía esperar allí a Leonor y a su hermano, atendida por Everildis, una negrita del Chocó que se ocupaba de la casa.

Ya instalada y, mientras observaba la caída del sol, advertí entre los árboles unos movimientos furtivos que me alarmaron; eran dos hombres que rodeaban sigilosamente la casa; volví al interior, buscando a la negra Everildis y algo con qué defenderme. La empleada no estaba, pero, en la cocina, encontré un cuchillos de 20 centímetros de hoja ancha y fuerte. Temiendo un ataque, me deslicé por la puerta trasera y, reptando sobre la arena, me alejé silenciosamente de la vivienda con el cuchillo entre los dientes.

Permanecí inmóvil tras un tronco caído hasta que oscureció por completo; oía murmullos y repté de nuevo hacia donde sentía cuchichear a los extraños. Instantes después, vi sus siluetas recortadas contra el resplandor de la luna en la playa; eran dos hombres que, por los murmullos y ademanes, persuadían a la negra que movía negativamente la cabeza. Con el corazón golpeándome el pecho, vi como la inmovilizaban y, forcejeando, la derribaban en la arena; me aproximé buscando defenderla y aguardando el momento de atacarles. Aunque en la oscuridad no se veía claramente, deduje por sus movimientos que no portaban ni *metras* ni AK, seguramente, serían dos sicarios con el consabido pistolón al cinto. Me separaban unos metros de arena para saltar sobre ellos por la espalda, cuando, me detuve extrañada por el prolongado forcejeo; era anormal tanta consideración si trataban de neutralizar a la negra. Los sicarios no atan ni luchan, simplemente degüellan.

Escuché y, lo que oí, me ruborizó hasta la raíz del pelo. Aquellos *hijueputas*, no la querían atar, ni matar, ni otra cosa que no fuera *culiarla* (joderla). Estaban retozando y ella se hacía de rogar; la *morena*, era de las de *sin querer pero queriendo* (no, pero sí). Los calentaba así y, en mi paranoia, había estado a punto de caerles cuchillo en mano y rajarles la garganta. Era evidente lo que ocurría; espatarrada en la arena, la negra, gimiendo de placer, acogió a uno de ellos entre sus piernas abiertas. Empujaba las nalgas del que la penetraba con una de sus manos, mientras, con la otra mano, agarraba el miembro del muchacho arrodillado a su lado y se lo meneaba frenéticamente. Con fruición.

Miré asombrada porque era divertido ver cómo aquella *culipronta* (calentorra), sin siquiera *empelotarse* (desnudarse), *jalaba* (se ocupaba) con los dos tipos a la vez; cada vez eran más salvajes las embestidas del que la montaba, y, por sus jadeos y lamentos, se adivinaba *el fin del meneo* (la corrida, el orgasmo). En unos segundos *se vinieron* gritando de placer; en un instante, se libró del tipo que la aplastaba y, acercando su cara al *tomín* (cipote, pene) del arrodillado se lo metió entero en la boca. Jamás había visto *mamarla* (chuparla, felación) con tantas ganas, ni tanto chuperreteo.

Aguantando la risa reculé sin ruido, mientras a mi espalda, los rápidos jadeos indicaban que la negra iba a tragarse otro medio litro de leche antes de finalizar la jodienda. La sentí regresar estando ya en la cama y me dormí sonriendo al recordar la escena de la playa. A la mañana siguiente, mientras desayunaba, observé a un repartidor de mercancías que merodeaba por la trasera de la casa; dejé pasar unos minutos y, al rodear la cabaña, encontré a la negra masturbando con entusiasmo al muchacho que traía el pedido de la tienda. Estaban, apoyados contra la pared, junto a la puerta trasera de la cocina; ella, acariciándose con la falda subida, mientras *le pelaba el cable* a él, que tenía el pantalón en los tobillos. Me pregunté si, tras el encuentro de la noche anterior, se habría lavado las manos antes de preparar mi desayuno. Cuando se marchó el joven, la llamé y apareció, aún jadeando y secándose las manos en el delantal.

198

—Everildis, muchacha, dígame –le pregunté para comenzar–, ¿hay alguna noticia de don Omar?

—No, señorita Lany –respondió sonriendo con su boca medio desdentada–, ninguna noticia.

—Bien. Otra pregunta, Everildis –la miré a los ojos fijamente–. Cuando don Omar está aquí, ¿también *tira* usted con el primero que llega...? Bueno, y se la mama al segundo y se la menea al tercero...

—¡Ay, no señorita Lany! –respondió riendo ingenuamente–. Ni se me ocurra... Cuando él está aquí no hay *machuque* (folleteo), ¡porque don Omar se *emberraca*! Cuándo está en la zona el *desparche* (muermo, aburrimiento) es *tenaz* porque nadie se atreve a acercarse por la casa...

—Pero, dígame, Everildis –pregunté–. ¿Cómo es que tiene usted tanto éxito con los hombres...?

—Pues, son cosas de Dios, doña Lany –respondió riendo–. Mire que soy fea, *mueca* (sin piños, desdentada) y me cuelgan las tetas, pero, ¡no acabo de subirme *los cachuchos* que ya los tengo que bajar de nuevo porque hay otro esperando...! Don Omar, no quiere que le prepare la comida. Hace venir *una guisa*, porque le da asco que pruebe su comida con esta boca desdentada con la que chupo todos los *pingos* (pollas) del pueblo –prosiguió la chocoana– . Él es muy remilgado, muy delicado para estas cosas. Pero, a mí, ¡desde niña, me ocurre, doña Melania! Sí, señorita Lany, ¡por arriba soy *maluca* (fea), pero, abajo tengo azúcar!

No recordaba haber reído tanto en mucho tiempo. Por la naturalidad con que lo decía y por lo verdadero del asunto; mientras reíamos se acercó a la cabaña un individuo trayendo unos peces al hombro. Saludó y, tras dejarlos sobre la mesa, se sentó.

—Buenos días, Doña. ¡Recién pescados para su almuerzo! –anunció mientras buscaba los ojos de la negra Everildis.

—Buenos días y gracias por la molestia –respondí divertida con la situación, pues, evidentemente, el hombre esperaba algún gesto de la negra.

—Señorita Lany, éste hombre es un pescador del pueblo que acompaña a don Omar y a don Édgar cuando salen a la mar. Son muy amigos y don Omar lo aprecia mucho –me presentó la muchacha–. Pero, ¿ve usted lo que decía...? ¡Ni tiempo para lavarme me dejan...! ¡Hoy no hay *tiradera*, hombre! ¿No ve que está aquí doña Melania, *necio?* ¡Ahora no puedo ir con usted a *potreriar* (joder al campo)!

—Bueno, Everildis, ¡si no se puede, no se puede! No hay que enojarse, *mamita* —se conformó el hombre—. ¿Desea usted salir a pescar, Doña? El barco del señor Omar está aparejado y listo en el puerto.

—La señorita no quiere pescar, *maricón* (tonto), ¡eso es cosa de hombres! —le atajó Everildis sonriente—. Vamos, lárguese, Sobrado... ¡no se me haga el *melcochudo* (meloso) que no se la voy a *manosear* (sobar), *mijo!*

—¡*No mame gallo*, Everildis! —interrumpí riendo ante la desfachatez de la negra—. Pero, dígame, ¿porqué le llaman Sobrado...? —pregunté esperando una respuesta maliciosa.

—Ay, señorita, ¿usted piensa que es por el *estrolín* (nabo, pene)? ¿Cree que es *una penca* (pene enorme como un cactus)? —rió la chocoana cariñosamente—. No, de ahí, ¡justamente tiene lo imprescindible! Nada del otro mundo, señorita, y sé lo que me digo... ¡Éste es más *minetero* (comechochos, lengüetero) que jodedor! ¡Cuéntele, cuéntele lo suyo, Sobrado!

—Esta negra es una *malgeniada* (malhumorada) del demonio, Doña —sonrió bonachón el pescador—. Mira que *apenarme* (avergonzarme) delante de desconocidos... ¡Qué si grande, que si chica...! ¡Qué más da, si la toman con gusto! Pero, ésta charla *no me lo para* (no me pone). Deje que le cuente, señorita... —dijo mientras desabotonaba su camisa—. Un día, mientras buceaba para recuperar una red, me atacó un tiburón y me clavó los dientes en el pecho, casi me parte por la mitad. Con permiso, mire usted, vea las 263 cicatrices que me dejó aquel *hijueputa*. Desde entonces, todos en el pueblo, me llaman Sobrado de Tiburón.

—¡*Qué vaina*, Sobrado! —lamenté sorprendida por las atroces marcas—. ¡Qué *berraco* es usted que ni los tiburones lo acaban!

—¡Ya lo ve, señorita! —sonrió el pescador—. Si no me asusto de los tiburones, ¿cómo temer a esta negra *rabona* (culona, mujer de grandes nalgas)? ¿Quién dijo miedo, señorita? Y ahora, con su permiso, me retiro, Doña. Buenos días.

Siguiendo las órdenes, había destruido los celulares que utilicé para cada asesinato. Estaba incomunicada; pasaban los días y comenzaba a inquietarme cuando supe por Everildis que Omar avisó de su llegada. Poco después, se presentaron dos muchachos con Mini Uzis, que se apostaron cerca de la casa. Everildis me dijo que el camino desde el pueblo estaba controlado por gente armada, así que *los duros* no tardarían en llegar. Almorcé muy ligero y me bañé varias veces, nerviosa por saber si Leonor venía con ellos. Estaba tumbada al sol, frente a la casa, cuando oí el ruido de los autos acercándose a buena velocidad. Primero, llegó un *carro* con varios hombres armados que se desplegaron por las inmediaciones. Luego Omar y Édgar, con enormes gafas de sol, descendieron de un gran 4x4. Sin Leonor.

Me acerqué a ellos que protegían sus ojos del polvo que levantaban los *camperos* alejándose hacia la parte trasera de la casa; cuando apartaron las manos de los ojos, mi corazón se desbocó al ver que no sonreían. Supe que algo andaba mal. Muy mal.

–¿Dónde está Leonor...? –pregunté gritando enloquecida–. ¿Porqué no está con ustedes? ¿Qué le ha ocurrido...?

No respondieron. Édgar se dejó caer sentado en la arena y Omar vino a mí; mientras se acercaba con los brazos abiertos, tras los cristales de sus gafas oscuras, vi lágrimas en sus ojos. Me abrazó muy fuerte. Inmediatamente hubo gritos desgarradores, llanto, carreras, desesperación y, por fin, mucho más tarde, sentí un pinchazo en el brazo. Luego, caí en una nube de algodón. Negra. Como mi puta vida.

Panamá - Miami

CAPÍTULO 14

*T*ardé muchos meses en pensar con claridad y recordar lo sucedido; era tan intenso el dolor de mi alma que devoraba los ansiolíticos y antidepresivos recetados abundantemente por un psiquiatra amigo de *los duros*. Permanecí en Taganga, llorando y durmiendo durante tres meses, abriendo la boca únicamente para que Everildis me hiciera tragar las pastillas con unos sorbos de caldo.

De vez en cuando, sentía el frescor de la mano de Omar o de Édgar en mi frente; abría los ojos y ante mi cara, exagerado por las drogas, percibía un deformado primer plano de las suyas. En seguida, mis sollozos las borraban. Pronto se marchaban y yo, sedada, volvía a dormir y a llorar hasta su próxima visita. Por fin, una mañana, ayudada por Everildis, me levanté y me arrastré hasta el porche. El olor del mar me asaltó y recordé que el murmullo de las olas batiendo en la playa siempre estuvo presente durante mi larguísimo sueño. El rumor del mar y las manos de mis amigos rozando mi cabello y mi frente eran los únicos recuerdos rescatados de aquel abismo negro y acolchado alimentado con somníferos y tranquilizantes. Los ataques de angustia eran tan feroces que, vaciándolos de aire, volvían mis pulmones del revés y me precipitaban a la agonía. Apenas salía a la luz, la ansiedad era tan inmensa que me veía forzada a huir para sepultarme en la segura penumbra de mi habitación. En mi cama. Lejos del sol, del placer, de la vida.

Durante semanas lloré impotente y desesperada. Amordazada por los sedantes que me protegían del dolor a cambio de embotarme, llegué a mearme en la cama sin siquiera poder reunir el ánimo necesario para levantarme hasta el baño. Sin habla. Sin memoria. Imposibilitada para organizar algo tan simple como tomar mis pastillas tres veces al día. Desorientada. Sin autoestima y con una descomunal sensación de culpabilidad que me hundía en el colchón. Proyectar cualquier pauta de pensamiento más allá de los pocos minutos inmediatos, resultaba imposible sin caer en el vértigo.

Aun no quería creer que jamás sentiría de nuevo el calor y el olor de la mujer que amaba; que había perdido su risa, su ternura y su presencia. Que ya nunca gozaría su pasión. Después, vino la rabia y mordía la almohada hasta dejarla roja de mi sangre, también, las pesadillas que me despertaban aullando por las noches; detrás, la melancolía con su carga de sufrimiento por lo perdido y el recrearse en la apatía y la añoranza.

Por fin, aceptada, asumida la ausencia de Leonor, apareció el odio; tan fuerte e intenso que me arrojó fuera de la cama y me lanzó a la arena de la playa. Entonces, muy lentamente, comencé a buscar la presencia de otros seres humanos junto a mí.

La cara negra de Everildis resplandeció cuando, por primera vez en meses, pedí algo más que un caldo; la cocina se convirtió de nuevo en un lugar mágico del que brotaban ricos olores y las bandejas de fruta desaparecían al posarlas frente a mí. Los sabrosos guisos que preparaba alegremente la *chocoana* (del Chocó, departamento de Colombia) y los langostinos recién pescados que compraba Sobradito de Tiburón a un pescador de Taganga pronto me devolvieron la energía necesaria para arrastrarme de nuevo hasta la arena blanca de la playa. Una radiante mañana, me sorprendí entrando en el mar. Buscándome asombrada entre dos azules, el casi esmeralda del agua y el cobalto del cielo. Sí. Había resucitado.

Pero, una vez revivida, levantar la losa del sepulcro y andar, fue muy duro. Cuando, zombi aún reuní valor para acercarme a un espejo, quedé aterrada. ¿Quién era aquella tipa ojerosa que aparecía ante mi con una piel seca y sin brillo? ¿Era yo la desconocida que me miraba y a quién los antidepresivos engordaban como una vaca lechera? ¿Porqué me agotaba tras dos brazadas en el agua? ¿Qué ocurría para que mis rodillas cedieran si intentaba dar unos pasos por la playa?

Había que empezar de nuevo. *Trotar* (correr), nadar, caminar por la playa, era el primer amargo encontronazo para un cadáver resucitado. Cada día, unos minutos más de carrera, cada vez, algunas brazadas robadas al agotamiento, cada tarde, un recorrer *trotando* la playa hasta caer rendida en la cama. Al mismo tiempo, pero en proporción inversa, cada noche menos tranquilizantes, menos antidepresivos, menos píldoras. Ordené a Everildis que cortara mi pelo como el de un recluta, y, la negra, obedeció llorando; mientras, mi cara reaparecía bajo la grasa y los músculos intentaban perfilarse de nuevo. Y, devorando mi alma, el odio. Inmenso rencor, odio sin límites para quien me causó tanto dolor.

Omar volvió vestido de negro, gafas negras y un alma tan negra como la mía. En silencio, nos abrazamos tan estrecho que dolía casi tanto como el alma; sin llorar, porque los dos habíamos agotado las lágrimas. Luego, enlazada por la cintura me acercó a la orilla, nos sentamos frente al mar y me contó lo sucedido.

Leonor cumplió con su primer contrato asesinando a un sicario de Medellín que creyó poder desafiar a los *duros* y seguir riendo, respirando; no hubo problema en *esa vuelta* y, de un *pepazo* en la frente, *lo acostó* fácilmente un sábado noche a la puerta de una discoteca.

Su segundo compromiso consistía en matar a un cura lujurioso que había ofendido, de palabra y con tocamientos en el confesionario, el honor y el pudor de la hijita adolescente de *un duro* del norte de Bogotá.

Esa vez, la perdió su vena de artista, el deseo de entrar en la leyenda; pretendió ejecutar el encargo con un toque tal de maestría que causara entre los sicarios eterna admiración. A mi pobre Leonor, la perdió la vanidad, el pretender ser recordada como la *berraca* que degolló al *hijueputa* del cura. Pero, aquel cabrón vivía desasosegado y sabía que irían por él. Así cuando, en lugar de ametrallarlo tras la celosía, intentó cuchillo en mano rajarle la yugular, el mal nacido sacó *un changón* (escopeta casera) de bajo la sotana y le soltó un escopetazo en el vientre. La madera del confesionario frenó los plomos y la herida no fue mortal, pero, ciego de rabia, el cura recargó el arma, se acercó a Leonor tendida en el *piso* frente al altar y le voló la cabeza. La remató y me la mató, *Ad Majorem Dei Gloriam* (para mayor Gloria de Dios).

Y, eso, no lo perdonó Omar; hubiera admitido que le disparara en defensa propia, pero, que la matara estando herida, eso, requería una venganza especial. Omar, por temor a no controlarse y acabar demasiado rápido, encomendó a Édgar *la vuelta*. Esperaba el mayor sufrimiento y la más lenta agonía.

Édgar le disparó un tiro del 22 en la columna vertebral y, gracias al pequeño calibre, el cura lascivo dejó el hospital para enfrentarse al desprecio de sus feligreses. Parapléjico, sin abandonar jamás la silla de ruedas y sabiendo que nunca se *le pararía* (empalmaría) lo que le hacía ser hombre. Sin piernas ni verga útiles. Los hombres de Omar aguardaron pacientemente durante su convalecencia y, cuándo la esperanza creció en él, cuándo comenzó a pensar que podía vivir sin andar ni *tirar*, fueron de nuevo por él y le sacaron los ojos con un punzón. Enloqueció de dolor y desesperación en la oscuridad de su ceguera, pero, ahora, sabiendo, además, que alguien regresaría de nuevo. Esta vez, para cortarle las manos o los brazos. Intentó convertir su casa en una celda de alta seguridad, alejar el miedo con rejas y barrotes. Confinado en vida, una eterna agonía sin piernas, ciego. Consumido por el pavor de la espera, aterrado, finalmente se *destapó* (voló) los sesos de un tiro.

Omar, abrazado a mí, me explicó que durante mi letargo, él liquidó la deuda con su familia enterrando a Leonor en Valle del Cauca, de donde venían los Montoya; nunca me explicó qué ocurrió para que dejara el Cartel de Cali y se trasladara a Medellín con su hermana pequeña; era un viejo asunto de honor familiar que ya me importaba un carajo. Podía considerar saldada mi deuda con los duros y las Farc. Era libre. Pero, tenía el alma desgarrada.

Me entregó un rizo de pelo encerrado con una foto de mi amada en un camafeo de oro. Según dijo, él mismo lo había frotado con el pañete del Cristo de los Milagros de Buga, tras peregrinar hasta La Mesa, en Veraguas. Subió a Él de rodillas, rogando por el alma de su hermana; sabía lo mucho que ella adoraba al Cristo desde niña. Recordó llorando, el orgullo con que su querida hermanita mostraba las rodillas desolladas cuando volvía de rezarle con fe infantil el primer domingo del mes de mayo.

Omar, como muchos devotos del Cristo de los Milagros, llevó el mejor de los mariachis que se puede comprar con dinero y, a su son, rezó y lloró por su hermanita hasta regar el suelo de lágrimas. Luego, se acercó arrodillado hasta el Cristo negreado de besos y frotó el medallón en su faldellín y en su divina cara sudorosa que tantos milagros hacía. Por respeto a Omar y amor a Leonor, siempre guardé ese colgante bendito.

Afirmó que, tras la muerte de Leonor, sólo nos teníamos el uno al otro. Omar siempre supo que yo amaba a Leonor con locura y, deseaba que fuéramos hermanos, por el cariño que ambos tuvimos a la difunta. Ella, en el cielo, dijo, sería feliz viendo unidos a quienes más quiso en el mundo. Por eso, aunque abandonara Colombia, estaríamos continuamente en contacto y podría confiar en él para todo. Como hermanos. Más que hermanos. Me preguntó si aceptaba y, cuando agradecí asintiendo, no habló más de Leonor y expuso lo que traía pensado.

Apareció un notario traído de Bogotá para hacer lo necesario y que yo heredara la fortuna de Leonor a la que él, único familiar próximo, renunciaba en mi favor; este dinero lo había guardado Omar para su hermana, primero, dólar a dólar bajo la cama y, más tarde, en bolsas, maletas y *canecas*. Últimamente, en bancos seguros. Firmé, sin saber lo que firmaba y aún demasiado dolorida para preocuparme de estos asuntos, pero, Omar, deseaba hacerlo bien por respeto a Leonor. Estaba convencido de que ella lo hubiera deseado así. Tiempo después supe que, aquel día, ordenó depositar cinco millones de dólares en Panamá; fue el capital inicial, blanqueado y libre de impuestos, de Letal Rouge, la sociedad anónima que constituimos. Yo era la administradora única con 99% de acciones, y Omar, por cariño, conservó el resto para él.

Insistió en que no le debía nada. Que los dos habíamos perdido mucho más que dinero. Repitió que siempre tendría sus brazos abiertos para mí y que las veinticuatro horas del día, en un número de New York, alguien respondería al teléfono; con sólo decir Letal Rouge, en segundos, le llegaría mi mensaje. Me rogó que permaneciera algunos meses en aquella cabaña, reponiéndome, segura y protegida por sus hombres; cuando hubiera decidido qué hacer o hubiera una emergencia Sobrado nos pondría en contacto. Mientras, dijo besándome el pelo, le dolía tanto verme que prefería evitar los encuentros. Édgar vendría una vez al mes para visitarme y ocuparse de lo que necesitara. Poco después, tras un último abrazo, dibujó con su pulgar la señal de la cruz en mi frente, mientras, llorando, yo imploraba a Dios su bendición para él. Después dijo, adiós hermanita, cuídese, y se marchó.

Ese mes trabajé en mi recuperación como una obsesa, dieta limpia y rica, aeróbicos constantes, carrera y natación ocupaban mi mañanas; comida ligera a mediodía, una corta siesta y ejercicios para tonificar abdomen, glúteos y recuperar la flexibilidad y agilidad. Mejoraba día a día mi condición física y, por momentos, me sentía mejor, como una drogadicta rehabilitada. Ocupé mis días en este trabajo hasta la llegada de Édgar. No volvimos a hablar de nuestra pena, volqué mi mente en el futuro y pedí que me instalaran una *computadora* (ordenador) y una línea ADSL. Después solicité autorización para acabar el trabajo que Leonor y yo habíamos aceptado para obtener nuestros pasaportes. Dos pasaportes por *bajar* al amante y la mujer infiel del mejor falsificador de documentos de Colombia. El tipo que había convertido en venezolanos a cientos de colombianos que, por cualquier motivo, deseaban huir de nuestro país.

Además, le rogué trasmitiera a Omar mi deseo de que, a través del notario que constituyó la sociedad, hiciera llegar a mi madre y hermana una carta. En ella explicaba que me había liberado de las Farc y les pedía que movieran todas sus influencias para conseguir la visa para los Estados Unidos como exiliadas políticas perseguidas por la guerrilla; yo les conseguiría vivienda y el dinero suficiente para trasladarse y para que vivieran confortablemente en Miami durante un tiempo.

En la carta imponía dos condiciones. La primera, que no deseaba volver a verlas, porque, debido a su abandono durante mi secuestro, me sentía traicionada por ellas. La segunda es que, pasado un tiempo, se obligaban a legalizar su situación y a ganarse la vida en los Estados Unidos. Contarían con mi apoyo para la contratación de abogados y asesores. Si no lo conseguían, por su falta de iniciativa, serían desalojadas de la residencia; en caso contrario, podrían disfrutarla gratuitamente el resto de su vida. Tenían un plazo de tres meses para meditar su decisión de vivir fuera de Colombia. La respuesta, positiva o negativa, debían certificarla por escrito en un documento que les presentaría la Notaría. Si aceptaban, a partir de ese momento, se pondría en marcha el mecanismo y se les avisaría cuando debían viajar a Miami. En cualquiera de los casos, deberían olvidar hasta mi nombre.

Añadí una breve carta sin firma, que el notario debería hacer llegar secretamente a la familia de la congresista Ingrid Betancourt; en ella les comunicaba que durante mi secuestro, me crucé con Ingrid durante un traslado de rehenes. Le prometí que, en caso de ser liberada, avisaría a su familia que la vi con vida. Ahora cumplía mi promesa, diciéndoles que hacía unos meses aún vivía, gozaba de buena salud, que los amaba a todos y que sus captores la trasladaban de lugar para evitar operaciones de rescate del ejército. Por razones de seguridad omitía mi nombre y las fechas exactas, pero, el notario daba fe y autentificaba mi testimonio.

Édgar telefoneó consultando con Omar; horas después, llegó un técnico que instaló una línea de teléfono. Luego vino un tipo trayendo un *lap-top* (ordenador portátil) que instaló comprobando que funcionara correctamente. Mientras, Édgar se sentó conmigo frente al mar y trató de disuadirme de hacer *la vuelta* del falsificador de pasaportes; dijo que Omar me regalaría los documentos que deseaba pero que, por mi estado, sería mejor que alguno de sus hombres se ocupara de *enfriar* a los amantes.

–No, Édgar, querido –respondí sonriéndole tristemente–, no lo entienden. ¡Es justo al contrario! Odio tanto que deseo matar a alguien. Echar fuera mi rabia. Además, necesito probarme, saber si sigo fría y en forma para hacer bien mi trabajo. Y mi trabajo, no lo olvide, Édgar querido, es asesinar gente por encargo.

–Si, Lany, lo sé, recuerde que yo le enseñé –respondió Edgar–. Pero, ¡ha estado muy mal...! No tiene necesidad de hacerlo ahora, no hay prisa... ¡Debería esperar...! Recuperarse del todo... Además, si le ocurre algún percance, Omar nos mataría a todos...

–No lo haremos a su espalda, Édgar –lo calmé–. Será cuando él lo autorice, pero, quiero que le trasmita que necesito superar mi estado, probarme que puedo y hacerlo cuanto antes. Luego, que él decida.

–Ok, yo le digo –respondió–. Pero, hasta que él lo autorice, ¡por favor, quieta!

–¡No temas, *parcero!* –sonreí tristemente–. Aún tengo mucho trabajo que hacer conmigo. Aguardo...

–Listo, Lany –se levantó de la arena y caminamos hacia los carros–. Me dijo Sobrado que pasó miedo la noche que vinieron unos muchachos a *culiar* con Everildis... Bueno, ¡le traigo un regalito! Tómelo, es para usted... ¡para que no pase miedo nunca más! –dijo sacando un paquete de la guantera.

–¡Que pesado éste envoltorio, Édgar! Me parece que ya sé... –dije frunciendo el ceño mientras desenvolvía el paquete–. ¡Una BabyGlock nuevecita! Gracias, ¡esto me dará confianza cuando esté sola!

211

—Además, guarde este *celular*. Tiene dos números en la agenda. El mío y el de Sobrado. En caso de emergencia, úselo sólo una vez y luego destrúyalo. No lo olvide —dijo pasándome el móvil y unas cajas de munición—. Cuídese mucho, *viejota*. Y recuerde que, aunque lejos, siempre estamos cerca de usted para protegerla; pero, sobre todo, ¡no olvide nunca que la queremos!

—Vamos, ¡váyase ya, *papacito*! —dije cariñosamente empujándole hacia el *carro*—. Usted a hacerme llorar con su *cantaleta*...

Mientras se alejaba entre una nube de polvo quedé sola en aquel paraíso, a contravía, esperando que *los duros*, mi cuerpo y mi mente, dejaran que continuase con mi vida. Y en la mano, un sobre que me tendió Édgar por la ventanilla del *carro*; para los primeros gastos, dijo. Unos setenta y cinco mil dólares en billetes nuevos de 20.

Ciertamente, como decía mi *cuchita*, las penas se lloran mejor en el asiento trasero de un Mercedes. Era sabia la viejita. Siempre mantuvo que, a los hombres, solamente debía admitírseles un regalo; un diamante con certificado GIA (Gemological Institute of America), mediano de tamaño y cortado en *baguette* (tipo de talla). Era tan orgullosa y coqueta la viejita que cuando agonizaba llegó un curita joven con los Santos Óleos, y, nervioso, le preguntó su nombre y edad para encomendarla al Señor.

—Mi nombre lo conocen todos los que importan algo en esta ciudad, Padre —dijo sonriendo tristemente y añadió—. Respecto a mi edad, ¡eso, Jesús sabe!

A salvo de cualquier contingencia económica, aguardé noticias, ampliando mis rutinas de ejercicios, navegando con Sobrado y explorando Internet a la búsqueda de un marido estadounidense.

Mi cuerpo cada día respondía mejor y yo misma me sorprendía de la rapidez con que recobraba mi forma física; Everildis, obedeciendo mis indicaciones, preparaba con esmero una dieta sana y equilibrada, con mucho pescado y enormes jugos de frutas. Los días especiales, cuando me quería sorprender con algo rico, cocinaba deliciosos platos costeños basados en mariscos y arroz de coco, arepas de huevo, patacón de plátanos verdes fritos o ricos bollos con queso blanco criollo. Muy de vez en cuando, le admitía un espléndido *bistec* de carne de la sabana. Pero, hasta que aprendió a respetar mis decisiones, tuve que oír sus reproches por lo poco que comía.

Salía a navegar con Sobrado, porque me gustaba su compañía, respetaba mi silencio y la amplitud del mar serenaba mi ánimo; al volver a puerto, él, me desafiaba a nadar las dos últimas millas. Un día dijo que, para comprobar si aún conservaba mi sangre fría, me recomendaba nadar entre los tiburones.

–El ataque más peligroso suele ir directo al vientre. Preferentemente de abajo hacia arriba, con enorme velocidad y con la mandíbulas completamente abiertas –detalló ante mi cara de susto–. Será fácil que ni lo vea siquiera y no sepa de qué muere, Lany. Pero, si logramos acercarnos a alguno antes de que nos devore, hay que observar su comportamiento para preparar la respuesta –añadió simulando con las manos el ataque–. Si el tiburón arquea la espalda, nada zigzagueando y con las aletas caídas, es señal de que su siguiente paso será atacarnos.

–Sienten curiosidad por los humanos, así que, primero, se moverán a nuestro alrededor en círculos, topando para ver nuestra reacción –explicaba seriamente sin hacer caso de mi miedo–. Estará avisando que desea mordernos, probar nuestro sabor. Intentaremos alejarnos suavemente, sin brusquedades y nunca nadando hacia la superficie –añadió atrayéndome hacia él–. Deberá permanecer junto a mi, especialmente si ve que levanta la cabeza enseñando los dientes. Si se acerca demasiado, aguantará hasta que se lance sobre nosotros, entonces, yo le clavaré un arpón en los ojos, en las branquias o en la boca abierta. Luego, a nadar a prisa hacia el barco.

–La clave para salir vivos es observar sus dientes y la receta para hacerlo es no perder los nervios, señorita Lany –me palmeó la espalda–. Siga mis indicaciones, doctorcita, y le prometo que nunca en su vida olvidará la visión de esa boca abierta con unas mandíbulas capaces de partirla en dos.

No sé porqué estúpido deseo de demostrarle mi valor a aquel hombre o, quizás a mi misma, de pronto, me vi sumergida a su lado, aguantando impávida a dos escualos que nadando vertiginosamente se acercaban hasta rozarnos con su nariz puntiaguda. Sobrado me hacía signos de calma, porque, pese a sus descarados topetazos y a sus círculos cada vez más estrechos a nuestro alrededor, él parecía no advertir signos de agresividad en ellos. Supuse que porque aún no habían enseñado los dientes él mantenía relajada la mano en que portaba su arpón de aire comprimido. Aquellos bichos eran impresionantes, del doble de nuestro tamaño y, para resistir sus avances, debí dominar un pánico ancestral que me impulsaba a huir.

Al poco, muy cerca de nosotros, abrieron sus enormes bocazas mostrando las hileras de dientes puntiagudos; quedé temblando, esperando la dentellada que me matara. Súbitamente, los escualos perdieron su interés en nosotros y los círculos a nuestro alrededor comenzaron a ser mayores; se estaban alejando hasta que, con dos potentes coletazos, se perdieron de vista. Al verlos retirarse sentí por primera vez los brutales golpetazos de mi corazón en el pecho. La descarga de adrenalina casi me hizo desmayar y hasta me *tembló el culo* (me cagué, aterré).

Sobrado señaló hacia arriba con el pulgar y, muy lentamente, me acompañó hasta la escalerilla del barco; en la plataforma, me despojó de aletas y tanque de oxígeno y me empujó a cubierta donde caí exhausta. Aterrada, vomité por la borda.

—¡Calma, Lany, ya pasó, *mija!* —me tendió Sobrado una taza de *tinto*—. Es usted una *vieja* con *muchas güevas*. ¡Muy *taya, con mucho perrenque* (brava, con mucho valor)!

—¡Calle, Sobradito, calle! —respondí balbuceante—. *No joda* ahora, Sobrado, ¡tengo una *terronera tenaz* (pavor descomunal)! ¡Qué miedo tan *berraco!*

—¡Calle, calle! Ningún hombre de los que he bajado con los tiburones aguantó ni la mitad que usted! —proseguía Sobrado entusiasmado—. Óigame bien, Lany, ¡ni la mitad que usted!

—OK, de acuerdo, Sobrado. Soy muy berraca con los tiburones —sonreí halagada—. Y dígame, ¿qué clase de bestias eran esas?

—Bueno, señorita Lany —rió como un chiquillo—. Eso es lo gracioso. Eran tiburones gato. No atacan al hombre, pero eso, ¡usted no lo sabía, doña! —se carcajeó—. Cuándo los *manes* suben llorando de ahí abajo se enfadan al decirles que eran inofensivos. Usted, confió en mí y aguantó creyendo que dos bestias de cuatro metros podían despedazarla. Insisto, doctora, ¡nadie ha resistido tanto como usted! —prosiguió muy serio ahora—. Son muchos los que he tenido que *agarrar de las güevas* para que no nadasen *pa`rriba* como locos. Para ir a un lugar donde haga falta valor, señorita Lany, prefiero emparejarme con usted antes que con la mayoría de tipos que conozco.

–Bueno, bueno, Sobradito, *¡tenga, hijueputa!* –dije enfadada lanzándole una de mis aletas a la cabeza y aguantando las ganas de pegarle su *vaciada* (bronca)–. ¡Qué tremendo *tumbe* (engaño)! Fui *la ultimita* (la última en enterarme). Después de todo es para *totiarse de la risa* (cagarse de risa) –dije riendo un poco histéricamente.

Desde aquel día Sobradito, me trató aún con más respeto, si cabe. Escarmentada, rehusé volver a bucear y limité mis salidas con él a tomar el sol y a nadar en alta mar. Cuando el *desparche era tenaz* y la melancolía me lamía el alma como las olas los pies, Sobradito me acompañaba al pueblo, apenas diez minutos en *carro* desde la cabaña, para comprar revistas y el diario Hoy, decano de la región del Magdalena.

El resto de mi tiempo lo utilizaba en navegar por Internet en busca de un novio estadounidense deseoso de casarse; un solo marido, ahora que Leonor ya no estaba. Con el regreso de la forma física también llegó el deseo y, alguna vez, busqué sexo en Internet con alguna *vieja alegrona* (mujer calentona). Tuve suerte y en las dos búsquedas, marido y ciberamantes, obtuve resultados. Un muestrario de candidatos a pasar por la vicaría y un nutrido de alegres lesbianas dispuestas a divertirse en la Red. Me reí mucho con las españolas a las que cautivaba con mis expresiones colombianas al chatear. La página Chueca.com se convirtió en el salón de mi casa. Era un hervidero de lesbianas *rumberas*, en busca de romances, amoríos, pasiones eternas y de aventuras sexuales por webcam o por chateo. Una manera sencilla, divertida y fácil de tener sexo sin exponerme, de *darme dedo* amparándome en la seguridad del incógnito.

Aquellas noches de sexo en la Red soñé que Leonor, venía a acurrucarse junto a mí en la cama, me acariciaba el pelo, yo le contaba y reíamos como niñas. Y luego, soñando, le decía te quiero.

Los días siguientes centré mi vida en Internet. Decidí tomarme en serio mi trabajo de buscar marido y desde Match.com hice una selección de tres estadounidenses, que cumplían mis expectativas; vivían en Florida, amaban lo latino y estaban más solos que la una. Un exportador enriquecido, 82 años, con escasa familia desperdigada por todos los Estados Unidos. Un oftalmólogo rico, 72 años, aún en activo y desesperado por la muerte de su mujer.

Un super ejecutivo consejero y accionista de un gran banco, 75 años y con una legión de esposas latinas reclamándole pensiones de divorcio.

En cinco días de un chateo intenso, decidí eliminar a dos por conflictivos y centrar mis esfuerzos en el más joven de mis pretendientes de la tercera edad. Así entré en la vida de John Manning, un estadounidense al que elegí para ser mi esposo y al que, en las próximas semanas, iba a enloquecer de amor a través del MSN Messenger. Se trataba de seducirlo, que deseara dejar norteamérica y venir a encontrarme para planear nuestro futuro frente a frente. Nos cambiamos fotos y los datos suficientes para hacernos una idea general de cada uno. Y, con esta idea, comencé a trabajarlo.

Desde el principio supe que sería necesario mentirle, pero, lo inteligente siempre es hacerlo lo menos posible. Así, pues, para él yo era una joven licenciada latina con doble nacionalidad; eso, me permitía viajar con diferentes pasaportes aunque y, este detalle se lo oculté, aún no tuviera esos documentos en mi poder. Huía de la violencia en mi país y de una familia destrozada por la locura de los colombianos; le expliqué que si no fuera porque unos llevan la bandera nacional en el brazo derecho y los otros en el izquierdo, no distinguiríamos ejército, de guerrilla o paramilitares.

Le revelé lo mucho que me atraían los hombres mayores, quizás, buscaba en ellos suplir la figura de mi papá muerto en el monte a manos de las Farc; le dije cómo me gustaba admirarlos y sentirme protegida por ellos. Confesé que necesitaba halagos, recibir dulzura esos días atroces en los que, al despertar, notaba que vencería la nostalgia; pero, sobre todo, deseaba que me confortaran contándome lo seguro y feliz que sería mi futuro, sin sobresaltos de amores inmaduros, rodeada de la ternura de un romance otoñal. Necesitaba alguien que me mimara cada instante, que me arropara en la cama por la noche. Antes de dejarme solita y tranquila, pensé, sin decirlo...

Hablamos de mi deseo de doctorarme en alguna universidad norteamericana y, también, declaré mi herencia familiar, los fondos de los que disponía para vivir en los Estados Unidos alejada del miedo a ser secuestrada de nuevo. Finalmente, señalé que no era la clásica latina desesperada y con familia numerosa a la caza de un gringo al que desplumar. Por último, le envié por correo-e una foto, hecha por la chocoana, en la que estaba tan bella en la playa que, seguramente, necesitó usar gafas de sol para mirarla sin que se derritieran sus córneas. Tras esto, el tipo estaba listo para volar a cualquier lugar del mundo donde pudiera conocerme.

John, el tipo, como me gustaba llamarle, era coronel-médico en la reserva del ejército de los Estados Unidos y, actualmente, un destacado oftalmólogo aún en ejercicio en Miami, miembro de organizaciones internacionales de cirugía oftalmológica y asiduo a los congresos de su especialidad, la cirugía refractiva. Un profesional de éxito en la parte descendente de la curva de su carrera, aunque, todavía respetado como un viejo profesor por las nuevas generaciones de colegas. Pero al que, esos mismos compañeros, ya consideraban un incordio y al que, tras un saludo cordial, eludían para evitarse un interminable discurso sobre los tiempos pasados.

Su esposa acababa de morir de cáncer y su familia, un único descendiente casado, vivía con su mujer e hijos en la otra parte de los Estados Unidos; pasaban años sin que sintieran la necesidad de encontrarse y muchos meses sin que se hablaran por teléfono. El tipo estaba tan solo que, según me contó al conocerlo, había adoptado tres decisiones; primera, intentar encontrar el amor en Match.com. Si esto no resultaba, compraría una autocaravana, un perro y viajaría a través del país mientras tuviera fuerzas y ganas de hacerlo, y, finalmente, la tercera, reservada para cuando fallaran sus fuerzas, consistía en buscar un lugar tranquilo frente a una playa, matar al perro y pegarse un tiro con su pistola reglamentaria Colt Officers calibre 45ACP.

Así pues, yo me convertí en el salvavidas al que se aferraba aquel muerto viviente para evitar volarse la tapa de los sesos. Además, su espíritu protector y paternalista de gringo viejito, le impulsaba a cuidar de la pobre y desvalida muchacha que huía de los guerrilleros comunistas y de un país tambaleante. El hecho de que fuera licenciada en Literatura y deseara seguir el doctorado en la Universidad y, sobre todo, que tuviera la posibilidad económica de hacerlo sin fregar platos o pedirle *plata*, le pareció el colmo de lo deseable. Una mujer joven, bella, culta, económicamente independiente y deseosa de sentirse segura y protegida junto a un

217

hombre mayor era mucho más de lo que podía soñar el tipo. Sobre todo, si la otra opción era meterse el cañón de la pistola entre los dientes y dispararse un tiro en la boca.

Este intercambio de correos-e duró semanas mientras yo me despedía de Colombia y preparaba mi desembarco en Panamá, donde vendría a conocerme ya que, según decía, sus autoridades recomendaban a los estadounidenses no viajar a Colombia ni siquiera para buscar esposa. Mientras, lo dejé cocerse en su ilusionada salsa, advirtiéndole que él no era mi única opción.

Sobrado me avisó de que pronto llegaría édgar a visitarme, así que los últimos días fueron de impaciencia y nerviosismo, porque ya no me sentía en Colombia, quería comenzar mi nueva vida y me imaginaba en Miami.

Édgar, eficaz como siempre, trajo la solución. Se presentó de improviso un atardecer que yo volvía de *trotar* por la playa y ni tiempo me dio a ducharme y cambiar mis ropas.

—Lany, ¡tenemos, el ok! —dijo sin rodeos—. Omar accede a que mate a la mujer del falsificador y a su amante. A cambio, este preparará dos de sus mejores pasaportes, usted deberá decidir de qué país los desea. Sobrado tiene los detalles y le acompañará en *la vuelta*. Si usted no lo acepta como ayudante todo se suspende. ¡Es por su seguridad! —explicó—. Luego, él mismo la sacará en barco a Panamá. Él sabe. Sólo tengo unos minutos, debo irme ya. Pregunte lo que quiera y recuerde siempre, el *celular* con Sobrado o conmigo, sólo una llamada y lo destruye después. Igual si lo utiliza para llamar a Omar en New York. Un único celular para cada llamada y fuera, lo destruye. Vamos, aproveche ahora y suélteme sus dudas.

—No hay ninguna duda, Édgar —sonreí tristemente ante la inmediata y definitiva separación—. Sólo que le diga a Omar que ustedes dos tienen todo mi amor. Y ahora, váyase, no quiero llorar.

Pocos minutos después de su llegada, tras un abrazo muy apretado, Édgar partía con agua en los ojos y una sonrisa triste en su bella cara indígena de dientes tan blancos; mi nuevo hermano le autorizó para que, tras él, dejara abierta la puerta de la jaula. Pronto, yo iba a *volarme* de Colombia.

Por la mañana, no hizo falta llamar a Sobrado, muy temprano ya me esperaba para desayunar juntos. Tras el jugo, las tostadas y el café, comenzamos a planificar. Sobrado me llevaría en *carro* alquilado con papeles falsos por la Panamericana que une Santa Marta con Bucaramanga, hasta el desvío a Cúcuta; allí, entregaría al falsificador fotos, datos y las nacionalidades elegidas por mí para los pasaportes. Él a su vez, entregaría a Sobrado un retrato de su esposa. *Haríamos inteligencia* para descubrir las rutinas de la infiel y, cuando tuviéramos decidido el plan, actuaría yo con las espaldas protegidas por mi amigo marino.

Así fue, llegamos, Sobrado entregó al falsificador el material necesario y, dos días después, sabíamos que los amantes aprovechaban el anochecer para desahogarse en el *carro* de ella junto al río. Exigí un pasaporte español y uno estadounidense. Los más caros en el mercado de las falsificaciones por ser, los dos países, la Meca de cualquier latino sin papeles. Quince mil dólares, en total. El tipo debía desear tanto quitar de en medio a su esposa y al amante que ni siquiera rechistó por al abuso, dijo Sobrado; al contrario, le explicó que, los pasaportes de los Estados Unidos, los había adquirido a una organización dirigida en Brasil por un peruano de absoluta confianza. Los pasaportes manipulados por este experto en artes gráficas eran de gran calidad, porque, partía de documentos auténticos comprados o robados en Lima a sus verdaderos titulares. Y, respecto a la documentación española, habíamos tenido suerte porque disponía de algunos pasaportes, sustraídos en blanco de la Embajada española en Luxemburgo y adquiridos a un grupo de falsificadores laosianos. Auténticos pasaportes digitales de España, aseguró. No la basura de serie K 875, duplicada por los paquistaníes en Tailandia y que ya rechazaban todas las policías de fronteras en el espacio Schengen. Él garantizaba que ambos pasaportes eran imposibles de descubrir como falsificados sin un examen científico.

Así que, mientras esperábamos mis flamantes documentos, iniciamos la vuelta; decidí que los mataría mientras estuvieran *jalando* en el coche, así, todos sabrían el porqué del crimen y la siguiente esposa del falsificador, alguna *sardina* (jovencita) del pueblo, se lo pensaría antes de ponerle *cachos* al viejo.

Al poco de seguirlos comprobé que no temían al marido porque se ocultaban lo indispensable y sus rutinas eran predecibles; decidí matarlos al día siguiente por la tarde. Me situaría en la carretera que va de Vivero Carulla al Tenis Golf Club y Bellavista, ahí paraban los carros de los enamorados y se veía parte de la ciudad. Los *enfriaría* en pleno orgasmo. Matarlos mientras se *venían* era mi homenaje a Leonor; el toque de artista que ella quiso poner en su *vuelta* y que acabó matándola. Mi amada desde el cielo sabría apreciarlo. Sobrado trajo en la *cajuela del carro* (maletero del coche) material suficiente porque yo no quería *ensuciar* (dejar rastro de un arma) mi Glock abandonando *morracos* agujereados que pudieran investigar los de balística.

Para liquidar a los desleales era suficiente una pistola que traía comprada Sobradito por *un millón de pesos* (más o menos 470 dólares / 370 euros). Luego la abandonaría en el lugar del crimen porque, seguramente, tendría en su historial unos cuantos muertos repartidos por ciudades y pueblos diferentes. Sobrado, por mi seguridad y porque estaban baratas, compró también dos granadas de mano, una para él y otra para mí. Si se complicaba *la vuelta*, con ellas, podríamos huir entre el ruido. Cada una a veinte dólares, pero, rebajadas a quince por comprar dos. Inversión total, quinientos dólares más el alquiler del auto. En Colombia, no es caro matar a alguien, sólo hace falta algo de *plata y muchas güevas.* Más valor que *plata*, porque, después del funeral, hay que evitar o *enfriar* a los coléricos vengadores del difunto.

No me preocupaban los justicieros; el falsificador apenas me vio, ni siquiera imaginaba que yo era la sicaria. Firmé los pasaportes, mientras él pensaba que yo era la querida del algún *duro* y que Sobrado haría *el mandado*. Además, sabía que si hablaba, vendrían a por él y lo matarían.

Sobrado, después del almuerzo, retiró los pasaportes acabados y, por estrenarlos, crucé el puente internacional Simón Bolívar, La Mulera, que une Cúcuta en Colombia con San Antonio del Táchira en Venezuela; todo fue perfecto a pesar de la tensión que se respiraba en la frontera a causa de las actividades del gobierno Chávez. Entré y salí tranquilamente por la que decían ser la frontera más permeable de América del Sur.

Esa tarde, tras descansar después de *almorzar*, me *bañé*, vestí unos bluyins y una camiseta holgada, guardé la granada en el bolsillo trasero y, para evitar huellas, cubrí todos mis dedos con esparadrapo. Con la pistola en la cintura salí a la calle para comprar mi libertad. Mi amigo, sin que yo lo viese, se convirtió en mi sombra; después, me recogería a 50 metros del lugar del asesinato y, antes de que se presentase *la yusti*, nos *volaríamos* hasta el centro de la ciudad ; allí, en una calle tranquila, nos aguardaba un segundo coche alquilado a otro nombre y con nuestras pertenencias dentro. Luego, nos iríamos.

Apostada en el mirador sobre la ciudad, vi llegar el carro de la *traicionera* (infiel). Estacionaron en un lugar discreto y, desde lejos, observé como los amantes discutían acaloradamente; esperé segura de que las peleas de enamorados no suelen durar. El muchacho, descendió del carro golpeando la portezuela y se alejó unos pasos; ella se asomó por la ventanilla y le arrojó su billetera que le acertó en la espalda. El joven se volvió, recogió la cartera y se acercó sonriente guardándose la *plata*. Abrió la puerta a su dama y rodeando el carro, la condujo hasta el asiento del acompañante; se sentó en el lugar del conductor y, venciendo alguna resistencia inicial de la señora, enseguida le arrancó una serie de abrazos y besos apasionados. La ropa les molestaba y, por los gestos, era evidente que se estaban desnudando; él se pasó al asiento de la dama y tumbó el respaldo. Entonces me *paré* y me acerqué por el lado del conductor; ella estaba desnuda y con los pies descalzos apoyados en la guantera, él se había quitado la camisa y tenía los pantalones bajados. Entre las piernas abiertas de ella y, levantándola por debajo de las nalgas, empujaba con tremenda furia sin importarle los gritos de placer y los arañazos con que ella le marcaba la espalda. Por las ventanillas abiertas se oían gemidos, súplicas y jadeos; aquello no iba a durar eternamente, así que, rodeé el carro y me ubiqué junto a la ventanilla del acompañante. Me agredió el olor de la pasión.

—¡Disculpen, no quiero importunarles! —murmuré a treinta centímetros de ellos.

—¡Qué mierda es lo que quiere...? Lárguese de aquí, pedazo de puta *metiche* (meticona)... —gruñó el tipo girándose.

—¡Perdonen que interrumpa la *tiradera*!—me excusé mientras ella se tragaba un balazo y descerrajaba otro tiro en la frente del muchacho.

La mujer quedó clavada contra el asiento con la boca abierta por el pánico y, el muchacho, fulminado entre sus piernas, ligeramente caído hacia atrás; quité el seguro de la granada y la tiré sobre el asiento trasero.

–¡Mierda, al fin creo que no llegaron a *venirse*...! –me alejé contando mentalmente y sin ver a nadie en las inmediaciones–. Espero que la granada no los desfigure para que los encuentren hermosos en el velatorio. Ahora, en las funerarias, ¡hacen maravillas embelleciendo cadáveres con *Pegaloca* (pegamento usado en las funerarias para reconstruir cadáveres)!

Subí al carro de Sobrado sintiendo la explosión a mi espalda, enseguida cambiamos de coche y, minutos después, abandonábamos Cúcuta. Por fin, ya no debía nada a nadie y era la única dueña de mi voluntad.

Volvimos a bahía Taganga. Descansamos y, un par de días después, recibí felicitaciones telefónicas y una tierna despedida de Omar. Llorando estallé, me sinceré y le confesé algo que guardaba oculto hacía semanas. Hubiera preferido mil veces ser yo la muerta y que Leonor estuviese a su lado ahora. Me respondió silenciándome, me deseó que fuera feliz, que me cuidara y recordara siempre que, ahora, yo era su hermana.

Después, por la tarde, abracé a Everildis y le hice un espléndido regalo. También juré volver, aunque, sabía que nunca lo haría.

Algo triste abordé aquel precioso barco italiano de 16 metros en el que tan buenos ratos había pasado y desde el que me sumergí para enfrentarme aterrorizada con los escualos; con su seguridad habitual Sobrado, sin dejar de charlar, dejó atrás la bahía empujando el Azimut 50 con los dos potentes motores de 492 Kw.

Por primera vez percibí estos detalles, mientras los describía mi amigo, camino de mi libertad; seguramente, pretendía alejar la realidad de mis pensamientos. Era cierto, dentro de unas horas estaría sola en un mundo nuevo y hostil en el que ellos no estarían cerca de mi cuando los necesitara. Por primera y única vez, se atrevió a preguntarme si no prefería quedarme en bahía Taganga, aguardar que cesara el dolor por la pérdida de Leonor y, después, puesto que ocupaba un lugar en el corazón del *duro*, ocuparlo también en los negocios que Omar siempre reservó para su hermana. Le agradecí con un estrecho abrazo, indicando que no era posible porque los dos teníamos dentro demasiada rabia, demasiado odio. Juntos, recordaríamos a Leonor diariamente y, sin pretenderlo, podíamos volvernos el uno contra el otro. Ambos necesitábamos curar las heridas. Quizá más adelante.

Desde bahía Taganga navegamos costeando, dejamos atrás Santa Marta, Barranquilla, Cartagena y Coveñas hasta llegar al puerto de Turbo en el golfo de Urabá; atracamos junto a la Capitanía del Puerto y Sobrado saludó con un gesto a los oficiales asomados para presenciar nuestro llegada y que, al reconocerlo, perdieron toda curiosidad. Poco después un *carro*, concertado desde altamar por la radio del barco, nos recogió para llevarnos hasta el aeródromo Gonzalo Mejía en cuyo hangar me aguardaba un aerotaxi de la compañía Aero Turbo de Urabá, Ltda.

Al vernos llegar el piloto de la Cessna 206 estrechó respetuosamente la mano de Sobrado y, sin mediar palabra, se sentó a los mandos del avión para calentar los motores.

– Lany, *mija* –dijo Sobrado ante el hangar–. Aún estamos a tiempo. Quédese conmigo en Taganga y aguantemos inactivos un tiempito hasta que a Omar se le pase el dolor. Yo los quiero como a hijos y sé que se necesitan. ¡Por favor, Lany, hágame caso!

–¡*Tan lindo* (encantador), viejito! –respondí descansando mi cabeza en su pecho–. Le juro, Sobradito, ¡ahora no es posible! Pero, a usted, yo lo guardaré siempre en mi corazón y pronto volveré a beberme con usted unos roncitos y *unas frías* mientras navegamos. Tal vez entonces me pueda quedar, ¿sí?

–Como usted quiera, *mija* –me puso un brazo sobre el hombro mientras caminábamos–. El piloto, atravesando la serranía del Darién, la llevará hasta tomar tierra en el aeródromo de Miraflores, en Panamá, muy cerca de La Palma, en *el rabo de la mula* (culo del mundo). Es uno de nuestros hombres y lleva un sobre para calmarles la curiosidad y que no la molesten los de la Policía de Inmigración. Usted ni los verá; los *tombos* son dos tipos con el culo pegado a una silla, mirando por la ventana seiscientos metros de puta pista perdida en la selva –continuó sonriendo–. Después, la acompañará hasta un avión de la compañía Turismo Aéreo del Darién que también nos pertenece y que la dejará en nuestros hangares de Panamá. Desde allí, un coche del servicio interno del aeropuerto, eludiendo los controles de pasaporte y aduanas la conducirá hasta el centro de Panamá City.

–A partir de ahí, estará sola, *mamita* –se ensombreció su cara–. Tiene su dinero para disponer de él, intente llevar una vida discreta y, si utiliza un celular para llamarnos, inmediatamente destrúyalo. Además del teléfono de urgencia de New York, aquí en este sobre, tiene una dirección de correo-e para que siempre desde un cibercafé distinto nos comunique cualquier cambio para contactarla si sucede algo. Memorícela y tire el papel —remachó—. Sea breve y nunca dé nombres ni detalles innecesarios. Cuídese y esté preparada porque Omar puede necesitarla para que Letal Rouge no esté inactiva. ¿Es verdaderamente eso lo que usted desea...?

—Cierto, Sobrado, eso es lo que yo deseo ahora —respondí con los ojos húmedos—. Eso y que se cuiden mucho ustedes tres, ¿ok?

Un abrazo más y abordé aquel bimotor Beechcraft B55 *Baron*, que debería dejarme en Panamá. Fuera de mi querida Colombia.

CAPÍTULO 15

*P*anamá fue mi hogar durante un tiempo que se me hizo infinito; era, como vivir en tierra de nadie. No era Colombia, pero estaba demasiado cerca, y, no era Norteamérica, porque estaba demasiado lejos. Era sólo tierra de nostalgia y espacio de melancolía. Eso sí, con una fortuna en el banco.

Decidí que para cuando me creciera el pelo de nuevo, debería normalizar mi vida en esta ciudad muy parecida a Miami en algunas cosas; convendría, de una vez por todas, tender los puentes sobre los que cruzar hacia mi nueva vida en los EE.UU..

Un taxi me dejó en el centro, en un hotel tan sencillo que el recepcionista sonrió irónicamente cuando le dije que luego traería mi pasaporte y mi equipaje; de inmediato comencé a buscar donde *encaletarme* (esconderme) y, no había llegado la noche, cuando tenía contratado un apartamento en una tranquila calle del barrio universitario. Esperaba pasar desapercibida entre los estudiantes. Estaba situado cerca de la Avenida Manuel Espinosa Batista, en la parte trasera de una librería de gran afluencia estudiantil; el apartamento ocupaba el segundo piso sobre una tienda de ropa de trabajo.

Eran una habitación y un saloncito con cocina incorporada, cuarto de baño, ni triste, ni alegre y con un tragaluz por el que se llegaba al techo del inmueble. Aquello, me decidió; en caso de necesidad, era una estupenda vía de escape. Y, si algún ladrón lo utilizaba para entrar, bueno, peor para él.

Decidí que la Universidad sería mi *cubierta* (tapadera) mientras viviese en Panamá y, tras mudarme al apartamento, lo primero que hice fue cruzar el campus de La Cresta para inscribirme en un curso de Historia de la Colonia en la Universidad de Panamá; buscaba cursos de Literatura, pero no fue posible y acabé en el que impartían los doctores Celestino Araúz y Patricia Pizzurno sobre el Panamá Hispano. Suerte que el destino me guió hasta ellos porque, desde entonces, la historia del período colonial del siglo

XVI ha sido mi mayor afición. Al mismo tiempo asistí a los cursos de informática del campus; sin olvidar, las clases de inglés que tomé para aumentar mi ya buen nivel de conversación. Pronto me adapté a la rutina diaria de clases, salidas al *gym* y a *trotar* por el campus. Dos días por semana, desde un cibercafé de la Vía España, mantenía largas conversaciones con John, el tipo de La Florida, que se derretía de amor por mí y me presionaba afirmando que su tiempo cada vez era más corto. Cenaba ligero, leyendo algún libro de Historia y dormía temprano. Mucho, todo lo que podía.

Así pasaron meses y comencé a olvidar que era una asesina. Estaba tan imbuida de mi papel de estudiante que ya casi no recordaba quién era, ni de dónde venía. Había sepultado en un agujero de mi mente la certeza de ser un alma negra, un alma maldita, de esas que hasta al mismísimo Dios le resultaban difíciles de amar. Con los pensamientos enredados, mi única certeza era la de pertenecer al club de seres que, condenados a la soledad y a no confiar nunca, no encontraban reposo porque, allá donde fueran, se sabían de paso, forzados a no poder detenerse nunca demasiado tiempo; seres que, como Caín, deberían ser expulsados, tendrían que huir del Paraíso. Panamá, España o los Estados Unidos, ero lo mismo, porque, en mi corazón, nunca abandoné Colombia, aunque, sabía que tampoco regresaría allí jamás.

Siempre con la pistola bajo la almohada, cargada y con una bala en la recámara, por si aparecía el vengador de alguno de los muertos que cargaba en mi haber. Sopesándola, montándola y desmontándola pieza a pieza, acariciando sus balas y besándolas con labios de carmín, mientras veía las noticias de Colombia en la televisión. Trabajaba en mi futuro desde que abandoné mi patria, pero, al recordar a Leonor, se me saltaban las lágrimas y dudaba de a dónde conducía aquel camino en solitario. En esas noches febriles, de duda y aislamiento, recordaba el holocausto en el que nuestro país engullía a sus hijos. Colombia, en la que la vida y la muerte salen juntas de parranda a bailar vallenato. Aquella noche, llorando mi tristeza, pedí a Dios que me protegiera de todo mal y peligro.

Al amanecer, al despertar entre sábanas sudadas y embebidas con el olor rancio de la castidad, desaparecían estos taciturnos pensamientos y volvía a ser Lany. En el calmoso amanecer, de cielos rabiosamente azules y cálido sol, me convertía de nuevo en la sicaria despiadada y valiente. La de siempre.

Por levantar el ánimo y distraerme comencé a explorar Panamá City y sus alrededores; primero sus librerías, que me decepcionaron comparándolas con las de mi Bogotá querida. También asistí a toda conferencia sobre historia que llegaba a mi conocimiento; así conocí al Doctor Eduardo Tejeira Davis, historiador y arquitecto, de quien me maravillaron sus dibujos de! Panamá Viejo. Asistí a una visita guiada del doctor Tejeira Davis y la directora del Panamá Viejo, la licenciada Julieta de Arango, al sitio arqueológico de la ciudad española fundada en 1519; fue emocionante recorrer sus puentes, plazas, iglesias, conventos, fuertes, las Casas Reales, el Cabildo y sus empedradas calles pensando, al mismo tiempo, que seguramente mis antepasados, los Bejarano, caminaron sobre aquellas piedras al llegar de España. La iglesia de la Merced, muy próxima a Puerta de Tierra, fue otro de mis lugares predilectos. Cuando la melancolía era muy fuerte, me recogía allí, en aquella histórica iglesia, para recordar a Leonor y *prenderle* una *veladora*.

Paseaba por zonas de turistas poco frecuentadas por los universitarios. Así, tras caminar bajo las buganvillas escuchando el golpear de las olas contra las viejas murallas, solía ver atardecer mirando al mar en Punta Chiriquí.

Algunas noches me refugiaba en los antiguos cuarteles españoles, que se conocían como Las Bóvedas; en lo que fueron en su día prisión de esclavos recién desembarcados, se escuchaba un buen jazz interpretado por los descendientes de aquellos primeros africanos de Panamá. Decían los lugareños que, entre la música, aún se oían los lamentos y gritos dolientes de los negros encadenados allí en el pasado. Entre tanto, entusiasmada por las leyendas coloniales, cenaba cocina francesa en el restaurante Las Bóvedas o tomaba unos tragos en el Take Five, coqueteando con alguna de las muchas turistas que acuden solas al lugar. Soplando la fresca brisa, quizás por el rumor de las olas, allí, hasta la gringuita más insignificante tenía hermosas caderas de vaivén.

Viendo los absurdos atuendos de las gringas me propuse trabajar muy seriamente los cambios de aspecto porque percibí que el disfraz alejaba al espectador de la realidad y, en un salto al vacío, lo confundía acercándolo a la ilusión, a lo que deseaba ver. Disfrazarme, incluso de manera exagerada, me daría la posibilidad de ser muchas mujeres, cosa muy conveniente para evitar que te disparen. Sería, otra clase de munición para mi guerra.

Mientras, mi vida eran unas deliciosas vacaciones culturales y deportivas; además, las compras completaban mi ocio. Pese a la fuerte humedad, comencé a *trotar* por la Avenida Balboa bordeando la Bahía entre frondosos parques. Después, las prácticas de golf para recobrar el swing de mi adolescencia y tener entretenido al tipo, John Manning, cuando viniera de Norteamérica para conocerme.

También, disfruté de una divertida velada con el Dr. Wong, su esposa mexicana y sus invitados españoles a los que conocí en un club de jazz. Uno de ellos, escritor y esposo de una doctora asistente al congreso de la Sociedad Panameña de Oftalmología, al saber de mi afición por la historia me regaló una trilogía de sus libros ambientados en el siglo XVI; el escritor era simpático, divertido y me garabateó unas corteses dedicatorias tan galantes como la trama de sus novelas ambientadas en la conquista española de Las Indias.

Con los libros en mi bolsa, me perdí unos días en Bocas del Toro, en la costa caribeña de Panamá, frontera con Costa Rica. Era un paraíso en el que la selva buscaba refrescarse en el mar y en el que los días discurrían sin agobio en los pueblitos isleños. El edén quedaba a tan sólo una hora de vuelo. Los taxis marinos unían Bocas con Almirante, en tierra firme, en poco menos de 30 minutos, llevando y trayendo carne de turista para achicharrar en la gran barbacoa que eran sus playas.

Tomé habitación en un hostal repleto de mochileros y turistas de bajos recursos; tras ducharme y dejar a buen recaudo *mi bolso de equipaje* salí en busca de los lancheros. No pensaba permanecer allí demasiado tiempo. En la Marina de Bocas, amarraban los taxis del mar, lanchones con un tolducho para que no se carbonizaran los viajeros del todo incluido, un paquete con vuelos, hotel y tures isleños. Deseaba visitar las islas sola, navegando y durmiendo, sin rozarme con nadie porque estaba atacada de melancolía, me acordaba de mi amigo Sobrado, de Édgar y Omar y, más que de nadie, de Leonor, mi mujer, mi hembra muerta.

Apalabré un Bavaria HT 38 Sport de doce metros, con dos

motores, amplia plataforma de baño, dinette y un enorme y único dormitorio. Ni siquiera la mitad de potente y lujoso que el barco de Sobrado, pero, suficiente para vagabundear entre las islas; el capitán, estuvo feliz cuando recibió la cantidad acordada por adelantado. Nada de pesca, nada de grupos de turistas chillones, sólo una hembra que *botaba plata* para estar sola, navegar y caminar por playas desiertas, bañarse desnuda donde le viniese en gana, que no le *platicasen* y, mucho menos, que le viniesen con *güevonadas* de qué linda está usted, hoy, patrona. Expresé al capitán mi deseo de no verlo ni hablarle más de lo imprescindible y, que, sería mejor que respetase mi voluntad si deseaba volver a tierra para jugar con sus nietos. Me miró, clavé mis ojos en los suyos, sonrió, tragó saliva y, segura de haber sido comprendida, sonreí altivamente.

Marchó a comprar mi larga lista de peticiones con un puñado de billetes extra que le metí en el bolsillo de la camisa y quedó en recogerme en un par de horas, con el barco cargado de combustible, algunos pescados y mariscos y una docena de botellas del mejor vino blanco que pudiera encontrar. Cuando volvió en mi busca, descendí al embarcadero del hotel y subí a bordo.

Abandonamos la Marina rumbo a altamar donde olvidar las patéticas miradas de envidia de los putos hippies del amarradero; en aquel pueblo, envuelta en humo de cigarros de marihuana y música de los Beatles, me sentía recular en el tiempo hasta los años setenta. Caminar entre aquellos jóvenes estadounidenses era como hacerlo entre los restos del naufragio de la generación del *peace and love* (haz el amor y no la guerra), los buscadores de gurús y de religiones alternativas. Por lo demás, la tribu marihuanera, se permitía alguna concesión al tipismo local en el atuendo. El toque latino. Ellos, sombreros de paja costarricense y, ellas, largas faldas y molas enrolladas en la cabeza. Y para sentir mejor la madre tierra, descalzos y con los pies jodidamente sucios. A *ver*, eran unos *huevones*, medio tarados tras pasar por Katmandú. *Carajo*, para barbudos sucios y desgreñados ya tuve bastante en el monte con los *hijueputas* de las Farc.

—Patrona, usted manda, señora —me distrajo la voz del capitán acercándose a popa una vez enfilamos mar adentro—. Soy el capitán Rodrigo Mata y este barco se llama Boca Brava. Si me permite le explico y usted decide.

—El archipiélago de Bocas del Toro —continuó respetuosamente—
, lo forman nueve islas, 51 cayos y más de 200 islotes. Estamos
abandonando isla Colón. Si usted me permite, le aconsejo que
vayamos primero a Carenero —prosiguió animándose con la charla—
. Está muy cerca, menos de cinco minutos, nos queda justo a proa,
es un precioso cayo y un lindo lugar por donde caminar tranquila.
Hay puestos de artesanos, surfers y algunos buenos locales para
comer y beber.

—Ok, capitán, ¡se lo explico de nuevo por si no lo entendió
la primera vez! —repliqué sonriendo fríamente—. Quiero navegar
y, por ahora, no busco gente; ya le indicaré si cambio de idea.
Búsqueme una linda playa donde pueda pasear y bañarme. Sola.
Sin turistas ni hippies mugrientos.

—Soledad no le faltará, señora —respondió riendo—. Esta isla se
llama Carenero porque aquí vino el Almirante Colón a carenar
sus barcos; luego, tras él, llegaron otros descubridores, piratas y
comerciantes. Hoy llegan turistas. Ignorantes y drogados, pero
con dólares…

—Dígame, capitán… —dije mirando su cara arrugada dispuesta a
cortar su cháchara—. Bueno, no importa, continúe, pero, ahórreme
su monserga para turistas…

—Bueno, cuando yo era niño, esta isla era un pueblito de
pescadores —continuó contento como un perrito mostrando
sus habilidades—. Pero, ya sé, doña, ¡usted busca tranquilidad!
—sonrió mientras navegábamos lentamente—. ¡Mire que delicia de
palmerales y arenas blancas! Y la selva detrás, tan verde... Sí, sí,
ya sé usted quiere paz, no hoteles ni restaurantes... ¡Nos vamos a
Bastimentos! Voy a enseñarle cómo destrozan el paraíso...

—Bueno, en el Parque Nacional Marino de Bastimento —
explicaba señalando las costas que se adivinaban en el horizonte—,
vive una ranita roja y negra del tamaño de una uña. No se la
encuentra en ningún otro lugar del mundo. La puta rana, ¡eligió
el cielo para vivir!

—¡Capitán, por favor! —repliqué tumbándome al sol en la
cubierta—. ¡No me vuelva loca la cabeza! Déjeme tranquila y
no me joda con las ranas. Ya sabe lo que busco... Encuentre una
linda cala solitaria, con arena blanca, aguas limpias y palmeras
verdes, donde, me pueda dar un baño y un paseo si tengo ganas.

Sin ver un turista. Y mientras no me encuentre eso, por favor, siga navegando callado. ¿Hay algo que no haya entendido?

Harta del capitán y de su palique incesante, decidí perderlo de vista y bajar a tierra; le ordené atracar en Cayo Coral, donde decían maravillas de un par de restaurantes especializados en marisco. Intentaba reponer fuerzas para continuar aquel paseo del que ya comenzaba a arrepentirme. Le dije que aguardara en el puerto, que no sabía cuando regresaría.

Tomé una cabaña espléndida construida sobre el mar, unida a tierra por un muelle que se adentraba en el agua, me duché y nadé tranquilamente hasta la caída del sol; al anochecer, salí del hotel refrescada, y, con un jean y una camiseta inmaculada, fui al mejor de los restaurantes. Como aperitivo prepararon una pequeña langosta a la brasa que degusté con unas copas de vino blanco. Por cierto, un vino español que yo desconocía y que fue un descubrimiento. *Waltraud* de Torres, ese vino sería mi preferido durante años.

Entretanto, cocinaban un pargo recién pescado de tamaño XXL y relleno de camarones con unas gotas de limón, sal, ajo molido, pimienta, una gota de picante en el adobo. Dos lomos limpios, atados, untados de mantequilla y dorados en el horno. Sencillo y sabroso. Por fin, una satisfacción en aquella excursión mierdera. Comer y beber rico, son placeres que casi nunca fallan. *Tirar*, es menos seguro. Pagué una enorme cantidad de dinero, vacié dos botella de vino y regresé, dando tumbos, a dormir a la cabaña.

Por la mañana abordé el Boca Brava y ordené al capitán que se dirigiese a Cayo Zapatillas. El dueño del restaurante, un surfero estadounidense de los años 60, agradecido por la excelente propina para sus empleados, me recomendó ese lugar como uno de los mejores de las islas. Por fin, alguien demostró tener sentido. Aquellas dos islas eran maravillosas, las más alejadas y abiertas al mar y de una gran belleza, muy, muy bonitas, extraordinarias. Tranquilas y solitarias. Decidí que navegáramos a su alrededor para conocerlas, después, bucearía para ver las isletas de coral y las tortugas; luego, nadaría hasta tierra para pasear por la playa mientras el capitán desembarcaba en la zodiac lo necesario para hacer un picnic bajo la sombra de las palmeras. Esa noche dormí en el barco, después de tomar un par de tragos con el capitán en la cubierta y de tener con él, por fin, una charla más relajada.

Al final el viejote se sinceró y dijo que, al verme llegar, colombiana, bella y con *plata*, pensó que quería utilizar su barco para llevar droga a Costa Rica; le tranquilicé y reímos del equívoco que le tuvo preocupado todo el tiempo. Luego, bien alegres, nos fuimos a dormir, yo, al amplio camarote y, él, a una hamaca en cubierta.

Amanecí con un *guayabo tenaz* (gran resaca) que alejé lanzándome al agua por la borda; ya no tenía veinte años y costaba soportar dos borracheras seguidas. Aproveché, después del desayuno, para nadar, disfrutar caminando por la playa y bucear entre los corales; tras un almuerzo ligero decidí que esas islas tenían que ocultar una muchacha bonita en algún sitio. De pronto, sentí necesidad de una mujer con la que compartir tanta belleza y con quien intercambiar unas caricias y unas palabras dulces en aquel paraíso; decidida, me puse en campaña. El capitán, más relajado y colaborador, partió, siguiendo mis órdenes, en busca de la *rumba* nocturna.

Encontré una super fiesta en el Blue Monday de isla Bastimentos, pero era agobiante, demasiada gente para mi; en Bocas, recalé en un bar para chicas abierto hasta la media noche. Era parada obligatoria antes de ir a la discoteca Barco Hundido; se llamaba Mermelade, o algo así, y allí, sentada en la terraza pronto supe que esa noche no dormiría sola. Varias isleñas, mezcladas entre las turistas atrajeron mi mirada; eran lindas y muy atractivas, con un aire caribeño muy sensual. En minutos elegí la que me pareció más bella y deseable y, enseguida, comenzamos a coquetear y sonreírnos a distancia.

Me acerqué a la isleña que se iluminó divertida ante mi llegada; la abracé y, estrechándola contra mí, le di un ligero beso en los labios.

–Buenas noches, me llamo Lany y usted me gustó nada más verla –me presenté estrechando sus manos entre las mías–. ¿Tiene que volver a casa esta noche?

–Hola, Lany –respondió enseñando sus dientes blancos–. Soy Dora, Teodora, y me gustaría bailar con usted toda la velada. Me espera alguien, pero no es importante.

–¡Fantástico, muchacha!–la atraje sonriendo–. Estrecharemos las relaciones colombo-panameñas, ¿qué le parece?

–Será una noche *bacanísima*, la mejor que podía desear hoy, Lany –respondió riendo a carcajadas–. *Me pone a hervir* (me calienta) saber que las dos estamos libres...

–¡*Bandida*, usted es una *bandida*, Dora! Me encanta–respondí contenta de haber encontrado una secuaz divertida–. Vamos a pasarla *chévere*.

Nos sentamos juntas y charlamos de naderías, luego, bailamos vallenatos, salsa y, más tarde, sudorosas, con los vestidos pegados al cuerpo, boleros antiguos en un rincón oscuro lejos de las miradas codiciosas de los isleños. Nos apretábamos tanto que no sabíamos si los gemidos eran de asfixia o de placer al entregarnos la una en brazos de la otra. Salimos al amanecer y, entre besos y abrazos llegamos a su casa. Le pedí que recogiera su equipaje, algo que resultó más complicado de lo que pensé porque, mientras esperaba y hasta que ella salió corriendo, hubo un griterío, carreras, *tirar de puertas* (portazos) y luces prendidas y apagadas. Finalmente apareció y muertas de risa caminamos hacia el embarcadero.

–¡Capitán Mata! Buenas noches, capitán –grité haciendo saltar de la hamaca al adormilado marino–. Traigo invitada... ¡*Nos volamos* a Cayo Zapatillas! Largue amarras. Y luego, prepare el desayuno que venimos hambrientas; dispóngalo en popa y avísenos cuando esté listo... Vamos, chica, suba, ¡está en su casa!

–Le mostraré el barquito, ¡pase por favor! –la invité–. Póngase cómoda y siéntase en su casa; enseguida desayunamos y luego a dormir un ratito, mientras el capitán nos lleva al paraíso... ¿*Le provoca*, Dora...?

–Por supuesto, ¡yo no me pierdo esta salida tan *chévere* por nada del mundo! –rió la bella mestiza.

Enseguida la voz del capitán Mata nos avisó que el desayuno se enfriaba en la mesa. Muertas de hambre y soñolientas subimos a desayunar.

Éramos muy diferentes. Yo alta, de piel dorada, guapa y de piernas largas y cuerpo atlético. Dora bajita, muy chiquita, perfecta en proporciones, con los ojos más expresivos y la boca más preciosa del mundo, lindos y enormes senos naturales, manos y pies perfectamente manicurados, melena castaña clara y un culito arrogante que pedía a gritos un mordisco. Y si los ojos de Dora exigían incitantes, los lánguidos míos lo concedían todo de antemano. Aceite y agua. Eso éramos. Agua y aceite.

—¡Capitán, gracias por el desayuno! —grité sin verlo—. Por favor, navegue hasta Cayo Zapatillas y fondee en la playa de ayer. Nadaremos allí al despertar.

—No hay porqué darlas, señorita Lany —respondió acercándose—. Estoy a sus órdenes. Navegaré lentamente para que descansen sin ruido.

—Gracias, Mata —respondí cerrando la puerta entre risas sofocadas de Dora—. *Chao.*

Cuando entré en el camarote Dora se había desvestido y la atmósfera caldeada olía a mujer impaciente; un olor delicioso a sexo y sudor, con efluvios de mi colonia de baño, la española Álvarez Gómez, la preferida de mi papá. Por encima, recorriendo la cubierta, el ir y venir de los pasos inquietos de Mata. Tan agitado como el capitán Achab buscando a Moby Dick en el horizonte.

CAPITULO 16

Descansé unos minutos echa un ovillo sobre el cuerpo de Dora, antes de subir a cubierta para encontrarme con la cara de asombro y la sonrisa forzada del capitán Mata; acababa de comprender que, además de machos, en el mundo también había lesbianas. Supongo que nunca pensó oírlas *tirar* en su propio barco, tan cerca de él. Le saludé desde la escotilla sonriendo y, llevándome un dedo a los labios, le indiqué silencio; seguro que dudó si ordenaba discreción sobre nuestras actividades sexuales o reclamaba calma para dormir.

Cuando bajé de nuevo, Dora seguía desnuda en la cama. Con un par de codazos liberé el espacio suficiente para acomodarme en mi sitio preferido. Apoyé la cabeza en la almohada y, mientras cerraba los ojos, sentí de nuevo el olor de aquel camarote; al bajar de la brisa fresca sobre cubierta, allí continuaba oliendo al diferente aroma de dos mujeres, a sexos satisfechos, a fogosidades desiguales, a sudor y fluídos, a hembras en celo y, en definitiva, a jaula de fieras del zoológico. Mientras me adormecía, un estremecimiento de satisfacción sacudió mi cuerpo. Todavía me estoy *viniendo*, pensé.

Despertar fue divertido, tenían algo de fresco, de infantil, nuestros cuerpos desparramados por la enorme cama; Dora suspiraba bostezando y blasfemaba desconcertada y yo, como siempre, pasaba sin transición del sueño a la vigilia.

–¡Vamos, vamos, *alegrona*! ¡Hágale, *hágale*, levántese, *culipronta*, que es hora de tomar un *jugo* y nadar en la playa! –interrumpí el sueño de la muchacha abriendo el ojo de buey–. ¡No sea perezosa! ¡Recoja sus *cachuchos* y tápese la *cuca* que vamos a disfrutar del sol! Aquí falta aire fresco...

Mientras, con diferente ritmo al mío, iba saltando de la cama, me puse un bikini y subí a cubierta; Mata seguía pesaroso. No entendía cómo los gritos de placer de sus pasajeras se habían producido sin intervención de hombre alguno y, por su cara consternada, parecía temer que su sexo estuviera condenado a la extinción. Le pedí unos termos de jugos y algunas frutas en una nevera portátil y que alistase la *Zodiac* (bote auxiliar neumático) porque pensábamos acercarnos a la playa para tomar el sol. Lentamente, asomaba a cubierta la cara, aún somnolienta pero satisfecha, de mi compañera de excursión.

Entre tanto despertaba del todo y comenzábamos a *echar carreta* sobre los escarceos tan *chéveres* de la mañana, el capitán dejó lista la pequeña embarcación. Antes de subir a la *Yachtline* (modelo de Zodiac), lejos de los ojos indiscretos de Mata, guardé en mi bolso de playa el dinero, el celular, mi arma y mis pasaportes; porque, o mucho me equivocaba o, llevado por el morbo, iba a escudriñar palmo a palmo el camarote olisqueando *calzones*.

Dora y yo tomamos el sol un buen rato, luego, nos tumbamos a beber *jugos* helados bajo la sombra de las palmeras.

—Cuénteme de usted, Dora —rogué pasando sobre ella el escaner de mis ojos.

—Le voy a ser sincera porque ya me dí cuenta de que es dificil engañarla. No soy tan inocente como parezco. Soy una *changüita* (mangui, medio delincuente), como dicen ustedes en Colombia, Lany —me miró con tristeza Dora—. ¿Sabe que aquí, en Panamá, algunas nenas me consideran colombiana? Es porque viví varios años en su país. Desde niña siemp.e fui rebelde, ni siquiera las *veteranas* me aguantaban. Decían que soy demasiado *brincona*, mala amiga, robanovias y de todo me dicen. ¡Mire que de chiquita me llamaban Teodora, la *mamadora* (chupona, chupadora)! No sé, lo mismo soy bisexual, no soy pura lesbiana.

—¿Sí? Yo no le veo la inocencia, nena. Pero, por favor, cuente porqué vivió en mi país... —la animé a continuar—. Y explíqueme eso de que es bisexual, a mí, me pareció auténtica *arepera*...

—¿Le gusta *echar carreta*, muchacha? —sonrió encantada—. Pues conmigo lo tiene fácil. Le cuento, Lany. Nací y me crié en el barrio más pobre de la ciudad de Panamá; allí, eso de que éramos la octava maravilla del mundo quedaba algo lejos. Mi papá era un *bacán* (amigo de todos, generoso, simpático), pero, también un tremendo bobo; mi mamá, muerta de hambre y harta de promesas y sueños, nos dejó y se fue con otro *man*.

—¿Usted cree que mi papá se preocupó? ¿Que corrió tras ella para

236

devolverla a la casa? –preguntó con cara de asombro–. Pues no, *mija*, sonrió, dijo no sé que cosa de la libertad y se apuntó en los Batallones de la Dignidad del presidente Noriega. Desapareció el 20 de diciembre del 89, el día que los gringos invadieron Panamá. Yo tenía diez años cuando los americanos liberaron a todos los criminales de la Cárcel Modelo –continuó–. Estaba sola. El imbécil de mi papá estaba luchando por Noriega, cuando un grupo de violadores liberados se apoderó de mi; no recuerdo cuántos eran, pero, mientras los aviones americanos bombardeaban El Chorrillo, me violaron, uno tras otro, todos, por todos los agujeros. Ellos me bautizaron Teodora, *la mamadora*.

–Mientras, Noriega se escondía en las faldas de los curas y sus cobardes coroneles escapaban del país con maletas repletas de dólares –prosiguió con una amarga sonrisa–. Fueron la oposición armada, los sargentos y cabos del ejército, un periodista español y los Batallones de la Dignidad quienes murieron aplastados como cucarachas por las bombas norteamericanas. Los *rangers* (unidades de élite norteamericanas), riendo, llamaron a mi barrio *Little Hiroshima* (pequeña Hiroshima). Mientras, entre las explosiones, sin agua ni luz, seguían violándome en nuestra propia casa. Mientras uno me forzaba, los otros, dando alaridos miraban como caían las bombas en la cárcel Modelo y en el Cuartel Central de las Fuerzas de Defensa Panameñas. Si el espectáculo merecía la pena, el que tenía encima, dejaba de *tirar* conmigo y corría a la ventana –siguió recordando Dora con lágrimas en los ojos– . Cuando se cansaba de mirar, volvía. A veces, se encontraba con que otro ya ocupaba su lugar. Entonces peleaban. Tardaron mucho en marcharse. Cuando se fueron bajé a los pisos inferiores donde estaban refugiados mis vecinos. Nadie me hizo caso. Todos gritaban, lloraban, se lamentaban; los paracaidistas estadounidenses nos ordenaron desalojar. Saltando sobre los muertos aplastados por los tanques, me vi en el Puente de las Américas. Pensaba que alguno de aquellos cadáveres quizás fuera el de mi papá. Lloraba, estaba destrozada y la sangre y el semen, me chorreaban por las piernas.

–Quedamos solos mi hermanito mayor y yo. Él es trabajador, repara carros en un tallercito y saca adelante a su familia. Yo no sirvo para eso. Desde entonces, me dediqué a las ventas –sonrió–. Primero condones en los semáforos, luego, cocaína en las discotecas; más tarde anduve de *guaricha* (puta) y maté uno en Colombia antes de regresar a Panamá. Aquí he visto y he hecho de todo –dijo mirándome a los ojos sin inmutarse–. Siempre más fuera que dentro de la Ley. Porque en Panamá sólo los curas, y no todos, están dentro de la Ley. *Las torres de la cocaína* (grandes edificios de la bahía) y los ochenta y cinco bancos locales pertenecen a treinta familias, a sus hijos banqueros y a sus nietos abogados. Al resto, incluídos los políticos, nos compran muy barato –me miró a los ojos.

–La noche que me vine con usted pensaba desvalijar al turista que abandoné en Bocas. Le *entré* (ligué) en la playa y quedó rabioso porque me fui sin *tirar*. El muy *güevón*, estuvo de suerte, no *arrancó* (jodió), pero salvó sus dólares y quizá la vida –se secó un par de lagrimones sonriendo de nuevo–. Estoy sin *plata*, desesperada, necesito renovar mi ropa y las tiendas del Centro Comercial Multiplaza Pacífico son carísimas. Por eso cuando la vi, me dije, esta *gomosa* (pija, niña bien), debe llevar buena *plata* en alguna maleta; pensé robarla, ponerle un cuchillo al cuello y listo. Pero, no nací ayer y usted me alarmó. Bajo ese aspecto de *gata mansa* (de no romper un plato), intuyo mucho peligro. Usted es una *dura*, iba a ser *hasta imposible hacerle un transe* (casi imposible hacerle una putada), así, sin más. Entonces me dije, mejor amigas. Y aquí estoy, para *colaborarle* en lo que guste.

–Es sincera, Teodora, me gusta –sonreí mientras ella continuaba dominada por los recuerdos–. Vamos, muchacha, no más lágrimas. Estamos aquí para divertirnos, es usted muy linda, nena. Tiene un cuerpito delicioso, perfecto para jugar. ¡Está muy rica, *mamita*! Y esa piel tan suave, ¡que huele tan delicioso!

–Pero, ¡si soy muy chiquita, muy poquita cosa! –replicó coqueteando Teodora.

–No, mi amor, usted no es poquita cosa –respondí galante–. ¡Usted es mucha cosa en poquito espacio! Es una lástima que debamos separarnos. Pero usted lo ha dicho. Acostumbro a ser la cazadora y no la presa y sé que, cuando cambie el viento, no podría fiarme de usted. Disfrute del día y luego la dejaré en tierra, ¿Ok? Sin rencor, Dora.

–¡Huy! ¡Alguien piensa en divertirse mirando si tonteamos! Cuando usted me hablaba, Dora, sentí un reflejo en los ojos, ¿me comprende, verdad? Por favor, disimule y acérqueme mi bolso –rogué–. Gracias y ahora, por favor, ofrezca jugos y ría.

–Ok, Lany, entiendo –se interrumpió al ver cómo montaba la pistola–Pero, ¿qué ocurre? ¿Lo va a matar por mirar?

En un segundo me *paré* en posición de tirador y sin hacer caso de sus gritos disparé dos veces hacia el Boca Brava.

–¡Déle bala a ese *hijueputa*, Lany! ¡Es un jodido mirón chismoso el tal Mata! –rió Dora mirando la pistola humeante en la mano–. ¡Que vaya a *güevoniar* con su mamá!

Las dos balas se clavaron en el arco del radar por encima de la cabeza de Mata que, muerto de miedo, dejó caer los binoculares que tenía colgados del cuello. Viendo que me acercaba a la embarcación pistola en mano, levantó los brazos. Fin de la guerra. Se rendía. Le hice señas de que viniera y, sin dudarlo, saltó vestido al agua para nadar hasta la playa.

Mata llegó a la arena. Se acercó a mi. Levanté lentamente la BabyGlock apuntándole a la cabeza. Su cara estaba desencajada.

–¿Le gusta mirar a las nenas por si hacen *arepas*, Mata? –pregunté con el arma a treinta centímetros de su boca–. ¡Usted sabe que eso no está bien! ¿Se da cuenta?

–No, doctora. ¡Sí, doctora, lo siento! Fue curiosidad nada más... ¡no quise ofenderlas!– balbuceaba sin dejar de mirar el negro agujero en el cañón de la pistola.

–Pues, no lo ha conseguido, porque, ¡estamos muy ofendidas, *hijueputa* mirón! –saltó *braveante* (desafiante) Dora.

–¡Sí, capitán Mata, estoy bastante furiosa con usted! –corté heladamente bajando el arma–. Olvídese de mirar *panochas* (setas, coños). ¡Vuelva al barco a *pelarse el cable*, pero, sin mirar a la playa! Vamos, ¡muévase!

–A sus órdenes, señora. Disculpe –rogó retirándose hacia la orilla.

–¡Capitán Mata! –grité y se detuvo en la arena, hundiendo los hombros, tal vez temiendo un disparo por las espalda.

–¿Señora? –musitó.

–¡Vuélvase, por favor! –levanté de nuevo el arma apuntándole–. Recuerde. No debe mirar. ¡Obedezca o *se muere*!

Caminó hacia el agua escuchando como Dora le gritaba que no olvidase *alistar* (preparar) el almuerzo. Nadó hasta el barco sin mirar hacia la playa y caminó por la cubierta hasta los mandos de espaldas a la orilla, con la vista perdida en altamar.

De regreso al barco ordené a Mata que dispusiera el almuerzo en cubierta bajo el toldo instalado en el arco del radar. Era cómico verle sonriente y obsequioso con nosotras que pasábamos desnudas ante él hacia la ducha, mientras, evitaba mirarnos y peleaba con sus ojos soliviantados pretendiendo no mostrar el más mínimo interés. Eliminado el salitre y con ropa ligera, nos sentamos a almorzar y aproveché para comunicarles que iniciaríamos el regreso a la caída de la tarde, tras la comida y la siesta. Dora prometió guardar un silencio sepulcral para no incordiar mi reposo, esperaría tomando el sol en cubierta hasta que me despertara y, luego, nos bañaríamos por última vez antes de volver a Bocas del Toro. Matas se esmeró en la cocina, vino blanco helado y una deliciosa ensalada fría de colas de langosta y trozos de atún al vapor con cebolla, pimiento verde, tomate, pimienta y un rico aliño. Devoramos el entrante, bebimos dos botellas de un Riesling helado, elaborado en Chile y, además, como capricho, nos concedimos como último atentado a la dieta, unos deliciosos helados Häagen Datz de vainilla con cookies y otro de dulce de leche con toffe. Mientras Dora tomaba café y buscaba un rincón donde descansar en cubierta, me retiré al camarote haciéndole signos de silencio. Por fin, soledad, sueño y silencio. El trío de ases para una siesta. Las tres ESES imprescindibles para descansar tras una buena comida.

CAPÍTULO 17

Desperté con la misma rapidez y el mismo placer con que me dormí. Refrescada tras ducharme en el camarote, retiré mi arma de debajo de la almohada, la guardé en el bolso y subí a cubierta. Dora escuchaba su Ipod tumbada en la banqueta a la sombra del toldo, bajo el arco del radar. Mata, fumando un grueso cigarro puro, taciturno como un gato, esperaba órdenes sentado a los mandos. Sólo se oían las olas batiendo la arena de la playa y el chillido de alguna gaviota volando sobre el barco.

Señalé la proa a Dora para que viniera a acomodarse allí conmigo; deseaba despedirme de ella lejos de oídos indiscretos. Nos sentamos en toallas sobre la ardiente madera de teka de la proa y recostadas sobre los protectores de acero inoxidable de las amuras.

–Bueno, Dora, amiga, ¿qué piensa hacer cuando regresemos a Bocas? –pregunté sonriente y mirándola a los ojos–. ¿Cree que ese yanqui seguirá allí esperando que lo robe?

–No lo sé, Lany, pero me ha gustado mucho conocerla – respondió riendo francamente–. Me apena separarme de usted, es divertida y ¡vive como una reina...! Asusta a los tarados con su *tubo* y, además, ¡*tira rico* (folla muy bien)!

–Esto es un adiós, Dora, no nos pongamos sentimentales – sonreí acariciándole el pelo.

–*Rico, Lany, listo* –sonrió con amargura–. Debí morir violada aquella noche de la invasión, desde entonces vivo de propina. ¡Todo termina acabándose algún día: la suerte, el güisqui, el perico, el amor... y también la vida! He vivido, *tirado* y *rumbeado* lo que otros en tres existencias. Ha sido *bacano* vivir libre... ¡Me importa un carajo morirme... salvo por dias como éstos...

–¡*Tan divina*, Dora! –sonreí–. ¡Y tan *sabida* (se las sabe todas)!

Mientras hablábamos, ocurrió lo que hace tiempo esperaba. Mi celular, el de mis amigos, sonó. Antes de conectar, ordené a Dora que se mantuviera junto al capitán y pilotaran mar adentro. Con

241

las piernas colgadas en la proa sobre el gua y sintiendo el sol en la cara, respondí.

—¡Aló, dígame! —esperé impaciente la respuesta.

—Hola, *mijita* —dijo la voz de Sobrado—. ¿Cómo se encuentra usted, nena?

—¡Muy bien, *papazote*! Gracias. ¡Me alegra tanto saber de usted! —respondí con el corazón latiendo a mil por hora—. ¿Están todos bien...?

—Sí, nena, ¡toda la familia está bien! No debe preocuparse —respondió imperturbable—. Pero, vayamos al grano, necesito enviarle información urgente para su trabajo. Uno de nuestros empleados estará allí pasado mañana. ¿Cómo lo hacemos?

—En un par de horas le envío por mail la solución —dije pensando a mil por hora—. Diga a todos que los llevo en mi corazón. Y que no se preocupen que estoy ansiosa por trabajar.

—Bueno, *mi sangre*, tire ese viejo celular, está estropeado y se escucha muy mal —recordó mintiendo—. Le enviaré el material donde usted diga. Y como voy a cambiar de dirección le enviaré también una nueva.

—No tema, así lo haré, esté pendiente del mail. Lo recibirá muy pronto —casi se me saltaban las lágrimas—. Diga a los muchachos que los adoro. *Chao*.

Seguí sentada en proa unos minutos, luego me giré y le grité al capitán que volvíamos a Bocas a toda máquina. Mientras la embarcación viraba acelerando los motores lancé el celular al agua. Cayó entre un grupo de delfines sorprendidos por el viraje de la nave.

Amarramos en la marina y, tras una ducha, desembarcamos con bluyines y camisetas impecables, mezclándonos entre los turistas. El capitán Mata recibió orden de quedarse a bordo esperando órdenes. Con promesas de reencontrarnos en Panamá y abrazos y besos de agradecimiento, al fin, Dora y yo nos separamos, no sin dejarme su teléfono y rogar que no dejára de llamarle. Con un abrazo puse en su mano unos billetes que hicieron brillar sus ojos o de codicia o de agradecimiento. Para cuando nos dimos la espalda, ya nos habíamos olvidado. Yo pensaba en hacer mi trabajo a gusto de mis amigos, y ella en gastarse la plata y en averiguar si aún llegaría a tiempo para desplumar al turista que abandonó por mi.

En Bocas, en pleno Caribe, una multitud de viejos hippies vendía símbolos de paz, ropa y abalorios en las calles sin asfaltar. Los surferos con sus tablas bajo el brazo y bañadores llamativos, recordaban a la California de los años ochenta. Era un sitio donde nadie se fijaba en los demás, salvo para ofrecer droga, robarle la cartera o pedir sexo.

Llegué a la puerta del cibercafé local, entré, pagué media hora de uso y me senté ante la pantalla de una computadora tan antigua como el banco que adelantó la plata a Noé para construir el arca. Conecté y busqué el portal de una asociación de culturismo en Canadá. Allí tenía una dirección de correo electrónico asignada; una de las muchas que tenía registradas por el mundo y destinadas a ser usadas un sola vez.

Fijé la cita para recibir la información a las doce del mediodía siguiente. Sería en la entrada principal del Shooping Plaza, en el Resort Fuerte Amador, en isla Flamenco. La isla, con otras tres, estaba unida a Panamá por la Causeway. Elegí ese lugar porque, a las malas, era buena para una fuga. Por tierra, en el carro alquilado que llevaría hasta allí; por mar, en una fuera borda contratada para un paseo turístico y atracada en la marina del Yacht Club.

En mi correo a Sobrado advertí que saldría del centro comercial a esa hora. El enviado debía localizarme, pero, sin acercarse, estableceríamos contacto visual y, luego, yo me retiraría y el hombre debería acercarse y dejar el sobre en el suelo. Después, cada uno para su casa, sin mirar atrás. El enviado les notificaría que la entrega de documentos había sido efectuada y que el negocio estaba en marcha. Si yo fallaba, les llamaría para pedir nuevas instrucciones. Muerta o detenida, imposible llamar. En cualquier caso, se enterarían de lo ocurrido por los diarios locales.

Volé a Panamá sin problema alguno y, en el mismo aeropuerto, alquilé un carro discreto; me acerqué a mi apartamento y comprobé que no estaba activada ninguna de las trampas colocadas en varios lugares de la vivienda. Aparentemente, estaba segura, nadie me había localizado.

Al día siguiente, acudí con tiempo a la cita y aguardé dentro del centro comercial; había dejado el *carro* enfilado hacia la Causeway y dejé pagado un paseo en lancha por el canal. Si algo se complicaba, tenía dos salidas dispuestas. Tras recoger el sobre elegiría la mejor ruta de escape. Por tierra o por mar. Todo funcionó perfecto. Salí del centro comercial por donde esperaban que lo hiciese, cargada con bolsas de compras y con mi pistola empuñada dentro de una de ellas. Al atravesar la puerta me cegó la luz pese a las gafas oscuras. Me detuve buscando con la mirada y vi cómo se apeaba de un carro un hombre joven, con bigote, *tan delgado como silbido de culebra* (delgado como el aire) y aspecto igual de peligroso. Mientras se acercaba a la puerta con un sobre en la mano, su cara pregonaba *tengo ganas de matar y comer del muerto* (desafiante, amenazador). El flaco me miró de soslayo mientras se aproximaba y yo me apartaba cautamente de la puerta; en su cara, una mueca de respeto ante el trabajo bien hecho. Dejó los papeles y se volvió. Todo según lo acordado. *Listo el pollo*, la entrega estaba hecha sin problemas.

El tipo que *parecía haber comido alacranes* (de genio atravesado, peligroso) se alejó; esperé que entrara en su automóvil, donde le aguardaba el conductor, y enfilaran la salida hacia la Causeway antes de recoger el sobre y sentarme en la terraza del Yacht Club.

A la sombra, mientras tomaba un ron con gaseosa, leí las instrucciones. El sobre traía los datos necesarios para identificar y localizar el objetivo. Aunque no lo decían, mis amigos querían que *acostara* un tipo. Fácil. Y caro, porque cuando leyesen en el periódico que su *man* estaba *frío*, ingresarían una asombrosa cantidad de dinero en la cuenta de mi sociedad *Letal Rouge*. Para Omar, yo no tenía tarifas; recibía gustosa lo que su generosidad decidía. Y, él, era generoso como nadie. Aún así, me desconcertaba. Aún no me acostumbraba a que la gente estuviera dispuesta a pagar esas desorbitadas cantidades de dinero por matar a un enemigo cuando todo el mundo tiene en casa un cuchillo de cocina para ir a degollarlo gratis, bien barato.

Parecía que *la vuelta* no era complicada, pero, *de cucaracha p'arriba todo es cacería* (no hay que confiarse) y cuando se desconoce el terreno *mejor saber si pisas bejuco o culebra* (andar con pies de plomo). De cualquier manera, no había mucho que estudiar en el sobre.

Según decía un pequeño texto, el objetivo era un chileno empleado por la News Corporation del magnate australiano Rupert Murdoch; se suponía que, desde Panamá, trabajaba en la elaboración de un reportaje sobre los jóvenes narcos colombianos del siglo XXI para The Sun y el canal de noticias Fox News. También demostraba que mantenía extraños contactos con la DEA (Drug Enforcement Administration, agencia antidroga de los EE. UU.). Por seguridad, él y su equipo, entraban a Colombia sólo cuando era imprescindible para filmar una entrevista o grabar algún suceso importante; lo hacían con la falsa identidad de una ONG internacional de carácter humanitario. El resto del tiempo, investigaban y hacían sus contactos desde Panamá, donde creían estar más seguros. Sin duda, a alguien le disgustaba el proyecto de reportaje y quería demostrar a los periodistas que eran personas no gratas. Que comprendieran que, si uno no se cuidaba, también en Panamá la vida podía ser una enfermedad mortal.

Adjuntaba una foto de los tres miembros de equipo, periodista, camarógrafo y técnico de sonido, aunque, de momento, sólo debía *acostar* al chileno señalado con un círculo. Intentaban que *la vuelta* no se convirtiera en una masacre. El hotel donde se alojaban era perfecto para el trabajo. Céntrico, entre la Vía España y la calle 55, y con salidas por todas las esquinas. Un hormiguero de clientes en el que nadie se fijaba en los otros; un centro de convenciones atestado de congresistas de medio mundo, discoteca, casino, bares, restaurantes, gym y una enorme piscina donde los turistas coqueteaban con algunas preciosas putas locales. Quemé todo en los servicios y pronto decidí el plan. Los seguiría en sus desplazamientos y, desde la piscina y los bares del hotel, observaría la rutina de aquellos hombres.

Dos días después, lo sabía todo sobre ellos. No madrugaban, a media mañana salían para una entrevista en algún bufete de abogados, o, a grabar planos de los llamados *edificios de la coca* (torres frente a la bahía, se dice que pertenecen a los narcos) en el *skyline* al fondo de la bahía. Normalmente, después de almorzar fuera, volvían al hotel. Daba la impresión de que aguardaban algo importante, mientras se entretenían grabando planos de recurso.

De vuelta al hotel, el chileno se encerraba en su habitación donde pedía servicio de habitaciones; mientras, los dos técnicos merodeaban por la piscina hasta la hora de *la comida*, luego, apostaban algún dinero en el casino antes de bajar a la discoteca. La habitación del periodista estaba situada junto a un ascensor de empleados, con acceso desde la piscina, que comunicaba las cocinas de la planta baja con los pisos; lo comprobé, nadie preguntaba nada. Los clientes preferían utilizar el montacargas, antes que el que el ascensor de la planta porque evitaban entrar al vestíbulo del hotel y les dejaba más cerca de sus habitaciones.

Bajo mi apartamento compré un uniforme de camarera casi idéntico a los utilizados por el personal del hotel. Fue sencillo; entré andando por delante del casino con bolso de playa y ropa ligera; me vestí de camarera en los baños de la piscina y guardé la ropa de calle en una bolsas de basura.

Accedí al área de servicio uniformada y con mi bolsa de plástico en la mano; recorrí los tres primeros pisos hasta encontrar un carrito de limpieza en el que depositar mi paquete. Me puse unos guantes de látex y tomé el carrito dispuesta a neutralizar a la gobernanta si me la tropezaba y preguntaba que hacía allí. Caminé empujando con la pistola cubierta por un montón de toallas limpias. Llamé a la puerta del *man*.

—¿Quién es? —preguntó el chileno.

—Servicio de habitaciones —respondí—. Traigo toallas limpias, señor.

—¿Toallas? No he pedido toallas... —contestó mirando por el visor y abriendo la puerta—. Bueno, pase usted.

—Gracias, señor. Con su permiso daré una limpiadita —dije tomando el montón de toallas y cerrando la puerta tras de mí.

—Por favor, deje eso y sólo limpie el cuarto de baño, ¡que estoy muy ocupado! —gruñó el periodista sentándose ante un portátil encendido y rodeado de periódicos.

Trasteé un poco en el cuarto de baño para confiarlo y enseguida me situé detrás del tipo. Sin palabras, a través de las toallas, le solté *un pepazo* en la cabeza a cañón tocante. Las toallas apagaron el ruido, pero quedaron chamuscadas y empapadas de la sangre que salpicó de su cabeza. La bala le entró por la nuca y le salió por la boca para incrustarse en la computadora salpicando de sangre y dientes la pantalla del *laptop*. Extrañamente, el tipo no cayó; se levantó chorreando sangre sobre su pecho y girándose para ver quién le disparaba. El *hijueputa* no sé de donde sacó la fuerza para *pararse* y venir hacia mi cuello con las manos extendidas, como un zombie.

—¡Por Dios! —musité mirando al periodista que estaba junto a mi gorgoteando y con los brazos como Frankenstein–. Estás muerto, hijueputa... ¡No me asustes...! ¡Túmbate, cabrón!

Le apunté a la frente pensando si sería verdad que hay zombies a los que resulta imposible matar; el tipo seguía mirándome con los ojos desencajados, sangrando y tratando de gritar con su boca destrozada. Solo conseguía escupir esquirlas de hueso, dientes y, entre los labios destrozados, dejaba escapar borborigmos, bisbiseos de aire, burbujas y sangre a borbotones.

–¡Está muerto! ¡Cállese! Deje de hacer esos ruidos... –le dije absurdamente–. Está *parado,* pero muerto, ¡vamos, *hágale,* cáigase!

Con mi lima de uñas extraje la bala alojada en la pantalla del ordenador y recogí la vainilla. Comprobé que no me había manchado de sangre cuando, de pronto, el muerto se me vino encima. Salté esquivándolo por poco. Luego, sin dejar de mirarlo por si se levantaba de nuevo, tomé de una consola el reloj y la cartera. Rocié la habitación con perfume de puta, manché las almohadas con lápiz labial y vacié las botellitas de licor de la heladera entre la cama y la ropa del muerto.

Como toque maestro, dejé un *pase* (dosis) listo junto al ordenador y *boté* por el *piso unos calzones y un brasiere.* Todo se lo tomé prestado a Dora cuando me enteré de que tenía trabajo. En el barco tuve una intuición y se lo robé por si me resultaba necesario. Me puse la ropa de calle, oculté el uniforme en la bolsa de basura y ésta en el bolso de playa. Dejé el carrito en la puerta, saliendo por la puerta de servicio atravesé la piscina y, por delante del casino, abandoné el hotel hacia la Vía España.

Al salir estaba lívida. Dominé un temblor al sentir el sol y decidí encerrarme en casa hasta calmarme. Nunca pasé tanto miedo como ante aquel mierda de reportero resisitiéndose a morir mientras escupía sangre. Debía estar haciéndome vieja para los tiros, quizá debería retirarme, pensé. Pero yo sabía que este *camello* (trabajo) no se abandona diciendo ya no me gusta, me cansé. Se toma para siempre o no se ingresa. Si una entra a esta *vaina,* luego, está *maluco* salirse. Salvo que de milagro le dejen marchar o la envíen a casa en un cajón. *Así de sencillo.* Además, a mí me gustaba masacrar *manes* y cobrar por ello. Sólo estaba impresionada. Nada más. Se me pasaría.

Capítulo 18

*E*sa noche tomé uno de los barcos que surcan la bahía ofertando paseos a la puesta del sol. Incluyen *tragos* y cena a bordo. Acodada en la borda, mientras los demás cenaban, arrojé al mar las bolsas con el uniforme de camarera, los guantes, la *vainilla* y una piedra dentro para que lo llevara hasta el fondo del mar.

No cené pero sí tomé varias piñas coladas que pronto me dejaron *copetona* (alegrilla); aquella noche tenía una sed *tenaz*. Apoyada en la barandilla meditaba contemplando el reflejo de la luna en el mar. Quizá por el cursi lirismo de la escena, vinieron a mi cabeza las *maricadas* (tonterías) del *triplehijueputa* (superhijoputa) de J.J. Rousseau y su cuento *jodón* (cargante) sobre la bondad natural del hombre. Mentiras. *Mierda*. La gente era mala, muy mala y, casi siempre, además, *pendeja* y *muy bruta de la cabeza* (muy ignorantes). La vida, para casi todos, era un puto calvario que abandonaban felices con un tiro en la boca. Aunque, el tipo del hotel se resistió, era la excepción.

Cada cual era como Dios lo hizo y, poco tiempo después, mucho peor. Mi papá siempre decía que era imposible destetar a todos los *hijueputas* del mundo. Había demasiados. Y para *cagarla* más, en Colombia se dice que *al cielo, ni los bobos van, los joden aquí y los joden allá*. Así que, aunque parezca lo contrario, mucha gente agradecía que la matasen. Quizás el periodista chileno, agradecidísimo, quiso abrazarme por haberlo pasaportado. O, tal vez, simplemente *pedía cacao* (misericordia).

Soy mala, pensé demasiado alegre o triste por los *tragos*; tan mala como las mujeres de la copla. Intenté recordar la letra de aquella canción, mientras filosofaba entre confusas peroratas de borracha. Estaba orgullosa de no haber perdido los nervios pese a lo insólito de *la vuelta*. Aunque aterrada resolví todo rápida y eficazmente. Dibujando una sonrisa en mi cara, vino a mi mente aquella letrilla que siempre me hacía gracia.

La primera la hizo Dios

y esa jodió al pobre Adán
si ésa fue la que Dios hizo
¿las otras cómo serán?

Un *pendejo*, diciendo las vulgaridades habituales, se acercó para invitarme a *tomar*; le propiné una *cantaleta* más *cansona* que la de un borracho *abrazador* (cariñoso).

–No, gracias, no le acepto su trago –respondí mirándole ofensivamente la panza–. ¡Estoy festejando, caballero! No se aceptan invitados. ¿Usted sabe que *sólo la cascabel entra en la cueva del erizo*? No *joda*, lárguese, *malparido*.

–¿Qué quiere celebrar conmigo? –reí a carcajadas ante su asombro–. ¿Piensa que me dejó el tren? No, amigo, ¡es que no quiero ir en tercera! Y usted, ¡es tan feo que no inspira ni *veniales* (pecados veniales, es decir, pequeñitos)! Mejor vestir santos que desnudar borrachos. *Conmigo pierde el año* (pierde el tiempo), ¡soy mujer para valientes y más peligrosa que un revólver amartillado!

– No sabe lo que dice. ¿Quiere saber por qué? Porque usted tiene más *llantas* que una *tractomula*, es más *chiquito* que los *tragos* dónde las putas (muy pequeño, bajito) y *nació cuando el arco iris era en blanco y negro* (es tan viejo como la tele sin color), ¿me capta? –sonreí despectivamente empuñando dentro del bolso la lima de uñas metálica que deseaba clavarle en la garganta–. ¿Qué busca, *panzón* (barrigudo)? Aunque fuera usted el mismísimo Pablo Escobar resucitado y repartiendo esmeraldas yo ni le miraría. Y ahora, ¡que la Virgen lo acompañe, amigo! *Coja destino* (no moleste). ¡Me produce tantas ganas de mear que hasta me lloran los ojos! Y , por favor, no vuelva, ¡que el camino es *culebrero* (peligroso)!

Me insultó groseramente. Gritó que él no era ningún capado. No entendió nada. Ni siquiera se dio cuenta de lo cerca que estuvo de *morirse* y desaparecer en el mar. El muy imbécil aun no había aprendido que la vida es dura y la gente mala y que *para morirse, lo único necesario, es vivir un poquito antes.* Cualquier *gamín* lo sabe, pero, el pobre cretino, orgulloso de su panza de nuevo rico, creía flotar por encima del mal.

Se libró de desangrarse, ahogándose en el mar, porque temí mancharme la ropa; además, estaba preocupada y deseaba volver a puerto a esperar la salida de los diarios. Desembarqué y caminé hasta el centro en busca de los *canillitas* (niños vendedores de periódicos) con las primeras ediciones.

El más conservador de los diarios anunciaba en su primera página:

Periodista extranjero asesinado en El Panamá.

Investigaba conexiones internacionales de los narcos colombianos.

Policía busca prostituta testigo del asesinato en el hotel.

Otro periódico más sensacionalista titulaba:

El periodista muerto era metelón.

¿Porqué acabó mal la noche de orgía en El Panamá?

¿Fue un ajuste de cuentas entre mafias del sexo y la droga?

Todos los diarios, sin excepciones, explicaban cómo el difunto había recibido un *pepazo* de 9 mm en la nuca que le había saltado los dientes contra la pantalla del ordenador, que sus compañeros de equipo no sabían nada, estaban aterrados, desconsolados y deseando regresar a Londres. La policía reseñaba que en la habitación había restos de droga, licor y prendas íntimas de mujer. Todo parecía indicar que la persona que compartió sus últimas horas salió, o la sacaron, con el culo al aire, sin tiempo para ponerse los *calzones*. En general, los periódicos se inclinaban por la teoría de que la autora del robo había sido una prostituta contratada para una noche de lujuria. El asesino, posiblemente, su proxeneta. El motivo, desavenencias en las tarifas, en la calidad del servicio o, quizá, simple codicia. También investigaban el disco duro del portátil por si hubiera pistas que arrojaran luz sobre el caso.

Únicamente un reportero publicaba algún dato filtrado por la policía sobre los contenidos del disco duro; confirmaban una investigación del periodista sobre la posición de los nuevos narcos emergentes en Colombia. Anotada en su agenda de trabajo figuraba una entrevista pedida a Diego Montoya, *don Diego*, a quién había solicitado visitar en su finca de la parcela de La Cristalina de Jamundí, en el corregimiento de Potreritos, en Cali. Esto y otros datos que citaba sobre la DEA, con la que el muerto parecía tener excesivos contactos, me aclaró el motivo de *la vuelta*. Desde luego, no pensaba preguntar nada a Omar Montoya sobre su pariente *don Diego. ¡Después del ojo sacado, no vale Santa Lucía!*

El periódico añadía que junto a la anterior, en la agenda del muerto, figuraba otra petición de entrevista. Era a Wilmer Varela,

Jabón, el otro gran capo del Cauca que al frente de su ejército *Los machos* disputaban a *Los rastrojos*, los hombres de Montoya, el control del Valle.

Demasiado peligroso hacer preguntas. Cobrar y callar, me dije tras *echar cabeza* al asunto.

Decidí refugiarme de nuevo en mi vida de estudiante y regresé a la calma de mi apartamento; comprobé de nuevo los sistemas de detección de intrusos que dejé instalados. Nadie se interesaba en mi vivienda. Eso era bueno para mí. Dormí, y cuando despertaba tomaba fruta, yogur y más píldoras. Dormí mucho más, tirada desnuda sobre las sábanas. Luego, en los ratos de duermevela, decidí que sería bueno prestar más atención al tipo. A mi novio, John Manning.

CAPÍTULO 19

*T*ras cuatro días de sueño profundo, inducido por una mezcolanza explosiva de bromazepan y lorazepan, abandoné la cama decidida a finalizar mi estancia en Panamá y asaltar los Estados Unidos. A Miami. Desnuda y sudorosa bajo la *yukata* (kimono de verano japonés) de algodón, me senté ante la pantalla de la computadora decidida a calcinar de amor el corazón de mi cibernovio estadounidense. Necesitaba emigrar, cambiar de aire. Deseaba respetabilidad porque dinero, gracias a Omar y a las *vueltas*, no me faltaba. Había prosperado gracias a él; en el fondo, la única manera porque *si el trabajo diera plata, las mulas tendrían chequera.* No quería ser acosada por la *migra* (policía de extranjería) allá donde fuera. Ansiaba cambiar mis magníficos pasaportes falsificados por uno auténtico y, además, estaba rabiosa con Colombia y quería alejarme. Primero Miami, luego, a la vieja madre patria. Aunque España, para mí, más que mamá era como aquellas sensuales primas adolescentes que siempre deseé acariciar cuando sesteábamos en la finca las tardes veraniegas.

En Internet es fácil encontrar alguien tan desesperado por la soledad como para desear casarse con una desconocida; lo que sería difícil buscando pareja por bares y restaurantes de la ciudad, es facilísimo entre los miles de candidatos que pululan por la red dispuestos a perder la soltería. O la viudedad. O el virgo. No sé porqué la gente confía en Internet para encontrar pareja. Tampoco adivino porqué evalúan a los candidatos con menor rigor que si se lo presentara el sacerdote de su parroquia. Todo el mundo parece bueno en Internet; la gente cree estar en el café de su pueblo. Hay un derroche de promesas lindas y frases bonitas, romanticismo y cursilería exarcebada. Halagos y vanidad. Y se confían.

Pero, en el ciberespacio, también está el lobo esperando comerse a Caperucita. También puede resultar que Caperucita esté aguardando para dar por el culo al lobo, a la abuelita y a los cazadores. En este caso yo era Caperucita. Roja, de sangre y carmín, Letal Rouge, S.L. Porque en Internet, además de calzonazos y desesperadas, hay locos, fanáticos y mercaderes; todo, cualquier sentimiento se compra y se vende. La vida y la muerte tienen precio en la red. Y, por supuesto, hay personas como yo que estábamos en Internet para cobrar. Precio y presa.

Cuando un setentón cuenta que tras la muerte de su esposa fallecida de una terrible enfermedad decidió comprar una caravana, un perro y recorrer los Estados Unidos, ese alguien está avisando. Las alarmas se habían activado en él y, con sinceridad estadounidense, detallaba que, en caso de no remontar su depresión ni lograr esposa, pensaba volarse la cabeza sentado en una playa de California. No había duda. Por muy malo que resultara el matrimonio, siempre lo preferiría a pegarse un tiro en la boca con el culo en la arena de unas dunas solitarias. Además, le avergonzaba que descubriera su cuerpo un grupo de surferos a la mañana siguiente. Un tipo así es el candidato perfecto para marido. Era un jodido desesperado.

Su primera opción era casarse de nuevo pero sabía que, en el mercado de las gringas, no tenía ninguna posibilidad. Demasiado culto al cuerpo y a la salud para que, cualquier mujer deseable, atendiera a un anciano rico aunque polvoriento. Por eso buscaba esposa en aquellos lugares donde la falta de recursos hacía de un tipo así, un sueño maravilloso mediante el que *volarse* de la pobreza y la violencia. Buscaba una esposa que, a cambio de un visado a la libertad, aceptase un *man* viejo, sin salud, ni vigor sexual. El premio para compensar todos estos inconvenientes era abandonar el infierno e ingresar en el paraíso. Primero ella y, si el hombre era buena persona, quizás sus hijos y tal vez, poco a poco, el resto de su familia. Sobre todo, los papás.

Generalmente se trataba de mujeres honradas que para huir de la certidumbre del desánimo y del miedo al mañana, vendían su calidez y su laboriosidad por una entrada al maravilloso espectáculo de la *american o european way of life* (el sueño del primer mundo); normalmente *desocupadas* (en paro), hartas de no encontrar salida entre millones de desempleados, conscientes de que en su país no servía de nada su esfuerzo, sus estudios, ni su eficiencia. Mujeres que hastiadas de no encontrar un trabajo digno, solo pensaban en emigrar a otro lugar donde pagaran su trabajo, sin importarles desempeñarse de *meseras o barredoras* (camareras o limpiadoras) aunque estuvieran licenciadas como ingenieros o abogados. Eso, las privilegiadas, las más pobres hasta de putas preferían marcharse.

Habían llorado mucho y sufrido mucho. Con el corazón hecho pedacitos dejaban atrás hijos, padres y hermanos. Olvidaban todas las cosas feas y desagradables, el sufrimiento pasado, atesorando únicamente en el corazón los momentos de felicidad necesarios para afrontar la partida tras empeñarse en casa del fiador. Él, era quién prestaba el dinero para el viaje y el que, luego, en lejanos burdeles, explotaba a muchas de ellas hasta hacerles pagar cada peso. En semen o en sangre. Siempre, con intereses.

Algunas encontraban un europeo o estadounidense bueno que las trataba gentilmente y llegaban a ser aceptablemente felices. Muchas acababan siendo humilladas por tipos racistas que, una vez olvidado el exotismo del juguete, las despreciaban por su pobreza, falta de cultura o su origen étnico. Casi siempre, aguantaban resignadas borracheras y golpes con tal de brindar a sus hijos una oportunidad que en su país era imposible conseguir. Otras, ante la falta de afecto, buscaban en la fe y la oración apoyo para la dura realidad. Serían piadosas católicas, evangélicas o mormonas. Lo que fuera para encontrar consuelo.

Yo era de otra clase, bella y acomodada. En el colegio, a mi grupo de amigas, nos llamaban las niñas *caviar*. Hoy, era una joven licenciada colombiana, con pasaporte español y estadounidense, buscando el cariño de un hombre mayor habitante del paraíso; interés tan falso como los documentos, cierto, pero los detalles sólo los conocía yo. De pronto me convertí en objeto de deseo para los cazadores de esposa en Internet, *un bocato di cardinale* (bocado apetitoso) en el mercado de los casamientos exóticos. Y, como en las rebajas, tras mucho remirar y rechazar gangas y saldos, elegí a John Manning. El tipo. No le expliqué que era una asesina; eso tampoco hubiera estado bien. Hay cosas que no deben decirse a los hombres. Hay pasados inconfesables que, por coquetería, una muchacha debe guardar para sí misma.

El tipo aguardaba en Miami que yo decidiera cuando viajaba a Panamá para conocernos pero, antes, deseaba reavivar las brasas del enamoramiento en que lo tenía sumido desde hace tiempo. Estaba tranquila y confiada, sin hacer demasiado caso de sus románticos y apasionados correos porque sabía que era imposible que encontrara alguien como yo en la red. En estos asuntos los estadounidenses son pragmáticos y él se aferraba a mí porque cualquier alternativa era mucho peor.

Durante unas semanas, prácticamente no abandoné mi apartamento. Cuando la *yukata* de algodón se empapaba de sudor me duchaba y, una vez fresca, tomaba otra limpia y continuaba. Si el ambiente se hacía sofocante, conectaba el aire acondicionado pese a odiarlo y pedía a domicilio todo lo necesario para permanecer, aislada del exterior, encerrada ante la pantalla del *computador*; compré un *lap top* y escribía desde la cama o chateaba con el tipo mientras me preparaba una ensalada en la cocina. Incluso, acarreaba el portátil para teclear haciendo *chichí* (pis) en el baño.

Estaba ilusionadísimo por reunirse conmigo. Me amaba. Con locura, decía. Suplicaba que nos casásemos de inmediato, que no temiera, escribía, porque era un buen hombre y sería feliz a su lado. Aseguraba que sabría hacerme dichosa. No obstante, si algo no funcionaba y debíamos separarnos, él me ayudaría a establecerme en los Estados Unidos. Parecía un perfecto caballero. Simulaba disuadirle explicando que no creía poder enamorarme de nuevo por todo lo sufrido en el pasado; ni siquiera, afirmé, estaba segura de lograr contarle algún día toda la verdad sobre mi vida. Aseguré que él me amaba tanto que no veía mis defectos. Finalmente, alegué que no estaba segura de poder mantener relaciones sexuales con él. Tan grandes eran mis traumas, dije, que dudaba de alcanzar vivir con normalidad mi sexualidad en el futuro.

Él se deshacía en amor. Nada le importaba. El muy iluso pretendía que el cariño todo lo cura y que, para conseguirlo, se volcaría en quererme. Debía prepararme para un inmenso *tsunami* (gran oleada) de amor que barrería de mi alma cualquier cicatriz anterior. No le importaba esperar. Mientras no pudiera amarme como mujer, sabría ser paciente y cariñoso como un padre con su hija.

Yo replicaba diciendo que antes fui apasionada, pero, después de tanto sufrimiento, estaba como muerta, anestesiada para el sexo. Eso lo excitaba y, mi gringo viejito, se calentaba. Él, que siempre escribía con mucho respeto, por primera vez se arriesgó a decir que no temiera que, aunque siempre había sentido deseos de acariciarme, de besarme y de hacer el amor conmigo, sabría dominarse y respetar mi voluntad. Le confesé que también había experimentado las mismas ensoñaciones eróticas, aunque, de momento, me sentía incapaz de asumirlas. Las rechazaba porque, en lo sexual, estaba como amputada, enferma. Pero, nada importaba, aunque dijera estar enferma de sida, él, respondería que iba a sanar por su amor.

Cada día estaba más ansioso por venir a Panamá y yo, cada hora, más deseosa de alejarme de estos países de locos; debía decidirme y dar el salto a Norteamérica. En el peor de los casos, me detendrían por usar un pasaporte *chiviado* (falsificado). Pero, era difícil; que yo supiera, ninguna policía me buscaba. Seguía limpia.

Sin prisa fuimos concretando la fecha de mi viaje a Miami; quiso venir a Panamá para conocerme, y eso me *jartó* porque, carajo, esto no era un noviazgo, eran negocios y, si no le gustaba así, peor para el tipo. Así que, directamente en Miami, nada de paseítos románticos por el Caribe. Estaba como enloquecido de amor, saldría a recogerme al aeropuerto para llevarme a casa y preparar nuestro futuro; cómo yo no deseaba compartir su habitación, dispuso la de invitados para que conservara mi intimidad hasta acostumbrarme a su presencia. Él pensaba que sería poco tiempo. Tenía la nevera y la *alacena* tan repleta de todo tipo de productos que podríamos resistir un asedio como el de Sarajevo, decía, y, que, en cuanto descansara del viaje, deseaba enseñarme su ciudad.

Afirmaba lo dichosos que seríamos, aunque unos días después de mi llegada él se reincorporara a sus obligaciones lamentando dejar a su novia solita. Esto lo decía por la webcam, guiñando patéticamente un ojo, ¡qué *mamera* (fastidio, pereza)! Mientras tendría la piscina para tomar el sol, la iglesia cerca y el Club de Yates de Sunset Island para almorzar o tomar un refresco esperando su vuelta. El jodido *topocho tenía huevos de avión* (pretendía demasiado) y había pensado en todo. *Tirar*, rezar y comer. Esas eran sus putas prioridades.

Entretanto estudiaba por Internet el que sería mi nuevo hábitat, ya que hacía muchísimo tiempo que no visitaba Miami. El *pendejo* del ex coronel, tan mandón el señor doctor, pensaba dominarme como a sus antiguos reclutas; aún no sabía que era muy difícil convencerme para seguir las huellas del carro. Siempre fui independiente en lo afectivo. Y en todo lo demás. Tras un intercambio de *mails* con el bufete de abogados, ordené que borrasen cualquier rastro de mi paso por Panamá. Además, debían gestionar y autorizar mi acceso a una caja de seguridad, anónima, a nombre de alguna sociedad fantasma, en la delegación del Citibank de Key Biscayne. De igual modo, me buscarían un apartamento en venta en la pequeña y exclusiva isla, conectada con Miami por la Rickenbacker Causeway. Un precioso lugar de escasos diez mil afortunados habitantes, refugio y retiro dorado para oscuras fortunas hispanoamericanas y sus felices propietarios. Un diminuto paraíso. Elegí aquella zona porque, según vi en Internet, tenía un estupendo campo de golf, el Crandon Park y, además, estaba suficientemente alejada de la casa de John Manning, el tipo, en South Beach. Decidí hacer de Key Biscayne mi carísimo barrio adoptivo. Mi refugio. Muy cerca del centro financiero de Brickell Avenue. En Miami, el lugar de la Florida, que más hispanos y millonarios registra por metro cuadrado. Siempre me encantaron las *pupis* (pijas, niñas bien). Tontas y divertidas. Y, en Key Bizcaine, abundaban tanto como los mosquitos cuando no fumigan.

Cuando me organizara, cambiaría discretamente algunas cosas para tener vida privada sin que el tipo sospechase. Avisé que no me llamaran; yo retiraría de la filial de mis abogados panameños en Miami la información solicitada.

Con los nervios de punta por la partida a los *Yunait* (Estados Unidos), recibí un encargo de mis amigos los *duros* para ejecutar otra *vuelta* en la ciudad; debía a*costar* al presidente de la Asociación de Empresarios Chinos de Panamá que, no sé porqué carajo, irritaba a mis amigos colombianos hasta el punto de que deseaban impedirle cocinar más rollitos primavera. Alegué que estaba con un pie en el avión y alterada de los nervios por la partida, pero, insistieron y, en justa correspondencia, acepté el encargo. Además de la dirección de su oficina, de su domicilio y de su foto en un recorte de periódico, añadieron por mail que era aficionado a las armas y que frecuentaba la galería de tiro del American Gun Shop, en la calle 39 y Avenida Balboa. Afortunadamente, no estaba lejos, así que, al estudiar sus recorridos, pronto advertí una inusitada afluencia de hombres entrando a su oficina con maletines. *Plata*. Dinero negro. De restaurantes, drogas, putas o vaya usted a saber.

En la galería de tiro conocí un muchacho de Barranquilla que *trasteaba* (manipulaba) los cubos de basura de la cocina; me contó que había sido *paraco* y que estaba de paso para San José de Costa Rica. Tras *echar carreta* un rato me miró interrogante con sus bellos ojos oscuros y, respondiendo a mis preguntas, explicó que el presidente de la asociación, junto a otros chinos alarmados por la delincuencia, practicaban allí técnicas de autodefensa con arma corta; por lo visto, el jodido patrono, no se fiaba del par de asiáticos que, además del conductor, cuidaban sus espaldas.

El barranquillero añadió sonriendo que, si alguien le necesitara, ayudaría gustoso a *coronar* una *vuelta* bien pagada. Dijo ser un magnífico conductor para la fuga y se ofreció a robar una moto potente; enseñó sus *tres escapularios*, asegurando tener buenas referencias de *las oficinas* para quienes había realizado encargos parecidos. Agregó que él mismo elegía su día libre y que *alistaría* una coartada para el momento en que lo necesitase. De cualquier manera, si todo salía bien, se largaría a Costa Rica con la plata después del *trabajillo*. Me reí y le pregunté si estaba loco, añadí que no sabía de qué hablaba, luego, le pedí su número de celular y le rogué que lo mantuviera siempre conectado. Quizá tuviera pronto un trabajo para él. Sonreímos, *los dos sabíamos por donde le entraba el agua al coco* (por donde meábamos).

Los chinos cambiaban el itinerario para evitar atentados, pero, en todo recorrido, siempre hay dos puntos débiles, la salida y la llegada, así que, no me rompí la cabeza con *la pensadera* (obsesión); mataría al hombre en alguno de los dos lugares. El lunes me decidí, *enfriaría* al chino cuando llegase a su elegante oficina. Aunque, para huir sin que me *balacearan* debería *bajar* a los tres, al empresario y sus dos guardaespaldas. El conductor estaría bajando la rampa del garaje y el portero del edificio seguro que no intervenía, tenía cara de buen padre de familia. Luego, montar en la moto robada del barranquillero, largarnos hasta un callejón discreto, pagarle y despedirnos. No me gustaba el asunto, era chapucero; matar a tres cobrando sólo por uno, era un tanto exhibicionista, pero tenía demasiada prisa para idear algo menos escandaloso.

Compré un traje de repartidor de lujo, guantes de látex, lentillas azules y una peluca rubia. Además, preparé con chicle unas prótesis que deformaban mi boca; cuando tuve todo listo, llamé al de Barranquilla. Sin sorprenderse, respondió que aguardaría con la moto detrás del Restaurante Marbella; el costeño llevaría casco y prepararía otro para mi. Cuando el empresario salió del club, acompañado de sus guardaespaldas, nos convertimos en su sombra y les seguimos sin llamar la atención; comprobé que mi paisano no mentía. Conducía la BMW de gran cilindrada con seguridad, serpenteaba entre los *carros* con la misma suavidad con que una bayeta abrillanta los zapatos. Cuando llegaron, los esperábamos. Bajaron para abrirle la puerta y, flanqueándolo, atravesaron la acera hacia la entrada del edificio. Mi conductor dio gas y subió la moto a la acera suavemente mientras el carro del empresario se perdía camino del garaje. Descendí y vestida de *mensajero* y con el casco puesto, caminé con el arma pegada al muslo. Me acerqué por su espalda. Antes de que cruzaran la puerta, levanté la Glock y disparé dos tiros en las cabezas de los tipos armados; el chino de mierda se giró sorprendido y le disparé dos veces al pecho. Una vez caído, le vacié el resto del cargador en la cabeza.

Un salto y, agarrada a mi compañero, la moto rugió abandonando la acera para escabullirse entre el tráfico; miré atrás, nadie nos seguía. Maniobrando con habilidad, nos alejamos en pocos minutos. Mientras, discretamente, encajé un cargador lleno en la pistola, por si al costeño se le ocurría alguna travesura de última hora. *Cuadramos* (aparcamos) la moto en un callejón discreto, entre dos contenedores, *camufleándola* (ocultándola) con cartones. Luego, se giró a mi sonriendo.

–¿Todo *a lo bien*, patrona? –preguntó sonriendo–. Yo le cumplí *al pie del dedillo* (al pie de la letra) como usted quería, doña.

–¡Chévere, así me gusta, paisano! Aquí le tengo su parte –sonreí mostrándole un sobre mientras empuñaba la pistola en el bolsillo–. Vamos, cuéntelo. Aunque le advierto que incluyo el casco en el precio.

–¿Y eso, patrona? ¿Es un recuerdo o una promesa? –preguntó sorprendido.

–Es para borrar huellas –respondí sonriendo ante su desconcierto.

–Bueno, ¡usted no se fía de nadie! ¡Gracias, patrona, ha sido muy *buena papa* (legal)! –dijo admirando el *bojote* (montón) de billetes–. ¿Quiere que *le eche fuego* a los cascos? Y, créame, no es necesario que siga empuñando la pistola.

–Me marcho para Costa Rica. Nunca la he visto. No quiero *envainarme* (tener pleitos) con alguien que *enfría* tres tipos sin siquiera respirar agitado. Y que, además, se queda preocupando de los restos de ADN –dijo manipulando la moto, regando de gasolina los cascos y prendiéndolos fuego en un container.

–Me alegra que esté satisfecho, barranquillero –respondí viendo como el fuego devoraba los cascos y tirando los guantes a las llamas–. Aquí nos separamos. Que tenga buen viaje y mucha suerte, paisano.

Vi marchar al muchacho y, aun empuñando la pistola en el bolsillo, me asomé a la esquina; avanzaba a paso rápido hacia el sur de la calle. Abandoné el callejón en dirección opuesta y, en los baños de un café, me quité la ropa de mensajero, la peluca, las lentillas azules y los chicles que deformaban mi cara. Hice un paquete con todo y lo fui depositando en cubos de basura a lo largo de la calle. Ligera, con un short y una camiseta, tomé un taxi para recoger mis cosas del apartamento. Poco más tarde, tras deshacerme de la pistola regándola desarmada en trozos por la ciudad, otro taxi me dejó en el aeropuerto. A pesar de ser generosa con mi compatriota, había ganado un *jurgonón* (montonazo) *de plata bajando* al empresario y sus escoltas; suficiente para compensarme del estrés que supuso hacer las maletas, ir a la peluquería, depilarme, hacerme manos y pies y comprar mi pasaje a Miami mientras decidía cómo matar al chino molesto. Todo *a las patadas*, pero bien, *sin caerme con ellos* (quedar mal), sin *embarrarla*. Ni siquiera me rompí una uña, ni se me saltó el esmalte. Porque, aunque sea caro, en la manicura hay que buscar calidad y, para las uñas, no hay nada como el gel.

Llegué sobrada al aeropuerto, embarqué, volé tomando un ron con *gaseosa* y, al llegar a Miami, atravesé los mil y un controles de seguridad que exigían las autoridades de los EE. UU. después del 11 de septiembre. Menudos cabrones de islamistas, ¡deberían poner sus bombas en las *güevas* de Bin Laden! Y luego, los *hijueputas* se quejaban de Guantánamo; si me los dejasen, añorarían aquellas celdas y sus ropitas naranja. Recordarían su estancia allí como unas vacaciones en la suite presidencial de un resort lujoso. Seguro que conmigo confesaban; si no, volarían directos al paraíso. En cualquier caso, solucionado el problema, ¡cerrada la prisión por falta de materia prima! Divagaba sonriendo al enorme policía negro que examinaba ceñudo mi pasaporte español falsificado. Vengo para hacer turismo, respondí en inglés a su pregunta mientras pensaba, quizá debiera haber dicho, *turismo sexual*, concretamente. Era más exacto, aunque seguramente el poli se hubiera sonrojado. Mejor no, los policías estadounidenses, negros y enormes, ¡carecen de sentido del humor! No comprendería la broma y se hubiera *emberracado*. Pasé el control de inmigración riendo por dentro y pensando que, a diferencia de los nuestros, los negros yanquis son muy pudorosos y conservadores. Al dejar atrás al policía de la *migra*, mientras resonaba en mis oídos el agradable sonido del cuño estampillando mi pasaporte, pensé, de aquí no me sacan ni *dándome candela* (ni a tiros); como dijo Mateo Alemán, *el deseo vence al miedo, atropella inconvenientes y allana dificultades.* Y sintiéndome bella, culta y mala, atravesé la aduana como una reina. Sin ser registrada. Con paso de victoria en mi taconear y decidida a llevar adelante mis propósitos. Había sufrido y matado para ser libre, y, en aquel aeropuerto, comenzaba la libertad.

CAPÍTULO 20

*A*llí estaba. Lo vi a través de los cristales con un ramo de flores algo mezquino en la mano; unas margaritas blancas, con algunas hojas verdes, envolviendo seis rositas rojas. Total, menos de 15 dólares. El tipo no derrochaba para impresionarme. Salí empujando mi carrito y sonriendo entre la gente, él se acercó, dijo buenos días en inglés y me tendió el ramillete, mientras, me besó abrazándome con la misma soltura de un canguro borracho; mientras, consiguió deslucir definitivamente el ramo aplastándolo, me pisoteó desmañadamente y su olor me disgustó. Recordaba demasiado al de los curas en el confesionario, añejo, poco ventilado.

El tipo era más o menos como en las fotos pero, en persona, añadía un toque de desaliño que lo hacía aún menos interesante. Era de esas personas a las que no deseas acercarte por si tienen halitosis o te *botan* caspa encima. Sin embargo, en su atuendo algo raído, había intentado ser elegante; un blazer azul marino, pantalones chinos de algodón beige, zapatos marrones de cordones, un cinturón muy *charro* y una camisa de un color imposible.

En lo físico el tipo seguía pareciéndose a sus fotos, más bien alto y *acuerpado*, con una cabeza rasurada en la que, entre las cejas peludas y las bolsas de ojeras, se hundían dos estrechos ojos azules; nariz y boca enormes y unidas por surcos tan profundos como el cañón del Colorado, orejas grandes y peludas y arrugas en la frente y en los ojos. Una piel seca y flácida bajo el mentón y, en general, espinillas, granitos, puntos negros, poros dilatados. ¡Un horror, con largas cerdas en la nariz! Concluí el examen diciéndome que éste hombre más que esposa, lo que necesitaba, era una limpieza facial completísima. Pensé que no iba a permitirle que me tocara hasta adecentarlo como Dios manda. Y luego, depende, o, más bien, tampoco.

Parados entre la gente, hablamos en la sala cuyas puertas correderas dejaban entrar vaharadas de tórrido calor húmedo. Sudando a chorros me dijo lo mucho que se alegraba de mi llegada y de lo felices que íbamos a ser en Florida; que no me preocupara, que tenía todo dispuesto para el confort de su futura esposa. Añadió, bajando los ojos, que era mucho más bella y elegante de lo que imaginó; que todo en mí, pelo, cara y cuerpo era espectacular, mucho más hermosa de lo que pensó viendo las fotos que nos enviamos. Aseguró que debía dejar todo en sus manos y disfrutar, ser feliz y olvidar las pesadillas del pasado. Simpático el tipo, pensé. Le dije que agradecía la calidez de su recibimiento y que, hablando de calor, quizás fuera mejor continuar la conversación en otra parte si no queríamos derretirnos. Sonriendo, le señalé mi equipaje. Sorprendido, rió estruendosamente mientras comenzaba a empujar el carrito con mis maletas. Bien, era brutote, pero, al menos, entendía que yo no había venido hasta Miami para acarrear mis *chécheres* (trastos). Desde ahora, era necesario aclararle que arrastrar mis cosas sería su trabajo. Si le gustaban mis manos debía comprender que la obra de arte que son mis dedos únicamente se lograba con los constantes cuidados de una excelente manicurista y tras generaciones de mujeres que no habían lavado un plato en su vida.

Llegamos al parking y cuando se detuvo ante el coche, por poco me muero de la risa. ¡Era tan previsible! En la ciudad que más carros descapotables tiene por milla cuadrada, el tipo dejó las maletas justo delante de un BMW 330, blanco y *convertible* (descapotable); como pudo, embutió mi mucho equipaje dividiéndolo entre los asientos traseros y un ridículo *baúl* (maletero). Un típico coche de viudo que, a cambio de un ilusorio aire deportivo y juvenil, sacrificaba el espacio necesario para las cosas imprescindibles de una señora. Una mierda de *carro* para llevar a la pareja con la *peluquería* destrozada, asándose de calor y aguantando cagadas de gaviotas.

Más por deslumbrarlo que por creerme el cuento, saqué de mi bolso Kelly un pañuelo exquisitamente distinguido de la línea clásica de Hermés; me lo puse con el *estilacho* que lo hacía la princesa Gracia de Mónaco en sus películas. Recogiendo el cabello en la cabeza, pasando las puntas por el cuello y anudándolo por detrás en la nuca. Abandonamos el aeropuerto recibiendo miradas de admiración de unos pobres inmigrantes cargados de esposas gordas y pesados maletones; pobre testimonio de admiración que, al percibirlo, refrescó el ego del tipo tanto como la lluvia templa el desierto. Al entrar en la autopista le advertí que, puesto que ya no nos miraban, podía *subir el techo* (capotar) del *carro* y *prender* (encender, conectar) el aire acondicionado; obedeció de inmediato y, sólo entonces, me despojé de mi pañuelo sonriéndole fría pero cortésmente.

—¡Demasiado calor, *darling* (querido) —dije con voz cálida pero distante—. Quizá sea un modo de viajar conveniente para tus estudiantes, pero, desde luego, no lo es para una dama, ¿no crees, *honey* (dulzura)...?

Desde mi infancia, en la finca de los abuelitos, estaba acostumbrada a tratar con caballos rebeldes, de mal carácter y resabiados; el tipo aún no lo sabía, pero había comenzado su doma. Por el momento, estaba feliz y todo en mi le parecían detalles de buen gusto y educación exquisita. Pero estaba enlazado por el cuello y mis manos sujetaban la otra punta de la soga.

Atravesamos inacabables autopistas embotelladas camino de su domicilio y, sin prestar demasiada atención a su conversación, recordé un fotograma de no sé que película; Grace Kelly y Cary Grant circulaban sonrientes en un *convertible*. Conducía ella, con guantes blancos calados y mirando sonriente a su acompañante. No llevaba pañuelo y sin embargo, ni uno sólo de sus cabellos se alteraba por el viento. ¿Por qué? ¿Qué hacía yo mal? Me relajé al recordar que, en su época, las tomas se rodaban en estudio, sobre un fondo que hacía aparecer la carretera moviéndose tras los actores. Respiré tranquila. ¡Ir en *convertible* sin pañuelo sólo era posible en el cine de los años cincuenta! ¿Cómo se llamaba aquella película? El director era Alfred Hichcock, pensé intentando recordar. *¿To Catch a Thief?* Sí, *Atrapa un ladrón*, una peliculita menor, pero una lección magistral de buen gusto sobre una exquisita, elegante y sofisticada relación sentimental. La compraría y haría que el tipo la viera dos o tres veces por semana durante el tiempo necesario; quizá, aún pudiera aprender algo. No por mí, por él.

Abandonamos la 112 Airport Expy cerca del Mt. Sinai Medical Center, luego atravesamos el Miami Beach Golf Club hasta llegar, atravesando puentecitos, a la casa del tipo en South Beach. Un sitio precioso. Una vivienda protegida por un jardín exuberante, pero tan triste como la casa; *parqueamos* en la entrada, bajo las palmeras, sin meter el *carro* al garaje. El tipo había aprendido y, antes de invitarme a pasar, ya estaba sacando las maletas del carro. Con una sonrisa helada me interpuse entre él y la puerta. Miré las maletas y los maletines, lo miré a él y, finalmente, a la puerta.

—*Swetty* (dulzura), ¿no olvidas algo? —pregunté sonriendo pacientemente.

—Bueno, no sé —dijo mirando a su alrededor—, las maletas, los maletines... ¡creo que está todo...!

—¡Mi amor! ¿No deseas evitar que me devoren los mosquitos? —pregunté taconeando impaciente—. Me agradaría refrescarme mientras tú te entretienes jugando con las maletas...

—Oh, *my Good* (Dios mío), lo siento, ¡que estúpido, perdón! —reconoció mientras sacaba las llaves del bolsillo y abría la puerta—. *¡Wellcome at home, my dear* (bienvenida al hogar, querida mía)!

—Gracias, John, ¡ahooora, puedes ocuparte del equipaje!—agradecí impostando la voz como mi abuelo cuando se dirigía al servicio—. Aguardaré en el salón hasta que acabes de entrarlo todo.

Lasciate ogni speranza, voi ch'entrate (perded toda esperanza, los que entráis aquí), decía la inscripción sobre el acceso al infierno del Dante; la frase me vino a la cabeza por dos cosas. Una, que en aquella casa todo era horrendo y, la segunda, que si el infierno estuviera en Florida, en lugar de llamas usarían el aire acondicionado para torturar a los condenados. De la vaharada de calor húmedo del exterior al seco latigazo de frío polar dentro, en segundos, atravesé dos círculos del infierno. Un suplicio necesario para comenzar una nueva vida.

El tipo, John Manning, mi futuro marido, fue coronel del ejército estadounidense y eso se advertía en el aire, entre marcial y patriótico, de los símbolos que adornaban su casa; nosotros los colombianos también cultivamos la mística nacional y, por eso, durante mi estancia en Madrid, me extrañaría muchísimo el desprecio que los españoles demostraban por su bandera, su ejército y su patria. En la casa del tipo, una bandera de los Estados Unidos en un mástil, te recibía junto a la puerta; en la entrada, fotos del abuelo, el padre y el hijo uniformados. Tres generaciones de soldados surgidos de la academia militar de Valley Forge. Adentro, sus propias fotos en uniforme de campaña en los diferentes destinos a lo largo de su carrera militar, me explicó señalando cada foto con el dedo. Japón, Viet Nam y Mozambique, destinos en los que trabajó como oftalmólogo curando las heridas de los marines y de los niños soldados del vietcong.

La casa era de una sola planta; tenía dos grandes suites con baño, vestidor y despacho salón; una sala de estar y comedor de invitados muy poco vividos y una enorme cocina. Relucía, porque según dijo el tipo, lo más elaborado que se había preparado en ella fue una tostada y un café instantáneo. John comía a diario en la Universidad y los días festivos en *Da Leo*, la *trattoria* de un paciente donde lo conocían desde hacía tiempo. Un comedor en la cocina y un salón de diario en el que vivía rodeado de televisores; además, un amplio estudio de trabajo, la parte más personal de la casa, plagada de fotos familiares, de recuerdos étnicos y objetos que evidenciaban su gusto por el golf, la música y su afición por los viajes. Sus pasiones.

Decenas de CD de ópera italiana mostraban su entusiasmo por lo europeo, por aquella cualidad del alma que los estadounidenses denominan sofisticación. Este esnobismo trivial reaparecía en la elección del mobiliario de ilusorio estilo italofrancés acabado en maderas tan falsas como brillantes. En las paredes malas marinas de colorido exuberante, auténticos ultrajes a la escuela mediterránea de Sorolla y, también, algún execrable plagio de bodegones flamencos. Un bronce solitario, comprado en un anticuario neoyorquino, quizás, el único objeto de la casa digno de ser salvado de un incendio. Era una amanerada escena de caza, de principios de 1900, representando un cazador con su trompa, su rehala, tricornio y espada al cinto. Cómo no, ¡muy francés!

John, el tipo, estaba orgulloso de su piscina, entre orquídeas y palmeras y rodeada de un pavimento de viejos adoquines rescatados de la demolición de una antigua fábrica de Chicago; curioso, aunque incómodo para andar con tacones. En general, todo parecía algo destartalado y polvoriento, con ese desorden que impera en casa de los estadounidenses. Y, lo peor. Por supuesto, mosquitos; incluso en la casa, pese al aire acondicionado que la mantenía tan helada como el igloo de un esquimal.

Miré alrededor, lo que sería mi hogar durante algún tiempo. Me compadecí porque nací entre buenos muebles y cuadros de firma, aunque luego, por azares de la vida hubiera perdido mis raíces; el sueño americano me parecía raído, tan de mal gusto como el *atrezzo* de una comedia barata. Sin embargo, debía dar gracias a Dios porque aquella casa era una puerta abierta, una lujosa salida hacia el Viejo Mundo. ¡Cuántas de mis compatriotas, huyendo del sufrimiento, no envidiarían esta casa con un televisor en cada rincón, un frío polar en sus habitaciones y mi nueva vida como esposa de un prestigioso médico de South Beach! Había entrado en los Estados Unidos con pasaporte español y, con el billete de ida y vuelta cerrado, podía permanecer allí durante 90 días. Concluído ese plazo, tenía que haber resuelto mi problema con John. No disponía de mucho tiempo y, desde el principio, quise dejar claro cuales iban a ser las cláusulas de nuestro contrato. Si algo fallaba, intentaría entrar en España con mi falso pasaporte estadounidense.

Pero, ese era el plan B; había venido a casarme y a obtener la nacionalidad estadounidense. *No era lo mismo California que fornicar en Cali*. Necesitaba al tipo. Así que *parados* junto a las maletas, entre el frío helador, le abrí mi corazón. Hasta cierto punto.

–Bien, mi amor, ¡ya estoy aquí! –dije sentándome en una maleta–. Tu ternura ha logrado traerme al país de las oportunidades. Pero ahora, aquí, aún con las maletas en la entrada, me gustaría sincerarme contigo.

–Te he contado en nuestra correspondencia las tragedias y peligros que he sufrido estos años –miré como el tipo acercaba una silla y se sentaba a horcajadas frente a mí–. Me has pedido en matrimonio y yo he accedido tras exponerte las dificultades que tengo para llevar una vida sexual normal. Dices que no te importa, que esperarás –le miré de frente mientras él sonreía y afirmaba con la cabeza–. Ok, eso te honra y estoy orgullosa y encantada de intentarlo, pero, no sin que sepas lo que significará para ti.

–No me importa tu pasado, *honey* –interrumpió solemne–. Te quiero y deseo hacerte feliz...

–Lo sé, John, eres un buen tipo –sonreí mirándole con tristeza y mostrándole el pasaporte–, por eso deseo sincerarme contigo. ¿Ves este pasaporte español? ¡Es falso, *darling*! Al escapar de la guerrilla no pude detenerme a conseguir el mío; tuve que comprar uno *chiviado* antes de que aquellos *hijueputas* marxistas me mataran...

–¡No me importa! Nada de eso, me importa –volvió a cortarme John endureciendo el gesto–, estás aquí conmigo y basta. Arreglaremos todo, tengo amigos, gente que me está agradecida y que resolverá tu situación. Hay muchas personas que me deben favores, muchos que han vuelto a ver...

—Sólo quiero que lo sepas, John —le calmé con un mohín—. Soy una delincuente, he entrado en los Estados Unidos de manera ilegal, con pasaporte falsificado y huyendo de la policía y de la guerrilla de mi país. ¿Me entiendes? A ambos les encantaría atraparme de nuevo. ¡No soy un ángel!

—¡No quiero saber nada más! —cortó el tipo enérgicamente por primera vez—. Solucionaremos tu situación y nos casaremos. Entonces, cuándo todo esté solucionado, ¿serás feliz aquí conmigo...?

—De nuevo voy a serte sincera, John —respondí con una gran sonrisa triste—. ¡He vivido cosas tan terribles que harían de tus guerras jueguitos de jardín de infancia! No sé hasta que punto, estoy tarada, enferma y necesitada de terapia... Pero, aunque no soy una persona normal, ni en lo sexual, ni en lo afectivo, intentaré hacer tu vida cómoda y apacible. En este momento, sólo puedo prometerte amistad y compañía, ¡ni siquiera te garantizo acostarme contigo como una mujer lo hace con su hombre!

—Pero, cuando alguien se entrega a mi como tú lo haces, ¡soy agradecida! —hipócritamente continué fijando las cláusulas del contrato—. Si confías, cuidaré de ti, haré que tu vida sea más agradable, que tus amigos y colegas te envidien y que siempre tengas ganas de volver a casa... Pero, cuidado. Cuando diga, ¡chao, me voy!, no deberás preguntar a dónde ni cuándo volveré —dije mirándole a los ojos—. Da igual que vaya a la vuelta de la esquina o al otro lado del mundo. Lo mismo sola que acompañada. Necesito ser libre. Durante años he sido esclava en la sierra y he derramado mucha sangre para escapar de allí... ¡Nunca me encadenarán de nuevo! ¡*Forgive me, sweethear* (perdóname, corazoncito)! ¡Perder la libertad me volvería loca...!

—Bueno, ¡tu decides, *sugar* (dulzura)! Entendería que me rechazases y no desearas complicar tu vida —sonreí tristemente para emocionarlo—. ¿Porqué arriesgarte por una chica que apenas conoces...? Por una fugitiva qué llega a tu vida llena de traumas, fuera de la ley y a la que buscan para matarla... Comprendería que no desearas involucrarte en esto..., ¡no es tu problema!

—¡Soy viejo, Lany! —interrumpió cansado entornando los ojos—. Para mí, con todas tus complicaciones, eres mil veces mejor opción que suicidarme; creo que te amo, aunque, también puede ser un espejismo de Internet; desde luego, a mi edad no puedo practicar un sexo salvaje, prefiero cuidar de ti y ayudarte, en lugar de sentarme en la playa mirando atardecer y pegarme un tiro en la boca. ¿Quieres intentarlo, Lany?

—¡Ok, gracias, *daddy* (papi, papito)! —sonreí viendo que me iba a salir con la mía—. Haré que todos tus amigos me deseen, estarás orgulloso de mi y te seré fiel aunque no sé cuando podrás tocarme... Te respetaré si me respetas y, a cambio de tu ayuda, estaré en deuda contigo. Acuérdate del señor Lobo en *Pulp Fiction*, la película de Tarantino. Yo, como él, también *arreglo problemas*. ¡Sé hacerlo muy bien! Si algún día tienes dificultades, yo sabré cómo solucionarlas... Tal vez algún día necesites de mis habilidades.

—¡Espero no precisarlo nunca, Lany, gracias! Asimismo, deseo que tú olvides esa parte de tu vida. Aquí no necesitarás nada de eso. Soy más bien pacifista y, además, un hombre honrado y tranquilo —apareció la duda en los ojos del tipo—. Espero que todo esto sea una de tus bromas... ¡My *Good*, no me asustes, chiquilla! No quiero saber nada más, pero, mientras descansas y te instalas, voy a llamar a unos viejos amigos en Pennsylvania.

Entre tanto que deshacía mis maletas y me acomodaba en la habitación de invitados, el tipo hizo varias llamadas por teléfono en su despacho; organizó todo de manera rápida y precisa, con un estilo militar que me agradó. El tipo decidió casarse conmigo antes de los tres meses que legalmente duraba mi estancia y se puso manos a la obra. Dos de sus antiguos camaradas del ejército nos aguardaban en Pennsylvania; uno, de la policía de Philadelphia, el otro, un médico del Eagle Hospital de Norristown. Nos encontraríamos con ellos en el Hilton Valley Forge, en las afueras de Philadelphia, a sólo diez millas del aeropuerto.

Nuestra primera noche no fue nada romántica; nos acostamos temprano para madrugar y tomar el vuelo de las 9 desde Miami hasta el Aeropuerto Internacional de Philadelphia; desde allí, un taxi hasta el Hilton. Al rato de llegar, el tipo, salió apresurado porque tenía una cita para almorzar con sus amigos. Yo aproveché para deambular durante unas horas mirando las *vitrinas* en un gigantesco mall cercano. Mordisqueé un sándwich sin prestar atención a las tiendas. Estaba nerviosa. Muy nerviosa, porque, de aquella conversación entre ex marines, dependía mi futuro en los Estados Unidos; es decir, todo mi futuro.

Volví al hotel y los vi en la puerta despidiéndose; eran el mismo tipo de hombres que John, parecida edad y situación social. No me vieron, entré en el hotel y subí a nuestra habitación. La espera no duró mucho tiempo y John entró radiante.

—Bueno, Lany, listo —corrió a abrazarme pisándome con sus zapatones—. ¡Ya está decidido! ¡Y todo será legal! Mañana por la mañana tendremos aquí un sobre con los documentos que debes rellenar. Deberás tomarte unas fotos, añadirlas a los papeles y luego lo entregaremos. ¡Ha sido mucho más fácil de lo que pensé!

—Pero, ¿porqué es tan sencillo? —pregunté asombrada—. ¿Estás seguro de que todo será legal?

—Mi amigo Bob, el jefe de policía de esta ciudad, recibió metralla de una mina mientras patrullábamos en Viet Nam —sonrió el tipo—. Roy, el otro amigo, es médico y, entre él y yo, lo remendamos y, atiborrándolo de morfina, lo arrastramos durante dos días para llevarlo de vuelta al campamento. Eso nos valió una bonita medalla a los tres. Y una gran amistad.

—Cuando les manifesté por teléfono que deseaba casarme contigo y que habías entrado en los Estados Unidos con papeles falsos, no dudaron —me miraba sonriendo—. Son buenos tipos. Auténticos amigos. Sólo me preguntaron qué deseaba yo. Dije que tan sólo una jodida oportunidad para no tener que volarme los sesos.

—No dudaron. Roy y yo estudiamos mil posibilidades... —seguía sonriendo feliz por la lealtad de sus amigos—. Bob, nos escuchaba en silencio. Hasta que se aburrió de oírnos disparatar. Y, riendo a carcajadas, nos dio la solución. El Departamento de Estado de los Estados Unidos de América.

—¿Sabes qué es el Departamento de Estado quién emite los pasaportes en este país? —reía recordando—. Pues Bob, por su cargo, tiene la facultad de proponerles anualmente cinco candidatos a la ciudadanía; personas a quienes, por su especial ayuda a la policía, se les concede la nacionalidad a título honorífico. Todo en 14 días y en total y absoluto secreto. Una será para ti.

—Cuando lleguen los documentos, los rellenaremos y añadiremos las fotos; horas después, recibiremos notificación para acudir al Departamento de policía a registrar tus huellas digitales

–cerró los ojos llorando–. Serás estadounidense por naturalización y tendrás derecho a votar y a trabajar en los Estados Unidos; entre tus nuevas obligaciones, está jurar lealtad al país y sus leyes, comprometiéndote a servirlo si eres requerida a ello. El juramento se hará ante un juez en el despacho de Bob; él y Roy serán testigos –me miró ilusionado–. Ese mismo juez, nos casará allí mismo y, luego, junto al acta de la boda, te entregará un Certificado de Naturalización que te servirá como prueba de tu ciudadanía. Pocos días después recibiremos en casa el pasaporte y la tarjeta de la seguridad social –se secaba las lagrimas mientras yo le besaba las manos–. Los testigos, añadiendo otra ilegalidad a su conducta, refrendarán ante las autoridades tu buen carácter moral, tu conocimiento del inglés y de las leyes e historia de los Estados Unidos. Saldrás de allí, siendo mi esposa y ciudadana americana.

–Sólo pido a Dios que sea por mucho tiempo y que ese tiempo sea feliz para los dos, Lany –dijo con las lágrimas cayéndole por su cara.

–¡Así sea, John! –prometí avergonzada–. Cuenta con mi afecto y respeto en pago de tu honradez. Ahora, no puedo decirte más. Estoy demasiado emocionada.

Por la tarde acudimos a la Central de Policía para ficharme, *tocar el piano*, cómo le dicen los gringos a registrar las huellas dactilares. Días después se produjo la ceremonia en el despacho de su amigo poli; todo sucedió como dijo John y, en un plazo ridículo, salíamos del despacho de su amigo casados y, además, siendo yo norteamericana. Fue muy fácil para mi aquello que, para miles de hispanos, significaba sangre, sudor y lágrimas, cuando no la muerte intentando pisar el territorio del gran sueño americano. Bueno, bien pensado, en realidad tampoco fue fácil para mí; había atravesado mi particular río Bravo en las sierras de Colombia. Sólo era una *espalda mojada* con más suerte. Entré en los *Yunaites Esteits* (Estados Unidos) sin mojarme el culo.

Tras jurar y casarnos, con mis papeles en el bolsillo, como miles de estadounidenses fuimos hasta el parque frente al *Independence Hall* (Salón de la Independencia). Allí, nos tomamos la tradicional foto junto a la *Liberty Bell* (Campana de la Libertad). Me emocionaron las palabras de la biblia inscritas en su bronce, *Pregonad la libertad en la tierra para todos sus moradores*. Por fin, era libre en el país de la libertad. Para celebrarlo, cenamos con sus amigos en el mejor restaurante del Hotel. Simpáticos, tremendos bebedores y con los ojos clavados en mis senos que casi saltaban del brasier; estuve pintosa (elegante) y sexy para tenerlos calientes y agradecerles cuánto habían hecho por mí. Toda la cena se llenó de atrevidas insinuaciones sobre mi provocativa juventud, mi figura voluptuosa, mi belleza y la salvaje sensualidad hispana que destilaba, erotismo que, según afirmaban, iba a extenuar al pobre John en pocas semanas. Fueron bromas bastante cuarteleras y un punto racistas que dejaron muy excitados a Bob y a Roy y, al tipo, orgulloso de mí. Yo, aunque celebré sus ocurrencias algo demasiado groseras, las consideré de escasa originalidad y ninguna clase.

Esa noche, en el Hotel, para agradecer su generosidad, le hice al tipo una *supermamada chévere*; desgraciadamente para él, no pudo *venirse*. Sudó a mares y se convulsionó frenéticamente mientras se la chupaba pero, por mucho que *le puse julepe* ni *se le paró* ni *se vino*. Después de media hora de lamer, chupar, mordisquear y manosear sin ningún resultado, sonriendo falsamente, alcé mis ojos hasta los suyos, mientras pensaba, ¡*qué vaina!* Farfulló confuso que no me preocupara, que era su culpa, que se debía al alcohol de la cena, a la medicación para la depresión y, sobre todo, al nerviosismo de verme tan aplicada y al temor de no estar a la altura. Su sinceridad me inspiró mucha ternura y esa noche, pese a sentirme fracasada como *veterana*, dormimos abrazados. Pronto me arrepentí de mi romanticismo; el tipo sudaba, roncaba y era molesto. Me prometí evitarlo en el futuro. Y, de mamársela de nuevo, por el momento, ¡*ni a bala* (ni a tiros)!

Capítulo 21

*P*ronto, el tipo, volvió a su rutina; los lunes por la mañana, permanecía en casa estudiando las historias clínicas de sus enfermos para la cirugía semanal. El resto de la semana, impartía sus clases en la Universidad por las mañanas y, por las tardes, atendía a sus pacientes en la consulta privada. Los *wekends* (fines de semana) me lucía feliz ante sus amigos que babeaban envidiosos.

Decidí hacer mejoras y sugerí a mi marido que sería conveniente tener alguien que mantuviera la casa ordenada y limpia; con su renuente autorización, hice un *casting* casero con una agencia de empleadas domésticas. Evidentemente, elegí la que creí más conveniente para mis intereses. Por supuesto, colombiana y lo suficientemente *zorronga* (putón) y mentirosa, para que me fuera de utilidad en el futuro. Entre varias candidatas, elegí una preciosa muchacha de Risaralda, de donde dicen que proceden las mujeres más bellas de Colombia. También comentan que son las más *culiprontas* del país y que, lanzadísimas, *le caen a todo lo que se mueva* (se tiran todo lo que se mueva); aunque en las cosas del honor y de la fama, ya se sabe, todo depende de la forma en que se mire. No quiero ofender a nadie, pero algo debe haber cuando *a las de Pereira, les dicen siéntense y se acuestan*. De cualquier manera, los hombres las adoran y las mujeres las detesten; como casi todo en Colombia, también en esto, la opinión está dividida 50%.

Se llamaba Yuriana, era madre soltera y cargaba con su mamá y una hija preadolescente; el dinero que cobraba por limpiar nuestra casa por las mañanas lo redondeaba con ingresos extras que, yo adiviné, debían relacionarse con el *prepago*. Medía un metro setenta de cuerpo perfecto encerrado en una delicada piel canela, cabello castaño largo y rizado, tenía una carita linda de ojos claros, nariz *respingada*, labios gruesos y unos dientes tan blancos como el algodón del sureste de Missouri; era muy atractiva y, todo su encanto, iba unido a un aspecto juvenil y una simpática verborrea.

Siempre me gustó saber quién meto en casa, así que comprobé sus secretillos. Tras unos discretos seguimientos, supe que toda ella costaba trescientos dólares por sesión, incluido el taxi de ida y vuelta. Más la propina, potestativa, si el cliente quedaba especialmente satisfecho. El trabajo doméstico y unos estudios de informática eran la tapadera para burlar el acoso de la policía de inmigración y de la brigada contra el vicio; trabajaba para una agencia de acompañantes, que organizaba los contactos y se quedaba 40% de los ingresos de sus *bandidas*. Resumiendo, era una honrada puta *part time* (a tiempo parcial) encubierta. Saberlo, fue tranquilizador para mi; en éste jodido país de psicópatas, una nunca estába demasiado segura.

Pocos días después, recibí un sobre del Departamento de Estado con mi pasaporte y, para festejarlo, invité al tipo a cenar al *Van Dyke Café*, en Lincoln Road, su zona preferida de *South Beach*; le hice beber algo más de la cuenta, refunfuñando me autorizó para contratar a Yuriana y, reímos como locos, sabiendo que nada se interponía entre nosotros. Parecíamos una pareja de feliz de recién casados. Un hombre maduro, más bien viejito, pero resucitado y una joven y bella latina emocionada tras abandonar el infierno. Una más de las cientos de *nice couples* (pareja de hombre mayor y chica joven) que se encuentran en las calles de Miami.

Resueltos los asuntos hogareños y con Yuriana trabajando duro para hacer que la casa estuviera limpia y ordenada, la ropa del tipo planchada y la nevera repleta de comida, comencé a pensar en mí.

John salía a las ocho de la mañana para sus clases y no regresaba hasta las siete después de su consulta; él, para mantenerme activa, me recomendaba comenzar cualquier actividad que eligiera. Clases de literatura en la Universidad, informática, pilates, en fin, cualquier cosa que me entretuviera en su ausencia. Pobrecito mío, temía que me aburriera sola cuando, más bien, lo soporífero era cenar juntos al regresar él de la clínica. Pronto descubrí que prefería estudiar en lugar de sentarse a charlar en mi compañía después de la cena. Con el pretexto de dejarle trabajar tranquilo, tras su cena, yo salía sin cenar para unas clases de spining y pilates en el *Fitness Center* un gimnasio en *Brickell Avenue*. Estaba a medio camino entre nuestra casa y la zona que había elegido para mi vida secreta. La península de Key Biscayne. Perfecto para mi dieta y mis planes, pensé.

Esta actividad me permitía regresar tarde por la noche cuando él ya pensaba en retirarse a dormir; entonces, mientras devoraba una ensalada, él, medio dormido, me acompañaba charlando en la cocina. Luego, mientras se iba a la cama bostezando, yo me instalaba ante el ordenador, ávida de conocer a fondo la comunidad donde vivía.

Aprovechaba mis salidas para, desde distintos cibercafés, renovar mis lazos con *los duros*, haciéndoles saber mi nuevo estado civil y de mi ciudadanía. A través de Sobradito, me hicieron llegar su cariño, su deseo de que fuera feliz en Miami y sus parabienes por lo rápido que resolví el último encargo en Panamá. Seguían en contacto permanente con mis abogados y con la filial de éstos en Miami, a través de quienes yo podía enviar y recibir sus mensajes. También averigüé que continuaba operativo el teléfono de emergencia en el que, durante 24 horas al día, podía localizar instantáneamente a mis amigos.

Entendí que debía conectar con los abogados de Miami para organizar mis negocios, y efectivamente, días después dispusieron lo necesarios para que figurase mi nuevo número de pasaporte en todos mis documentos. Además, me informaron que ya disponían de la caja de seguridad que solicité alquilaran en el banco de Key Biscayne y que una joven pasante de su bufete aceleraría los trámites de cualquier alquiler o compra inmobiliaria que realizara. No pensaba dejar mis direcciones privadas en manos de jóvenes leguleyos así que decidí hacer las cosas a mi modo. Es decir, sin que nadie en el bufete supiera qué o dónde compraba. Seleccioné por Internet varios agentes inmobiliarios de la zona que deseaba y a los que también pedí me enseñaran casas en otros barrios. Buscaba un apartamento para mi y una casa para mi madre y mi hermana. Un refugio personal y, como prometí, una salida para ellas.

Decidí comenzar por el tema inmobiliario y adapté mi aspecto para que fuera difícil de recordar en el futuro. Me presenté como la asistente personal de la futura propietaria, una extranjera, de la que tenía poderes para formalizar un precontrato de compra, que luego validarían sus abogados en Miami. En una mañana, compré un apartamento en la playa y alquilé una preciosa casita al sur de

Kendall, a la orilla de unos lagos en la urbanización *Bonita Lakes,* una zona de clase media acomodada cerca del Zoo. El propietario, según me informó el agente inmobiliario, era un oficial del sheriff que garantizaba la seguridad de la urbanización porque, según decía, además de la vigilancia usual, vivían allí muchos policías de la zona; efectivamente, comprobé que ante varias casitas, se veían algunos coches patrulla aparcados en los jardines, lo que parecía desanimaba a los intrusos. Seguridad y tranquilidad garantizadas, decían. Eso me hizo sonreír.

La urbanización estaba rodeada por tres lagos; los residentes nadaban en ellos saltando al agua desde los jardines traseros de sus casas. Niños, perros, ciclistas y deportistas corriendo integraban el paisaje general de sus calles. La casita era del más puro estilo americano y estaba segura de que encantaría a mi madre y mi hermana. Tenía dos plantas, un enorme garaje y un jardín delantero además de otro trasero frente al lago. Excusándose por el desorden, al agente inmobiliario me fue mostrando la casa; constaba de cuatro habitaciones y dos baños en la planta superior, en la planta baja tenía una cocina abierta al enorme salón, porche sobre el jardín, un aseo y la puerta de comunicación al garaje. Presidiendo el salón un retroproyector para la Tv casi tan grande como la pared y delante un sillón de masaje eléctrico, junto a él, una mesita con unas latas de cerveza vacías y un puñado de mandos a distancia. En el jardín la imprescindible barbacoa, el embarcadero de madera adentrándose en el lago y, dentro, el caos y el desorden más absolutos.

Me decidí inmediatamente, me gustaba para mi mamá y mi hermana. Probaría una temporada alquilándola y, si cumplían con su parte del compromiso, la compraría para regalársela. Firmé con el agente inmobiliario un precontrato que debía formalizarse en el plazo de un mes entre el arrendatario y mis abogados dotados de los necesarios poderes; tomé unas fotos de la casa para que desde el bufete las enviaran a mi familia en Colombia. Con las fotos les comunicarían que abandonaran Bogotá cuando lo deseasen de acuerdo al contrato que mis abogados les habían presentado y que ellas aceptaron encantadas; deberían rehacer sus vidas en Miami, con mi ayuda y la de mis letrados y, si se adaptaban, me comprometía a que disfrutaran de por vida de aquella casita junto al lago.

Al principio me desesperé viendo apartamentos; unos eran grandes, desde otros no se veía el mar y algunos eran demasiado bajos. Por fin, apareció uno especial y me enamoré de él a primera vista; ni demasiado alto ni demasiado bajo, se veía el mar pero lateralmente, lo que me evitaría incomodidades en época de huracanes y, desde luego, tenía acceso directo a la playa desde la piscina. El apartamento estaba situado en el edificio *Commodore*; tenía una suite con baño y vestidor, una habitación despacho, otro cuarto de baño, un salón amplio y lleno de luz, cocina y una cómoda terraza, garaje y seguridad en todo el recinto; recién restaurado con gusto exquisito y excelente calidad en los materiales. Estaba situado en *Ocean Lane Drive*, en pleno corazón de Key Biscayne y listo para ser ocupado. Sería la sede de mi sociedad. Lo compré esa mañana.

Un mes después, de acuerdo con los propietarios y con el bufete, legalicé la compra y el alquiler de ambas viviendas a nombre de *Letal Rouge*, S.A., con unos contratos en los que aparecían en blanco las casillas con las direcciones de los dos inmuebles y los nombres del vendedor, comprador y los arrendatarios. Por motivos de seguridad, sólo yo y el socio mayor conoceríamos esos datos. Los propietarios, vendedor y arrendatario, con la garantía del bufete y el dinero en mano, no pusieron traba alguna. No deseaba que nadie en aquel despacho conociese el emplazamiento de las viviendas. A Bogotá, el socio senior, envió un sobre anónimo con las fotografías de la casa y una cuartilla en la que únicamente figuraba la dirección a la que muy discretamente debía trasladarse mi familia.

Acondicioné mi apartamento que pronto se convirtió en mi lugar de trabajo; allí desarrollé el concepto y los contenidos de la *webpage* que sería mi lugar de encuentro con los clientes en busca de un asesino y, también, el canal por donde dirigir sus pagos hacia mi sociedad en Panamá. *Letal Rouge*, S. L. sería la cobertura para una falsa escultora-joyera, en realidad, una sicaria de alto standing. Maduraba estos asuntos mientras *trotaba* por la playa contemplando a las fanáticas del sudor y el deporte. Había mucha latina acomodada entre las propietarias de mi condominio, así que, enseguida, me sentí como en casa en Key Biscayne. Evidentemente nuestra forma de *shopping* era diferente. Mientras ellas vaciaban las lujosas tiendas de Florida, yo hacía mis compras de manera más discreta; a fin de cuentas, los chalecos antibalas y las pistolas eléctricas *Taser* no se encuentra en los *moles* (centros comerciales). Y es que, pese a los cambios en mi vida, no olvidaba que mi trabajo era matar y que, en cualquier momento, debía estar lista para hacerlo y salir indemne. Matar carísimo, sin fallos y sin despeinarme. Algo parecido a las *prepago*, pero en otra especialidad. Porque Colombia no produce sólo inteligentes ejecutivas, profesionales y excelentes actrices de culebrón, sino, también, bellas reinas de la belleza y refinadas sicarias.

Ahora que era norteamericana y propietaria, me estaba volviendo conservadora. Por ello, decidí que siempre que las circunstancias lo aconsejasen, en Miami usaría chaleco antibalas; pero no uno de esos armatostes aparatosos que utilizan los corresponsales de guerra novatos junto a un casco que les baila en la cabeza. No, en Colombia, teníamos al *Armani* de la ropa blindada, el rey de la guayabera antibalas; se llamaba Miguel Caballero y sus prendas eran cinco veces más fuertes que el acero. En el mismo Bogotá, por dos mil dólares. Fácil. Así que a través de los abogados le encargué un par de ellos de su línea *platinum*, la preferida por Uribe y Chávez, entre otros altos dignatarios; 1.220 gramos de seguridad, en azul y rosa para combinar con jeans. Lindos y con Nivel III-A de protección lo que indica que eran capaces de detener hasta la munición del calibre 44 Mágnum. De un 38 especial, un 9 mm Parabellum, incluso de un 357 Mágnum, simplemente se reían los chalequitos.

Respecto a armas de fuego no me preocupaba mucho porque John, mi marido, guardaba dos en su habitación. La Colt 45 reglamentaria del ejército y un revólver 38 especial, además de una escopeta de caza de su abuelo. En caso de necesidad las tenía bien a mano y protegían nuestra hogar; pero, en mi departamento quería, poco a poco, ir reuniendo un arsenal propio para las emergencias. No temía por mi vida pero Miami estaba lleno de colombianos y no podía asegurar que, de pronto, en el supermercado, la cajera o el mozo no fuera alguno de mis antiguos secuestradores de las Farc. Mi primera arma la adquirí viajando hasta el más cercano de los 43 Estados donde era libre su comercialización; aunque estaba prohibida su venta y tenencia en Florida, compré una pistola eléctrica Taser para mi defensa personal. Un lindo invento.

Era un arma pequeña, eficaz hasta los seis metros y disparaba dos dardos que actúan produciendo un fortísimo *shock* eléctrico en el sistema nervioso; anulaba al agresor en instantes produciéndole dolorosísimas contracciones musculares. Es un arma mortífera, pero, afortunadamente, seguían vendiéndola. Ligera y eficaz, no existía nada mejor para llevar en el bolso en lugares desconocidos y al salir del *gym* al anochecer, cerca del peligroso y desierto *downtown* (centro financiero). Además, gozaba de un alto nivel de tolerancia entre la policía que la consideraba un arma antiviolador para mujeres. También compré la Great Power, un arma paralizante de contacto del tamaño de un *celular* grande. Soltaba unas descargas eléctricas tan dolorosas que incapacitan al agresor que las sufría. Un juguete ideal para neutralizar a alguien en un espacio cerrado y pequeño, como un ascensor, la cabina de un cajero automático o, como Leonor, en un confesionario. Ojalá nunca tuviera que enfrentarme a uno de esos curas inmortales.

Entretenida en los quehaceres propios de mi oficio y en conocer mejor mi ciudad, me había olvidado de mi empleada. Anónimamente llamé a la agencia de Yuriana y pregunté si hacía domicilio y cuáles eran sus especialidades; por supuesto, se desplazaba a domicilio y allá donde quiera que solicitaran sus servicios, era eficaz y entregada y sus tarifas muy satisfactorias para los clientes por su inmejorable relación calidad-precio. El jodido *booker* (el que maneja en las agencias las fotos de putas o modelos) del burdel debía ser un cerebro escapado de un Master en la University of Miami School of Business; un *berraco* que debió quedar *varado* (en paro) tras la quiebra de las empresas *puntocom*, reciclarse y que, ahora, vendía putas con el mismo *argot* (jerga, léxico) de quien vende valores tecnológicos en Wall Street.

Respecto a las especialidades era un deleite oírle. Según él, Yuriana, era tan sabia en el lecho que parecía que Ovidio le hubiera consultado antes de escribir su librito del *Ars Amandi* (arte de amar). Según él, era insuperable en todo tipo de posturas del Kamasutra; una maestra en el *francés* (chupada), *cubano* (masturbación con los senos) y *griego* (penetración anal); para tríos, voyeurismo, sesiones lésbicas, lluvia dorada, coprofagia y otras especialidades, debería consultar las tarifas con la interesada, al no estar incluídas entre los honorarios habituales por su relativamente escasa demanda. La verdad es que al principio me hizo gracia, pero luego me entró tremenda *jartera* con la *lora* del *mancito*. Total, no hacía falta *echar*

281

tanta carreta, para decir que la puta por mamarla y por *tirar* cobraba 300 dólares incluído el taxi y, si se deseaban filigranas, había que pagarlas aparte. No creo que John estuviera para sofisticaciones, una lamidita para ponérsela tiesa y un polvo tradicional. Y, como no tenía que desplazarse, seguro que nos descontaba el dinero del taxi. Era mi regalo y mi trampa para el tipo. Ya dije que siempre fui malvada y me encantaba serlo.

No estaba dispuesta a pagarle sus vicios al tipo así que tomé *las lucas* de los gastos generales de la casa; y luego, un lunes por la mañana, me senté a tomar café en la cocina esperando que Yuriana apareciese. Cuando llegó, le serví una taza y le rogué que se sentara conmigo. Tras algunos rodeos, entré en materia y le pregunté si necesitaba aumentar sus ingresos; ella, medio despistada, me respondió que no tenía más horas para limpiar casas ya que debía acudir a sus clases por la tarde.

—Yuriana, ¡vamos a charlar seriamente, como paisanas! —manifesté sonriendo ligeramente—. La vida es dura y sé que usted desea ganar algo más de *platica*...

—Bueno, señora, es cierto, *el money* siempre viene bien, pero no puedo abandonar los estudios porque necesito ganar las materias para obtener la *green card* (tarjeta de residencia permanente en los Estados Unidos)... —respondió muy seriecita.

—La entiendo, Yuriana, y valoro su esfuerzo... —reconocí jugando—, pero, usted debe comprender mi situación y tratar de colaborarme para resolver mi problema...

—Pero, señora, ¡es que no tengo más horas libres! —se revolvió inquieta—. Los *wekends* son sagrados para llevar a mi hija y mi mamá a la iglesia y al cine. Es el único tiempo que puedo dedicarles...

—No, no se preocupe, Yuriana, que no son más horas de limpieza lo que necesito —busqué sus ojos—, pero, dígame, ¿usted tiene algún otro trabajo en la tarde, verdad?

—Si, ya le dije, señora, estudio —contestó nerviosa ante mi sonrisa de extrañeza—. Bueno, dejémonos de *pendejadas*, doña Lany; si quiere despedirme, *hágale*, ¿usted ya se dio cuenta de que soy puta, verdad?

—¡Si, *gordita*, ya me di cuenta! —dije haciendo un gesto para rogarle que no se levantase—. Y, no quiero despedirla, trabaja bien en la casa y estamos contentos con usted. A mí no me preocupa en que emplea su tiempito. No hay que hacer teatro.

—¿Entonces? —me miró expectante.

—Se trataría de una colaboración. ¿Cómo explicárselo? —la miré reflexionando—. Verá, a mí me ocurre como a usted, ando justita de tiempo y ahí viene el problema. Se lo voy a resumir, sin tantos rodeos, ¡me gustaría que me hiciera un trabajito!

—¡Ay, Señor mío y Dios mío! ¡Ay, *Sor Rita* (zorrita) bendita! —exclamó luciendo los dientes blancos en una sonrisa—. ¡Así que era eso...! ¿Desea que usted y yo hagamos...? ¿*Arepitas*...?

—¡No, *Sor Raimunda* (zorra inmunda), se equivoca! —respondí riendo—. No es para mí... ¡de momento! Recuerde que soy una pobre inmigrante como usted y no podría pagar sus tarifas... ¡quizá cuando ahorre...!

—Entonces, ¿es para el señor...? —elevó los ojos al cielo—. ¿Es un regalo...? Hay esposas que suelen hacerlo. Ah, ya sé, ¡usted quiere complacerle...! ¿*Armar* (montar) un trío...?

—Ay, Yuriana, *mija*, ¡nada que ver! —la miré divertida—. Antes estaba más cerca con lo de las *arepitas*... pero, es muy sencillo, ¡quiero que se enrede con él, sin que él se dé cuenta de que es puta...! ¡Que lo seduzca! Que él me engañe, sin saber que soy yo la que paga...

—Bueno, no sé, creo que la voy comprendiendo, señora —reflexionaba intensamente—. Usted no le tiene ganas y prefiere que yo me ocupe de él.

—¡Ahora, sí, ya me captó, *nena*! —respondí aplaudiendo—. El lunes se pone una ropita más sexy y, usted sabe cómo hacerlo, le enseña el culo y *las tetas* hasta que él se la meta. Luego, cobra, calla y todos contentos.

—Y, ¿quién sabe? Quizás pueda regalárselo más adelante —continué pensativa—. Ahora, lo importante es que ignore que usted es puta, pero, el tipo es gringo, se creerá todo. Recuerde que si lo hace bien y mi marido aguanta todos los lunes, usted ganará 1.200 dólares extra al mes.

—¿Cuándo quiere la señora que me ponga en marcha? ¿Ya mismo? —preguntó animada.

—No, deje que yo prepare el terreno. El próximo lunes —aclaré sus dudas—. Recuerde, minifalda *descaderada*, nada de *matapasiones* (bragas de monja) y las *puchecas brincando* fuera del top.

–Usted manda, doña Lany –cruzó las manos sobre la mesa mirando mi bolso de mano.

Claro, pensé, sacando mi billetera del bolso y tendiéndole el dinero; Yuriana era profesional, seguía la norma del negocio y cobraba por adelantado. Eso me gustó y la respeté más.

Me puse a trabajar de inmediato y esa misma tarde me reuní con un ingeniero en una empresa de instalación de equipos de vigilancia; expuesto mi problema conseguí que dejara de *encuerarme* (desnudarme) con la mirada y, centrada su atención, el ingeniero dibujó un croquis con el equipo necesario. Sencillo. Una cámara en la librería frente al despacho y otra doble cámara en el detector de humos del techo enfocando el sofá y otro ángulo de la mesa de trabajo. Todo inalámbrico, controlado por MS Internet Explorer del Windows XP, en resolución de 640x480 píxeles y con capacidad de imprimir y guardar fotos comprimidas en JPEG; cámaras diminutas con lentes supersensibles de 4 mm. asomadas por orificios del tamaño del ojo de un alfiler grande, baterías de 12 V. de dos horas de duración, transmisores de imagen y micros de alta potencia conectados al ordenador.

Esa misma tarde me lo instaló todo Carlos Jiménez, un joven informático venezolano, socio de la empresa y lanzado al exilio económico por lo absurdo de las politiquerías de Chávez; Carlos era un joven de impecable presencia, buen humor y educadísimo que *prendía candela debajo del agua* (con muchos recursos), un auténtico *MacGiver* (el hábil protagonista de la serie de Tv); me contó que estaba de paso en Miami camino de Madrid donde pensaba instalarse definitivamente. Todo lo resolvió en un par de horas y, si en algún momento se preguntó algo, tuvo el buen sentido de no demostrar curiosidad. Instalado y listo, hizo un par de pruebas para que yo manejase el programa con facilidad.

Mientras, él hacia de doble de mi marido, se sentaba en el despacho, se levantaba y caminaba hasta el sofá. Perfecto. Las imágenes llegaban a mi ordenador con buena calidad y se cubría perfectamente el ángulo de visión suficiente para *la tiradera* que, si Dios no lo evitaba, iba a tener lugar en aquella habitación. Todo lo complementé con dos aparatos de escucha infantiles *Bebé Due* de menos de 60 dólares, con los que, sentada en el coche tras la esquina de casa, podía oír lo que ocurría en el despacho de mi marido.

Yuriana no esperó al lunes para comenzar a calentar a don John, como ella comenzó a llamarlo desde aquel momento; llegaba a casa por la mañana, con tiempo suficiente para preparar los desayunos y, allí mismo, en la cocina mientras yo retardaba mi bajada a desayunar, le hacía ojitos y le decía mil cosas *caramelosas* (dulces, tiernas). Hubo roces de cuerpos al cruzarse en la cocina, manos que se tocaban al tomar algo de la mesa y mucha posturita sexy con aquellas ropitas que harían pecar hasta *a un anillo besa al papa* (a un meapilas). Le contó de los taconazos que usaba para bailar, de los shorts tan pequeños que se le escapaban los glúteos y de los top enseñando las tetas bien elevadas por lindos *brasieres*.

Sí, respondía ella a sus preguntas, esos eran los modelitos que usaba en su gym para las clases de *pole dance* (baile sexy con barra); le contó provocativa porqué había abandonado el método pilates para cambiarlo por estas clases de *stripper* (chica que se desnuda bailando); según ella, pilates estaba bien para gente mayor y muy formal como doña Lany pero, ella, no sólo quería un cuerpo diez sino, además, sacar su aspecto más salvaje, más sensual. Luego, añadió que siempre le había gustado exhibirse y mostrar su cuerpo porque, desde niña, sabía que erotizaba a los hombres. Mientras decía esto, simulaba estar sujeta a la barra de baile y voluptuosamente movía caderas y pelvis ante el tipo que no acertaba a llevarse la tostada hasta la boca abierta.

Este tratamiento duró una semana y cuando el viernes se despidió de John hasta el lunes, le pregunto si le gustaría verla bailar un día sólo para él; John, como cualquier hombre, una de las peores creaciones de la naturaleza, se apresuró a balbucear que sería un placer darle su punto de vista de experto ya que se sentía acreditado tras haber visitado miles de bares de *strippers* en todo el mundo. Añadió que el lunes por la mañana estarían solos en la casa y podría disfrutar tranquilamente de su exhibición. Ella posó unos segundos su mano en el brazo del tipo y, con una mirada y una actitud seductora, se empinó sobre las puntas para rozar con sus labios los de John.

—Don John, sólo haría eso por usted que es tan bueno conmigo, *¿would you like* (le gustaría) que me desnudara del todo...? – preguntó insinuante y muy coqueta.

—*I think so... ¡It`s very exciting idea* (eso creo, es una idea muy excitante), Yuriana! –respondió el pichafloja asintiendo.

—Entonces, *big daddy* (papazote, superpapito), me queraré desnudita. Como Dios me trajo al mundo, ¡sólo para usted! —dijo suspirando mientras lo envolvía en una mirada tórrida—. Pero, ¿me promete que será sensato, don John? ¿Qué no hará algo de lo que tenga que arrepentirme...? Usted me gusta mucho y no podría negarle nada... *iis true, you make me crazy* (es verdad, usted me vuelve loca) —añadió con una caída de ojos de quinceañera virgen.

Estaba claro que al tipo le gustaban las putas infantiles y capaces de sonrojarse, porque el viernes y el sábado estuvo contento y encantador. Esperaba ansioso el lunes. Y yo también.

Capítulo 22

*D*urante el fin de semana estuvo alegre aunque contenido pero, según se acercaba la mañana del lunes, el domingo por la tarde comenzó a ponerse frenético; no fijaba su atención en los noticiarios de la Tv, ni en las revistas médicas que aguardaban ser leídas amontonadas en su mesa y tampoco en los trabajos de sus alumnos. Dio vueltas por la casa, nervioso como un *drogo* (drogota) con el *camello* (vendedor de droga al por menor) en la *pinta* (cárcel).

Pregunté qué le ocurría, dije que le notaba extraño y, varias veces, conteniendo la risa, le propuse acudir a los oficios vespertinos de nuestra iglesia *Sant Agnes Catolic Church* en busca de paz para su corazón. O, si lo prefería, que saliéramos a distraernos viendo una película de Arnold Schwarzenegger, su actor favorito. O quizás, a relajarse dando un paseo entre los barcos amarrados del *Yacht Club*. También le propuse visitar una exposición del pintor brasileño Romero Britto en *Lincoln Road* y cenar después en su restaurante italiano preferido. Pero, no me *paró bolas*. Quiso *que me comiera el cuento* (engañarme) del estrés y del excesivo trabajo que tenía atrasado; luego, educadamente, me rogó que lo dejara tranquilo pues necesitaba reflexionar. Yo sabía que si no podía estarse quieto era porque aquella muchacha *de cero en conducta* (ligera de cascos) lo tenía bien *arrecho*; el *viejito pechilanudo* (viejito gilipollas) me mentía descaradamente, mientras, se congestionaba pensando en *la sardina que iba a comerse* (la jovencita que iba a tirarse).

–¡Ay, sí, *my prince* (príncipe mío)! –respondí tragándome la risa–. Ya lo dejo tranquilo que *el cuerpo del cristiano ha menester descansito* y usted trabaja mucho con sus alumnos y sus pacientes.

–Pero, si quiere relajarse rapidito *se lo presto* (follamos) y le doy una *mamadita* rica, *papi* – reí sabiendo que deseaba guardar fuerzas para el día siguiente–. Como usted quiera, hombre, si no desea gozar, ¡sufra! –seguí burlándome de su angustia y sus exagerados gestos de rechazo.

–Pero, ¡vamos a cambiar de conversación, *gorgeous* (guapísimo)! Ya veo que *no le provoca* mi proposición; me lo decía mi mamá, *¡qué tan duro será el matrimonio que cuando una se casa hasta le regalan cositas! Ja, ja, ja...* –seguí atacando sus nervios–. Voy a *darle lora* con los problemas domésticos, a ver si así se distrae un ratito.

Estábamos sentados viendo las noticias de la Tv, cuando dijeron que en Londres la policía había abortado un plan para atentar contra aviones en vuelo; John se exasperó como nunca le había visto, estaba fuera de sí y comenzó a insultar a los islamistas a los que llamaba terroristas nazis. Mire Lany, dijo, ¡habían preparado otro 11-S! ¡Es inevitable! ¡La tercera guerra mundial será contra los musulmanes! Esos maricones de políticos europeos no quieren verlo y, como Chamberlain con Hitler, miran hacia otro lado mientras los bárbaros asaltan la democracia. No me extrañaría que propusieran a Bin Laden para el Nobel de la Paz, como hicieron con Hitler en la Conferencia de Munich. ¡Cobardes!, gritaba rabioso.

Estaba colérico así que probé a calmarlo preparándole un güisqui con hielo y unos maníes y distrayéndole con mi conversación. No se me ocurrió otro tema que pudiera interesarle, así, que abordé el que él ocultaba en lo más hondo del subconsciente.

–¡*Don't worry about it, sug* (no se preocupe de eso, dulzura)! La policía los detendrá –intenté tranquilizarlo e interrumpir su perorata–. Mejor ayúdeme a pensar en lo que me preocupa. Usted sabe que soy un poquito celosa y hace días que vengo notando en Yuriana cosas como *medio raras* (sospechosas). ¿Usted, no la ve como *muy lanzadita*?

–¡Yo la veo demasiado *alegrona* –intenté poner cara de preocupación–. ¡Enseñando el culo y los *melones* (tetas) de acá para allá, no sé...! Esa *bandida* no habrá querido *treparsele* (llevárselo a la cama), ¿verdad? Se lo pregunto porque me fío poco de mis paisanas... Y, menos, de esas mujeres de Pereira de las que todo el mundo dice que son unas calentorras y unas robamaridos...

–¡*My Good, Lany! ¿What do you mean...* (qué quiere decir)? –me miró con ojos huidizos–. ¿Cómo es posible que piense esas cosas tan terribles..? ¡Es una madre de familia...!

–¡*Yes, daddy* (si, papi)! Quizá soy bruta del cerebro, pero, ¡creo que *esa muchacha tiene un corazón que no le cabe entre las piernas!* –respondí sonriendo para no asustarlo–. ¿No hará daño buscar un hombre con tantas ganas? Mi amor, usted no lo entiende, pero, ¡esa muchacha busca solucionar la vida a su familia! Aún es pronto, pero, ¡ya me dirá si llevo razón! Las mujeres como ella se abrazan a un hombre, aunque, estén encadenadas a la pared.

El tipo también sabía cambiar de conversación así que, cuando no le gustó el rumbo de la que manteníamos, dijo de pronto que tenía hambre y que si le acompañaba a comer un sándwich, le encantaría preparar unos de atún y mucha mayonesa.

–¡Ay, no, *my dear*! Cenar esos sándwiches, no por favor, ¡no quiero *salsa de gordos* para tener que extenuarme luego en el gym! –hice como que no advertía el cambio de conversación–. Y usted tampoco debería tomarla, ¡esa basura no es buena para su colesterol, John!

Hice un quiebro para alejarme del tema de Yuriana y, el tipo, para complacerme, compartió conmigo algunas frutas; vimos un ratito la Tv y enseguida nos acostamos. Esa noche, seguro que dio muchas vueltas en la cama y le costó conciliar el sueño. Tal vez por arrepentimiento, aunque, me inclino más a pensar que fuera por lo caliente que andaba.

Yuriana llegó temprano por la mañana, puntual y dispuestísima. Impecablemente vestida de puta. Dos colitas de colegiala balanceándose, una diminuta falda escocesa y una camisita blanca con los senos derramándose fuera del escote. Tras ella, flotando, el rastro de su perfume de fulana.

–Ay, Yuriana, ¡qué linda viene hoy! ¡Está *como para que se la coman* (para que se la metan)! Espero que no tarde en *capotiarlo* (rematar la faena) –la animé–. ¡Hágale, hágale, *mueva ese culo*! A ver si *se lo engancha* (lo folla) rapidito y puedo irme al gym...

–No se preocupe, doña Lany, cuando usted se vaya, en unos minutitos *le hago el mandado* (le hago el recado) –dijo mientras preparaba el desayuno con rapidez inusual–. Déjelo de mi cuenta y esté tranquila.

–¡Nunca la vi trabajar tan rápido! Preparó el desayuno *a la lata* –la sonreí ampliamente–. Espero que el trabajillo me lo haga bien hecho y me dé tiempo para obtener buenas imágenes... Ya sabe lo que necesito. Usted es *buen catre* (experimentada, experta). Una *mamadita* y desnudarse despacito... ¡antes de comenzar *a culiar*! Vamos, ¡el completo!

—Tranquila, doña Lany, ¡usted paga, *usted manda la parada!* ¡Por trescientos dólares, le regalo mi especialidad más cara! *Servicio de lujo…* —aseguró seriamente—. Por la *plata* baila el mono. Lo haré con *mañita* (cariño, habilidad) y, don John estará feliz, ¡cuándo vea mis *megatetas!*

—¡Ahí baja, *haciéndose el güevon!* Usted *es un palo de hembra* (cojohembra), *hágale, ¡abrase de patas!* A burro viejo, pasto tierno.

Me despedí recordándole a John que tenía clases de pilates y que aprovechase mi ausencia para trabajar tranquilo. Cómo el decía, sin que le volviera loca la cabeza con mi charla incesante; salí de casa con una camiseta, un short y una mochila con la radio. Con ella, escucharía como se caldeaba el ambiente en el despacho del tipo.

Me detuve al doblar la esquina de nuestra calle y conecté el aparato; Yuriana era una magnífica profesional, cinco minutos después de abandonar yo la casa, ya estaba calentando motores con el tipo.

Por el receptor se oía la canción que cantaba Whitney Houston en la película aquella de un guardaespaldas, *I Will Always Love You.* Sobre ella, nítidamente, la voz de Yuriana hablándole con maullidos de gata caliente.

—¡Venga, don John, baile conmigo! —le susurró mientras tarareaba la letra medio en inglés medio en español—. *¡Siempre te amaré! Siempre te amaré, a ti, querido, te amo. ¡Siempre, siempre te amaré!*

—¡*Cójame duro*, don John, *cójame duro!* —decía Yuriana modulando como si tuviera el clítoris en la garganta—. ¡Abráceme más fuerte, *papi! I would only be in your way…* (si tuviera que quedarme…)

Ante el cariz que tomaba la *situa* corrí hasta la entrada trasera esperando llegar antes de que el tipo *se viniera* en la moqueta del despacho; la música ocultó mi acceso hasta el *laptop* conectado antes de salir. Dos segundos después de pulsar el enter, las imágenes aparecieron en la pantalla. Mientras, la canción, programada para sonar ininterrumpidamente, seguía escuchándose a todo volumen en la habitación contigua.

Bailaban girando lentamente, ella con los ojos cerrados y recogida entre los brazos del tipo que acariciaba su pelo; él, con la misma gracia que Kinkong, la apretaba tanto que temí fueran a explotarle las tetas. Debido al atuendo de putón de Yuriana era una imagen sucia que alertaría a cualquiera menos dispuesto que John a dejarse engañar. Rápidamente, capturé unas imágenes y las mandé a la impresora.

– Don John, como le prometí, ¡voy a desnudarme para usted! –medio gimió la muchacha cada vez más metida en su papel de Whitney Houston–. *You, my darling you. Bittersweet memories, that is all I'm taking with me. So goodbye. Please, don't cry, we both know I'm not what you you need,* sonaba en inglés, mientras ella repetía en español, Tú, querido mío, tú. Recuerdos buenos y malos, es todo lo que me llevo. Por lo tanto, adiós. Por favor, no llores, ambos sabemos que no soy lo que tú necesitas.

Con un giro se separó de él y, bailando, lo empujó al sofá, donde el tipo cayó resoplando; mientras, al ritmo de aquella lánguida voz que enardecía los sentidos, comenzó a quitarse la ropa. Desde luego la *muy zorra* de Yuriana se ganaba los trescientos dólares; tanto trabajo para *jalarse* un tipo y aún, ni siquiera, había comenzado a *mamársela*. Fue un *strip* capaz de *parársela* hasta a la momia de Tutankamón y pensé que, para festejar mi próximo divorcio, iba a ordenar a esta muchacha que bailase para mí. A esta mujerona en su pueblo debían llamarla *la motosierra, porque era de las dispuestas a no dejar ni un palo parado* (polla tiesa). Sería rico comprobar que podía hacer por mí. Un zorrón de stripper de 300 *lucas* para mi despedida de casada. Seguro que John me regalaba esa plata *por pura bacanería* (desinteresadamente).

Dejé de pensar en lo que haría con la muchacha para pensar en lo que ella le hacía al tipo; a juzgar por las imágenes, John estaba disfrutando el momento. Yuriana se había sacado la camisita de la falda y la había desabrochado para mostrar al tipo dos *melones* apenas contenidos por un *brasier* diminuto y a punto de reventar las costuras. Gracias a su altura, aquellas tetas de desproporción casi circense, en lugar de afearla la hacían infinitamente más deseable. Descalza, se quitó la camisa dejándola caer al suelo y, *tongoneándose*, levantó la faldita mostrando sus muslos entreabiertos y el *hilo dental* (bragas) de color fucsia contrastando sobre la piel. Muy poco *fashion* el modelito, pero, ideal para calentar pueblerinos.

Sin cesar de mecer sensualmente las caderas, comenzó el

espectáculo que John aguardaba desde el viernes; Yuriana desabrochó el *brasier* y lo dejó resbalar al *piso* impidiendo con sus manos que el tipo se recreara mirándole los senos; con el agudo del *I Will Always Love You*, ante los ojos desorbitados de John, sus manos liberaron su pechos y dos pezones capaces de provocar una fusión termonuclear, rasgaron el aire. Yo seguía capturando imágenes y enviándolas a la impresora sin quitar la vista de la pantalla.

De donde John no apartaba los ojos era de aquellos hermosos senos de *stripper* barriobajera que se le venían encima; sentado en el sofá, Yuriana sepultaba la cara del gringo entre sus megatetas de pezones puntiagudos como navaja de *pandillero* (delincuente). John intentó lamerlos y atraparlos con sus manos, pero, ella se alejó hábilmente flotando con la música. Dos segundos y dos sacudidas de la pelvis fueron suficientes para que cayera la minúscula tanga. Su *chocha* estaba perfectamente depilada. El tipo, mudo de deseo, cayó de rodillas. Gimiendo, enterró su cabeza entre los muslos acogedores mientras, con su mano, ella, le apretaba la cara contra el sexo. Al aspirar la tibieza de aquellos muslos, de pronto, con un hipido, el tipo comenzó a sollozar.

–*No, my darling, id'ont cry, please* (no, querido, no llore, por favor)! –le rogó reclinándolo sobre el sofá mientras le sacaba la camiseta y le bajaba el pantalón de la *sudadera*–. ¡Deje que *mami* le cuide! A usted, príncipe mío, ¡voy a regalarle algo especial! ¡Venga, que *se lo dé*... (me entregue a usted)! ¡*I wish you, sweety* (te deseo, dulzura)!

Pasando a la acción, introdujo el miembro del tipo en su boca y comenzó a lamérselo, mientras él hipaba acongojado por tantas emociones. John empujó buscando adentrarlo en aquella boca húmeda. Ella lo castigó retirando la boca, si bien dejó que sus labios continuaran rozando la cabeza del pene; mientras, lo acariciaba con las manos, haciéndole intuir los dientes en el miembro. El tipo jadeó como si sus pulmones estuvieran vacíos y necesitara aire para continuar sollozando de placer. En un intento por alentar, ahora, él se alejaba huyendo de aquella boca insondable, pero, era inútil, Yuriana estaba decidida a ganarse su *plata*. Nada le impediría rematar su trabajo. Mientras, las fotos se acumulaban en mi impresora.

Tiró del tipo para levantarlo, lo retuvo por el pene, y, con un movimiento airoso, situó al hombre a su espalda. Mientras, *jaló* de su verga arrimándola a sus nalgas y se introdujo el miembro. En las imágenes vi perfectamente cómo Yuriana se autopenetraba y, por los gemidos de John, supe cuándo se la había metido entera.

–¡Soy suya, papacito! ¡Mire que culo rico...! –chilló Yuriana muy en su papel de ninfómana *arrecha*–. ¡Agárreme bien duro y métamela toda, *honey*! ¡Que a la hora de *tirar* todo el culo es poco..! ¡Ay, máteme de gusto, papi...!

Aquello no podía durar. Observé el enérgico vaivén a que lo sometía Yuriana, buscando que el tipo *se viniese* rápidamente. ¡Mano de santo! El acelerón de las embestidas hizo que eyaculase de inmediato entre convulsiones y nuevos suspiros de placer. Ya, sin fuerzas para empujar, el tipo quedó medio desmayado sobre las nalgas de la muchacha. Desconecté el *laptop*, lo escondí y fui al despacho contiguo decidida a asegurarme el divorcio. Muy ofendida. Indignada, con las fotos de la *tiradera* en la mano, pero muerta de la risa por dentro.

Mi entrada en la habitación fue de *coger balcón*; parecíamos actores en una comedia de Woody Allen. Gritos de Yuriana, tartamudeos de John y, mis palabras, tan frías que el tipo debió creer que el reguero de su espalda no era sudor sino, más bien, el Martini helado de James Bond.

–¡Ay, doña Lany, no piense usted mal de mí! ¡Yo no quería hacerlo...! ¡Qué *pena*, señora! –tapaba sus atributos el putón de mi asalariada sexual.

–Ni un puta palabra más, Yuriana. ¡Salga de aquí *ya* y me aguarda en la cocina! –susurré–. Recoja toda esa mierda y no se me haga la santurrona. ¡Vístase, *joyita* (guarrita)! ¡Ya hablaremos usted y yo después, *perra*!

–No le de importancia, señora, no sea *malgeniada*, ¡sólo ha sido un *polvorete* (polvito rápido)! –dijo acercándose a la puerta mientras disimulaba la risa–. ¡Es que el señor *estaba urgido* y me tenía *jarta* con la *pedidera*!

–¡Lárguese ya, *mostrona* (exhibicionista)! ¡*Hablamierda* (mentirosa)! –grité volviéndome hacia el tipo que luchaba con la camiseta tras subirse el pantalón de la *sudadera*–. Usted la cagó, doctor. ¡Qué maricada!

—Mírenlo a él, *¡tan divino, papi!* —continué sarcástica—. ¡Qué bonito, *malparido!* ¡Aquí el señor *partiéndole el bizcocho* a la *empleada* (jodiendo con el servicio), en plena jodienda, echando *el rapidito de la mañana* (polvo matutino)...

—El doctorcito, *¡tan formal!* —continué *cantaleteándolo*—. ¡No sabía que le gustara tanto *sardiniar!* Pero, óigame bien, *¡ni de vainas* tolero yo esto!

—Desde luego el mejor amigo del hombre no es el perro, *conchudo* —seguí *diciéndole hasta de qué se iba a morir*—. El mejor amigo de usted es el pantalón de la sudadera. ¡Vio una *sardina* cerca y, zás, ya se bajó el pantaloncito! *¡Qué pena verlo ahí con la tembladera* (me avergüenza verlo ahí temblando)!

—¡Pero no me voy a ablandar, *hijueputa!* —continué metiéndole el miedo en el cuerpo—. ¿Sabe que le haría mi hermano *el duro* por ponerme *cachos?* No hace falta decírselo, *¿verdad?* Yo a usted, *¡lo tengo bien agarrado de las güevas* y no lo voy a soltar!

—*¿Le tiembla el culo,* verdad? —bajé la voz amenazadoramente—. No se preocupe, no *cantaré;* yo ya me he civilizado aquí en *los Esteits.* En Colombia estaría muerto, cabrón.

— ¡Se acabaron *las maricadas,* ya me tiene aburrida...! Tranquilo, vamos a hacerlo todo *a lo bien...* —sonreí con una mueca tan fría como el igló de un esquimal con la puerta abierta—. Lo prefiere, sin balas ni cuchillos, *¿cierto?* Usted elige, pero le recomiendo acepte las condiciones que le presentarán a la firma mis abogados. No deseo recordarle a Michael Corleone, en The Godfather, pero creo que es una oferta que no podrá rechazar. No busco su dinero, usted accederá a nuestra separación hasta que me concedan el divorcio.

—Si acepta, no hay problema y en unos meses se librará de mí. Si rechaza mi propuesta, le aseguro que va a sufrir mucho. ¿Cuánto dolor se cree capaz de soportar? —lo miré *rayado* como hacía el *macancán* (fornido) Tony Soprano en la Tv—. Será mejor para todos que reconozca su error. Si se opone, primero fallecerán Yuriana y su familia incluida la niña. Luego, sus amigos de Philadelphia, Bob y Roy. Y si para entonces no se ha suicidado aplastado por la culpa, vendré a por usted.

—Todo por un polvo con una *brincona.* ¿Merece la pena? ¿Aguantará tanto dolor, John? —me aproximé a su cara clavando mis ojos en los suyos–. No sabrá cuándo, pero, una noche llegaré con un *tanto* (cuchillo japonés, hermano menor de la *katana*, la espada samurai). Los marines degüellan cortando el cuello de izquierda a derecha; en Colombia yo aprendí otra manera de hacerlo. ¿Quiere que se lo explique?

–¡Cállese, yanqui cabrón! Es sencillo. En lugar de degollar, se clava el cuchillo en el cuello –dije señalando mientras él se estremecía–. Se mete el puñal detrás de la tráquea y se tira hacia afuera desgarrando como quién corta una manguera de plástico. Es bastante más brutal y el destrozo aterra. Me lo enseñó un tipo experto en *despresar manes*. Siempre supe que algún día me serviría.

–Bueno, *I leave you now* (le dejo ahora). *I don't want to disturb your way* (no quiero molestar). *I feel bad about what appened* (me siento mal con lo ocurrido). *We both know that's the end* (los dos sabemos que esto es el fin). Por su bien, John, elija la solución menos dolorosa –palmeé sus hombros abatidos–. Usted ha sido generoso conmigo. Me disgustaría tener que matarlo. Por cierto, hoy almuerce cualquier cosa, me llevo a Yuriana.

–¡Se hará como usted diga, Lany! Envíeme a sus abogados y firmaré –respondió avergonzado y hundido en el sofá–. Me equivoqué; acepto todo, tendrá la libertad en cuanto lo autorice la ley, pero, por favor, no haga daño a nadie.

–Sólo quisiera decirle algo antes de que haga sus *valijas* (maletas) –se incorporó para mirarme–. Yo la traté con amor, fui honrado con usted. He tardado en descubrirlo, pero, usted es mala, Lany.

–Vaya, ¿ahora se dio cuenta, *darling*? ¿Lo descubrió usted solito? ¿O tuvo que ayudarle esa zorra? ¡Seguro que habrá sufrido mucho al enterarse! –le miré de cerca–. Ustedes los gringos son demasiado ingenuos. ¿Recuerda la película de Al Pacino en la que el protagonista, Tony Montana, era un narco millonario? ¿Lo recuerda en un restaurante, completamente drogado y gritando a unos honrados americanos? Vociferaba, ¡*ustedes, necesitan hombres como yo para decir, ESE es el malo!* Bien, pues usted ahora, usted, precisa despreciarme para sentirse decente.

–Ok, vaya a *trotar* un poco. Lárguese. Cuando vuelva, me habré ido. Yuriana me ayudará a *empacar* (hacer el equipaje) y trasladar mis cosas –dije sonriendo gentilmente y dejando un beso en su mejilla–. Han sido *ricos* estos meses juntos. Pero recuerde, con los hombres me suceden cosas raras. A veces comienzo chupándosela y termino matándolos. Usted ha tenido suerte. *Ciao, caro mío* (adiós, querido).

Abandonó la casa completamente abatido, con los hombros tan hundidos como Jesucristo cargando el madero. En media hora, cuando más seguro creía estar, la vida lo arrolló con la fuerza de un camión de cuatro ejes. De ser *el putas* pasó a ser un abuelo derrotado al que, de pronto, ordenaban abandonar su casa en ropa deportiva. No sentí lástima por él, era un pobre *pendejo* que encontraba natural que las *mamitas* latinas regalaran sus *chochos* a los viejitos yanquis. De todas maneras, por algún cariño que le guardaba, tenía previsto que Yuriana le endulzara los últimos años de su vida. Sería bueno para ambos. Se casarían, él tendría una nueva familia y alejaría el pánico a la soledad; ella obtendría un marido rico y anciano, la legalización de toda la familia y un único cliente *full pago*. De momento, el tipo conseguiría dos por una, *empleada y bandida*. Eso sí, seguro que con *tremendos cachos* y carísima. Yo conocía bien a mis paisanas de Pereira; entre la mamá, Yuriana y la niña, todas derrochando, cada lengüetazo le costaría a millón. Hasta que, aburrida de mamársela, ella se hiciera con el control de la economía doméstica y comenzara a *jalarse* algún cubano, *personal trainer* de spining; entonces, ella, convertida en señora de la casa, comenzaría a joderle la paciencia. *Ay, papito, ¡hoy no, que me duele la cabeza! ¿Dejó la plata para la casa, sí, mi amor?* En aquel momento, ya sería tarde porque, acostumbrado a ella, le resultaría impensable cambiarla por otra mejor aunque no amortizase el gasto. Demasiado derroche de energía de la que John no andaba excesivamente sobrado; además, pretender empezar de nuevo, ¡para el poco tiempo que le quedaba! Mal negocio. Caro y frustrante, desde luego, pero, ¡qué otra cosa podía esperar *un tipo viejo y tan feo que asustaba al miedo!*

Capítulo 23

No tardamos mucho en recoger; en cualquier caso, si olvidaba algo, John no se atrevería negarme la entrada. Mientras Yuriana cargaba las maletas en el *carro*, vi que el tipo me observaba prudentemente desde el otro lado de la calle. Me acerqué y le mostré las agujas percutoras de sus armas. Comenté que me las llevaba para evitarle la tentación de usarlas, contra mí o contra él mismo. Dije estar segura de que, en poco tiempo, seríamos buenos amigos y nos reiríamos juntos de su travesura de hoy. Mientras, en su despacho, dejaba para sus abogados un sobre con las fotos de sus proezas sexuales con la muchacha del servicio. Por cierto, la empleada, además de puta, ilegal.

Sonrió tristemente y aseguró saber que había perdido la partida, que su deseo era arreglarlo todo conmigo y que, él, también esperaba que fuésemos amigos; respondí que me alegraba oír aquello y que, si así era, estaría siempre dispuesta a todo por ayudarle cuando me necesitara. Ahora, fue el quien se acercó para besarme.

—Me apena que se vaya, Lany —sonrió tristemente—. ¡Pudo haber sido tan bonito!

—No lo idealice. ¡Era imposible, *sugar*! ¡Soy demasiado lesbiana! —respondí sonriendo también—. Quédese con lo mejor. Recuerde que le salvé de pegarse un tiro y que ahora puedo ser su amiga. La que todos desearían, ¡un Ángel de la Guarda! Pórtese bien, por favor; mientras acabamos los negocios, no haga nada que me disguste. Y luego, mire a su alrededor y, ¡si aún no está enamorado, enamórese, de esa putita! Los dos se necesitan. *Chao, daddy* (ciao, papi).

Enfilé hacia la Venetian Cswy, para salir al Biscayne Blvd. Y, atravesando el Downtown, llegar a Brickell Avenue para tomar la entrada a la Cswy de Key Biscayne; permanecí en silencio durante el trayecto y sólo al dejar tras de nosotras el *skyline* de Brickell abandoné mi mutismo.

—Bueno, Yuriana, tengo una agradable sorpresa para usted —la dirigí una cálida sonrisa—. No la he traído sólo para ayudar en el *trasteo*, ¡imagínese! Quiero que conozca mi nueva casa, porque una vez a la semana vendrá a trabajar aquí. No quiero que perdamos el contacto. Ya se lo he anunciado a Don John. Usted sabe que, desde esta mañana, ¡él no puede negarme ningún capricho!

—Escúcheme, le sugeriré a mi marido que cada lunes busque consuelo entre sus piernitas. De momento, eso, solo un día para tenerlo calmadito. Y para que él piense que usted lo hace por amor, yo le tendré dispuesto un regalito de mil quinientos dólares todos los meses –sonreí soñadora–. Hasta que finalicen las negociaciones entre los abogados de John y los míos, usted dependerá de mí. Tomará mi dinero y yo seré su jefa. Y, por lo que le pago, deberá obedecer y tenerme bien contenta.

—Cuando todo acabe, será libre y le tendré dispuesto un espléndido cheque. Podrá gastarlo en los estudios de la niña, en operarse los glúteos o en comprar un *lote familiar* (panteón) para su mamá que Dios guarde muchos años –la miré fijamente–. Pero, hasta entonces, me será fiel como un perro. Usted es colombiana y sabe que ocurrirá, si ustedes se me rebelan. John ni lo imagina, pero, ¡usted sabe! Así que si se pone terco de cabeza, a usted le toca amansarlo. Míreme, no se le olvide, soy muy *jodona* (mala puta). ¡Se juegan todos la vida!

—¡Ay, pero ya llegamos! Aquí es. ¡Si es que no paro de *echar carreta*, ya dirá usted! –dije mientras Yuriana bajaba las maletas–. Vamos, Yuriana, arriba tengo para usted una linda sorpresa que va a agradarle mucho.

Iba a horrorizarse. Antes de abrir la puerta, sabía que el pánico la haría gritar. Por eso, sin timbrar, le advertí que no chillara, que a los vecinos no les agradaban los gritos. Y a mí tampoco, añadí tocando el timbre. Se oyeron voces y pasos en el interior. Abrió la puerta la mamá de Yuriana y, su hijita, corrió a los brazos de mi empleada. Angustiada, abrazó a la niña, mientras su mamá, riendo, entraba las maletas. Yuriana estaba lívida. Ningún colombiano ignoraría aquel aviso. Nadie se tomaba tantas molestias si no era para enviar una advertencia muy clara.

—¿Qué sorpresa, verdad, Yuriana? –la miré fríamente–. Usted no pensaba que yo sabía; bueno, averigüé su dirección para invitarlas a mi casa y envié un taxi a por su familia; quería conocerlas a las tres ahora que usted y yo somos tan buenas amigas. Me gustaría que alguna vez vinieran a bañarse y tomar *brunch* (desayuno-almuerzo dominical) conmigo en la playa. Espero no haberla molestado tomándome esta libertad.

–¡Ay, no doña Lany, es que esta hija mía siempre está *emberracada!* –respondió la vieja–. Déle las gracias a la señora por los trabajos tan *chéveres* que le buscó con don John y en esta casa tan linda, *mija*.

–Mamá, ¡usted no se meta! –saltó Yuriana conteniéndose a duras penas–. Prepárele un *jugo* a la señora mientras yo la ayudo con las maletas.

–Vamos, muchacha, ¡no regañe a la *cucha* (abuela)! –dije caminando hasta mi habitación y cerrando la puerta tras nosotras–. ¡Lo *tiene de papayita* (tiene una oportunidad de oro, de puta madre)! Aprovéchela, porque si *no me cumple,* ¡le *voy a caer* donde quiera que se esconda!

–¡Entendí, señora! Mientras usted disponga yo le *hago la segunda* (ayudar en algo no demasiado legal). No soy *faltona* (traidora) ni *chismosa;* soy *frentera* (noblota, sincera) y sé lo que me está ordenando. Puede confiar en mí, no busco problemas, sólo me ocupo de mis cosas –dijo la muchacha al borde de las lágrimas–. Únicamente trato de ganarme la vida, doña y, sobre todo, no quiero que a mi familia le ocurra nada.

–Ok, *hágale,* Yuriana –respondí sintiendo su miedo–. Que su mamá la ayude con las maletas. Voy a hacer unas llamadas.

Aclaré la situación con los abogados dando órdenes de que exigieran a John el cumplimiento de los trámites legales para el divorcio; nada de indemnizaciones económicas, ni pensiones de alimentos, ni cualquier otra demanda de dinero para pagos de costas. Yo cubriría todo porque la humillación nunca debe ser infinita y no deseaba que, por su maltrecho orgullo, el tipo se rebelara para evitar que le despojaran de unos míseros dólares.

Pensaba en esto junto a las puertas que comunicaban con la terraza; me levanté y me asomé al balcón, abierto sobre una preciosa vista de Miami. Estaba inquieta, sabía que debía hacer algo más. Llamé a John para decirle que todo estaba en manos de mis abogados y que no se preocupara de los gastos, no le exigía nada salvo compartir un día por semana a Yuriana; también le recordé que tenía pruebas de su infidelidad y que sus amigos habían contribuido de manera ilegal a regularizar mi situación en los Estados Unidos. Le aclaré de nuevo que aceptaba las cosas o vendrían tiempos duros; muy malos, mucho peores de lo que podía imaginar. No obstante, añadí, aunque ahora le pareciera embustera y mala, sabía ser dulce y buena. Él debía elegir.

Mientras conversaba con el tipo, miré a la niña que jugaba con su muñeca sentada en una *asoleadora* de la terraza; al notar que la observaba, levantó la carita, me miró y sonrió y, de pronto, supe lo que me faltaba por hacer. Llamé a Yuriana mientras salía al balcón y, levantando a la niña en brazos, la deposité sentada en el pasamanos a seis pisos de altura sobre la piscina. Apoyada en la barandilla, sujeta por mis manos, la *culicagada* me miraba sorprendida no sabiendo si reír o llorar. Sonreí mientras escuchaba los pasos de su mamá acercándose detrás de mi. La *china* lanzó una carcajadita mientras, inestable, se balanceaba atrás y adelante.

–¡Ay, *juepuerca* (hijaputa)! Por Dios y por la Virgen, agárrela señorita Lany –susurró aterrada–. Bájela de ahí, no la deje caer, se lo suplico...

–¿Cómo la voy a tirar, muchacha? No tema, Yuriana, la estoy sujetando. No me perdonaría que se cayera. Esta niña es un diablillo, parece *Juanito* (en España Jaimito), ¡mire que subirse ahí encima! –sonreí girándome para mirar a Yuriana lo que aumentó el desequilibrio de la niña que, braceando, dejó caer la muñeca al vacío–. Pero, Yuriana, ¡está usted pálida y *acalambrada* (agarrotada) de miedo! La comprendo, pobrecita. Casi todas las muertes infantiles se deben a accidentes en el hogar, ¿lo sabía? –dije bajando a la chiquilla que reía divertida–. Bueno, alégrese, no tema que no hubo peligro. ¡Esta vez la tenía bien sujeta! Pero, para otra ocasión, ¡recuerde, *bandida*, que no siempre me apetece jugar con niños!

Los científicos dicen que las mujeres olemos el miedo. En la frente de Yuriana aparecieron unos gotitas de sudor y hasta mí llegó un tufo ácido y metálico que identifiqué con el pavor. Era verdad lo que contaban los estudiosos, el miedo apesta.

–¡Señorita Lany, se lo suplico! –tomó la niña en brazos y se acercó a mi desencajada–. Yo hago lo que usted diga, pero, ¡por favor, no haga daño a mi hijita!

–Bueno, Yuriana, ¡déjese de bobadas y aclaremos esto de una puta vez! Usted quiere lo mejor para mí, ¿no es verdad? –pregunté mirándola duramente–. Y yo deseo lo mejor para ustedes. Así que ninguna hará daño a la otra. Entonces, ¿porqué peleamos? ¿Dónde está el problema? Las dos viviremos en paz, ¿cierto?

–Si, señorita Lany, no debe temer de mí –suplicó llorosa–. Sólo soy una puta que lucha por sacar adelante a su familia; le *colaboro* en lo que pueda, pero, se lo suplico, somos paisanas, no haga daño a mi gente.

–¡Se acabó, muchacha! –sonreí animadamente–. No hay como una buena charla entre amigas para aclarar las cosas. Se trata de vivir o morir. Yo decido y, supongo que usted quiere vivir y que vivan ellas, ¿no es cierto? –corté la charla tras *meter recado* (mandar un aviso)–. Ahora sí que podemos confiar una en la otra. ¿Verdad, Yuriana? Bueno, acaben de acomodar mi ropa y vayan a comprar unos helados. Yo las invito a las tres. Y, por favor, no olvide recoger la muñeca del *piso* allá abajo– señalé con un gesto hacia la piscina.

Durante un rato trastearon en la casa, sin permitir que la niña de alejara de ellas; luego, entre sonrisas de la abuela y la niña, Yuriana, pálida aún, se despidió hasta la próxima semana.

Controlar a John y Yuriana me mantuvo ocupada unas semanas durante las que me olvidé de casi todo lo demás. Nada hacía suponer que tramaran algo contra mí así que los dejé tranquilos. A él no le veía salvo en seguimientos aleatorios para comprobar que no frecuentaba amigos indeseables y, a ella, sólo un día a la semana cuando venía a limpiar mi casa. Hablé con el tipo por teléfono; seguía dolido por nuestra separación y muy preocupado porque Yuriana le había advertido que, yo y mis amenazas, no éramos ninguna broma. Lo tranquilicé recordándole que nada le ocurriría si cumplía nuestro acuerdo y que, al divorciarnos, contaría con una buena amiga. Bromeé con él asegurándole que no debía ser tan mala cuando le había dejado en casa con una linda amante. Conseguí que riera entre dientes y reconoció que, en efecto, la mañana de los lunes se había convertido para él en una orgía de quinceañero.

Yuriana, más curtida, sabía que si de entrada no te matan, tenías mucho avanzado, sobretodo, si eras recto y no estorbabas al que podía asesinarte. Así, que los días que venía a limpiar me *daba lora* contándome hasta el último detalle de lo que John decía y hacía. En el fondo, nos estaba agradecida; a él, por *tirar con* ella y hacerle ganar una *platica* y, a mí, por pagársela y permitirlo. Además, desde el paseo de su hija por el balcón, me tenía pánico. Así que, pudiendo elegir, prefería vivir.

Al mismo tiempo, durante aquellas semanas, procuré hacer deporte y vigilé mis intereses depositados en manos de los abogados. Se suponía que, al ser una clienta excepcionalmente recomendada, estarían interesados en activar mis asuntos reduciendo al máximo los plazos legales para mi divorcio. No quería que se durmieran. Deseaba abandonar cuanto antes los Estados Unidos.

Aproveché mis salidas para adaptarme a los chalecos antibalas que había recibido de Bogotá. Lindas guayaberas con un cierto aire entre peligroso, varonil y caribeño. Con el bulto de la Taser en el cinturón del jean, bajo el chaleco, los picapleitos percibían el olor a muerte en aquella indumentaria tan diferente a la vestida por sus mujercitas. Así cuando aparecía por el bufete, los todopoderosos socios de la firma, olfateando el aire, se estremecían recordando que yo era la *hermana* pequeña de Don Omar. Su queridísima niña adoptada.

Comprobada la buena marcha de mis asuntos, me relajé. Nunca dejaba de soñar con Madrid, pero, comencé a disfrutar de Miami, aquella ciudad que me encantaba pese a su humedad y su omnipresente aire acondicionado tan helador como el filo de un bisturí en la nuca. A veces echaba de menos mis incursiones por los garitos del Parque Lleras de Medellín, el parque 93 y mis incursiones en Bianca, el local de ambiente *les* de la 15 con la 72, cerca del BBVA de Bogotá. Pero, generalmente, pensaba más en España que en Colombia.

Un día que los nubarrones volaban tan bajo y tan negras como el hábito de un monje benedictino, paseando por la playa mientras el viento arrastraba olor a tormenta, el aire arrastró hasta mi cara algo maligno y olí la muerte.

Mi cabeza, melancólicamente, volvía una y otra vez a la música de Floria Márquez y sus boleros.

> *Perdón si en mi ser no mando,*
> *perdón por estar llorando.*
> *Perdón por seguirte amando,*
> *Ay, que por seguirte amando no tengo perdón.*

Recordando aquellas letras de amor imposible, estremecida por malos presentimientos y espoleada por la tristeza, me asaltó la dulce imagen de Leonor Montoya. ¡Qué felices hubiéramos sido en Miami! Sabía que, desde el cielo, ella se *pondría brava* viéndome así, tan afligida como me sentí aquel día. Las lágrimas se deslizaron por mis mejillas, mientras continuaba andando por el Biscayne Boulevard entre resuellos de humedad lamiéndome la cara con lengüetazos de perro y la melancolía que me apretaba el alma.

De pronto me sentí herida por el amor de los ausentes y la patria lejana y el miedo, la incertidumbre ante el futuro, y, paseando por los lugares dónde los latinos, como si estuvieran en su pueblo, se detenían gritándose en las aceras para besarse y sonreir, lloré. Entre la gente. Sin avergonzarme. Lloré con el alma rota por la mujer que amé, por el infinito vacío que me dejó su muerte y lloré porque, el olor a miedo que sentí, me hizo pensar en la muerte.

Mirando a lo alto recé para que Leonor viera que seguía amándola, que sintiera que la recordaba y que me viera sufrir de amor. Sola, una mujer desconsolada, una lesbiana sin amor. ¿Por qué me arrebató Él a quién yo amaba con locura? ¿Te lo explicó ahora que estáis juntos? ¡Dios lo sabe!

Y el miedo que me rondaba, sombras de miedo que me asaltaban como esas hojas de periódico que vuelan por al aire hasta taparnos la cara. Porque, no nos engañemos, nadie en Miami utiliza chaleco antibalas, guayaberas de Miguel Caballero, sólo porque le gusten. Tanta sangre comenzaba a ahogarme y estaba aterrada. Sólo esperaba que no me devorasen los fantasmas.

Pensé en buscar consuelo en algún sacerdote. Ellos saben de miedo y de peligros. Y también de cómo ayudan los rezos para todo ello. Pero, me acordé del asesino de mi Leonor y me estremecí de asco. Además, no, yo no rezaba demasiado. A menudo sentía la necesidad de dirigirme a Dios para rogarle que cuidara de Leonor, pero, nada más.

Aquel día, allí en Miami, la angustia se hizo tan fuerte que entré en la primera iglesia que tropecé en mi camino. Juraría que Dios llamaba a mi corazón. En la penumbra y y el silencio de aquella iglesia apenas iluminada por las lucecitas de unas *veladoras*, me reencontré con el dulzón olor a cera y a flores de altar y con el sabor salado de mis lágrimas. De rodillas, torpemente, recé por mi hermano y mi hermana difuntos, y, de igual forma, por todos los que había asesinado. Asimismo, le pedí que cuidara de Omar,

Édgar y Sobrado como había hecho hasta entonces. Luego, oré largo rato por mi amada Leonor, para que viviera feliz en la Gloria junto al Divino Niño, y, recé, además, para que el Señor me protegiera y me aliviara de aquella indeseada desazón, de aquel mal que me impedía vivir siendo yo misma.

Aliviada abandoné el templo recapacitando sobre mi fe mientras volvía a casa. Bajo el sol brillante todo se veía diferente y, tras una pensada, decidí ser consecuente y mantenerme alejada de la iglesia. No deseaba caer en la superstición de los sicarios que bendicen las balas y llevan escapularios, pero, paradójicamente, seguía rezando. Sin embargo, no entendía cómo Dios podría atender mis plegarias y las de mis víctimas al mismo tiempo. Porque estaba seguro de que ellas tambien rezaban, si les daba tiempo. Pero, a la hora de la verdad, yo vivía y ellas morían. ¿Es que mis víctimas rezaban peor? ¿Porqué El Señor prefería mi bando? Y, lo más importante, ¿hasta cuándo seguiría protegiéndome?

Andaba medio piadosa, medio depresiva cuando llamó Omar.

La alegría de saber de él borró cualquier otra sensación; luego, recordé mi oficio y me temblaron las piernas. Intenté creer que era por la emoción. Afortunadamente, ya estaba en casa cuando me llamó y, al oír su voz, pude desplomarme en un sillón. Como siempre fue muy breve, apenas dos minutos.

–¡Hola, mi amor! ¿Cómo está, *mamacita*? –preguntó su voz cantarina y segura–. No diga nada, hermanita querida, sólo escúcheme. Ya sé todo de usted, no se preocupe. Todo saldrá bien y pronto será libre. Mañana acuda donde nuestros amigos, ya sabe, los que cuidan de sus intereses. Ellos tienen algo muy importante que decirle.

–No se preocupe, la gente que usted quiere está toda bien y le envían cariños. –se interrumpió al notar mi ansiedad–. No ocurre nada. Sólo buenas noticias. Haga la visita que le digo, que me dará mucha alegría. Y ahora, nena, ¡cuídese, cuídese mucho, abra bien el ojo! ¡Sepa que siempre la llevo en el corazón, hermanita mía! Bye, tesoro, bye.

En segundos me olvidé de las crisis místicas, de mi melancolía amorosa, de la nostalgia de Colombia, de mis miedos irracionales y de cualquier otra preocupación; Omar, era mi hermano, mi única familia. Me llamaba y era mi jefe. Obedientemente, destruí el móvil, lo sustituí por otro, y me apresuré a obedecerle.

CAPÍTULO 24

A la mañana siguiente, pedí un taxi para que me recogiera en la segunda planta del garaje, una por debajo de la mía. Merodeando por el edificio, comprobé que nadie me seguía. Con el pelo recogido, gafas negras, gorra de béisbol, jeans y tenis, nadie supondría que debajo del antibalas llevaba la pistola Taser y un *tanto*.

En el bufete de mis abogados la entrada de una joven vestida tan informalmente siempre causaba confusión entre las recepcionistas y los empleados. Sin explicaciones, pedí que me acompañaran al despacho del socio senior. Los jefes no se sorprendían de nada, tenían clientes de todos los tipos; en Miami, era frecuente encontrar millonarias que subían de la playa llenas de arena, sudorosas y *espelucadas* (despeinadas), para entrar en una supertienda y comprar apresuradamente unos carísimos regalazos olvidados. En Europa, no las hubieran dejado pasar de la puerta, pero, en Miami, por si acaso, la consigna es tratar a todo el mundo como millonario. Cuando demuestra que es un pobretón, entonces sí, a la puta calle. Yo no era pobre y, mi hermano Omar y sus amigos, mucho menos. El socio senior se sentó a mi lado y, una pasante, con cara de *gomela* de la Costa Este, nos trajo café, agua y refrescos. El hombre, luego de preguntar si me molestaba, encendió satisfecho un habano que inundó la estancia de aroma a tabaco y, a contraluz, dibujó unas preciosas volutas de humo azulado. Los ojos del abogado traslucían un profundo respeto. Tenía todo dispuesto.

–He recibido un sobre para usted. Se trata de material muy confidencial –sonrió con prudencia tendiéndome un sobre lacrado–. Hasta ahora ha permanecido en la caja fuerte de mi despacho. Mi consejo es que lo revise aquí y, después, se deshaga de todo. Cuando finalice, puedo garantizarle una trituradora que destruye cualquier cosa, papel, CD o disquetes. Fiable al ciento por ciento.

–No se preocupe –dije levantándome y guardando el sobre bajo mi guayabera–. Conmigo estará más que seguro. Gracias por su interés.

–De nada, señorita Lany, pero permítame que insista –rogó el tipo preocupado–. Por la forma en que han llegado hasta mis manos, esos papeles deben ser muy importantes. Debería hacerme caso y no arriesgarse a caminar por ahí con ellos.

–De verdad, no se inquiete; no hay miedo de que *bote* el sobre. Vendrá conmigo–por el tacto sabía que sólo contenía un disco y no deseaba explicar que desconfiaba de sus máquinas trituradoras y que, además, dudaba de si quedarían pistas en el *laptop* que me prestaban.

Abandoné el edificio en un taxi pedido por teléfono que me condujo a un centro comercial próximo. Allí, después de varias maniobras de evasión sin detectar seguimiento alguno, tomé un taxi que me dejó en Key Biscayne. Permanecí expectante en el aparcamiento de la playa antes de comenzar a caminar hacia el hotel Sonesta, sin localizar a nadie tras de mí. Por si acaso, tomé una piña colada en el bar del hotel, luego, volví sobre mis pasos hasta el acceso a la playa de mi edificio. Ahora estaba segura, no me vigilaban.

Entré en casa, comprobando todas mis alarmas de seguridad. Ningún intruso había intentado violar mi intimidad. Me quité el chaleco antibalas y, cómodamente, ante la terraza abierta, conecté el *laptop* y miré lo que me enviaba Omar.

El disco contenía varios documentos grabados y numerados; elegí el primero. Era un video casero. Un primer plano de Omar, recién peinado el cabello húmedo, con sus bellos ojos brillando de emoción y una casi sonrisa en los labios, sobre un fondo de árboles y vegetación. Tan imposibles de localizar aquellos verdores, como los secos pedruscos que aparecen en los videos de Bin Laden. Duraba poco, pero me hizo llorar.

–*Mi querida niña, he querido darle la sorpresita y decirle lo mucho que la extraño y mi preocupación hasta no verla lejos de toda esta gran mierda que nos rodea; no he podido ir a verla, Lany, y yo sé que usted comprenderá mi situa. Lo siento, mi herma.*

–*Intentaré aclararle brevemente los temas que a usted le puedan robar el sueño. Su familia. Es un apartado por el que no debe inquietarse. Todo está como usted decidió. Trabajan y viven sin preocupaciones. No hay problemas. Todo va como usted deseaba y de vez en cuando les echamos un ojito.*

—Sus rentas. Ya sé, hermanita, que va a decirme que esto no le interesa, pero, quiero que sepa que su patrimonio ha crecido 15 % en este tiempo;los que saben del tema le rendirán cuentas el próximo mes. Esto se debe a una buena racha en los negocios que ha aumentado los beneficios de todos, incluida su parte. Por eso, es mejor que, cuanto antes, deje sus actividades profesionales porque no necesita más lana. Y, como si fuera poco, mijita, sigue siendo mi heredera universal. Sí, Lany, ¡no me discuta! —sonrió.

—Su situación legal, está limpia; usted manejó muy bien sus cartas y, en pocos meses, todo acabará según sus deseos. Mi consejo que coincide con sus ilusiones, es que, tan pronto los abogados tengan sus papeles en regla, abandone ese país. El destino elegido por usted me parece perfecto. Allí podremos volver a vernos muy pronto.

—Finalmente, mi linda hermanita, un ruego; un último favor. Después, no hará falta que trabaje más. Lo hago, porque es importante para nosotros que esta vuelta se lleve a cabo sin fallos, con pulcritud. Nadie mejor que usted para eso. Alguien se equivocó y se ha llevado nuestra ropa de la tintorería. Era bastante ropa para limpiar y estos errores son molestos. Se trata de comunicar al responsable su metida de pata, recuperar nuestro paquete y que nunca más se vuelva a confundir. Si el paquete es irrecuperable o debo enviar por él a otro lugar, me lo dice, no importa; bastará con que todo el mundo comprenda que no se debe repetir un error así. Los detalles vienen en el documento número dos y los contactos en el tres. Únicamente, pedirle, hermanita de mi alma, que no se arriesgue y que no corra peligro. Si no ve clara la oportunidad de hacerlo limpiamente, me avisa y lo olvida. Tengo montones de tipos que lo harán a lo cerdo. Todo, antes de exponerse usted. ¿Ok? ¿Prometido?

—Bueno, tesorito, aquí a mi lado tengo dos personas que le envían saludos, también ellos me piden que se cuide y dicen que ya quieren verla. Por favor, le pido que si le resulta inseguro este favorcito, me lo haga saber para enviar otro mensajero. Recuerde que la quiero, mi niña, la llevo en mi corazón y todos los días rezo por mis dos hermanitas. Cuídese mucho, la necesito. Chao, cariño, un beso, eso es todo.

Sollocé, sin poder contenerme y durante un buen rato, antes de sentirme con fuerzas para entrar en los siguientes documentos y acabar de saber qué se esperaba de mí. No tenía ganas de matar más gente, pero si Omar lo necesitaba, por respeto y agradecimiento, no podía negarme.

El segundo documento lo explicaba todo. Por lo que entendí, habían confiado un buen paquete de dólares para blanquear y, el receptor, pretendía estafarlos. Se trataba de un *obispo* de la secta de Edir Macedo. Un colaborador próximo al fundador de la *Iglesia Universal del Reino de Dios*. Esta secta tenía más de dos mil templos repartidos en Brasil, por todo Hispanoamérica, en algunas ciudades de Estados Unidos, Europa, África y Asia. El obispo en cuestión, compatriota nuestro, se refugiaba en Miami hasta que pasara la tormenta. Allí, entre bellas seguidoras, se ocupaba de vigilar las filiales de los negocios de su líder espiritual. Arduo trabajo, porque, sólo en Brasil, eran dueños de un Banco, dos periódicos, la Tv Records y sus veinticinco repetidores, una revista y 30 emisoras de radio; negocios limpios, legales y únicamente en el área de la comunicación. En algún lugar había leído que hacía varios años la Justicia y el gobierno del Brasil los investigaban por presuntas vinculaciones con los carteles colombianos y el lavado de dinero. Y ahora, me correspondía a mí, demostrarle a un tarado que la *había embarrado*. Que no era lo mismo estafar a sus fieles que *tumbar* (saquear) el dinero de los Montoya.

El tercer documento situaba el lugar y la persona de contacto; era una colombiana, Nayibe, dueña de una peluquería en West Miami, barrio cubano cien por ciento. La peluquería se llamaba Splendor y, según el plano adjunto, estaba situada entre una armería y una casa de empeños. La peluquera, era amiga de *los duros* y, aunque *veterana*, había sido una de las ingenuas amantes del obispo estafador; ahora, infiltrada, hacía *inteligencia* para mi gente y era bien recibida en la intimidad del obispo, donde, a cambio de generosas gratificaciones, metía en su cama putitas caribeñas recién desembarcadas en Miami.

Bueno, parecía sencillo; entrar en la casa del ladrón, aterrarlo y averiguar dónde escondía *la plata*. Después, *acostarlo*. Fácil. *Ay, Señor, grande es mi maldad...¡ten compasión de mí!*, pensé recordando los salmos.

Pensativa, salí al balcón. Me encontraba en una península, frente al skyline de Brickell. Miré la bahía, el inmenso palmeral bajo mi terraza y, enfrente, lejanos, el puerto de Miami y South Beach. Desde mi apartamento, una impresionante vista sobre el paisaje, daba la sensación de estar en la proa de la Santa María cuando llegó a América; mar a ambos lados y, abajo, cuidadísimos jardines con un césped de campo de golf y de un verde tan refulgente como las esmeraldas de mis convecinas.

Volví a estudiar el CD y, después, lo hice trizas que arrojé por el triturador de basuras. Escondí la Taser bajo mi guayabera antibalas, el tanto en un pequeño morral y comencé a trabajar.

Un taxi me dejó junto a la peluquería cerca del Málaga International Restaurant, de cuyos extractores de humos salía un fuerte olor a pescado frito y cuya publicidad anunciaba *sabor andaluz* y *comida española a lo Miami*. La peluquería Splendor, de tal, sólo tenía el nombre y, un grupo de gordas cubanas gritonas, enfundadas en licras negras y sentadas en la puerta pasando el rato. Mientras me hacían la uñas y esperaba que me atendiera la dueña, me hice amiga de la esposa del armero de la Dade County Guns y de la querida de un detective privado con oficina en el piso de arriba de la peluquería. Las dos cubanas, en menos de dos segundos, me contaron orgullosas a que se dedicaban sus hombres.

—Ay, mijita, ¡mi marido vende una cantidad de pistolas al mes! —se reía la mujer del armero—. Y un *burujón* de escopetas... Ya tú sabes, ¡por eso es que *vengo a vá...* (ponerme guapa)!

—Pues, chica, el mío —interrumpió la amante del detective encantada con el tema—, vigilando a los *salidos del plato* (los que ponen cuernos) ya me tiene prometido tremendo esmeraldón *pa'* mi cumpleaños. Que por supuesto, se lo va a comprar a don Víctor, el mejor esmeraldero de Bogotá. ¿Verdad, Nayibe, que tu amigo nos va a hacer una rebajita?

—Bueno, ¡cállense ya, no sean chismosas! —las reprendió Nayibe mirándome—. Que a nadie le importan sus asuntos.

Al rato salieron las dos parlanchinas tras invitarme, cuándo acabase, a tomar café en la armería de al lado; acepté, siempre era bueno tener contactos en la industria armamentista. A continuación, pasé a manos de la dueña, mientras, las empleadas aprovechaban para salir a fumar un cigarrillo cotorreando con las cubanas de la entrada.

—Bueno, usted que parece educada, dígame, ¿por qué será que

gritamos tanto las latinas? –me preguntó sonriendo–. ¿Lo sabe? Da igual de que país sean, colombianas, cubanas... ¡Todas gritan!

–Bueno, no sé, Nayibe–respondí mirándola a través del espejo mientras escribía en un papel–. La verdad es que me importa un carajo. En realidad, no pienso escuchar mucho. Vengo para arreglar el problema del obispo. Soy una especie de *jándiwoman* (de *handyman*-manitas). Tiene que conseguirme estas cosas.

–¡Lo supe en cuanto la vi! Sexto sentido, nena –sonrió apreciativamente–. Al tipo se le va a *parar* cuando la vea. ¡Por lo menos al principio! Enseguida querrá que montemos un *tripichín*. Voy a conseguir su pedido. Pásese por la armería; cuando cierre, la recojo en mi carro y charlamos.

–Ok, la espero allí –sonreí también–. ¿No sospecharán si nos vamos juntas?

–No, para nada –aseguró–. Saben que soy el paño de lágrimas de todas colombiana con mal de amores. Les diré que a usted la acaba de abandonar su hombre y que, además, quiere venderme cremas de las que fabrica la NASA para *Jelo* (Jennifer López).

–Ni en Bogotá ni en Miami–rió a carcajadas–, existe una colombiana que se niegue a *echar carreta*, a despotricar de los hombres, ni que se resista a comprar cositas baratas si son de marca.

Pasé a la armería, allí seguían charlando las dos cubanas. Fui bien recibida cuando entré, especialmente, por sus hombres que, advertidos, me esperaban musculosos y coquetos. Sentados en un rincón de la tienda, con dos *cortados* encima de una caja de municiones, dos viejitos, arrastrados hasta allí por la resaca de la bahía de Cochinos, no apartaban los ojos de mis tetas. El armero y el detective, eran dos ejemplares de cubanos pasados por la distribuidora del sobrepeso americano. Repartí una infinidad de besos entre ellos, los viejitos y mis recientes íntimas amigas; invariablemente, todos los elementos masculinos de la tienda, admiraron mis tetas, mi culo y silbaron apreciativamente. Los viejos, haciendo un esfuerzo titánico, se levantaron para besarme la mano quitándose los sombreros. El detective y su novia, se retiraron pronto, mientras, el armero y su esposa repasaban facturas bajo la escrutadora mirada de los ancianos. Me senté con los mayores y su partida de dominó, bajo las cinco franjas y una estrella de su bandera clavada en la pared junto a un viejo mapa de Cuba con la antigua división en seis provincias. Vigilándonos a todos, la Virgen de la Caridad del Cobre, su patrona. Curioseé un armero con una colección de viejos máuseres y carabinas de la II Guerra Mundial. Olía al aceite lubricante que empapaba los trapos de limpiar armas y a la madera de las cajas de munición. También, en la penumbra fresca de la tienda, flotaba la fragancia de los *cigarros* y el café. Mientras charlábamos, me invitaron a un *cortado* tan demoledor como un triple vodka en el biberón de un bebé.

Mi nueva amiga Nayibe, me rescató de allí entre risas.

–¡Dejen de acosar a mi amiga, obsesos! –gritó bromeando mientras se palmeaba las nalgas–. ¿Ven ustedes éste culo mío? Pues, el de ella se viene conmigo hasta mi *carro*. ¡Asómense! ¡Podrán ver en movimiento las dos mejores *colas* colombianas de Miami!

–¡Espero que esos viejitos no se hayan infartado! Dígame, ¿cómo dijo que se llamaba? –preguntó cuando ya rodábamos en su carro–. O, ¿los puso tan calientes que ni se acordaron de presentaciones?

–Les dije que me llamo *Manga*, por los comics japoneses –dibujé una mueca en mis labios–. En realidad, prefiero los *Hentai*, ¡son mucho más húmedos y pervertidos! Pero el nombre es más difícil de recordar. Ajá, cuénteme.

–¿Cómics *japos*? No los conozco. Creo que en ese campo me quedé en Superman –respondió sin entender nada–. Bueno, le cuento. Es fácil. Puedo introducirla dónde el tipo, los guardaespaldas me conocen. Hace tiempo pertenecí a la secta, me sacaron la *plata*, me hizo su amante, luego *tiré* con casi todos y, todavía, para mantener el contacto, les busco niñas para sus vicios. Si le propongo un trío, le gustará y, si digo que somos novias, se calentará muchísimo. Querrá mirarnos mientras lo hacemos y luego *culear* con las dos.

–Ahora vamos a la iglesia para que la vea conmigo –prosiguió–. Hace un rato le he hablado de nosotras. Seguro que esta misma noche nos invita a su casa y nos recibe en su suite. Una vez allí, usted manda. Habitualmente, después de la *jaladera*, él se reposa media horita antes de despedir a las muchachas. Podremos estar allí como una hora en total; más rato sería extraño. Cuando nos vayamos, tendremos diez minutos de ventaja antes de que se alarmen cuando el obispo no aparezca. Y si lo *enfría*, los fieles se enfadarán mucho, no lo dude.

—¿Puedo hacer una pregunta? —me miró interrogante—. ¿Porqué mierda no lo llevan a los tribunales? El negocio era limpio, según me han dicho.

—No lo sé, ni me importa un *carajo*, Nayibe —musité—. Será porque los tribunales son lentos hoy en día. Muy lentos. La justicia se parece a las *manualidades* (bricolaje), sale más barato si lo resuelve uno mismo. Y, además, lo haces rápido y a tu gusto; es menos impersonal.

—¡Vengo a *tenderlo*, no lo dude! —continué despacio—. Espero que eso no sea un problema para usted y, desde luego, será mejor que tenga previsto qué hacer después porque también la buscarán.

—No se preocupe, Manga —miró al cielo—. Ya he cobrado y tengo el negocio traspasado a mis amigas cubanas. Cuando salgamos de allí, desaparezco, y, si no le disgusta, prefiero no participar. Sólo le facilito la entrada. Bueno, y esas cositas que necesita.

—Entendido. No quiero ayuda, aunque, eso no la salvará si dan con usted —respondí amablemente—. Procure no molestar. Y, por cierto, ¿dónde está lo que pedí?

—Dos jeringuillas listas con la dosis indicada de pentotal; *ahí nomasito* (aquí cerquita) las recojo camino de la iglesia. Las *levanté* (pillé) por una *chichigua* (barato) —confirmó parando el *carro*—. Es lo *bacano* de Miami. Por todas partes hay colombianos *alcanzados* (tiesos) dispuestos a ayudar a los paisanos. Bueno, ya estamos, aguárdeme aquí.

Apenas unos minutos después volvía al carro. Envueltas en un paño quirúrgico verde con el logo de *Medicaid* (asistencia médica) me entregó dos jeringuillas de 10 c.c. con pentotal, un rollo ancho de esparadrapo y unos guantes de látex. Este barbitúrico inductor de la anestesia, un minuto después de administrado en vena, aporta tal cantidad de sangre al encéfalo que convierte al inyectado en una hipnótica fuente de información.

Dicho sencillamente, *soltaría* cualquier cosa que se le pregunte. En dosis altas producía hipotensión arterial, depresión respiratoria y la muerte. Pero esa posibilidad no me preocupaba, porque mi paciente estaba condenado de antemano. No tendría tiempo de quejarse.

Visitamos la iglesia y, en pleno sermón, nos adelantamos entre los seguidores hasta situarnos casi junto al obispo. Nayibe abrió su escote, me miró embelesada y jugueteó con mis manos, besándolas y poniéndoselas sobre los senos de forma muy poco adecuada para una iglesia. Al obispo debió gustarle lo que vio y seguro que le excitaban las *fritadoras* (calientapollas) porque, al acabar la ceremonia, uno de sus gorilas se nos acercó y murmuró algo al oído de mi amiga. Nayibe me apretó la mano y me miró haciendo un gesto imperceptible.

–Ok, Manga –suspiró hondamente–. Somos sus invitadas. Nos quiere dentro de un par de horas en su suite. Solas con él.

–Ese saco de músculos nos dejará entrar –afirmó mientras volvíamos hacia su casa–. Si todo sale bien, será quién nos permita marchar. Diez, como mucho veinte minutos después de nuestra salida entrará para preguntar al obispo si desea alguna cosa más. Entonces, descubrirán el cadáver y se formará la algarabía. Para entonces, cada una de nosotras, ya debe estar *encaletada*. ¿Ok, *parcera?*

–¿Quiere ir a cambiarse y que nos reunamos después? –preguntó Nayibe–. ¿Necesita recoger sus herramientas?

–¡Nayibe, mi amor, no sea *pendeja!* ¿Cree que vamos a una cita romántica? –la miré extrañada de tanta *güevonada*–. ¿Piensa que vamos a una fiesta? Mire, si intenta joderme la *vuelta*, usted será la primera en morir, ¿me capta?

–No, Manga, fue usted la que no me entendió –sonrió tristemente–. Yo tengo listo el *trasteo*. Mi novio nos llevará a la cita y, luego, esperará en la esquina con el carro y la cuerda que usted pidió. ¿Quiere venirse conmigo?

–Mire, ¿sabe qué? –respondí–. Voy a *bajar un man*. Nosotras no nos separamos hasta que salgamos de allí. Llegaré con usted y me marcharé con usted, ¿qué parte desea que le repita?

Antes de acudir a la mansión del obispo, pasamos por la casa de Nayibe. Deseaba comprobar que todo estaba *alistado* para *encaletarse*; estando allí, llegaron unos paisanos con una furgoneta en la que, sin decir palabra, cargaron cuánto había en su apartamento. Quedó tan vacío como cuarto de pobres. Antes,

Nayibe se cambió y maquilló como para una fiesta. Lencería rojo pasión de Victoria Secret y un escotadísimo vestido de estilo años cuarenta con lunares blancos sobre fondo negro, taconazos de vértigo y un clavel rojo sobre el pecho. Luego bajamos y su *pelado*, un *traqueto* con cara de *raponero* (chorizo), nos aguardaba en el *carro* fumando un *bareto* (porro) y escuchando un partido de béisbol.

–*Hágale, mancito*, tire ese cigarrillo que nos vamos. ¿Trajo la cuerda de escalar? ¿Sí? ¡Ok! –dijo abriendo las puertas del carro que apestaba a *maría* (marihuana)–. Apague esa puta radio, *culicagado*, ¡pórtese bien, que llevamos a la *dura!* Me desespera, ¡este tipo es bien *caído de la hamaca* (corto)!

–¡Le salvan los 24 centímetros que tiene cuando *se para* (se empalma)! –sonrió soñadoramente dirigiéndose a mí–. También es el mejor para *manejar* rapidito en las fugas.

El tipo arrancó sin decir palabra, sin siquiera mirarnos, y se introdujo en el denso tráfico de la noche. Mientras, Nayibe, con el vestido levantado, enrollaba la cuerda en su cintura. Atravesamos la ciudad y llegamos a la casa; los guardias de la puerta nos dejaron entrar hasta el jardín y aparcar junto a una limusina blanca. Con un gesto, indicaron al conductor que permaneciera en el *carro*. Éste, sin apartar los ojos del volante, parqueó de cara a la salida, prendió el radio y encendió otro *bareto*. Subimos al segundo piso detrás del gorila, cruzamos un enorme salón hasta la trasera de la casa y, tras anunciarnos, entramos en la suite del obispo.

La habitación era de un mal gusto indescriptible. Un gran salón, unido a una alcoba tan horrorosa, que no la hubiera decorado peor un capador de marranos. En las paredes, horribles cuadros de contenido espiritual y, entre ellos, concesión a la globalización terrenal, un panel de relojes con los husos horarios de media docena de países. Dominándolo todo, en muebles y objetos, una sobredosis de blancos y dorados que haría aparecer como pobretona la sala del narco más *mañé* (hortera).

–¡Mis querubines! Ya están aquí…¡bienvenidas sean! –vino a nuestro encuentro con los pies enterrados hasta los tobillos en la moqueta–. ¡Qué gusto verlas! ¡El Señor esté con ustedes, hijas mías! ¿Es éste el angelito que desea unirse a nuestra iglesia?

–¡No tenga *pena*, muchacha! ¡Para los limpios de corazón todas

314

las cosas son puras! –se relamió el obispo envuelto en una ridícula túnica blanca–. Sé que desea ser miembro de nuestra iglesia, pero, antes de decidir sobre su iniciación, seamos generosos y hagamos gozar al Señor. Él, recordémoslo, mira siempre con agrado cómo disfrutan sus criaturas.

–¿Eres tímida, verdad, chiquilla? ¡Eso me gusta! Regalemos al cielo el placer de sus criaturas –dijo quitándose la túnica–. No mires lo poco hermoso de éste cuerpo débil. Piensa que es un altar del Señor de los Cielos y que Él te ordena adorarlo.

–Nayibe, hija mía, desnúdate y muéstrale el camino a esta joven –dijo decepcionado por mi actitud y recostándose entre los almohadones que cubrían su enorme cama–. Y, tú, pequeña y linda niña, ¿cuál es tu nombre?

–Se llama Manga, obispo, y no es de muchas palabras –se anticipó a responder ella, mientras yo inspeccionaba la terraza y la baranda metálica antes de sentarme frente a la cama–. Somos novias y se la he traído porque éste *chochonón* está bien *sabrosa*. Le agradará lo puta que llega a ser cuando se motiva.

–Además, cuando está en confianza, la muy *bandida* es de *rosca universal* (bisexual) –continuó Nayibe mientras se bajaba las bragas sin mostrar la cuerda enrollada en su cintura–. Mire esta *colita*, me hice un tatuaje para usted, *papi*. Lámalo, mientras mi hembra mira, verá usted como se calienta cuando le vea *parada* la verga.

–Bueno, Manga, cuando usted quiera, ¡mire al obispo *pelarse el cable*! –sonrió miedosa mientras se sacaba el *brasier* y le mostraba el culo al hombre desnudo.

–Vamos, niñas, ¡vengan a *tirar* con *papi* para mayor gloria del Señor! –animó irritado mientras se masturbaba y Nayibe le pasaba los pechos por la cara–. El cielo les pagará todo el placer que sepan darme. ¡Vamos, no pierdan el tiempo!

Me levanté de la butaca y lentamente me aproximé a los pies de la cama poniéndome los guantes de látex. Nayibe, prudente, se apartó del tipo. La curiosidad y luego la desconfianza aparecieron en los ojos de aquel *hijueputa*, saqué la Taser y, a menos de dos metros, le disparé en el pecho. Los dos arpones se clavaron en sus escuálidas costillas y, cincuenta mil voltios de descarga, lo levantaron un metro en el aire. Gimió roncamente y un rictus de sufrimiento apareció en su cara mientras babeaba incontroladamente. ¡Aquella pistola era una jodida silla eléctrica portátil!

—Tenemos cinco minutos hasta que comience a recuperarse —dije guardando el arma y hundiendo una de las jeringuillas en la vena de su brazo—. ¡Vamos, *hágale*, vístase y prepare la cuerda! En un minuto comenzará a hablar.

Ahora que todo comenzó Nayibe estaba aterrada; medio desnuda, mirándome, se desplomó en el sofá con la cuerda de escalador en la mano. Abofeteé al obispo para despejarlo y dos minutos después ya sabía todo lo que necesitaba saber.

—Aquí Miami —susurré al celular con la puerta del baño entornada—. La cosa está en el salón del tipo, *encaletada* en el muro, detrás de un cuadro de la Virgen y el Niño. Vengan con herramientas. Hay como cinco personas en la casa. *Bajo a este malparido* y *lista la vuelta*. Me largo. *Chao*.

El obispo jadeaba roncamente con la boca abierta y los ojos en blanco. Me acerqué a él y pasando su brazo sobre mi hombro lo puse en pie; como pude lo arrastré hasta la terraza, sin que Nayibe, me quitara los ojos de encima.

—Vamos, Nayibe, páseme la cuerda, ¡*hágale, hágale*! —dije echando una mirada sobre la parte trasera del jardín—. Vamos, que es *pa'ayer* (para ahora), ¡*péguele*!

Incapaz de reaccionar, me lanzó la cuerda y desinteresándose de lo que ocurría a su alrededor intentó recomponer su ropa. Dejé al tipo recostado sobre el antepecho para atar fuertemente un extremo de la cuerda a la barra metálica de la barandilla. Me alegré de haber aprendido de niña a hacer nudos en la finca con los vaqueros. Tiré para comprobar la solidez de la baranda y del nudo antes de volverme hacia el obispo con el otro cabo en la mano.

Con calma, hice un nudo corredizo en el otro extremo de la cuerda; luego, miré los relojes dorados con las cifras hechas de piedras verdes. Apenas habían pasado veinte minutos desde que llegamos.

El obispo se agitó recostado contra la baranda de la terraza; murmuró algo agónicamente, intentó moverse y dejó escapar un nuevo chorro de babas sobre el pecho. Nayibe sofocó un grito.

—¡Grite y la mato antes que a él, puta idiota! —la sacudí por los hombros—. ¿Me entendió?

–Voy a ponerle la otra inyección –dije clavando la segunda jeringuilla en la vena del obispo que recibió la droga con un nuevo estertor ronco–. Así estará tranquilo hasta que sea su hora. Y usted, ¡despierte, *pilas!*

–¡*Carajo*, Manga, no joda más y acabe *la limpia* (matar un indeseable) de una puta vez! –se levantó–. ¿Es que no tiene corazón?

–¡No, no tengo! Y, usted va a perderlo si *nos suenan* por su culpa–respondí atizándole dos bofetadas que casi la levantan del suelo y mostrándole mi puñal japonés–. ¡La degüello si continúa con la *jodedera!*

–¡Está sufriendo, Manga! No puedo verlo así... –me abrazó llorando suavemente–. ¡Mátelo ya!

–¡Ya me tiene aburrida! –murmuré–. Tiene tres minutos para limpiarse, ponerse la ropita y recoger los chécheres. ¡Tres minutos! –la miré mientras registraba la mesa del despacho–. ¡Apúrese, *casquifloja!*

Acercándome al caído deslicé por su cuello el nudo corredizo. Levanté al tipo por los brazos, lo tumbé sobre la baranda y, volteándolo, lo tiré por el balcón. El crujido de la cuerda y un seco chasquido de huesos rotos hicieron que Nayibe corriera al baño entre arcadas. Mientras, metí en mi cintura una Sig Sauer de 9 mm que, junto a dos cargadores extra, encontré en el despacho del ahorcado. Ajusté mi guayabera antibalas, orgullo de la artesanía colombiana, y esperé pacientemente a que ella cesara de vomitar.

Un minuto. Abrí la puerta, me quité los guantes y, los guardé en el bolsillo, mientras empujaba a una lívida Nayibe fuera de la habitación. Bajamos y caminamos hacia la salida, despidiéndonos del gorila muy encantadoras. Segundos después, nuestro carro se acercaba a la entrada. Con la pistola empuñada, esperé tensa a que se abriera la puerta; sonó el zumbido eléctrico de la apertura automática y en mis oídos fue música del paraíso. Atravesándola, salimos a la calle y, mi suspiro de alivio, casi agrieta el parabrisas.

Con la pistola aún empuñada, ordené al conductor que *parqueara* en una esquina desde donde enfilásemos la entrada de la casa; sin hacer caso de sus histéricas protestas mandé enmudecer a Nayibe y los tres aguardamos en silencio. Media hora después, mientras me limaba las uñas, llegaron dos *camperos* con los cristales tintados y descendieron ocho tipos con *metras* provistas de *silenciosos*. Además, un pico y una maza. Dos de ellos saltaron la verja y, en minutos, abrieron la puerta a los demás. Se veían fogonazos, pero no se oyeron disparos. Era la gente de Omar que venía a rescatar el dinero oculto en la pared. Mi trabajo había terminado.

Dije que ya podíamos marcharnos y, ordené al tipo silencioso que *manejara* hasta la Pequeña Habana, quería estar sola, necesitaba unos tragos y sentir algo de ruido a mi alrededor. La despedida fue fría. Sabíamos que nunca volveríamos a vernos. En pocas horas, ellos estarían en Colombia y, para el resto de su vida, bajo control de mis amigos.

Paseaba por el corazón de la Pequeña Habana buscando tranquilizarme, cuando en la 2212 SW y Calle 8, me topé con el club Hoy como Ayer; con aquel sugestivo nombre, quizás encontrase allí una linda chica solitaria que bailara con pasión los enloquecedores boleros de Beny Moré. Necesitaba sentir el calor de la música entre unos brazos amables. Bailar boleros, sensuales chachachás, merengues. Tomar unos tragos y besar unos labios limpios.

Se llamaba Vilma, era una mulata espectacular y rió cuando le dije que mi nombre era Manga. Bailé feliz entre los brazos de aquella hembra que se deslizaba por la pista con el sabor de una bailarina del Tropicana. Bebí unos cuantos cubalibres de excelente ron y besé sus labios gruesos, jugosos y dulces.

—¿Nos vamos, nena? —pregunté deseando quedarme sola con mi hermosa cubana—. ¿No es tarde ya?

—Como tú quieras, Manga. Mañana no madrugo, soy enfermera y estudio para médico. Pero, ¡ésta es mi noche! —sonrió encantada—. ¿Quiere que vayamos a bailar *regetón* a La Covacha? Está en Doral, pero tengo el *carro* en la puerta.

—Me encanta que sea una mujercita formal y trabajadora, Vilma. Pero, yo pensaba en algo más íntimo —acaricié su mano—. ¡Vámonos usted y yo al Biltmore! Era el hotel preferido de Al Capone, está en Coral Gables. Pediremos *room service* (servicio de habitaciones) como los gángsteres y, ¡será romántico, Vilma!

—Bueno, sí, Manga. ¡Me parece perfecto! —respondió sonriendo con sus preciosos dientes blancos y mirándome lánguidamente a los ojos—. Pero, de verdad, no debes tomarte tantas molestias conmigo, chica. Esto es mucho más fácil. Me das cuatrocientos dólares y todo queda en casa.

—Ay, *carajo*, ¡debo estar volviéndome vieja! Perdone, señorita, ¿usted es puta? —respondí riendo a carcajadas—. Lo siento, *mija*, ¡estoy perdiendo el instinto! Creí que sólo era una muchacha divertida con gana de pasarla bien. Disculpe.

—Bueno, las dos cosas son ciertas; soy una muchacha decente. Únicamente hago esto cuando me es imprescindible y viendo mucho con quién lo hago. Trabajo con el Dr. Joe, en la Clínica San Juan Bosco. Nos ocupamos de los más necesitados de la Pequeña Habana. Pero, la vida en Miami es cara y necesito enviar dinero a Cuba —respondió acariciando con sus labios el dorso de mi mano—. Me gustas mucho, Manga, ¿doscientos y pasamos una buena noche?

—Muchacha, se ve que usted es buena gente. ¡Tan linda! Pero, esta noche, me ha hecho envejecer diez años —murmuré fatigada de pronto—. Acabemos tranquilas estos *tragos* y luego cada una por su lado, ¿Ok?

—Lo siento mucho, Manga. He sido brusca contigo que me has tratado tan dulce —bajó la voz apenada—. ¿Quieres que nos vayamos juntas? ¡Ahora, que te conozco, lo haría con gusto sin cobrarte nada! Ya haremos negocios en otro momento... esta noche podemos hacerlo por placer, porque sí... porque las dos lo deseamos...

—No, nena, muchas gracias, ¡hoy ya no! De manera distinta a usted, yo también trabajo con la salud de la gente —sonreí cínicamente—. Sé lo que vale el dinero. Cuesta mucho ganarlo. Hay que tratar muchos pacientes para vivir cómodamente.

—¿Estás triste? No sabes cuánto lo siento. ¡Me equivoqué, soy una estúpida! —respondió con los ojos llorosos—. No me rechaces, seamos amigas, yo también necesito cariño.

Acabamos los *tragos* y le pedí que me acercara a Brickell Avenue; accedió encantada pensando que, en el último momento, había cambiado de opinión y deseaba llevarla a mi casa.

—Vilma, cariño, deténgase aquí, me quedo en esta esquina —dije sonriendo mientras la besaba en los labios y metía en su escote cinco billetes de cien dólares—. Gracias por la compañía, *cosita*. Es usted un amor de niña.

—Pero, Manga, ¿por qué quieres quedarte sola a esta hora? Es peligroso el *downtown* de noche —se quejó mientras hurgaba en su *brasier* y yo descendía del *carro*–. Y, ¿estos dólares? Me siento tan sucia como si saliera del *zafacón* (*safe can*-cubo de la basura). ¡Espérate, chica! ¡No te vayas! Al menos, toma mi número del *celular*....

Volví sobre mis pasos y, Vilma, llorando, me tendió un papel junto a los billetes que acababa de entregarle.

–Guarde esa *plata*. Es para que me sea fiel hasta que la llame –sonriendo tomé su número de teléfono y rechacé el dinero–. Y, por favor, Vilma, no llore más, ¡me parte el corazón!

La vi alejarse sollozando en el *carro* y pensé detenerla y llenarle la boca de besos, pero, algo en ella, me recordaba demasiado a Leonor y, aquella noche en que me embestía la soledad, era muy aventurado dejarse confundir por la melancólica presencia de los recuerdos.

Caminé durante un par de horas, deseando ser agredida por una de esas bandas que hacían peligroso el *downtown* al caer la tarde; pero, a pesar de mis deseos, no tuve suerte y dejé las calles sin poder dispararle a nadie.

Capítulo 25

Me dirigí en un taxi a casa y, desde allí, sexualmente desesperada y ardorosamente nostálgica, llamé a Vilma pensando disculparme. Deseaba decirle que cuando nos conocimos, de pronto, me recordó al amor de mi vida y que eso me asustó.

–¡Aló! ¡Oigo! –sonó delicioso su acento cubano en el teléfono.

–Soy Manga –respondí lentamente–. ¿Se acuerda de mí?

–Mi amor, ¿qué pasó? ¡Pensé que no volvería a verte! –rió cariñosamente.

–Quería disculparme por hacerle llorar antes... –dije dulcemente.

–Olvídalo, nena –y añadió con voz, quizás, excesivamente profesional–. No he dejado de pensar en ti...

–Me muero de ganitas de verla, ¿cuándo tendrá en su agenda un huequito para mí? –pregunté deseando que dijera ahora mismo–. Me quedó gustando el sabor de sus labios, Vilma.

–¡Mentiras, Manga! ¡Has tardado rato mucho en llamar! Y aquí me has tenido esperándote, mi amor –bromeó coqueteando la cubana–. Pero díme, ¿recuerdas que mañana no trabajo? Contigo, ¡una muchacha honrada está perdida! Decirte que no es imposible, ¡estás como *agua p'a chocolate* (estás buenísima)! Nada más oirte, me estoy calentando, así que vamos a la cama, ¡ya!

–Ya tengo habitación reservada en el Biltmore –le anuncié riendo–. ¿Nos encontramos allí?

–¡Sí, mi amor! ¡Me arreglo, me pongo el juego de *ajustador* (sujetador) y *blumer* (*bloomers*-bragas) de encajes y voy para allá que estoy *alborotada* (salida)! –respondió entre risas–. No te vayas, espérame, que quiero estar *templando* (haciendo el amor) contigo en esa habitación... ¡nos espera tremenda *gozadera*! ¡Prepara el *bollo* (coño), *cosa rica*!

–Bueno, promesas, ¡todo promesas, *bandolera* –reí al notar su entusiasmo–. Vamos, quiero verlo, ¡deje de *bembear* (parlotear) y mueva la *batidora* (culo) hasta allí! ¡No sea *demorona* (tardona) que tengo mucha *calentazón* (me arde el kiki) y me voy a *desalmidonar* (enfriar)! Veremos cómo se porta en la *imperial* (cama extragrande)...

—Ay, no te quejes tanto, *¡qué estás p'a comerte!* —siguió las bromas Vilma—. Me quito los *rolos* (rulos), *me tiro el escaparate arriba* (me pongo guapa) y en un segundito llego para el *clinch* (magreo). Toda *la comunidad* (cubanos en EE. UU.) hablará durante años de esta noche. *No cojas lucha* (no te enfades), *nena*, que ya estoy ahí *aunque lluevan raíles de punta* (caigan chuzos de punta).

—Ay, mijita, *a usted me la va a coger la noche* (se le va a hacer tarde) si sigue hablando tanto —respondí ansiosa de que saliera pronto de casa—. ¡*Adiosito*, *mami*!

—¡Si, *chaíto*, nos vemos! —respondió deseando marchar—. Hasta lueguito, *¡te quiero y me quedo corta* (habitual despedida cariñosa)!

Sabía que Vilma podía tardar alrededor de dos o tres horas dependiendo del tráfico y de la prisa que se diera.

Sentada en el borde de la bañera, mientras caía el agua caliente, eché una ojeada a los canales de noticias en el cable y, en una estación local, vi unas dramáticas imágenes del obispo ahorcado colgando del balcón; la policía, según decía la presentadora, sospechaba de un grupo de sus discípulos que, descontentos de su liderazgo, saquearon su casa y lo asesinaron junto a los miembros del servicio. Hablaba el diario de un boquete en el muro, de herramientas abandonadas y de un hueco en la pared que no sabían qué cosa pudo contener. Insinuaban que podía ser dinero sucio, incluso estupefacientes. Afirmaban que, seguramente drogándolo, habían conseguido del obispo la información necesaria para descubrir la falsa pared y lo achacaban a ajustes de cuentas internos, a rivalidades sectarias. Sonreí. Muy pronto me llamarían mis abogados para trasladarme algún mensaje, pensé.

Entré en el Biltmore como una diosa y, por supuesto, sin mirar como una *corroncha* (palurda) las famosas pinturas en los techos del *lobby* (vestíbulo). No pude menos que pedir la suite Everglades, la preferida de Al Capone, en el piso trece de la torre copiada de La Giralda sevillana; me hacía gracia dormir donde habían vivido los malos, donde se divertían los que fueron mucho peores que yo, en la habitación donde fue asesinado Fats Walsh durante una partida de póquer entre gángsteres.

Iba con un ligero maquillaje, pelo recogido en la nuca y un precioso conjunto de Valentino. Blusa suelta en seda beige, con un amplio escote triangular con cenefa. La falda del mismo tono, muy liviana, ceñida en las caderas, tableada y con vuelo por encima de las rodillas. Un Valentino *trés sage* (muy discreto), muy BCBG, *bon chic, bon genre* (superpijo); elegante y con clase, cómo decía el vendedor de la boutique, un farsante que imitaba los acentos italianos y francés para impresionar a las señoras del estilo de Carmela, la esposa de Tony Soprano, el *capo* de la tele. Entré, elegante y sofisticada, sobre mis zapatos de Prada en piel dorada con punta afilada, tacón sin exageraciones y con unas graciosas manchas oscuras de leopardo. Mi bolso de mano, también de Prada, era una cartera de solapa, tipo baguette, en piel negra. Ideal para llevar mi cuchillo japonés enfundado en madera lacada.

Por supuesto los casi 200 metros cuadrados de la suite estaban impecables cuando subí en el ascensor hasta el acceso privado. Las pinturas con escenas de los Everglades eran espantosas, pero, por todas partes, habían puesto rosas que lo perfumaban todo; las fresas y la champaña francesa encargados estaban enfriándose en la pequeña cocina con todo lo necesario en cristalería, vajilla y mantelería. La habitación era inmensa, con un gigantesco vestidor, una cama descomunal y un cuarto de baño adjunto con mármol por todas partes, bañera romana y una cabina de ducha espacial. Regados por todas partes teléfonos y televisores de plasma. Desde luego, no me tomé la molestia de subir al ático, con otra habitación y su cuarto de baño. No pensé necesitarla. Abrí los ventanales y me asomé a los balcones que ofrecían una vista espectacular sobre Coral Gables y el campo de golf, mientras, allá abajo, intuía el temblor de las hojas agitadas por la brisa.

Cuándo desde la conserjería me informaron que una visita aguardaba para subir, supe que algo no funcionaba. El tono de voz del empleado sonaba irritante, en un inglés, con peor acento que un cóndor andino; hablaba delante de Vilma, seguramente escrutándola de arriba abajo y, su entonación, era tan evidentemente desdeñosa como si estuviera preguntándome, ¿ha solicitado usted los servicios de una puta negra de cuatrocientos dólares? Antes de responder, le pregunté su nombre.

–Aurelio Barba, señora –me respondió inquieto el conserje–. A la orden de usted para lo que guste mandar.

–Bien, Aurelio, bien. Si aún quiere conservar el trabajo cuando esta noche llegue a su casa, escúcheme con mucha atención. ¿Es alguna *bag lady* (vagabunda) la persona que tiene usted delante? –proseguí heladamente–. ¿Verdad que no? Pues, sepa que la entonación de usted ofende y me entristecería mucho que mi invitada se sintiera incómoda. Usted, debe ser ecuatoriano, ¿cierto? ¿Ella es un *mujerón* (hembraza) cubana, verdad?

–Si, señora, soy ecuatoriano–respondió asustado–. Si, señora, ¡ella es una elegante señorita de Cuba!

–Pues bien, amigo de la cordillera, ¡estoy convencida de que no tiene *güevas* para repetir ahora el tonito que usó antes! –musité intimidante–. Es más, sé que usted en persona escoltará a mi amiga hasta aquí y, durante el trayecto, seguro que logra hacerla sentirse como la primera dama de los Estados Unidos.

–Si mi chica llega feliz, le dejaré una propina cuando abandone el hotel –amenacé con dureza–. Pero, si veo sus preciosos ojos afligidos, recuerde, ¡le arranco a usted las pelotas y se las envío al director con una nota de queja! ¿Comprende, amigo? ¿Entiende por qué ocupo la suite del gángster? No es un capricho de mitómana.

–Sí , señora. No pretendí ofenderla, señora –respondió balbuceante tragando saliva–. Será un placer acompañar personalmente a su invitada, señora.

–No lo olvide nunca, señor Barba. Lo último que debe hacer es ofenderme tratando a mis amigas como zorras negras. Ahora, traiga a esa señorita hasta aquí –añadí–. Además, en su trabajo, ¡usted no debería ser racista! Pero, fíjese, como clienta, yo sí lo soy. Racista y mala. Me lo puedo permitir. Así que si desea ver de nuevo a sus *hijueputas de indiecitos malparidos*, siendo todavía un hombre completo cuando vuelva a casa junto a su esposa, recuerde nuestra plática –continué antes de colgar sin esperar su respuesta–. Gracias.

El jodido señor Barba era un puto enano cuellicorto. Quedó feliz cuando, en vez de humillarle, lo despedí sin una mirada; mientras el tipo aliviado corría hacia el ascensor, me volví para disfrutar observando a la mujer. Era una hembra de *caerse para atrás* (caerse de culo). No me preocupaba que fuera prostituta y heterosexual, únicamente pensaba en su *culeco* (culo, culata) y que, mientras durase el romance, no iba a parar de *singarla* (follarla). Luego, a la larga, sabía que a las heteros les atrae más una buena verga. Cuando eso sucedía, era imposible retenerlas. Pero, hasta entonces, íbamos a gozarlo juntas.

–¡Pase, *bandolera!* –dejé que me adelantara para mirar el cimbrear de sus caderas–. Viene acalorada. ¡Tan hermosa!

–¡Sí, mi amor, es verdad! No he parado de correr desde que hablamos –entró como en su casa tras rozarme con un beso–. Oye, éste no lo conocía, pero, ¡el hotel es estupendo! Nada que ver con los moteles asquerosos donde me llevan. ¡Qué gusto verte por fin! Tenemos mucho que *chismear*.

–Por supuesto, tenemos tiempo, *fresca* (tranquila), muchacha –admiré aquel cuerpazo de buscona del Copacabana–. Bueno, relájese, y venga a tomar un *trago*.

–Espera, cosita, que me vengo haciendo *pipí* –dijo tirando su mochila sobre el sofá y corriendo hacia donde le señalé–. Cuando llamaste sólo pensé en *redearme* (to *ready*-prepararme) y venir urgente a verte . Ni siquiera oriné de la prisa que me entró.

–No cierre la puerta, me gusta verla –respondí apoyándome en el quicio mientras ella se bajaba los *calzones* hasta los tobillos y se sentaba en el inodoro.

–Me alegra que no te hayas *puesto brava* por el retraso –celebró mientras, muy profesionalmente, se subía con lentitud las *cucas* manteniendo las piernas bien abiertas–. *Reineaba* (to *rain*-llovía) sin cesar, ni un taxi libre y no deseaba mojarme el pelo. Quería estar linda para ti.

–Gracias, mi amor. Lo está – reconocí contemplándola por el espejo–. Está preciosa y ¡tiene una *panochita tenaz* (chochito imponente)! Eso me encanta.

Vilma emanaba ardorosa sensualidad de cada poro de su piel morena de *mulata atrasada* (oscura), el pelo *malagazo* (crespo) negro, brillante y espesísimo; un esqueleto largo y fino, de pies y manos grandes, una piel delicada y una elegancia natural para mover armoniosamente aquel todo. Un cuerpo exquisito dispuesto y acostumbrado a dejarse admirar. De facciones preciosas, nariz pequeña, ojos negros, rasgados y resplandecientes, de mirada rápida, irónica, un punto interesada y siempre observando a quién la miraba. Boca enorme de labios gruesos, llenos y húmedos, siempre voluptuosamente entreabiertos mostrando sus dientes perfectos. En la barbilla un hoyuelo que apetecía acariciar con la punta de la lengua. Poco maquillaje porque, aquel prodigio de los cruces coloniales, no lo precisaba para destacar su exotismo.

Venía vestida de blanco. Un top marcando los pezones de sus senos explosivos y una brevísima *culifalda* casi trasparente sobre un *hilo dental* negro que se confundía con sus nalgas oscuras haciendo pensar que iba sin *tanga*. Finos aros de plata en las muñecas y una mochila *chimbiada* (falsificada) le daban un cierto aire de cíngara viajera. Toda su belleza, se aupaba sobre unas sandalias brasileñas de altísima cuña.

El ritual del champagne con fresas siempre me ha parecido un tópico de *forfait* (precio fijo, todo incluído) para las *honey moon* (luna de miel) de presupuesto exiguo pero con pretensiones sofisticadas; también es cierto que, muy frecuentemente, sirve para ablandar el corazón de las más duras putitas con aires de grandeza. Para sofisticarlo más, encargué que bañaran las fresas en chocolate negro y las espolvorearan con ralladuras de chocolate blanco. Para ella, pedí un Taittinger Brut Prestige Rosé; no por su gran calidad, sino porque sabía que su color y su sabor con notas de mandarina y pomelo la iban a encantar. Envuelto con una servilleta de lino blanco, en su champañera de plata helada, era el champagne adecuado para disfrutar más mirándolo que saboreándolo. Para mi, otra botella de Roederer Cristal Brut Millésimé Mágnum, por si ella, apreciaba un sabor diez veces mejor. Fue inútil, a Vilma le divertía aquella baratija del Taittinger, así que, a sorbitos, me bebí yo sola el litro y medio de Cristal.

Disfrutó con las golosinas y con su Taittinger, con el ambiente de la suite colmado de olor a rosas, a perfumes caros y a mujeres fogosas como potras de Jerez de la Frontera; pronto, el desorden hizo más nuestra aquella suite. Zapatos tirados por el suelo, toallas sobre las butacas y nosotras, que tumbadas en un sofá tan amplio como una cancha de pádel, lánguidamente, sin prisa, dejábamos desplomarse la madrugada. Sin noción del tiempo, entre la excitación del deseo no satisfecho y la somnolencia del vino, pasábamos de la carcajada sabedora a las ternuras musitadas entre luces. Besos insinuados y caricias de manos descubriéndose en el aire y la excitación creciendo al compás de una risa sobrevenida tras una mirada excesivamente ansiosa. Hacía mucho que sólo la oscuridad filtraba sus negruras por las ventanas y únicamente nos iluminaba un fanal en la entrada del vestidor; la habitación estaba caldeada, húmeda de suspiros y saturada de la urgencia de ambas.

–Gracias, Manga. Me encanta que vayas despacito, que no tengas prisa. ¡Este vino es más rico que los *mojitos*! –susurró quitándose el top que lanzó sobre una silla y peinando con los dedos su melena–. Ay, *cielo*, me he llenado de fresas. *Tenía la barriga pegada al espinazo* (estaba hambrienta). Estaban deliciosas.

–Mira, yo siempre creí que todas las lesbianas érais *marimachos* –dijo con la voz ronca de deseo mientras su falda caía al suelo–. Ya tú sabes, *pan con pan* (lesbianas), ¡qué aburrido! Eso pensaba. Pero, tú, ¡eres como para no salir de la *pieza* (para no salir de la cama en tres días)! Y no pienses que lo digo por tu dinero, te lo digo por melosa.

–Eres una *sabrosura* –afirmó acercándose mientras se despojaba del *ajustador*–. ¿Te gusta mi cuerpo? Aunque no lo creas, además de enfermera, también he *modelado* (desfilado como modelo). Lo de puta es *topsic* (*top secret*-secreto), mi amor. Así que, por favor, no se lo digas a nadie.

–Pero, mi vida, ¡hay que quitarse esta flojera! –me miró completamente desnuda y con las *cachuchas* caídas a sus pies–. ¡Ya no puedo más! ¡Estoy ansiosa! Por favor, ¡házme el amor!

Había exhalado sus palabras con voz entrecortada, mientras se acariciaba los senos, ondulando su cintura y entreabriendo las piernas con indolencia. Me levanté y, reprimiendo el deseo de abrazarla, giré en su derredor escudriñándola centímetro a centímetro, olfateándola y percibiendo el rumor de su vulva húmeda al rozarse sus muslos. Hice que apreciara la avidez de mi mirada, aunque, era una *jartera* que para *tirar* necesitase tanta admiración. Exageradamente teatral.

–Dios mío, ¡creí que no llegaba nunca este momento! ¿Siempre tarda tanto en quitarse la ropa? –suspiré saturándola de la adulación que pedía a gritos–. ¡Qué hermosura! Es un privilegio gozarla así, desnuda como una escultura... Recrearse mirándola, sin tocarla, disfrutándola como una obra de arte... ¡Es usted un regalo del cielo!

–¿Cómo sabía que la deseaba desnuda? ¿Cómo adivinó que me faltaban las fuerzas para desvestirla? –rocé sus senos y los pezones se erizaron tensando la piel de la aureola–. Tantas ganas de usted casi me impiden acariciarla... –gemí sopesando su pecho y acercándolo a mis labios–. Venga para que la bese despacio, muchacha. Mientras, ¡acarícienos usted a las dos!

Sus dedos obedientes apartaron mi ropa y se enterraron en lo más hondo de la carne arrancándonos gemidos de placer, apenas, ahogados por nuestras bocas licuadas. Continué acariciando sus pechos mientras las lenguas se arrollaban codiciosas. A cada instante sentía con más fuerza los electrizantes latidos de un orgasmo que, como un maremoto, avanzaba desde mi vientre estremecido camino de mi garganta. Poseídas por el ritmo que sus larguísimos dedos imprimían a nuestro placer, éramos una sola; cada roce hacía que pubis y caderas se estremecieran cadenciosamente y nuestros cuerpos ondularan como serpientes colgadas del aire. Nos besábamos con locura. Y, las caricias de sus dedos, provocaban húmedos gorgoteos en nuestros sexos.

Era inútil resistirse. Caprichoso retrasarlo. En pie, con dos de sus dedos hurgando dentro de mi y su otra mano enterrada entre sus piernas, le acariciaba los pechos fundiendo las bocas en un beso de lava. En un segundo, lo que era cadencia fue frenesí. Y gimiendo como dementes, con las temblorosas piernas abiertas en compás, *nos vinimos* la blanca y la morena; ella desnuda, yo cubierta. Ávidas por entregarnos, resbalosos los muslos de fluídos. Mirándonos con ojos desmesuradamente abiertos, suspirando agónicas, descubriéndonos jadeantes mientras nos complacíamos. En segundos, apenas aplacadas las últimas convulsiones, nuestras rodillas cedieron traicioneramente y caímos abrazadas sobre el sofá. Tan pesadamente, como si todas nuestras articulaciones se hubieran disuelto en baño de ácido.

Su cuello me pareció más esbelto y sentí deseos de besarlo. Nos olimos, lamí el sudor de su nuca y ella me acarició la cara. Seguíamos contemplándonos con deseo, mientras, los violentos latidos de nuestros corazones batían contra el aire cargado de la *pieza*. Después, aún agitada, serví dos copas de champaña helada.

Aquel fogoso orgasmo no había terminado de aplacarme, necesitaba más; quería sentir su cuerpo, frotar mi piel contra la suya. Me levanté despacio para desnudarme frente a Vilma que saboreaba a sorbitos el vino de su copa recostada en el sofá. Habituada a complacer, ver mi ansia, incendió su mirada y aceleró sus pulsos. Levanté los brazos arrastrando tras ellos mi blusa humedecida de sudor; di la vuelta a mi falda para abrirla dejándola caer al suelo, solté el *brasier* y, caderas abajo, deslicé hasta el suelo las *cucas* bañadas por mis jugos.

Vilma, avivada, dejó la copa y, sinuosamente, se deslizó entre mis piernas hasta que nuestros sexos se rozaron; incorporadas, nos besamos largo rato, acariciándonos, hasta que el deseo nos empujó hacia atrás y, abriéndolas con los dedos, comenzamos a rozar las vulvas cadenciosamente. La *tijera* (posición sexo lésbico) no ha sido nunca una de mis posturas favoritas. Siempre me recordaba mis juegos infantiles con los muñecos Barbie y Kent, tratando de acoplarlos de la manera más erótica y depravada posible; desde luego la posturita no era de las más cómodas y, además, impedía meter la lengua en algo húmedo que no fuera la propia boca.

Aun así, ver a Vilma frotar su sexo contra el mío, sentir los labios de su vagina hinchados y resbalosos, chapoteando en secreciones y buscar el roce de nuestros clítoris hizo que nos *viniéramos* pronto. Vilma agitándose frenéticamente, yo con lentos movimientos del pubis. Quedé tan dolorida como si me hubieran golpeado con un palo de golf entre las piernas.

—¡Qué rico si tuvieras tremenda *pinga* para *templarme bien templada* (verga para follarme bien follada)! —dijo Vilma acabando de estropearlo—. ¿Te gustó?

—Si volvemos a hacer esto otra vez, muchacha, ¡acabaremos en las urgencias de traumatología! ¡Duele! ¡Es jodida la posturita! —me quejé decepcionada—. ¿Usted nunca usa la lengua?

—¿Por qué me contestas así? Claro que la uso, mi amor, pero, ¡prefiero que *me den con el cabo del hacha* (me la metan) —suspiró añorante mientras la atraía entre mis piernas—. Ya sabes que no soy lesbiana. No me excito fácil con las mujeres, me cohíbo con ellas... Salvo contigo. Lo que más me ha gustado es el *masacoteo* (magreo, los toqueteos). ¡Quieres que te chupe un poquito la *tota* (chocho)!

—Siento no tener un buen *espolón* (polla) para ti, pero, ¡las mujeres estamos hechas así! —dije sarcásticamente mientras Vilma mojaba con su saliva mi sexo dolorido—. ¡Espero que no le importe!

–¡Cálla, y deja que te la *mame!* No me fastidies... –se interrumpió para mirarme a los ojos–. ¿Qué tú crees...? Soy buena mamadora. Aunque tengo más práctica *templando* (follando) con *malangas* (pollas) que con *chochas* (coños).

Por fin. Aquél era el bálsamo que necesitaba para olvidarme del dolor; una lengua hábil que lamiera suavemente mis labios, refrescando la hinchazón, mimando las paredes de mi vagina hasta llegar a acariciar muy levemente mi clítoris irritado. Qué alivio y qué placer. Vilma enfriaba su lengua bebiendo champaña helada para, con aquella fresca lanza, recorrer mi interior haciéndome estremecer. Sentí como desaparecía mi desagrado cuando, golosa, sorbió mi clítoris entre sus fríos labios hasta hacerme *venir* con un orgasmo penetrante, inmensamente placentero.

Me levanté como pude, apuré mi copa de un trago y me arrastré dolorida hasta la enorme cama a la que, en el apremio, ni nos habíamos acercado; el frío de las sábanas vírgenes me envolvió haciéndome tiritar. Me arrebujé con su hilo fresco, cerrando los ojos, mientras sentía el cuerpo de Vilma buscando soldarse con el mío en un entrelazar de piernas. Aplacadas, bebidas y agotadas, nos adormecimos en la caldeada habitación bostezando bajo los embozos planchadísimos subidos hasta la nariz. Mientras caía en el sueño, mis pensamientos se borraban como las rimas de Bécquer desaparecían de la pizarra del colegio al acabar la clase de literatura; intenté programar mi cabeza para nunca más acostarme con complacientes profesionales heterosexuales.

A partir de ahora, pensé medio dormida, sólo me acostaría con lesbianas convictas y confesas y del tipo más tradicional. Es decir, las clásicas chicas seguras de si mismas, vegetarianas, no fumadoras, solidarias con los animales abandonados, aficionadas a los monólogos amorosos del cine francés y decididas practicantes del kick boxing, kárate, tae-kwon-do, apasionadas de las katanas o cualquier otro *hijueputa* arte marcial. Muy *femmes* a ser posible; por supuesto, nada de pantalones cargo *descaderados* y esas horribles camisetas grandotas que las convierten en espantosos camioneros. Y, sobre todo, a partir de hoy, ¡nada de putas cubanas heteros con largas uñas postizas, maneras de profesional y ávidas de un buen miembro masculino para *comerse!*

Desperté con la sensación de haber escapada ilesa, de puro milagro, del World Trade Center de New York. Me sorprendió el recuerdo del

11 de Septiembre y me santigüé rezando para que Dios tuviera en su Gloria a todas las víctimas inocentes. Luego, miré a Vilma que dormía boca arriba, despatarrada, sin ropa y roncando. Era tarde, pedí un almuerzo contundente y, mientras llegaba, me *provocó* irme *de afán* sin despedirme de la cubana. Pero, no, pensé, qué malcriada, ¡qué pecado! Con el *guayabo* recordé cómo, aquella loca, además de estresarme exigiendo falo, me estaba contagiando su manera caribeña de hablar el español *made in Miami*. En menos de veinticuatro horas había perdido mi correcto colombiano y comenzaba a hablar una jerga incomprensible. Y eso, sí que me irritaba.

Encargué a la camarera que trajo el *lunch* (almuerzo) que plancharan mi ropa y, mientras aguardaba entre el sensual desorden de ropas *botadas* que convertía la suite en un serrallo, almorcé al sol, medio desnuda en la terraza. Sin que Vilma diera señales de volver a la vida devoré el salmón ahumado escocés, unas lonchas de jamón de la Selva Negra, mantequilla, tostadas, un par de deliciosas trufas, unos *petits éclairs* (relámpagos, pasteles) exquisitos, macedonia de frambuesas silvestres, un jarra helada de *jugo* de naranja y varias tazas de mal café.

Ella seguía durmiendo hundida en una especie de catatonía mórbida, como agotada por la lasciva búsqueda de un miembro viril inexistente en la habitación. Cuando trajeron mi ropa, estaba bañada, arreglada y tenía pedida la cuenta. Escribí a Vilma una nota que si no fue más cariñosa era porque, al bascular mi pelvis, recordaba que la cubana y su maldita *tijera* eran las culpables de mi dolor.

Fui una estúpida romántica. Hetero sin el menor interés por la sexualidad de las mujer, puta y sin papeles. ¿Qué coño hacía yo con una muchacha así? Decidí no exponerme nunca más acompañando *boupepas* (*boatpeople*-de patera, sin papeles) venidas quién sabe cómo a los *Steits* (Estados Unidos) y presas fáciles de la *migra* y, en el caso de Vilma, además de ilegal, puta. ¡Qué más querían *los placas* (polis) para pasar una mañana divertida tramitando informes de detención!

De pronto, reparé de nuevo en lo absurdo de mi lenguaje. ¿En qué *pendejada* de idioma pensaba? A la zorra de Vilma le bastaron cuatro besos hondos, estando con mis defensas amorosas bajas, incapaces de combatir la infección, para contagiarme el virus de su extravagante *anglocubañol*. Necesitaba un tratamiento urgente a base de buenos libros para reactivar mis anticuerpos lingüísticos. Nada mejor que acostarme temprano, sola, y con la lectura, intentar cicatrizar los deterioros causados. ¡Qué *jartera* tanta mujer rara!

Aunque quizá no era problema de quienes me rodeaban, lesbianas o heteros, sino, de algún desarreglo mío, producto de la imposibilidad de amar a quiénes ni siquiera podía confiar quién era. Es difícil, costaba mucho adquirir la intimidad suficiente para preguntar indiferentemente a una *enamorada* (novia), *¿Sabes, querida? Vengo agotada, ¡acabo de destripar un tipo, he tirado un anciano por la ventana y volado con dinamita el carro de una mamá que llevaba sus niños al colegio! ¡No se salvó ni el perrito!*

Aún suponiendo esa confianza absoluta en una amante, ¿qué se supone respondería ella?

¡My Good, mi vida! Eres demasiado responsable en tu profesión. ¡Deberías disminuir tu ritmo de trabajo! Tanto enviar anticipadamente a la gente fuera de este mundo, ¡te va a estresar!

Impensable. ¿Hay *tragas* (encoñamientos) así, tan comprensivas?

Demasiados pensamientos siniestros. Aquella noche de *loquera*, revolcándonos entre infinitos *tragos*, fantasmas de los asesinados en aquella suite y pasiones imposibles de saciar, había avivado la tristeza de mi alma.

Me marché. Como hubiera dicho Vilma, ¡lo mejor para las penas, es ir a *banquiar* (*to bank*-ir al banco) y correr a comprar tonterías! Decidí encerrarme en casa.

Pero, cuando las *pensaderas* (obsesiones) lo agarran *duro* a una, ¡está bien jodida, *parcera*! ¿*Sí o qué?*, me dije. Entré en depresión y de pronto me sentí mayor. Era imposible que alguien de mi edad fuera una ancianita, pero, desde que Moisés bajó las putas tablas del Sinaí, se sabía que ser viejo es tener más pasado que futuro, contar más ayeres que mañanas, en definitiva, tener menos días de crédito en la cuenta corriente del porvenir. Desde luego, el hecho de haber sido secuestrada, violada y de *enfriar* un *jurgo* de *mancitos* no ayudaba a considerarme una inexperta.

Descubrí que me gustaba el contacto directo, que no me inquietaba mojarme de sangre. Según leí en el colegio, Ernest Hemingway dijo que quién ha cazado hombres armados, nunca vuelve a desear otra cosa. Era una *veterana* cruel y, matar gente, me hacía vivir los días de tres en tres; por eso, a los treinta cumplidos, tenía el alma arrugada de una viejita de noventa. Era como vivir continuamente un exagerado *jet lag*, un tremendo desajuste horario, en el que mi reloj interno corríera tres veces más rápido que el de los demás. Desde mi secuestro había sufrido experiencias como para platear el cabello de la más *agalluda* (valiente). Después olvidé qué carajo es la conciencia, ni para qué sirve. Y, vivir así, extenúa y enloquece la cabeza.

Recordé de pronto a una amiga de mi mamá, una *cuchibarbi* (abuelita recauchutada) que se había hecho *cualquier cantidad* (montonazo, mazo) de cirugías plásticas para parecer más joven. Tras un riguroso *casting* (selección de actores o modelos), contrataba jóvenes jardineros para acosarlos entre los parterres, a domicilio. ¡Qué horror! No quisiera llegar a eso. Me parecía espantoso corretear frenética tras las *sardinas* intentando no se me reventaran los puntos de la última cirugía. Buscando parecer, solamente madura, no decrépita. En mi caso, no era por el temor a las patas de gallo y las arrugas, sino, del puro susto a la vejera interior. Miedo a la decrepitud del alma.

Un balazo era soportable. Era decoroso como un rayo achicharrándote las tripas. Anunciaba los fuegos eternos del infierno en los que te arrojaría el demonio *jalándote* de los pelos. Si debía morir, mejor dejarse ir rápido cuando llegase el momento, sin miedo, sin aferrarse. Un último pensamiento para Leonor y listo. Al infierno. Aquella mañana, sentía como si ya volara hacia mi cabeza la bala que debía matarme. Como si ya estuviera desangrándome en el suelo. No temía a la muerte. Al final, todos salimos por la misma *tranquera* (puerta), pero, envidiaba a quienes sabían marcharse con dignidad. Sin patetismo, sin chillar. Esa mañana, comprendí taciturna que únicamente el tiempo calma la soberbia de la juventud y me resultó fácil adivinar que muy pocos me llorarían.

Visité a mis abogados. Por ellos supe que mi cuenta corriente no cesaba de acumular ceros y que los trámites de mi divorcio estaban a punto de convertirme en una ciudadana norteamericana libre y soltera. Llegué a casa, di un paseo para refrescar mis pensamientos jugando con los pies en las olas de la playa; por fin, me metí en la cama, vi un programa absurdo en la televisión y leí un rato hasta que los somníferos me aplastaron contra las almohadas.

CAPÍTULO 26

Cuando desperté, catorce horas de sueño habían conseguido dos cosas. Hacerme entender que, en cuanto pudiera, marcharía a España y que, antes, debía hacer algunas visitas. Respecto a España, mis abogados quedaron enterados de que debían gestionar mi llegada y los trámites necesarios para instalarme allí; cosa nada difícil para una ciudadana estadounidense con una cuenta corriente de brillante saldo. En esto, las autoridades españoles no eran xenófobas en absoluto; pasaporte legal y dinero abundante, ¡adelante!

Luego, arreglar los asuntos de familia. Mi mamá y mi hermana parecían adaptadas desde que se instalaron en Florida con mi ayuda. Una mañana de domingo conseguí que una pareja de simpáticos viejecitos me permitieran acceder a su jardín para, equipada de unos *binoculares* de largo alcance y, con la disculpa de observar la nidificación de los somormujos, observar las andanzas de mi hermana y mi mamá en su casa al otro lado del lago. Me habían partido el corazón pero, antes de abandonar los Estados Unidos, deseaba verlas de nuevo. Quizás por última vez. A fin de cuentas, en mi trabajo, es muy frecuente el riesgo de accidentes laborales con resultado de muerte.

Las miré a través de los prismáticos para sufrir menos. Parecían estar bien y, riendo, se atareaban en preparar una larga mesa para almorzar en el jardín. Invitados para el domingo, pensé, y no pude evitar que mis ojos dispararan dos lagrimones del tamaño de dos balas calibre 38 especial. Estaban bien, supuse; los abogados me tendrían al corriente si les ocurría algo. Mejor partir hacia España cuánto antes. Verlas, seguía doliéndome demasiado.

—Tenga, señorita —dijo la viejita norteamericana bajando hasta la orilla para tenderme un pañuelo de papel y una sonrisa de seda—. ¡Veo que de verdad le preocupa mucho el vuelo de los pájaros! ¡Es muy difícil no quererlos!

—Perdonen, no deseaba molestarles —sequé mis lagrimas disimuladamente—. Se me ha debido meter algo en los ojos.

–No, no tema, no nos molesta. Al contrario, ha animado nuestra mañana de viejos solitarios y, a cambio, quisiera darle un consejo –me tendió un plato de cartón con un sándwich de atún mientras se sentaba a mi lado–. Pero, tenga, coma algo, por favor.

–Usted es latina y supongo que religiosa –sonrió con tristeza haciendo la señal de la cruz y señalando el otro lado del lago–. Allí enfrente hay alguien que le ha hecho mucho daño. ¡Que le ha destrozado el corazón! No suelo entrometerme en la vida de los demás, pero, la ternura de sus lágrimas me ha decidido –continuó la gringa–. Hágame caso, ¡escuche a una vieja! Aunque tenga miedo, debería arreglar lo que sea ahora que aún está a tiempo. No juzgue. Olvide la rabia y, ¡perdone! Nadie vive eternamente. Y es muy triste quedarse solo. ¿Es usted cubana?

–Señora, gracias por sus palabras y por el emparedado –respondí balbuceando mientras observaba por los prismáticos la llegada del que supuse era el enamorado de mi hermana acompañado de su familia–. No, señora. No soy cubana y tampoco demasiado creyente, pero distingo la bondad cuando la encuentro. Y usted es buena.

–Recuerde, ¡piense en nosotros! –insistió la viejita acompañándome hasta la puerta–. ¿Me creerá si le digo que tenemos hijos? Dios nos perdone, pero algo espantoso ocurrió en nuestros corazones que nos hizo separarnos para siempre.

–Déjeme que la bese, *cuchita* –dije abrazándola cálidamente mientras rodaban las lágrimas por mi cara–. Lamento haberle traído tan malos recuerdos. Ya me voy, gracias por todo. Y por lo que más quiera, por Dios Bendito, ¡por su seguridad, olviden haberme visto!

Salí llorando y, entre lágrimas recorrí buena parte del camino, sabiendo que aún no estaba preparada para perdonar; todavía, eran demasiado grandes el daño y la cólera. Quizá más adelante. Ahora, necesitaba seguir sola. Basta de niñerías. ¡Me abandonaron. ¡No tenía familia! ¡No estuvieron cuando los necesité! En mi trabajo, no podía permitirme la extravagancia de tener un talón de Aquiles afectivo. Ni mamá, ni hermana, ni novia. La familia me hacía débil. Debía recordarlo siempre.

Decidí perderme durante unos días en los Cayos. Preparé un montón de ropa *casual* que guardé, junto a mi chaleco antibalas, la pistola requisada al obispo y mi cuchillo japonés, en un gran *maletín* de viaje; saqué el *carro* del garaje y me largué buscando algo de paz. *Manejando*, pensé que debía disfrutar mucho más de las mañanas soleadas de Florida. La noche estaba bien pero conducir a pleno sol, mientras, iba dejando atrás Cayo Largo y saltando de isla en isla, fue un gran placer. Además, era un placer barato. Key West estaba al final del camino, rodeado de agua turquesa y, allí, se acababan los Estados Unidos. Era un rincón privilegiado, y, seguramente, me atraía porque fue un antiguo refugio de piratas, hoy en día, sustituídos por tolerantes y desenfadados bohemios y artistas noctámbulos con una ajetreada vida nocturna. Antiguas mansiones entre palmeras, cafés donde los *conchs* (los residentes de Key West) celebraban sus tertulias culturales y restaurantes con excelentes platos basados en los pescados y mariscos. Un lugar tranquilo y encantador.

La casita que había alquilado por Internet, era muy luminosa, más bonita que las imágenes colgadas en la red. Se encontraba fuera del casco urbano, al final de un camino privado y aislada por una valla de madera blanca; tenía una preciosa playa de arena finísima a diez pasos y, en la trasera, un canal donde se mecía una potente lancha. Me recordaba la vieja película Cayo Largo, con Bogart y la Bacall enfrentándose a Rocco, Edward G. Robinson, y sus gángsteres urbanitas aturdidos por la fuerza salvaje de un huracán caribeño. Encontré la llave y el recibo de mi pago anticipado donde me dijeron y entré. Constaba de un gran dormitorio principal y otra habitación que, el propietario, había convertido para mi en un despacho de trabajo con teléfono y conexión a Internet. Grandes ventanas, techos y suelos de maderas encerados, un precioso jardín y un patio adoquinado donde *parquear* el *carro* bajo la sombra de las buganvillas.

Dejé la pistola en la mesilla de noche, colgué mis trapos en el armario y revisé que *el mercado* se hubiera hecho según mi pedido; todo estaba perfecto. Con un short y una camiseta bajo la que llevaba el *tanto*, comencé mis vacaciones saliendo al *corredor* y descendiendo descalza a la arena. Siempre me ha gustado saber dónde vivo y quién lo hace en los alrededores, por dónde se llega y por dónde puede uno marcharse *de afán*. Mi casa estaba casi en el centro de la playa y, a su derecha, las dunas protegían del viento la playa solitaria; a la izquierda, varias casitas igual de lindas se alejaban hacia el pueblo. Las dos más próximas estaban a 50 metros de la mía. La de mis arrendadores era la más cercana y, decidida a ser cordial, me acerqué a saludarles. Supe que había elegido bien la casa y que me iban a gustar sus dueños cuando, al acercarme, me asaltaron las notas de *Usted abusó* cantado por Celia Cruz. Me gustaba aquella *vieja* que tuvo las *güevas* de sacudirse el yugo del tirano barbudo y empezar otra vida en Miami; la insultaron, la llamaron *gusana* (nombre despectivo que dan en Cuba a los exiliados en Miami), pero ella siguió cantando, desafiante, desbordada de amor a su gente y demostrando que había otro mundo de libertad.

Usted abusó, sacó provecho de mí, abusó.
Sacó partido de mí abusó,
de mi cariño usted abusó...

Que triste sonaba aquella canción entre las llamaradas de sol de media tarde, el olor a salitre y el rumor de las olas batiendo casi a mis pies; quien eligió aquella música debía encontrarse en horas bajas; no quise interrumpir y me senté en la arena a pocos metros de su puerta. La canción terminó y hubo una pausa como las que se daban, antes de los aparatos digitales, cuando había que elegir dónde clavar la aguja del tocadiscos. El silencio se rompió de nuevo y mucho más alto, como enrabietados, saltaron por las ventanas abiertas los *azúcares* del canto a la libertad que es *Yo viviré*.

Sobreviviendo
En esta vida lo que estoy haciendo,
Sobreviviendo,
Estoy sobreviviendo, estoy sobreviviendo.
Rompiendo barreras, voy sobreviviendo
cruzando fronteras, voy sobreviviendo.
Doy gracias a Dios por este regalo,
El me dio la voz y yo te la he dado.

Seguía sentada frente al mar cuando sentí unas pisadas en la arena; un momento después, alguien se dejó caer en la arena a mi lado lanzando su mirada, paralela a la mía, hasta perderla en el horizonte.

—Eres nuestra inquilina, ¿verdad? —preguntó sin mirarme en un inglés con acento latino—. Te vi llegar. ¿Te gustó la casa?

–¡Me encanta! Es preciosa, mucho más linda de lo que esperaba –respondí en español observándola de soslayo–. Gracias. Serán unos días *chéveres*.

–Hace rato que recibimos tu dinero para el alquiler –indicó con dulce acento cubano escondida tras las gafas negras–. ¿Retiraste la llave y el recibo?

–Si, no se preocupe, no lo necesitaba, gracias –manifesté levantándome sonriente y advirtiendo su barrigón de preñada–. Me llamo Manga. Por los cómics.

–Soy Celia. ¡Adivina por quién! –dijo manteniéndose de perfil y señalando hacia las ventanas abiertas por donde fluía la voz de Celia Cruz–. Mi mamá la adoraba y yo nací escuchándola. Quiero que a mi bebé le ocurra lo mismo. Él podrá volver a Cuba algún día.

–Entiendo, Celia. Dígame, no quiero ser indiscreta, pero, ¿le ocurre a usted algo? –pregunté directamente–. ¿Se encuentra bien?

–¡No, Manga, no me encuentro bien! Pero tú no puedes hacer nada para arreglarlo –murmuró desalentada quitándose las gafas y girando su cara amoratada hacia mi–. Gracias por interesarte, pero no tienes la culpa de que yo tenga un marido *drinkeador* (*to drink*-bebedor). ¡A veces se paga un precio alto por vivir en esta democracia a la que me remolcó mi mamá. ¡Lástima de *arrastradora* (ametralladora)!

–Lo siento, Celia. No culpe a su mamá ni a los *Esteits* –indiqué pensando que debería haberme quedado en Key Biscayne–. Usted es sólo otra mujer más a la que apalea un *hijueputa*. Pasa aquí y allá. Sólo hay un culpable y es el *malparido* que la golpeó.

–No, Manga, ¡si no soy *gringófoba*! –respondió intentando sonreír mientras alguna gotita de sudor perlaba su frente–. Sólo que, cuándo ese bastardo se *encojona* (encabrona) y me pega, añoro mi *homlan* (*homeland*-patria). Así que, prácticamente, pienso en Cuba a diario. Casi todos los días me pega y casi todos los días me acuerdo, ¿comprendes? Óyeme, ese hombre es un enfermo. Nada más verlo, *mete frío* (acojona).

–Pero, disculpa, no quiero molestarte con mis problemas. Estoy aquí charlando y tú has venido a disfrutar de unas vacaciones. Tendrás cosas que hacer –continuó ensanchando más la sonrisa y mirando hacia el mar de nuevo–. Tengo hambre, es la tercera vez que *loncheo* hoy, ¿te gustaría tomar algo conmigo?

–Estoy sola, no debes preocuparte por mi marido –dijo levantándose avergonzada–. Él estará acabando con todas las *mentiritas* (cubalibres) de Key West; no puede estar sin *tomar* con sus amigos. Volverá tarde ese *terminador mierdero* (*terminator*-tipo violento). ¿Comemos algo? Tengo una rica *greivi* (*gravy*-salsa) para los bocadillos.

¡Otra cubana, estoy jodida!, pensé. Vine al culo del mundo buscando paz y huyendo de mis problemas, para acabar cayendo sobre otra linda y tierna cubana, preñada y desvalida. Desde luego, no tenía suerte con las cubanas. Mejor hubiera viajado a la puta basura de Disney World en Orlando, antes que venir a los Cayos.

Intenté ver el lado positivo de aquella situación que se anunciaba alarmante para mí; indudablemente, yo, la Don Quijote de las *areperas*, no iba a permitir que a cincuenta metros de mí, un tipo golpease a una preciosa embarazada. No podría hacerme la desentendida sin morirme de vergüenza. Me habían golpeado demasiadas veces en su mismo estado como para ignorar la desesperación que sentía esa mujer. Por otra parte, si lo evitaba y me metía por medio, ¡adiós vacaciones!

Pese a los moratones era hermosísima, de cuerpo atlético, larga melena y envuelta en uno de esos baratos, escotados y amplios vestidos de algodón con tirantitos que sólo las norteamericanas consiguen hacer sexys. Una prenda que, apasionadas por las ropas ceñidas, ninguna latina seductora aceptaría vestir. Pero, a ella, con sus senos exuberantes revelándose bajo la tela, aquel trapito barato la hacía aparecer aún más bonita en su preñez. Con un estremecimiento, imaginé su barriga tersa bajo la tela pegada al cuerpo por la brisa y, mirándola, casi sentí el suave cosquilleo de sus *calzones* infantiles rozándole los muslos

–Ok, muchacha, la acompaño a comer lo que quiera –dije escuchando a las gaviotas que, con sus chillidos, parecían anunciarme que ya estaba en problemas–. Vamos allá, ¡no se preocupe! ¡Dios dirá! –dije intentando mantener el humor mientras la seguía sonriendo hasta su casa–. Luego la dejaré tranquila y mañana haré doble sesión de abdominales.

En el supermercado *Winn Dixie Stores*, de Key Biscayne, solía observar a la muchacha que *construía a medida* inmensos bocadillos

340

de pan cubano tostado. Con lechuga cortada en tiras finísimas, pepinillos, delgadas ruedas de tomate, aritos de cebolla, huevo duro, anchoas y queso, jamón, salami, pollo, hamburguesa, ensalada de atún, y todo lo que el cliente deseara meter dentro para darle un aire más latino, más francés, italiano o del medio Oeste.

No tardé en hacerme amiga de aquella gordita cubana del supermercado, se llamaba Iris, era simpática y habladora y, desde el primer día, tomando un *cortado* (café con unas gotas de leche), le pedí consejo sobre la extensa carta de bocadillos; me recomendó especialmente el Patriot y el Superitalianísimo y, desdeñando los pequeños de seis pulgadas, insistió en que probara la versión grande, la de doce pulgadas. Me apasionaba el carácter patriótico que los estadounidenses eran capaces de reflejar hasta eligiendo bocadillos. El Patriot se vendía mucho, me dijo Iris, y, era la locura el día de los Veteranos, el 4 de Julio y en otras fiestas señaladas del calendario nacional americano en los que las banderas son omnipresentes. Llevaba inmensas cantidades de jamón de Virginia, boloñesa, salami y queso americano. El Superitalianísimo, jamón cocido, mortadela, salami y provolone, ambos cargaban, además, a voluntad, con todos los aderezos mencionados y todo tipo de salsas para añadir a un pan ya abundantemente untado de mantequilla. Aquel bocadillo de doce pulgadas por poco acaba conmigo.

Cuando entramos en su casa conectó el reproductor de CD, comenzó a sonar el merengue típico de la Calle Ocho de Miami, y, sin decir palabra, quizás agotada por sus confesiones anteriores, me lanzó la carátula del disco para que me entretuviera leyéndolo. Pronto el olor a pan tostado, hizo desaparecer de la cocina el fresco aroma de la colonia infantil que envolvía su melena. Para entonces, yo sólo tenía ojos para su pelo limpio y su cara lavada, mientras, deseaba desesperadamente lamerle aquellas gotitas de sudor que resbalaban por su frente. Un bocadillo cubano siempre es un reto desmesurado, pero, los de aquella chica ansiosa, embarazada y atemorizada, dejaban diminutos a los de Iris, la bocadillera del *Winn Dixie Stores;* rocé su mano cuando sonriendo puso ante mi los dos bocadillos más grandes que jamás hubiera visto en mi vida. Trajo dos *polas* (birras), se sentó a mi lado y, hasta terminar el suyo, no dijo palabra. No tardó ni cinco minutos en acabarlo y, al verme flaquear, se engulló la mitad del mío.

Comenzaba a conversar de nuevo cuando, oímos un motor aproximándose; el ruido provenía del motor de una lancha atracando en la trasera de la casa. Me miró, tan tensa como un perro amenazado con un palo. Por su pánico, supuse que era *la perlita* del marido que regresaba borracho al hogar.

–*Fresca*, Celia –dije acariciando sus manos crispadas –. Vamos a charlar un ratito al *corredor* mientras anochece, muchacha. ¿Tiene algún bolero para que *nos tiremos unos pasecitos* (bailemos)?

–¡Cómo no, tengo varios de esos discos viejos! ¡Qué romántico, Manga! Bailemos a la luz de la luna. Espero que mi marido no se atreva a matarnos –dijo cogiendo unos discos–. Hace mucho tiempo que no disfruto de una velada romántica. Recién casada metieron a mi esposo en la cárcel por tráfico de drogas. Salió tres años después, desapareció dos meses hasta que regresó una noche borracho para dejarme preñada. Entonces, perdí el interés por el romanticismo. Ahora, odio las rosas y las velitas.

–¿Y eso, muchacha? –pregunté mientras nos levantábamos–. ¿Cómo así? ¿Qué ocurre?

–Su momento más cariñoso es cuando me viola –respondió sonriendo tristemente mientras salíamos–. Cuando *coge un agua* (se mama), tengo que estar preparada, agarro un cuchillo para *apuñalearlo* si *se pone malo el mantecado* (acuchillarlo si se pone de mala leche). ¡Si no me defiendo, estoy *embarcada* (jodida)! *Me da pena* decirlo, pero, me tiene acobardada. Él siempre gana y, cada vez, yo recibo más palizas.

–El muy hijoputa *sabe hasta por dónde le entra el agua al coco*– continuó apenada–. No consigo matarlo. Se ríe de mí y dice que no puedo con él porque fue marine. Espero que lo encierren de nuevo para irme aunque sea preñada. No puedo más. Si no me largo, ¡me va a matar un día de estos!

Acabábamos de sentarnos afuera y elegíamos un CD cuando entró el tipo gritando; atravesó la casa vociferando hasta llegar a dónde estábamos nosotras. Al vernos, calló de golpe, sorprendido de no encontrarla sola. Era un tipo grandote y pesado. Tenía la corpulencia del que fue recio pero, ahora, ya sólo era un *simple man de músculos aguados* (un tipo fondón), que, despreciando el colesterol, había convertido su voluminoso barriga en un depósito de donuts y bacón frito. No tenía frente, o muy poca; su cabello rizado le crecía a continuación de las pobladas cejas, bajo las que se escondían dos ojillos malignos color plomo. Una narizota y un puñado de dientes desperdigados que asomaban de su boca a través de unos labios crueles hacían desmedida su cara. Vestía un jean roto sobre unas botas de trabajo, una camiseta sucia y tras él flotaba un apestoso rastro de licor barato.

—Es la nueva vecina, la que alquiló la casa. Se llama Manga, como los cómics japoneses —masculló Celia sin mirarle—. Él se llama James. Es mi marido. Es quien asusta a los vecinos cuando grita y me pega.

—¡Éste disco, Manga, por favor! ¡Mira que maravilla! —rió mostrándome una anticuada carátula titulada Cien Boleros de Amor—. Fíjate que lindo, Lucho Gatica, Celia Cruz, Toña La Negra, Los Panchos, Olga Guillot... Por favor, Manga, ¡vamos a poner éste! James, en la cocina tienes lo necesario para prepararte un bocadillo si vienes con hambre —añadió fríamente sin mirar a su esposo.

—No tengo hambre, tengo sed. ¿Van a escuchar esa música de mierda? —respondió James secamente mirándome las tetas sueltas bajo la camiseta—. ¿Dónde están las cervezas? ¿Se han acabado? ¿No pensó que a un hombre le gusta beber algo fresco al llegar a casa? ¡Siga perdiendo el tiempo, maldita latina idiota!

—¡No arrugues que no hay quién planche (no joda que incomoda), consorte! Relájate, coño, ¡que tienes cervezas en el freezer! Tiene todo listo en la casa porque ésta noche yo me voy a pasar unos días con mi hermana —respondió Celia poniendo el CD mientras su marido se volvía al interior—. Vamos a bailar, Manga. No hagas caso a este yanki grosero.

Estaba equivocada al pensar que me iban a gustar los habitantes de aquella casa; solamente, me gustaba ella; a él deseaba joderlo, bien jodido, por maltratador y por cobarde. Comenzamos a bailar. Mientras, el cielo ruborizado enrojecía pintándose de nubes carmesíes y el mar resoplaba de ansiedad. Olía a tormenta y, en la oscura lejanía, retumbaron rabiosos un par de truenos. Las palmeras, verdes de envidia, mecían sus copas con los boleros que nos ceñían a las dos. Desde el primer roce nos buscamos con avidez. Yo deseaba cuidar de aquella muchacha desvalida y ella suplicaba una caricia que la consolara de tanta golpiza. La apreté contra mí, sintiendo su vientre hinchado y cómo, dulcemente, reposaba su cabeza en mi hombro.

Tú serás mi último fracaso,
no podré querer a nadie más...

Entre el silbido del viento los sones arrulladores del viejo bolero incitaban a vaciarse en un desmayo de ternura. Ambas sabíamos que aquella efímera sensualidad, aquel placer era un instante fugaz robado al dolor. Aún así, valientes, nos rendimos a la invasión de aquel ramalazo de deseo y nuestras bocas se encontraron vaciando de aire el vendaval. Los relámpagos anunciaban la llegada de la tormenta tropical, y, traicioneros, nos iluminaron para que el marido de Celia nos descubriera besándonos, recortadas sobre la oscuridad por el fulgor de los rayos cayendo en alta mar.

Desde el porche saltó a la arena separándonos de un empujón, y, aún atónito, de un puñetazo en la cara tiró a Celia al suelo.

—¡Putas! ¡Asquerosas lesbianas! —ladró acercándose a mi despacio—. ¡Tú, Celia, entra en la casa, maldita zorra! Y tú, marimacho, ¡vas a aprender a no robar mujeres! ¡Te voy a joder hasta que disfrutes teniendo un hombre entre las piernas, puta viciosa!

Aquel tipo, no quería pegarme. Desde que llegó no cesó de desnudarme con los ojos y, cuando me vio besando a su mujer, terminó de *templarse* (emputecerse). De momento, sólo quería violarme. Quizá después, si se lo permitía, decidiera matarme. A mí, primero, luego a ella. Se lanzó hacia mí y me desgarró la camiseta confirmando lo que yo sabía; estaba caliente y quería verme las tetas. Ése fue su error, dejé que se distrajera mirándome los pechos, retrocedí un paso y, de una patada salvaje, le rompí los huevos.

Cayó a la arena lanzando aullidos agónicos y durante minutos se arrastró encogido de dolor, llamando a Celia que se alejó aún más de él. Se incorporó lentamente y, cuando logró *pararse*, sacó del bolsillo una navaja mariposa que abrió con un revoloteo brillante y tan maligno como el abrazo de un talibán cargado de dinamita.

Sin intentar taparme las tetas, recordé lo aprendido con Édgar en Colombia y me alejé fríamente, hasta alcanzar una distancia segura, suficientemente alejada de aquellos doce centímetros de punzante acero; sin mover un músculo, le grité que su navaja era más larga que su verga y el insulto le hizo perder los nervios. Si aquella basura era lo mejor que tenían los marines entendí que estuvieran clavados al terreno en Irak y Afganistán, imposibilitados para mover el culo sin que se lo volasen a tiros los islamistas. El tipo fallaba en todo. Se lanzó sobre mí ciego de furia, sin controlar ni su equilibrio ni la distancia. Paré su cuchillada con el antebrazo, sujetando su mano armada contra mi muslo. Al mismo tiempo, mi codo reventó su nariz que se partió con un chasquido seco. Una torsión de muñeca hizo que soltara la navaja y, una violenta patada en el pecho, lo tumbó de espaldas. La sangre acabó de convertir su camiseta en un harapo mugriento. Viendo brillar el odio en sus ojillos porcinos, frené mi deseo de sacar el cuchillo japonés y degollarlo.

–¡Van a morir las dos, zorras! –se levantó amenazador mientras se taponaba la nariz y entraba en la casa–. Si cuando vuelva están todavía aquí, ¡las mato, malditas putas! ¡Me estaban adornando (poniendo cuernos)! ¡Lárguense de mi casa, indias de mierda!

Oímos el motor de su lancha alejarse, recogí la navaja de la arena y, la puse en la mano de Celia que respiró temblando de pavor mientras se dejaba caer en una silla. Desde la casa vecina una voz de mujer preguntó a Celia si todo iba bien. Mientras ella calmaba la inquietud de los vecinos, la dejé sola.

Entré en la casa de Celia y la encontré en la cocina, con una bolsa de guisantes congelados sobre los labios hinchados por el puñetazo.

–Celia, ¡esta es su oportunidad! Estoy segura de que no tendrá otra –dije mirándola fijamente–. Con la navaja, los golpes que tiene en la cara y la declaración de sus vecinos, su marido quebranta la libertad condicional y pueden devolverlo a la *pinta* (trena). Si no lo abandona pronto, él la matará a golpes.

–¡Ya lo decidí, *mudo el cate* (me las piro)! Esta noche me voy a casa de mi hermana y mañana a Miami con mis padres y mis hermanos, Manga –respondió pensativa–. Cuidarán de mi y del bebé. Ellos no quieren a James, saben que es *cabeciduro*, *cañonero* (maltratador) y *fulastrón* (traicionero). Hace tiempo que quieren que vuelva para abrirme una *juguera* (local que vende zumos) o un *lavatín* (lavandería, tintorería). Y aunque no fuera así, antes de quedarme, me voy de *lonchera* (la que hace bocadillos) o me *pongo a caminar* (me hago lumis). *De puta,* si hace falta. ¡Ya tú sabes...!

—Lo que sea con tal de alejarse de éste asesino, Celia —la animé sonriente—. Declare en su contra y cuando se lo lleven, márchese. Ya ha soportado bastante y ese tipo no la merece. Denúncielo en la comisaria y, en cuanto la policía lo autorice, marchese con su familia.

—Él alegará que usted lo engañaba conmigo y que lo golpeé a traición —sonreí—. Responda que es mentira, que yo era una inquilina que acababa de llegar hoy mismo, que también fui amenazada con la navaja y que huí aterrada. Dígales que es un celoso patológico y que no es la primera vez que la maltrata de forma parecida. Y que debió ser en alguna pelea entre borrachos en el pueblo donde le rompieron la nariz. ¿Los vecinos la apoyarán?

—Sí, ellos saben lo que ocurre en esta casa —contestó con voz más firme—. A veces, cuando *me sale el mambí* (me cabreo) y peleo con él, nos han denunciado por escándalo y amenazas; saben que me pega y la vecina me adora. Creo que me tiene lástima.

—No se demore, vaya a la policía y dígales —propuse ásperamente—. Olvídese de él, usted y su bebé valen mucho más. Es un *chance*... (oportunidad). Yo me largo y la telefoneo desde cerquita, por si tuviera que volver. Pero, si regreso, será para matarlo.

—Lo sé, vi tu arma en la casa y sé que llevas otra en la cintura. Ese necio no supo que estaba *al borde de la piragua* (en peligro de muerte). *Lo pusiste bien bajito* (lo acojonaste); gracias, Manga, *por pararle la carreta* (frenarlo en seco, bajarle los humos) —me miró con los ojos muy abiertos—. Entonces, me dejas, ¿te marchas ya? Pronto va a comenzar a llover, se acerca la tormenta. ¿Sabes lo que me sedujo de ti? Tu manera de caminar. Parece que *tienes la cintura montada en una caja de bolas* (buen meneo de caderas).

—Si, mi amor, me voy. Pasaré la noche en un hotel. No me gusta rozarme con la policía —tomé su cara entre mis manos en una larga caricia—. Gracias por el piropo. Me hubiera gustado besarla más, Celia. Me voy con tremenda *calentazón*, muchacha. Definitivamente, ¡tengo muy mala suerte con las cubanas!

—Cuídese, muchacha —rocé sus labios con un beso corto y profundo—. ¡Lástima que no *cuadramos* (ligamos), *mami,* me tenía *matada* (seducida)! De todas maneras, esto es demasiado tranquilo para mí. Me gusta oír el ruido de las autopistas cuando duermo y, aquí, me desvelarían las olas rompiendo en la playa. Y saberla a usted *ahí nomasito* (tan cerca), me agitaría el sueño.

Salí mientras ella telefoneaba a la policía; al final de la playa, me volví y la vi dirigiéndose a casa de los vecinos. Me marchaba contenta y *aplanchada* a la vez. Hice lo correcto alejándome de este embrollo, pero, *carajo*, me estaba convirtiendo en Teresa Bogotana de Calcuta. Me iba sola, sin *tirar* y había perdido el dinero del alquiler. Pero si me quedaba podíamos acabar todos detenidos. Ella estaría bien con su familia, me dije. Por *entrarle* a una cubana me había *envainado* y jodí mis vacaciones. Eso me pasaba por *marica*. Desde luego, lo mío no eran las cubanas. El viento era *tenaz* y luchando contra él caminé inclinada hasta mi carro; cuando lo alcanzaba, se arrancó a llover. Entré al carro empapada.

En medio de la tormenta *manejé* hasta isla Morada, más allá, era imposible continuar; conseguí una habitación en el Coral Bay, un pequeño *desnucadero* en el que nadie se registraba con su nombre y todos pagaban en metálico y por adelantado. En el hotel, las parejas más o menos legales de lugareños, se mezclaban en el bar con las, evidentemente clandestinas, de los forasteros. Algunos clientes, por el desasosiego de la tormenta y el embotamiento de los *trago*, *en son* de conquistadores intentaban reemplazar una amante excesivamente *intensa* (pesada, espesa) por la desvergonzada *sardina* de la mesa de al lado. Otros, confiaban ampliar su círculo de amistades con alguna de las *zorritas* que, sentadas ante su *trago* bajo un pez espada disecado, defendían el maquillaje de la lluvia. Afuera la tormenta amenazaba con no dejar una palmera en pie, ni en el jardín, ni en lo que el dueño del hotel afirmaba ser una playa de arenas blanquísimas, ahora, oculta por un velo de agua tan impenetrable como un *burka* (vestido femenino totalmente cerrado) afgano.

Me bebí un par de mojitos y comí un bocado esquivando a un pobre *pendejo* desesperado por la falta de expectativas eróticas; después me encerré en la *pieza*, me metí en la *bañadera*, miré una vieja película en la televisión y, ya en la cama, por costumbre, guardé la pistola *desasegurada* (sin seguro) bajo la almohada mientras atenuaba la luz. Luego, *disqué* (marqué) el número de Celia. Ella me contó que la policía había detenido a James *metiéndose pericazos* (rayas de coca) con sus amigos y que lo habían pasado ante el juez con cargos por quebrantamiento de libertad condicional, maltrato familiar y posesión de drogas. Tenía para varios años. Saldría de la cárcel *cuando los mancos echasen dedos* (nunca, en la puta vida).

Celia dijo que la *jara* (la madera, policía) comentó que el *malparido* bebía para bajar el subidón de la cocaína. Porque, además, era politoxicómano; su dieta incluía *baretos*, pastillas, demasiado alcohol y muchos *toques* (esnifadas) de coca diarios. Ahora que su marido estaba preso, me importaban un *carajo* las adicciones de aquel imbécil. Lo importante es que Celia estaba satisfecha porque *madrugó* (se adelantó) a James, lo *cogieron asando maíz* (en bragas) y se lo había quitado de encima para un tiempito; pero, las dos sabíamos que teníamos algo pendiente. Algo muy nuestro, que resultó frustrado en la playa.

—Gracias, *mamita*, sin ti no hubiera sido capaz de dejarlo —afirmó Celia—. Me hubiera matado antes de marcharme. Gracias, *mujerón*.

—Por nada, mi amor —susurré pensativa—. Sí, tiene razón. Cualquier día la hubiera *acabado* a golpes.

—¿Quién nos lo iba a decir, verdad? —sentí como sonreía al hablar—. ¡Qué nochecita! Nos dábamos tremendo *mate* (magreo, toqueteo) en la playa, llegó el loco, *quedamos en la página dos* (nos cortó el rollo) y van a cantar los gallos y nosotras tan serias.

—¿Sí, le parece? ¿No espera que nadie la llame y dé *ocupado* (comunicando), verdad? —musité alentándola—. Creo que ahora se siente como cuándo *estaba de novia* y *cogía fiado* (sexo prematrimonial). Rico, ¿no?

—Si, muy rico. No sé que me ocurrió contigo, mami —creí oírla agitándose inquieta—. De casada nunca he tenido *marinovios* (amantes), siempre le fui fiel, pero, contigo *me metí adentro* (me entusiasmé) desde el primer momento. ¡Fíjate, *pan con pan*, yo que siempre fui tan mujer!

—¿Cree que dos hembras dejan de ser femeninas por desearse? —seguí su juego de seducción—. Porque usted es muy linda, muy mujer y, además, preñada, ¡*está usted que da la hora* (buenísima)! Pero, ¿se sintió menos mujer por *dispararse* (excitarse) en la playa?

—Ay, *mima*, yo estoy muy definida pero, sólo escuchándote, me viene otra vez *el calentón* —suplicó sensualmente—. ¿Por qué no vienes de nuevo para la casa, mi amor? Mira que estoy *encuerita* (desnuda), esperándote a punto de caramelo y, ¡podríamos hacer cositas!

—No, Celia, imposible, en ese sitio hay demasiada policía. Además, ¡ya le dije que las cubanas me traen mala suerte! —respondí riendo—. Estoy en el Coral Bay de la isla Morada. Demasiado lejos, ¡se pasó nuestra oportunidad! Tendremos que dejarlo para otra vez. Y, además, como dicen ustedes las cubanas, ¡*estoy en candela* (fea, sin arreglar)!

—Pero, es que, ¡ya me desvelé y *estoy como la cafetera por la mañana* (ardiendo)! —arrastró las palabras voluptuosamente—. Tú, ¡hasta con *rolos* estás *sabrosa*! Mamita, siento que me late *la perilla* (la pepitilla, el clítoris)... Si no regresas a *templar*, por lo menos, vamos a decirnos cositas por teléfono...

—Ay, mija, ¡usted lo que necesita es una buena *pinga* (rabo) para esa *calentada* (excitación sexual) que *se le sale por encima de la ropa* (evidente) —dije provocativa—. ¿Qué puedo hacer para aliviarle la *guilladera* (calentón)?

—¡Ay, *negra*, no te hagas la difícil que estoy para comerte ahora mismo! Si me vieras, ¡*arrebatá* (salida, excitada) y con *el blumer* en los tobillos! —respondió encendida—. Me estoy *tocando* (masturbando) para tí, Manga... Me arde el *totico* (chochito) por dentro... y tu haciéndote la *larga* (lista)... ¡Ay, qué *ruinera* (calentón, excitación sexual) tan grande!

—Espere, Celia, aguarde, de verdad, ¿quiere que *le peguemos los tarros* (le pongamos los cuernos) a James por teléfono? —pregunté divertida—. ¡Qué *sabrosura* (gusto) que las dos seamos tan *templonas* (jodedoras)!

—Por favor, calla, no sigas... —susurró—. Espera, necesito beber agua, tengo la boca seca, vuelvo enseguida...

—Vaya. Mientras, traeré hielo, *hembrota*. No tarde que me enfrío...—susurré al teléfono mientras tomaba la cubitera—. ¡Me pongo las *cachuchas* y la guayabera y, lista, en dos minutos vuelvo...! ¿Aun no está ahí...? Ok, ya vuelvo...

Salí al corredor sin cerrar la puerta y corrí descalza hasta la máquina de hielo, mientras, sobre la oscuridad se abatía la lluvia mecida por el viento. Levanté la tapa y, abrir esa máquina, fue como dejar que todos los jodidos pingüinos del Polo aleteasen abanicando mi puta cara. Llené la cubitera y cerré el frigorífico; se me había pasado la gana de hielo. Sentí un *helaje tenaz* (un frío del carajo) que me hizo estremecer. Pero no temblaba por andar *despelotada* en medio de la tormenta, pensé tiritando. Era cierto que estaba *excitada*, pero no era idiota; mis neuronas se afanaban chirriando, como si estuvieran moliendo cristales rotos. El cerebro me dolió de tanta alarma y creí que me meaba de miedo.

Dos habitaciones más allá, un tipo dobló el pasillo con un periódico plegado en la mano. Antes de poder jadear y tragar saliva, una bala me atravesó un muslo. El sicario tenía puesto *el silencio*; mejor, pensé, así apuntaría mal. Otra bala en el pecho me lanzó contra la pared impidiéndome caer al *piso*. Aguantando el dolor brinqué hasta mi habitación y *tiré* la puerta tras de mí para ganar unos segundos. Instintivamente, solté la puta cubitera que desparramó el hielo por el suelo del cuarto. Me abalancé sobre la cama, saqué la pistola de debajo de la ropa y, tumbada de espaldas, apunté.

La puerta saltó con la cerradura rota y un muchacho apareció detrás de un pistolón; se quedó boquiabierto mirándome, quizá percibió temor en mi mirada pero, era raro, en general eran mis ojos los que asustaban. En el instante que duró su asombro, disparamos los dos. Me clavó otra bala en el pecho y el colchón crujió hundiéndose conmigo. Mientras le disparaba, un solo tiro en la cabeza, oí el ruido de las *vainillas* rebotando en la cerámica del *piso*. Sus sesos volaron por la *pieza*. Los cubitos de hielo, los mantendrían frescos, pensé, sonriendo.

De pronto, olía a pólvora y a sangre. El muy *hijueputa* me había metido tres *pepazos*. Uno, atravesándome el muslo, dos más, enterrados en la guayabera antibalas. ¡Dios mío, gracias a la humedad que no salí en *cacheteros*! Arrastré al tipo bien dentro del cuarto y cerré la puerta, esperando que nadie hubiera oído nada. Me impulsé cojeando hasta el servicio y, con dos toallas, taponé los agujeros sangrantes del muslo; con el cuchillo corté tiras de una sábana y vendé la herida. Celia gritaba al teléfono desesperada. Tomé el celular y llamé a los duros. Di la dirección del hotel, dije que la situación estaba bien *jodida* y que estaba herida. Si debía huir, no podría ir muy lejos en mi *carro*. Dijeron que tranquila, que ellos se ocupaban. Intenté calmar a Celia, pero había colgado. Luego, me desmayé.

Madrid

CAPÍTULO 27

*S*entada al sol, bajo el cielo de Madrid, analizaba lo sucedido en los últimos meses sorprendida aún de no estar muerta o encerrada en una cárcel de Florida. *Quod erat demostrandum* (como tratábamos de demostrar). Esa frase, mil veces oída a los profesores de matemáticas, seguida del taladrante tableteo de una *metra*, se repetían una y otra vez en mis pesadillas rallándome el cerebro.

QED. Era cierta la teoría. A la larga resultaba imposible dedicarse a *bajar* tipos, sin que, antes o después, algún *mancito* recién *desmovilizado* (desligado del ejército, la guerrilla o los paramilitares) no intentara *darle piso* (apiolarla) a una. Al menos, ese pronóstico manejaban los directores de las *oficinas* que los contrataban como sicarios en Bogotá; allí, en el paraíso de la impunidad para los asesinos, buscaban empleo los recién bajados del monte y los legalizados al abandonar cualquier grupo armado. Seguramente, alguien, resentido por una de mis *vueltas*, decidió que merecía la pena gastarse un *jurgonón de plata* para *enfriarme* por venganza. Mi hora debió llegar aquella noche de tormenta en los Cayos.

Cuando salí al corredor estuve a punto de chocar con mi asesino, un matón con peores intenciones que una serpiente de cascabel con dolor de muelas, dispusto a morir con tal de dejar un dinerito a su mamá, pero, iba tan excitada por la conversación telefónica, que no advertí las señales del peligro. Adiviné su pistola oculta bajo el periódico cuando ya me había atravesado el muslo de un balazo. Reaccioné y le *destapé el cráneo*. Luego pedí ayuda a los duros. Desperté, cuando Celia me puso algo frío en la frente. Oyó los tiros, se lanzó a su carro y atravesó el huracán para salvarme. Sonriendo, le susurré que *se estaba poniendo la lápida al cuello* (se estaba cavando la tumba), que no era momento de *moteliar* (ir al motel a hacer el amor), que *se multiplicara por cero* (se largara) antes de *embarrarla*, porque, aquello estaba *peludo*, pero, riendo, me respondió *muy sabida* (con desfachatez) que *olvidara ese tango y cantara un bolero* (que ni hablar de eso, pasaba de mi). No pude hacerme durante más tiempo la valiente y me desmayé otra vez; entre brumas, recordaba a dos colombianos *trapeándolo* (limpiándolo) todo y llevándose el *muñeco* envuelto en plástico. Mis amigos, rehicieron el vendaje de mi pierna y me pincharon algo contra el dolor; luego, sentí un beso fresco en mis labios ardiendo y unas palabras de Celia que no entendí bien. Después me subieron a la trasera de un carro y alguien se llevó el mío con el difunto.

Me curó un guapísimo doctor cubano en su elegante clínica de cirugía plástica; tenía la misma cara, idéntica sonrisa, que Andy García y bromeé con los muchachos preguntándonos si se habría autooperado para parecerse al actor. Supuse que, además de hacer tetonas a las millonarias de Miami, redondearía sus beneficios con alguna otra actividad no tan legal, y, presumí, que Omar le cobraba algún favor conmigo. Era encantador y muy profesional mientras hacía mis curas, y, desde luego, no se inmutaba al ver a mis guardaespaldas siempre a mi lado. Por supuesto, cuando me exploraba, trataba tan cortésmente a mis acompañantes como si en lugar de *traquetos* con *mini Uzis* fueran un grupo de amigas blandiendo ramilletes de flores junto a mi cama.

Cuando pude caminar me escondieron en un discreto apartamento de La Pequeña Habana, en la 2212 SW con la calle Ocho, justo al lado del Café Nostalgia; únicamente salí de allí, una vez, para acudir a postrarme para rezar a Nuestra Señora la Virgen del Rosario de Chiquinquirá, patrona de Colombia. Llegué a la parroquia en carro blindado con un conductor y dos escoltas que no se apartaron un metro de mí; incluso, mientras confesaba, permanecieron expectantes a ambos lados del confesionario como si temieran que el pobre cura *pudiera estar mancado* (pudiera llevar un arma oculta) bajo la sotana. Si duermes con el diablo, es imposible no tragar azufre, hija mía, ¡que Dios Padre, Hijo y Espíritu Santo, te perdonen tus muchos pecados!, balbuceó el aterrado sacerdote absolviéndome. *Me encaleté de nuevo* pensando que, seguramente, el diablo, no era el peor de los personajes con que me había cruzado en la vida.

Poco después, llegó mi abogado con su portafolios y un técnico cargado con un par de maletas metálicas; mientras charlaba sobre mi recuperación con el abogado, el otro tipo instaló un teléfono encriptado y realizó un barrido en busca de micrófonos ocultos. Luego, tras anunciar que todo estaba correcto, salió dejándonos solos.

Entonces, el picapleitos, me anunció que mi proceso de divorcio había concluido; era libre y norteamericana. También dijo que esperábamos una llamada de Omar. Ese fue mi mejor regalo. Hacía mucho tiempo que no hablaba con él y, aunque esperaba una *severa vaciada* (enorme bronca) por mi descuido, tan pronto el abogado nos dejó a solas, mi hermano fue *tan divino* como siempre. Estuvimos un rato conversando y disponiendo mi futuro. Bueno, decidiendo es una manera de hablar, porque él ya tenía todo organizado para que viajara a España. Hasta el apartamento donde viviría en un *condominio* (comunidad, urbanización). Cuando supe el nombre de la zona, Parque Conde de Orgaz, en Madrid, me encantó el nombre, sonaba a cuadro de El Greco, a la antigua España de mis lecturas de estudiante.

Me acompañarían dos personas que se quedarían conmigo como empleada y chofer; nada de *traquetos* patibularios, eran dos muchachos de los entrenados por Édgar que se encargarían de mi protección con la cubierta de ser un matrimonio del servicio doméstico. Debía reunirme con ellos en Burdeos, a donde llegaría con el TGV tomado en el aeropuerto de París, tras una breve escala en Londres, procedente de Miami. Un itinerario nada sospechoso amparada por mi flamante nacionalidad norteamericana. De Burdeos a Madrid, en el *carro* que ellos tendrían dispuesto.

Hicimos mil bromas, *nos totiamos de la risa*, nos dimos un millón de besos telefónicos y prometí, una y otra vez, ser la más prudente de las hermanas adoptadas por *duro* alguno en el mundo. Omar se rió mucho, me explicó que su situación estaba muy consolidada, porque, tras algunas extradiciones providenciales, había *coronado* en la organización y esperaba que, muy pronto, nos retirásemos. Me indicó que me pusiese en manos de su gente y me dejara conducir hasta mi nueva vida, mientras él, averiguaba de dónde había surgido el ataque contra mí. Estaban sobre una pista y esperaba tener pronto resultados. Decaída como me hallaba, abandonarme fue un placer. Como participar en un reality show, de los que educan a cualquier chicuela salida de una *comuna* (barrio) para cantar y *modelar* hasta hacer de ella una *popstar* o una *topmodel* de éxito. Asentí gustosa, le *di lora* repitiéndole cuánto lo quería y le envié saludos para mis *parceros* Édgar y Sobradito. Todo, en una jerga tan disimulada que nadie hubiera podido entendernos.

El abogado se ocupó de todo, de mantener la asignación a mi mamá, vender mis muebles y apartamento y de liquidar cualquier asunto pendiente con mi exmarido John Manning, el tipo; también le ordené que enviara unos bonitos regalos. A John, junto con los percutores de sus armas, un juego de palos de golf Callaway y, a la *bandida* de Yuriana, ya oficialmente prometida de mi antiguo marido, todas las ropitas que no deseaba llevarme a España por ser demasiado *fashion*, demasiado *Miami look*. A Celia, por su valentía al atravesar el huracán para impedir que muriera desangrada, unos bonos del Tesoro con qué pagar la universidad de su bebé.

Desde un celular seguro que me prestaron los guardaespaldas me despedí de John, que lloró reconociéndome que, finalmente, tras los disgustos, le había traído la felicidad en forma de *fletera* (puta callejera) colombiana. Me agradecía el ansia de vivir que le enseñé, ya que, según aseguraba, nunca en su vida le ocurrió nada tan excitante como conocerme, ni nunca estuvo tan reanimado como cuando me marché dejándole una excelente sustituta en la cama. Por cierto, afirmó, la suplente era muy pedagógica y tan *buen catre* que le inició en novedosas prácticas sexuales capaces de sonrojar a las putas más veteranas de Miami. Esto decía mi ex esposo, que, durante su etapa en los marines, había sido un experto en *bandidas*.

Celia me juró amor eterno y prometió, que si yo la necesitaba, se reuniría conmigo incluso al otro lado del mundo y que, entonces, de tanto *salsear* (coquetear) y tanto *matarnos* (magrearnos), me iba a quedar tan flaca que *no me salvaría ni el médico chino* (ni la caridad). Adiós, *hembrón*, susurró Celia, gracias por salvarme la vida; cuando sea grande le preguntaré a mi bebé qué carrera desea estudiar y, sea niño o niña, se llamará Manga. Si necesitas que mate a alguien búscame en Miami donde mis papás, en la calle Ocho. Te lo debo. Y, por favor, no me olvides nunca, dijo antes de colgar, siente que te espero siempre como aquella noche. Con las piernas bien abiertas. Para *dártelo* cuando lo desees.

Yuriana respondió al teléfono *braveando* como si fuera la señora de la casa y sólo se *aculilló* (cagó, acobardó) cuando le recordé fríamente que, aunque divorciada, el marido seguía siendo mío, que lo cuidara bien porque tan sólo se lo prestaba por un *tiempito* y me disgustaría mucho que lo estropease demasiado. Me agradeció con muchos grititos las dos enormes cajas de ropa de marca que le enviaron y, hablando *pasito* la muy *brincona*, me prometió *apechichar* a John, porque, con mi consentimiento y con el debido respeto, para entonces el gringo ya era su *adorado tormento* (su amor loco).

No pude evitar llamar a Vilma en un ataque de melancolía, pero su *carreta* tristona, finalmente, me hizo comprender que era tan *cansona* y poco interesante en la vida como en la cama. Al menos, con las chicas, según mi experiencia. Me *dio lora* con que no aguantaba más vivir en aquel *cagadero* de La Florida donde la cohibían de ser ella misma y que se marchaba de vuelta a Cuba, para *jinetear* (putear con extranjeros) y ganarse sus buenos *fulas* (dólares) *camellando* honradamente con los *comemierda* de italianos y españoles de visita en la isla; esperaba engañar pronto a uno que se casase y se la llevase a Europa para no aguantar nunca más a los jodidos gringos del hospital ni la aplastante y húmeda nostalgia de Miami. Luego afirmó que si *estaba urgida* y la llamaba para *enhebrar*, sentía no poder complacerme porque tenía los dos próximos días ocupados con una convención de informáticos de Montana. ¿Qué tú te crees que es esto? Has llegado un *poquitico* tarde, mi amor, no es el momento de *regalar la chocha* (follar sin cobrar), dijo. Que la llamase otro día y me reservaría un rato.

Aquel *churro* de mujer *se las daba demasiado* y se *creía el putas.* Pensaba que en La Habana, cuando supieran que fue puta en Miami, las empleadas de La Maison (tienda de modas, restaurante) iban a tratarla como a extranjera millonaria de compras en Miramar (barrio elegante de La Habana); la muy estúpida aun vivía el sueño infantil de los helados de Copelia (famosa heladería de La Habana) y no se percataba de que, en Cuba, la verían como a cualquier *chancletera* (puta vulgar) del Malecón (paseo sobre el mar) de a cincuenta dólares la noche. En un instante se me pasaron las ganas de *chocholearla*; todavía no había aprendido que, aquí y allí, la vida era una tremenda estafa para las putas. Y, puesta a *jinetear* y además, siendo tonta, era más rentable el liberalismo que el realismo socialista. El importe de su regalo lo envié a la parroquia del Corpus Christi Catholic Church como donativo para que Él me protegiera hasta llegar a España. En aquella iglesia de Miami la reproducción del Cristo de Medinaceli madrileño aguardaba silente la llegada del Viernes de la Semana Santa para salir a obrar milagros por el barrio de *Alapata* (Allaphat, barrio de Miami). Seguro que me protegería.

Sentada al sol madrileño, recordaba cuanto pensé mientras esperaba que los *duros hicieran limpieza* en Colombia y me enviaran a Europa bien segura. Reflexioné mucho sobre mi trabajo porque *acostar maricas* dejó de tener gracia cuando, en lugar de ir yo a por ellos, los *tetrahijueputas* (cuatro veces hijoputas) vinieron tras de mí. Todos, a poco que se nos empuje, nos adaptamos a ser verdugos. En mi caso, era un trabajo vocacional así que aceptaba ciertos riesgos, pero, saber que Miami estaba llena de *guerrillos desvinculados reconvertidos en traquetos* dispuestos a *tenderme* (matarme) había conseguido que aquel oficio comenzara a parecerme una *vaina necia* y *jodida*. Demasiados *acostados* (apiolados) a mis espaldas y ahora, de pronto, parecía que cualquier *mafio* (mafioso, narco) de mierda podía *fumigarme* y *sonarme* sin ningún respeto. Si Omar me ordenaba que permaneciera *encaletada* era porque *marcaba calavera*.

De tan recluida en aquella casa con los muchachos *enfierrados* hasta los dientes, estuve con la *maluquera* pero, era bien *berraca* y no pensaba hacerme pipí en los *cachuchos* porque cuatro *gamines* quisieran enviarme *a chupar gladiolo* (matarme, a crecer malvas). El instinto siempre me mantuvo viva hasta entonces, aunque, por primera vez, me falló aquella maldita noche y eso me preocupaba.

Me levanté del banco y comencé a pasear; recorría trotando ese parque varias veces y, aquel día, ya había acabado mi rutina de carrera y estiramientos. Me sentía a gusto desde que llegué a Madrid. Las cosas salieron como estaba previsto. Un día me avisaron que tenían todo bajo control en Colombia y, aunque no explicaron quién envió el asesino, sí dijeron que ya no *estaba grave* en Miami. Poco después, sin bajar la guardia y acompañada de un hombre de confianza, me metieron en la primera clase de un avión que me condujo a Londres, vía New York; dos días de escala encerrada en un hotel del aeropuerto, viendo la Tv, durmiendo y comiendo *room service*. Otro avión para saltar el Canal y, al llegar a París, un pasaje en el *TGV* (AVE) hasta Burdeos. Mi acompañante se volvió a Paris, camino de casa. Era un profesional y, en todo el viaje, no cruzamos tres palabras. En la estación, con un cartelito que decía Sta. Bejarano, estaban mis nuevos guardaespaldas, dos colombianos *churrísimos*; los discípulos de Édgar, a quiénes Omar confiaba mi vida desde aquel momento.

Viajamos hacia el sur, en dirección a la frontera española; les dije que lo hicieran despacio, deseaba gozar de mi libertad y, después de tanto encierro, quería disfrutar aquel paseo por Francia. Alberto Rafael Villegas conducía el BMW blindado último modelo y su hermana Juanita, sentada a su lado, mantenía un respetuoso silencio; ninguno de ambos había perdido ese aire marcial que impide hablar hasta no ser preguntado. Pronto asimilé que desde entonces, uno, otro, o los dos, estarían siempre junto a mí; cuidarme y respetarme como una *dura*, esas eran sus órdenes. La primera prueba la tuve cuando decidí que nos detuviéramos para almorzar en un precioso restaurante de Las Landas; *parqueado el carro*, Juanita me abrió la portezuela y me siguió al interior, aceptando sentarse conmigo porque, según dijo, allí era imposible que nadie quisiera atentar contra la señora. De todas maneras, sonrió añadiendo, Alberto Rafael vigilaba la entrada y el *carro*.

Aprovechó el almuerzo para contarme respetuosamente que el grueso de mi equipaje había llegado días antes a la casa, dónde todo estaba listo para que me instalase. Afirmaba que me encantaría el precioso ático, en el que se habían instalado medidas suplementarias de seguridad; repitió que ellos estaban siempre a mi servicio, sin horarios y que procurarían cumplir con su trabajo de protegerme interfiriendo lo menos posible en mi vida privado. Ella, además, haría las labores del hogar, mientras que su hermano Alberto Rafael, al que llamaba AR, sería mi chofer y quién haría cuantos mandados fueran necesarios. Insistió de nuevo en que, uno de los dos, siempre debía estar junto a mi mientras no se les notificara en sentido contrario desde Colombia. Evidentemente, añadió, estaban armados y, a buen recaudo, tenían equipo suficiente para hacer frente a cualquier eventualidad; para mí, añadió, les habían enviado una Glock 26 aún precintada y varios cargadores. Pensé con cariño en Édgar, el lugarteniente de Omar, que aún recordaba mi predilección por la BabyGlock de catorce tiros.

Le pregunté si, por lo buen mozos, eran de tierra de *reinas* y, sonriendo limpiamente me contó que sí, que procedían de Medellín y, antes de trabajar para Omar, habían estado a las órdenes de *don Berna*, Diego Murillo, antiguo jefe de seguridad de la familia Galeano, socios de Pablo Escobar en el cartel. Trabajaron para él en las *oficinas* de Medellín y lo abandonaron para unirse a mi hermano Omar, cuando *don Berna*, desde la cárcel, se convirtió en comandante de paramilitares y reclutaba hombres para sus bloques Héroes de Granada y Héroes de Tolová. Incluso, dijo, recelaba sobre la eventual infiltración de los paramilitares de don Berna en el organismo de inteligencia DAS.

Para confesar esa hoja de vida (currículum vitae) debían de tener instrucciones muy claras de Édgar al respecto; seguramente, los animó a contármela para que, conocido el historial de los hermanos, estuviese segura de su valía. Unas *perlitas*. Estaba en buenas manos.

Mientras escuchaba a Juanita, me di el capricho de almorzar un delicioso foie con manzanas y uvas, acompañado con media botella de Sauternes; ella no quiso probar esas *finezas*, según dijo, y pidió un enorme *entrecôt frites* (bistec con patatas fritas) y una *pola* helada. Tras cierta indecisión, me preguntó si podía aclararle una duda. Sabía que mi hermano Omar comenzó a trabajar en Cali con algunos familiares y que, luego, se trasladó a Medellín donde ahora era un capo de primera categoría. Omar, dijo, se apellidaba Montoya y yo Bejarano, así, que verdaderamente, ¿él y yo éramos hermanos? Respondí que, en algunas ocasiones, muy pocas, dos personas de distinta familia llegan ser hermanos porque voluntariamente así lo deciden. Asintió y sonriendo dijo comprender porque, Diego Murillo Bejarano, *Don Berna*, sin ser de su sangre, fue un padre para ellos. Luego preguntó si, por apellidarme Bejarano, existía algún parentesco entre *Don Berna* y yo. Me hizo gracia la confusión. Le expliqué que no tenía familia y que lamentaba mucho que su querido *Don Berna* no fuera mi papá. Sonrió con un alarde de dientes blancos y, en su cara iluminada, sus lindos ojos centellearon lealmente. De nuevo, me sentí segura.

Mientras terminábamos un postre y pagaba la cuenta pedí al maitre que preparara un par de bocadillos y una cerveza para Alberto Rafael; de salchichón con mantequilla y otro de jamón de York con queso. Juanita agradeció y dijo que eso le gustaría mucho. Nos dirigimos al carro, dio el paquete a su hermano y, tomándole las llaves, lo sustituyó en la conducción. Ambos cruzaron sus miradas y una amplia sonrisa. Supe que me aceptaban, que había superado la prueba de su afecto. AR pidió permiso para comer sus bocadillos y dijo que no me preocupara, que en Madrid, limpiaría el *carro* de migas. Ninguno fumábamos. Mejor.

Atravesamos la frontera en la que no nos prestaron ninguna atención por estar la policía controlando decenas de autobuses cargados con inmigrantes de la antigua Europa del Este. Ya estaba en España y eso me trajo vagos recuerdos de mi niñez en Andalucía. Luego supe que España estaba actualmente inmersa en un proceso de partición semejante al realizado por el presidente Pastrana, cuando regaló media Colombia a la guerrilla. Todo, en el santo y venerado nombre de la paz. Pero, es que acaso, ¿había alguien en el mundo que no quisiera la paz? Todos decían amarla. No obstante, yo aprendí en el colegio que los romanos decían, *si vis pacem, para bellum* (si quieres la paz, prepara la guerra). Sí, cierto, *parabellum* de 9 milímetros. Hacía mucho tiempo que yo sabía que sólo hay verdadera paz, es decir, libertad, cuando alguien, impide a los malos que te maten. O roben, o secuestren, o violen. Porque si les dejan joderte, una vez que te enculan, de nada sirven los sermones. Allá, donde la justicia tolera esas quebrantamientos de los derechos humanos, uno mismo debe pelear por su libertad. Y, si es necesario, matar para salvar el culo. Es decir, por la paz, o por la libertad.

Atravesamos Vizcaya y, al llegar a Burgos, aparecieron aquellos cielos que yo recordaba en España; cielos de deslumbrante raso azul, atravesados por nubes de un gris acerado. Paramos en un precioso hotel a la salida de la ciudad, para que los hermanos se alternaran *manejando*, tomar un *tinto* y continuar de nuevo hacia Madrid. Llegamos de noche y tan cansada que Juanita me arropó en mi desconocida cama, sin que me diera cuenta de que alguien me desnudaba.

Pocas semanas después, paseaba con AR caminando detrás de mí y, al pasar ante mi nueva casa, levanté los ojos para mirar el ático donde Omar me había instalado. Arriba, en la terraza, Juanita regaba las plantas de las jardineras. Era un *apartamento* (piso) precioso, lleno de luz, suficientemente amplio para que no nos estorbáramos y con un sofisticado sistema de alarmas imposibles de neutralizar con los inhibidores de frecuencia habituales. En la planta alta, protegiendo la entrada por las azoteas, la habitación de los hermanos con dos camas, un cuarto de baño y un salón que ellos convirtieron en gimnasio; lavadero, tendedero y el planchero orientados hacia la otra fachada. Abajo, mis dominios; una suite, con vestidor y baño incluidos, un despacho y una habitación extra con otro baño. Salón orientado a la piscina y una luminosa cocina.

Sonreí feliz recordando los meses que llevaba viviendo en España. Había sanado felizmente del *pepazo* que me metió aquel *hijueputa* de *colega* en Florida. No hay duda que el dinero ayuda a ser feliz y, gracias a mi trabajo y al cariño de Omar, no era dinero lo que me faltaba. Los abogados de Panamá y Miami, hacían tan bien su trabajo que era imposible detectar mis cuentas opacas en bancos internacionales distribuidas por paraísos fiscales de medio mundo, Jersey, Islas Caimán, y, aunque parezca absurdo, en Delaware y Jacksonville, en Estados Unidos. El dinero que Omar me enviaba eran pagos en cuentas a nombre de sociedades de los propios bancos, que a su vez los transferían a otras sociedades suyas domiciliadas en alguno de los paraísos fiscales, donde, por último, el dinero se dirigía a la cuenta destino mediante un traspaso interno, unas veces, y, en concepto de pago por realización de servicios de asesoramiento y ventas, otras.

Respecto al cobro de honorarios por mis *vueltas*, aunque de momento estaba apartada del trabajo, todo estaba listo en mi webpage de Internet, LetalRouge.com, donde, sin facilitar ningún dato, me presentaba como una prestigiosa artista en joyería. En la web, dada de alta en un país en el que no existía ninguna clase de legislación restrictiva acerca de Internet, mostraba mis trabajos en plata, oro y un fastuoso colgante en platino adornado de brillantes o esmeraldas, todos, representando una bala calibre 9 mm Parabellum a escala dos veces superior a su tamaño. Estas joyas, carísimas, marcaban la diferencia entre los precios de mis contratos dependiendo de la dificultad del encargo.

Evidentemente, solo podían comprarse a través de la red, mediante transferencias bancarias a una empresa domiciliada en paraíso fiscal de la que aparecía como propietario un *ruanetas* (indigente) sin familia, un enfermo terminal que buscó Sobradito y al que ayudé y mantuve hasta que falleció. Su herencia fue un *trust* manejado por mis abogados. Por último, el dinero terminaba siendo enviado a una cuenta opaca desde donde, una vez limpio, se remitía a su destino, la cuenta de una de mis sociedades. El envío de la joya elegida a la dirección dada por el cliente significaba que el trabajo había concluido de acuerdo a sus intereses. Era mi regalo, previamente cargado en el coste total de la *vuelta*.

Las balas joya pronto se habían convertido en un objeto de deseo para los *duros* y, desde Galicia y Andalucía, Sinaloa, Laredo y Quintana Roo, pasando por Cali, Medellín y Bogotá hasta Bolivia, Perú, Ecuador, Los Ángeles y Miami, no había *narco de primera* que no llevase una colgada al cuello; además de regalar a su santa esposa la versión *extralujo* y a su amante oficial el modelo *superlujo*. Para sus infinitas *peladas*, ocasionales *sardinas* y las *prepago* eventuales, creamos una versión más sencilla en oro macizo que los *mafios* encargaban por docenas. Los *capos* incluso las regalaban con desfachatez al tercio de congresistas controlados con dinero de la coca en el Parlamento de Colombia.

También diseñamos una más barata, en plata fina, para ser enviada por sus familias a los *traquetos* de *quinta* y a las *mulas* (culeros, pequeños transportistas de droga) que pueblan las cárceles de los Estados Unidos y de toda la Unión Europea. Según nos dijeron más tarde, era fácil hallarlas como ofrendas en los mantos de las diferentes Niños y Vírgenes de los sicarios colombianos. Incluso en las capillas de Jesús Malverde, el bandido generoso, patrono de los narcos mexicanos. Resumiendo, en el cuello de sicarios, narcotraficantes y transportistas de inmigrantes ilegales a Estados Unidos, así como militares y policías represores del tráfico de drogas, nuestras joyas estaban siempre presentes a lo largo de la ruta de la coca. Porque, finalmente, todos ellos pedían a sus santos que, una vez benditas, las balas joya los protegieran de los enemigos.

Juanita, como propietaria y gerente, se encargaba de gestionar las ventas y los envíos a medio mundo de este negocio legal por cuyos beneficios, una fortuna que repartía con ella al cincuenta por ciento, tributábamos religiosamente. Ella dirigía la parte pública del negocio. Tenía dinero más que suficiente para vivir muy lujosamente, pero, como me ordenó mi hermano, decidí llevar una vida discreta en España. Cómoda pero sin exhibiciones. *Bacana, a lo bien.*

Pero si en lo material, todo era solidez y seguridad, algo fallaba y mucho en lo demás. Intenté acercarme a Dios, aunque era un contrasentido pedir su gracia y protección mientras *acostaba* a sus criaturas preferidas. Visité ilusionada al auténtico Cristo de Medinaceli y, sin embargo, mientras me arrodillaba ante Él, creí notarle una mirada *hasta rara*, me *miraba rayado*, como *emberracado*. Me pareció que *se hacía el güevón* conmigo, porque, a veces dudaba al hacer la señal de la cruz; comenzaba bien, de norte a sur, de la frente al pecho, pero, luego vacilaba entre este y oeste, entre derecha e izquierda y, si no tenía alguien cerca a quién observar, acababa hecha un lío. Así que, aunque creía hacerlo bien, de norte a sur y de este a oeste, dejé *de joderlo* a Él con mis cosas y no volví a poner el *rabo* allí. En cualquier caso no era para *arrecharse* tanto conmigo, ya me había confesado. Pero, quedé triste.

Más tarde pensé si, aquel Cristo adorado por los madrileños, no sería algo xenófobo y por *jartera* ya *no paraba bolas* a los inmigrantes que lo asediaban con peticiones de legalizaciones, reagrupamientos familiares, permisos de trabajo y mil otras *carajadas.* Pero, no debía ser así, porque, según decían, a los inmigrantes cubanos les funcionaba. Conmigo, un *tumbe.*

Las últimas aventuras amorosas me habían dejado un *severo* mal rollo y de momento decidí no volver a *tragarme* por nadie y, en lo posible, guardar la castidad. Ciertamente, estaba algo mística entonces. Elegí la amistad y, descubierta la *amistad sincera* entre mujeres, me lancé feliz a la búsqueda de candidatas. Así como a los tipos hay que buscarlos en bebederos, bares y *putiaderos*, en Madrid, a las chicas se las encuentra fácilmente en gimnasios, salones de belleza, cursos de yoga y de bridge, clases de golf, boutiques de lujo y sex-shops.

Es sorprendente el consumo de vibradores que hace la población femenina en Europa. Pude comprobarlo cuando visité las mejores tiendas de la ciudad en busca de las últimas novedades en *novios electrónicos* (falos). No me extrañaba, a fin de cuentas, eran los únicos enamorados fieles a la misma mujer. AR, no me servía para aquel *shopping* (compras). Pedí a Juanita que me acompañara porque no me apetecía comparar prestaciones y calidades de los *amigos siempre listos* (vibradores), mientras, Alberto Rafael, miraba sarcásticamente por encima del hombro, un metro detrás de mí. La elección era demasiado íntima, algo especial, muy de mujeres. No me apetecía pedirle a él su opinión, ni informarme de las ventajas de uno u otro modelo ante sus ojos de macho de Medellín, de *berraco paisa*.

Finalmente fui fiel, me incliné por el viejo y conocido *Rampant Rabbit* (modelo de vibrador famoso por la serie Sex in New York) del que tan buenos recuerdos guardaba. Buscando la complicidad de Juanita, la hice elegir su preferido en tamaño y textura y se lo regalé. La verdad es que me asombró el enorme volumen del nervudo falo de su preferencia y, cuando lo tanteé para comprobar su dureza, ella, se sonrojó bajando los ojos. Luego, tímidamente, me agradeció. Desde entonces, admirada y envidiosa, no dejé de especular sobre el tamaño de su vagina.

Continué recordando mientras subía a casa y Alberto Rafael se cambiaba y preparaba el *carro* para salir. Juanita me abrió la puerta y no puede evitar el reflejo de mirar bajo su cintura, imaginando el *pancito* (coño, conejito) que escondía entre sus muslos atléticos bien ceñiditos por la bata de trabajo. Intenté quitarme aquella imagen de la cabeza, pero estaba segura de que aquella chica guardaba un enorme tesoro entre sus muslos poderosos.

Mientras me duchaba y preparaba para salir, seguía recordando. Ahora, hacía el balance de mi estancia en España. Tenía cita con la mejor manicurista de Madrid, la reina de las limas, una paisana de Cali, escogida por la élite madrileña para cuidarles las uñas; su gabinete, *Manos de Seda*, estaba en el centro de la ciudad y, si quería llegar a tiempo, AR debería hacer milagros para deslizarse en el tráfico de la hora *pico*.

Lorena Aguirre, pronto dejó de ser la manicurista y de inmediato se convirtió en mi amiga. Era tan bonita como buena, muy chiquita y con una linda figura; siempre estresada en su afán de trabajar más y más para librar de las *culebras* a todos los miembros de su extensa familia. Vivió en Colombia una vida aventurera y apasionante de la que, cada vez que estábamos juntas, me relataba anécdotas insólitas; conocí a su mamá y me reí mucho el día que la buena señora me contó que, siendo Lorena adolescente, se *voló* al monte con la guerrilla. Su mamá, al enterarse, subió a buscarla desafiando a los *guerrillos* y la bajó de allí *cueriándola* hasta la puerta de la casa. En Madrid, llevaba una vida marcada por el esfuerzo y el deseo de superación constante, valores que inculcaba a su hijita Thalía, una adolescente tan linda, estudiosa y educada como ella.

Llegué justo a tiempo para la cita y sus besos y su alegre bienvenida hicieron que, de inmediato, me relajara en el sillón de trabajo; mientras, me hacía pies y manos sin callar un segundo, yo me distraía lanzando mis ojos a explorar las redondeces y el tajo vertical que separaba sus espléndidos senos siempre rebosantes en un profundo escote. La visión de sus pechos era aún más excitante cuando se inclinaba al hacerme los pies, de forma, que siempre me tentó alargar la mano y acariciar con los dedos aquella blancura sedosa. Pero, justo, cuando iba a decidirme y hacerlo, levantaba la carita para mirarme y, entonces, lo que me *provocaba* era besarla. Dubitativa, nunca me decidí. En realidad luchaba entre el deseo y la ternura que Lorena me inspiraba y, hasta el momento, Dios me condene, siempre venció el cariño sobre la pasión.

Aquel día, mientras me hallaba totalmente embelesada, intentando decidirme entre besar sus labios abultados o rozar sus pechos henchidos, la persona que ocupaba el sillón contiguo se dirigió a mí.

—Disculpe, usted por su acento es colombiana y, no sé dónde nos hemos encontrado, pero estoy segura de conocerla —dijo a mi lado una atractiva rubia tendiéndome la mano—. Soy la doctora María Teresa Iradier, cirujano oftalmólogo, ¿quizás nos hemos visto en algún congreso médico? ¿En la clínica Barraquer de Bogotá?

—Lo dudo, doctora —respondí aceptando sonriente el saludo y mintiendo sin sonrojarme—. Mi tesis fue sobre los *Restos del castellano arcaico en Nueva Granada*, ¡nada que ver con la medicina! Estoy en España haciendo un master sobre Cervantes... Pero, ¡es cierto que su cara me resulta conocida! Y aunque soy buena fisonomista, por el momento, no logro ubicarla.

—Aguarde, ¡va a ser de otra cosa! Usted es colombiana —sonrió buscando la complicidad de Lorena Aguirre—. Seguro que mi esposo se ha dirigido a usted en busca de información para sus novelas. Se llama Alfredo García Francés y está escribiendo un *thriller* sobre Colombia. Desde luego, en Madrid, no hay colombiana, sobre todo si es tan linda y joven como usted, a la que no haya preguntado algo... ¡Investigación literaria, llama él a eso!

—¡No me diga! —reí contagiada del buen humor de la doctora—. Pues, seguramente recordaría si alguien me hubieran investigado, aunque fuera al menos literariamente...

—Bueno, quizás sea... Antes, escribió una trilogía de novela histórica sobre las aventuras de un hidalgo castellano, en la época colonial, durante el siglo XVI —continuó pensativa—. La conozco a usted, estoy segura, ¿sería en Panamá...? ¿En una presentación de las novelas de mi esposo en Miami...?

—¡Ahora estoy segura! Sé de lo que me habla —afirmé riendo—. Usted lo ha descrito perfecto. Lo recuerdo, fue en Panamá. Usted estaba en un congreso de oftalmología, él la acompañaba y coincidimos viendo actuar a Bárbara Wilson; yo estaba sola, sentada junto al grupo de ustedes y me pasé la noche charlando con su esposo. Fue encantador y sus preguntas muy interesantes.

—De modo que se conocen y se han vuelto a ver aquí, en mi casa —rió Lorena encantada—. ¡*Tan divino!* Déjeme, doctora, que lo llame al celular para darle la sorpresita. Se alegrará mucho... ¡Yo soy su traductora de colombiañol!

—No, Lorena, aguarde, por favor, ¡será mejor darle una sorpresa! Le va a encantar verla aparecer en nuestra casa... —respondió divertida la doctora—. Quiero pedirle un favor, me gustaría que nos visitase; mi esposo está enfermo y necesita mucho de estas alegrías para mejorar.

Me ofrecí para acercar a la doctora Iradier a su clínica y, cuando al despedirnos me alargó su tarjeta y cambiamos los teléfonos, se produjo la auténtica sorpresa. Los teléfonos eran casi idénticos. En realidad, vivíamos en el mismo *condominio*, en la misma calle y nunca nos habíamos encontrado en los tres meses que llevaba en Madrid. Nos separaban dos *porterías* (portales). Así se produjo este reencuentro; entre un mar de coincidencias, comenzó mi amistad con el matrimonio. Muy especialmente con Alfredo.

Tras dejar a María Teresa, mientras subíamos en el ascensor, AR me miraba inquieto; sus ojos, indicaban claramente que no creía en las coincidencias.

—No se preocupe, Alberto Rafael, no son peligrosos, pero, de todas formas, investíguelos —dije sintiendo súbitamente un enorme cansancio.

Capítulo 28

*E*l siguiente fin de semana fingí un viaje para no aceptar la invitación de la doctora Iradier a cenar en su casa. Poco después, las averiguaciones de Juanita y Alberto Rafael, se manifestaron inútiles; el matrimonio era una pareja totalmente transparente. Ella, brillante cirujana e investigadora, acudía a diario al servicio de oftalmología del Hospital Clínico de la Universidad Complutense de Madrid, después, unas tardes tenía programado quirófano y otras pasaba consulta a los pacientes en su clínica privada; en casa, sólo recibía la visita de su flaquísima entrenadora personal; se acostaba temprano y madrugaba mucho. No tenía posibilidad de ocultar nada, era una gran trabajadora y cada minuto de su jornada estaba organizado con antelación. Con él fue más fácil aún; salía muy poco y, cuando lo hacía, era para acudir regularmente a su terapia en la consulta de psiquiatría del Centro de Salud Mental, después visitaba el gabinete de su psicólogo y, por último, se entrevistaba con su médico de cabecera y pasaba por la farmacia. Generalmente, agrupaba todas las visitas en la misma mañana y no volvía a salir hasta siete o diez días después. Según comprobaron los hermanos, estaba en tratamiento por una severa depresión.

Los fines de semana paseaban juntos por el parque, cogidos de la mano; cuando iban al cine o a tomar un aperitivo siempre *manejaba* ella. Los sábados cenaban en casa de amigos, casi siempre un grupo de médicos y pilotos, dentro del mismo condominio. Decidí fiarme de nuevo de mi instinto; allí no había nada que investigar. Ella era demasiado dulce y, por la forma de cuidarlo, se advertía claramente que lo amaba; él, por su parte, estaba demasiado desorientado, excesivamente confuso para ser peligroso. Así que telefoneé a Maite para pedirle que me invitara pronto a verlos y ella me respondió que el sábado sería perfecto, nada especial, un poco de jamón, algo de queso y un vino rico. Una especie de merienda cena.

Me sorprendió comprobar los cambios operados en aquel hombre que yo recordaba de buena pinta, *entrador*, simpático y muy buen conversador con las mujeres. Alfredo seguía oliendo a la fresca colonia de bebés que yo recordaba de Panamá, pero su panza, sus manos y su cara estaban enormemente hinchadas, su voz era un murmullo y parecía descoordinado y sin memoria. Aquella noche estaban contentos, venían de ver la película sobre el libro de Arturo Pérez Reverte y les gustó mucho; ambos se emocionaron con las gestas de los tercios españoles en Flandes y declaraban envidiar al novelista. Alfredo, reconocía que debía ser una sensación única, un placer maravilloso ver los propios libros, así, llevados al cine en una superproducción histórica. Un chute de adrenalina para el ego. Luego, excusándose, intentó bromear sobre su propia voz, tan escasa y apagada, dijo, como el inaudible murmullo del capitán Alatriste.

Mi reciente amiga, la doctora, era una mujer sabia. De inmediato intuyó que no era su rival, que, entre su marido y yo, surgió algo especial que no tenía que ver con el amor o el sexo. Más tarde me confesó que, viéndome en su casa, bella, inteligente y divertida, al momento, supo que yo era una de esas mujeres diferentes con las que su marido, poco amigo de rodearse de hombres, gustaba mantener relaciones de camaradería. Halagada por sus palabras le expliqué que, debido a mi afición por las chicas, nunca competiría con ella por un hombre. En todo caso, añadí riendo, él sería el defraudado cuando percibiese mi lesbianismo militante. Reímos las dos sintiendo que todos habíamos encontrado alguien en quién confiar. Decidí aclarárselo, así, *de una*, porque intuí que eran inteligentes y, antes o después, iban a notar algo raro. Podía entrarles la curiosidad y, eso, es malo y peligroso. La mejor manera de mentir es contar pocas falsedades. Sólo las necesarias.

Aquella primera noche Maite bromeó sobre la inquietud de las mujeres españolas entre quienes, cada día, existía más rechazo hacia las jóvenes inmigrantes caucásicas, balcánicas y latinas que, desvergonzadísimas, despojaban de sus maridos a muchas ibéricas. Especialmente, cómo no, mencionó riendo la presunta destreza de las colombianas para hurtar novios, amantes y maridos y los estragos causados por ellas en las parejas nacionales; luego, ante la mirada protectora de Maite a su marido, conseguí hacer reír a

Alfredo detallándole los consejos que recibí de una paisana mía para mantener sujeto al marido y que no corriera trás de otras faldas.

Una noche de grisácea melancolía, expliqué, paseaba mi vigilada soledad por el paseo de Rosales, con Alberto Rafael, atento, pisándome los talones. Por mi atávico impulso de coquetear con las desconocidas, al poco, trabé conversación con una bonita y amable puta a la que identifiqué como compatriota nada más verla. Era una joven de sonrisa blanca y ojos tristes, llegada buscando una vida mejor y fugada de una carnicería inacabable. Ella debió pensar que husmeaba en busca de un marido huído del hogar. Muchos esposos, rondaban por la zona, persiguiendo el deseo insatisfecho de jugar con otros *cucos* distintos de los que tapaban la *cola* de sus mujeres. Cualquier hembra, toda puta desconocida, incluídas travestis y transexuales, les servía para bajarle las bragas hasta los tobillos; todas, cualquier mujer, menos la santa madre de sus hijos. *Echamos carreta* sentadas en una terraza y, me hizo reír, cuándo me dio los *tips* (pautas) indispensables para tener bien sujeto al propio hombre.

Según dijo la tipa, toda la sabiduría para que no te roben el esposo se resumía en estos consejos, *¡hay que ser linda, tierna, suave, atender, siempre estar lista y bien decorada, porque sino te quedas!* Traducido quería decir, más o menos, que para mantener la felicidad conyugal había que estar multioperada, ser cariñosa, dócil, cuidar de la casa y el marido y aguardarle siempre dispuesta, bien arreglada para salir cuando el hombre quisiera, porque sino, se iba con otra y te dejaba en casa. Por supuesto de sexo ni hablamos. La cama en todas las posturas, variantes y cualquier singularidad imaginable, era ineludible, se daba por supuesta. Para una buena esposa *tirar* hasta extenuar a su hombre era un placer obligatorio. Además de una eficaz medida preventiva contra intrusas, ya que un hombre *desnatado* (sexualmente agotado), dijo ella, tendía a estar menos inquieto. Estas pautas eran seguras aunque no infalibles ya que todos los hombres gustan *cambiar de vaca*, añadió, y son difíciles de *estabular*. Y ya que hablábamos de *culiar*, la putita me recordó con amabilidad que ella estaba allí exclusivamente para eso y que, por cien euros, gustosamente me acompañaba a la casa. Sin prisas. Y desde luego, por ser paisanas, me lo *lamería*

371

expertamente, con el máximo interés y cuántas veces apeteciera. O aguantara. Intuitiva la puta, ¡pura artesanía latina!, pensé, agradeciéndole tanta sabiduría profesional.

Alfredo y Maite se mataban de risa con mi cuento y él, siempre escritor, me rogó le permitiera reproducir la anécdota en alguna de sus novelas, cosa que me halagó y divirtió bastante. ¡De pronto, me convertió en musa! Siempre había pensado que únicamente era sicaria y, resultar musa, fue novedosamente grato. Sonaba inteligente, culto y lánguido. Precioso. Prometí que le contaría más de aquellas vivencias y, él, bromeando comentó que García Márquez no tenía mérito porque con colombianas así, con personajes literarios que superaban a los de ficción, añadió riendo, las historias reales no necesitaban de la imaginación del autor, eran mágicas por si mismas. No quise resultar *cansona* y me retiré temprano, después de invitarles a mi casa cuando quisieran devolverme la visita y de ofrecer mi chófer a Alfredo siempre que lo deseara. Le recordé un viejo dicho de mi familia según el cuál, la vida, incluso deprimido, se ve mejor desde el asiento trasero de un BMW de diseño especial. La idea le gustó a mis anfitriones y quedamos en que la siguiente semana Alberto Rafael nos llevaría a las visitas médicas y que, luego, Alfredo me invitaría a un aperitivo para que continuara contándole historias. Maite, me sonrió agradecida y, al marchar, pensé que me hubiera gustado tener un papá como este frágil viejito español. *¡Tan divino!* Y, cuando los loqueros cicatrizaran su alma, ¡tampoco, tan viejito!

Era temprano, intenté ver una película en el salón con Juanita, pero estabamos distraidas, sin ganas de pensar y, las dos, decidimos mirar algún *programa bochinche* (telebasura del corazón) en la tele; así me enteré que Juanita, *no se perdía ni la corrida de un catre* (era muy chismosa) en el revuelto panorama de la prensa del corazón española. Me hizo gracia la *rajadera* (sesión de chismes) y que fuera ella quién me pusiera en antecedentes de las mil enrevesadas historias de regidores manilargos, *bandidas pechugonas* de medio pelo, matadores idolatrados por el pueblo y climatéricas tonadilleras lesbianas y jacarandosas. Nos reímos un buen rato con los impertinentes periodistas del programa que, exhibiendo su patente de corso, *pordebajiaban* (ridiculizaban) con sus preguntas a una serie de patéticos invitados que, por *plata e* intentando no perder la sonrisa, *regaban* (difundían) sus miserias de drogas, sexo y cuernos. *Por la plata baila el perro.* La exhibición, entre carcajadas envidiosas, del descomunal *tolete* de un descerebrado periodista deportivo liado con una estrella del porno cocainómana, me recordó el gigantesco vibrador de Juanita y el *pancito* al que iba destinado.

Entonces, Alberto Rafael se acercó y pidió mi permiso para salir aquella noche a divertirse un rato; rara vez salían los dos hermanos y nunca juntos. Sentada en la cocina, con ellos aguardando instrucciones para el día siguiente, autoricé la salida de aquella noche. También la hice extensiva a Juanita, si a ella le *provocaba* acompañarlo. Pero ya había advertido que nunca salían juntos, por obediencia a mi hermano Omar y porque les atraían diferentes actividades. Insistí que fueran a *parrandear* porque, en casa, con las alarmas puestas y mi Glock en la mesita de noche no corría ningún peligro.

–No, señorita Lany, yo me quedo con usted en la casa –respondió sonriente Juanita–. A los muchachos hay que dejarles solos para *rumbear*. Cargando con la hermanita no la pasaría tan *bacano* levantando una de esas *pelaitas listas pa´ las que sea* (jovencitas dispuestas a todo). En familia, ni los *tragos* saben lo mismo. Deje el *carro* y tome taxi, AR. Y, cuide a ver, no sea que esas *culiprontas*, le *bajen* (le roben) de la *plata* que lleva.

–Gracias, doña Lany, entonces le dejo con mi hermanita – bromeó el muchacho–. No tema, *sister*, tomaré taxi y, después de unas *agrias*, bailaré encima de la mesa como a usted le gustaba, ¡antes de ser tan juiciosa!

–¿Es cierto, Juanita? ¿De verdad bailaba encima de las mesas? –pregunté siguiendo la broma–. Pero, ¿allá en Colombia o acá en Madrid?

–No, señorita Lany, allá. ¡Aquí no es costumbre! –rió Juanita agitando su *culifalda* con un meneo de caderas–. Eso era en Colombia y él habla de una salida que hicimos a *Andrés, carne de res* para festejar mis veinte. Está fuera de Bogotá, seguro que lo conoció.

–Sí, claro, era un sitio *chévere*, aunque no lo frecuenté demasiado –recordé sin entusiasmo mi escaso recorrido discotequero–. Bueno, AR, vaya a divertirse y no se preocupe de nosotras.

–Si, hermanito, ¡páselo rico! Pero primero, revise que todo esté bien cerrado y compruebe las alarmas –oí a Juanita acompañándolo a la puerta y susurrándole maternalmente–. Y cuide no vayan a meterle *burundanga* (drogas de la violación, ketamina, escopolamina, GHB) en *el trago* y le violen esas *casquiflojas* que usted frecuenta. Vamos, *adiosito*, ¡ábrase ya!

–Bueno, señorita Lany, ¡aquí quedamos las indefensas mujeres! –rió divertida Juanita devolviéndose a la cocina con su top marcándole los senos abultados–. Dígame, ¿tiene apetito? ¿Qué le provoca para cenar?

–No demasiado, Juanita, ¿porqué no pela unas frutas? Podemos cenar juntas y *echar carreta* un rato –sugerí señalando un lugar junto a mí–. Prepare algo para usted.

La acompañe hasta la cocina y, mientras preparaba el refrigerio, me embelesaba mirándole el *rabo tan parado* (levantado, respingón) cuando se agachaba para mirar en la nevera; tenía un cuerpo fuerte, atlético, de músculos marcados por las pesas y el spining, y, viéndola moverse, recordé el imposible tamaño del vibrador que eligió para su vagina. Enseguida, Juanita se sentó a mi lado con un enorme y delicioso plato de naranja en ruedas, melocotones y mango para mí y dos yogures desnatados para ella. Comimos mientras se lamentaba no poder hacer igual que su hermano.

–Gracias, Juanita, ¡qué rica la fruta…! –agradecí sin quitar ojo del canalillo entre sus senos–. ¿Usted sólo va a tomar esos yogures?

–Sí, señorita Lany, me obligo a cuidarme. Debería estar haciendo abdominales y *trotando* (corriendo en la cinta), pero es rico *platicar* (conversar) con usted –sonrió francamente–. ¿Sabe? Es injusto ser mujer y no poder hacer como los hombres. Quiero decir, ya sabe... Salir a buscar una *bandida* para satisfacerse en cualquier motel.

–Pero, ¿por qué no salió con su hermano? –la reprendí cariñosamente–. No debió quedarse. Le dije que yo iba a estar bien y usted necesita divertirse.

–No se trata de eso, señorita Lany. Usted sabe que nunca debe quedarse sola y que nuestra vida depende de la suya. Estamos aquí para protegerla –respondió seriamente–. Y, respecto a mi hermano, no quiero estorbarle las pocas veces que sale. Él necesita una mujer y la encontrará más fácil si no está pendiente de mí. Me refiero a que una no puede salir sola a bailar y divertirse sin que algún estúpido la moleste. Quiero decir que me gustaría buscar un chico guapo, fuerte, con lindos ojos y buen culo al que *apechichar* sin que me confundan con una zorra.

–Por eso, prefiero quedarme en la casa, doctora –continuó sensatamente–. Me basta salir el domingo a la iglesia y a correr por el parque. Cuando volvamos a Colombia, tendré ahorrado lo suficiente para comprar una casita y casarme con un buen muchacho que me haga un par de bebés lindos y gorditos, ¿no, pues?

–La entiendo, pero me entristece verla tan *aplanchada* –le sonreí sin perder de vista su cuerpo *alentado* (voluptuoso, sensual)–. Imagino que es difícil conseguir un poco de cariño viviendo así, sin sincerarse con nadie, pendiente de cuidarme y con apenas horas libres. Siento que esté tan sola por mi culpa, Juanita.

–No, señorita Lany, no se sienta mal –respondió palmeándome la mano–. Es mi trabajo y me pagan muy bien por hacerlo; además, usted me regaló un novio que siempre está *listo*. Es perfecto, y no hay problema de que no se *le pare* (no se empalme, no tenga erección) por culpa de los *tragos*. Pero, a veces, siento que necesito besos y abrazos, una respiración en el cuello, una caricia y un susurro que me erice los vellos.

–Ay, *mija*, ¡está usted bien poeta hoy! –musité lentamente–. Lo ha dicho tan bonito que me ha *excitado*. Ponga las alarmas en la casa, vaya a encontrarse con su *novio cajonero* y yo haré lo mismo. Miraré una película de amor que me haga llorar y le fundiré las pilas a mi *novio*. Le recomiendo que haga lo mismo, Juanita. *Así de sencillo*.

–¡Qué *bacano*, señorita Lany! –respondió encantada–. ¿De veras no me necesita más? ¿Desea que le prepare un *juguito*, doctora? ¡Rico!

–No se preocupe por AR. Llegará a las ocho, justo para bañarse y estar dispuesto al trabajo. A estas horas debe estar *tupiéndole el miriñaque* (follando) a alguna *triplemamita* (buenorra) que haya levantado en *Pa` los Rumberos*, un garito de baile y trago de unos amigos suyos. Él frecuenta ese sitio de colombianos allá por la Ciudad Lineal –me tranquilizó–. Entonces, doctora, me retiro y la dejo reposar. Voy a obedecer con mucho gusto sus órdenes.

–No deseo nada, gracias –respondí besando suavemente sus gruesos labios y al abrazarla tiernamente para besar su frente y sus ojos, me estrellé de nuevo contra la reciedumbre de aquel cuerpo con músculos de atleta anabolizada–. Sólo me apetece dormir. Ok, criatura, que disfrute y hasta mañana. Ha sido una noche muy agradable. A partir de hoy, además de socias, somos buenas amigas. ¡Vamos a por nuestros *novios cajoneros*! Que descanse, Juanita

Nos levantamos y de la cintura la guié hasta el pasillo. Al despedirla, casi me fracturé la mano dando un cariñoso azote en sus glúteos pétreos como la pared de un frontón. Ella, como las superheroínas de cómic, sonreía humilde y recibía halagada toda mi admiración muscular. Era el testimonio de éxtasis que merecía, al que estaba acostumbrada y que pagaba con tres horas diarias de gimnasio.

Mientras Juanita subía a su habitación, entré en la mía para lavarme los dientes, encender unas velas y buscar una película de amor entre los videos. Me quité los zapatos y me desvestí mientras presentía que arriba, Juanita, debía estar preparando idéntico escenario al mio.

Desde esa noche, fue definitivamente mi socia y dejé en sus manos la responsabilidad del negocio de las joyas bala; me reservé únicamente las relaciones con mis clientes y, liberada y escoltada por AR, me dediqué a cuidar de mis variopintas amigas.

En aquellos días, jugaba al golf lentísimas partidas con Natalia, una amiga costarricense que vivía cerca de mi casa, en el Conde de Orgaz. Su esposo era un masón suizo-libanés, traficante de cualquier cosa prohibida desde el Oriente Medio al Caribe pasando por Sudáfrica, y que, salvo unos pocos días al mes, siempre estaba fuera de Madrid, viajando por negocios; antes, durante y después del juego, ella, excelente conversadora, me contaba mil y una historias divertidas y constantemente hacíamos planes para a visitar las maravillosas playas de su país. Quería invitarme a San José para llevarme de mariachis a bailar como enloquecidas con guapos muchachos salseros que sus amigas se encargarían de buscarnos; hacíamos planes, mientras la acompañaba a ver competir a su hijo menor, jinete en salto de obstáculos y muy aficionado a los caballos. Cuando las relaciones con su esposo se hallaban en un período de feliz entendimiento, se esponjaba y arrasábamos en las tiendas de lujo de la milla de oro madrileña como si se acabara el mundo.

Fuimos las primeras locas en comprar los inverosímiles zapatos de *cuatro pulgadas* (más de 10 centímetros de tacón) el día que Jimmy Choo abrió su tienda en el barrio de Salamanca. Desde luego, con aquellos tacones, era imposible dar dos pasos fuera del establecimiento sin causarse un severo traumatismo. Únicamente conseguía sostenerse en ellos la presidenta de la firma, la ultra chic Tamara Yeardye Mellon. La fascinante británica nos los vendió saboreando unas copas de champaña y sin que yo lograra apartar mis ojos de su *brasier* de *La Perla*, única prenda bajo su abrigo *Fendi*. Además, seducida por tanto glamour, aporté una generosa contribución a su organización de lucha contra el sida en África. Cuando Natalia me arrancó de allí, compramos otro par de zapatos en la tienda de Manolo Blahnik, porque, me sentía muy culpable de serle infiel a mis *manolos* de siempre.

Compartí con Natalia confidencias, aperitivos, paseos, incursiones de compras virtuales en el Net-a-Porter de Natalie Massenet en Internet, bridge, yoga, golf, sesiones de belleza y mucha charla. Solía presentarme cuanta muñecona colombiana conocía entre las mamás a la puerta del colegio francés donde holgazaneaba su hijo. Las invitaba a cenar en el jardín de su chalet y me llamaba para que las conociera. Natalia, hetero convencida, se divertía con mis maniobras de seducción, especialmente, si las invitadas eran colombianas hipersiliconadas. Nunca me preguntó a que me dedicaba y yo nunca le pregunté de donde sacaba su marido *la plata* para los Mercedes de alta gama, los Rolex con brillantes y el alquiler de diez mil euros al mes que pagaba por su casa. Siempre nos quisimos y respetamos, aunque, cuando su marido estaba atravesado, pasaramos largas temporadas sin vernos. Fue una excelente amiga y me apenó mucho cuando partió a vivir a Zurich.

Alguna vez salí a bailar y comer bocadillos cubanos en un bar de Clara del Rey con Maelia Yaité, una jovencísima muñequita habanera, que gerenciaba un salón de belleza cerca de mi casa. Habitualmente usaba falda y taconazos pero, además, nadie lucía con tanta sensualidad caribeña unos *liváis* brasileños de increíble diseño supersexy. Aunque era bellísima y fascinante subida en sus tacones de vértigo sobre los que caminaba derrochando feminidad, una vez más, se confirmó mi mala suerte con las cubanas. Vivía enferma de nostalgia por sus playas caribeñas; soñana con abandonar Madrid y trasladar sus negocios a La Habana aunque, provisionalmente, se conformaba con irse a la República Dominicana hasta ver que ocurría con Fidel. De pronto, un día desapareció por la vereda tropical camino del Caribe; era artista, atractiva de la muerte y bellísima, pero, aquella chica no me convenía. Adoraba hacerse ver, se mostraba demasiado seductora sobre sus *stilettos* (estiletes, zapatos con tacón de aguja) que hacían aparecer aún más frágiles sus finos tobillos de potranca, siempre a punto de partirse. Era demasiado visible y aquellas sofisticadas *dagas* de sus zapatos atraían demasiadas miradas en las discotecas.

Mercedes, era una mezcla de gallega y andaluza, fue una buena amiga, de las que sabían conservar el afecto a lo largo de los años y de las que esperabas tener cerca si estabas muy enferma; era casada, hetero y comandante. Pilotaba enormes aviones entre las grandes capitales europeas y la conocí en uno de los viajes en que acompañé a Alfredo a Lyon para visitar a su hermano enfermo. Simpatizamos y me unieron a ella, su seriedad, su vida juiciosa, su habilidad para despellejar conejos y su conocimiento de los Estados Unidos, pues, había vivido en Illinois, Florida y Texas. Admiraba, además, su pericia como piloto, su valentía y su mente serena y ordenada. Muchas veces, yo volaba con ella a centro Europa, sólo para ir de compras juntas, pero no había nada sexual, sólo pura camaradería; nuestra excursión preferida era al Hotel Martínez de Cannes. Adorábamos su exquisito spa de Givenchy, con el famoso masaje a cuatro manos, y, luego, las relajadas caminatas por el paseo marítimo; también, visitábamos Reims y algún château de la Champagne, el de Crayères y el Château Fort de Sedan, refinadas estaciones del circuito del súperlujo francés. Y cuando el puto gallo (símbolo de Francia) francés nos cansaba con su jactancia, entonces elegíamos Zurich como destino de nuestros vuelos. Nos aguardaba el Gran Hotel Baur du Lac, con sus deliciosos almuerzos en el jardín frente al lago, rodeados por el río. Me encantaba la seda y en Zurich, también lo hice en

Lyon cuando fui con Alfredo, comprábamos elegantísimos cortes de seda natural pintada a mano que luego nos confeccionaba su sastra en Madrid. Después de agotadoras sesiones de callejear de tienda en tienda, nuestro premio era darnos en Sprügli un atracón de las mejores trufas de Suiza y quizás del mundo.

Uno de nuestros secretos inconfesables era que, al menor atisbo de depresión, metíamos cuatro trapos en las maleta y volábamos, fundiéndonos la *plata*, por la ruta de los casinos europeos. Mercedes nunca fue jugadora y se limitaba a jugar unas pocas fichas, pero, yo perdí y gané un *jurgo* de *plata* en los tapetes verdes del Holland Casino de La Haya, el Ritz de Londres, el Divonne de Ginebra, del Casino de Estoril, en el Nova Gorica, al que llamaban Las Vegas de Eslovenia, y, por supuesto, en los históricos de Venecia, Montecarlo y Wiesbaden. Pero, el turismo masifica y los jodidos casinos europeos no iba a ser menos, así que, a menudo, nos incomodaban las hordas de excursionistas de medio pelo abriéndose paso a codazos para alcanzar la primera línea de combate en la ruleta. Cuando eso ocurría, depositaba unas fichas sobre el tapete y devolviendo la sonrisa al croupier decía, *pour les employés. Merçi, Madame, respondían* (frases que acompañan la propina en los casinos) y, desdeñosamente, me abría paso entre aquellas mujeres vulgares y mal vestidas.

Aquella temporada jugué para no pensar hasta cuándo me respetarían las balas; durante una temporada necesité ver saltar la bolita de marfil para sentirme viva y olvidar que era una asesina, concentrándome en imaginar que únicamente era una de esas colombianas ricas de vacaciones, de compras por Europa. Fue extraño, pero sustituí la compulsión humana de correr riesgos, en mi caso matando gente, por las ganancias o perdidas de la ruleta.

El esposo de mi amiga, Gonzalo, me veía como una buena influencia y se alegraba de nuestras escapadas porque, según decía, aportaban a su mujer espontaneidad y alegría en una vida excesivamente planificada. Mercedes intentó mil veces convencerme para que secundara su mayor travesura y me hiciera una tatuaje como el suyo, una pequeña mariquita en el tobillo, pero siempre me negué. Nunca le expliqué que en mi trabajo no eran convenientes las marcas de identidad. Honrada y buena esposa, era la amiga más sensata que nunca tuve.

Recuerdo un día de octubre, yo la acompañaba charlando en la cabina, cuando un motor falló sobre Toulouse y debió aterrizar a la brava. Me envió a mi asiento con el resto de los pasajeros y, cuando posó el avión sin novedad, vino de la cabina riendo y, abrazándome, dijo, ¡Lany, hoy la tripulación se ha ganado el sueldo! De los nervios o de las ganas nos dimos un largo beso en la boca. Por primera y última vez. El copiloto me contó que durante el aterrizaje de emergencia la sonrisa no se borró de su cara. Así era, valiente y alegre, mi Merceditas.

Hablando de besos, nunca encontré nada más importante en mis novias ocasionales que el modo de besar; ni siquiera la belleza y armonía de un cuerpazo espectacular y, por supuesto, en mi orden de prioridades, figuraba justo detrás de una brillante inteligencia. Junto a alguna me retuvo más su sabio manera de besar que su aburrida forma de amar, pues, en muchos casos, ambas cosas eran disparejas. Es posible besar como una diosa y ser un desastre en la cama. Y, también, al revés. Algo parecido sucede en otras facetas de la vida.

Sin embargo, pocos placeres son tan intensos como un beso profundo y eterno. En esos casos sentía la dopamina, la testosterona y la adrenalina (se disparan al besar) desenfrenadas, lanzadas a galope tendido por mi organismo. Cuando me ocurría, entonces, se me mojaban *los cachuchos*.

Para mi, los besos eran siempre el primer aviso para un polvo. Un buen polvo. Gabriela Mistral decía en uno de mis poemas preferidos,

> *Hay besos que pronuncian por sí solos la sentencia de amor*
> *condenatoria,*
> *hay besos que se dan con la mirada,*
> *hay besos que se dan con la memoria.*

Sophie era francesa, una joven mamá irrumpiendo en la cuarentena con una bella cara de cómic; flaquita como una modelo de *haute coûture* parisina y dueña de un perrito divertido y gruñón llamado *Birdie* (jugada del golf, embocar en el hoyo con un golpe menos), lo que daba una idea suficientemente concreta de su mayor afición. Simpática, pasmosamente *descomplicada* (sencilla, liberal) y con ése delicioso acento *chic* que a las latinas siempre nos enloqueció; me recordaba al colegio y a la vieja Europa de la que nos *platicaban* unas sobreexcitadas, anticuadas y románticas maestras, monjas tan vírgenes como poco viajadas. La francesita, pese a vivir desde hace diez años en España, guardaba el eco de su idioma que en Colombia asociábamos al alto nivel intelectual, al erotismo refinado y galante, al lenguaje del amor y el sexo. En lo corporal, Sophie era lo que en Bogotá llaman los muchachos *un amigo más* (mujer sin senos, ni trasero provocativos), es decir, nada de caderas de guitarra, sino, sólo un delicado esqueleto y un armazón casi asexuado sobre el que cualquier prenda resultaba mundanamente elegante.

Sophie me gustó mucho porque su ser era un revoltijo de olores y colores que quedaron impresos en su alma de niña cuando acompañaba a su papá, médico militar especialista en enfermedades tropicales, por los institutos Pasteur de las colonias francesas. Primero Tombuctú, en Malí, con el recuerdo de las expediciones por el Sahara en dromedario, luego, Senegal, donde vivieron al norte del país, casi en la frontera de Mauritania, en el antiguo puerto esclavista de Saint Louis. Después Yaundé, en Camerún, con las excursiones por las pistas siempre con el temor de ser desvalijados por los *coupeurs de routes* (asaltantes, bandoleros); más tarde vivieron en el departamento de ultramar de la Martinica, junto al psiquiátrico militar que aterraba a su mamá y a los niños y, después, la vuelta a Camerún, a L`ecole Urbaine de Yaundé, donde el chofer de un enamorado turco los recogía al salir de clase para acompañarla hasta su casa. Fue su primer pretendiente millonario, aunque ella siempre prefirió a los Noá, el luego famoso tenista Yanick y su hermana Isabelle, con quienes compartió travesuras infantiles. A los dieciocho años partió detrás de un novio hasta Tahití y vivió su primer gran amor en las idílicas playas de la isla de Wallis, en la Polinesia francesa. Pesca, buceo y amor de adolescentes en el paraíso y el primer desengaño amoroso; curó sus heridas refugiada en los brazos de un hombre maduro, veinte años mayor que ella, un parisino que la introdujo en el mundo de la moda.

Un matrimonio desgraciado, unos hijos preciosos y un enorme amor por el teatro, que junto a la historia de sus viajes, era de las pocas cosas que hacían centellear sus ojos con las brillantes luces de otros mundos. Desgraciadamente, un ser tan delicado, no apreciaba el amor entre mujeres; me reí mucho con ella, cuando rechazó mis avances, explicándome su atracción por los hombres viriles, poderosos, de espaldas anchas y culo duro, capaces de penetrarla con ardor y, al mismo tiempo, sensitivos y complejos a la hora de indagar en las emociones del alma. Su gusto por los hombres irresolutos tenía algo de maternal, los adoraba llenos de dudas y con mucha necesidad de compartirlas para, luego, tomados de la mano, buscar juntos el camino de las certezas. Aún hoy, mientras la deseo enormemente, tengo que resignarme a ser la amiga fiel y divertida con la que repasar una y otra vez su papel en la obra *Pierre de Lune*, una obra concerniente, cómo no, a historias de mujeres.

Compartimos también alguna salida alocada, por ejemplo, cuando me acompañó a perseguir *tranceras* (que están en trance por la música) en alguna *rave party* (fiesta fuera de discotecas, en descampados, naves abandonadas, playas) de niñas sumergidas en música electrónica y éxtasis. Pero, era difícil seducir a nadie con un gorila como AR a medio metro y, como, las dos teníamos un gran sentido del humor muchas noches acabábamos riéndonos de nosotras mismas. Debo decir, que incluso en las fiestas más aburridas, Sophie, a falta de heteros, siempre cautivaba a cuánto *gay* se ponía a su alcance. Por lo menos, conversación no nos faltaba. La frase, que pasó a la historia de nuestra amistad, la dijo Sophie una noche en que a nuestro alrededor cien lesbianas bailaban como locas.

—Joder, vaya nochecita, Lany. Estoy harta de tus fiestas de *tortilleras*. ¡Ni un tío! —miró alrededor y, despectivamente, masculló una de esas verdades aplastantes—. *¡En este país sólo bailan los gays!*

Y no todos, respondí, matada de la risa...

Todas mis amigas eran distintas pero todas, heterosexuales o lesbianas, auténticas *femmes mega mujeriles*; nada que ver con esas parejas de *marimachos, solas y avinagradas sin relación con el resto de los mortales* que despreciaba *Lesbionicwoman*, una amiga *bollera* de Internet, *fashion victim* (victima de la moda, adepta a las tendencias) y creadora de un divertido foro de mujeres en la Red. Ella afirmaba que en el fondo nos avergonzábamos tanto de ser bolleras, que autoprovocábamos la dejadez física y social, porque creíamos tener la batalla perdida. Yo le rebatía diciendo que, al contrario que las europeas, eso no era común en las lesbianas latinas siempre inclinadas a seducir con su aspecto cuidadísimo tanto a hombres como a mujeres. *Lesbionicwoman*, era muy cerebral y defendía la obligación de educar a la sociedad para que asimilaran que una mujer hermosa, atractiva y femenina, con capacidad para enamorar a mil hombres, podía preferir estar con una mujer como una elección más en su vida, que no era el hombre la única solución. Yo lo resumía diciendo que las lesbianas latinas *encendemos* (calentamos) por igual a varones y hembras, aunque, luego, para *tirar* prefiramos las *viejas*.

Las chicas del foro eran demasiado intelectuales para mí. Demasiado politizadas, algunas agresivas y, salvo graciosas y simpáticas excepciones, casi ninguna amiga de frivolizar con estos temas. Ni una gota de puto sentido del humor. Ya digo que salvo algunas amables excepciones. En general, *cargaban bronca*, eran bastante *intensas* (complicadas, espesas), *cansonas* (aburridas, insistentes) con la *carreta* del proceso de auto aceptación que debe atravesar toda lesbiana que se precie para llevar una vida lo más normalizada posible. Y todas, salvo mi apreciadísima *Indiscreta*, te *cantaleteaban* con ese viaje interior que, comparaban a la marcha de los judíos a través del desierto hacia la tierra prometida; un viaje tan difícil y duro que no se lo deseaban ni a su peor enemiga. *Indiscreta*, era de las poquísimas que añadía un punto de humor y rebeldía cuando, entre risas, reconocía que no comprendía y que jamás podría explicarme qué es lo que lleva a una mujer a embutirse en unos pantalones militares, cortarse el pelo al uno, ponerse una camisa de cuadros y salir a ver mundo.

De todas maneras, aunque, según ella, las cualidades que se consideran típicamente femeninas, como la dulzura, sensibilidad, comprensión y ternura, puedan encontrase en todas las mujeres, con trasgresión o sin ella, nunca me sentí atraída por las *butch*, las *queer* (raras, diferentes) ni por las algo menos rudas *dicks*. Siempre me atrajo la belleza, la sofisticación y el estilo. No puedo ocultar que siempre fui clasista, racista y, a mi modo, también feminista. Me eduqué entre las élites de un país donde no todo el mundo puede estudiar, heredé de mis abuelos españoles un sentido criollo de superioridad y, finalmente, *trabajé* sin problemas en un ambiente de *hipermachos* en el que no abundan las hembras. Incluso las víctimas, antes de morir, me miraban con cara de asombro desde el lado feo de la pistola, el que está frente al ojo negro del cañon y los puntos de mira. Será que nací suficientemente auto afirmada. *Arepera* femenil. Acaso por latina.

En el avión que me traía de vuelta a España, después de hacer unas gestiones en Miami, conocí otra de las que serían mis buenas amigas a lo largo del tiempo. Se llamaba Yolanda y era tan sensual, femenina y atractiva que, cuando la vi colocando su equipaje, pensé que era irreal de tan divina y que Dios me hacía un regalo sentando aquel *bizcocho tenaz* (extraordinariamente guapa) a mi lado. La mitad de los pasajeros tenía los ojos clavados en su rotundo culo mientras ella instalaba su *valija* en los huecos de equipaje; mientras, la otra mitad de los hombres no apartaba la mirada de mi escote. Cuando las dos nos miramos y sonreímos aceptando y felicitándonos en silencio por nuestra mutua belleza, en todo el avión se oyó el jadeo de ansiedad que lanzaron los *mancitos*. Los tipos, boqueando sin aire, hicieron que el oxígeno, tragado en ávidas bocanadas, descendiera en el habitáculo hasta casi hacer saltar de sus receptáculos las máscaras de emergencia. Satisfechas de haber hecho subir muchos grados la temperatura del avión, sonriéndonos de nuevo, nos sentamos a comentar lo doloroso que debía resultar hacer un vuelo transoceánico con el pene tieso. Desde ese momento fuimos amigas. A nuestro alrededor los tipos se afanaban volteando los chorros del aire frío para dirigirlos directamente hacia sus huevos.

Metro setenta y cinco centímetros, un cuerpo de vedette del Lido parisino, hombros atléticos, piernas infinitas, un culo de infartar y unos senos tajantes sin aumentar por el bisturí; una boca de sonrisa inmensa, roja y húmeda que, durante la travesía, me hizo soñar con sus otros labios ocultos bajo la tanga. Inmensos ojos color de mosto, un óvalo perfecto y frente amplia y serena que indicaba su inteligencia. Una larga melena lisa, con mechas rubias, abrigaba su escote. Y, todo ello, subido en unos tacones imposibles, afilados como punzones de picar hielo.

Yolanda era muy divertida. Desde el primer momento, aclaró que mi propuesta de retozar bajo las mantas de los asientos de primera clase sólo le interesaba si, por la gracia de Dios, yo contaba entre mis atributos con un pene de al menos 20 centímetros. No era el caso, así que me relajé y opté por la conversación. La reprendí riendo al manifestarle cuánto me frustraba ser rechazada por la que creía iba a ser, al menos durante el viaje, la *hetero* de mi vida. Más tarde, descartado hacer algo inconveniente y para entretener las largas horas de vuelo, nos contamos nuestras vidas; bueno, habló ella, porque yo nunca dejaba entrar a nadie en mi cabeza.

Demasiado compromiso, no quería responsabilizarme de los escorpiones furiosos que pudiera encontrar la visita en mi cerebro. Según decía mi psiquiatra, yo era una asesina con conciencia... no recuerdo bien, quizás, ¿era a conciencia lo que decía? Por lo visto algo sociópata, o, tal vez dijo psicópata, no me acuerdo en este momento. De cualquier manera, en mi oficio, no hay porqué ir avisando; la gente debe tener cintura y, cuando encuentra un asesino, le conviene saber apartarse. Esquivar. En el caso de mis objetivos, mi trabajo era impedírselo y eliminarlos. Por dos razones. Para cumplir con mi vuelta y, segunda, porque si fallaba y no morían, podían aprender a odiarme. Y si alguien te odia, intentará matarte; desde luego, eso me disgustaba, por lo que, detrás de mí procuraba dejar sólo cadáveres. Rematados. Si a mi espalda quedaba vivo un hijueputa cargado de rencor, si sus ojos cuando me iba no miraban abiertos al infinito, vueltos y fríos, es que había hecho mal mi trabajo. No lo había matado, y esa gonorrea podría encontrarme y situarme en el lugar equivocado, en donde yo nunca debía estar. En el lugar de la presa.

Mientras hablaba Yolanda, comprendí lo que es una vida difícil empujada hasta el éxito con inteligencia y tesón. Me quedé muda, sin palabras, cuando me contó su historia de niña rosa, presa en un mundo azul. Luego, ríos de sollozos mudos y la lucha por la supervivencia, más tarde, médicos, incomprensión y finalmente, la puntilla, un diagnóstico militar. Psicosis transexual. Después, el tratamiento hormonal que hace brotar lorquianos limones redondos en un pecho hasta entonces yermo y, un gran amor, quebrado en la carretera con un chasquido de rama rota. Querer morir, dejándose ir. Luego, un puesto en la larga cola esquinera de jóvenes solitarias en manos de los corazones de hierro y billeteras de cocodrilo. El mundo del espectáculo, la noche alegre y las tristes madrugadas. Un recuerdo a Dios, distante pero próximo, en un confesionario y, por fin, en soledad, como casi siempre, el contacto en la cálida piel del frío acero quirúrgico. Más tarde, después del dolor, amores, decepciones, críticas y juicios, y, sobre todo, libertad. Cambió de sexo. Esta es mi vida, Lany, concluyó, me llamo Yolanda Álvarez y soy transexual.

Mientras recuperaba la voz, Yolanda, continuó detallándome cómo trabajó bailando en espectáculos de revista, hasta montar su actual negocio; después, recobrada de mi sorpresa, intercambiamos nuestros secretos para estar tan *superbuenas* y ambas coincidimos en que nos resultaba fácil sin dietas ni ejercicio. Según parecía, la una y la otra, gozábamos de una genética que nos ahorraba los esfuerzos y las privaciones. Coincidimos en nuestra mutua afición a la comida japonesa, al buen vino español y a la champaña francesa y, ella se me adelantó en el *topten* de la perfección, cuando añadió que cocinaba delicioso y era una perfecta anfitriona.

Bromeando fuimos juntas al servicio porque le rogué me dejara acariciar sin lujuria aquellos pechos hormonados que ella definía como más naturales, menos aparatosos, que los implantados de silicona. Me contó que al haberse diseñado, creado a sí misma, dijo, había optado por lo natural. Encerradas en la mini cabina del aseo, ambas con las tetas al aire, comparándonos, le pregunté de nuevo si estaba segura de necesitar un miembro de tantos centímetros, porque, en aquel momento estaba deseando comerle los senos a bocados. Riendo a carcajadas, bajó su escotada camiseta y, aquella, fue la última vez que hablamos de ello. Salimos del servicio *chocholeándonos* (halagándonos, mimándonos) y, aunque siempre deseé hacerle el amor, nunca quise acosarla pidiéndoselo de nuevo.

Mi nueva amiga dirigía una empresa multinacional de éxito con la que había logrado lo que todos anhelan, ganar *plata* divirtiéndose. Chicas en Colombia y Argentina, chicos en Valencia y travestis en Brasil, mostraban al mundo cómo ser feliz en el ciberespacio. Shows sexuales en directo por webcam. Productora internacional de cine porno y lo que, eufemísticamente, llamaban en el mundo del porno proveedora de contenidos. Todo mantenido por un equipo informático en Madrid y dirigido, con instinto acerado y pasión Chanel, por Yolanda desde Palma de Mallorca.

Digo sensibilidad Chanel porque ella, como yo, era fanática de los sastres de Doña Cocó, como le decía mi abuelita. Encantadas de nuestra coincidencia decidimos que al bajar del avión AR nos llevara directamente a la tienda de la calle Ortega y Gasset para sellar nuestra amistad concediéndonos unos caprichos. Arrasamos y, al salir, nos cruzamos con los Beckham. Luego curioseando en Versace, Hermés, Vuitton y Tod's, se hizo la hora para que AR nos llevara al aeropuerto a tiempo de alcanzar el vuelo de Yolanda para Palma de Mallorca. Nos despedimos entre grandes besos, abrazos estrechísimos y la promesa de contarnos en el Messenger cuántos corazones habíamos roto con las recientes y notables inversiones en trapos. Yolanda, pese a vivir en Palma, fue una de mis mejores amigas en Madrid.

La historia de mi relación con Jackeline, era difícil de contar porque igual que vino se marchó, nunca supe hacia donde. Jacky era angloperuana por un desliz de su mamá, que terminó alcoholizada y mal casada con un estadounidense. Obviamente, pertenecía a la buena sociedad limeña; según me explicó después, era de familia distinguida, de excelente posición. Aunque, en mi mundo, tampoco es fácil encontrar quién afirme proceder del puto arroyo; en general, por aquello del glamour, la gente tiraba por alto y se inventaba un pasado al menos cómodo y refinado. Trabajaba como ejecutiva de producción en la realización de spots para televisión. Ojos de gata en celo, hermosa cara y una piel blanquísima típicamente british; me sedujo cuándo, mirándome, definió su vida como excesivamente pasional, muy loca. Según dijo, su pasado aún lo era más.

Imposible recordar dónde la conocí. Debió ser un bar porque veo su imagen, entre sonrisas sugerentes por encima de su copa de vino, bebiendo y explicándome que percibía un estupendo feeling entre nosotras. Se sentía ansiosa por acostarse conmigo y, también, por contarme su vida, insistía una y otra vez. Era linda, divertida y muy, muy sensual. Era una flaca gorda que nunca podría participar en un jodido desfile de moda; pero destilaba un magnetismo animal, casi oloroso. Su osamenta era fuerte y sus miembros sin aristas perfectamente moldeados. Una presencia redonda y bella, encantadoramente deseable. Carne turbadoramente abultada y libertina.

Parecía una trampa y al principio desconfié, pero me calentó mucho y decidí correr el riesgo y meterme en sus bragas. Si venía a matarme, saldría del ático *despresada* en varias bolsitas. Cuando me decidí, AR nos llevó a casa y Juanita, eficazmente, la examinó de pies a cabeza en busca de cualquier objeto letal. Mientras, el deseo y la desconfianza me mantenían alerta y Jacky estaba feliz.

Pero no, mi instinto no me engañó y no había nada que temer. Jacky era un ser inverosímil, que, debido a una conjunción de coincidencias, dedicaba su vida al sexo como principal quehacer; todo lo demás era circunstancial para ella, familia, amigos, trabajo. Importaban, pero eran actores secundarios en aquella película de orgasmos y humedades sin fin que era la vida de la angloperuana. Toda la energía de sus veinte y pocos impacientes años, desde los catorce, dedicada únicamente a satisfacer aquella pasión que la abrasaba.

En su etapa de iniciación, cuando su mamá ya se desplomaba por la bebida, su papi, como llamaba a su padrastro, no tardó en instruirla entre los ositos de peluche de su cama de niña. Según me dijo, una noche entró su papá en el dormitorio, se acercó a su camita y la tocó como un padre no debe tocar a su hija; tanto gustó de aquellas primeras caricias que se sorprendió viviendo lascivas fantasías sexuales que imaginaba compartir con su padrastro. Desde entonces, intuitivamente putita, persiguió al estadounidense con una sabiduría *tenaz*, sorprendente en una chiquilla. Camisetas corticas y pegadas, calzoncitos tipo bikini en algodón color pastel, exhibiendo su piel tersa de bebé para endulzarlo, abrazarlo luego y excitarlo hasta el paroxismo con las prendas más inocentes de su guardarropa infantil. Mientras, su mamá, inducida a beber hasta derrumbarse, dormía borracha ignorando los placeres ocultos a qué se entregaban su hija y su esposo, el fotógrafo de los ojos verdes.

Pero, las caricias y besos, aunque la satisfacían, eran poco para su ansia. Ella, cada vez pedía más. Su papi le hizo sexo oral y, más tarde, le enseñó a chupársela; eso la divirtió y la calmó una temporada, hasta que un día, loca, excitadísima, en el paroxismo de su calentón, exigió que la penetrara. Estaban solos en casa, la madre borracha y los criados se habían retirado. Fue realmente bueno y su papi, pese al tamaño de su miembro, estuvo muy complaciente y tierno, decía Jacky, recordando la dulce invasión de aquella verga adorada en su interior, la oscuridad, el olor de sus sábanas con dibujos infantiles mezclado con el sudor de sus cuerpos y el sonido de los jadeos cada vez más frenéticos.

A partir de entonces y durante cinco años tuvo tanto sexo como pocas personas logran a lo largo de toda una vida de desenfreno.

Cuando su padrastro disfrutó de todos y cada uno de sus orificios, comenzaron una desenfrenada carrera de encuentros sexuales con desconocidos, siempre inesperados y siempre consentidos y deseados por Jacky. Parejas atractivas, putas de lujo, mirones, hombres o mujeres solitarios, compartieron sus encuentros sexuales. Pronto comprendió que él disfrutaba viéndola *tirar* con otros, entregándola.

En una ocasión trajo un negro muy atractivo, que, sin mediar palabra, la sodomizó mientras él miraba y escuchaba sus gritos de dolor sin inmutarse. Ella lo soportó gritando obscenamente pero sin un reproche. Cuando *se vino* el negro, su papi, la retiró de él, lo despidió y, cuando el corazón aún le coceaba en el pecho, la penetró dulcemente y, aún dolorida, la condujo tiernamente hasta el orgasmo más intenso de su joven vida. Y Jacky, cuanto más experimentaba, más gustaba de aquella sexualidad genital, químicamente pura, en absoluto edulcorada con romanticismos baratos o falsas promesas de amor. A veces, decía explicándose, su papel era humillante y doloroso pero excitante a la vez, como un doble juego en el que se alternaran el placer y el sufrimiento.

Para festejar sus diecisiete cumpleaños su papi invitó a una pareja, muy seductores ambos; después de unas copas de champaña y de apagar las velas, la mujer la desnudó frente a ellos; reteniéndola entre sus piernas y sujetándola del cuello, sacó los miembros de los hombres y la obligó a chuparlos. Forzó a Jacky engullirlos, a tragarlos hasta la garganta, mientras, la mujer, le estrangulaba el cuello para aumentar sus náuseas. Era verano, bajo un vestido muy corto, sólo sentía las bragas mojadas de placer mientras la mujer le abofeteaba, le llamaba puta y, a gritos, ordenaba que mamara bien aquellas vergas. Describía cómo el hombre se vino en su boca obligándola a tragar todo, mientras, la mujer, seguía abofeteándola cuando mostraba ganas de vomitar. Luego, mientras su papi sonreía complacido, los dos hombres la penetraron. Anal y vaginalmente. Recordaba haber sentido un dolor inmenso y un placer enorme, desconocido, disfrute que aumentó cuando su papi le prometió que pronto podría ella someter a otra mujer. Era humillante y vergonzoso, pero excitante también, recordaba Jacky soñadora, entonces el sexo era para mí como las drogas, no podía detenerme y siempre necesitaba más.

Desde aquel día ansió dominar. Lo hizo por primera vez con una mujer de unos cuarenta años, bonita y tremendamente voluptuosa, de senos grandes, redondos y con un hermoso culo, que les abrió la puerta de su apartamento vestida con ropa interior negra de encaje y *tacos*. Nada más. Entramos sin saludarla, contaba Jacky recordando, mi papi le puso al cuello un collar de perro y me pidió que le castigara el culo con una fusta para azotar caballos que ella misma me tendió humildemente. La traté como una perra y ella soportaba todo, disfrutando sumisa la humillación. Aquella zorra gozó tanto siendo azotada como Jacky golpeándola. Sin mediar palabra, nos fuimos. Me gustó mucho, decía encantada, la pasamos rico aquella tarde.

Toda una secuencia inacabable de orgasmos, entregas, humillaciones toleradas y delicias compartidas que finalizaron el día que su papi le compró un apartamento y la dejó volar sola; años después, cuando visitaba a su madre, aún se acostaba con el estadounidense alto, guapísimo, bronceado y de felinos ojos verdes que seguía siendo su papá querido.

Aunque al principio me excitó mucho su historia, al poco rato, aquella inacabable sucesión de orgasmos, comenzó a fatigarme; la agarré del pelo, la atraje hacia mí y la obligué a lamerme. Cuando me *vine* en su boca, mientras ella gemía ardiendo, la dejé acariciarse observándola. Tenía la vulva más linda que he visto nunca. Toda rosita. Después, se fue, no sé a dónde. Aquella lolita no era una romántica debutante, *no creía en pajaritos preñados*, y me dejó en la boca un sabor amargo. Nunca más volví a encontrarla.

Siempre he pensado que podría haber amado a cualquiera de estas mujeres. Y, seguramente, me hubiera equivocado. Tenía la extraña sensación de estar esperando alguien más puro, más inocente. Seguramente, me estaba haciendo vieja y, como los *manes*, buscaba un virgo.

CAPÍTULO 29

*D*ebía viajar a Andalucía y, allí, hacer algo para lo que el interesado no tenía los *güevos* o el tiempo necesarios; alguien, a través de una *oficina* en Bogotá, había comprado en Internet una de mis joyas caras. Se trataba de *bajar* un tipo desleal de manera harto desagradable, supongo que para descorazonar a posibles imitadores. En mi escenario laboral, cuando alguien compraba una *vuelta*, era porque quería *acostar* a un tipo que la había *embarrado*, pero, al mismo tiempo, anunciaba a gritos que haría lo mismo con cualquier otro *mancito* que intentara parecida jugada. El asesinato debía ser ejemplarizante. La verdad es que los motivos siempre me importaban un *carajo*; se trataba de *coronar* rápido y sin riesgo porque Omar, cuando se enteraba de mis crímenes, me reprendía diciéndome que ya tenía suficiente plata y que él, en cambio, sólo disponía de una hermana. Pero, aunque luego me pesaban en la conciencia, me gustaba matar.

El ofendido debía ser alguien *platudo*. Quizás algún *duro* de los recientes y pequeños carteles colombianos al que un español habría *emberracado* tanto como para pagar mis escandalosos honorarios. En definitiva, como a ellos también les sobraba la *plata*, me enviaban *con todos los juguetes* en lugar de ahorrar contratando un sicario *ruanetas* en España. A los *duros* colombianos siempre les gustó *descrestar* (impresionar positivamente), ¡hasta pagando sicarios!

Los capos españoles, tan prepotentes, *platicaban* por lo general con un lenguaje *cipote duro* (fuerte de cojones) que a los colombianos les resultaba tan molesto e insultante como su elevadísimo tono de voz. El uso inapropiado de insultos y el *encenderse a madrazos* (agredirse verbalmente con los mayores insultos) fácilmente, costó el pellejo a más de un gallego gritón y *chicanero* (borde, presuntuoso) que no supo advertir el peligro cuándo respondían *pasito* y *formalmente* (educadamente) a sus bravatas. Los gallegos *daban lora* y *daban palo* (largaban demasiado, criticaban con virulencia) con demasiada facilidad; ellos solitos *se envainaban* (se

jodían) *dándoselas de café con leche* (jactándose, tirándose el pegote).
Desde luego, eran *cabeciduros* (duros de mollera) y tardaban en
aprender con quién *estaban enredados* (con quién se la estaban
jugando); los narcos españoles, con su *jetabulario* (vocabulario
vulgar), eran unos tipos *jartos*. Sicarios, narcos, *guarichas*,
profesionales o congresistas, nuestras mamás nos enseñaron desde
niños que *los buenos modales abren puerta principales*, así que, en
Colombia, siempre nos ha gustado expresarnos correctamente,
mostrando al mundo nuestra excelente educación. Hasta *haciendo
vueltas*, éramos *formales*.

Dicen que *perro no come perro*, pero es mentira, entre *duros*
se devoraban a dentelladas; se mataban por *plata*, por unas tetas
operadas o un alijo de coca extraviado, por subir en el jerarquía tras
una extradición inesperada, por el honor de una *sardina*, por envidias
y hasta por *remamadera* (aburrimiento). Pero, sobre todo, se mataba
para castigar la traición; había que dar ejemplo porque el de los *capos*,
pese a su educación y sus títulos universitarios, no es un mundo
de *gentlemans*, hay demasiadas tentaciones y no abunda el *fair play*
(juego limpio). En el amanecer del mundo los hombres morían por el
guijarro de labrar hachas, por el pedernal para encender fuego o por
zanjar quién arrastraba a la mujer hasta la cueva. Nada ha cambiado
en la historia del asesinato. Hoy, seguimos siendo animales sedientos
de sangre, demasiado brutos y salvajes aún. Quizá por eso Dios,
espantado de verme exterminar a sus criaturas, hace tiempo que se
alejó de mí y ya no caminaba a mi lado.

Cuando alguien decidía que la ofensa, las viejas cuentas o los
pecados eran imperdonables, había que matar y, si no sabía cómo
o no deseaba ensuciarse las manos, era mejor subcontratarlo
fuera. Externalizarlo, decía Omar. Encargarlo a un profesional *free
lance* (autónomo, independiente). Con certificado de garantía y
con limpieza y discreción aseguradas. Tomada la decisión, se trata
de elegir al mejor, cuidando no comprometerse el propio futuro
encomendando el trabajo a uno de los cientos de aficionados,
estafadores y desequilibrados que inundan Internet ofreciéndose
como asesinos a sueldo. Pero, *pilas*, infiltrados entre los auténticos
profesionales hay policías y chantajistas que, luego, extorsionan
a quién encarga *la vuelta*. Si se equivoca ajustando a la persona
equivocada, es decir, un asesino poco honrado, entonces,

el contratante inexperto tendrá un problema, una peligrosa complicación y todo puede escapársele de las manos. Será chantajeado y, posiblemente, deberá pagar un segundo sicario para que mate al primero. De esta manera, si antes no acaba muerto o entre rejas, aprenderá a distinguir a los buenos profesionales. En mi caso, me contrataban para evitarse engaños y para garantizar *la limpieza*. Mi negocio, el asesinato, se basaba en dos pilares, eficacia y confianza. Caro, pero seguro. Sin sorpresas.

AR viajó en autobús hasta Marbella para estudiar los itinerarios de mi víctima. Como siempre hablaríamos con *celulares* limpios y el me avisaría cuando estuvieran establecidos recorridos, hábitos y rutas de escape. El plan era sencillo, matarlo y, en pocos minutos, salir del pueblo en una moto de gran cilindrada hasta un coche *parqueado* en San Pedro de Alcántara, en dirección contraria a Málaga; la moto y el coche los robaría AR, en dos pueblos cercanos, pocas horas antes de que yo matase al tipo. La idea era tomar la autopista del Mediterráneo enlazar con la del Sur y llegar a Jerez de la Frontera. Allí yo tomaría un taxi hasta el aeropuerto y el continuaría a Sevilla para tomar el AVE. Una gran vuelta únicamente para evitar Málaga.

Tardó poco en estudiarlo y, mientras viajaba allí, fui puliendo los datos preparados por AR. Era una *vuelta* fácil; el tipo antes de entrar al Ayuntamiento para hacer sus gestiones, siempre sólo y a la misma hora, se sentaba a desayunar al sol en la terraza de un café. Luego, al salir de la alcaldía a media mañana, volvía al mismo lugar para recibir a ciertas personas que aguardaban en las mesas colindantes. No hablaban unos con otros y guardaban un riguroso turno incomprensiblemente asignado por nadie. A partir de esa hora y hasta la del aperitivo, el tipo, convertía la terraza del café en su oficina. Había cambiado el fax, el correo electrónico y la fotocopiadora, por las idas y venidas de un muchacho que le hacía funciones de *secretario* (despectivamente ayudante) y que, invariablemente, aparecía por allí cinco minutos después de que él tomara asiento. El tipo, de mediana edad y aspecto vulgar, pedía un café y, uno tras otro, recibía a los peticionarios. Porqué, era evidente que, quienes esperaban respetuosamente, solicitaban algo que el tipo podía conceder. Parecía un *padrone* de la mafia siciliana, pero, en versión de cateto malagueño.

Le había pedido a Juanita que, del guardamuebles donde ella y AR mantenían *encaletadas* algunas armas, me trajera dos granadas de mano y una escopeta de caza calibre doce, con los cañones y la culata recortados y totalmente recubierta de cinta aislante para evitar huellas. En Madrid las granadas se compraban baratas a las mafias búlgaras, algo más caros se conseguían AK-47 de los albanokosovares y, entre los marroquíes y los mineros españoles, no era imposible encontrar a la venta explosivos robados. Dinamita, mechas y detonadores.

Las escopetas las robaban de los coches de cazadores descuidados que pasaban la revista de armas en los acuartelamientos de la Guardia Civil. Los seguían hasta que, invariablemente, el cazador cazado abandonaba el coche el tiempo necesario para abrirlo y robarle el arma. Los especialistas en la venta de escopetas eran gitanos, nacionales o rumanos, traficantes de heroína de los barrios periféricos de la ciudad.

Antes de marchar a Málaga envié a Juanita a una pequeña armería de suburbio dónde comprar los útiles necesarios para recargar cartuchos; allí nadie se extrañaba porque eran muchos los cazadores que preparaban sus cartuchos ajustando a su gusto las cargas de pólvora y perdigones. En una ferretería compré unos metros de alambre y, en una tienda de deportes, dos docenas de plomos del tamaño de garbanzos que se sujetaban mordiendo el sedal para pescar. En casa, ante la mirada curiosa de Juanita, vacié dos cartuchos de perdigones para perdices y aumenté la carga de pólvora; después, corté dos alambres de unos diez centímetros de largo y, con unos alicates, sujeté seis plomos en cada hilo metálico. Enrollándolo, introduje las postas unidas al alambre, cerrándolo a presión con la máquina; este tipo de cartucho así preparado se llama de *posta alambrada*. Cuando se dispara con ella, los plomos vuelan unidos al hilo metálico y, al entrar en la panza de un tipo, hacen un boquete como para mirar la Tv por el agujero. Sus destrozos son letales. Enseguida, preparé las dos granadas uniéndolas con cinta de embalar de manera que ambos seguros se quitasen con un sólo movimiento. La escopeta cargada, embutida en un tubo de los usados para llevar planos colgados del hombro al que, en un lateral, abrí un hueco para introducir el índice y disparar los dos tiros sin necesidad de mostrar el arma.

A Juanita le gustó lo discreto y eficaz del sistema, al que definió como *un changón del putas* (recortada cojonuda). Cargada con todo ello se largó con un pasaporte *chiviado*. Se encontraría con su hermano en la estación, dejaría una bolsa en la consigna automática, entregaría la llave y volvería en el siguiente tren.

Concerté con mi guardaespaldas y el tren me depositó en la estación de Málaga temprano por la mañana; bueno, en realidad, depositó una monja vestida con uno de los impecables hábitos de mi armario. Escrupulosamente blanco, muy planchado, una discreta toca negra y un grueso rosario en la cintura. Si alguien preguntaba, era una novicia de las Hermanitas de los Pobres de Valdepeñas, llegada de Colombia y camino del convento. El Cellular Bronzing Gel de La Praerie atezaba mi piel, las lentillas cambiaban el color natural de mis ojos y unas gafas de gruesos cristales sin graduación simulaban una extremada miopía. Trucos de teatro como relleno en los carrillos, en las aletas de la nariz y una falsa escamosidad en la piel de la cara, me hacían irreconocible hasta para AR que esperaba buscándome con la mirada entre los pasajeros. Pasé ante él sin que me reconociera y sólo me acerqué cuando el andén se vació de viajeros. Colgado de su hombro un tubo de plástico y, sujeta por las asas, una bolsa de papel de una conocida tienda de ropa.

—Buenos días, hermano, una caridad para los pobres—dije extendiendo la mano.

—Lo siento, madre, discúlpeme, aguardo a alguien —respondió casi sin mirarme.

—Y dice el Señor —continué divertida al comprobar que no me reconocía—. *Yo mismo buscaré mis ovejas y las libraré de las fieras. Ezequiel, 34.* No busques más, Él te ha encontrado, hijo mío.

—¡*Carajo*, doctora! Nunca la hubiera reconocido —respingó asombrado—. ¿Qué se ha puesto? Larguémonos. Tengo un *carro* ahí fuera.

Dejamos el *auto* fuera del pueblo mundialmente conocido por sus escándalos de corrupción urbanística y, mientras él me seguía en moto, me acerqué caminando hasta el bar donde ya estaba sentado mi objetivo; leía el periódico muy interesado y ante de él tenía un café con leche, una *barrita* (panecillo) tostada y un tarro de algo rojizo que no identifiqué. Me senté a su lado. Éramos las únicas personas que ocupábamos la terraza a esa hora. El tubo de plástico colgaba de mi hombro y, sobre la mesa, puse la bolsa de papel que contenía las granadas.

—Buenos días, hermano, perdone que le distraiga de su lectura —le interpelé mientras se acercaba el camarero.

—No se preocupe, madre, dígame, ¿en que puedo servirla? —respondió con media sonrisa forzada, mientras, seguramente pensaba, ésta puta monja va a pedirme dinero.

—Verá, soy extranjera y no sé qué acostumbran a desayunar ustedes aquí —dije fingiendo un acento extraño por si desconfiaba de los colombianos—. Por favor, dígame, ¿qué es esa pasta roja que unta en el pan?

—¡Eso! ¡Gloria bendita, madre! —respondió aliviado al ver que no le pedía un donativo—. Es *manteca colorá* (unto derivado de productos del cerdo) y, junto al pan con aceite, es cosa muy típica de ésta tierra. Pruébela, le gustará.

—Gracias, señor, muy amable —respondí encargando lo mismo al camarero y aguardando sin decir palabra hasta que me hubo servido.

—¡Ay, Virgen de los Desamparados! ¿Qué va a pensar de mí? —pregunté tímidamente—. ¡Esto es explosivo! Muy fuerte, demasiado, para mí gusto. ¿Usted lo aguanta bien? ¡Discúlpeme, pero voy a encargar algo más suave! —continué sin hacer caso de sus explicaciones y comprobando que AR aguardaba a distancia segura—. ¿Le importa vigilarme esta bolsa un momentico? Es un regalito.

—No se preocupe, vaya tranquila — respondió volviéndose a sumergir en el periódico—. Pruebe unos churritos, hermana, yo la invito.

—Gracias, señor. *¡Dios mío, en ti confío!* —exclamé tras retirar el seguro de las granadas y dejar la bolsa en la silla junto a él, mientras me levantaba con el tubo en las manos—. *¡Padre, muéstrame tus caminos, guíame por tus senderos!* Salmo 25, hijo mío. Ore y descanse, hermano, ore y descanse.

Me miró con desgana antes de volver a hundir las narices en el periódico para enfrascarse en una página con grandes titulares sobre detenciones de funcionarios acusados de un delito de recalificación ilegal de terrenos y especulación urbanística. Ahora intuía porqué lo mandaban *acostar*.

Me acercaba lentamente hacia la moto cuando, con una fortísima explosión, el tipo voló por los aires tras de mi. Miré hacia la terraza y vi que no había de que inquietarse; atrás, quedaba un *muñeco* reventado caído en el *piso*. En la pared pegotes de masa encefálica y vísceras sangrantes, un *carro* ardiendo y todos los cristales y la fachada de la cafetería destrozados. Para aumentar la confusión, mientras me recogía el hábito y subía a la moto, disparé los dos tiros de la escopeta contra los coches cercanos. Luego, entre los gritos de espanto de los viandantes y el ruido de vidrios rotos, salimos de allí sin que nadie nos detuviera. Reemplazamos la moto por el *carro* y, después de incendiarla, comenzamos el viaje turístico alejándonos de Marbella.

En los servicios del aeropuerto de Jerez de la Frontera me quité el hábito y, debajo, aparecieron un polo, deportivas y unos *tejanos*, recogí mi pelo en cola de caballo y cambié las gafas de miope por unas gafas de sol sobre la frente; con toallitas limpié el maquillaje y tiré por el inodoro los rellenos de boca y nariz. Del servicio salió otra mujer distinta, una turista con un plano de la ciudad en la mano, ¡nada que ver! Antes de la partida, aproveché para dejar la bolsa con el hábito en la baca de un automóvil con matrícula extranjera. Al llegar a Madrid, Juanita, me esperaba con un cálido abrazo. AR, siguió una ruta diferente.

Pronto olvidé al especulador, corrupto o blanqueador de Marbella. Y, cuando me quise dar cuenta, llegó diciembre con su hijueputa alegría navideña. A principios de noviembre comenzó la jodida exhibición de dulces y turrones para las Fiestas de Navidad; aquello me asustó pero, medio en serio medio bromeando, me dije, *don't worry* (no te preocupes), no llores, eres una mujer fuerte y decidida, y, por encima de todo, tienes una sólida reputación que mantener ante tus escoltas y tus *colegas*. Nunca he sido gente de iglesia, pero, por algún atávico impulso pensé de nuevo que debía ponerme a bien con Dios. Quizá sentía en el corazón el aviso de la Divina Providencia. Mi suerte parecía estar a punto de arrojar saldo negativo. Números rojos. No sabía qué, pero algo pasaba; sólo deseaba asistir a mi terapia con el psiquiatra, no me apetecían las mujeres y, aunque me gustaba, últimamente me hastiaba *bajar manes*. Por lo demás, cosa rara en mi, estaba pensando en enviar a mi guardaespaldas a comprar unos *pases* donde un primo suyo *traqueto* en San Sebastián. Algo había muerto en mí, estaba más baja de ánimo que los secuestrados del Mono Jojoy y pensé revivir *metiéndome* unos *pericazos*.

De pronto, me preocupaba de tantas estupideces porque me aterraba pensar que todo sufrimiento sería poco para mí en el infierno. Todas las legiones de demonios no bastarían para acarrear suficiente azufre, aceite ardiendo y lava hirviente para torturarme. Y, el puto Satanás, seguro que me tenía reservada una celda de castigo.

Estuve muy mal hasta que, por un conducto controlado por mis guardaespaldas, los Villegas, recibí un mensaje de mi hermano Omar. En él me decía que siempre me llevaba en su corazón y que me prohibía aceptar otra *vuelta* por más dinero que me ofrecieran; anunciaba un nuevo ingreso millonario en mis cuentas secretas y me indicaba que no llamaría durante las fiestas, porque durante esos días sus enemigos extremaban la vigilancia electrónica. Me deseaba feliz Navidad, y anunciaba que ésta sería la última que pasaríamos separados porque, para el Año Nuevo, tenía decidido venirse a vivir conmigo a Europa. Entre líneas comprendí que había sobornado a funcionarios que le facilitaron documentos venezolanos y que, con esa nacionalidad, estaba rehaciéndose una nueva vida. Quería venir a Madrid a reunirse conmigo y que viviéramos en la casa más bonita que pudiera comprar el dinero en la capital de España; luego, una vez instalados y conocida España de Norte a Sur, deseaba viajar por el mundo, olvidando el pasado. Por supuesto, bien acompañados los dos.

Saberlo me hizo feliz y de nuevo me sentí esplendorosamente invulnerable; imaginé a Omar recorriendo las sofocantes calles de El Amparo, jodido municipio de la margen venezolana del río Arauca. Sus hombres, sudorosos, cargados con maletas de dólares para pagar los pasaportes legales comprados a los corruptos funcionarios bolivarianos de Chávez. Negociando entre aventureros fronterizos, traficantes de armas y drogas y miembros de los estados mayores del Eln y de las Farc. Desde ese mismo santuario, se planeaban todos los ataques contra la industria petrolera de mi país, asi, como robos, asesinatos y secuestros. Enfrente la villa colombiana de Arauca y más de 2.200 kilómetros de frontera, donde se compraba y se vendía todo y, dónde era fácil morir, si al comprar resultaba ser el diablo quién vendía. Ellos frecuentaban la frontera Este colombiana, y, conociéndolos, supuse sonriendo que, de topárselo, habrían escarmentado al demonio. Allí se movían con tanta seguridad como en Leticia, la frontera sur con Tabatinga, en Brasil; los aeropuertos y su puerto fluvial en el río Amazonas eran tan cómodos para ellos como el confesionario para un párroco de pueblo. Eran muy buenos con las fronteras. Y, aún mejores, eliminando Satanases.

Vivificada de golpe, decidí pasarla *bacano* mientras esperaba el fin de la Navidad y que el Niño Dios, en Año Nuevo, me trajera a mi hermano Omar y mis amigos. Estaba harta de esos tremendos subidones y bajonazos de mi ánimo que me dejaban agotada y perpleja. No quería más imprevistos, en adelante, ellos cuidarían de mí. Mientras, me entretendrían en los despiadados y divertidos *costureros* (reuniones femeninas para despellejar a los ausentes). En una reunión, Maite Iradier, mi amiga oftalmóloga, me pidió que hiciera lo que pudiera para reconfortar a su marido sumido en una profunda depresión por la incurable enfermedad que padecía su hermano; Alfredo me atraía y estaba segura de que yo le gustaba. Nada físico, nada sexual, sólo que su perspicacia de periodista le hacía intuir en mí una historia y su instinto de hombre, machacado por los antidepresivos, le espoleaba a observar hembras desconocidas. Por el ambiente pre-decembrino en que andábamos, me propuse hacer una obra de caridad y dedicar algún rato a consolarlo.

Lo curioso es que el hermano de Alfredo trabajaba en la Interpol en Lyón, es decir, en la sede central de la Organización Internacional de Policía Criminal, así que, aunque trabajaba para el departamento lingüístico de la sección española, técnicamente, era un *tombo*. Tenía un cáncer de colon y, aunque luchaba con fiereza contra la enfermedad, en aquellos días ya era un cadáver andante. Cuando les acompañé al hospital de Lyón por primera vez, su hermano, ya agotado por la quimio y la radio, pesaba menos de 50 kilos; pesar eso era no pesar, para un montañero y esquiador que vivía a 3.000 metros en los Alpes. En las semanas siguientes, expiró tres veces y resucitó otras tres. Alfredo, junto a su cuñada Lilian y a Maite, abrazados al agonizante bebían la muerte de sus labios y morían con él cada minuto. Aturdidos y rotos de dolor.

Por cuarta vez, acompañé a mi amigo a Lyon para ver extinguirse a su hermano, pensando que, aun atiborrado de ansiolíticos, Alfredo no lo soportaría más. El *tombo* que no era tal, murió el jueves, pocas horas antes de que llegáramos. Encontramos a Lilian, la viuda, desecha y rodeada de sus hijas. Fue un largo fin de semana en que me sentí madre *consintiendo* a mis queridos Maite y Alfredo. Mi amiga la doctora, por sus compromisos quirúrgicos ineludibles, debió volver a Madrid el domingo sin poder aguardar al entierro del martes. Llorando, abrazados, la despedimos en el aeropuerto de Lyon. Maite me confió a su esposo Alfredo que, sin ella, vivía desnortado su enorme soledad, roto de pena y adormecido por las pastillas.

Su mamá y su otro hermano no movieron el culo, ni para ver morir a su sangre, ni siquiera para enterrarlo. A él, aquello, terminó de desgarrarlo. Yo no entendía la actitud de su familia porque, sin embargo, pedían que se les informara por teléfono. El día que murió su hermano, mi amigo, me dijo que de un golpe había perdido a toda su familia. El que se fue y los que no quisieron ir. Le comprendía. A mí me ocurrió algo parecido.

El funeral fue muy emotivo y Alfredo, inexplicablemente, logró contener su llanto para recibir el pésame de los amigos y compañeros del difunto y musitar unas laceradas palabras en memoria de su hermano. Antes, lloró a mares y, después, siguió haciéndolo, pero, en el funeral, se mantuvo frío mientras recordaba las vivencias y su gran amor por el difunto. Lloré viendo tanto amor de un hombre por su hermano y, por unos instantes, me sentí débil recordando a Leonor. Se me congelaron las lágrimas cuando, a mi lado, Ronald Noble, secretario general de la Interpol, me alargó amablemente su pañuelo. Estaba rodeado de la plana mayor de la sección española de la OIPC-INTERPOL (Organización Internacional de Policía Criminal), capitaneada por el comisario Miguel Chamorro. Me sentí algo paranoica guardándomelo a hurtadillas, pero tuve buen cuidado de no devolverle el pañuelo húmedo de lágrimas. Por el puto ADN. Y por la paranoia.

Cuando volvimos a Madrid, con ayuda de Juanita y AR, y acompañando a Maite, fui niñera y paño de lágrimas de mi amigo. Algo se había roto en su cabeza, tenía el alma en sombras y, durante muchos meses, perdió el deseo de vivir, más bien, al contrario, deseaba la muerte. Era algo muy sutil de lo que sólo nos percatábamos su esposa, el psiquiatra y yo, porque aún no siendo médico como ellos, soy expertísima en asuntos de muerte; entiendo mucho de hombres, de dolor y de deseo de vivir. Alfredo, aquellos meses atravesó varias veces las brasas del infierno y, durante mucho tiempo, frágil y aturdido por el inmenso dolor de su corazón roto de pena, vagó tambaleante por el filo de la navaja que separa la cordura de la enajenación. Sumergido en la dulce bruma de los antidepresivos y los ansiolíticos, ponía un pie en la luz y, en el momento siguiente, lo colocaba en el vacío, en lo negro, en la nada. En ese tiempo, le veíamos defenderse como podía de las tarascadas del dolor, mientras caminaba a trompicones sobre una estrecha línea entre la vida y la muerte. Maite y yo, mientras duró su locura, no nos separamos un segundo de su lado, soportando sus delirios con tristeza. Y, ella, me comprendió cuando le rogué que escondiera los cartuchos de las escopetas de caza de su esposo.

Un día, muchos meses después, respiró a fondo, nos miró con ojos nuevos y exclamó, quiero vivir. Ese día, besó a su mujer con infinita ternura, me abrazó muy fuerte y entendimos que su dolor cambiaba para convertirse en rabia. A solas, tuvo su propia manera de agradecer mi compañía, tomó mis manos y, besándolas estremecido, me confesó haber imaginado su autopsia, sentido en sus nervios el frío beso acerado del bisturí forense. Muerto. Zanjado ya tanto dolor. Más tarde, muy lentamente, fue volviendo a la vida y, en algunos escasos momentos, apeteció la visita de sus amigos más cercanos. Una mañana, sentados en su terraza, le vi contemplar sorprendido a Juanita. Venía con un ramo de flores frescas y él miraba su boca carmesí, el escote retador y las ancas voluptuosas como si viera aquella preciosa hembra por primera vez. Entonces, consciente de que la demencia de mi amigo cedía lentamente, me alejé un tiempo. Necesitaba respirar ávidamente algunas bocanadas de aire fresco que alejara el olor a crisantemos marchitos que nos envolvía. Deseaba sentirme viva de nuevo. Alejarme de aquel amigo querido que olía como un muerto. Me dolía el fantasma de Leonor y me aterraba enfermar y quedarme viviendo a medias como Alfredo. Entonces, por querer ser yo de nuevo, salí y me enamoré.

Capítulo 30

*A*quellos días andaba medio mística de nuevo, melancólica, tenía la cabeza enredada y el deseo de estar junto a Omar era tan acuciante como huir del sol cuando en agosto te taladra la nuca como un lanza térmica. Estaba tan desanimada que, insólitamente, Platón se convirtió en mi autor de cabecera; me hacían gracia las mariconadas del filósofo griego. Aseguraba que, el verdadero amor, se producía entre hombres que por acercamiento de sus almas llegaban a una total comunicación sobre la belleza, el conocimiento y la filosofía. ¡Las mujeres a parir!, pensaban entonces los padres de la democracia. Me apasionaba aquella frase de sus *Diálogos, lo semejante es amigo de lo semejante.* Si yo tuviera escudo de armas la pondría de divisa. Y, aunque él hablaba de hombres a los que quería llevarse al huerto o encular en el atrio del templo, o, dónde quiera que entonces *cancaneasen* los gays de Atenas, yo meditaba en ella aplicándola al amor entre mujeres.

Lo bueno de ser curiosa y con estudios era que, a diferencia del *shopping* cuyo horario es limitado, la lectura no acababa nunca, te apresaba y no te soltaba más; si leías *Los diálogos,* luego querías leer *El banquete,* y, después, toda su obra dictada en la famosa *Academia* a un gentío de filósofos y discípulos, ¡*botando pluma y loquísimas* (soltando plumas y muy mariquitas) todas! Los atenienses afirmaban que Platón tuvo algún escarceo sexual con su maestro Sócrates, sesenta años mayor que él, pero que no duró el romance; desde luego, cuando el anciano ingirió la cicuta rodeado de amiguitos, debían andar *peleados* porque no invitó al joven y devoto discípulo a tan histórico acto.

Buscaba entre los grandes filósofos sin encontrar la solución a mi desasosiego, recorriendo con la mente las etapas del amor definidas por los clásicos. Amar la belleza corporal, en concreto y en general; luego, amar la belleza moral, la del alma, la que regla la conducta humana. Amar el conocimiento necesario para comprender todo lo anterior, y, finalmente, amar la belleza en sí, nivel supremo del amor. Todo muy lírico y bastante gay, porque sólo consideraban amor puro el que se pudiera sentir hacia otro hombre, pero, tanto platonismo era una *jartera* y yo, me moría por mirarme en unos ojos lindos y besar unos labios pintados. Así que olvidándome de aquellos sabios, mariconeando envueltos en sus túnicas ideales de la muerte, arrojé los libros a un rincón y, protegida por unas lindísimas gafas de Cartier en carey dorado y negro, salí al sol.

Entonces me ocurrieron dos cosas maravillosas. La primera fue conocer una muchacha increíblemente distinta en las pistas de tenis del parque junto a mi casa; la segunda que, cuando estaba seduciéndola bajo la mirada vigilante de Juanita, llegó AR con instrucciones urgentes para nosotros. Dos horas después debíamos viajar por carretera hacia Portugal, con destino Oporto; en la recepción del Sheraton Porto Hotel me esperaba un sobre con instrucciones. No era necesario equipo especial, dijo AR. Órdenes de mi hermano. Allí me dirían.

Estaba en un dilema, deseaba seducir a aquella hembra y, por otra parte, aunque extrañada, debía obedecer la orden de mi hermano y abandonar Madrid camino de Portugal. Pero, me resistía a dejarla. La descubrí al pasar trotando junto a las instalaciones deportivas del parque; aquella aparición esperaba turno para jugar acompañada de una amiga horrenda, una marimacho de pelo corto y con más biceps que el hombre fuerte del circo. Pero, ella, era un ángel. Largos rizos y ojos de antracita, negros y brillantes. Era una morenaza bellísima y con tantas curvas como las deliciosas chicas de los *spots* de Dove; llevaba una diminuta *culifalda* celeste de tenis y t-shirt deportivo marcando tetas, senos, por cierto, dos tallas más grandes de lo que le correspondería si Dios fuera justo con todas sus criaturas; era alta y redondita, de muslos rotundos y una ligera tripita que desaparecería con unas cuantas sesiones de abdominales. Algo impreciso evidenciaba su origen humilde, traicionándolo al mismo tiempo; se movía con elegancia natural, era una gema en bruto mal tallada por un orfebre barato. Desde luego no era una *hipersupermegapija* (niña bien de un barrio distinguido de Madrid) de La Moraleja, pero, en su barrio destacaba, como una orquidea entre margaritas. Me gustó tanto que detuve mi carrera para observarla y, un segundo después, chocaba intencionadamente contra su espalda; se volvió aburrida, la miré de arriba abajo y tomé sus manos para excusarme. Empleé mi más seductor acento de latina y la más resplandeciente de mis sonrisas para atraerla hacia mí y decirle al oído que nunca más debía salir con aquella amiga tan horrorosa, porque, resultaba inevitable pecar haciendo odiosas comparaciones enemigas de la caridad cristiana.

Le dije mi nombre y ella, sonriendo halagada, nerviosa, preciosa y coqueta, me confesó llamarse Estefanía.

–Mis padres eran así de cursis –afirmó atropelladamente mirándome extasiada–. Cuando nací, estaban de moda las princesas de Mónaco. Eso era antes de que ese par de estúpidas comenzaran a drogarse, comprarse maridos absurdos y a putear como enloquecidas...

–Pero el mal ya estaba hecho y he tenido que cargar con el nombrecito toda vida. Y, encima, dar esta explicación cada vez que me preguntan –continuó nerviosa bajando los ojos ante mi mirada clavada en sus senos–. Me hubiera gustado tener nombre de Virgen, algo muy español, no sé, como María del Rosario o, mejor, María de las Angustias... sí, creo que lo de Angustias, me va mucho más, sobre todo los fines de semana y a final de mes, pero...

–¡También me iría bien llamarme María de la Soledad! –exclamó con su deje intencionadamente infantil–. Total, para la compañía que tengo... Estoy harta, ¡me ha tocado cargar con el nombre de una tarada y con un marido, ¡cómo para enamorar...!

–¿Sí? ¿Quiere que la llame al *cel* y me lo cuenta todo? –dije contemplando su sonrisa de ingenua sorpresa–. Lamento tener que dejar de mirarme en esos ojos suyos tan lindos... Pero, es que, ¡debo salir de viaje en unos minutos, mi amor! ¡Me gustaría tanto quedarme charlando, tomarla de la manita, sentarnos en un banco al sol y que me diga todo sobre usted! ¿Deseo que la llame más tarde...? Por favor, ¡dígame que sí si no quiere matarme del disgusto!

Mi angelito era alegre, romántica y me miraba ávida de amor. Aceptó de inmediato, feliz, porque no estaba acostumbrada a que contasen con su opinión o pidieran su permiso para nada. Aquello, llamarla cuando hubiéramos podido hablar en persona, debió parecerle una romántica excentricidad. Un planazo. Sin duda, era sumisa y sufrida en su matrimonio.

–Entonces, ¿te vas de viaje? ¿Cuándo me llamarás? –preguntó ilusionada separándonos algunos pasos de su amiga–. Paso todo el día en casa... puedes hacerlo cuando quieras porque estaré sola hasta muy tarde... ¿Tardarás mucho en volver? ¿A dónde vas? ¿De vacaciones o por trabajo?

–Ay, *mija*, aún no sé nada de todo eso que me pregunta. Sólo sé que me muero por hablar mucho rato con usted y que le llamaré, prontito, en un par de horas si para entonces su ausencia no me ha desgarrado el corazón –respondí atrayéndola hacia y mí tomando su mano la puse sobre mi seno izquierdo mientras la besaba en la comisura de los labios–. Llamaré mientras viajo, mi niña. ¿Le parece bien...? ¿Estará su esposo?

–Me apetece mucho, Lany. Pareces, ¡tan interesante! Seguro que tienes muchas cosas que contar –suspiró enrojeciendo por el beso y por la mirada colérica de su amiga–. Esperaré en casa... Hoy hay fútbol y el idiota de mi marido irá a verlo en la tele con sus amigos, engordando la barriga cervecera con cañas y cortezas, y, cuándo vuelva, después del partido, me tocará sufrir el calvario conyugal... ¡Qué lástima de vida!

–¡Me tengo que ir, mi amor! Tengo muchos kilómetros por delante... –respondí abrazándola muy estrechamente y envolviéndola en mi *eau de toilette* (esencia ligera de baño)–. Pero, no tema, si no desea que él la posea, inventaremos algo para que su marido no la toque esta noche... Saber que hace el amor con ese hombre me tendría celosa todo el viaje. Sea buena y no deje que la toque... Respecto a su amiga, por favor, ¡ahuyéntela! No me gusta que esa *arepera* intente bajarle los *calzones*.

–No es mi amiga, ni siquiera es de mi barrio –murmuró mirándome obediente y hechizada–. ¿Pero, qué quiere decir arepera...? ¿Bollera? Apenas la conozco, pero insiste en acompañarme... No me gusta nada, ¡de tan fea es dificultosa de mirar...! Además, ¿porqué no quieres que me acueste con mi marido? No digo que me divierta hacerlo, pero, hoy toca el polvito semanal y se va a extrañar si me niego...

–Largue a esa guarra, no me agrada. La quiero a usted sólo para mí –dije levantando su barbilla para mirarla a los ojos–. Hasta verla hoy siempre pensé que el amor a primera vista sólo les ocurría a los *pendejos*... Ahora, creo que me he enamorado de sus ojos de niña y sus curvas de mujer... Luego le llamo, mi amor. Sea buena y espérame, por favor.

—Como tú quieras, Lany. Me encantan esas cosas que me dices. No volveré a verla si no te gusta —respondió bajando la voz para preguntar—. Pero, dime, ¿eres...? ¿Eres gay...? ¿Esa chica que te acompaña es tu novia...?

—Si, mi niña, soy lesbiana. Y creo que usted también. Y esa joven, no es mi novia, está ahí para cuidarnos... —la miré enrojecer mientras escondía la cara avergonzada—. Usted parece tan dulcemente caliente como una perrita faldera, se lo digo como un piropo. En realidad, fue su olor de hembra en celo el que me guió hasta usted por el parque... Vine, husmeando el aroma que surge de entre sus muslos... ¿Que pasaría si comenzáramos a *tirar* en este momento...?

—¿En serio? ¿Piensas ESO de mí? ¿Yo tortillera? ¡Estás loca! —respondió entrecortadamente con el aliento agitando sus pechos—. Pero, ¡si estoy casada, tonta! ¡No puedo ser lesbiana...! ¿De verdad, te parezco tan caliente? Pues, ¡no será porque disfruto mucho en la cama...!

—Si usted lo desea eso vamos a cambiarlo juntas, ¿quiere? Le prometo que cuando la bese por primera vez se le doblarán las rodillas y verá fuegos articiales —musité con la voz ronca de deseo—. Me tengo que ir, *chao*, cuídese. Luego le llamo.

—Bueno, no sé, como tu digas... —concedió sonriendo recatadamente y susurrándome cándidamente al oído—. Llámame, por favor. No sé que me pasa. Estoy toda mojada, Lany.

—Bueno, nena, me alegra oirle decir eso y, ahora, no hay disculpa, ya sabe que le gusta. *Chao*, tesoro, hasta muy pronto. Por favor, sea buena, mami, y no me olvide. Espéreme con ganitas...

Me volví y le ordené a Juanita que, para mi regreso, tuviera toda la información sobre ella y su marido; aún enamorada, mi instinto de supervivencia seguía funcionando. Mi guardaespaldas sonrió y, afirmando expresivamente, aseguró que la españolita era una *mujerona*.

Entramos en casa y ante la mirada de reproche de AR por el retraso, hice rápido mis preparativos; una ducha a la carrera, una camiseta, unos jeans, tenis y mi guayabera antibalas porque nunca se sabe lo que puede ocurrir. En una bolsa de plástico, tras desechar los de piloto de aerolíneas, enfermera, guardia civil, capitán del ejército estadounidense, otro de mis disfraces de monja. Con toda su parafernalia y algún arma. Media hora después rodábamos hacia Salamanca, camino de la frontera portuguesa; antes de llegar, en un bar de carretera atiborrado de público, me cambié en los servicios. Cruzamos la frontera con un saludo militar de respeto hacia la toca.

Camino de Oporto llamé a Estafanía. Sonaba anhelante al teléfono. Su voz ilusionada y la rapidez con que respondió indicaban que estaba pendiente de la llamada y que la esperaba con turbación. Me agradeció que pensara en ella y me preguntó dónde me encontraba. Confesé, sin dar detalles, que demasiado lejos.

—¿Volverás pronto? —siguió preguntando sin aguardar mi respuesta—. ¿Has pensado en mí? No sé qué me has dado pero te recuerdo cada minuto, me cuesta respirar de tanto deseo... ¡Eres tan interesante, tan misteriosa, tan guapa...! Me gusta mucho que te hayas fijado en mí. Dime, en serio, ¿de verdad piensas que soy *tortillera*?

—Volveré muy pronto, nena. Me encanta tenerla así calentita... y, también, parecerle todas esas cosas tan románticas. Claro que se lo digo de verdad, ¡usted es lesbiana! Completamente en serio, tesoro, y me hace inmensamente feliz que lo descubra y que lo goce conmigo —dije bajando la voz para que AR no escuchara desde el asiento delantero—. ¿Quiere comprobar lo que digo? Cuénteme, ¿qué tiene puesto ahora?

—¿Por qué quieres saberlo? ¿Qué tiene que ver eso...? —jadeó con tanta dificultad como si estuviera atada a la silla en la cámara de gas de California—. Hace calor, tengo un top y un pantalón de chándal... Y debajo, nada más...—explicó innecesariamente.

—Ahora le cuento, linda. Siempre se ha dicho que el perro es el mejor amigo de las personas, ¿sabe? —AR discretamente conectó el CD mientras yo conversaba y el *carro*, a silenciosas dentelladas, devoraba kilómetros entre ritmos de vallenato—. Pero no es cierto. ¡Mentiras! El mejor amigo del ser humano es el pantalón de la sudadera. ¿Sabe porqué...?

—No sé, Lany. ¿Me lo quito? —propuso enardecida por una lujuria jamás sentida en su cama de matrimonio—. Dime, por favor, ¿qué quieres que haga...?

—No, no se lo quite, *cosita*. No vaya tan rápido que no está haciendo el amor con su marido. Meta la manita dentro y tóquese —ordené dulcemente—. Roce su tripita, su sexo muy ligeramente, los labios, ábralos con sus dedos y dígame si está mojada...

—Por Dios, estoy tan excitada... ¡voy a correrme enseguida! —gimió dócil y enferma de tanta voluptuosidad—. ¡Ay, Lany! Tengo el chochito empapado, ¡nunca había estado tan húmeda...! Por favor, cielo mío, ¿puedo tocarme dentro...?

—No, no debe tocarse ahora, se lo pido por mi amor. Quiero que unte bien sus deditos y los chupe después —pedí susurrando—. Así sentirá el sabor que voy a tener yo en la lengua cuando *lama su cuquita* (se lo coma)... Pero, después, ¡no se toque!

—¡Ay, me muero de gusto...! Eres tan cariñosa, Lany, y, ¡con ese acento tan dulce que me vuelve loca! —decía chupándose los dedos—. Me gusta chuperretearme los dedos mojaditos... sabe rico... ¿De verdad me lo vas a comer...? ¡Tengo muchas ganitas... nadie me lo ha hecho nunca....!

—Vamos, *bizcochito*, ¡no se toque! —dirigí sintiendo como cambiaba de postura y disminuía el ritmo de su caricia—. Vamos, perrita caliente, ¡saque la manita y guarde eso para mí! Diga que quiere ser sólo mía, dígamelo... ¡qué se va a entregar cuando se lo pida!

—¡Ay, Lany, ay, que me haces, me vas a matar de gusto...! Si no quieres no me toco más, de acuerdo. Sí, soy tuya... A partir de ahora sólo quiero que me folles tú —jadeaba gimiendo—. Solo tuuuuuuuú... ¡Ay, Dios mío, me muero de ganas! Pero, guardo todo este deseo para dártelo y abrasarte con el cuando tú lo digas...

—Gracias, cosita por su paciencia, gracias por esperar mi vuelta. Ya está, ya pasó, descanse, mi amor, relájese, no piense en nada —murmuré sintiendo mis bragas empapadas bajo el hábito—. Vamos, tranquila, nenita mía... ¡La *comería* (follaría) ahora mismo enterita! También estoy excitadísima y deseando tenerla en mi brazos para besarla hasta que se ahogue... pero, si guardamos tanta ansia dentro, será mas bonito cuando nos encontremos

Me moría de ganas de tocarme pero tampoco quería dar tanta confianza a AR; los tipos no comprenden nuestras cosas y, si la ven a una *venirse*, olvidan quién es el *duro* y, luego, hay que ponerlos en su lugar. Si hubiera sido Juanita mi acompañante, quizá hubiera sido distinto. Mientras pensaba en estas cosas y en qué *carajo* me esperaba en Portugal, envié a Estefanía a beber agua para tranquilizarse.

Cuando volvió, mucho más tranquila, seguimos *echando carreta*. Seguramente hacía años que nadie escuchaba a aquella muchacha. Se desbordó con tanto ímpetu como rebosa el vaso que llena insaciable un borracho. Me contó que éramos casi vecinas, ella vivía al otro lado del parque, cruzando la calle Silvano, en Villarosa. Muy cerca, pero, muy lejos. Me confesó que me había visto asomada a mi terraza sobre el parque y que le parecí una *pija* (pupi).

Estefanía, según me contó, vivía en un piso de 80 metros cuadrados, en un *rascacielos* asomado sobre un solar vacío y frente a un polideportivo municipal. En los bajos de la vivienda, estaba la oficina de la Asociación de Vecinos del barrio; según parece, su marido eligió aquella casa porque siempre deseó destacar en todo, hasta en la altura de su edifico, incluso, se presentó varias veces como candidato para presidir la Asociación y le sentó muy mal que lo rechazaran.

No se divertía mucho. Era maestra pero su marido, celoso, una vez casados, la obligó a no trabajar. Ella obedeció sin rechistar, por no discutir, porque, sin saberlo, estaba genéticamente concebida para la obediencia. A diario, mientras ventilaba la casa, así me lo dijo, conversaba un rato con el vecino de al lado; el hombre, un jubilado, pasaba la mañana mirando a la calle, sentado en su balcón de un metro de ancho por dos y medio de largo cuidando de tres enormes jaulas de canarios. A veces, cuando el calor permitía acostarse con la ventana abierta, la algarabía de aquellos malditos pájaros que odiaba le impedían dormir la siesta; pero, era buena y callaba porque sabía que alegraban la vida del viejito.

Los domingos, el matrimonio daba un paseo hasta la iglesia, en un entretejido caminar buscando, si era verano, la sombra de la calle Tribaldos y, en invierno, cambiando de acera para recibir un débil lengüetazo de sol en la cara. Él, decía creer en las bondades del ejercicio físico. Andaban la calle Tribaldos y cruzaban Emigrantes para oír misa en la parroquia de Santa Paula. Según afirmaba su esposo aquella iglesia era más bonita y más elegante que su parroquia de Santa Rosalía. Desde luego, dijo Estefanía imitándole, Hortaleza era mejor barrio que el suyo. Además, prosiguió riendo, a esa misa iba su jefe del Carrefour y a su marido le gustaba codearse con él. Esperaba conseguir que acabara aceptando la invitación que le hacía y que, invariablemente, era rechazada todos los domingos. Para frustración de su marido, después de misa, nunca lograron tomar el aperitivo con el jefe.

Al salir de la iglesia, compraban unos paquetes de pipas en El Oso Goloso, una tienda de chucherías cercana, para rumiar por la calle disimulando el abrumador silencio. Las pipas duraban hasta la puerta de la jamonería El Nuevo Yantar, tugurio de suelos encharcados con servilletas arrugadas y cáscaras de mejillones crujiendo bajo los pies; allí, entre gritos de camareros y bulla de niños malcriados, daban cuenta del refocilante aperitivo dominguero. Un vermú de barril y y una tapa de jamón seco, mal cortado de un pernil añoso, pero, olfateado con tanto aspaviento como si se tratara del mejor Jabugo o Cumbres Mayores. *Hoy no es de los mejores, chaval*, repetía cada domingo el marido de Estefanía al camarero, quién, poniendo cara de mala hostia pensaba, *será, hijoputa, el gilipollas este, si siempre come la misma mierda de jamón. ¡Como si algún domingo probara del bueno!*

Volvían a casa para la habitual paella dominguera que ella preparaba teniendo buen cuidado de que su marido no la encontrara pasada; después unos eructos y una siesta hasta la hora de ir al Soccer, un pub de la calle Silvano. Le gustaba ver allí el partido porque decía que la gente de Silvano era mejor, que tenía más clase. Maniático, concluyó Estefanía, maniático y pijotero. Porque la tele del Soccer no era de las grandes, como la pantalla gigante que había en un garito de hinchas del barrio cercano a su casa; un día el dueño del local la invitó a entrar para ver la pantalla. Era maravillosa, casi como el cine, pero salió rápidamente porque tenían puesta una película pornográfica, estaba lleno de inmigrantes latinos y sus miradas la abrasaban. Eran los mismos hombres, continuó Estefanía, que, desde la puerta del locutorio, desgranaban a su paso un rosario de requiebros y obscenidades que, si bien la hacían sentirse deseada, al mismo tiempo, la atemorizaban con la inminencia de sus braguetas abultadas.

¿No te aburro?, preguntó inquieta por molestar; entendí que no concebía que nadie pudiera escucharla tanto rato sin cansarse y mandarla callar. La animé cariñosamente a continuar y me dijo que, mientras veía el partido en el pub, su marido se ponía como un cerdo a *patatas bravas, cortezas* y *birras* (aperitivos y cervezas); luego, algún *cubata* (cubalibre) y, cuándo llegaba a casa borracho, lo peor era que hubiese perdido el Madrid y que, además, quisiera *follarla* (tirar). Con las copas y el *cabreo* por la derrota *se le subía* (se le paraba) menos que de costumbre y entonces, exasperado, la llamaba puta y frígida. Si a duras penas conseguía *empalmarse* (pararse) y se la metía, esto era la parte mala, la parte buena, decía mi niña riendo, es que sólo aguantaba dos empujones. La experiencia le había enseñado atajos para acortar las débiles acometidas de su esposo; en cuanto la penetraba, ella doblaba las rodillas y abría mucho las piernas. Así, en esa posición, no se sabía porqué el tipo sufría una especie de vértigo sexual que le hacía sentirse hundir dentro de ella. ¡Fíjate si será tonto!, prosiguió risueña Estefanía, que mi marido en vez de decir como todo el mundo, *¡ay, que me corro...*(que me vengo)!, gritaba mareado, *¡Ay, que me caigo...!* Eso, a ella, le parecía muy poco serio para todo un responsable de reponedores de Carrefour.

Al principio, fue de recién casados cuando descubrió el truco, le daba lástima hacérselo y juntaba los muslos por si, ratrasándolo, podía ella correrse también. Cuando comprobó que era inútil, en cuanto la tenía dentro doblaba las rodillas y se abría de piernas, y, sin sudarlo, con dos sacudidas de cadera acababa con la corrida del domingo. Nunca la besaba, nunca la acariciaba ni le dijo una palabra de amor y ella jamás gozó, pero, al menos, al tipo lo aliviaba en un plis-plás. Luego, él se subía los pantalones, la dejaba tirada en la cama sin deshacer y, domingo tras domingo, repetía lo que no era una pregunta sino una afirmación... voy a pedir una pizza, ¿quieres la especial cinco quesos? Y noche tras noche, viendo la repetición de las mejores jugadas de los partidos en un canal deportivo, acababan tragando aquella bazofia de masa con quesos especiados, ternera que parecía perro, cebolla, pimientos verdes y champiñones de lata.

Por todo eso, decía bajando la voz, mi matrimonio es triste, feo y aburrido. Era la empleada de hogar o, mejor, la chacha sin sueldo de un futbolero de barrio, un ama de casa cutre y con poca pasta. La puta de un empleaducho violento, barrigón y blandito, que ejercía de jefecillo en un supermercado y pagaba con ella, soltándole algunas bofetadas a destiempo, la frustración que le hacían tragar sus jefes y la mala vida que le daban los supermillonarios jugadores galácticos del Real Madrid perdiendo partido tras partido.

Lo del sexo y el débito conyugal, explicó riendo, no creas que al principio no me dio dolores de cabeza. Como no le gustaba en absoluto el trajín del folleteo sin correrse, un día le preguntó al cura viejito de la parroquia si debía seguir haciéndolo siempre que su marido quisiera aunque ella no sintiera nada, no llegara a gozar; el sacerdote dijo que desde luego que sí, que el débito conyugal era ineludible, que debían tener hijos para el Señor y, sobre todo, que si no se desahogaban en casa los hombres se iban de putas y luego volvían en pecado y con enfermedades. Eso la asustó, recordó los carteles sobre el VIH que empapelaban las paredes del centro de salud, y, como tenía pánico al sida, pensó que sería mejor continuar dejando que la jodiera; total, tampoco era para tanto, un mal rato una vez cada Domingo o cada quince días. También, desasosegada, le confesó al cura que por las mañanas, cuando él se marchaba, solía toquetearse; luego, dejó de detallarle aquellas prácticas porque, mientras describía sus manipulaciones, el santo varón resoplaba cada vez más fuerte dentro del confesionario. El buen párroco se ponía burro, me dijo riendo a carcajadas, sofocado pedía más detalles y eso, a su edad, no debía ser bueno. Así que se tragaba el remordimiento sin renunciar, eso jamás, a los diarios tocamientos.

Todos los días se hacía al menos una pajita, me dijo algo avergonzada. Me explicó que le gustaba acariciarse mucho rato y bien adentro y que, sólo rozaba levemente su clitoris cuando, al final, deseaba *venirse*. Nada que ver con aquel desmañado *frota-frota* (toqueteo poco hábil) que de novios le hacía su marido, que ya entonces no la ponía nada y acababa dejándola toda *escocida* (con el sexo irritado). Ahora, de casada ya ni eso, su marido iba directo al *mete saca* (sexo sin imaginación). A veces, ella buscaba la ayuda de ese suave amante hidráulico que era la manguera de la ducha y, dirigiéndose el chorrito de agua caliente al *chumino* (chocha), enloquecía de placer despatarrada en la bañera. Aquella

413

húmeda caricia era mejor que cualquier *polla* (tolete) del mundo. Bueno, del mundo no sabía, porqué la única que le habían metido era la de Jiménez; o, mejor dicho, la de Jiménez López como él prefería que le llamaran porque le sonaba más aristocrático y más propio de encargado de una gran superficie.

Un domingo por la tarde comprendió que nunca sería feliz. Después de la siesta, su marido quiso que se la mamara, y, ella, del asco de chupar aquella cosa flacida, vomitó la paella mal digerida sobre la tripa de Jiménez López; se ganó unos insultos y dos bofetadas. Por la noche, después de ver una película porno, su marido la ató para azotarla un poco. Todo salió mal, porque en cuanto comenzó a castigarle el culo con unos cables eléctricos trenzados, gimió tanto que él *se corrió* (se vino) de inmediato y tuvieron que dejarlo; además de quedarse calentísima, sacó en limpio otra bofetada y algunas maldiciones. Nunca llegó a saber si gimió de dolor, de placer o para que su marido se corriera pronto pero, desde entonces, confesó Estefanía, tenía mucha curiosidad por el *sadomaso* (sadomasoquismo) casero.

Su forma descarada y *naif* (ingenua) de contar, su castellano tan madrileño, me hacían reir y me calentaban con locura; discretamente, para que AR no me descubriera, apretando los muslos y contrayendo los músculos de mi sexo, acabé *viniéndome* en las bragas mojadas. Fui tan discreta que, Estefanía, ni se enteró de mi placer mientras proseguía con su narración.

En fin, la suya era una vida de mierda; un marido abominable y un viacrucis sexual. Todo unido hacía que en lugar de rebelarse, algo inconcebible para su cerebro, se evadiera entregándose en cuerpo y alma a los programas de la televisión rosa; más movida por su carácter sentimental que por afán de chismorreo, que también. Además, intentaba apartarse de su patética realidad de varias otras maneras. Por ejemplo, era adicta al vicio inconfesable; el *shopping* salvaje a su nivel. En el barrio, con lo que sisaba a Jiménez de la compra, arrasaba en las tiendas chinas de todo a un euro. Volvía a casa cargada de bolsas con baratijas orientales tan feliz como si viniera de dejar sin existencias la *milla de oro* (zona de Madrid famosa por sus comercios de lujo). Sólo al esquivar críos groseros con camisetas de fútbol horripilantes, cayendo en monopatín cuesta abajo por las aceras, despertaba de su sueño. También leía con avidez toda novela histórica siempre que primara en ellas lo romántico sobre lo guerrero, y, cuando no era el caso, se saltaba las páginas de intrigas y batallas. No conocía los libros de Alfredo, pero, se puso contentísima cuando la interrumpí para decirle que a mi vecino escritor estaría encantado de conocerla y dedicarle sus novelas de amor y aventuras en Las Indias del siglo XVI.

Era evidente que llevaba mucho tiempo sin hablar, sin que nadie se interesara por sus cosas, que estaba emocionada, pero, también agotada de tanta conversación y tantas emociones. Concluyó explicándome su consumo inmoderado de cantidades ingentes de revistas del corazón, dolida siempre por los desamores de otros y envidiosa de romances ajenos. Suspirando melancólica, pero, sin lamentarse demasiado, porque había quiénes estaban mucho peor. Así, al imaginarse casi una privilegiada, intentaba relegar al olvido su calvario conyugal. Recordaba sus orígenes progresistas y un papá sindicalista y rugía de coraje, eso si, sordamente, cuando escuchaba las protestas de su marido al pasar junto a las pintadas en las paredes de las zonas más humildes del barrio. *El Ché vive. Sin pobreza no habría delito.* ¡Ingenuos!, decía su marido leyendo en los muros. ¿No saben que, ricos y pobres, aquí, todos roban? Y los insultaba llamándoles gilipollas y rojos de mierda. Porque, si bien, su marido no admitía adscripción politica alguna, ella pensaba que era bastante reaccionario y algo facha.

–Bueno, Lany, ésta es mi vida, que tú has alegrado desde hoy –concluyó preguntando tímidamente –. ¿Te he aburrido demasiado?

–No, nenita, ha sido muy sincera. ¡Usted me gusta mucho! –respondí despidiéndome demasiado abruptamente para mi gusto–. Pero ahora debo dejarle, en cuanto acabe el trabajo, vuelvo con usted para amarla siempre, ¿Ok? *Chao*, mi amor –dije, mientras el *carro*, se adentraba entre las calles de Oporto.

Tras recoger el sobre en el hotel, AR, guiado por el GPS, introdujo el automóvil en el aparcamiento de un edificio moderno del centro financiero de la ciudad. Tras aparcar, tomamos el ascensor hasta la azotea.

–Doctora, yo me quedo aquí –dijo mi guardaespaldas antes de abandonar el ascensor–. La condición es que vaya sola. Al otro lado de la puerta la espera un tipo que la guiará; desde Bogotá me ordena la gente de don Omar que confiemos, que todo es limpio, no hay *vuelta*.

–Ok, AR, no se preocupe. Parece un cliente algo paranoico –sonreí intentando mostrarme despreocupada–. Aguárdeme y, si no llamo ni vuelvo, escóndase y avise a Juanita que desaparezca. ¡*Pilas*, cuídese!

–De acuerdo, señora. Ahí viene alguien –dijo empuñando el arma de su cintura mientras dos tipos se acercaban a nosotros–. No son latinos, señora, son portugueses.

–Tranquilo, AR. Deje el arma. No pasa nada, confío ciegamente en Omar –dije alisando mi hábito y dirigiéndome a los que llegaban–. Aquí estamos, hermanos, para lo que Dios y ustedes gusten mandar.

–Vamos, sor, a usted la esperan en la terraza. Usted, señor, se queda, puede guardar el arma y luego le diremos qué tiene que hacer –dijo uno de los recién llegados quedándose junto a AR.

–Adelante, hermana, por aquí, se lo ruego–rogó el que me acompañaba.

–Hasta pronto, AR. Recuerde mis consejos –dije caminando hacia la puerta.

En el techo del edificio aguardaba un helicóptero. Tenía el rotor en marcha y el gorila que me acompañaba me indicó que subiera al lado del piloto. Nadie parecía saber a dónde me llevaba, no lo sabían o no no eran amigos de dar explicaciones. ¡Coño! Y yo que me disfracé de monja por si debía callejear, ahora, ¡me encontraba convertida en paloma volandera!

–¡Bienvenida, sor! Espero que le guste volar. Mire, hermana, lo abro ante sus ojos, dígaselo a sus amigos –dijo el piloto, un afrocolombiano del Quibdó, rompiendo el lacre de un sobre y estudiando las instrucciones–. Tengo órdenes de llevarla... veamos a dónde... ¡Sí, es fácil! Tenemos una cita en altamar, pero, ¡estos tipos están locos! Allí no hay nada, sólo agua... Tardaremos hora y media. Y sólo cargamos el combustible necesario para ir y volver a tierra...

–Los caminos del Señor son inescrutables, hijo mío –respondí sonriendo tranquila, mientras pensaba que nueva locura era aquella–. Pilote dónde le dicen y si le señalan el mar no dude y vayamos al mar, muchacho, no se preocupe, ¡Dios proveerá en su infinita bondad!

–De acuerdo, hermana. Respeto al señor Jesús –respondió el joven piloto con una sonrisa muy blanca en su cara negra–, pero esta nave no es el Arca de Noé, sor. Tan sólo es un helicóptero Robinson R44 Raven y su autonomía es limitada. Espero que sepa nadar porqué el lugar donde vamos es alta mar. ¡No hay nada! Sólo aguas internacionales, fuera incluso de las 200 millas. ¡Allí, sólo hay tiburones!

–Amén, muchacho, amén. No tema. El Señor es nuestro Pastor –respondí haciendo la señal de la cruz sobre su cabeza mientras sonreía–. *¡Él nos guiará hacia las aguas quietas y aunque atravesemos el valle de la muerte, Él nos salvará de todo mal!* Salmo 23, hijo mío. Rece y vuele, muchacho. Rece y vuele. Y, por favor, ¡no joda más la paciencia!

Me preguntaba que coño iba a hacer en medio del Océano, pero, a diferencia del piloto, yo confiaba en los *duros*, no dudaba. Si me enviaban allí, en medio del puto mar, algún motivo tendrían para hacerlo. Así que dejé vagar mi vista hasta que me aburrí de azul, mar y cielo. Luego, incrustándome la pistola en los riñones por lo duro del asiento, me dormí pensando en la tierna barriguita de mi Estefanía.

–¡Hermana, despierte! Estamos sobre las 210 millas... y alguien se está metiendo en mi radio! –me gritó el piloto señalando los auriculares del Intercom 10 para hablar entre piloto y copiloto–. Mire, por lo visto, la esperan en aquel yate enorme... ¡Ordenan que aterricemos en su helipuerto! ¿Conoce a alguien de Nassau? El barco trae esa bandera...

–Bueno, hermana, espero traer bien aprendidas mis lecciones de la escuela de pilotaje. ¡Es la primera vez que aterrizo en un jodido barco...! ¡Perdón, sor! –suspiró el negrito–. El yate tiene al menos 50 metros, el propietario no debe estar en la indigencia... ¡Sus amigos le darán un buen donativo para los pobres!

El piloto cumplió su parte y consiguió dejar su trasto volante en el helipuerto del yate; apenas aterrizado, mientras cesaban de girar los rotores y un marinero calzaba las ruedas, saltó del aparato y abrió mi puerta mirando con desconfianza a los cuatro *traquetos* colombianos que *Uzi* en mano rodeaban el aparato.

–Ay, hermanita, por favor, dígale a esos muchachos que no se pongan nerviosos, *¡que al son que me toquen bailo* (obediente)

–miró sorprendido ante el enorme despliegue de armas –. Si le hacen venir hasta aquí para recoger las limosnas y las protejen con tanta *metra*, ¡deben ser muy piadosos y tenerle dispuesta una buena *platica*, hermana!

–Vamos, muchacho, vaya con ellos, y ¡no sea *alevoso* (peleón) –le dije mientras lo cacheaban y registraban el helicóptero–. Ore y repose, *mijo*. Ore y repose.

–Por favor, hermana, aguarde unos instantes –dijo uno de los traquetos sin dejar de apuntarme–. Aquí ocurre algo medio raro.

Mientras uno se llevaba al piloto, otro, con la *Uzi* en la mano, pedía instrucciones por una radio VXA-300 Pilot. El tipo, gesticulaba sudando intentando explicar a su interlocutor que una jodida monja acababa de descender del cielo en el hijueputa helicóptero. Yo escuchaba divertida, sin intervenir, mirando las olas entre vaharadadas de combustible mezclado con la brisa de mar y algún chillido de las gaviotas volando sobre el barco. No debieron tranquilizarle con la respuesta, porque, súbitamente los *traquetos* se tensaron y ordenaron que levantara los brazos mientras las armas me apuntaban directamente.

–¡Usted, hermanita, *hágale!* Levante los brazos que vamos a ver que trae encima. No la *embarre*, sor, que el *duro* la quiere limpia –dijo el de la radio incómodo con los auriculares, el transmisor portátil y la *Uzi*.

–Hijos, ruego al Divino Niño que no caigan en pecado de lujuria cacheando a esta pobre monja. No es cosa santa *abejorrear* (meter mano, toquetear sexualmente) a las siervas del Señor –dije sonriendo mientras uno me registraba.

–¡Ah, *carajo*, dése la vuelta! ¡Hágale, hágale! ¡Pilas, muchachos! ¡Esta *jodida* monja está *enfierrada!* –se inquietó el que me registraba–. No dejen de apuntarla... Vamos, hermana, empelótese...

–La puta monja está armada, ¿quiere que la arrojemos al mar? –preguntó nervioso por la radio el responsable en cubierta.

–*Revestíos de bondad y mansedumbre, si alguno tiene queja contra otro –* sonreí mientras levantaba el hábito–. No hace falta que me *aprieten* (amenacen), muchachos. *Como el Señor os perdonó, yo os perdono.*

–No lo va a creer, patrón, pero, esta *dizque* monja fea, debajo lleva bluyines –ladró el que manejaba la radio–. Y, chaleco antibalas... y pistola... y un puto cuchillo japonés en el cinturón... ¡Esta monja es un arsenal! ¡Está *mancada*! ¿La *acostamos, doctor, o qué*?

–Sí, *gonorrea hijueputa*, llevo jeans, ¡no como la *vagabunda* (zorra) de tu hermana que anda sin *calzones*! –contesté *braveando*–. Dígale al *apendejado* de la radio que deje ya de *güevoniar* conmigo que tengo prisa. Y, ustedes, ¡*pilas*! Traten con delicadeza mis juguetes.

Su primera reacción fue pegarme con la *Uzi* en la cabeza pero un ladrido recibido por radio le hizo cambiar de idea. Ordenó, aún con ganas de golpearme, que me condujeran abajo.

–Camine, *Sor Raimunda* –dijo clavándome el arma en los riñones mientras recogía mis armas.

–¿Me invitan a pasar? ¡Qué atentos! –respondí al mismo tiempo que me conducían escoltada hacia el interior del barco.

Entramos en un salón decorado con el mal gusto habitual con que sus dueños amueblan estos barcos; muchos oros, muchos cristales y alfombras, de pelo tan largo, que había que *machetear* (dar machetazos) para abrirse camino. Un barco inmenso, carísimo y horroroso. Seguramente, el capricho de algún *capo* de la vieja escuela, un primitivo dinosaurio macho superviviente de la época de los grandes *carteles* (organizaciones ilícitas vinculadas al tráfico de drogas). Aquello no era normal, confiaba en mi gente cuando decían que no había nada que temer, pero, si no venían por mi cabeza, ¿para que cojones tanta parafernalia? ¿Se trataba de un encargo tan especial que el cliente se molestaba en venir personalmente a cerrar el trato? Procuré mantener la calma aunque comenzaba a temer una muy desagradable encerrona. Mi gente podía estar equivocada. ¿Y si fuera una venganza? Respiré hondo y traté de mantener los nervios fríos y la mente despejada. No hablaba ni actuaba como sicaria, por eso era la mejor en mi especialidad. Había sido una asesina *formal* y si me tocaba ser el *muñeco*, intentaría comportarme. Probaría a situarme cerca del *malparido* y matarlo; si no lo lograba, si conseguían *bajarme* los *traquetos* de las *metras*, sería un ejemplo de profesionalidad y me moriría sin *hacer caras*.

A prudente distancia, los tipos armados no me quitaban ojo desde las esquinas del enorme salón; me quité el hábito y el resto del disfraz antes de sentarme frente a la puerta, porque, malo o bueno, lo que fuere aparecería por allí. Aquella jodida puerta, podía abrirse para conducirme a una muerte rápida o dejar paso a un tipo con una motosierra. Intenté sonreir, aunque el corazón me coceaba las costillas. Si el puto genoma es idéntico en 99.9 % para todos los humanos, ¿porqué carajo aparecía gente como yo en el mundo? ¡Con lo cómodo que es ser profesional o artesano y no andar siempre envainada! Con razón, desde niña, siempre *they called me Naughty Lany* (me llamaban Lany la Traviesa). Elegí y vivía al día, fuera de la ley, como los protagonistas de la novela picaresca del Siglo de Oro que leí en la Universidad.

En algún lugar de la cadena había un eslabón roto que me condujo hasta aquí, a esperar la aparición de un *hijueputa arrecho* preguntando porqué maté a su mamá, a su hermano o a su hija. Seguramente no quedaría satisfecho de mis respuestas y se divertiría troceándome para cebar sus cañas de pescar atunes. En el jodido salón hacía un severo *helaje*; se abrió la puerta, cesó la *tembladera* y tuve un recuerdo para el Divino Niño. Que sea rapidito, pensé.

El reloj sobre un recargadísimo *chifonier* (mueble con cajones más alto que ancho) marcaba la media tarde cuando entró una muchacha morena, de carita preciosa y cuerpo espectacular; una *prepago* menor de veinte años, con un paquete en sus manos. Sin decir palabra me tendió una caja larga y estrecha en madera negra y un rectángulo forrado en papel charol. Luego, se situó a mi espalda. Nadie, que no sea un sicópata muy caracterizado, hace tanto teatro para matar a un enemigo. Intenté vencer la paranoia y abrí aquellos regalos; sudando frío, deshice la lazada negra y, de su envoltorio de terciopelo, extraje una preciosa katana protegida en una funda lacada. Bajo el papel acharolado aparecieron los colores brillantes de un cuadro de Botero. En una iluminación tendente a la penumbra, destacaban, perfectamente iluminados, las vibrantes tonalidades del cuadro. Deliciosa la entregada voluptuosidad de aquella gorda sorprendida en la cama, leyendo la carta de algún amante, entre gajos de toronjas desperdigados sobre la colcha roja. En el marco una placa dorada, Fernando Botero, La carta, 1976. Tras contemplarlo detenidamente, fatigada de tanta sensualidad, necesité descansar la vista del Botero refrescándola en el frío acero de la hermosa katana.

Comprendí que no había peligro. El arma también era un regalo. En el peor de los casos era la posibilidad de morir con dignidad, matando. En el mejor, un regalo de alguien lo suficientemente *platudo* como para gastarse un *jurgo* de dólares conmigo. Citarnos en alta mar para entregarme aquellas joyas, el cuadro moderno y la espada antigua, debía costar una verdadera fortuna. Sólo existía en el mundo un *mancito tan bacán* para recorrer medio mundo y comprarme una katana fundida por el legendario artesano *Hattori Hanzo* (mítico artesano fundidor de espadas en *Kill, Bill,* de Tarantino). Solo un hombre me quería tanto como para llegar con aquel cuadro maravilloso y aquella espada y entregármelos en medio del Océano Atlántico. Mi hermano Omar.

Dejé el cuadro apoyado en una sofa, introduje la funda de la katana en mi cinturón y desenvainando la empuñé a la manera tradicional japonesa, vertical y con ambas manos; así, en suspensión, me dispuse ante la puerta; tras de mí dos explosiones que, sin girarme, identifiqué con el sonido de las botellas de champaña al descorcharse. Se abrió la puerta y Omar avanzó sonriente. Marcando golpes con la espada, lancé un ronco grito de ataque desde lo más hondo de mi vientre. Sin llegar a alcanzarle con el filo detuve la punta de la katana a medio centímetro de su garganta y, con un fuerte grito final, enfundé el arma. Luego, con una mano en la empuñadura y la cabeza baja, me arrodillé ante él a la manera oriental. Omar oyó silbar el acero junto a su cara sin inmutarse. Como si viviera tras un cristal blindado. Divertido. Entonces, me levantó del suelo y me estrechó contra él.

Abrazada, me condujo hasta la habitación de al lado y llorando me sentó en un sofá; Édgar y Sobradito entraron para besarme y, tras unos minutos, salieron sin decir palabra siguiendo a la muchacha que dejó dos botellas de champaña sobre la mesa.

Lloramos hasta agotarnos recordando a Leonor, charlamos durante horas haciendo planes para el futuro, coordinando inversiones y abriéndonos nuestros corazones; durante toda la noche, bebimos hasta anegarnos. Al amanecer, extenuados, Omar me envolvió en una cálida manta de mohair y me mantuvo abrazada contra él.

—Bueno, ya pasó, hermanita. No llore más, por favor —me mecía como a una niña—. Ya, nena, ya pasó.

—¡Dejémoslo todo Omar, se lo ruego! No necesitamos más plata —suplicaba yo derrumbada—. ¿Cuántos *manes* habré de *acostar* aún? ¿Cuándo años me quedan antes de que me maten en una *vuelta*? ¿Piensa que nunca le entregará a la DEA algún traidor? ¿Está seguro de que alguno de sus *mafios* más ambicioso no le *sonará* un *pepazo* por la espalda?

–Óigame, Omar, aunque no tenemos la misma sangre, nadie le quiere tanto como yo –dije jadeando de ansiedad–. Hace pocos días detuvieron en Madrid a Orlando Sabogal Zuluaga, del cartel del Norte del Valle. ¿Qué le dice eso, hermano? Los estadounidenses ofrecían cinco millones de dólares por su captura. ¿De que le sirvió ser el capo más poderoso de Colombia? Lo detuvieron en un *mall* sin disparar un tiro; le brincaron encima seis policias. Lo inmovilizaron y esposaron en el suelo. Sin ningún honor, como a un carterista, como a un *pendejo*. Ahora está en una cárcel española pendiente de extradición y le espera cadena perpetua en los Estados Unidos.

–¡Tengo una *terronera tenaz!* Por usted y por mí, por nuestros amigos, por todos –continué sollozando abrazándolo fuertemente–. He sido profesional, he cumplido las reglas. Pero, estoy cansada, Omar, ya no puedo seguir. He matado tan de cerca que estoy rociada de la sangre de todos los muertos. Y por más que me limpio, esa sangre no se borra. ¿Qué más necesitamos? ¿Cree que podré seguir matando gente con 60 años? ¿Seguirá usted dentro de veinte llevando alijos por el mundo? Dejémoslo todo, hermanito, ¡vivamos!

–No se preocupe, mi amor, ¡vine para decirle eso! Nos retiramos –sonrió mi hermano besándome el pelo–. Édgar y Sobrado seguirán con el negocio; ellos no quieren dejarlo. Usted es lo único que me queda. Es mi *sangre*, no la quiero en peligro. Escúcheme y no llore más, Lany. Lo dejamos. Ya. Listo.

–Tiene razón, ¡esta mierda cada día es más peligrosa! Con el euro a 1.43 dólares, los precios de la coca bajan y bajan en los mercados europeos. Desde el año 2000 la *perica* se ha depreciado 30%, eso hace que, para mantener los beneficios, haya que aumentar la oferta, lo que dispara el riesgo. ¡Ya no es divertido! Es una fábrica y, ¡comienza a ser demasiado peligrosa! –expuso lo que debía llevar años pensando–. Nunca leí un libro, usted me enseñará a elegirlos y, también a visitar museos, descubrir restaurantes, a conocer Europa. Tengo hambre de cultura. De paz.

–Luego haré como Carlos Castaño, buscaré un buen periodista y le pediré que escriba mi vida –reía pensando en voz alta–. O, tal vez, pueda hacerlo usted. Primero, su vida y luego, la mía. ¡Serían dos best-sellers! ¡Nos haríamos famosos!

–¿Está loco, mi amor? ¡Uno vale más por lo callado...! –protesté escandalizada–. Jamás se le ocurra hacer nada parecido. Nos crucificarían. Seríamos pasto de las fieras. En Europa la riqueza solo la exhiben los pobres y los funcionarios que se creen próceres. Hay que vivir discretamente de puertas afuera, en casa, haga lo que desee.

–¡No, mentira! Son bromas... Estoy más cuerdo que nunca, Lany –dijo pensativo protegiéndome con sus brazos–. Hay que dejarlo todo. Ahora es el momento. Hace pocos días el sistemas de interdicción aérea de la FAC (Fuerza Aérea Colombiana) movilizó cazas de combate para obligar a uno de mis pilotos a aterrizar. Venía de descargar en Venezuela y no encontraron nada, pero, ¡cada día es más difícil burlarlos!

–Detuvieron al piloto y los cazas bombardearon mi avión en tierra. *Dizque* para practicar –prosiguió Omar acariciando mi pelo–. Y con éste, tengo más de veinte aparatos calcinados desperdigados por el país. La ruta aérea norte-sur ya no es segura, demasiada tecnología norteamericana. Y, ¿qué hacer? ¿Declarar la guerra al Estado como D. Pablo (Escobar, famoso narco muerto en enfrentamiento con la policía)? Ya hemos visto qué les ocurre a quiénes lo han intentado...

–¡Nos retiramos, hermanita! Usted y yo. ¡Se acabó! –aseguró sonriendo mi hermano–. Olvidemos la violencia. Nadie me busca ni en Colombia, ni en los Estados Unidos, ni en Europa, estoy limpio. Tendremos que vivir de los ahorros y de alguna rentita que nos pasen nuestros amigos. ¿Cree que tendrá suficiente para *cachuchos*?

–¡Me hace feliz, Omar! –me abracé contra él–. Hace mucho que no pienso en otra cosa. Estoy agotada de vivir varias vidas y *jalar* tras de mi tantos pasados. Espero que baste con mis ahorros – añadí bromeando– y, si no hay para *calzones*, ¡se los robaré a alguna de esas *prepago culiprontas* que siempre le acompañan a usted!

Durante las horas siguientes, primero solos y luego con Édgar y Sobrado, hicimos números, detallándolo todo para el traspaso del poder y del negocio; allí se consignó todo por escrito, casas, fincas, hombres, inversiones muebles e inmuebles, claves y códigos cifrados, cuentas bancarias, tapaderas para *lavar* dinero, todo lo necesario para su retiro y para dejar el entramado del negocio en manos de sus amigos. Los nuevos *capos*. Ellos pagarían hasta saldar la deuda. Fue generoso en las condiciones porque ya teníamos mucho y los apreciaba.

Omar lo dejaba con tristeza, pero convencido de que era lo mejor; intentó persuadir a sus amigos para iniciar en sociedad negocios legales en cualquier parte del mundo. Les recordó que, debido a las presiones de la DEA, cada día era más difícil contar con apoyos de políticos, jueces y fiscales. El mismo fiscal antidroga de Panamá debió renunciar tras desarticularse en aquel país la infraestructura de un importante narco colombiano. El fiscal estaba ahora inmerso en procesos penales vinculados a la protección que brindada al narcotraficante. El narco, Pablo Rayo Montaño, era uno de sus competidores y uno de los capos más buscados por la DEA.

—Sepan, además, que ahora los periodistas están frontalmente contra el narcotráfico. Los *duros* ya no gozan del favor mediático de hace años –dijo Omar–. La situación ha empeorado considerablemente. Aunque sigan amenazando e intimidando a los periodistas, les será difícil matarlos porque éstos atentados tienen pésima imagen en la sociedad y empujan al Gobierno a actuar contra los *carteles*.

—Y, si no temen morir –continuó mi hermano–, los periodistas se envalentonan y sus investigaciones sobre las redes del tráfico y nuestros contactos en el Congreso se hacen cada día más letales.

—La batalla contra los periodistas se ha trasladado a la frontera mejicana con los Estados Unidos –prosiguió hablando lentamente–. Hoy, matan tantos periodistas en México como se asesinaban en Colombia en los años ochenta. Pero, también allí, perderemos esa batalla. Ya hay demasiados carteles en el mundo, ¡colombianos, mexicanos, peruanos, bolivianos, ecuatorianos, gallegos, andaluces, africanos... demasiados!

—Si continúan, recuerden tener contenta a su gente –recomendó mi hermano–. Son más de cinco mil personas fieles que dependen de ustedes. Cultivadores, *cocineros* (laborantes que convierten la hoja en pasta de coca), transportistas, químicos, pilotos, abogados, sicarios, lavadores de dinero, periodistas, políticos, banqueros... ¡No se olviden de ninguno!

–Muchachos, no sean *pendejos*, escúchenme, por favor –les rogué a mi vez–. *¡Ya sufrimos amargura, disfrutemos juntos de la holgura!* Bien administrados los ahorros, con inversiones en negocios limpios, dan para vivir como príncipes sin tener que *cargar* pistola desde por la mañana. Hay *plata* suficiente para todos, retírense con nosotros.

–No, Lany. Lo siento Omar –dijo Édgar después de consultar a Sobrado con la mirada–. *Ustedes nacieron con tanta suerte que hasta un gallo les pondría huevos*; nosotros debemos *camellar* un tiempito más. Estén tranquilos, desde hoy, están desvinculados; se les protegerá, se les respetará porque han sido los *duros* y siguen siendo más que amigos. Pero nosotros, debemos continuar; desde hoy – dijo Édgar–, yo me ocupo.

Omar, acabada la discusión, recogió hasta el último papel escrito.

–Ok, entonces, ¿de acuerdo en todo Édgar? –preguntó con los papeles en la mano–. ¿Alguna pregunta? ¿Hay algo que no les quedó claro? Recuerden que, desde hoy mismo, ustedes dan las órdenes. Yo, en cuanto liquide algunos asuntos pendientes con los abogados, viajo para quedarme con Lany en España.

–¿Nada? ¿Seguro? Entonces, ¡todo está bien! –dijo Omar riendo y abrazando a sus amigos–. Ustedes *mandan la parada*. Yo me largo pronto con mi hermanita. Curiosamente viviré en España, el país que más coca consume del mundo, pero, ya no seré yo quién la venda –añadió sonriendo mientras depositaba los papeles en un enorme cenicero y los prendía fuego–. Nunca dejen tras de ustedes papeles, ni *computadoras*, ni *celulares*; ténganlo todo en la cabeza, muchachos –esperó a que ardieran del todo y salió a cubierta para tirar las cenizas al mar.

No volvimos a hablar de negocios. AR y el piloto estaban avisados para recogerme a media mañana, así que seguimos bebiendo y bailamos y cantamos como si fuera una fiesta de despedida para jubilados. A partir de un momento ya no recuerdo más, con el último brindis pareció cómo si se hubiera agotado mi rollo de fotos mental. Guardé la sensación de haber sido transportada completamente borracha al helicóptero. Creo que fue en los brazos de Omar porque, en mi ensueño, flotaba envuelta en su aroma de siempre, acariciando mi espada japonesa. Más tarde, alguién, quizás AR porque el piloto era demasiado flaquito, me trasladó del helicóptero al *carro*. Luego, el viaje por carretera con la luz rasgando la oscuridad de mi sueño y penetrando a ráfagas en mi cerebro. Más tarde, sentí las manos frescas de Juanita desnudándome. También, un trago haciendo girar unos comprimidos en el sumidero de mi garganta. Luego, estremecida por el sorbo de agua helada, dormí otras 24 horas.

CAPÍTULO 31

*D*esperté con los efectos de un severo *guayabo* martilleándome el cerebro con la misma contundencia con que un pretamista iracundo aporrea a un deudor infortunado en el juego. Juanita me trajo un desayuno que empujó garganta abajo la bola de esparto que masticaba desde que desperté. Miré el cuadro de la gorda puesto por alguien sobre la cómoda y toqué la espada que había dormido junto a mi. No era un sueño. Era el comienzo de la felicidad. Deseaba llamar a Estefanía para decirle que la amaba y que nunca más volvería a separarme de ella, pero, primero, debía hablar con los hermanos Villegas; no pensaba facilitarles ningún detalle, porque, no me concernía revelar el alcance de la operación impulsada por mi hermano. Édgar, o quizás Sobradito, les dirían lo que necesitasen saber. Pero, sí estaba autorizada a contarles que me había visto con los *duros* y que pronto recibirían noticias.

Hice *locha* (vagueé) toda la mañana abrazada a mi katana y con los ojos clavados en el Botero; estuve medio adormilada hasta la hora del almuerzo y, por fin, tomé una decisión que llevaba mucho tiempo postergando. Para mi nueva vida sin muertes, necesitaba ayuda de un especialista y una de mis amigas me había recomendado un psiquiatra excelente. Otro. Llamé y pedí cita. Luego reuní a los muchachos en la cocina y, ante unos *jugos*, les conté que había estado con mi hermano, con Édgar y con Sobrado. De parte de Omar les felicité por el excelente trabajo que hacían protegiéndome; añadí que mi hermano y yo agradecíamos su esfuerzo, por lo que, además de su pago, él, les prometía una espléndida recompensa. No dije exactamente en qué consistía ese premio, pero, confesé haber oído algo acerca de una linda casa en un agradable barrio de Cali. Sonrieron felices por el halago y no preguntaron más. Juanita, en un aparte, me dijo que por lo que averiguado en tan poco tiempo, la pareja que ordené investigar estaba limpia y eran un matrimonio vulgar sin nada que ocultar y conocidos por todos en el barrio.

Llamé a Estefanía y quedamos para salir esa tarde al cine. Nos encontramos en el parque, entre risas de niños, acentos latinos de las *nannys* (nanas, niñeras) y ladridos de perros saltarines disfrutando el recreo de los canes de apartamento. A prudente distancia, Juanita, protectora, nos vigilaba. Desde lejos, corrimos para arrojarnos la una en los brazos de la otra.

–¿Ya has vuelto? –preguntó pálida de deseo–.¿Qué has hecho? ¿A dónde has ido, amor mío?

–Al irte me quedé vacía y sólo podía aferrarme al olor de tu perfume para creer que era cierta mi felicidad –susurró mirándome a los ojos–. Pero, has vuelto... Era cierto. ¿Me quieres tanto?

–Si, mi amor, te quiero con locura. Ya estoy de vuelta. Le dije que regresaría para hacerla feliz –respondí sonriendo ante el rubor que iluminó su cara como un árbol de Navidad–. Fui a recoger un lindo regalo.

–¿Sí? ¿Un regalo? ¡Qué suerte! Dime, ¿qué era? –curioseó con la sonrisa desabrochada y tan sin malicia como sus rizos naturales–. ¿Te ha gustado el regalo?

–Si, ¡me ha hecho muy feliz! Era un maravilloso regalo de mi hermano... ¡Me ha regalado la vida! ¡Años! Tiempo para vivirlo con usted, para amarla, si usted quiere... –afirmé deteniéndome para acariciar su cara entre mis manos y buscar su boca.

–¡Eres maravillosa, Lany, dices cosas tan bonitas! ¿Qué haces? ¡Estás loca! ¡Nos va a ver todo el barrio! –dijo caminando de nuevo para evadir tímida el beso que inevitable volaba hacia sus labios–. ¿Sabes una cosa? Nunca me han gustado las mujeres, pero, ¡creo que estoy enamorada de ti! Bueno, ¡no sé aún, más bien, me estás volviendo un poco loca! –continuó explicándose–. Ahora, a mi gata, la llamo *Torti*. A mi marido le digo que es porque le gusta comer tortilla, pero, en realidad, es por que sólo pienso en ti, en el *rollo bollo* (*viva el rollo bollo*, grito de guerra de las lesbianas españolas) y en lo que me hiciste sentir al teléfono.

–¡Rico! ¡Tan divina! –exclamé feliz de sentirla cautivada–. ¿De verdad quiere que vayamos al cine?

–¡Claro! Me muero de ilusión de que me abraces en la oscuridad y me cojas de la mano durante la peli, hace mucho que no me llevan a ningún sitio–respondió encantada–. Pero, no me has dicho donde has estado.

–No, no se lo he dicho –frené su curiosidad–. Espero que no le importe. Hay cosas que no debo contarle aún. Pero, sí puedo decirle que he vuelto feliz. Muy contenta. Y que vengo con toda la fuerza necesaria para hacerle feliz a usted.

–No, no me importa que me ocultes cosas. Ya me las dirás cuando quieras –dijo acariciando mi mano–. Y, ¿sabes una cosa? Ya me haces feliz. Lo soy al pensar que le importo a alguien, que te pertenezco a ti y sabiendo que tú piensas en mí. Eres lo más maravilloso que me ha ocurrido jamás –rió alegre antes de bajar los ojos tímidamente–. Me encanta que me hables de usted. Tu forma de hablar es tan dulce, es preciosa, me seduce. Es sensual, tierna, muy exótica, ¡muy, muy excitante... y muy, muy, muy, pero que muy, caliente!

Yo hacía tiempo que no iba al cine porque el sonido en las salas estaba tan alto que las escenas de acción, disparos y persecuciones me ensordecían convirtiendo la sesión en una tortura; además, la proliferación de adolescentes vociferando su urgencia por aliviarse, engullendo palomitas y sorbiendo colas gigantes entre regüeldos, hacían sumamente desagradable la experiencia. Prefería mil veces la soledad de la superpantalla de plasma y los DVD tirada en el salón de casa. Pero aquella tarde era especial, ibamos al cine, no por la película ni para huir de una tarde lluviosa; simplemente, como los quinceañeros, nos escondíamos de la luz, buscando descubrirnos en las sombras. Parecía mentira. Dos mujeres adultas, a comienzos del siglo XXI, escondiéndose para besarse y acariciarse. Era un agujero negro por el que reculábamos al pasado, pero, lo estúpido de la situación la hacía más excitante y más tierna.

Contándonos a nosotras, no había más de diez personas en la sala. Entramos enlazadas por la cintura y, directamente, la guié hasta las últimas filas, mientras ella, fingía no darse cuenta de que esquivábamos tres grupitos sentados en las filas centrales. Una mamá con su hijo, un grupo de cuatro adolescentes que no cesaron la *molestadera* durante toda la película y dos travestis, prostitutas con la oficina del *celular* a cuestas, concertando citas sexuales para la salida del cine. Juanita, con una *gaseosa* y un paquete de palomitas, se sentó discretamente unas filas por delante, entre nosotras y el resto del público.

–¿Porqué vamos tan atrás, Lany? –preguntó con voz trémula mientras titubeaba en el pasillo–. Más adelante se ve mejor.

–No, nena, se equivoca, ¡lo que yo quiero mirar se ve mejor atrás! Deseo hundirme en sus ojos, abrazarla y besarla y acariciarla hasta beberme su vida, hasta que se agote... –respondí arrastrándola de la mano–. Ya verá como agradece que estemos solitas cuando comience a gemir.

–¡Eres tonta, Lany! Hemos venido a ver la peli. Aquí no pienso hacer nada más contigo –refunfuñó sonrojándose mientras nos sentabámos.

Cuando un rato antes la ví llegar a través del parque, lamenté que no trajera puestas unas falditas bajo las que poder acariciarla más fácilmente; afortunadamente, con cándida picardía, lo compensaba con un escote tan repleto como insondable del que era imposible desviar los ojos. Traía la cara lavada, los rizos sueltos y una camiseta que desnudaba sus hombros y su barriguita; un pantalón descaderado de algodón negro que dejaba asomar las tiras de un *hilo dental* del mismo color. En la penumbra, el contraste de su piel lechosa con la ropa oscura hacía que deseara lamer su cutis con la misma ansia con que un niño goloso devora su helado a lengüetazos.

Aun proyectaban los trailers, cuando giré su cara hacia mí para besarla. Ella obedeció, medrosa, como siempre; entreabrió los labios y se giró hacia mí levemente, dejando caer hacia atrás la cabeza, desfallecida, aguardando obediente y apasionada. La besé muy hondo, con besos callados, silentes, con apenas un rumor húmedo de caricias adultas; besos de record Guiness tan largos que, desdeñando respirar, propiciábamos un dulce ahogo. La falta de oxígeno, ese deliberado negarnos a inhalar un soplo de aire, era querer morir de amor, buscar el desmayo entre pasión y glotonería y, finalmente, boquear ávidas al emerger sin resuello. Separar los labios profundamente desorientadas, mientras, la sangre, hormigueaba por las venas tan espesa que apenas llegaba a dar vida a unos corazones prácticamente en parada cardiorespiratoria.

–¡Bendita boca, *cosita* –susurré en su oído mientras tomaba sus pechos en mis manos–. ¿Habrá muerto alguna lesbiana besándose así en el cine?

–¿De verdad te gustan mis besos? Hacía tanto tiempo que no me besaban... Para, Lany, por favor, ¡no puedo más! Ya vale, no sigas... –suplicó Estefanía gimiendo anhelante con los senos desnudos fuera de la camiseta–. Me va a estallar la cabeza. Entre los besos y el ruido... No aguanto más, ¡me estoy mareando!

–¡Bájese los pantalones, nenita! –ordené mientras acariciaba sus pezones endurecidos y fríos como piedras de granizo–. No, no proteste, chiquilla, ¡sabe que debe hacerlo! –sin hacer caso de sus dulces quejas la urgí ayudándola a bajar su ropa hasta las rodillas–. Así, buena chica –dije separando mis piernas mientras guiaba su mano bajo la falda de mi Valentino–. Ahora, ¡busque donde meter sus deditos!

–No, Lany, por favor, para... no me obligues a hacerlo... ¡Estás loca...! ¡Nos va a ver todo el mundo! –jadeó mientras se abría para mis dedos al mismo tiempo que me penetraba hasta el fondo con su índice y corazón unidos–. ¡Ay, Lany, me muero, estoy ardiendo! Por favor... ¡quiero correrme ya, no aguanto más! ¡Me quemo...! ¡Qué bueno sentirte tan mojada! Te adoro, mi amor, haz conmigo lo que quieras...

–Escuche, ¡despacito, muy suavemente! –dirigí su frenética caricia murmurando sobre sus labios entreabiertos–. ¡Hágamelo bien, *cosita*, o tendré que matarla! –dije sonriendo mientras rozaba su clítoris hinchado y sentía su jugo inundándome la mano–. Démelo todo, déjese rebosar... ¡Ya se viene, nena! Yo también te amo, tesoro...

Sentí que su orgasmo llegaba porque hundió sus dedos dentro de mí hasta hacerme daño, descontrolada; cerré las piernas aprisionando su mano, mientras continuaba besándola y acariciándola suavemente para prolongar su orgasmo. Quedó medio muerta hasta que pellizqué sus pezones para hacerla incorporarse y, estirando de ellos, sin hacer caso de sus protestas, la obligué a arrodillarse entre mis piernas. Intentó revolverse, pero, al mismo tiempo que la sujetaba por la nuca, acerqué mi sexo al borde de la butaca y abrí su boca con los dedos para hacer que me lamiera. Se debatía gimiendo, asustada por el ruido, cuando, súbitamente ahogada su protesta en una oleada de fluídos y saliva, sus manos agarraron mi culo para acercarme más a sus labios y su lengua desorientada encontró el camino de mi clítoris. Acariciaba sus senos con las dos manos y mis caderas se mecían empujando contra su cara cuando me *vine* derramándome en su boca. Mi cuerpo se tensó en la butaca como si me hubieran aplicada los

2.450 voltios de la silla de Nebraska, Estado estadounidense que aún conservaba ese electrizante método de ejecución. Estefanía intentó separarse, gimió diciendo que no sabía hacerlo, pero la obligué a seguir lamiendo aunque estuviera medio atragantada por mis jugos y su saliva.

–¡Por Dios no se detenga, nena! –jadeé acercándome a su oído–. ¡No se pare, por favor, o la estrangulo con sus *cachuchos!* Siga lamiendo, despacito, así, no deje de hacerlo, suavemente... así, en círculos, hasta que no quede ni una gotita, ¡déjemelo bien sequito!

–¿Ya vale? ¿Lo he hecho bien...? –preguntó poco después incorporándose entre mis piernas abiertas–. Dime si te ha gustado... No había hecho esto nunca...

–¡Gracias, *cosita*, ha sido la caricia más deliciosa de mi vida! –exclamé bajito mientras entre besos la ayudaba a sentarse y a recomponer su ropa–. Me lo ha hecho perfecto...

–Yo te lo agradezco a ti, Lany. Me has iniciado, soy tuya, ¡tú me has hecho sentir diferente! –murmuró levantando la carita y relamiéndose los labios sin que hubiera nada obsceno en aquel gesto infantil.

–Vamos fuera un ratito –dije jadeante aún–, vamos a explorar los servicios. Me gustaría sentir su desnudez, bailarle las caderas, dibujar con besos garabatos en su vientre, apretarla contra mí, y decirle a gritos que la amo...

La tomé de la mano y la arrastré fuera de la sala, mientras observaba a Juanita controlándonos a distancia. Busqué un rincón apartado y, en la penumbra del hall vacío, la sujeté con mis caderas contra la pared. Miré su cara, de sus ojos se desprendían dos gruesas lágrimas y de su pecho palpitante escapaba un sollozo de emocionada y feliz sumisión. Aplastando sus senos con los míos, acaricié su cara con ternura. Otra vez apareció un brillo de asombrada malicia en su mirada y, sus labios inflamados por los besos y la *chupeteada* (comida, lamida), se contrajeron en un mohín.

–¿De verdad vas a llevarme al servicio para hacer más sexo? –preguntó abriendo sus ojos fascinados–. ¿Y si entra alguien y nos ve? Soy muy miedosa, ¡no podré hacer nada...!

–No se preocupe, ¡déjese llevar y enloquezca! –dije mordisqueando su boca–. Quiero tenerla desnuda entre mis brazos... y, ser yo quién la *coma* ahora...

–¿Me vas a desnudar? ¿Entera? –musitó cediendo–. ¿Estás loca? No, por favor, no me desvistas del todo... Te hago lo que quieras, pero, ¡eso no! ¡Desnuda no, por favor!

–Pero, ¡si le va a encantar, mi amor! –afirmé convincente–. Venga conmigo, vamos a buscar un sitiecito –dije tirando de ella como se remolca a un niño remolón–. Quiero sentirla ya en mi boca, lamerla, mamarla, *trapearla* (hacerle sexo oral) *bien rico*... ¡Tragarme todos sus juguitos! ¡*Hágale*, vamos, nena!

–Bueno, cari, pero sólo un momentito y sin desnudarme del todo que tengo que irme enseguida –se rindió Estefanía dejándose llevar de la mano–. Solo un poquito y nos vamos, ¿me lo prometes, verdad?

Justo cuando empujaba la puerta del servicio con tanta decisión como Clint Eastwood, envuelto en su mugriento poncho, batía las puertas del salón en El Bueno, el Feo y el Malo, sonó su *celular*. Era el marido de Estefanía. Quería que fuese a recoger una corbata al tinte y a comprar cortezas porque volvería pronto a casa para ver los resúmenes de los partidos en la tele. Por supuesto, ella, a todo dijo que si y afirmó que estaría en casa en menos de una hora.

– Deseo sentir tu lengua dentro de mí más que nada en el mundo, Lany. Créeme, por favor. Pero, tengo que irme, no quiero que me pegue. Ahora que te he conocido, no lo soportaría –dijo suplicando al sentir mi decepción–. Sé buena y entiéndelo. Si me quieres, deja que me vaya, por favor. Prometo compensarte otro día. Haré todo lo que me pidas, lo que quieras, sin rechistar. ¿Te llamo mañana por la mañana?

–Lamento que ese mal hombre la arranque de mi lado, nenita –dije con una mueca de desagrado–. No me gusta nada cómo la trata...

–Lo sé, Lany, pero no puedo hacer otra cosa –respondió mientras caminábamos hacia la salida–. Cuánto más soberbio es conmigo, yo, por no discutir, me vuelvo más dócil cada día. Así no peleo. A él le gusta mandar –añadió sonriéndome dulcemente–. ¡Y a ti también te gusta, corazón! ¡Eres mandurrucutona! Yo obedezco contenta, no me cuesta ningún esfuerzo; soy así, estoy hecha para que me ordenen. A él siempre lo he respetado por rutina, para que me dejara en paz, pero, contigo soy dócil porque me pones. ¡Me da placer someterme y que tú decidas!

433

–¡*Tan linda*! Me gusta oírselo decir, Estefanía –respondí sonriendo halagada–. Mañana por la mañana, cuando se quede solita, venga a desayunar conmigo. Estaré en mi habitación, esperándola para continuar donde lo dejamos hoy sin acabar.

–¿Sin acabar dices? ¡Si me he corrido tres veces! Además, ¡he estado a punto de desmayarme mientras te lo comía! –dijo abriendo unos ojos tan grandes y oscuros como la cueva de Alí Babá y los 40 ladrones–. ¿Es que quieres matarme de gusto? Despacito, por favor. Tengo que acostumbrarme poco a poco a tanta dicha. ¿No ves que no tengo práctica, cielo?

–Bueno, Lany, ya estamos; este es mi portal. Aquí vivo –dijo sacando las llaves del bolso y girándose hacia mí–. Subo a recoger dinero para hacer esos recados. Gracias por acompañarme. ¿De verdad quieres que vaya mañana a despertarte?

–Si, *mami*, claro que quiero. Juanita te abrirá y te llevará hasta mi camita. Será rico estar abrazadas y... –dije distanciándome al advertir una sombra de miedo en sus ojos–. ¿Ocurre algo?

–Si, ¡calla, por favor! ¡Viene mi marido! Deja que hable yo –respondió separándose rápidamente–. Hola, cari, ¡qué pronto has vuelto...! Aún no me ha dado tiempo de ir a por tus cosas. Ésta es Lany, una amiga del tenis. Lany, éste es Jiménez López, mi marido.

–Si, encantado, pero, ¿desde cuándo juegas tú al tenis? – respondió grosero sin siquiera tender la mano–. Anda, déjate de charlas y vete a los recados. Recuerda que mañana es mi cumpleaños. Hoy has hecho lo que te ha dado la gana. No has dado golpe, total, la compra y unas lavadoras, ahora, tienes que ir a ese recado y después pasar por la casa de mi madre y cocinarle un par de cosas para la semana. Así mañana podrás festejar mi cumpleaños. Y, tú, *sudaca*, busca un trabajo en vez de vagabundear por las pistas de tenis. Dime, Estefany –añadió asquerosamente prepotente–, esta tía, ¿te ha pedido dinero?

–¡Oye, Jiménez López! No seas grosero –le interpeló Estefanía–. No me ha pedido nada porque no lo necesita. Es colombiana, educadísima y vive al otro lado del parque.

–Si, de cualquier forma tiene usted razón, señor. Buscaré alguna ocupación juiciosa –respondí pensando lo delicioso que sería ponerle *cachos* al *hijueputa* racista de mierda–. No se preocupe por mí, Estefanía. Estoy bien. Ha sido un placer saludarlo, señor, que mañana tenga un feliz día.

Recorrí el camino de vuelta a casa junto a Juanita que, sin decir palabra, se puso a mi altura; me miró y asentí.

–Mañana, cuando salga del trabajo, quiero que este *pendejo* encuentre su *carro* calcinado –dije colérica–. Me ha caído *remal* (muy mal), éste *mancito de mierda*, Juana.

–Si, doctora. No se preocupe –respondió sin inmutarse–. Tiene razón, ¡*el tipo es más ordinario que pesebre con burdel* (un belén, un nacimiento con un burdel)!

Para acabar de joderla, en casa me aguardaba una cita para la mañana siguiente con el psiquiatra. El doctor, no sé por qué motivo, decidió adelantar el día y la hora para la consulta. Eso, acabó de ponerme de mal humor. Me estropeaba mi ansiado encuentro mañanero con Estefanía y, en definitiva, me enfrentaba a algo aplazado desde hace mucho tiempo. No podía retrasarlo de nuevo. Lo había iniciado y abandonado varias veces por miedo a destapar la caja de los alacranes, pero, ahora, estaba segura de necesitarlo. Contárselo todo a un profesional. Dudé mucho entre hablar con los médicos o con un cura. Por fin, elegí la medicina, la ciencia. Me incliné por el loquero. Terapia.

Dije a Juanita que, con toda delicadeza, me excusara con Estefanía. Sonrió, asintiendo.

Nunca entendí porqué había médicos que despótica y unilateralmente te citaban a las ocho de la mañana y quedaban impunes. Pensé que quizás el aturdimiento del madrugón hacía innecesarios los electrochoques en algunos pacientes especialmente inestables. Si era así, podría tratarse de una estúpida medida de la política de ahorro energético para combatir el cambio climático. Desde luego, los médicos abusaban de su poder, porque, estaba claro, ningún paciente osaría discutir los horarios con el *alistacocos* (loquero, psiquiatra); nadie deseaba caerles antipático por temor a verse con camisa de fuerza para el resto de su vida.

AR me depositó en la entrada del hospital correspondiente a los pacientes privados; era una manera cómoda y, en principio, alejada de la multitud que inundaba los pasillos de la Seguridad Social consumiendo sanidad de manera compulsiva. Poco después se impuso la realidad; el departamento, Centro de Salud Mental lo llaman, de los *locatos* (locos, majaras) era el mismo para los enfermos de la asistencia pública que para los beneficiarios de seguros privados. La única diferencia es que se llegaba a él por distintas puertas. El departamento de enfermedades mentales estaba situado en medio de una especie de M-30 sanitaria, en un pasillo de gran circulación, junto al laboratorio de análisis de sangre ante cuya puerta hacían cola decenas de pacientes esperando ser vampirizados.

Allí, entre los que pasaban empujando desorientados, el gentío haciendo colas y una escalera que no paraba de engullir y vomitar multitudes arriba y abajo, aparecía una solitaria bancada de ocho asientos. En la pared, sobre un ventanuco, el temido letrero: Psiquiatría. Agrupados alrededor de las ocho plazas, esperando ser llamados por los facultativos, los retraídos pacientes *de los nervios*, observaban absortos el alto techo si eran de mente viajera o la pared, distante un metro, si tenían menos ínfulas aventureras.

Desasosegaba detenerse allí, porque era muy evidente que aquellos pacientes, melancólicos y sedados, eran los *corridos de la teja* (tocados, locos). Bueno, más o menos *corridos*, porque, en el lenguaje políticamente correcto, hoy nos denominaban pacientes con trastornos de la personalidad. Al fin y al cabo, putos locos. En el *Traité du délire*, (Tratado del delirio, libro sobre enfermedades mentales de 1817) se definía al loco como *aquel que se cree por encima de los demás*. Así me sentía yo *acostando mancitos* y, seguramente por eso, hoy estaba aquí sentada entre los perturbados.

Desconocía el grado de demencia que arrastraban aquellos enfermos, así que, en mi interior, rogaba para que entre ellos no hubiera ningún psicópata en crisis. No deseaba llamar la atención el primer día degollando un paciente excesivamente tocapelotas. Además, el *hijueputa* cartelito me tenía incómoda. Psiquiatría. En un hospital de la puta Unión Europea, del jodido primer mundo, esperaba un pequeño gesto de intimidad, de privacidad. Al menos, una salita que permitiera al enfermo aguardar sin ostentar sobre su cabeza un cartel en el que todos pudieran leer: *locato*.

Algo desanimada por la primera impresión, haciendo un esfuerzo de voluntad y entre empujones, me acerqué al ventanuco situado bajo el infamante cartel. Pegado sobre un cristal blindado capaz de frenar balas del 357 Mágnum, leí asombrada una orden destinada a los pacientes de ánimo exaltado: *Llame una sola vez y espere*. Este aviso sin duda era necesario para templar la excitación de paranoicos, lunáticos y otros desordenados mentales, pero, no contribuía a tranquilizar el espíritu del paciente que acudía para una simple consulta por depresión postraumática. En realidad, yo no creía estar enferma; mis víctimas, ellos sí, quedaban tan deprimidos y traumatizados que no volvían a levantarse nunca más. En mi caso, buscaba una opinión médica sobre un futuro que intentaba imaginar sin muertos a mí alrededor. ¿Podría aguantar serenamente la falta de violencia? ¿Me lanzaría de nuevo a la calle para *bajar manes?* No deseaba ser un *Taxi Driver* en versión *vieja* colombiana.

Mientras aguardaba mi turno, sentada en el pasillo, entre los demás *psiquiátricos* medio *desvirolados* (colgados) por los sedantes, no perdía de vista al resto de pacientes del hospital que circulaban por el pasillo; al llegar junto a nosotros veían el cartel, nos observaban cuchicheando y se daban codazos cómplices. Socialmente, estábamos en un escalón social por debajo de los *desechables* (sin techo). Una pareja de *petronas* (marujas, maris) que avanzaba por el pasillo se detuvo al llegar a mi altura.

—Mira, ¡una majareta! —dijo una que, creyéndose discreta, sólo le faltó señalarme con el dedo—. ¡Seguro que es *ludopática* (mal dicho: ludópata) y la muy zorra se gasta en el bingo todo lo que le saca al marido!

Detrás llegaban los maridos, dos *topochos*, con unas barrigas tan colosales colgadas sobre el cinturón que, seguramente, les impedían agarrarse la polla para mear; sin ningún complejo, mirándome de arriba abajo y desnudándome con la vista, también frenaron delante de mí.

—Mira, ¡que buenorra está! ¡Seguro que es una *ninfomaniática* (mal dicho: ninfómana)—dijo el más culto sin cortarse un pelo—. ¡Qué pena no haberla encontrado antes y no ahora que me voy a operar de almorranas y no tengo ganas de nada!

Aquellos matrimonios parecían creer que los pacientes de psiquiatría vivíamos sedados y éramos incapaces de ofrecer resistencia a las agresiones verbales. De no ser así, era que les gustaba jugar a la ruleta rusa porque estuve muy tentada de matarlos.

Visto el ambiente, decidí dar el siguiente paso y volví junto a la ventanilla; si llamaba una única y preceptiva vez como ordenaba el cartel, transcurrían un *jurgo* de largos minutos seguramente como medida preventiva para aplacar a los pacientes irritables. Luego, sin que explicaran porqué entonces y no antes o después, desde dentro, se descorrían tantos cerrojos como tenía en su puerta aquel excéntrico premio Pulitzer que interpretaba Jack Nicholson en la película *Descubriendo a Forrester.*

—La secretaria está tomando café —dijo tímidamente una joven doctora mirando con envidia mis zapatos y mi bolso—. Espere allí, en el pasillo, con los demás...

—¿Con los demás...? ¿Demás qué...? —repregunté por si se atrevía a decir locos que, sin duda, era lo que pensaba.

—Sí, allí, con los demás... pacientes —respondió tranquila tras encontrar el adjetivo adecuado.

Los españoles, médicos y visitantes, parecían o muy valientes o totalmente insensatos, porque, por aquellas miradas y comentarios un colombiano, desequilibrado o cuerdo, seguro que te *madreaba severamente.* Y, si tropezabas con el tipo equivocado y tenías mala suerte, podía meterte un *pepazo* entre las cejas.

Había hecho miles de *filas* (colas) en la universidad, en los aviones, con las Farc, en los bancos, pero, juro que es una experiencia inolvidable la primera vez que uno se pone en cola con los majaras; se me estaba pegando mucho del argot español y me divertía usarlo, sobre todo cuando me sumergía entre los generalmente malhablados españoles. Aquella cola era divertida. El último en llegar, sin mirar a nadie en concreto, siempre, indefectiblemente, dirigía al cielo la típica pregunta madrileña.

—¿Quién da la vez? —preguntaba a todos y a nadie el recién llegado—. ¿La última, por favor?

Dándome cuenta del peligroso diagnóstico que, en caso de ser descubierta, suponía reír sola en una *fila* de locos intenté mantener la seriedad suponiendo las respuestas.

—No sé, pregunte a Napoleón —imaginé la respuesta—. Creo que debe ser... ¡la Cleopatra esa! —oí delirios en mi imaginación—. Soy yo la última, porque, dejé pasar al hijoputa de Goya que me estaba manchando de pintura...

Por un momento pensé en dar media vuelta y marcharme de allí; una especie de sentido del deber me hizo quedarme, pero, mientras esperaba tontamente sentí una exagerada, casi dolorosa, necesidad de estar lejos besando a Estefanía. Tenía un ansia infinita de saciarme de los besos de su boca recién descubierta. De vivir entre los vivos. De alejarme de los locos, volviendo a la realidad. *Amor y muerte, nada más fuerte.* Cierto, yo lo sabía bien, sonreí.

Las ganas de reír desaparecieron cuando se abrió la puerta del médico y una voz inaudible mencionó mi nombre y apellidos; fue un sobresalto y un alivio. Si todos los demás enfermos conocían mi cara, al menos, me quedaba la tranquilidad de que nadie habría oído mi nombre si no estaba dotado de superpoderes. Tan débil era la llamada. Me tranquilizó saber que ningún psicópata me localizaría por mi nombre para acuchillarme como Norman Bates a Marion Crane en la famosa escena de la ducha. Muchos habían gritado de pánico ante mí, pero, nadie lanzó nunca un grito tan aterrador como el de la bella ladrona de Psicósis, al ser acuchillada por Tony Perkins bajo el chorro de la *regadera* (ducha). ¡Qué ideas…! Estoy demasiado nerviosa, pensé.

Entrar al despacho del médico causaba tanta angustia como intentar cruzar el río Aqueronte sin tener plaza reservada en la puta barca. ¡El que tiene reserva cruza, el que no la tiene, no pasa!, rugía Caronte, el barquero, maldiciendo la incompetencia de los touroperadores de viajes de aventura causantes del overbooking fluvial. La mirada escrutadora del galeno hacía evidente que me haría sufrir. *Tú quieres que renueve el atroz dolor que me aprieta aún antes de que hable*, dice la Divina comedia. Y, un brillo sutil en los ojos lúcidos del taumaturgo de cerebros, me anunciaba una dura realidad de conmociones y llantos.

Pero no estábamos entre niñatos. Si él era duro, yo no era una niña del coro parroquial. Había matado tanta gente que podía soportar bastante dolor sin inmutarme. No obstante, en él se reconocía fácilmente al profesional capaz de despellejarte el alma a tiras si con ello conseguía una buena ponencia para el próximo Congreso Internacional de Psiquiatría. Al primer vistazo supe que estábamos entre profesionales y eso me hizo respetarlo. Pero eso no me preocupaba. Lo que me tenía jodida era el olor a tabacazo negro y el revoltijo de mesa en el que navegaban cientos de objetos inservibles, polvorientos y rotos; las historias medicas apiladas en tambaleantes rascacielos, el ordenador sucio y desahuciado que yacía boca abajo y, sobre todo, la bata que jamás pudo ser blanca colgada de un clavo en la pared. Porque igual que las putas reciben en lencería fina, mi psiquiatra, atendía en mangas de camisa. Era una especie de cáustico y brillante Dr. House de locos. En humano.

—Quiero poner en orden mi cabeza —avancé mirándolo fríamente—. No estoy arrepentida de nada, pero, *también al verdugo ahorcan*. Deseo saber si podré presentar alguna eximente cuando Dios me pase la factura por mis pecados. No sé, eso que argumentan en las películas, trastorno mental transitorio, por ejemplo. Y, sobre todo, necesito saber si podré soportar el síndrome de abstinencia ahora que no deseo matar más.

A lo largo de numerosas sesiones hablamos de lo difícil que era ser feliz, enamorarse y vivir *honradamente* cuando tu profesión consistía en eliminar tipos que no te habían hecho nada. Según mi médico sufría ataques de ansiedad, como Tony Soprano, el jefe de la familia mafiosa Di Meo de New Jersey, que, en la serie de televisión recurría a una atractiva psiquiatra para resolver sus dudas existenciales.

—¿Por qué matas? —preguntó finalmente un día encendiendo el enésimo cigarrillo para velar la bondad que iluminaba su mirada.

—Porque puedo —respondí modosamente—. No todo el mundo tiene ese don. No sabría decirle el motivo. Pero, no tema, doctor, hace tiempo que mato menos. Lo estoy dejando.

Aquel fue mi último día de terapia. Hice un estupendo regalo al doctor y me despedí. Por la noche, en su casa de las afueras de Madrid, AR le preguntó de mi parte si todo lo platicado en su consulta podía considerarse bajo secreto profesional. El doctor, lívido, certificó entusiásticamente que así era; que podía estar muy tranquila. Mi guardaespaldas se lo agradeció en mi nombre y, antes de marchar, dejó ver discretamente su pistola. Al partir, girándose, retrocedió y dijo lentamente, *al que no tiene cruz, se la están haciendo*. El doctor sólo asintió. Mudo.

CAPÍTULO 32

Llamé a Estefanía a la mañana siguiente. Estaba enfurruñada porque me había ido al médico dejándola tirada. Era evidente que no se creía del todo la cita con el psiquiatra. Además, como era predecible, el cumpleaños de su marido fue de un aburrimiento total.

—¿Podías haberme avisado, no? —recriminó—. Vengo aquí pensando en acostarme contigo y esa chica me dice que no estás. ¿Porqué vas al médico? ¿Te ocurre algo?

—Bueno, no se enfade, criatura —sonreí—. De pronto recordé que debía ir al psiquiatra y me pareció mal llamarla tan tarde. No era nada importante pero tenía cita y no podía perderla porque quiero cuidarme mucho para ser feliz con usted. ¿Qué tal celebraron el cumpleaños? Como dicen ustedes, ¿fue una buena juerga?

—No. Con los maridos no se va de juerga —aseguró seriamente—. En el mejor de los casos, se pasa una buena velada. En el mío, ni eso. Para juergas, están los novios —y añadió con intención— o, mejor, las novias...

—¡*Tan divina!* Entonces, mi amor, ¿me perdona? ¿Sí...? —sonreí más ampliamente—. ¿Quiere venir ahora a mi camita?

—¡Ya era hora, tía! ¡Creí que no me lo ibas a pedir nunca! Estoy deseando hacerlo... ¡Nos separa el parque pero estoy vestida y lo cruzo en dos minutos! —respondió anhelante—. Lany, no tengo demasiado amor propio, ¿verdad? ¡No sé hacerme la difícil...!

—No se preocupe de eso, mi amor. Es usted amorosa —respondí emocionada—. *Hágale*, corra para acá...

Anuncié a los hermanos que la esperaba, que presumiblemente no saldríamos a la calle y pasaríamos el día en casa. Pocos minutos después, sin darme tiempo a cambiarme los *cacheteros* (bragas boxer) y el *t-shirt*, con un ligero centelleo líquido en la frente, estaba entre mis brazos. Rizos revueltos, ojos brillantes de fascinación, camiseta azul, unas gotitas de sudor en la cara, olor a bebé y, muy por debajo del ombligo, la *culifalda* que usó Lolita

441

cuando se metió a puta. Y, como un faro encendido, su boca roja, hambrienta. Devoradora y húmeda.

—¡Rápido, por favor! Luego te digo que me encanta tu casa... pero, ahora, házme algo que me abraso —gimió frotándose contra mí—. Me muero por comértelo. Anda, por favor, ¡oblígame como el día del cine!

Me ceñí a las blanduras de sus caderas, sorprendiéndome como siempre de su conformidad y sumisión, de su docilidad consentidora. Hundí mi lengua en su boca, asombrada de su urgencia, de sentir tan próximo su orgasmo. Sin desnudarla, apenas tuve tiempo de palpar bajo los *cachuchos* para sepultarle apresuradamente tres dedos en su *chimba* (coño) empapada. Gimió tan hondo que sus rodillas cedieron como el World Trade Center y tuve que sujetarla completamente desmadejada, tambaleante y desfallecida sobre sus sandalias de cuña forrada en yute. Disfrutaba tomándola así, tan niña, tan inocentemente casada que continuaba siendo virgen cada vez que se me entregaba.

La mantuve *parada*, sujetando su peso, reteniéndola en el aire con mis dedos en su interior; mientras, con la otra mano, desparramé sus *puchecas* de pezones tan aguzados como los cuernos de los Miuras en la plaza de Las Ventas. Estaba clavada y movía el culo lentamente, desmayadamente, en amplios círculos alrededor de mi mano. Por su respiración jadeante y sus gemidos de dulce queja, supe que se venía de nuevo descontroladamente; apreté su seno con fuerza y, levantándola en el aire, moví mis dedos dentro de ella. Esta vez su chillido fue tan largo como su eyaculación.

—Ay.... ¡No pares, mi amor! ¡No te pares que me muero...! ¡Me vas a romper el coñito! —sollozaba suplicando mientras lanzaba un chorro de fluidos calientes sobre mi mano enterrada entre sus muslos—. ¡Ayyyy, huummm, qué bueno! Sigue, sigue, sigue, no te pares... ¡ahora, sí, síiiii....! Duele, Lany. ¡Dios, qué rico, cómo duele! Ay, no más, déjame, por favor, ¡no más, para! Párate, por favor, ¡me voy a morir! ¡Me he corrido ya dos veces...!

Saqué mis dedos de su vagina y, al quedar sin apoyo, resbaló hasta quedar de rodillas en el suelo. Mientras se recuperaba, acaricié sus senos con mi mano izquierda y con la derecha *agarré duro* (sujeté con fuerza) su pelo y froté su cara contra mis *calzones*. Introdujo sus manos bajo la prenda, sujetó mis nalgas y me apretó contra su boca relamiendo mi sexo por encima de la seda. Era tanta la humedad de su lengua y el ardor de la *chupeteada* que en minutos mis *cucas* quedaron tan mojadas como si saliera de nadar con ellas en el río Magdalena. Doblé ligeramente las rodillas para acercar mi vulva al lametón de su lengua y me estremecí de placer cuando rozó mi clítoris inflamado por las continuas caricias.

–¡*Hágale, bollo, hágale* (vamos, linda, vamos)! –dirigí la caricia–. Aparte las *cucas* ahora y chúpelo bien rico, *cosita...* Así, lama despacio el *gallito*, ¡despacito, por favor...!

–¡Ay, si, mi amor! ¡Te vas a correr en mi boca, Lany! Muuummm... huuummmm...–me miraba a los ojos intentando hacer inteligible lo que sonaba a boca llena de algo jugoso y mojado–. ¡Siiiií, dámelo ya, dámelo todo, por favor! ¡Córrete, mi vida...!

–¡No aguanto más, *me vengo*...! –supliqué sintiendo con placer la húmeda voracidad de planta carnívora que se tragaba mis adentros–. Suave, nenita, despacito... dulcemente, por favor... ¡Míreme a los ojos! ¡Síííí..., ahora! ¡Chupe, chupe y trague...! Por Dios, ¡que me mata! Bébaselo, juguete mío –gemí enloquecida cayendo al suelo con las piernas abiertas sin lograr despegar de mi sexo la ventosa que era la boca de Estefanía–. No más, por favor... pare, déjeme descansar. ¡Suavecito, por piedad!

Estefanía separó su cara buscando mis ojos que yo, aplastada sobre la alfombra, mantenía cerrados; se arrodilló y aprovechando mi languidez, rozó con sus dedos los labios enrojecidos de mi sexo.

–¡No!, ¿qué hace? Déjeme disfrutar de este momento, se lo suplico –grité cuando introdujo dos dedos hasta el fondo de mi vagina–. ¡*Noli me tangere*! No me toques, mujer... Vamos a la cama, cosita, que estoy *remamada* (agotada).

–¡Como quieras, mi amor! Goza, saborea el gustito... –respondió levantándose y arrastrándome hasta la cama –No, te preocupes que *no te toco*. ¿Todavía te arde...?

Como dos sonámbulas, nos desnudamos sentadas en los bordes de la cama y, entre un recrujido de hilo planchado, caímos desplomadas buscando el abrazo sosegado entre las sábanas.

–*No me toques, mujer*, dijo Jesús a la Magdalena cuando salió del sepulcro (Evangelio San Juan 20:17). ¿Sabe latín? –pregunté–. ¿Por qué no se quita todo? *Hágame un tres* (hágame un favor), quítese la camiseta... Quiero sentir su piel en la mía. ¡Muy *cerquitiquitica*...!

–¿Qué te crees? ¡Claro que sé algo de latín...! Soy maestra. Ya te lo he dicho... –murmuró *pasito*–. ¡No, no me la quites! No me gusta, me da vergüenza, tengo complejos... –se negaba levantando los brazos obediente para que yo la desvistiera–. Mi marido dice que tengo las tetas pequeñas y la barriga gorda...

La abracé muy apretada al ver caer dos lagrimones de sus ojos inocentes. El *hijueputa* del marido, pichafloja y tarado, barrigón como un cerdo antes de San Martín, se atrevía a darle tan *severas vaciadas a aquella preciosa niña*. Maltrato físico y psicológico. ¡Qué gran *zafado* (hablador, loco) el *man*! ¡Qué *vaina tan berraca* (qué mal rollo)! Me olvidé del *pendejo* del esposo al sentir la caricia de su piel entre mis brazos. Piel sedosa, turgente, siempre fresca como la superficie lacada de un biombo chino. Pasé mi lengua por su cuello y sólo allí, bajo el pelo, encontré dos gotitas saladas que beberme. Besé sus *teteros* y finalmente la atraje hacia mí para que descansara su cabeza en mi pecho mientras acariciaba su vientre redondo con la palma de mi mano. Era rico sentir sus senos palpitantes arder en mi costado mientras, entre murmullos, la decía que la amaba hasta lo imposible. Mis arrullos la adormecían de placer, pero yo la quería despierta. A mi lado

–¿Es ésta la barriga de cerdita tocinete por la que le regaña ese esposo *sobrador* que usted tiene? –pregunté bromeando mientras la pellizcaba suavemente.

–¡No te pases, mona! Son las *birras* y las cortezas que me meto viendo el fútbol sentadita en el sofá, ¡con el tonto de mi marido! –respondió enfurruñada–. Hasta ahora no tenía mejor cosa que hacer porque tú no estabas aquí para meterme mano... Mejor dicho, vete a saber en qué bragas tenías metida la mano... ¡Es que te pasas cantidad, guapa!

–¡*Tan divina*! No se me *emberraque*, ni se ponga celosa –respondí haciéndola reír–. ¡Le estoy *bromiando*! Qué manera de cuidarse... ¡cortezas! Desde luego, sin cerdos, ustedes los españoles nunca hubieran conquistado América... –nos *totiámos de risa* (partimos de risa) las dos–. Venga aquí, *tremenda*, ¡ahora va a pagarme la Conquista!

–Seamos serias. Desde hoy, vamos a actualizar la dieta a estos tiempos *light* –sonreí acariciando su labios con las yemas de mis dedos–. Para almorzar, tostaditas y caviar.

–Ay que rico, no lo he probado nunca. ¿Engorda? –brincó de alegría en la cama.

–No se obsesione. A su barriguita no le pasa nada; nada, ¡que no puedan arreglar unos abdominales y un régimen limpio! –respondí pensando–. Desde mañana vendrá conmigo al gimnasio. Trabajaremos con Juanita y AR.

–Pero, Lany, ¡no tengo dinero para gastar en gimnasios! –hizo un mohín preocupado–. Y menos ahora. Imposible pedírselo a Jiménez López en este momento. Ayer ardió su coche y aún no sabemos si lo pagará el seguro. Estaba de muy mala leche.

–¿Qué me dice? ¿Se quemó el auto del *rosqueto* (maricón, homosexual aún en el armario)? Pobrecito, ¡cuánto lo siento por su marido! –sonreí–. Pero, ¡usted no entendió la *vaina*, *triplemamita* (tres veces buena, atractivísima)! Tenemos el *gym* en casa y los monitores están pagados, son mis empleados. Cero gastos. No tendrá que traer ropa ni toallas. Iremos a comprar de todo y lo dejará aquí para que el *sabido* de su hombre no sospeche nada. *¿Le provoca? ¿Rico?*

–Y respecto a sus *puchecas*, nena, no se preocupe. De verdad, ¿le inquietan sus tetas? –pregunté tomándolas en mis manos–. Son preciosas y naturales. No debería tocarlas. Pero, si de verdad las desea grandes, si las quiere enormes para sentirse feliz, no se preocupe, mi amor, ¡eso lo resuelvo yo con dinero! Pero, antes de ponérselas *grandototas*, piense que las pequeñas pesan menos y, cuanto más ligeras, ¡menos arrugas de expresión tendrá en la cara! No me haga caso, es una broma –sonreí al ver su cara de felicidad–. Hay un escritor colombiano, Gustavo Bolívar, que titula una de sus novelas *Sin tetas no hay paraíso*. ¿Usted piensa lo mismo? ¡Mentiras, eso sólo ocurre allá en *Locombia* (Colombia)! La culpa es del *remalparido* de su hombre.

–Las tuyas son preciosas, Lany. ¿Las tienes operadas? –preguntó mientras besaba mis pezones.

–No, criatura, no, ¡nunca! No estoy implantada. He visto demasiadas muchachas destrozadas para confiar en carniceros –reí–. Ni *pituchas*, ni *rabo*, ni pómulos, ni labios, ¡nada! ¿Sólo tengo una cosa operada, sabe cual es?

Entonces, Estefanía mirándome con los ojos más inocente y limpios en los que me reflejé jamás, señaló preocupada mi pecho con su índice.

445

—Cierto, chiquilla, ¡lo adivinó! Fue el corazón. Me lo sacaron allá en Colombia unos *tetrahijueputas* pero luego, por un *jurgo de plata*, me implanté otro nuevecito —la abracé riendo para no asustarla—. Ahora estoy pensando operarlo de nuevo y ponerme dos tallas más. De corazón, no de tetas. ¡Quiero tenerlo muy grande para amarla más a usted! —acaricié sus pechos delicadamente—. Pero debo buscar un gran cirujano, porque, un amigo mío, un gran cardiólogo italiano, me dijo que mi corazón está al límite de lo operable.

—¿Por qué no te opera tu amigo? —preguntó Estefanía embelesada por mis palabras.

—Porque Enzo sólo opera niños. Él, salva la vida de los bebés. ¡A usted si podría operarla porque es una niña, pero yo soy demasiado *veterana*! —dije besándola en la frente—. Si usted desea pechos grandes, no se apure, los tendrá. Si los quiere, se los pondrán, nenita, yo me encargo. Pensaremos en ello. Tengo otra idea. ¿Usted cree que a Jiménez López le agradaría que le prestase de mi *carro*? Sólo tendría que pedirlo.

—No lo sé. Le parecería fatal que tú pagases la operación de aumento y, además, que le prestases un coche. Se pondría frenético —respondió entristecida—. Es muy celosos y demasiado orgulloso. Pero, yo te lo agradezco igual, ¡sólo por pensarlo!

—Ya hablaremos de todo. Pero le sorprendería ver que tan rápido los presuntuosos dejan de serlo cuando hay *plata* por medio —respondí seriamente—. De esas cosas sabemos mucho en Colombia.

—Tienes que contarme cosas de allí, me muero de curiosidad. Por favor, mi vida, quiero saberlo todo de tu país. ¡Eres tan especial, Lany!

—Si, mi amor, tengo muchas cosas que contarle de mi patria —respondí soñadora—. Y también algunas para preguntarle. ¿Quiere que le cuente?

—¡Sí, por favor! Pero, tengo hambre, ¿podemos comer algo? —palmeteó de alegría.

—Claro, *brinconcita*. ¿Aún no hemos comenzado a tirar y ya tiene apetito? —me burlé tomando el inalámbrico—. ¡Hola, Juanita! Por favor, prepare una bandeja con caviar, *blinis* (crêpes, masa en forma de oblea de harina, huevos, leche y pasada por la sartén) y tostadas con mantequilla. No, sólo *onces* (comida ligera a las once o a las cinco). No, vodka no, Juanita, que hay menores y podemos acabar presas. Mejor unos *juguitos*, ¿sí? —respondí escuchando—. *¿Qué le ve?* Entonces, pida a la tienda más Beluga y, ahora traiga Sevruga frío. Si, con *blinis*, tostadas, mantequilla y limón. Si, Muchas gracias.

—Ahora, vamos a bañarnos mientras llega la merienda —dije encaminándome al cuarto de baño.

Salimos envueltas en vapor y, arropadas con unas *yukatas*, nos abalanzamos sobre la bandeja que Juanita depositó en una mesita junto a la ventana del dormitorio.

A Estefanía le encantaron las dos formas de servir los blinis; probó el caviar por primera vez, y, de inmediato, se convirtió en acérrima defensora de la sencilla tostada con mantequilla y limón, frente a los blinis con nata, pimienta y sal. Bebí jugo para hidratarme y pedí que nos trajeran una botella de mi querido Waltraud, un delicioso Riesling español. Era una lástima comer caviar con jugo de frutas.

Observé a Estefanía que disfrutaba encantada de los nuevos sabores. Cuando notó mi mirada, detuvo en el aire la tostada que volaba hacia su boca y se giró hacia mi interrogante.

—¿Parezco demasiado hambrienta? —preguntó riendo—. ¿He sido maleducada…?

—No se interrumpa, mi amor. ¿Le gusta el caviar? —la animé a seguir—. Sólo la miraba porque usted es la única mujer que a sabido deshelarme el alma en muchos años. Me tiene toda *engalletada* (enamorada). Gozo viéndola reír, cosita. No sabe lo terrible que es vivir evitando que los ojos sonrían. Después de *estar en plena* (follando, haciendo el amor) tan rico y de este tentempié delicioso, ¿quiere responderme unas pregunticas?

—Claro, las que quieras —respondió chupándose las miguitas de la comisura—. Así, pararé de comer...

—Usted no tiene bebés, ¿porqué, si me permite la indiscreción? —pregunté siguiendo su mirada que ahora huía por la ventana—. Otra cosa más, ¿le gustaría tenerlos?

—¡Claro que me gustaría tener niños! Pero, así es la vida, no hemos podido —respondió apenada—. Jiménez López, tiene los espermatozoides vagos y yo me consuelo mimando hijos ajenos.

—¿Nunca pensaron en los bancos de semen, inseminación

artificial, en adoptar, no sé, en esas cosas? –pregunté directamente.

–¿Con Jiménez López? Un día vimos un reportaje sobre los donantes de esperma en la tele y cuando le comenté que aquello era una esperanza para muchas parejas, dijo, que eso eran guarradas y que él no quería un hijo de cien leches –respondió Estefanía con una sonrisa amarga–. Tampoco quiere adoptar una chinita como todo el mundo.

–Entiendo. Y usted, si no lo ama, ¿nunca pensó en separarse? –continué siendo indiscreta–. ¿No ha deseado rehacer su vida con otra persona?

–Lany, no me entiendes... ¡Yo no tengo voluntad! –replicó Estefanía sollozando–. Además, mi marido ya me ha amenazado con buscarse una puta y divorciarse de mí. Me dejará cuando quiera y yo no haré nada. Me iré cuándo me diga que me largue. Pero, no tendría coraje para hacerlo antes de que me eche. Soy cobarde, Lany. Tú no puedes entenderlo.

–Estefanía, y ¿si un día te divorcias? Podrías casarte de nuevo con alguien que te ame, tener hijos, ser libre y feliz –respondí.

–¿Estás loca, Lany? Claro que lo he pensado, he soñado con ello mil veces... le he sido fiel hasta hoy... –me miró cansada–. Pero un divorcio es caro y vivir lo es más aún. ¿Dónde iría? Jiménez López me dejaría en la puta calle, sin un euro, sin nada... Soy muy cobarde, Lany, ¡solo sirvo para obedecer!

–¡Ay, muchacha, tengo *plata* suficiente! ¡Y amor por usted me sobra mucho más! –reconocí alegremente–. Podríamos pedirle a mi hermano Omar unos millones de espermatozoides y se los implantarían a usted en una clínica especializada. O a AR, o a Édgar. Todos son *tremendos papazotes*, sanos, valientes, inteligentes... –continué animada–. ¡Qué berraquera! Tendríamos unos bebés lindísimos usted y yo... Y, además, hasta podríamos casarnos después de un tiempito. Ahora, es España, la ley está de nuestra parte. ¡Sería *chévere* y Jiménez López moriría horrorizado!

–¿Harías eso por mí? ¿Me llevarías a vivir contigo? –preguntó con los ojos abiertos de par en par–. ¿Pelearías para hacerme libre y casarte conmigo? ¿Tanto me quieres ya...? ¿Tanto, tanto... como yo a ti?

–Nena, ¡por ti, *prontico* (en este momento) le hecho encima a tu esposo los mejores abogados del mundo! –respondí sonriendo mientras recordaba el bufete de Miami–. Serías libre rápidamente y, además, como no necesitamos su escasa *plata*, él no resultaría económicamente perjudicado. Solo dañaríamos su orgullo. Se lo estoy pidiendo con toda mi alma, ¿quiere hacerme feliz y casarse conmigo? No hace falta que me responda ahora, mi amorcito lindo, solamente, ¡vaya pensando en estas cositas!

Estefanía ocultó su carita en mi hombro y los sollozos sacudieron su cuerpo. Sí quiero, Lany, deseo estar siempre contigo, musitó abrazándome muy fuerte.

–¡Me hace feliz, angelito mío! Deje que yo me ocupe de todo. ¡Y ahora, con la pancita llena, relájese que viene lo prometido! Vamos a conversar, tapaditas y bien juiciosas –dije retirando la bandeja y arropándonos–. ¿Quiere saber de Colombia? Pues, le cuento, ¡pero, por favor, no se asuste! Mi país es el más loco pero, también, el más lindo del mundo. Lo amo por lo mucho que me dio y lo aborrezco porqué me lo quitó todo igualmente. Mi país fue capaz de dejarme sin familia y sin la mujer que amé; incluso me rompió el corazón, ya se lo dije antes.

–Todo el mundo conoce Colombia por la belleza de sus mujeres, por sus escritores famosos, por la caballerosidad de sus hombres y por el café. Muchas cosas –sonreí atrayéndola hacia mí–. Esa es la cara amable de mi patria, la que nos hace ser queridos por todos. Hay otra que es motivo de todos los males. Verá, en Colombia se producen enormes cantidades de las tres drogas basadas en plantas, marihuana, cocaína y heroína. Eso genera corrupción y violencia –la abracé buscando su calor–. Seguro que habrá oído hablar de la violencia en mi país. Pues, aunque haya visto imágenes de allá en la televisión, nunca imaginaría la auténtica realidad. Hay violencia terrorista de los guerrilleros de las Farc, violencia del Estado y el ejército y, después, la de los paramilitares, la del narcotráfico y los sicariatos. A veces, se entremezclan y son imposibles de diferenciar.

–Estas son la violencias mayores, las letales. Las que lo matan a uno. Luego está la falta de libertad, la *vacuna* (extorsión), la corrupción política y el vicio nacional de *retarse* (enfrentarse, encararse) unos a otros –proseguí con tristeza–. Unos gritan, *ustedes los burgueses jodieron este país* y, los otros responden, *lo que ocurre es que ustedes no quieren trabajar*. Pero en este manicomio, en el que un *capo* de la droga llegó a comprar 60% del Parlamento de la nación, hay cosas maravillosas, surrealistas, sobre todo, miradas con ojos de europeo. Recuerde que incluso en las épocas más duras seguimos bailando; los colombianos seguimos bailando cumbia y vallenato hasta con un palmo de sangre en el *piso* –reí recordando–. Quizá por eso *bailamos subidos a las mesas* (es común subirse en las mesas para bailar). Los psicólogos dicen que mejora la autoestima, pero yo creo que lo hacemos para no mancharnos los zapatos con la sangre de tanto muerto.

–Hace poco leí que una revista de Bogotá solicitaba un periodista, editor senior con experiencia en trabajo de redacción, con conocimientos para medio impreso y digital, con idioma inglés, trabajando 14 horas diarias –miré su carita atenta–. Pagaban 158 dólares mensuales, ¡eso no llega a 120 euros! Una empleada de hogar en Madrid, por seis horas de trabajo cinco días a la semana, cobra seiscientos euros, casi ochocientos dólares. Y de puta, ¡menos horas y más *plata*! Es difícil ser honrado siendo tan pobre.

–Las mujeres en América y en España comienzan a odiar a las colombianas. ¿Lo ha notado? Desde luego, están la delincuencia, el exceso de inmigrantes, pero, sobre todo, ¿sabe porqué es? Por la abundancia y calidad de nuestras exportaciones de mujeres roba maridos. Hay que hacer de todo para sobrevivir –aseguré apenada–. También, por la plata, muchos desempleados, las *mulas*, prefieren tentar la suerte pasando algo de droga por los aeropuertos; en el peor de los casos, los encerrarán un par de años en una cárcel europea, cien veces más cómoda que su mísera vida en Colombia –continué–. Esa es la cara fea de mi país que ven muchos de ustedes, pero, le juro, mi amor, que somos gente muy linda. Hay una gran Colombia llena de seres humanos honrados, luchadores, optimistas, esperando salir adelante de forma tan recta y cívica como en cualquier otro lugar del mundo. Pero dejemos estos temas tan serios y le contaré algunas cosas divertidas, ¿Ok?

–¡Como quieras, Lany! Tienes razón en que a menudo, incluso sin desearlo, juzgamos a todos los colombianos influidos por el mal ejemplo de narcos y delincuentes –respondió abrazándome–. ¡Has vivido mucho! Sabes tantas cosas, ¡que me pasaría la vida escuchándote!

–Te voy a contar algunas anécdotas que recuerdo haber leído o visto en la Tv–dije meditando–. Bueno, en mi país abusan mucho de los menores. Ahora, hay un debate sobre el aumento de las condenas para los violadores; desean revocar mediante una enmienda constitucional la ley que prohíbe la cadena perpetua. Es la propuesta de la Cámara de Representantes –continué–. Incluso se dice que sería conveniente pensar en la castración química para los abusadores. Una encuesta señala que 90 % de la población está a favor de la cadena perpetua, en el mismo sondeo, 60 % está de acuerdo con la pena de muerte, y 58 % se pronunció a favor de la castración química. Esto indica, nena, que los colombianos están hartos de que violen a sus hijos.

–Hace poco leí otra *vaina* curiosa. En Bosa, una población al suroeste de Bogotá, las autoridades cerraron una discoteca en la que menores de entre 11 y 16 años pagaban dos dólares por sentarse en una silla eléctrica –sonreí viendo su cara de asombro–. ¿Qué le parece como actividad cultural y de ocio? ¿Lo imagina? Lo mejor es que la silla aumentaba gradualmente las descargas con un dínamo. ¡Los *pelados* pagaban una *plata* para que les quemaran el culo! ¿No es de locos? Por supuesto, los agentes se incautaron de una buena cantidad de *bazuco* (pasta de coca mezclada con marihuana para fumar), marihuana y éxtasis. ¿Qué le parece?

–Otra cosa que me contaron hace poquito –recordé mientras Estefanía no salía de su asombro–. Ocurrió en Pereira, donde la fogosidad de sus mujeres es legendaria. Parece que las esposas de unos cien pandilleros anunciaron en la alcaldía una huelga de piernas cruzadas para privar a sus maridos de relaciones sexuales. Usted dirá y, ¿por qué este sacrificio para ellas? Pues, así, los chantajeaban sexualmente para obligarles a no delinquir y frenar los índices de criminalidad. Era su manera de decir que no deseaban ser viudas ni querían que sus hijos crecieran huérfanos. Afirmaban estar convencidas de que con este sistema de presión sus maridos delincuentes entenderían, por fin, los ruegos desoídos en tantas ocasiones –escuché satisfecha la risa de Estefanía–. ¿Se imagina algo así en Madrid? ¡Imposible! Pero las huelguistas no han contado con que los *traquetos* siempre alardean de que su pasión es *tirar*, y, en muchos casos no sólo matan por ganar *plata* sino, principalmente, porque *acostar manes* da poder y el poder atrae a las mujeres. Así que las veo bien *putiadas* a las huelguistas risaraldenses. Ellos buscarán sexo en otra parte.

–Pobrecitas, estarán mal aconsejadas –se apenó Estefanía a miles de kilómetros por la casta huelga de las de Risaralda.

–Otra noticia curiosa es que unos soldados han sido condenados por apropiarse del dinero de las Farc –me reí a carcajadas–. Aquí no valió aquello del que roba a un ladrón.

–¿Los soldados robaron a los guerrilleros? –preguntó Estefanía sorprendida de mi risa.

–Bueno, le explico. Los *guerrillos* guardan *plata*, en efectivo, en *caletas* escondidas por el monte. Meten los billetes en enormes *canecas* (grandes bidones de plástico con tapa hermética) y la entierran hasta que la necesitan –detallé para que lo entendiera fácilmente–. Esto fue por San Vicente del Caguán, donde el ex presidente Pastrana fracasó en las conversaciones de paz con las Farc. Dos compañías del ejército que desarrollaban operaciones en Caquetá, localizaron uno de estos bancos subterráneos y en vez de avisar a los mandos, se repartieron casi 17 millones de dólares entre 146 soldados y oficiales –Estefanía me observaba sin acabar de entender–. El caso se descubrió enseguida porque todos desertaron cargados de dólares y, al día siguiente, comenzaron a gastar como millonarios, coches, ropa, putas, *trago*. Rápidamente fueron detenidos por incurrir en delito de peculado por apropiación y daño patrimonial al Estado. Pero el escándalo no acabó ahí, porque según acusan los condenados, más tarde, algunos generales los enviaron a buscar otras *caletas* con promesas de repartir lo que encontraran y darles visas para salir del país. Encontraron más *plata* escondida, pero las autoridades no cumplieron y ellos se frustraron aún más.

–Bueno, ¿va entendiendo algo de cómo es mi país? –pregunté sorprendida por su interés–. Pues le cuento otra. Se trata de Virginia Vallejo. Fue una famosa presentadora y amante de Pablo Escobar, el más famoso de los narcos made in Colombia. En una entrevista, afirmó que 60 % de los integrantes de la Asamblea Nacional Constituyente de 1.991, estaban comprados por Pablo Escobar. Aseguró también haber oído hablar a su amante Pablo Escobar con el ex senador Santofimio sobre el asesinato del líder del Nuevo Liberalismo, Luis Carlos Galán. Santofimio presionaba al capo de la droga, asegurándole que si eliminaba a Galán pondría al país de rodillas. Esto deja a los alcaldes y concejales de Marbella en niños de jardín de infancia, ¿no cree? –continué recordando–. Mire que le pasó a esta *vieja, ¡bien viva* (demasiado lista), la cieguita (la periodista está casi ciega y prácticamente no abandona su casa bogotana)! La soberbia le hace a uno caer más fuerte y más rápido. En realidad, cuando se está hundido en la depresión y la melancolía, es mejor callar. Porque *sapeando* (delatando) en momentos de debilidad puede acabarse en la *guandoca* (trullo, cárcel). O *vestido de madera* (en el ataúd, muerto).

–¿No se aburre? ¿Quiere saber más cositas? –le pregunté temiendo cansar–. ¿Si? ¿De verdad? Ok. Continúo. Una de las Farc. En carta fechada en las montañas de Colombia, el número dos de las Fuerzas Armadas Revolucionarias de Colombia, FARC, pidió por carta a la Unión Europea que les retiren de su lista de organizaciones terroristas para lograr la paz en el país. En esa misma lista, querida mía, tienen ustedes a su Eta, sus terroristas vascos. Los colombianos rechazaban ser llamados terroristas y añadían que las Farc son necesarias mientras continúe la guerra del Estado contra los trabajadores, es decir, se autoproclamaban defensores del pueblo; en la carta hacían mucho hincapié en su interés de que algunos países de la Unión Europea, como España y Francia, ayuden a buscar caminos que conduzcan al intercambio de prisioneros y al fin de las hostilidades. Como gran argumento para lograr la intervención de esas naciones, afirmaban no haber cometido nunca atentados fuera del país. Es decir, que sólo matan en casa. ¡Esa en nuestra pintoresca guerrilla! –continué endureciendo la voz–. La misma organización que tras recibir a dos hermanos en el monte para incorporarse a las Farc, para reforzar la disciplina y el fanatismo de los milicianos, ordenó al mayor matar al pequeño y, como no quiso hacerlo, mandaron al pequeño que matase al grande. Al final, murieron los dos jóvenes reclutas.

–Ahora, una divertida para dejar un poco la política, los narcos y la guerrilla –suspiré–, que, muchas veces, son todo la misma cosa. Una historia de mujeres. Ocurrió en Barranquilla cuando murió en accidente de tránsito un vendedor callejero de plátanos de 36 años de edad, soltero, y, ante los asombrados funcionarios del Instituto de Medicina Legal, se presentaron cuatro viudas a reclamar su cuerpo. El finado tenía nueve hijos con las desconsoladas mujeres. ¿Se imagina el espectáculo? ¿Las cuatro llorando y reclamando a gritos el cuerpo del difunto? –hice una pausa para aumentar el suspense–. Como las mujeres no aceptaban las razones de los funcionarios que les negaban el cuerpo, hubo que tomar una decisión salomónica. Una trabajadora social y un fiscal decidieron que lo justo sería entregar el cadáver a su última compañera sentimental, sin dejar opinar a las demás; eso sí, las cuatro mujeres y sus correspondientes hijos, deberían tener acceso libre al velorio de su marido y papá. Y todos tan contentos.

–Sé otra historia divertida, pero se la acabaré de contar en otro momento –dije dando unos sorbitos al vino blanco–. La llamaban barriga de trapo. Tenía 16 años, la muchacha era de bajos recursos y dijo estar preñada y esperando un parto de entre seis y nueve hijos. Durante meses la muchacha engordó su barriga con un *envuelto* (paquete) de trapos y engañó a su mamá, a la suegra, a su novio que la abandonó y a todos los medios del país que recaudaron dinero para ella. Luego se descubrió el trampa y la solidaridad se convirtió en ira popular. La joven lloró ante todo el país y confesó haberlo planeado así para recuperar el amor de su compañero, al que la prensa ya apodaba *Macho Man* por su potencia sexual. Bueno, ¡al final se la acabé contando!

–Ah, se me olvidaba algo relacionado con las Farc –recordé de pronto mientras ella reía con el cuento de la embarazada–. Recientemente detuvieron en Puerto Asís, a Rigoberto Jacanamijoy Noa, alias La Araña, líder del frente 48 de las Farc, acusado de participar en el asesinato de 50 agentes del orden y de perpetrar 300 atentado contra oleoductos colombianos. Un angelito de Dios. Pues ése, es de los que no desean ser llamados terroristas.

–Así es mi país, nena, pero, no se asuste, ya le digo que también tiene muchas cosas buenas. Más buenas que malas. Por eso lo amo –añadí melancólica–. Aunque yo viva con pasaporte estadounidense.

–¿Si? ¿Tienes pasaporte yanqui? ¡Qué guay! –se asombró Estefanía–. Entonces, si nos casamos, ¿seré americana? Pero, ¿tú vivías en los Estados Unidos o en Colombia?

–He vivido en los dos sitios. Viví mucho tiempo en Colombia

y ahora vengo de Miami —respondí viendo la excitación que le causaban aquellos nombres.

—¿Ves? Ya te vas por las ramas, ¡nunca me dices de dónde vienes!

—Pero si ya lo sabe, nena, soy colombiana, de Bogotá, pero, ahora, vivía en Miami. Ya sabe, ¡en La Florida, mi amor!

—A veces tengo tanta nostalgia de Colombia que, hace poco, acudí a la embajada de mi país para ver votar a mis paisanos —suspiré—. Al salir del recinto en el jardín de la Embajada, me detuve con un grupo de jóvenes que acababan de votar. *Echamos carreta* y me dijeron que ellos ya habían cumplido con la Patria, que, ahora esperaban que Colombia cumpliera con ellos. Se me saltaron las lágrimas. Uno más airado, dijo, que se había pasado toda la vida festejando el día de la Independencia de Colombia, pero, ¿qué *vaina* de independencia? ¡Tanto joder con lo malos que fueron los españoles! Hoy seríamos felices, siendo una de las comunidades autónomas de España, afirmó vehemente. Me emocionó su rabia.

—Mi gente es colorista y aquella votación era una fiesta —proseguí alegremente—. Se acercaban a las urnas con todo tipo de banderas colombianas, en los sombreros, en las camisetas, en cinturones, en ponchos, pulseras... Por todas partes los colores patrios, amarillo, azul y rojo y nuestro escudo con el cóndor y el mote: Libertad y Orden. Todo eran sonrisas y la señora embajadora, la Doctora Noemí Sanín, repartía *tinto* y amabilidades por el jardín. Por la calle, pasaban los coches de los inmigrantes agitando banderines y tocando el claxon. De pronto, una imagen ya insólita en España, acudía a votar un grupo de ensotanados seminaristas de Lumen Dei, todos jóvenes, guapos y sonrientes. Curitas colombianos para reavivar la fe de la Madre Patria.

—Mis paisanos son maravillosas personas en su inmensa mayoría, a la que unos pocos, damos injusta mala fama —reí a carcajadas—. Pero, mire si son *aviones* (creativos, listos) que hace poquito el DAS (Departamento Administrativo de Seguridad) desmanteló en Bogotá una imprenta dónde falsificaban *plata*. Aprehendieron cinco millones de euros *chiviados* (falsos), además de tintas, planchas, maquinarias y papel de excelente calidad. Las autoridades contaron después que los falsificadores colombianos se han especializado rápidamente en los billetes de euro por el cambio tan favorable en relación con el dólar. Eso se llama capacidad de reacción, ¡los *hijueputas* de falsificadores siguen las tendencias de los mercados! Pero, ¿sabe para dónde venía el alijo? Sí, cierto, *mijita*, ¡iba destinado a Madrid! –reímos las dos como locas–. El mayor alijo de euros falsos aprehendido en todo el mundo. En Bogotá. No crea, noticias así gustan mucho allá y crean debate en los medios. Sepa que los periodistas están tan amenazados por la guerrilla y el narcotráfico, que contar estas historias les divierte. No necesitan autocensurarse, evitan represalias y sueltan todo su ingenio y humor.

–Bueno, podría contarle muchas más cosas de Colombia –la alejé de mi bruscamente, bromeando–, ¡pero ya me cansé por hoy! *¡Póngase pilas! ¡Vámos, péguele* (venga, vamos)! Mañana iremos a comprar su ropa de deporte. No podemos pasar la vida en la cama *pendejiando* y *en plena* (follando), hay que trabajar para endurecer esos glúteos y reducir la barriguita. ¡Fuera de *la pieza* y mañana al gym, nena!

–Pero antes, dígame una cosa, respóndame de nuevo, por favor –la detuve por los hombros mirando directamente a sus ojos–. Si fuera libre, si pudiera hacerlo, de verdad, ¿se casaría conmigo?

–Sí, mi cielo, ya te lo he dicho, ¡me casaría contigo y tendríamos un par de niños preciosos! –respondió Estefanía con dos lagrimones en los ojos–. Gracias por pedírmelo, sería maravilloso. Pero, es imposible.

–¡Casi nunca hay nada imposible, niñita! –respondí con media sonrisa–. Para mí nada es irrealizable si tú lo deseas. No te preocupes, yo me encargo de él.

Le acompañé hasta su casa a través del parque, con Juanita pisándonos los talones; nos despedíamos muy juiciosas en el portal, justo en el momento en que Jiménez López doblaba la esquina acercándose. Nos saludamos fríamente. Aquel hombre me disgustaba y, seguramente, yo también le caería mal a él; era *necio*, pero estaba segura que si aceptaba el *carro* prestado, cambiaría todo. Presumiría de amiga colombiana *platuda* que le prestaba el chófer para llevarles a él y a sus amigotes al fútbol. Una vez aceptado el cebo, seguiría aceptando más cosas. Intentaría comprarlo y no funcionaba, entonces sufriría un accidente. Pero, estaba segura de comprarlo y barato, además. Cocó Chanel decía que *las mujeres son fuertes cuando son femeninas*; esta pelea debía darla con armas de mujer, no dejándome arrastrar a su terreno de machito casposo.

Al día siguiente madrugamos porque, con Estefanía, *hacer pereza* se convirtió en algo imposible; llamaba no más tarde de las diez, una vez que arregló la casa e hizo un par de compras a las carreras.

La recogí en su casa con el *carro* para dirigirnos a las afueras; a un *mall* francés de deportes que a ella le encantaba. Casi lo tenía olvidado, pero, entre semana y temprano era la mejor hora para comprar, poco tráfico, pocos clientes. Estupendo. Por el camino mencioné de nuevo a Estefanía que sería un placer prestarle mi carro para que AR llevase al fútbol a su marido y al jefecillo cualquier domingo. Cuando lo desearan. Así, Jiménez López podría *dárselas*; seguro que ese plan le agradaría. Me dijo que quizás fuese buena idea, que iba a sondearlo.

Compramos de todo, sudaderas de mil colores, tops, mallas cortas, largas y de corsario, distintos shorts, zapatillas de marcha y de gym, camisetas con y sin mangas, sujetadores adecuados, cortavientos, forros polares, calcetines; un poco aburrida de aquellos precios medio de saldo le pregunté si no deseaba mirar otras marcas, pero no, a ella la encantaba Decathlon. Era su Meca. Estaba feliz. Y , de inmediato, quiso estrenar algo de lo recién comprado; me pidió que la esperara mientras, cargada de paquetes, buscaba un probador. Pagué y salí a buscar a AR que quedó fuera; no lo ví junto al *carro* y me extrañó. Tomé mis llaves dispuesta a acercar el auto hasta la puerta por la que aparecería Estefanía cargada con las bolsas.

Maldiciendo a AR y preguntándome donde estaría metido me senté al volante del *carro* blindado y, me disponía a arrancar, cuándo se abrió la puerta y me arrojaron violentamente al suelo. *Carajo*, ¡otra vez me habían pillado! Un sicario. Colombiano y joven. Me dí por muerta.

Pronto respiré al intuir que no venía a matarme. Era un ladrón de *carros* lujosos y, al verme con las llaves en la mano, sacó un *chuzo* (navaja, cuchillo) y se acercó a mi. Además, también quería mi *cartera* (bolso); seguramente por la *plata*, las tarjetas y para regalársela a su *pelada*. Era un jodido ambicioso. El aparcamiento

457

continuaba vacío y nosotros ocultos por el *carro*. Yo tirada en el *piso* cerca de la puerta del conductor, él, *parado* en la parte trasera del auto.

–Un momento, paisano, *aguante* (deténgase) –dije incorporándome en el asfalto y tirando las llaves a sus pies–. Llévese el carro y la *plata, parcero*...

–¡Rápido! ¡*Bájese a ver de ese reloj y la cartera si no desea ganarse su puñalada!* –silbó el tipo–. ¡Hágale, hágale! Antes que venga *la tomba* (la poli).

–*Nada de nervios*, por favor, *mi sangre* –añadí sonriendo al ver que se agachaba a recoger el llavero–. Nunca debió dejar Cali, *gonorrea*. Y, menos, ¡atracar a una paisana! –y, sin sacar el arma del bolso, de un tiro, borré la estúpida mueca de su cara–. *La embarraste, brother* (la cagaste, hermano).

–Dios mío, ¡que lástima! Era un bolso completamente nuevo –pensé mientras abría el maletero y, tras embutir su cabeza en una bolsa de plástico, metía el *muñeco* dentro–. ¡Perdónalo y perdóname, *Diosito*! Por favor, téngalo en la Gloria –dije santiguándome–. Se lo ruego, Padre Santo, consuele a sus pobres deudos, que, todos los muertos, dejan papás y hermanitos. ¿Dónde estará el malparido de AR? V*oy a decirle hasta de que se va a morir. Se va a mamar una cantaleta tenaz* (se va a llevar una bronca cojonuda).

De una patada arrojé el cuchillo a la boca de la alcantarilla cercana, tomé la *vainilla* y, tras limpiar ambas, la escondí con el arma bajo el asiento del chófer. Miré alrededor y me tranquilizó comprobar que no había cámaras de seguridad en aquel perímetro y que nadie parecía haberse percatado de la escaramuza. Cubrí la mancha de sangre con hojas de periódico y desplacé el carro hasta la puerta para recoger a Estefanía. En ese momento llegó AR.

–¿Dónde estaba, doctora? –dijo preocupado–. No vi el carro donde lo dejé...

–¡*No se haga el güevón*, AR! Luego hablamos usted y yo –masculló– . ¿Es que quiere *hacerme el cajón* (matarme)? Acabo de *sonarle* a un tipo. Está en la cajuela y el *fierro* y la *vainilla* debajo de su asiento. En el lugar donde aparcamos hay una mancha de sangre, póngale gasolina y préndale fuego. Compruebe que los *guachimanes* (vigilantes) no están alterados y luego vuelva aquí. Estefanía no debe enterarse de nada. Vaya. ¡*De una* (inmediatamente)! –concluí duramente.

–¡Mami, que linda está con esas ropitas! ¡No, no deje atrás los paquetes, mi amor! –recibí sonriendo a Estefanía que se acercaba cargada al maletero–. Mejor déjelos junto a AR. Atrás está todo lleno de *chécheres*. Y, mientras vuelve ese *remalparido*, le esperamos sentadaditas en el *carro* –la ayudé abriendo las portezuelas.

–¡Todo tranquilo y limpio, doctora! –dijo AR volviendo con cara de circunstancias.

–Ok. Vamos a llevar a la señorita Estefanía a su casa –respondí fríamente.

–¿Pasa algo, Lany? ¿Estás enfadada conmigo? –se inquietó ella–. Lo siento. He tardado mucho, pero quería probármelo todo y ponerme lo más bonito para ti.

–No, mi amor, no pasa nada. Son cosas mías –respondí palmeándole las manos–. Si le parece, almorzamos en casa y dejamos allí sus cositas para cuando comencemos a entrenar. Luego, me perdonará si no le acompaño esta tarde, pero tengo asuntos que resolver.

–Claro, Lany, no te preocupes, lo entiendo. Te agradezco mucho los regalos –se giró para besarme la mejilla–. Nunca me habían comprado tantas cosas bonitas. Mil gracias.

Llegamos a casa y, con la disculpa de hacer unas llamadas, dejé a Estefanía en mi habitación deshaciendo los paquetes; le dije que enseguida enviaría a Juanita para ayudarla y hacer un hueco en los armarios para sus cosas. Después, me encerré con los hermanos.

Los dos estaban pálidos, tensos y en silencio. Seguro que AR le había comentado a Juanita lo sucedido. Ambos tenían cara de velatorio. El suyo.

–Esto ha sido muy grave. No quiero perder tiempo con rodeos –anuncié fríamente–. Juanita, usted va a limpiar mi pistola, la funde con el soplete y me desperdiga las piezas y la vainilla donde jamás las encuentren. Luego, compra lo necesario para *encaletar* al tipo en el campo y hacer una limpieza especial al maletero. Esta tarde.

–AR, usted se queda junto al carro. Y, esta noche, dormirá en él sin alejarse ni un metro –continué sin subir la voz–. Mañana saldremos de excursión y, mientras Estefanía y yo visitamos Segovia, acompañados de Juanita, usted se lleva el *morraco* y se deshace de él. Antes de volver a Madrid, busca dónde lavar el carro sin dejar huellas. No quiero otro fallo.

—Y ahora, AR, *con el debido respeto* (irónicamente, con su permiso) —bajé aún más la voz—, quiero preguntarle algo. *¿Le falta peso en la cola* (es un irresponsable), *es usted un faltón* (es desleal) o *me está cogiendo el culo* (está abusando de mi confianza)? *¡Échele cabeza!* ¿Qué *carajo* le ocurre, AR? *Se ha caído conmigo* (la ha cagado).

—¡Los *duros* le pagan para que no *me envainen y un ratero de mierda ha estado a punto de bajarme* en su puta cara! —continué *emberracada*—. De verdad, esta vez, si ha conseguido encabronarme. ¿No le gusta Madrid? ¿Quiere volver al monte de *cocinero*?

—Lo siento, doctora, perdóneme. Tiene razón *dándome palo*, señorita Lany —respondió AR mirándome a los ojos—. No volverá a suceder, se lo juro. ¿Se lo dirá a don Omar?

—No lo sé aún. Voy a pensarlo, muchacho. Ahora estoy muy *encendida* y *cargo demasiada bronca* —suspiré—. No me ha gustado que un *pendejo* haya podido matarme por una *carajada*. *Arregle lo que ha embarrado*, AR. Arréglelo (apáñeselas).

—Juanita, por favor, ayude a Estefanía a guardar su ropa —me dirigí a la hermana—. Búsquele un lugar donde ponerla.

—Cuando acabe de acomodar lo de la señorita, vamos hasta el Palacio del Hielo, Juanita —dije—. Usted, AR, se baja al garaje y se queda junto al carro, sin moverse. Intente colocar el *morraco*, ¡que manche lo menos posible! Luego le bajarán su almuerzo. No quiero verlo a usted hasta por la mañana. ¡*Así de sencillo!*

Fácilmente convencí a Estefanía de que no ocurría nada y que debíamos seguir con las compras. Nos acercamos paseando hasta el centro comercial y le compré toda la línea de productos de Álvarez Gómez. Colonia de baño, desodorantes, leches y jabones hidratantes y sales para después del deporte; luego, adquirí para ella toda la gama de productos La Praerie. Sueros celulares, retexturizador, desensibilizador, crema reafirmante al caviar, tratamiento reconstituyente de noche, cremas hidratantes y nutritivas de día y noche, antienvejecimiento para los ojos, tónicos refrescantes y leches limpiadoras ultrasuaves. Cuando vio el importe de la factura, Estefanía, abrió los ojos aterrada. Era divertido escandalizarla.

Dejamos a Juanita con las bolsas y nos sentamos a tomar un aperitivo en la barra de un restaurante vasco. Necesitaba relajarme, calmar mi furia y organizar nuestra excursión para el día siguiente.

–Bueno, cosita, por hoy, ¡hemos acabado con las compras! –suspiré sonriendo–. ¿Le apetece salir mañana de excursión?

–Lany, no sé que te ocurre, pero noto que estás furiosa. Espero no verte molestado sin querer, me disgustaría que fuese por mi culpa –me miró suplicante Estefanía–. Pero, sobre todo, quiero darte las gracias. Nadie me ha tratado así jamás. Es maravilloso que seas tan generosa, aunque, no deberías hacerme tantos regalos. Yo te quiero a ti. Si estás a mi lado no necesito que me compres cosas. Además, si Jiménez López se entera, me mata. Dirá que ando puteando por ahí.

–Mi amor, estoy algo intranquila por mis negocios. Pero, no es importante. ¡No se preocupe! –la animé–. Por lo demás, ¿qué puedo hacer si me gusta comprarle cositas? Estamos en paz, ¡no piense en ello! Sólo es dinero y usted me regala alegría a cada minuto. Le propongo un trato. Si me convierte en buena persona, la hago millonaria, ¿quiere? ¿Acepta? No crea, yo saldría ganando. Soy buena para los negocios –sonreí–. Deje en mi casa lo que quiera ocultarle a su marido y guarde con usted un par de cremitas para la noche. Los hombres no entienden de precios ni de marcas. Dígale que son una oferta de dónde los chinos.

–Pero, no me respondió, mi amor. ¿Le apetece que pasemos el día fuera de Madrid? –pregunté para distraerla–. Me han hablado de un restaurante espectacular en Segovia. ¿Quiere que vayamos a pasear y almorcemos allí?

–No sé, cómo a ti te apetezca, cariño –respondió encantada–. Pero no quiero ser una molestia. Estás preocupada por algo y si tienes asuntos que resolver no deseo incomodarte. Por mí no te preocupes. Si lo prefieres, podemos vernos cuando concluyas tus asuntos.

–No, *mamita*, ¡ni lo sueñe! Precisamente lo que necesito es distraerme con una paseadita romántica –reí contenta–. Nos vamos tempranito, andamos por la ciudad, almorzamos allí y nos volvemos después. ¿Le *provoca*?

–Sí, claro. Fantástico, encantada, cariño. Me haces muy feliz, Lany –concluyó brindando–. Por nosotras. Porque te quiero y me has hecho sentir tan mujer como nunca lo había sido.

—Por nosotras, tesoro. ¡Por mi niña dulce y mi mujer caliente! —brindé mirándome en sus ojos que brillaban con todos los colores de las plumas de un gallo de pelea–. ¡Por nuestro amor y nuestro futuro, nena!

En casa Juanita nos preparó pollo a la parrilla con finas hierbas y ensalada de espinacas, mango y almendras. Con un par de copas de vino de más, nos acostamos abrazadas a dormir la siesta. Cuando desperté, Estefanía se había marchado. Una cariñosa nota en el espejo me anunciaba que volvería por la mañana temprano para marchar a Segovia.

El resto de la tarde pensé en lo feliz que me hacía y en lo cerca que había estado de arruinarse todo. Por un jodido y miserable ladrón de autos. Quizás en el futuro tendría que dejar de cargar armas. Tenía los reflejos de autodefensa y ataque hiperactivados y eso era un problema. No podía andar por Madrid matando gente. Hablaría con Omar para que, cuando él estuviera aquí conmigo, nos acompañara más gente de seguridad si era necesario. Se trataba de que nosotros no sonáramos nunca más a nadie. Y si había que disparar mejor no boletearse (exponerse) y que lo hicieran los muchachos. La subcontrata.

A última hora de la noche Juanita me informó que se deshizo del arma, de tal modo, que necesitarían mil policías para encontrar los trozos y que, si los hallaban, sería imposible identificarlos. También que compró lo necesario, incluido un mono azul de obrero, para el trabajo de la mañana siguiente. Le di las órdenes para el día siguiente. Iríamos a Segovia y, mientras ella nos acompañaba, su hermano cavaría tres agujeros bien profundos en el campo, separados por muchos kilómetros uno de otro. En uno enterraría la cabeza, en otro las manos y, en el mayor, el cuerpo troceado del tipo del maletero. Luego, nos recogería en el restaurante y volveríamos a Madrid.

—Las mujeres somos más meticulosas, Juanita —dije estrechándola contra mi–. Ocúpese de que AR comprenda lo que está en juego. Que comprenda que se va a morir si la embarra de nuevo. Debe coronar, sin más errores. Si lo hace bien, don Omar no sabrá nada de lo ocurrido, Juanita. Se lo prometo. Por cariño a usted —concluí sintiendo cómo sus lágrimas mojaban mis manos.

462

CAPÍTULO 33

Desayuné con Estefanía mientras Juanita *alistaba* la casa antes de partir; riendo, nos vestimos para una jornada de turismo, mallas corsario, zapatillas y calcetines, camisetas y unas sudaderas por si refrescaba el día en Segovia. Gorras de béisbol, coleta y rizos, enormes gafas de sol y cómodas mochilas. Estefanía, radiante y untándose cremitas, tenía un aire latino, muy cubano; intenté olvidar este pensamiento al recordar la mala suerte que siempre me traían las cubanas. Abajo, en el garaje, AR esperaba perfectamente planchado y afeitado.

–Buenos días, doctora. Buenos días, señorita Estefanía –saludó respetuosamente abriendo las puertas del *carro*.

–Buenos días, AR. ¿Todo marcha bien? –pregunté secamente.

–Si, doctora. He seguido sus instrucciones al pie de la letra. No debe preocuparse de nada –respondió conectando el motor.

–Ok, me alegro. Ustedes dos saben que los aprecio pero soy capaz de todo por algo así –afirmé impasible–. Seguro que usted desea que me despreocupe y que todo quede entre nosotros. Para su tranquilidad y la de sus familiares.

–Lo sabemos, doctora y se lo agradecemos. ¡Todo irá bien! –se animó AR mientras Juanita giraba la cabeza sonriendo agradecida–. No habrá más fallos.

Estefanía me miraba interrogante por lo sorprendente de la conversación y, para tranquilizarla, cambié rápidamente de conversación.

–Escuche, mi amor, no haga caso. Son cosas nuestras –dije entusiasmada–. Quiero proponerle algo importante. No es para ahora. Sólo para que lo piense y veamos si es posible hacerlo realidad.

–Me gustaría llevarla conmigo de vacaciones, pero, sin que se moleste su marido –proseguí soñadora–. Podríamos decirle que la contrato como profesora particular para que me enseñe la historia de España, su cultura o algo así. Usted es maestra. Sería una especie de asistente personal, de profesora y secretaria, eso le permitiría viajar conmigo y tener un sueldo chévere que a él le mantuviera callado. Podría ajustar una *guisandera* (cocinera, empleada doméstica) que se ocupara de él y aún le sobraría mucha plata.

—Dígale que soy rica pero inculta y que, en los Estados Unidos, tener asistentes personales para todo es una costumbre habitual de la gente *platuda*. Podríamos viajar por todo el mundo, explicándole que usted me acompaña en mis desplazamientos de trabajo. ¿Qué le parece, mi amor? —le miré ilusionada mientras Juanita discretamente elevaba el volumen de la música—. El primer sitio al que la llevaría sería a las Islas Seychelles, en el Índico, al North Island, ¡el hotel más caro del mundo!

—¿Qué opina? Es para que lo vaya pensando, no tiene que decidir nada ahora —sonreí ante su desconcierto—. ¿No le gustaría poner ese lindo culito a tostarse al sol? ¿Y bañarnos desnudas en unas aguas tan azules que ni las imagina? Una preciosa villa de madera con techo de paja en la misma playa, con piscina y aire acondicionado, Internet, y un carro eléctrico, un todoterreno en miniatura, para recorrer la isla. ¿Se imagina? Mariscos, frutas tropicales, sushi, cocina mestiza...

—¡Lany, me vuelves loca, cielo mío! Te adoro por pensar esas cosas tan maravillosas, pero, ¡no puedes decir eso sin que me desmaye! —sonrió un poco triste—. Ese no es mi mundo, Lany. Para mí, ¡esos lugares sólo son un sueño! Un sueño tan imposible como saltar a Marte desde la Tierra...

—No, *mamita*, ¡se equivoca! Lo haremos y pronto, además. Quizás ahora no, quizá deba ser más adelante. Recuerde lo que hablamos el otro día —aseguré consolándola mientras pensaba en que durante el viaje AR se desharía de Jiménez López—. Hay otra vida para nosotras y, usted y yo, nos la merecemos. Quiero hacerla inmensamente feliz. Darle todo lo que no ha conocido.

—Pero, ¡ya me haces feliz! No necesito nada más —respondió besándome—. Me basta con estar contigo y que me ames y me cuides tantísimo. Lo demás debemos pensarlo mucho, son decisiones de las que debes estar segura. ¿Y si luego te cansas de mí y me abandonas? No sabría que hacer sola, me moriría.

—Por lo demás, Jiménez López, sospecha de ti. Dice que los

colombianos tenéis mala fama –intentaba suavizar las opiniones de su marido–. Ya sabes. Narcodólares, guerrilla, sicarios y todas esas horribles maneras de ganar dinero. Lany, cariño mío, ¿tú no me mentirías, verdad? Dime la verdad, ¿eres una persona honrada? ¿No tienes nada que ver con la delincuencia?

–*Cosita*, ¿cómo me pregunta esas cosas? –sonreí intentando olvidar el muerto que llevábamos en la trasera–. No debe preocuparse, sólo soy una muchacha de familia rica. Además, mi sueño americano terminó dejandóme una espléndida compensación. No debe temer nada.

–Soy hija de un abogado bogotano, ya difunto. Heredé una fortuna de mi respetable familia y bastante dinero de la pensión de mi divorcio en Miami –continué borrando aquellas malas ideas de su cabeza–. Además, por suerte, mi hermano invierte mi dinero y lo multiplica cada día. Pronto podrá conocerlo porque viene a vivir conmigo en Europa. Soy millonaria. Sin más. No se preocupe, y, si en el futuro lo decidimos así, cuando sea mi esposa, me gustaría compartirlo todo con usted. Recuerde, es una petición de mano. ¡Una propuesta de matrimonio! –aseguré besando sus lágrimas de felicidad.

AR nos dejó a los pies del famoso acueducto de la ciudad castellana; hacía un día precioso y éramos tan felices como escolares de excursión.

–Doctora, con su permiso me retiro–anunció mi guardaespaldas.

–Ok, recójanos después del almuerzo, sobre las 15:00, en el restaurante José María junto a la Plaza Mayor. Almorzaremos allí –respondí–. Alberto Rafael, no olvide lo importante que es su trabajo para todos. Y muy especialmente para usted. Soluciónelo bien esta vez, ¿de acuerdo?

Comenzamos a recorrer la ciudad, con Juanita pisándonos los talones; tuvimos la mejor guía porque Estefanía, ya repuesta de la emoción, sabía todo sobre Segovia y era feliz explicándolo, ayudando a que disfrutáramos más del paseo. Primero nos enseñó el acueducto diciendo que, además de ser el símbolo de la ciudad, el puente era uno de los monumentos romanos mejor conservados de España. Juanita se acercó para escuchar sus explicaciones cuando Estefanía indicó que se desconocía la fecha exacta de su construcción, aunque, se pensaba que databa de la segunda mitad del siglo I y principios del II; después, se extendió sobre detalles de la construcción como arcos, ático, pilares, arcadas dobles y, finalizó, señalando que recorría 15 kilómetros para traer el agua de la sierra hasta la ciudad. Yo no entendí cómo carajo los romanos levantaron aquella maravillosa obra de ingeniería y ninguno se acordó de esculpir la puta fecha en alguno de los pedruscos.

Después caminamos hasta la catedral que, según dijo Estefanía, era conocida como las Dama de las Catedrales y cuyas obras comenzaron en 1525 para concluir 50 años más tarde; de estilo gótico tardío, continuó mi linda maestra, su claustro fue trasladado piedra a piedra desde la antigua catedral románica y, mientras la recorríamos, fue describiendo todos los detalles de sus tres naves con las capillas laterales, su crucero y cabecera semicircular con girola rodeada de capillas radiales. Yo, orgullosa de tanta sabiduría, sólo tenía ojos para ella cuándo señalándolos, me rogaba que observara sus preciosos arcos con tracerías caladas.

Más tarde fuimos paseando hasta la roca donde se asienta el Alcázar, fortaleza militar de principios del siglo XII, aunque, según dijo Estefanía, se le suponían orígenes mucho más antiguos. Parece ser que fue en la Edad Media cuando, por su poderío militar, su bello entorno y la cercanía de excelentes cazaderos, fue elegido por los Reyes de Castilla como una de sus residencias favoritas. Nos contó que fue residencia de Alfonso X El Sabio, uno de sus monarcas favoritos y señaló la singularidad de la torre del Homenaje, antigua Sala de Armas de castillo. Volvimos de nuevo hacia el centro de la ciudad siguiendo el itinerario de Isabel La Católica, desde su salida del Alcázar hasta su llegada a la Plaza Mayor, el día de su proclamación como reina de Castilla. Luego dijo algo sobre las reformas que hicieron los reyes de la Casa de Austria para cubrir las techumbres con agudos chapiteles de pizarra al estilo de los preciosos castillos centroeuropeos. A mí me pareció muy romántico que los reyes austríacos echaran de menos sus palacios de cuentos de hadas.

Tras el paseo quedé muy enamorada de mi novia y, también, de Segovia; tantos campanarios, torreones y murallas, catedrales, alcázares, invitaban a soñar paseando por las estrechas calles medievales de la bella, antigua y romántica ciudad castellana heredera, como tantas otras en España, de las tradiciones cristiana, judía y musulmana. Aunque, mi niña sabia, mi Estefanía a la que no soltaba de la mano, no estaba muy de acuerdo con lo que ella llamaba el *mito progresista* de la convivencia de las tres culturas. La escuchábamos con la boca abierta y era evidente que sentía un gran placer descubriéndonos la historia de su país.

—Bueno, en Segovia hay muchas más cosas maravillosas, pero, ¡para el primer día ya es bastante! —concluyó alegremente buscando mi aprobación con los ojos—. ¿Te ha gustado? ¿Lo habéis pasado bien?

—Gracias, mi amor, ¡ha sido la mejor guía del mundo! —dije abrazándola estrechamente—. Usted es un pozo de sabiduría, nenita; lo cuenta todo tan bonito, sin ostentación, tan sencillo que da gusto escucharla. Nos ha enseñado muchas cosas lindas. Se nota que ama a su patria.

—Si, señorita Estefanía, ha sido una visita maravillosa —dijo Juanita entusiasmada antes de rezagarse ligeramente—. Lástima que no haya podido acompañarnos AR, pero, yo tengo buena memoria y se lo contaré un día que él y yo volvamos. Gracias.

—Gracias por tanto elogio. Sí, Lany, amo este viejo país que la estupidez de los políticos está dividiendo en 17 ridículas naciones. Aunque, en los tiempos que corren, ¡no está bien visto decirlo tan claramente! —se lamentó mi chica adorada—. Ahora, no es políticamente correcto, es de mal gusto amar a España. No se debe ser patriota, ni respetar la bandera, ni enorgullecerse del ejército, ni de cualquiera de nuestras tradiciones. Como dijo José Cadalso, un poeta del siglo XVIII heredero de la pesadumbre del genial Quevedo, *ya no hay patriotismo, porque ya no hay patria.*

—Es triste y por eso envidio a los colombianos —continuó amargamente—. Sois patriotas. Amáis la bandera, la nación y a sus gentes. Os envidio. En España, junto a muchas otras cosas, todo eso se ha perdido. Pero, bueno, no me hagas caso. ¿Te ha gustado verme en plan sabihonda, Lany? Viéndome tan sumisa, ¿imaginabas que tenía algo en el cerebro?

—Me ha seducido de nuevo. Cada minuto me enamora más, *cosita* —respondí feliz—. Y ahora, vamos a almorzar rico. La Doctora Iradier me ha recomendado el restaurante de un paciente amigo. Dice que en el horno tiene el mejor cochinillo de Segovia y, en la bodega, El Pago de Carraovejas, un vino exquisito de su propia cosecha.

—Te va a encantar, mi amor, allí acuden a almorzar los Reyes, deportistas famosos, gentes de la cultura y el espectáculo; Maite los llamó para reservarnos plaza y para rogarles que nos atiendan con cariño —expliqué contenta de descubrirle cosas nuevas.

Fue una comida deliciosa y José María y Chon, su esposa, nos trataron como princesas, aunque, esos días, estaban algo afligidos porque su querida hija había elegido vivir su fe en la dura vida del convento. Juanita comió ligero y, mientras nosotras nos regalábamos con una crema de vainilla con frambuesas como postre, ella salió para recibir a AR que llegaba con el *carro*. Entró de nuevo y, desde la puerta, me hizo una señal indicando que todo marchaba bien. Sonreía de oreja a oreja y eso acabó de tranquilizarme. Encantadas por el almuerzo, la conversación y el vino, nos despedimos prometiéndoles volver pronto. Juanita y su hermano, charlaban animadamente sin dejar de reír en tono muy bajo. Todo iba bien y Estefanía, poco acostumbrada al vino con las comidas, se durmió enseguida apoyada en mi hombro.

—¿Cómo fue todo, AR? —pregunté cuando la sentí dormida—. ¿Puedo olvidarme ya de las preocupaciones?

—Por supuesto, doctora, ¡listo! —respondió sonriendo por el retrovisor—. No hay de que preocuparse. El *muñeco* está debidamente *encaletado* y todos los rastros con él. Olvídelo, señorita Lany.

Tranquilizada por las noticias también yo me adormecí entre los murmullos de la conversación de los hermanos. Estaban de buen humor y esa era la mejor noticia. Omar, no perdonaría que un error de ellos me salpicara. Si AR que se jugaba la vida estaba contento, era buena señal. Dormí casi hasta Madrid. Subimos a casa justo para cambiarnos, dejar a Juanita y AR nos condujo de nuevo hasta el domicilio de Estefanía. No queríamos separarnos, estábamos felices por el día que habíamos pasado y deseábamos apurar hasta el último minuto juntas; además, Estefanía quería hacerme un regalo. Una foto del día de su boda. Vestida de blanco virginal, de novia. Me rogó que subiera para elegirla del álbum donde las guardaba. Me encantó la idea y le pedí a AR que mientras yo subía con Estefanía, él, antes de recogerme de nuevo, lavara el interior del *carro* en la gasolinera cercana con una lanza de agua a presión.

–¡Nunca está de más! –le dije cuando respondió que ya lo había hecho dos veces–. Hágalo de nuevo y, en media hora, vuelva por mí.

En las escaleras perduraba un vaho de coliflor cocida huido de las casas vecinas y, pegada a las paredes, una pátina de fritanga que mareaba casi tanto como el atronador vocerío de adolescentes con las hormonas alteradas y sacudidas por el sonido convulso del rap vallecano. Cerramos la puerta a nuestras espaldas y nos fundimos en un beso tan intenso que iluminó la penumbra en que se mantenía la casa con las persianas bajadas, filtrando la luz y haciendo brillar el polvo en suspensión. Estefanía conectó un CD. Chopin. Nocturno Opus 9 número 2. Romanticón, muy manido y un poco demasiado sensiblero para tan tremendo calentón.

Era media tarde y el calor y el silencio, unicamente roto por las sentimentales notas del piano, se adueñaban de la estancia. Urgidas, nos acariciamos apresuradas en el pasillo del apartamento, desnudándonos, arrancándonos la ropa, saboreando intensamente la misma sensación de nocturnidad, de oscuridad y de peligro que aman los jugadores de ruleta rusa. Era tanto el deseo que necesitábamos sentirnos arder, vibrar, hacernos llorar, oírnos gemir; nos sorprendió estar tan calientes sin presentirlo y que el ansia retenida de acariciarnos nos desbordara cuando la puerta encerró a oscuras nuestra pasión.

Gruñí de dolor y rabia. Era consciente de que no debíamos malgastar ni un segundo de aquella dulce avidez, de aquel desmedio apetito por devorarnos, antes de que se agotaran la pasión y el amor. Sabía que más tarde, quizá y desgraciadamente, si llegaba el desafecto, aparecería un dolor amortiguado en el alma, no tan fiero como el de un puñal lacerando el corazón, pero sí en forma de sordas punzadas como si el cuerpo del amante desdeñado se recostara, infligiéndose infinitas heridas, en la cama del fakir atravesada por mil clavos. Pero, ¡qué estúpidos pensamientos! Nos amábamos y estabamos locas, enfermas de pasión y de ternura.

–¡Ven, corre, no tardes! Es muy pronto aún. Tenemos 30 minutos antes de que vuelva AR –dijo Estefanía mordiéndome los senos como una loba–. Las dos deseábamos regresar rápido para esto. Por favor, ¡ven, vamos, fóllame! Házmelo en mi cama, Lany.

El camino hasta la alcoba fue un delirio, un indescriptible víacrucis de pasión sexual; casi sin ropa, medio desnudas, irrumpimos jadeando en la alcoba dejando atrás, en el pasillo, en nuestro camino del Calvario, un aire tan caliente y seco como el simún del desierto. Trabadas como nunca, con la respiración rota, vacíos los pulmones, tan afanosas que en la trifulca amorosa la piel ardiente dolía más de deseo que de los mordiscos y arañazos. Estiré brutalmente de su melena para alejar sus dientes de mi carne dolorida y darnos el gusto de mirarnos cara a cara, sudando gotas inmensas y desencajadas de tanto placer y tanto daño.

Chupé su cara, saboreando su piel dulce y, bajo los rizos de su pelo, reconocí el olor de la colonia fresca; me miraba con un brillo en los ojos tan peligroso como el deslumbrante filo de una katana herida por los rayos de la luna. Sus rasgos estaban afilados, la piel de sus pómulos tirante y, alrededor de nosotras, flotaba ese olor salino que a veces surge de los cuerpos femeninos cuando el éxtasis es inmenso.

–¡Vamos, Lany, fóllame! ¡Hazme daño, mi amor! Necesito sentirme viva... y sólo tú puedes hacerlo... Por favor, repíteme que me amas... –gimió con la voz quebrada de angustia.

Arañándonos hambrientas irrumpimos en su habitación. Trastabillando, caímos sentadas en la cama y, entre besos feroces y roces de seda, promesa de eterno amor y fidelidad, al levantar la cabeza vi un absurdo póster del Real Madrid pegado tras la puerta; intenté pensar, pero me lo impidió Estefanía, desvestida y ya metida entre mis piernas, que me rogaba suplicante la obligara a lamerme. Imposible recapacitar lúcidamente porque las ascuas encendidas entre mis piernas me abrasaban y me estaba *viniendo* mientras ella me *trapeaba* sin apartar sus ojos de los míos. Estefanía, atragantada de fluídos, respirando en estertores, temblando con las sacudidas violentas de su propio placer, seguía chupándome, tercamente insatisfecha, sin cesar ni un instante en las acometidas de su lengua. Cerré los ojos y, agotada, los volví a abrir. Todo cambió en la habitación menos nuestros orgasmos que continuaban inagotables, en una infinita agonía de delirio, fundiéndonos hasta los huesos.

Entonces, en medio de aquella orgía de placer, comprendí porqué mi instinto sentía de pronto la necesidad de pensar. No estabámos solas, un ojo negro y profundo nos miraba en la penumbra. Era inútil luchar. Estúpido intentar hacer trampas para ganarle la partida a Satanás. Lo supe al instante porque, durante años, fui una de sus mejores proveedoras de carnaza. Quedaba suplicar, pero tampoco servía de nada y, además, estaba dichosamente agotada. Yo, que había compartido el último sorbo de aire con tantos muertos, ahora, lo repartía con nuestro verdugo. Pasé el último instante de mi vida frente al doble cañón de aquella escopeta, angustiada, sin poder retroceder ni un segundo en el tiempo para pedir perdón o proteger a Estefanía. Un fogonazo mudo me hizo cerrar los ojos, luego, una detonación atronadora, olor a pólvora y algo caliente salpicándome el vientre, los muslos y la cara.

Me sentí sucia, mojada por las entrañas palpitantes de la mujer que amaba. No oía nada. Ciega y sorda quise levantarme, pero el peso de Estefanía me lo impedía. La sentía jadear sobre mí, agonizándo con escandalosa lentitud, ahogándose en un interminable estertor de asfixia. Intenté ayudarla, gritarle que la amaba, pero las palabras ya no importaban y el dolor me desmayó acariciando en mi regazo su cabeza destrozada.

Saqué fuerzas de mi instinto matador y rabiosamente, me incorporé para morir odiando Jiménez López, a nuestro asesino. Imposible luchar, sin Estefanía no merecía la pena vivir. Tenía el alma desgarrada y el cerebro burbujeando al rojo vivo.

Un tiro en el pecho me lanzó violentamente contra la cama.

Leonor... Estefanía...

Se me adelantó el *hijueputa*... ¡Qué estupidez dejarse matar por un cornudo…! Demasiados pecados... ¡Dios mío, perdónanos...!

Capítulo 34

Nuevo caso de violencia doméstica en Madrid.

Un hombre dispara sobre su esposa y la amante de ésta.

Madrid/Agencias/ Diciembre 2006

Ayer sobre las 19 horas en el barrio de Hortaleza, en Madrid, un hombre mató a dos mujeres en su domicilio y luego se entregó a la policía.

Las víctimas fueron la esposa del presunto asesino y una amiga de ésta con la que, al parecer, estaba unida sentimentalmente. Según la declaración del presunto homicida ante Jefatura Superior de Policía, éste regresó a su domicilio conyugal antes de lo previsto, alertado por la llamada anónima de otra mujer advirtiéndole que su esposa estaba en la casa con una amante.

Según fuentes de la policía, el presunto asesino declaró que entró en la casa decidido a comprobar la infidelidad de su conyuge, manteniendo que tomó la escopeta para defenderse ya que, por el aviso anónimo, entendió que el amante de su mujer era un hombre. El rastro de ropa desperdigada le condujo hasta el dormitorio donde, al encontrar desnudas y haciendo el amor a su mujer y a la amante, cegado por los celos disparó sobre las víctimas. Ambas mujeres murieron prácticamente en el acto. La esposa Estefanía N. B., de nacionalidad española, 30 años, maestra, recibió un tiro por la espalda que afectó cabeza y parte superior del tronco causándole la muerte inmediata. Melania B. E., colombiana y nacionalizada estadounidense, 31 años, empresaria, de un disparo frontal en el pecho a escasa distancia. Se está a la espera de los resultados de las autopsias para determinar las causas exactas de la muerte.

Después de cometido el crimen, el presunto autor, Javier J. L., madrileño, de 40 años, empleado, dio aviso a la policía, cuyos agentes procedieron a su detención en el lugar de los hechos sin que ofreciera resistencia. Se le incautaron una escopeta de caza calibre 12 y varios cartuchos.

En España dos millones de mujeres sufren maltrato por parte de su pareja sentimental y, en el año 2006, han fallecido 68 de ellas por causa de la violencia doméstica, según datos presentados por la vicepresidenta primera del Gobierno, María Teresa Fernández de la Vega y el ministro de Trabajo, Jesús Caldera.

Capítulo 35

Un recluso acuchilla a otro preso en la cárcel.

El agresor asestó 20 puñaladas a la víctima, le sacó los ojos y después se autolesionó cortándose la yugular.

Madrid/Agencias/Marzo 2007

En lo que parece ser un ajuste de cuentas por causas desconocidas un joven colombiano, en prisión por un delito contra la salud pública, mató ayer a un recluso español en el patio de la prisión sin que aparentemente mediara entre ellos discusión alguna.

El presunto homicida Alberto Rafael V. C., natural de Cali, Colombia, 23 años, cumplía una condena de 12 meses por un delito contra la salud pública y estaba cerca de recuperar la libertad por carecer de antecedentes penales en España. El director de la cárcel señala que el colombiano solicitó deliberadamente ser trasladado a esta prisión, que nunca había dado problemas y no había sido objeto de sanción ni de parte disciplinario. Quiénes lo conocieron en la cárcel dicen de él que era serio, introvertido y reservado, poco dado a relacionarse con otros presos, incluidos los de su propia nacionalidad.

El fallecido Javier J. L. que murió en el lugar del ataque, madrileño, 40 años, cumplía condena por dos asesinatos en primer grado, el de su esposa y el de la amante de ésta, una ciudadana colombiana nacionalizada estadounidense. Reclusos de nacionalidad colombiana relacionan esta muerte con una venganza por los asesinatos cometidos por el preso español.

La agresión se produjo a las 17 horas en el Módulo 1, tras la siesta, en el momento en que los presos bajaban al patio y mientras los funcionarios estaban en la planta superior abriendo y cerrando celdas.

El agresor utilizó un objeto punzante de unos 8 centímetros que él mismo se fabricó afilando una de las pletinas que sujetaba la balda del televisor que existe en las celdas. A los internos se les cachea a menudo, pero es relativamente sencillo que un preso aproveche un objeto aparentemente inocuo para convertirlo en arma letal.

El joven colombiano se abalanzó sobre el español con gran rapidez, asestándole un número de puñaladas que se ha cifrado en 20 y, a continuación, sacándole los ojos cuando la víctima yacía desangrándose en el suelo. Inmediatamente después, con su misma arma, se rajó el cuello cortándose la yugular.

El director de la prisión lamentó profundamente lo sucedido y manifestó que, debido a la brutalidad y celeridad del ataque, ni funcionarios ni sanitarios, pese a su empeño, pudieron hacer nada por impedir ambas muertes. Las autoridades penitenciarias manifestaron que dichos sucesos constituyen un hecho aislado que no tiene algo que ver con las condiciones de seguridad del centro y que entre todos deberán intentar que no vuelvan a producirse.

El cuerpo del presunto asesino, tras ser reclamado por sus familiares, después de la autopsia será repatriado a Colombia para enterrarlo en su ciudad natal.

Capítulo 36

Una sicaria asesina a una mujer en Hortaleza.

La víctima recibió un balazo y le practicaron la 'corbata colombiana'.

Madrid/Agencias/Abril 2007

Ayer por la noche, sobre las 22 horas y junto a las pistas de tenis del parque existente entre la calle Silvano y la avenida Machu Pichu, una joven disparó a bocajarro sobre una mujer matándola en el acto ante varios testigos. A continuación le rajó el cuello, sacándole le lengua por el corte. Ésta práctica es conocida en los ambientes delincuenciales como *corbata colombiana* y manifiesta la condición de soplón de la víctima.

J. L. B. , ama de casa, 42 años, soltera y de Madrid, murió sin que las maniobras de reanimación practicadas durante más de treinta minutos por los equipos de emergencias del Samur pudieran salvar su vida.

Los testigos afirman que la atacante, conocida por Juanita, era una empleada de hogar del barrio que trabajó para una compatriota suya asesinada, a su vez, en un turbio asunto de violencia doméstica relacionada con el lesbianismo.

A última hora de la noche entre los residentes de la zona se rumoreaba que la mujer asesinada en el parque pudo ser quien, el mes de diciembre pasado, denunció por despecho a su vecina, siendo ésta y su amante colombiana, asesinadas luego por el marido. De ser ciertos estos rumores, podría tratarse de una venganza por aquella acusación que tuvo tan trágico final. Las autoridades guardan silencio, mientras continúan las investigaciones policiales tendentes a dar con el paradero de la joven asesina.

CAPÍTULO 37

Empresario colombiano patrocina fundación antidroga.
Omar Montoya financia un ambicioso plan de desintoxicación de drogadictos.

Madrid/Agencias/Diciembre 2007

El joven empresario colombiano, nacionalizado en Venezuela y radicado en España, ha presentado a la Fundación Antidroga de Madrid (FAM) un ambicioso proyecto tendente a la creación de una red de granjas dotadas de servicios médicos, psicológicos y con las técnicas y terapias más modernas para la rehabilitación de drogadictos.

Omar Montoya, *un self made man*, dueño de una gran fortuna con amplísimos intereses en el sector turístico, hotelero e inmobiliario de Andalucía y la Riviera italiana y la Costa Azul francesa, en grupos empresariales estadounidenses vinculados a las nuevas tecnologías y propietario de viñedos de Valladolid, Australia y California, además de importante accionista de la principal financiera suiza Swigold, ha presentado ante las autoridades sanitarias y ante el consejo de la FAM un proyecto de mecenazgo para la rehabilitación de drogadictos y tratamiento de enfermos de sida.

El potentado colombiano, casado con María Inmaculada Julia Espinosa, Grande de España y única heredera de los duques de Espinosa de los Monteros del Rey, conocidos terratenientes y ganaderos de Cádiz, espera contribuir así a erradicar de nuestra sociedad una lacra que causa estragos en la juventud.

Hace apenas unos meses Omar Montaya sufrió la pérdida de su hermana Melania, asesinada junto a la esposa de un individuo, presunto cocainómano que, a su vez, fue acuchillado en la cárcel por otro recluso. Esta lamentable pérdida decidió al hombre de negocios colombiano, afincado en nuestro país, a financiar una cruzada para la rehabilitación de toxicómanos.

En el año 2007 y hasta la fecha de hoy, finales de Octubre, se han producido en España, según el Observatorio de la Violencia de Género, 68 víctimas de la llamada violencia doméstica.

OCTUBRE

14 de octubre. Aparece asfixiada en su casa S.R.R., después de pasar la noche junto a su novio, un argentino de 33 años -la misma edad que la víctima- y que se marchó en el coche de la fallecida.

9 de octubre, Una mujer de 34 años es degollada por su pareja en su viviénda de Córdoba. No había denunciado malos tratos

SEPTIEMBRE

17 de septiembre. María L.C., de 43 años, es asesinada por su pareja en Algete, Madrid. El presunto agresor es detenido poco después en un control de alcoholemia, conduciendo un coche que no era de su propiedad.

14 de septiembre. Después de pasar cuatro meses en coma tras recibir una paliza de su pareja en Reus, fallece la mujer de 57 años ingresada en el hospital de Tarragona en el que se encontraba ingresada.

8 de septiembre. Ascensión S.T., de 64 años, muere de madrugada en Zaragoza. Es apuñalada por su marido, de 69 años, quien alerta a la policía y se entrega.

7 de septiembre. Aparece muerta en su casa Jenifer Colt, de 28 años. Aunque en principio se cree que el móvil del asesinato es el robo, los Mossos d'Esquadra detienen a su marido días después como presunto autor de su muerte.

AGOSTO

28 de agosto. Una joven muere presuntamente a manos de su pareja en una pensión de Bellver de Cerdanya (Lleida). Él intentó luego cortarse las venas, aunque no logró suicidarse.

26 de agosto. Marialva, una joven de 27 años, recibe varias puñaladas de su novio Epson, que le causan la muerte. Ambos, brasileños, vivían en la localidad tarraconense de Cambrils.

25 de agosto. Un británico de 47 años apuñala a su mujer, que rondaba la cuarentena en Los Cristianos (Tenerife).

23 de agosto. Una mujer de 59 años pierde la vida después de recibir 18 martillazos de su marido en Beas, Huelva.

19 de agosto. S.C., una rumana de 20 años, es apuñalada por su ex pareja cuando paseaba por Gandía junto a su actual novio y a su hijo de tres años.

12 de agosto. Un rumano de 49 años es detenido en Novelda, Alicante, acusado de apuñalar hasta la muerte a su pareja, una rumana de 43 años. Sus familiares indicaron a la policía que el suceso se había producido de forma "accidental".

6 de agosto. Un hombre de 60 años mata a Edelmira C.A., de 56, disparándole con una escopeta de caza en Santa Úrsula (Tenerife).

JULIO

31 de julio. Jessica María, de 26 años y con 3 hijos es asesinada en Fuensalida (Toledo), dos horas después de haber denunciado a su marido, que fue detenido por el homicidio.

29 de julio. Un hombre mata a su esposa en su domicilio en Badalona. Es detenido de madrugada mientras intenta autolesionarse con un arma blanca.

26 de julio. Encuentran en un bosque del municipio ibicenco de San Joan los cadáveres de una pareja de búlgaros. El hombre maniató a la mujer a golpes y después se suicidó ahorcándose.

20 de julio. Detienen al marido de Ana María Santana, de 32 años, horas después de que ella muriera, tras la agonía provocada por las 11 puñaladas que le asestó. El arrestado tenía una orden de alejamiento.

18 de julio. Carmen R., de 45 años, muere estrangulada por su pareja, un guardia civil de la reserva, en Villarreal (Castellón).

15 de julio. Hallan en Torreiglesias (Segovia) los cadáveres de Milagros D.R., de 46 años, y de su marido, que después del asesinato se quitó la vida.

10 de julio. Un marroquí asesina en Melilla a Aicha A., de 47 años y de la misma nacionalidad, después de salir de la cárcel, donde había cumplido condena por malos tratos.

5 de julio. María Ángeles G., una murciana de 30 años fallece en Jumilla a manos de su ex pareja, que acto seguido llama al 112 para confesar su crimen. El agresor ya había sido detenido en enero por una denuncia por malos tratos a la víctima.

JUNIO

28 de junio. Concepción Ortega es asesinada a los 42 años en Callosa d'En Sarriá (Alicante) por su marido, arrestado poco después y que declaró: "Esto se veía venir porque se lo merecía". Le asestó 15 puñaladas.

22 de junio. Estrella L.G., de 76 años, es hallada muerta y con brutales golpes en la cabeza en Oleiros (A Coruña). La policía detiene al día siguiente a su marido como presunto autor. Meses antes había sido denunciado por su mujer, que le acusaba de haberle agredido con una hoz.

21 de junio. Hallan el cadáver de Anabel González, una ovetense de 30 años que había desaparecido una semana antes. Detienen a su ex novio, que confiesa ser el autor del crimen.

17 de junio. Nancy Paulina D.C., una ecuatoriana de 26 año, muere apuñalada en Talavera de la Reina (Toledo) por su pareja, de la misma nacionalidad. El homicida tenía una orden de alejamiento en vigor.

16 de junio. El marido de Luisa F.O., de 44 años, estrangula a su mujer y luego se da a la fuga, aunque 12 horas después recapacita y decide entregarse a la policía. Había sido denunciado en dos ocasiones por la víctima.

15 de junio. Ana Belén Lucas, de 35 años, es cosida a puñaladas por su marido en Aranjuez, Madrid. El asesino, arrestado, estaba siendo tratado de esquizofrenia.

11 de junio. De un martillazo. Así acabó con la vida de Lucía Canoa, de 66 años, su marido Natalio. Él fue detenido poco después de los hechos.

10 de junio. Una holandesa de 65 años muere apuñalada en Los Realejos (Tenerife) por su marido, un canario de 64 años. El agresor intenta después envenenarse, pero los servicios de emergencia llegan antes de que muera.

4 de junio. I.Z.G., de 45 años y española, es asesinada por su ex pareja en el municipio de La Aljorra, cerca de Cartagena.

2 de junio. Asunción Villalba muere a los 35 años tras ser apuñalada en el portal de su casa por su marido. La víctima había denunciado al agresor, pero posteriormente la retiró, por lo que se le habían suspendido las medidas de protección.

1 de junio. La rumana L.L., de 51 años, fallece en pleno centro de Albacete después de ser apuñalada por su ex marido, de la misma nacionalidad. La hija de la víctima fue testigo del asesinato.

MAYO

31 de mayo. David, un tinerfeño de 30 años, dispara con su escopeta de caza a su mujer, Davinia AT., de 24 años y acaba con su vida. Luego se suicida de un tiro. La víctima era madre de dos niños de dos y ocho años de edad.

30 de mayo. El golpe que le propina su pareja con una barra de hierro acaba la vida de la rumana R.N.C., de 29 años. La mujer falleció cuando su agresor la trasladaba al hospital.

28 de mayo. Sandra Corral, de 20 años y su madre, de 53, son asesinadas por Vladimir, un joven ucraniano víctima del accidente de Chernóbil y que se convirtió en verdugo de su ex novia, de su madre, y también de Ramón, un amigo de ambos, y que murió en un incendio provocado por Vladimir, a la postre detenido.

20 de mayo. Una rumana de 21 años muere apuñalada por su pareja en el municipio de Langanosa (Almería). También hiere levemente a una acompañante de la víctima, antes de ser detenido por la agresión

7 de mayo. Una mujer de 36 años, cuya identidad no trasciende, muere tiroteada por su marido en Santa Elena, Jaén, con una escopeta de caza. También hirió a su hijo antes de ser arrestado.

7 de mayo. Gina Calderón, colombiana de 41 años, pierde la vida apuñalada por su pareja, un hombre de 35 años y natural de Carrejo, el pueblo en el que ambos vivían. El agresor intentó suicidarse.

5 de mayo. Consuelo G.O., de 83 años y vecina de Utrera (Sevilla), es apuñalada hasta la muerte por su esposo, que es detenido un día después.

ABRIL

21 de abril. La madrileña Laura de Toro, de 23 años, muere por los golpes que le propinó su ex pareja, diez años mayor que ella, en plena calle de Mejorada del Campo.

19 de abril. Flor María Camacho, de 29 años, es encontrada muerta en su domicilio de Tudela (Navarra). La Policía localiza poco después el cadáver de su marido y agresor, que se había ahorcado en las afueras de la ciudad. Ambos eran ecuatorianos.

16 de abril. Fallece en un hospital de Madrid Itziar Hidalgo, de 26 años, donde ingresó tras ser apuñalada por su pareja, un venezolano de 31 años.

13 de abril. Una británica de 44 años pierde la vida en Orihuela (Alicante) por los martillazos propinados por su pareja, de la misma nacionalidad.

12 de abril. Los restos de Betsabé Allaín, una venezolana de 22 años, son hallados en una maleta enterrada en un pinar. Su marido, detenido como presunto autor del asesinato, se suicida en la cárcel cuatro días después.

MARZO

27 de marzo. La rumana L.D.D., de 36 años, muere en Burriana (Castellón) asesinada por su pareja, sobre el que pesaba orden de alejamiento. Dos semanas antes le había denunciado por malos tratos, amenazas y lesiones.

23 de marzo. Pilar Sampeiro, de 74 años, es acuchillada por su marido en el cuello y el corazón. El matrimonio vivía en el barrio bilbaíno de Zorrotza.

3 de marzo. La policía halla en Campdevànol (Girona) el cadáver de Conchita Huertas, una abogada y ex jueza, que fue estrangulada por su marido. Este se ahorcó en el garage tras el asesinato. Ambos tenían 45 años.

FEBRERO

26 de febrero. El novio de la joven boliviana C.K.V., de 25 años, estrangula a su pareja en O Porriño (Pontevedra) tras anunciarle esta su intención de romper la relación. El asesino, de 23 años, confesó los hechos y se entregó.

26 de febrero. Mercedes M., de 58 años, muere en Badalona (Barcelona) por quemaduras en el 85% de su cuerpo. Dos días antes, su marido le prendió fuego.

19 de febrero. Una nicaragüense, Gina Montserrat, de 34 años, muere en Madrid apuñalada por su marido, de origen argelino.

17 de febrero. Julia Castro, de 58 años, fallece por los hachazos de su marido, que también mata a su hijo, de 27 años, y a su madre, de 92 en El Real de San Vicente (Toledo). Luego intenta matar a sus otras dos hijas en Toledo y, tras no conseguirlo, se arroja por la ventana.

15 de febrero. Angelina García, que padecía Alzheimer, muere a manos de su marido. Ella tenía 85 años; él, 75.

14 de febrero. Noelia Pérez, de 33 años, muere en el hospital tras ser apuñalada por su marido en la localidad sevillana de Alcalá de Guadaira.

7 de febrero. Un hombre acuchilla a su novia, Virtudes, de 33 años, hasta matarla en El Campello, Alicante. Tras el asesinato, se entrega a la policía.

5 de febrero. M.C.F.T., de 50 años, es apuñalada por su marido en el municipio de Meaño (Pontevedra). El agresor fue detenido poco después.

1 de febrero. Un anciano de 70 años se declara culpable de la muerte de su esposa, María del Carmen Valdés, de 66. Ambos vivían en Oviedo y estaban en proceso de separación.

ENERO

29 de enero. Rita Cassia, una brasileña de 32 años, muere tiroteada en plena calle de Soria. Su marido, presunto autor de los disparo, intenta suicidarse luego de un disparo en la boca.

27 de enero. El ex marido de Olimpia Ketty Tomala, ecuatoriana de 39 años, acuchilla a su esposa en Palma. También mata a su novio, antes de ser detenido. Sobre él pesaba una orden de alejamiento. Olimpia era madre de tres hijos.

21 de enero. Rosario Robles, una vecina de Miguel Turra (Ciudad Real), muere apuñalada a manos de su marido, de 45 años, que se suicida poco después colgándose de un árbol. La víctima tenía 41 años.

10 de enero. El cadáver de Celia I.D., una brasileña de 32 años, es hallado en una vivienda de Lleida. Ejercía la prostitución y fue asesinada supuestamente por su novio, J.G., español, que fue enviado a prisión por los hechos.

4 de enero. La ecuatoriana Lucía Mercedes, de 44 años, muere estrangulada por su marido en su domicilio de Madrid.

Alfredo García Francés, nacido en Bilbao, España, en 1949, recibe el Premio Nacional de Periodismo en 1984 por su trabajo como enviado especial del diario *El País*.

Formado en la Escuela de Fotografía de Bruselas, completó su preparación en Amberes y París antes de abrir en España su propio estudio de fotografía publicitaria. Más tarde, trabajó como reportero gráfico independiente para *Cambio 16*, *Interviú*, *Triunfo* y *Diario 16*.

Fue jefe de Fotografía del diario *Tribuna Vasca*, miembro fundador de la agencia Cover Press y colaboró en diversos medios extranjeros como *París Match*, *Stern* y *Le Nouvel Observateur*.

Desde el año 1977 trabaja en el diario *El País*, pasando a la redacción de Madrid en el año 1983.

Entre sus trabajos profesionales destacan la cobertura de los acontecimientos de Mayo del 68 francés, la transición democrática en el País Vasco, o la información gráfica de los conflictos de Irlanda y Líbano, de Kuwait, Rumania, Kosovo y otros puntos de interés en España y en el extranjero. Realización de la imagen para de campañas electorales de los partidos políticos PNV y PSOE.

Actualmente, es editor gráfico de los Suplementos de Domingo y Cultura, Babelia, en la redacción de Madrid del diario *El País*.

Autor de las novelas *El hidalgo segundón, El secreto del emperador* que, junto con *Bastardo real*, componen la trilogía *El tiempo de las mariposas*.

Este thriller es su cuarta novela.

Alfredo García Francés
Editor gráfico de EL PAÍS
Madrid
www.garciafrances.com